Philippe Djian

Betty Blue

37,2° am Morgen

Roman
Aus dem Französischen
von Michael Mosblech

Diogenes

Einmalige Jubiläumsausgabe 1996

Titel der Originalausgabe:
37,2° LE MATIN
Copyright © Éditions Bernard Barrault, Paris 1985
Die deutsche Erstausgabe erschien
1986 im Diogenes Verlag
Umschlag: Béatrice Dalle als Betty
in dem gleichnamigen Film von
Jean-Jacques Beineix

Veröffentlicht als Diogenes Taschenbuch, 1988
Alle deutschen Rechte vorbehalten
Copyright © 1986
Diogenes Verlag AG Zürich
240/96/43/1
ISBN 3 257 22906 2

Das gab mir zu denken, aber nicht sehr lange, denn ich schiffte mich unverzüglich wieder nach Babylon ein.

Richard Brautigan

I

Für den frühen Abend waren Gewitter angesagt, aber der Himmel blieb blau und der Wind hatte nachgelassen. Ich ging kurz in die Küche, um nachzugucken, ob im Topf auch nichts anpappte. Alles bestens. Ich ging raus auf die Terrasse, ein kühles Bier in der Hand, und hielt meinen Kopf eine Zeitlang in die pralle Sonne. Das tat gut, seit einer Woche knallte ich mich jeden Morgen in die Sonne und kniff fröhlich die Augen zusammen, seit einer Woche kannte ich Betty.

Ich dankte dem Himmel zum wiederholten Mal und langte mit leicht vergnügtem Grinsen nach meinem Liegestuhl. Ich machte es mir gemütlich. Wie einer, der Zeit hat und ein Bier in der Hand. In dieser ganzen Woche hatte ich, wenn's hoch kam, so um die zwanzig Stunden geschlafen, und Betty noch weniger, vielleicht auch überhaupt nicht, was weiß ich, immer wieder mußte sie mich aufscheuchen, immer wieder hatte sie noch was Besseres vor. He, du wirst mich doch jetzt nicht allein lassen, sagte sie andauernd, he, was ist denn los mit dir, schlaf doch nicht ein. Und ich öffnete die Augen und lächelte. Eine rauchen, bumsen oder einfach quatschen, ich hatte es schwer, nicht aus dem Takt zu kommen.

Zum Glück brauchte ich mich tagsüber kaum anzustrengen. Wenn alles glatt lief, war ich gegen Mittag mit meiner Arbeit durch und hatte für den Rest des Tages Ruhe. Ich mußte bloß bis sieben Uhr in der Gegend bleiben und auftauchen, wenn man mich brauchte. Wenn es schön war, konnte man mich gewöhnlich in meinem Liegestuhl finden, da konnte ich stundenlang drin liegen bleiben. Mir schien es dann, als hätte ich die rechte Balance zwischen Leben und Tod gefunden, als hätte ich die einzig gescheite Beschäftigung überhaupt gefunden. Man braucht sich bloß die Mühe zu machen, fünf Minuten nachzudenken, dann begreift man, daß einem das Leben nichts Aufregendes bietet außer ein paar Dingen, die man nicht kaufen kann. Ich machte mein Bier auf und dachte an Betty.

– Ach du meine Güte! Hier sind Sie... Ich suche Sie schon überall...!

Ich öffnete die Augen. Vor mir stand die Frau aus Nummer drei, ein Blondchen von vierzig Kilo mit einer piepsigen Stimme. Ihre falschen Wimpern klimperten wie wild im Sonnenlicht.

– Was ist denn mit Ihnen los...? fragte ich.

– Mit mir nichts, meine Güte, aber mit diesem Ding da im Badezimmer, das läuft über! Kommen Sie, Sie müssen mir das schleunigst abstellen, ah, ich versteh das nicht, wie kann so was nur passieren...!!

Mit einem Ruck richtete ich mich auf, ich fand das ganze alles andere als lustig. Man brauchte sich die Tante nur drei Sekunden lang anzusehen, dann merkte man schon, daß sie total bescheuert war. Ich wußte, sie würde mir auf die Eier gehen, und dann hing ihr auch noch der Morgenrock auf ihren dürren Schultern, ich war von vornherein k.o.

– Ich wollte gerade essen, sagte ich. Kann das nicht fünf Minuten warten, wollen Sie so nett sein...?

– Sie spinnen wohl...!! Eine einzige Katastrophe ist das, überall nur Wasser. Los, kommen Sie mit, aber dalli...

– Erstmal, was ist Ihnen denn kaputtgegangen? Was läuft wo über...?

Sie kicherte dämlich, stand in der Sonne, die Hände in den Taschen.

– Also..., stieß sie hervor. Sie wissen ganz genau... das ist dieses weiße Ding da, was überläuft. Meine Güte, überall dieses Papierzeug...!!

Ich kippte einen Schluck Bier runter und schüttelte den Kopf.

– Sagen Sie mal, sagte ich, ist Ihnen eigentlich klar, daß ich gerade essen wollte? Können Sie nicht für ein Viertelstündchen die Augen zumachen, ist das so schwer...?

– Sind Sie verrückt? Ich mach nicht Spaß, ich rate Ihnen, kommen Sie sofort mit...

– Ist ja schon gut, regen Sie sich nicht auf, sagte ich.

Ich stand auf und ging zurück in meine Bude, ich stellte erst mal die Flamme unter den Bohnen ab. Sie waren fast soweit. Dann schnappte ich mir meinen Werkzeugkasten und lief hinter der Verrückten her.

Eine Stunde später war ich wieder zurück, pitschnaß von Kopf bis Fuß und halbtot vor Hunger. Ich hielt schnell ein Streichholz unter den Topf, bevor ich unter die Dusche sprang, und dann dachte ich nicht mehr an die gute Frau, ich spürte nur noch das Wasser, das mir über den Schädel floß, und der Geruch der Bohnen kroch mir in die Nase.

Die Sonne überflutete die Bude, es war schönes Wetter. Ich wußte, für den Rest des Tages waren nun die Scherereien vorbei, ich hatte noch nie zwei verstopfte Scheißhäuser an einem Nachmittag erlebt, die meiste Zeit passierte sowieso nichts, war es eher ruhig, die Hälfte der Bungalows stand leer. Ich setzte mich vor meinen Teller und lächelte, denn es war klar, wie's weitergehen würde. Essen, dann ab auf die Terrasse und bis zum Abend bloß noch warten, darauf warten, daß sie endlich eintraf und mit wackelnden Hüften zu mir kam, um sich auf meinen Schoß zu setzen.

Ich nahm gerade den Deckel vom Topf, als sich die Tür sperrangelweit öffnete. Es war Betty. Lächelnd legte ich meine Gabel hin und stand auf.

– Betty! rief ich. Scheiße, ich glaube, das ist das erste Mal, daß ich dich bei hellichtem Tag sehe...

Sie warf sich in eine Art Pose, eine Hand in den Haaren, ihre Locken fielen nach allen Seiten.

– Oooohh... und, was hältste davon? fragte sie.

Ich setzte mich wieder auf meinen Stuhl und guckte sie scheinbar gleichgültig an, einen Arm auf der Lehne.

– Naja, die Hüften sind nicht übel und die Beine auch nicht, ja, zeig her, dreh dich mal...

Sie drehte sich halb um, ich stand auf und stellte mich hinter sie. Ich preßte mich an ihren Rücken. Ich streichelte ihr über die Brust und küßte ihren Hals.

– Aber von dieser Seite bist du vollkommen, murmelte ich.

Dann fragte ich mich, was sie um diese Zeit hier machte. Ich löste mich von ihr und erblickte die beiden Leinenkoffer in der Tür, sagte aber nichts.

– He, das riecht aber gut hier, sagte sie.

Sie beugte sich über den Tisch, um in den Topf zu gucken, und stieß einen Schrei aus.

– Donnerwetter... Das ist nicht wahr!!

– Was...?

– Also ehrlich, das ist ja ein Chili! Sag bloß nicht, du wolltest dir ein Chili ganz allein reinziehen...

Ich holte zwei Bier aus dem Kühlschrank, während sie einen Finger in den Topf tunkte. Ich dachte an all die Stunden, die wir vor uns hatten, das war, als hätte ich eine Opiumkugel verschluckt.

– Herr im Himmel, das schmeckt ja großartig... Und du, du hast es gemacht, das find ich wunderbar, das ist einfach nicht zu fassen. Aber bei dieser Hitze, du bist verrückt...

– Ein Chili kann ich bei jedem Wetter essen, selbst wenn einem der Schweiß auf den Teller tropft, ein Chili und ich, wir sind ein Herz und eine Seele.

– Stimmt, ich glaub, mir geht's auch so. Außerdem hab ich vielleicht einen Hunger...!

Von der Sekunde an, als sie die Türschwelle überschritten hatte, war die Bude wie verwandelt, ich fand nichts mehr wieder, ich lief hin und her, um für sie Besteck zu suchen, und lächelte, als ich die Schublade aufzog. Sie fiel mir um den Hals, ich fand das wunderbar, ich konnte ihr Haar riechen.

– He, bist du froh, mich zu sehen? meinte sie.

– Da muß ich erst mal überlegen.

– Das sind alles Schweine. Erklär ich dir später.

– Betty, ist was nicht in Ordnung...?

– Halb so schlimm, sagte sie. Nichts, was es wert wäre, dieses süße kleine Chili kalt werden zu lassen. Küß mich...

Nach zwei oder drei Löffeln gut gewürzter Bohnen hatte ich diese kleine Wolke vergessen. Daß Betty da war, machte mich euphorisch, zudem lachte sie in einem fort, machte sie mir Komplimente wegen meiner Bohnen, ließ sie mein Bier aufschäumen, streichelte sie mir über den Tisch hinweg die Wange. Ich wußte noch nicht, daß sie mit Lichtgeschwindigkeit von einer Verfassung in die andere übergehen konnte.

Wir waren gerade mit dem Essen fertig, hatten eine Weile gebraucht, diese wahre Köstlichkeit auszukratzen, uns zuzuzwinkern und rumzualbern, ich war mitten in ihren Anblick vertieft, fand sie hinreißend, und plötzlich sehe ich, wie sie sich vor meinen Augen verwandelt, ganz blaß wurde sie, und ihr Blick bekam einen unglaublich harten Ausdruck, mir blieb die Luft weg.

– Wie ich dir schon sagte, legte sie los, das sind alles Schweine. Natürlich, das passiert immer wieder, muß wohl so sein, daß sich ein Mädchen mit ihren zwei Koffern auf der Straße wiederfindet, kannst dir die Szene ja vorstellen...

– Wovon redest du eigentlich? sagte ich.

– Wie, wovon rede ich eigentlich...? Hörst du mir überhaupt zu? Ich bin dabei, dir was zu erklären, kannst du wenigstens zuhören...!

Ich sagte gar nichts und versuchte, ihr die Hand auf den Arm zu legen. Sie wich zurück.

– Hör gut zu, sagte sie. Ich erwarte von einem Typ nicht nur, daß er mit mir bumst...

– Das merk ich.

Sie fuhr sich durch die Haare und stöhnte leise, dann guckte sie aus dem Fenster. Draußen rührte sich nichts, man sah bloß die Häuser, über die sich das Abendlicht ergoß, und die Straße, die schnurgerade über die Felder davonschlich und sich an die Hügel in der Ferne tastete.

– Wenn ich daran denke, daß ich ein Jahr in diesem Laden gesteckt habe, murmelte sie.

Ihr Blick war leer, ihre Hände preßte sie zwischen ihre Beine, ihre Schultern waren eingesackt, als ob sie sich mit einem Mal müde fühlte. So hatte ich sie noch nie erlebt, ich kannte bloß ihr

Lachen und glaubte, sie sei voll unbändiger Energie. Ich fragte mich, was los war.

– Ein Jahr lang, fuhr sie fort, und jeden Tag, den Gott erschaffen hat, ist dieses Schwein mir nachgestiegen, und seine Alte hat uns von morgens bis abends in den Ohren gelegen. Ein Jahr lang hab ich malocht, ganze Wagenladungen von Kunden hab ich bedient, ich hab die Tische poliert und den Saal gefegt, und das ist das Ergebnis. Zum guten Schluß steckt dir der Herr des Hauses eine Hand zwischen die Beine und du kannst wieder bei Null anfangen. Ich und meine beiden Koffer... Ich hab gerade noch genug, um mich 'ne Zeit über Wasser zu halten und mir 'ne Fahrkarte zu kaufen.

Sie schüttelte lange mit dem Kopf, dann guckte sie mich an, und dann lächelte sie, ich erkannte sie wieder.

– Und das Beste weißt du noch gar nicht, meinte sie, ich hab nicht mal mehr 'nen Platz, wo ich schlafen kann. Ich hab meine Siebensachen gepackt, so schnell ich konnte, und die anderen Mädchen haben mich mit großen Augen angeglotzt. ›Ich bleib keine Sekunde länger!‹ hab ich denen gesagt. ›Ich könnte dieses Sackgesicht nicht noch einmal ertragen!!‹

Ich öffnete ein Bier an der Tischkante.

– Nun, ich muß sagen, du hattest recht, sagte ich. Ich gebe dir hundertprozentig recht.

Ihre grünen Augen funkelten mich an, ich spürte, wie wieder Leben in sie kam, sie sich wieder einkriegte und ihre langen Haare über dem Tisch schüttelte.

– Jaja, dieser Kerl muß sich eingebildet haben, ich gehörte ihm, kennst ja die Sorte...

– Ja, aber sicher kenn ich die. Mir kannst du vertrauen.

– He, ich glaub, ab 'nem gewissen Alter sind die alle übergeschnappt.

– Meinste...?

– Na klar, voll und ganz.

Wir räumten den Tisch ab, dann nahm ich die beiden Koffer und trug sie rein. Sie kümmerte sich bereits um das Geschirr, ich sah, wie das Wasser vor ihr hochspritzte. Sie erinnerte mich an eine exotische Pflanze mit schimmernden Fühlern und einem Herzen aus mauvefarbenem Skai, und ich kannte nicht viele Mädchen, die einen Minirock von dieser Farbe so unbekümmert tragen konnten. Ich warf die Koffer aufs Bett.

– Sag mal, meinte ich, eigentlich ist das gar nicht so übel, daß es so gekommen ist...

– Ja, findste...?

– Ja, im allgemeinen hab ich was gegen Leute, aber ich bin ganz froh, daß du bei mir einziehst.

Am nächsten Morgen war sie vor mir auf den Beinen. Es war ziemlich lang her, daß ich mit jemand zusammen gefrühstückt hatte. Ich hatte das vergessen, konnte mich nicht mehr erinnern, wie das war. Ich stand auf und zog mich stillschweigend an, ich küßte sie auf den Hals, als ich an ihr vorbeikam, und setzte mich vor meinen Kaffeebecher. Sie schmierte sich Brote groß wie Wasserski und rollte dabei mit den Augen, ich konnte mir ein Lächeln nicht verkneifen, der Tag ließ sich wahrlich gut an.

– Gut, ich werde versuchen, meinen Job so schnell ich kann zu erledigen, sagte ich. Ich muß nur eben noch in die Stadt, möchtest du mit...?

Sie ließ ihren Blick in der Bude kreisen und schüttelte den Kopf.

– Nein, nein, ich glaube, ich muß hier erst etwas Ordnung reinbringen. Wäre besser, oder...?

Ich ließ sie also machen und holte den Lieferwagen aus der Garage. Ich fuhr an der Rezeption vor. Georges war auf seinem Stuhl halb eingenickt, eine Zeitung lag offen auf seinem Bauch. Ich ging an ihm vorbei und schnappte mir einen Wäschesack.

– Oh, bist du's? brummte er.

Er packte einen Sack und folgte mir gähnend. Wir warfen die Säcke hinten in den Wagen und holten uns die nächsten.

– Ich hab gestern noch dieses Mädchen gesehen, sagte er.

Ich gab keine Antwort, ich schleppte einen Sack.

– Ich glaube, sie hat dich gesucht. Na, etwa nicht...?

Er humpelte zu mir rüber. Die Sonne fing an zu stechen.

– Ein Mädchen mit einem kurzen, mauvefarbenen Rock und dichten schwarzen Haaren, fügte er hinzu.

In diesem Moment trat Betty aus der Bude und lief auf uns zu. Wir guckten zu ihr hin.

– Sprichst du von so 'nem Mädchen? fragte ich ihn.

– Ogottogott! gab er von sich.

– Genau. Und ob sie mich suchte.

Ich stellte sie einander vor, und während der Alte noch seine treuherzige Tour abzog, holte ich mir die Liste für die Einkäufe, die oben neben dem Schiebefenster angepinnt war. Ich faltete den Zettel und steckte ihn in die Tasche, dann ging ich zum Wagen zurück und machte mir auf dem Weg die erste Zigarette an. Betty saß auf dem Beifahrersitz, sie unterhielt sich mit Georges durch das Seitenfenster. Ich ging um den Wagen herum und rutschte hinters Steuer.

– Nach eingehender Betrachtung, sagte sie, habe ich mich für den Stadtbummel entschieden...

Ich legte ihr den Arm um die Schulter und fuhr langsam los, um das Vergnügen auszukosten. Sie reichte mir einen Pfefferminzkaugummi. Das Papier warf sie auf den Boden. Die ganze Strecke lang preßte sie sich an mich. Ich brauchte das I Ging nicht zu befragen, ich wußte auch so, daß alles nur zu schön war. Zuerst schafften wir uns die Wäsche vom Hals, dann brachte ich die Einkaufsliste in den Laden gegenüber. Der Typ war gerade dabei, irgendwelche Etiketten überallhin zu kleben. Ich steckte ihm den Zettel in die Tasche.

– Laß dich nicht stören, sagte ich. Ich komm das nachher alles abholen. Und vergiß die Flasche nicht...

Er kam ein bißchen arg schnell in die Höhe und rammte sich den Schädel an einem Regal. Der Typ war sowieso schon potthäßlich, aber jetzt war sein Gesicht eine einzige Fratze.

– Wir haben gesagt, eine Flasche alle vierzehn Tage, und nicht eine Flasche pro Woche, maulte er.

– Stimmt, aber ich war gezwungen, mir einen Partner zuzulegen. Ich bin gegenwärtig gezwungen, ihn mit zu berücksichtigen.

– Was ist denn das für ein Quatsch...?!

– Das ist kein Quatsch, aber ansonsten bleibt zwischen uns alles beim alten. Ich kaufe weiter bei dir ein, wenn du dich einigermaßen klug verhältst.

– Großer Gott, eine pro Woche, das tut ja schon weh...!

– Glaubst du, wir sind alle auf Rosen gebettet?

In diesem Moment erblickte er Betty in ihrem weißen, enganliegenden Kittel, die im Wagen auf mich wartete. Ihre unechten Ohrringe blinkten im Sonnenlicht. Kopfschüttelnd rieb er sich zwei, drei Sekunden lang seine Beule.

– Nein, das würde ich nicht sagen, meinte er. Aber ich glaube, es gibt ein paar Schweinepriester, die kommen besser weg als andere.

Ich spürte, meine Position war nicht stark genug, um darüber zu diskutieren. Ich ließ ihn zwischen seinen Konserven stehen und ging zum Wagen zurück.

– So, jetzt haben wir etwas Zeit, sagte ich. Haste Lust auf 'n Eis...?

– Jessesmaria, und ob...!

Ich kannte die Alte in der Eisdiele ganz gut. Ich war einer ihrer besten Kunden in Sachen Eis plus Hochprozentiges, und oft genug ließ sie die Flasche auf der Theke stehen. Ich unterhielt mich dann ein wenig mit ihr. Ich winkte ihr zu, als wir reinkamen. Ich ließ Betty an einem Tisch Platz nehmen und ging bestellen.

– Ich glaube, ich werde mich für zwei Pfirsicheis entscheiden, sagte ich.

Ich trat hinter die Theke und gab ihr die Hand. Während sie ihre Arme in den dampfenden Eisbehälter tauchte, holte ich zwei Eisbecher raus, fast ein Liter mußte da reingehen. Danach klappte ich sämtliche Wandschränke auf, um das Pfirsichglas zu finden.

– He, sagen Sie mal, meinte sie, Sie sind aber ganz schön aufgeregt heut' morgen...

Ich stand auf und guckte zu Betty rüber, sie saß da mit

übereinandergeschlagenen Beinen, eine Zigarette zwischen den Lippen.

– Wie finden Sie sie? fragte ich.

– Etwas vulgär...

Ich schnappte mir die Flasche mit Maraschino und fing an, das Eis zu begießen.

– Na klar, sagte ich, das ist nämlich ein Engel, der direkt vom Himmel gefallen ist, sehen Sie das nicht...?

Auf dem Rückweg nahmen wir zunächst die Wäsche mit, dann ging ich los, um gegenüber die Einkäufe abzuholen. Es mußte so gegen Mittag sein, es war ziemlich heiß geworden, ich hatte nur ein Interesse, nämlich auf dem schnellsten Weg nach Haus zu kommen. Ich erspähte sofort meine Flasche, er hatte sie unübersehbar vor die Tüten gestellt und empfing mich nicht gerade mit einem Lächeln, wenn er mir überhaupt irgendeine Beachtung schenkte. Ich hievte die Einkaufsnetze hoch und nahm meine Schnapsflasche.

– Biste sauer? fragte ich ihn.

Er guckte mich nicht einmal an.

– Du wirst der einzige dunkle Punkt meines Tages sein, sagte ich. Ich packte den ganzen Krempel in den Wagen, dann peilten wir das Motel an. Am Stadtrand blies ein heftiger, heißer Wind, und schon ähnelte die ganze Gegend ein wenig mehr einer Wüste mit ein paar verkrüppelten Dingen und wenigen schattigen Stellen, aber da stand ich drauf, ich liebte die Farbe des Bodens ebenso, wie ich einen Hang für weite, ungezähmte Flächen hatte. Wir kurbelten die Scheiben hoch.

Ich trat das Gaspedal durch bis zum Anschlag, doch die Kiste schleppte sich mit neunzig dahin, wir hatten Gegenwind und mußten uns wohl oder übel gedulden. Nach einer Zeit drehte sich Betty nach hinten um, anscheinend war es ihr unter ihren Haaren zu heiß, denn sie hob sie pausenlos hoch.

– Sag mal, meinte sie, kannste dir vorstellen, wie weit wir zwei es schaffen könnten mit einer vernünftigen Kiste und dem ganzen Fraß da hinten...

Zwanzig Jahre vorher hätte mich dieser Gedanke hellauf begeistert, jetzt mußte ich mir Mühe geben, ein Gähnen zu unterdrücken.

– Wir würden 'ne tolle Kurve kratzen, sagte ich.

– Und ob ... und wir könnten 'nen Strich ziehen unter diese jämmerliche Gegend!

Ich machte mir eine Zigarette an und legte die Hände über das Lenkrad.

– Komisch, sagte ich, aber irgendwie finde ich diese Landschaft gar nicht mal so häßlich ...

Sie fing an zu lachen und warf den Kopf in den Nacken.

– Ach du Scheiße, wie kannste so was nur 'ne Landschaft nennen ...?

Man hörte, wie Steinchen von der Straße gegen die Karosserie knallten, der Wagen schlingerte im Seitenwind, draußen mußte es geradezu kochen. Ich stimmte in ihr Lachen ein.

Am Abend flaute der Wind mit einem Mal ab und es wurde äußerst schwül. Wir nahmen die Flasche mit auf die Terrasse und hofften, daß es sich in der Nacht ein wenig abkühlte, aber wir konnten die Sterne aufgehen sehen, ohne daß sich im geringsten etwas änderte ... Nicht der leiseste Windhauch, und ich muß sagen, daß ich selbst das noch nicht schlimm fand. Die einzige Abwehr war die totale Bewegungslosigkeit, und darin hatte ich inzwischen einige Übung. In fünf Jahren hatte ich es so weit gebracht, daß ich selbst die größte Hitze aushalten konnte, aber das wurde was anderes, wenn man ein Mädchen dabei hatte, da konnte man sich nicht einfach tot stellen.

Nach ein paar Gläsern versuchten wir, uns zu zweit in den Liegestuhl zu zwängen. Wir schwitzten in der Dunkelheit, aber wir taten so, als sei alles bestens. Am Anfang ist man immer so, da ist man bereit, alles mögliche zu ertragen. Wir blieben eine Weile so liegen, ohne uns zu rühren, wir hatten soviel Luft wie in einem Fingerhut.

Als sie anfing, sich zu winden, gab ich ihr ein Glas, um sie zu beruhigen. Sie stieß einen tiefen Seufzer aus, der einen Baum hätte entwurzeln können.

– Ich frage mich, ob ich überhaupt noch aufstehen kann, stöhnte sie.

– Vergiß es, red keinen Unsinn. Ist doch nichts, was wichtig genug wäre, um...

– Ich glaub, ich muß pinkeln gehen, unterbrach sie mich.

Ich fuhr ihr mit einer Hand unter den Slip und streichelte ihr über die Hinterbacken. Sie waren erste Klasse, mit kleinen Schweißspuren, die ihr von den Hüften rannen, und ihre Haut war weich wie ein Babypopo. Ich hatte keine Lust mehr, an irgend etwas zu denken, ich drückte sie an mich.

– Herrgott! rief sie. Drück mir nicht auf die Blase!

Trotzdem glitt sie mit einem Bein über meine und krallte sich irgendwie an meinem T-Shirt fest.

– Ich möchte dir sagen, daß ich froh bin, mit dir zusammen zu sein. Ich würde gern mit dir zusammen bleiben, wenn das geht... Sie hatte das mit ganz normaler Stimme gesagt, so, als hätte sie über die Farbe ihrer Schuhe oder den abblätternden Deckenanstrich nachgedacht. Ich schlug einen zwanglosen Ton an.

– Naja... schon möglich, könnte schon klappen. Mal sehn, ich hab keine Frau, keine Kinder, ich führ kein kompliziertes Leben, hab 'ne Bude und keinen allzu anstrengenden Job. Ich glaub, alles in allem bin ich keine schlechte Partie.

Sie legte sich platt auf mich, und bald darauf waren wir schweißgebadet von Kopf bis Fuß. Trotz der Hitze war das nicht unangenehm. Sie biß mir grunzend ins Ohr.

– Ich vertrau dir, flüsterte sie. Wir sind noch jung, wir bringen es noch zu was, du und ich.

Ich verstand nicht, was sie damit sagen wollte. Wir hielten uns lange umarmt. Wenn man alles verstehen müßte, was im Kopf eines Mädchens vorgeht, käme man nie zu einem Ende. Und dann wollte ich auch nicht unbedingt eine Erklärung, ich wollte sie bloß weiter umarmen und ihr über den Hintern streicheln, solange ihre Blase das aushielt.

2

Die nächsten Tage schwebten wir auf rosaroten Wolken. Wir trennten uns keinen Millimeter, und das Leben schien erstaunlich einfach. Ich hatte ein paar Probleme mit einem Spülbecken, einem kaputten Abflußrohr und einem kombinierten Gas- und Elektroherd, aber alles nichts Ernsthaftes, und Betty hatte mir geholfen, die abgeknickten Zweige und das herumfliegende Papier aufzusammeln und die Mülleimer zu leeren, die in den Alleen standen. Ganze Nachmittage hingen wir faul auf der Terrasse, fummelten an den Knöpfen des Radios und quatschten belangloses Zeug, solange wir nicht anfingen zu bumsen oder irgendein kompliziertes Gericht zuzubereiten, das wir am Abend vorher in einem Kochbuch entdeckt hatten. Ich schob den Liegestuhl in den Schatten, wenn sie eine Matte mitten in die Sonne schleppte. Sah ich jemand kommen, warf ich mit einem Handtuch nach ihm, und wenn der Störenfried endlich weg war, hob ich das Handtuch wieder auf und legte mich wieder in meinen Liegestuhl, um sie anzugucken. Mir war aufgefallen, ich brauchte bloß für etwas mehr als zehn Sekunden meinen Blick auf sie zu richten, dann vergaß ich alles. Und das paßte mir nur in den Kram.

Eines Morgens sprang sie mit einem Aufschrei von der Waage.

– Ach du Scheiße...! Das darf doch nicht wahr sein...!!

– Betty, was ist los...?

– Mein Gott! Ich hab schon wieder ein Kilo zugenommen. Hab ich's doch geahnt...!

– Zerbrich dir nicht den Kopf. Ich schwör's dir, das sieht man nicht.

Sie gab mir keine Antwort, und dieser Zwischenfall ging mir wieder völlig aus dem Sinn. Aber mittags fand ich auf meinem Teller eine in zwei Hälften geschnittene Tomate. Eine Tomate, sonst nichts. Ich verzichtete auf jeden Kommentar, nahm die Tomate in Angriff und redete mit ihr, als ob nichts wäre. Als ich

vom Tisch aufstand, fühlte ich mich in Bestform. Kein Kalorien-
paket, das einen am Boden festnagelte. Die Bettdecke flog zur
Seite, und wir leisteten uns eine unserer allerbesten Vorstellungen, während draußen die Sonne flimmerte und auf die Grillen
einhämmerte. Nach einer Weile stand ich auf und ging schnurstracks zum Kühlschrank. Manchmal kann einem das Leben
Augenblicke von absoluter Vollkommenheit bieten und einen in
himmlischen Staub hüllen. Es kam mir vor, als hätte ich ein
Rauschen in den Ohren, so, als hätte ich eine höhere Bewußtseinsstufe erlangt. Ich lächelte den Eiern zu. Ich schnappte mir
drei als Opfergabe und schlug sie in eine Schüssel.

– Was machst du denn da...? fragte Betty.

Ich war auf der Suche nach dem Mehl.

– Ich hab's dir noch nie erzählt, aber das einzige Mal in
meinem Leben, wo ich wirklich Kohle gemacht hab, das war, als
ich Crêpes verkauft hab. Ich hatte 'ne kleine Bude am Strand,
und die Leute haben Schlange gestanden in der prallen Sonne, die
Scheine in der Hand. Ja, alle, wie sie da waren. Aber ich machte
auch die herrlichsten Crêpes, die man in fünfhundert Kilometern
Umkreis finden konnte, und sie wußten das. Menschenskind, du
wirst sehen, daß ich keinen Quatsch erzähle...

– Oh, um Gottes willen, da laß ich lieber die Finger von...

– He, mach keine Witze...! Du wirst mich doch nicht allein
essen lassen, das kannst du mir nicht antun...

– Nein, nichts für mich, um Gottes willen... Ich will nichts
davon wissen.

Ich sah auf der Stelle ein, daß es keinen Sinn hatte zu
diskutieren, ich wäre gegen eine Mauer gelaufen. Ich sah den
Eiern zu, wie sie einzeln aus der Schüssel glitten und sich
langsam auf den Abfluß des Spülbeckens zubewegten. Mein
Magen knurrte. Aber ich riß mich zusammen und spülte die
Schüssel, ohne mich weiter aufzuregen. Sie rauchte eine Zigarette und guckte zur Decke.

Den restlichen Nachmittag hielt ich mich auf der Terrasse auf
und versuchte, den Motor der Waschmaschine zusammenzuba-
steln. Als sich am Abend immer noch nichts tat und sie weiter

ihre Nase in ein Buch steckte, ging ich rein und setzte Wasser auf. Ich gab eine Handvoll Salz hinein, riß ein Paket Spaghetti auf und ging zurück auf die Terrasse. Ich kauerte mich vor sie hin.

– Betty, ist irgendwas nicht in Ordnung...?

– Aber nein, sagte sie. Alles in Ordnung.

Ich stand wieder auf, verschränkte die Hände im Nacken und ließ die Augen über den Horizont schweifen. Der Himmel war rot und klar, das versprach Wind für den nächsten Tag. Ich fragte mich, durch was für 'nen Mist Sand ins Getriebe geraten war. Ich kehrte zu ihr zurück, ging in die Knie und beugte mich vor. Ich strich ihr mit unruhigem Finger über die Wange.

– Ich merke schon, daß dir 'ne Laus über die Leber gekrochen ist...

Sie guckte mich mit diesem harten Gesichtsausdruck an, der mich schon ein paar Tage vorher so mitgenommen hatte. Sie stützte sich auf einen Ellbogen.

– Kennst du eigentlich 'ne Menge Mädchen, die ohne Job und ohne einen Pfennig in der Tasche in einem geistig zurückgebliebenen Kaff landen und sich ihr Lächeln bewahren, kennst du 'ne Menge, die so sind...?

– Scheiße, und was wäre dann anders für uns, wenn du 'nen Job hättest und was auf der hohen Kante...? Was machste dich wegen so was verrückt...?

– Nicht nur das, das Schlimmste ist, daß ich dabei fett und rund werde! Ich geh in diesem Kaff hier noch vor die Hunde!

– Was erzählst du denn da? Was ist denn an dieser Gegend so schrecklich...? Bloß weil du nicht merkst, daß es in Wirklichkeit überall gleich ist, daß sich letzten Endes nur die Fassaden ändern...

– Na und...? Immer noch besser als gar nichts!

Kopfschüttelnd guckte ich in den zartrosa Himmel. Langsam erhob ich mich.

– Sag mal, sagte ich, würde es dir zusagen, wenn wir in der Stadt einen Happen essen gingen und uns danach ins Kino stürzten...?

Ein Lächeln wie eine Atombombe überzog ihr Gesicht, ich konnte geradezu spüren, wie eine Hitzewelle zu mir hochstieg.

– Großartig! Nichts besser als ein kleiner Abstecher, um auf andere Gedanken zu kommen. Ich zieh mir nur eben einen Rock an! Sie verzog sich nach innen.

– Nur einen Rock? fragte ich.

– Manchmal frage ich mich, ob du überhaupt an was anderes denken kannst.

Ich ging nach drinnen und stellte das Gas unter dem Topf ab. Betty machte sich vor dem Spiegel die Haare. Sie zwinkerte mir zu. Ich hatte das Gefühl, billig weggekommen zu sein.

Wir nahmen Bettys Kiste, einen roten VW, der in erster Linie Öl fraß, und parkten im Zentrum, ein Rad auf dem Bürgersteig.

Wir saßen noch keine fünf Minuten in der Pizzeria, als ein blondes Mädchen in den Raum kam. Betty sprang auf.

– He...!! Das ist doch Sonja! HE, SONJA... HE, HIER-HER...!! Besagtes Mädchen kam zu unserem Tisch rüber, in ihrem Schlepptau ein Typ, der Mühe hatte, das Gleichgewicht zu halten. Die Mädchen fielen sich in die Arme, und der Typ kippte mir gegenüber auf die Bank. Die zwei waren anscheinend sehr froh, sich wiederzusehen, sie ließen ihre Hände nicht los. Dann machten sie uns miteinander bekannt, der Typ stieß ein undefinierbares Knurren aus, während ich mich in die Karte vertiefte.

– Meine Güte, laß dich anschaun...! Du siehst ja toll aus! verkündete Betty.

– Du auch, mein Schatz... Du weißt gar nicht, wie ich mich freue!

– Jeder 'ne Pizza? fragte ich.

Als sich die Bedienung präsentierte, schien der Typ wach zu werden. Er faßte sie am Arm und drückte ihr einen Geldschein in die Hand.

– Wie lange brauchen Sie, um Champagner auf den Tisch zu zaubern? fragte er sie.

Das Mädchen guckte auf den Schein, ohne mit der Wimper zu zucken.

– Etwas weniger als fünf Sekunden, sagte sie.

– Geht in Ordnung.

Sonja warf sich auf ihn und verbiß sich in seinen Lippen.

– Oh Liebling, du bist wirklich wunderbar! gab sie von sich.

Nach einigen Flaschen stimmte ich völlig mit ihr überein. Der Typ hielt sich dran, mir davon zu erzählen, wie er ein Vermögen gemacht hatte, indem er zu einem Zeitpunkt mit Kaffee spekuliert hatte, wo die Preise wahnsinnig schnell in die Höhe gingen.

– Das Telefon ging alle paar Minuten, und die Kohle fiel einem von allen Seiten auf einmal zu. Verstehst du, man mußte was riskieren, bis zum Äußersten gehen, aber dann alles schleunigst wieder verkloppen. Von einer Sekunde zur andern konntest du deinen Zaster verdoppeln oder in den Keller rauschen...

Ich hörte ihm aufmerksam zu, so eine Geschichte faszinierte mich. Der schlichte Umstand, über Geld zu sprechen, hemmte bei diesem Typ die Auswirkungen des Alkohols. Er rülpste höchstens ab und zu etwas arg laut. Ich lutschte an der schäbigen Zigarre, die er mir gegeben hatte, und füllte die Gläser nach. Die Mädchen hatten glänzende Augen.

– Ich will dir mal was sagen, fügte er hinzu. Kennste den Film, wo so'n paar Typen so spät wie möglich von ihrer Karre abspringen müssen, während sie auf einen Abgrund zurasen...? Kannste dir vorstellen, wie's in denen aussehen muß...?

– Kaum, sagte ich.

– Also bei mir war das so, nur tausendmal schlimmer!

– Biste im richtigen Moment abgesprungen? fragte ich ihn.

– Jaja, das kannste mir glauben, daß ich im richtigen Moment abgesprungen bin. Danach bin ich zusammengeklappt und hab drei Tage lang gepennt.

Sonja strich ihm über die Haare und drückte sich an ihn.

– Und übermorgen, da fliegen wir in die Südsee, gluckste sie. Das bekomm ich zur Verlobung geschenkt! Oh mein Liebling, auch wenn's dir blöd vorkommt, aber ich werd verrückt vor Freude, wenn ich nur dran denke...!

Sonja sah aus wie ein zerzauster Vogel mit einem sinnlichen Mund, sie lachte praktisch in einem fort. Das hielt uns bei Laune.

Die Flaschen kamen und gingen, und irgendwann hakte sich Betty bei mir ein, ihr Kopf lehnte an meiner Schulter, während ich an meiner Davidoff zog.

Am Ende verstand ich niemanden mehr, ich hörte nur noch ein entferntes Gemurmel, alles schien weit weg, die Welt war absurd einfach, und ich lächelte. Ich erwartete nichts mehr. Ganz allein fing ich an zu lachen, so kaputt war ich.

Um Schlag ein Uhr morgens kippte der Typ ohne Vorwarnung nach vorn, ein Teller zersprang unter dem Aufprall. Es war Zeit, nach Haus zu gehen. Sonja beglich die Rechnung, indem sie ihm ein paar Mäuse aus der Jackentasche fischte, dann schleppten wir ihn nach draußen. Wir hatten einige Mühe in dem Zustand, in dem wir waren, aber als er einmal an der Luft war, fand er ein wenig seine Lebensgeister wieder und half uns. Trotzdem mußten wir an jedem Laternenpfahl anhalten, um zu verschnaufen. Uns war heiß. Sonja baute sich vor ihm auf, während wir wieder zu Atem kamen und er auf seinen Beinen taumelte, oh mein armer Liebling, sagte sie, mein armer kleiner Liebling... Ich fragte mich, ob sie ihren Schlitten am anderen Ende der Stadt geparkt hatten.

Dann öffnete sie endlich die Tür eines funkelnagelneuen Kabrios mit einer fünf Meter langen Motorhaube und wir konnten den kleinen Liebling ins Wageninnere kippen. Sonja küßte uns in aller Eile, sie wollte schnell nach Hause, um ihm etwas auf die Birne zu legen. Wir guckten zu, wie die Karre losfuhr, und winkten müde, und das Geschoß verschwand in der Nacht wie das Ungeheuer von Loch Ness.

Nach einiger Zeit fanden wir den VW wieder. Ich wollte unbedingt ans Steuer. Um richtig loslegen zu können, hätte ich was Nervenaufreibendes gebraucht, Scheinwerferketten bis zum Horizont und dann mit zweihundert Sachen dadurch, ich wollte UNBEDINGT fahren.

– Biste sicher, du schaffst es? fragte Betty.

– Ist doch nicht dein Ernst. Was is'n dabei?

Ich durchquerte die Stadt ohne irgendwelche Probleme. Es

war kaum wer auf der Straße, die reinste Lustpartie, außer daß es mir manchmal so vorkam, als würde der Motor durchdrehen und der VW einen Satz nach vorn machen.

Es war stockfinster. Die Scheinwerfer strichen gerade mal vor uns über den Asphalt, nichts zu sehen sonst außer dem fahlen Licht des Armaturenbretts, das flimmerte. Ich mußte mich an die Windschutzscheibe lehnen, um was zu erkennen.

– Haste schon den Nebel gesehen...!? sagte ich.

– Nein, ich seh keinen. Wovon redest du...?

– Erinner mich dran, daß ich die Scheinwerfer einstelle. Das ist ja gar nichts.

Ich folgte der durchgezogenen Linie, ich hielt das linke Vorderrad voll drauf. Nach kurzer Zeit wollte mir eins nicht in den Kopf. Ich kannte die Strecke auswendig, da gab's nicht die geringste Kurve, keine noch so kleine Krümmung, und trotzdem verschob sich unbegreiflicherweise diese vermaledeite weiße Linie ganz langsam, fast unmerklich nach rechts. Meine Augen wurden größer und größer.

Als ich den VW über den Straßenrand knallte, stieß Betty einen Schrei aus. Die Kiste stürzte mit der Schnauze in diesen kleinen, unglückseligen Graben, und wir bekamen einen gehörigen Stoß ab. Ich wollte die Zündung abstellen, doch das einzige, was passierte, war, daß sich die Scheibenwischer in Gang setzten.

Betty öffnete wütend die Beifahrertür, ohne ein Wort zu sagen. Ich fragte mich, was ich angestellt hatte, und vor allem, was uns im einzelnen passiert war. Ich stieg nach ihr aus. Der VW sah mit seinen verbeulten Stoßstangen aus wie ein feistes, dämliches Tier, das kurz davor war zu krepieren.

– Wir sind von Marsbewohnern angegriffen worden, versuchte ich witzig zu sein.

Ich hatte mich noch nicht rumgedreht, da war sie auf ihren hohen Absätzen schon losgetippelt. Ich setzte ihr im Galopp nach.

– Mein Gott! Mach dir keine Sorgen wegen der Kiste, ließ ich mich vernehmen.

Sie schritt aus, als hätte sie Federn unter den Füßen, und guckte nicht rechts noch links, ich hatte tierische Mühe, auf gleicher Höhe zu bleiben.

– Ich scher mich 'nen Dreck um diesen Haufen Schrott! sagte sie. Ich denk an was anderes...

– Ist doch nichts... wir haben höchstens noch einen Kilometer vor uns. Das wird uns gut tun...

– Nein, ich muß gerade an Sonja denken, fuhr sie fort. Weißt du, wer das ist, Sonja...?

– Jaja, du sprichst von deiner Freundin?

– Ja, ganz richtig!... Findest du nicht, daß sie Schwein hat, meine Freundin, findest du nicht, daß sie sich ein VERGNÜG-TES LÄCHELN leisten kann...??!!

– Ach Scheiße, Betty, fängst du schon wieder an...?

– Weißt du, redete sie weiter, Sonja und ich, wir haben im gleichen Lokal als Bedienung gearbeitet, bevor es mich hierhin verschlagen hat, wir taten den gleichen Mist, putzen, bedienen, kehren, und am Abend gingen wir auf unsere Bude und quatschten darüber, wie das Leben wäre, wenn wir uns das alles vom Hals schaffen könnten. Und eben, da durfte ich sehen, was seitdem aus ihr geworden ist, ich finde, sie hat sich ein hübsches Plätzchen an der Sonne gesichert...

In der Ferne konnte man die Lichter des Motels sehen. Unser Leidensweg war noch lange nicht zu Ende, und der Hang wurde glitschig.

– Biste nicht meiner Meinung? hakte sie nach.

Ich sagte mir, geh ruhig weiter, kümmer dich nicht darum, was sie sagt, das führt doch zu nichts, in einer Sekunde hat sie's wieder vergessen.

– Erklär mir doch, warum ich immer noch so dumm dastehe, sag mir nur, was hab ich denn Schlimmes getan, daß ich nicht auch mal ein paar Sprossen höherklettern darf...

Ich blieb stehen, um mir eine Zigarette anzumachen, sie wartete auf mich. Ihr Blick durchbohrte einen. Ich kehrte den Typ heraus, der es aufgibt.

– Solange wir hier bleiben, können wir unser Glück nie versuchen, sagte sie.

Ich guckte über ihre Schulter hinweg. Ihr Atem ging schnell.

– Keine Ahnung, sagte ich.

– Was soll das heißen, keine Ahnung...?! Was trillerst du da...??!!

– Scheiße, das soll heißen, daß ich von so was keine Ahnung hab!

Um der ganzen Angelegenheit ein Ende zu setzen, ging ich ein paar Schritte über den Seitenstreifen hinaus und fing an zu pinkeln. Ich kehrte ihr den Rücken zu. Ich fand, ich hatte ihr gut das Maul gestopft. Ich ließ eine blaue Rauchwolke in die Nacht steigen und überlegte mir, daß es zwar notgedrungen einige Unannehmlichkeiten nach sich zog, wenn man mit einer Frau zusammen lebte, sich letzten Endes jedoch die Waagschale immer noch zu ihren Gunsten neigte. Sollte sie mir doch ruhig alles an den Kopf schmeißen, was ihr so einfiel, alles in allem kratzte mich das herzlich wenig. Ich fand das nicht zu teuer, wenn man bedachte, was sie einem andererseits gab. Ich spürte, daß sie hinter mir vor Wut kochte, ich konnte mich nicht erinnern, wann ich das letzte Mal jemand an meiner Seite gespürt hatte, das mußte ewig her sein.

Ich knöpfte mir in gehobener Stimmung die Hose wieder zu. So ist das nun mal, wenn man sich ein so lebhaftes Mädchen leistet, sagte ich mir, da sind diese leichten Fieberanfälle nicht zu vermeiden, denen kannst du nicht entgehen. Der Alkohol brachte mein Blut zum Kochen, ich drehte eine Pirouette auf einem Bein und wandte mich ihr zu.

– Ich hab keine Lust mehr, darüber zu diskutieren, sagte ich. Ich fühl mich nicht dazu in der Lage, sei lieb...

Sie schaute in den pechschwarzen Himmel und stöhnte auf.

– Meine Güte nochmal, denk doch an das ganze Leben, das einem hier flöten geht, kriegste da nicht manchmal Zustände...?

– Hör zu... Seitdem ich mit dir zusammen bin, habe ich nicht den Eindruck, daß mir was vom Leben flöten geht. Ich hab eher den Eindruck, daß ich mehr bekomme, als mir zusteht, wenn du es genau wissen willst...

– Och Scheiße!! Davon rede ich doch gar nicht...! Ich will, daß wir hier alle beide rauskommen. Irgendwo wartet das Glück auf uns, wir dürfen es bloß nicht verpassen.

– Schwerer Irrtum.

– Mein Gott, man sollte glauben, du hast in dieser armseligen Wüste das Paradies gefunden. Biste eigentlich nur bescheuert...?

Ich nahm mir vor, keine Antwort zu geben. Ich ging auf sie zu, doch zu allem Unglück verfing sich mein Fuß in einer Wurzel, ich flog der Länge nach in den Dreck und riß mir die Backe auf. Offensichtlich störte sie diese Nebensächlichkeit nicht. Sie fuhr fort, ihr ganzes Arsenal des Lebensfurors der achtziger Jahre auszupacken, während ich mich im Staub wälzte.

– Guck dir doch Sonja an, wie die sich aus der Scheiße gezogen hat. Jetzt kann sie das Leben so richtig genießen... Kannst du dir in ungefähr vorstellen, was uns erwartet, wenn wir beide uns aufmachen...?

– Betty, mein Gott...!

– Ich versteh es nicht, wie du das machst, daß du hier nicht erstickst. Ist doch nichts zu hoffen in so 'ner Gegend!!

– Scheiße, komm lieber her und hilf mir...!

Aber ich merkte schon, sie hörte mir nicht zu. Sie rührte sich für keinen Pfifferling, so sehr hatte sie sich in die Sache hineingesteigert, ihr Atem ging stoßweise, und ihre Augen leuchteten.

– Stell dir vor, eines schönen Tages fliegen wir in die Südsee..., fügte sie hinzu. Stell dir vor, irgendwann einmal landen wir im Paradies...!!

– Gehn wir schlafen, sagte ich.

Sie guckte mich mit festem Blick an.

– Man braucht sich bloß in Bewegung zu setzen. Man muß nur wollen.

– Was erhoffst du eigentlich...? Was glaubst du...?!

– Mein Gott, kannst du dir vorstellen, wie das Leben in der Südsee aussieht...?

Diese Vision hatte ihr völlig den Kopf verdreht. Sie lachte nervös auf, dann zog sie los, ohne auf mich zu warten, und jonglierte mit ihren honigsüßen Bildern. Es gelang mir, mich hinzuknien.

– SCHEISSE...! brüllte ich los. ICH LACH MICH TOT ÜBER DEINE SCHEISS-SÜDSEE...!!

3

In den nächsten Tagen sprachen wir nicht mehr darüber. Wir steckten bis zum Hals in Arbeit, so viel auf einmal hatte ich noch nie erlebt. Der verfluchte Orkan hatte uns alles versaut, überall waren irgendwelche Klamotten abgerissen, Fenster in tausend Scherben zersprungen. Der in den Alleen verstreute Plunder war nicht mehr zu zählen. Als wir uns mit Georges den ganzen Umfang des Desasters ansahen, guckten wir uns nur dumm an, und er hatte sich bloß am Kopf gekratzt und das Gesicht verzogen. Betty hatte eher gelacht.

Ich verbrachte also meine Tage damit, mit meinem Werkzeugkasten und einem Bleistift hinterm Ohr von einem Bungalow zum andern zu tigern. Betty pendelte in einem fort in die Stadt, um mir kistenweise Nägel, Töpfe von Kitt, Bretter und Sonnencrème anzufahren, denn die meiste Zeit war ich draußen, entweder oben auf einer Leiter oder an ein Dach geklammert. Von morgens bis abends blieb der Himmel blau, ein für alle Mal leergefegt, und ich blieb Stunde um Stunde in der prallen Sonne, ein Bündel Nägel im Mund, um die klapperigen Hütten zu flicken. Georges konnte man bei diesen Dingen in der Pfeife rauchen, es konnte sogar gefährlich sein, mit ihm zusammenzuarbeiten, mal fiel ihm der Hammer aus der Hand, mal war er imstande, einem einen Finger abzusägen, wenn man ein Brett festhielt. Einen Vormittag lang hielt ich es mit ihm aus, dann ersuchte ich ihn, sich einzig und allein um die Alleen zu kümmern und meiner Leiter nicht mehr zu nahe zu kommen, sonst würde ich ihm meine Kiste an den Kopf schmeißen.

Stück für Stück nahm die Gegend wieder menschliche Züge an, und ich war jeden Abend groggy. Die Dachantennen machten mir besonders zu schaffen, ich hatte Mühe, die Dinger ganz allein wieder aufzustellen und die Kabel wieder anzuklemmen, aber ich wollte nicht, daß Betty auf die Dächer klimmte, ich wollte nicht, daß ihr etwas zustieß. Von Zeit zu Zeit sah ich sie mit einem frischen Bier oben auf der Leiter aufkreuzen, und ich wurde total unvorsichtig durch die Hitze, ich sah Blitze in ihren Haaren und beugte mich vor, um ihr einen Zungenschlag zu verpassen und das Bier an mich zu nehmen. Das half mir, bis zum Abend durchzuhalten. Dann sammelte ich mein Werkzeug ein und ging essen, ich schleppte mich im milden Schein der untergehenden Sonne zu unserer Bude, wo ich sie, meinen Fächer in der Hand, auf der Terrasse liegend vorfand. Sie stellte mir immer die gleiche Frage, wenn ich ankam:

– Wie geht's? wollte sie wissen. Biste nich' zu kaputt...?

– Geht so...

Dann stand sie auf und folgte mir nach drinnen. Ich sprang unter die Dusche, während sie sich an den Herd stellte. Ich war wahrlich ausgelaugt, aber je mehr ich's war, um so mehr wollte ich, daß sie sich für mich interessierte. Vor lauter Müdigkeit kam ich auf jede Menge alberner Ideen, ich wollte mich wickeln und mir den Hintern eincremen lassen wie bei einem Baby, mich auf ihren Bauch legen und ihr die Brüste aussaugen oder andere Sachen dieser Art, sehr erregend fand ich das. Ich schloß die Augen, wenn sie mir von hinten den Nacken und die Schultern massierte, mein kleiner Wirbelwind, dachte ich, oh mein kleiner Wirbelwind...

Wir aßen, dann räumten wir in aller Eile ab. Alles lief ab wie nach Noten. Ich machte mir eine Zigarette an und ging raus auf die Terrasse, während sie ein paar Klamotten in die Waschmaschine steckte. Ich peilte in aller Ruhe meinen Liegestuhl an und ließ mich fallen. Ich hörte, wie sie beim Spülen pfiff und summte, und mehr als einmal fühlte ich mich glücklich, erlebte ich Augenblicke so tiefer innerer Ruhe, daß ich mit einem ganz und gar idiotischen Lächeln in den Mundwinkeln einnickte. Jedesmal fiel mir dann die Kippe auf die Brust, und ich wachte mit einem Jaulen auf.

– Scheiße, du bist ja schon wieder eingeschlafen! sagte sie.

– WAS...?!

Dann tauchte sie auf und brachte mich ins Bett, einen Arm um meine Taille. Sie kippte mich auf die Matratze und fing an, mich auszuziehen. Unglücklicherweise wurde mir innerhalb von zehn Sekunden klar, daß ich viel zu kaputt war, um mit ihr zu bumsen, ich konnte die Augen nicht mehr aufhalten, ich war in der Tat fix und fertig.

Wir mußten uns ganz neu darauf einstellen. Wir bumsten jetzt am Morgen. Das einzig Lästige daran war, daß ich vorher aufstehen mußte, um pissen zu gehen, und sie auch, das minderte ein wenig den Reiz, aber mit ein paar blöden Witzen halfen wir uns darüber hinweg und kamen dann schnell zur Sache. Betty war am Morgen blendend in Form, ich fragte mich, ob sie am Ende irgendwelche Dinger auspackte, die sie die Nacht lang ausgeheckt hatte. Sie wollte ziemlich bizarre Stellungen ausprobieren und legte sich fieberhaft ins Zeug, manchmal haute mich das glatt um, ich war hin und her gerissen. Ich ging zurück an die Arbeit und glaubte an den Himmel und an die Hölle, mit weichen Knien reparierte ich eine Antenne auf irgendeinem Dach.

Eines Morgens wachte ich vor Betty auf. Die Sonne schien bereits von allen Seiten herein, ich stützte mich auf den Ellbogen. Auf dem Stuhl gegenüber vom Bett saß ein Typ, und dieser Typ war der Besitzer des Motels. Er guckte uns aufmerksam an. Beziehungsweise er guckte Betty an. Ich brauchte ein paar Sekunden, bis ich begriff, was los war, und dann sah ich, daß wir die Decke zum Teufel geschickt hatten und Betty die Beine auseinander hatte. Der Typ war feist, schmierig, er tupfte sich mit einem Taschentuch über die Stirn und seine Hände waren mit Ringen übersät. Am frühen Morgen konnte einen so ein Kerl geradezu anekeln.

Ich deckte Betty zu und stand schnellstens auf. Ich zog mich an, unfähig, ein Wort hervorzubringen, und fragte mich, was der hier wollte. Er lächelte mich an, ohne ein Wort von sich zu geben, als ob er mit mir Katz und Maus spielen wollte. In diesem Moment wurde Betty wach und richtete sich abrupt auf, ihre Brüste waren zu sehen. Sie strich die Haare zur Seite, die ihr in die Augen fielen.

– Ach du Scheiße...! Was ist denn das für einer...? sagte sie.
Der Kerl nickte ihr zu und erhob sich.

– Also so was...!! Nur keine Hemmungen! fügte sie hinzu.

Ich schob den Besitzer raus, bevor die ganze Geschichte
unnötig kompliziert wurde, und machte die Tür hinter uns zu.
Ich ging ein paar Schritte auf und ab im hellen Tageslicht und
räusperte mich dabei. Er hatte seinen Sakko über dem Arm,
große, kreisrunde Schweißflecken machten sich auf seinem
Hemd breit. Ich war nicht in der Lage, meine Gedanken
beisammenzuhalten, ich fühlte mich nicht wohl in meiner Haut.
Ich war es gewohnt, zu dieser Tageszeit in aller Ruhe zu bumsen.
Der Kerl fuhr sich mit seinem Taschentuch durch den Hemden-
kragen und guckte mich mit verzerrtem Gesicht an.

– Sagen Sie mal, fing er an, liegt das an dieser jungen Frau, daß
man Sie morgens um zehn noch im Bett finden kann...?

Ich steckte die Hände in die Taschen und guckte auf den
Boden, so sah ich aus wie einer, der sich langweilt, und
außerdem brauchte ich ihm nicht in die Visage zu sehen.

– Nein, nein, sagte ich, die ist nur so da.

– Es geht nur nicht an, sehen Sie, es geht vor allen Dingen nicht
an, daß Sie ihretwegen vergessen, wofür Sie hier sind, wofür ich
Sie hier einquartiere und bezahle, verstehen Sie...?

– Ja, selbstverständlich, aber...

– Sie wissen, fiel er mir ins Wort, ich brauche bloß eine kleine
Annonce aufzugeben, und morgen früh drängeln sich Hunderte
von Typen vor dem Eingang, die um Ihre Stelle betteln. Ich will
Sie nicht wie einen Drückeberger behandeln, wo Sie schon so
lange hier sind und ich noch keinen Grund hatte, mich ernsthaft
über Sie zu beklagen, aber sowas gefällt mir nicht. Ich glaube
nicht, daß Sie so eine Art Mädchen bei sich einquartieren und
gleichzeitig Ihre Arbeit angemessen verrichten können, verstehen Sie, was ich meine...?

– Haben Sie das von Georges? fragte ich ihn.

Er nickte. Der Typ war widerlich, und er wußte es. Er setzte
es als Waffe ein.

– Nun gut, fuhr ich fort, dann hätte er Ihnen auch sagen

müssen, daß sie uns ganz schön geholfen hat. Ich schwöre Ihnen, ohne sie wären wir nicht so weit. Wenn Sie die Verwüstungen nach diesem vermaledeiten Orkan gesehen hätten, nichts stand mehr da, wo es vorher war, und sie, sie ist ständig einkaufen gefahren, während Georges und ich versucht haben, den Krempel in aller Schnelle zu reparieren. Sie hat die Fensterscheiben gekittet, Gestrüpp aufgesammelt, ist von einer Ecke zur andern gerast, sie... sie hat keine Sekunde lang nichts getan, sie...

– Ich behaupte nicht...

– Und eins möchte ich hinzufügen, mein Herr, nicht ein Mal hat sie gefragt, was sie dafür bekommt. Georges kann Ihnen sagen, daß sie uns irrsinnig viel Zeit erspart hat...

– Kurz und gut, Sie wollen also, daß ich darüber hinwegsehe, ist es das...?

– Hören Sie... ich bin heute morgen vielleicht etwas spät aus den Federn gekommen, aber zur Zeit klotze ich meine zehn bis zwölf Stunden am Tag. Wir hatten schrecklich viel zu tun, Sie brauchen ja nur mal hinzugucken. Normalerweise stehe ich auf, sobald es hell wird, ich weiß nicht, was heute los war. Sollte mich wundern, wenn sowas nochmal vorkommt.

Er zerfloß unter der Sonne, irgendwas schien ihm durch den Kopf zu gehen, denn er verdrehte sein Gesicht in alle Richtungen. Er warf einen Blick in die Runde.

– All diese Hütten könnten einen Schuß Farbe vertragen, sagte er. Das sieht nach nichts mehr aus...

– Ja, das stände ihnen nicht schlecht. Außerdem würde das den Blick von der Straße darauf lenken. Ich hab schon mit Georges darüber nachgedacht...

– Gut, dann sehe ich vielleicht einen Weg, uns zu arrangieren... Sie könnten sich mit Ihrer Freundin dranmachen.

Das war dermaßen viel, daß ich blaß wurde.

– He, das soll wohl ein Witz sein..., sagte ich. Das ist 'ne Arbeit für eine ganze Firma, da sind Sie sich doch darüber klar. Da ist kein Ende abzusehen...!

– Zu zweit sind Sie doch schon eine kleine Firma, kicherte er hämisch.

Ich biß mir auf die Lippen. Der Typ hatte uns in der Hand, und da hatte ich schwer dran zu schlucken. Warum durfte es sowas überhaupt geben? Wie konnte man überhaupt in so eine Lage kommen? Ich fühlte mich bereits müde, dabei hatte der Tag noch gar nicht angefangen.

– Gut, aber erst möchte ich wissen, wieviel sie dafür bekommt, stöhnte ich.

Sein Lächeln wurde breiter. Er tippte mir mit seinen Wurstfingern auf die Schulter.

– Meine Güte, ich lach mich schief, sagte er. Vor fünf Minuten sollte ich dieses Mädchen noch vergessen, oder nicht...? Wie soll ich denn Ihrer Meinung nach klarkommen, wenn ich sie bezahlen muß, hören Sie auf, wo ist denn da der Sinn...?!

Der Typ war in der Tat eines dieser schönen Miststücke, die man überall treffen kann und die einem einen faden Geschmack im Mund verschaffen. Ich guckte auf meine Füße, ich hatte den Eindruck, sie seien am Boden festgenagelt, und meine Kinnbakken taten mir weh. Ich fuhr mir langsam mit einer Hand über den Mund und schloß die Augen. Das hieß, ich kapitulierte. Er schien das schon zu kennen, denn er verstand die Nachricht auf Anhieb.

– Na also, ist doch bestens! Ich werde Sie in Ruhe arbeiten lassen und ab und zu mal schauen, wie Sie vorankommen. Ich geh gleich mit Georges los, Farbe bestellen...

Er verzog sich und zerknüllte dabei sein Taschentuch. Ich hüpfte eine Zeit lang von einem Bein aufs andere, bevor ich mich dazu entschloß, wieder reinzugehen. Betty stand unter der Dusche, ich konnte sie durch den Vorhang sehen. Ich war ganz schön in der Patsche. Ich setzte mich an den Tisch und trank einen lauwarmen Kaffee. Zum Kotzen.

Sie hatte sich in ein Handtuch gewickelt und setzte sich mir direkt auf den Schoß.

– Kannste mir mal sagen, wer das war...? Wie kann der sich erlauben, einfach reinzukommen...?

– Der braucht keine Erlaubnis, sagte ich. Das ist der Besitzer...

35

– Na und, was heißt das...? Man kann doch nicht einfach so bei anderen Leuten reinkommen, das ist doch die Höhe...!

– Ja, hast ja recht. Hab ich ihm auch gesagt.

– Und was wollte er hier?

Ich streichelte ihr über eine Brust ohne irgendeinen Hintergedanken. Ich fühlte mich viel zu ausgelaugt, und wenn ich an die ganze Arbeit dachte, die vor uns lag, mamma mia, mir schlotterten schon die Knie, mir wurde schlecht bei dem Gedanken.

– Nun, was wollte er? bohrte sie weiter.

– Nichts... Irgend'nen Scheiß... Wir sollen ihm 'n paar Sachen anstreichen.

– Oh, das trifft sich gut... Anstreichen, das find ich toll!

– Das nenn ich Schwein gehabt, sagte ich.

Am nächsten Morgen kreuzte ein Typ mit einem Lieferwagen und zwei- oder dreihundert Kilo Farbe und Rollen auf.

– So, meinte er, das reicht wohl fürn Anfang. Wenn keine mehr da ist, dann rufense mich einfach an, ich komm' dann wie der Blitz, alles klar?

Wir stellten die Farbeimer in den Schuppen. Sie ergaben einen hübschen Stapel, mir drehte sich der Magen um, Wut und Ohnmacht trafen mich wie Feuer. Ich wußte nicht mehr, daß das so schlimm sein konnte, das Vergnügen hatte ich lang nicht mehr gehabt. Komisch, ich hatte tatsächlich einiges vergessen.

Vor sich hin pfeifend zog der Lieferant ab. Das Wetter war herrlich, sozusagen aussichtslos schön. Ich guckte mit Trübsal im Blick auf die Bungalows und machte mich mit einem 25-Kilo-Eimer auf den Weg. Genau das Richtige, um sich ein bißchen die Finger zu quetschen.

Georges lauerte mir vor der Rezeption auf. Ich ging weiter. Er kam rüber und holte mich ein mit dem Lächeln eines altersschwachen Idioten.

– He, sag mal... sieht aber schwer aus, das Ding!

– Geh mir nicht auf die Eier, knurrte ich. Laß mich bloß in Ruhe!

– Scheißdreckkackmist nochmal... Was hab ich dir denn getan...??

Ich wechselte den Eimer von einer Hand in die andere, ohne meinen Schritt zu verlangsamen. Dabei bekam ich einen Schlag vors Schienbein, kleine blaue Sternchen tanzten mir vor den Augen. Er ließ nicht locker:

– Meine Güte, mit so 'ner Fresse hab ich dich schon lang nicht mehr rumlaufen sehn...!

– Kann schon sein, sagte ich. Aber was mußteste auch ausquatschen, daß Betty hier WOHNT...?!

– Ach, mein Gott, kennst ihn doch... Dieser Arsch zieht einem alles aus der Nase! Ich war noch halb am Pennen, als er kam.

– Jaja, aber so ganz wach biste ja nie. Du bist die leibhaftige Blödheit!

– He, sag mal, ist das wahr, daß ihr den ganzen Mist anstreichen sollt? Willste dir das antun...??

Ich blieb stehen. Ich setzte meinen Eimer ab und guckte Georges in die Augen.

– Paß auf, sagte ich, ich weiß noch nicht, wie ich mich entscheide, aber wehe, wenn du Betty was sagst. Ist das klar...?

– Ja, reg dich ab, Kumpel, kannst ruhig schlafen... Aber wie willste das anstellen, ihr nix zu sagen...?

– Keine Ahnung. Hab ich noch nicht drüber nachgedacht.

Als wir uns mit Betty vor dem ersten Bungalow trafen, kriegte ich die Scheißerei und mußte für eine gewisse Zeit verschwinden. Das riesige Ausmaß der bevorstehenden Plackerei schnürte einem die Eingeweide zusammen, und ich hatte keinen Mut mehr, Betty davon zu erzählen. Die Hölle wäre los gewesen, niemals hätte sie sich dazu hergegeben, eher hätte sie den ganzen Laden in Brand gesteckt. Der Scheiß, der dann auf uns zugekommen wäre, schien mir noch erheblich schlimmer, so daß ich ein für alle Mal beschloß, alles auf meine Kappe zu nehmen und durchzuhalten. Dünnschiß zu kriegen ist nicht das Ende der Welt, das war nur ein unangenehmer Moment, der vorüberging.

Betty quatschte mit den Mietern, als ich zurückkam. Ich war etwas blasser als sonst.

– Ah..., da bist du ja. Ich bin grad dabei, den Leuten zu erklären, daß wir hier was anstreichen werden...

Sie guckten mich voller Mitgefühl an, so auf die niedergeschlagene Tour, wenn man sich in der Niederlage anderer suhlt. Sie waren mindestens schon sechs Monate da und hatten in der Zeit jede Menge Blumenkästen an allen möglichen Ecken angebracht. Ich brummelte mir irgendein unverständliches Zeug in den Bart und zog Betty hinter unsere Bude. Meine Kehle war trocken. Betty war wirklich wunderbar, sie sprühte geradezu vor Energie und lächelte in einem fort. Ich hielt mir die Hand vor den Mund und räusperte mich zwei-, dreimal.

– Na los, worauf warten wir, wo soll ich anfangen...? fragte sie mich.

– Gut, streich du die Fensterläden, ich streich drumherum, sagte ich.

Sie lachte unbekümmert, steckte sich die Haare hoch, und dieses Bild ließ einen in die Knie gehen.

– Ich bin soweit! meinte sie. Und wer zuerst fertig ist, hilft dem anderen...!

Ich schickte ihr ein unendlich trauriges Lächeln nach, als sie mir den Rücken zudrehte.

Die beiden Alten kamen von Zeit zu Zeit vorbei, um zu sehen, wie weit wir waren. Sie stellten sich mit verschränkten Armen unter meine Leiter und krümmten sich vor Vergnügen. So gegen elf brachte uns die Frau ein paar Plätzchen. Betty schäkerte ein wenig mit ihnen, sie fand sie alle beide offenbar sehr nett. Ich fand sie eher zum Kotzen, ich hatte keine große Lust, bei jeder passenden und unpassenden Gelegenheit was zu sagen oder herumzualbern. Als ich den oberen Teil der Fassade gestrichen hatte, kletterte ich von meiner Leiter und ging zu Betty, um meinen zweiten Trumpf auszuspielen. Sie kümmerte sich gerade um eine Ecke des Bungalows.

– Meine Güte, du streichst wie ein Weltmeister, sagte ich zu

38

ihr. Besser kann man's nicht machen... Eins ist allerdings ein bißchen blöd, ist aber meine Schuld, ich hab's vergessen, dir zu sagen...

– Was stimmt denn nicht...?

– Na ja, da an den Kanten... Du bist sozusagen übergetreten.

– Ja sicher bin ich das! Wie sollte ich das denn anders machen...? Haste gesehen, wie groß die Pinsel sind...?

– Ich weiß, das ist nicht deine Schuld... Trotzdem, jetzt ist auch schon auf der Rückseite Farbe...!!

– Na und, was macht das schon? fragte sie.

Ich tat so, als blieb mir die Luft weg.

– Wie bitte...?! ließ ich mich vernehmen.

– Also, du wirst ihnen doch nicht etwa nur EINE SEITE ihrer Hütte streichen wollen, wozu soll das denn gut sein...?

Ich rieb mir mit dem Arm über die Stirn und guckte wie ein ausgebuffter Profi.

– Was soll's, ist eins wie das andere..., sagte ich. Wenigstens wird's ihnen gefallen... Dann könnense – Betty sei Dank – in 'ner völlig neuen Hütte sitzen.

Und den Rest des Tages kamen wir nicht mehr von dieser kleinen Scheißhütte weg.

Tatsächlich kostete uns dieser kleine Scherz praktisch eine Woche. Das Thermometer war wie auf Kommando gestiegen, und es wurde unmöglich, in den frühen Nachmittagsstunden im Freien zu arbeiten. Wir mußten uns in unserer Bude vergraben und die Rollos bis zum Boden ziehen. Der Kühlschrank konnte noch so dröhnen wie eine Waschmaschine, er schaffte es nicht mehr, uns das nötige Eis zu liefern. Wir hingen im Wohnzimmer herum und hatten kaum was an, und oft genug blieben wir aneinander kleben, wenn der eine am andern vorbeikam.

Mein Finger folgte den Schweißspuren, die sich auf ihrer Haut abzeichneten, und wir brachten die Möbel zum Einstürzen, schnaufende Lokomotiven mit verklebten Haaren und feurigem Blick. Ich hatte den Eindruck, je mehr wir bumsten, um so mehr Lust bekamen wir darauf, aber das war es nicht, was mir

39

Probleme bereitete. Viel eher beunruhigte es mich, daß Betty von Tag zu Tag weniger Geschmack am Anstreichen fand. Irgendwie hatte sie nicht mehr den gleichen Schwung, und auch die Plätzchen kamen immer seltener. Wir waren mit dem ersten Bungalow noch längst nicht durch, doch allmählich hatte sie die Nase voll. Ich hatte keinen Schimmer, wie ich ihr beibringen sollte, daß noch sechsundzwanzig weitere auf uns warteten. Abends konnte ich kaum einschlafen, wurde zum Kettenraucher im Bett, während sie schlief. Ich ließ meine Gedanken schweifen in der Stille der Finsternis. Ich fragte mich, was kommen würde. Jedenfalls, soviel war klar, würde ich in vorderster Linie stehen. Mir war, als würde ich mitten in einer Arena in die blendende Sonne gucken. Ich spürte die Gefahr, wußte aber nicht, von woher sie mir zuerst blühte. Zum Totlachen fand ich das nicht.

4

Eines Abends gegen sieben Uhr waren wir mit dem Bungalow fertig, die Sonne ging gerade unter. Die Bude erschien einem fast unwirklich, rosarote Fensterläden auf einem weißen Untergrund, und die beiden Alten fielen sich entzückt um den Hals. Betty und ich waren hundemüde. Wir setzten uns jeder auf einen Farbeimer und zogen uns ein Bier rein. Am Nachmittag war leichter Wind aufgekommen, es war schön geworden. Man kann immer irgend etwas Angenehmes finden, wenn man eine Arbeit fertig hat, egal was für eine, jedenfalls waren wir heilfroh. Die Müdigkeit und der Schmerz in unseren Gliedern waren ein ganz besonderer Likör, wir lachten über jeden Blödsinn.

Wir waren mittendrin, uns bedeutungsvoll zuzuzwinkern und Bier zu verspritzen, als der Besitzer auftauchte. Sein Schlitten zog eine Staubwolke nach sich und hielt genau vor uns an. Wir bekamen kaum noch Luft, besonders ich. Mir fingen die Ohren an zu dröhnen.

Er stieg aus seinem Wagen und stolzierte mit seinem feuchten Taschentuch auf uns zu. Er schenkte Betty ein übertriebenes Lächeln. Im letzten Abendlicht schimmerte seine Haut leicht violett. Manchmal ist es nicht schwer, die Abgesandten der Hölle zu erkennen.

– Sieh an, sagte er, ich hab das Gefühl, hier ist ja alles in bester Ordnung. Die Arbeit kommt wohl auch voran...

– Jawoll, Sie sagen es! antwortete Betty.

– Fein, fein... mal sehn, ob Sie das Tempo beibehalten können...

Mir brach der kalte Schweiß aus. Ich fuhr von meinem Eimer hoch. Ich packte den Kerl am Arm und wechselte das Thema:

– Gucken Sie sich das ruhig mal aus der Nähe an, das ist kein Pfusch... Das trocknet in fünf Minuten, das nennt man Qualität...!

– Halt, warte mal, unterbrach mich Betty. Er hat gerade was gesagt, das hab ich nicht verstanden...

– Ist doch alles in Butter, sagte ich. Jeder ist zufrieden. Komm, wir gehen zu den Mietern...

– Was sollte das heißen, von wegen DAS TEMPO BEIBE-HALTEN...??!!

– Das ist so 'ne Redensart, sagte ich. Gehen wir bei den Alten einen trinken...

Vergebliche Liebesmühe, der Besitzer drehte sich zu Betty um. Ich schnitt eine Fratze, ohne es zu wollen.

– Aber nein, beruhigen Sie sich, Mademoiselle. Ich bin nicht halb so boshaft, wie ich aussehe. Ich verlange nicht, daß Sie das alles erledigen, ohne einen Moment zu verschnaufen...

– Das alles...? Was soll das heißen, DAS ALLES...?

Für den Bruchteil einer Sekunde wirkte der Kerl überrascht, dann fing er an zu lächeln.

– Tja... ich spreche von den anderen Bungalows, was meinen Sie denn? Oder sollte Ihnen da irgendetwas nicht ganz klar sein?

Ich erstarrte zur Salzsäule, schwitzte Blut und Wasser. Betty saß noch auf ihrem Farbeimer, sie guckte den Besitzer von unten an, ich dachte, gleich springt sie ihm an die Gurgel oder fängt an, Feuer zu spucken.

– Glauben Sie etwa allen Ernstes, ich streiche Ihnen den ganzen Mist hier? giftete sie los. Sie machen wohl Witze...

– Sehe ich danach aus? fragte er.

– Was weiß ich... Mal gucken, kann ich dir gleich sagen.

Sie sprang auf und schnappte sich den Eimer mit der rosaroten Farbe. Der Deckel segelte über unsere Köpfe wie eine Goldene Schallplatte. Alles ging so schnell, daß niemand eingreifen konnte. Ich machte mich auf das Schlimmste gefaßt.

– Bitte nicht, Betty..., flehte ich sie an.

Sie ließ sich nicht aufhalten. Mit Volldampf fiel sie über den Schlitten des Besitzers her und kippte den ganzen Eimer aufs Wagendach, Dutzende von Litern in indischem Rosa. Der Kerl bekam einen Schluckauf. Betty lächelte ihn an, man sah alle ihre Zähne.

– So, meinte sie, siehste, deine Karre anstreichen, das finde ich weniger zum Kotzen, geht ja auch ziemlich schnell, aber alles andere, da bin ich leider gezwungen abzulehnen, ich befürchte, da hab ich nicht den Nerv zu.

Sprach's und verzog sich. Wir brauchten eine gewisse Zeit, bis wir wieder zu uns kamen, die Farbe lief inzwischen schon über die Beifahrertür.

– Halb so schlimm...! Nur keine Aufregung... Das geht mit 'nem guten Schuß Wasser wieder weg. Das sieht schlimmer aus als es ist, druckste ich.

Ich durfte ihm also seinen Wagen waschen. Ich brauchte über eine Stunde, und ich hatte die größte Mühe, ihn zu beruhigen. Ich sagte ihm, das krieg ich wieder hin, sie hat ihre Tage, da ist sie müde, und dann noch die Hitze, die macht sie nervös, sie ist die erste, der's leidtut. Meine Güte, vergessen Sie die Sache, sagte ich immer wieder, wenn Sie wollen, streiche ich Ihnen jede Mülltonne und jeden Laternenpfahl im Akkord.

Zähneknirschend stieg er in seinen Wagen, und ich wischte ihm noch ein letztes Mal über die Windschutzscheibe, bevor er losfuhr. Dann stand ich allein in der Allee, es wurde Nacht, und ich war völlig ausgelaugt, mit den Kräften am Ende. Dennoch, ich wußte, das Schlimmste stand mir noch bevor. Mit fünfunddreißig, da nahm ich das nicht mehr auf die leichte Schulter, da sah ich den Dingen vielmehr ins Auge. Das Schlimmste, das war, zurück zu Betty zu gehen. Ich gestattete mir noch eine Galgenfrist von fünf Minuten, bevor ich mich auf den Weg machen wollte, ich sah Licht in unserer Bude. Fünf Minuten ruhig stehenbleiben und dabei die Nase im Wind, um den Duft der Katastrophe zu schnüffeln. Ich glaube, von diesem Moment an sind die Ereignisse ins Rollen gekommen.

Betty hatte sich die Flasche auf den Tisch gestellt. Sie saß breitbeinig, mit gesenktem Kopf auf einem Stuhl, ihre Haare fielen nach vorn. Als ich reinkam, dauerte es einige Sekunden, bevor sie mich ansah. Noch nie hatte ich sie so schön gefunden. Ich bin ein feinfühliger Mensch, ich hab sofort gemerkt, daß sie nicht einfach nur wütend war, nein, sie war traurig, ich hätte ihren Blick nicht ewig und drei Tage aushalten können.

– Mein Gott...! Was ist denn das wieder für eine Geschichte? fragte sie mit leiser Stimme. Was hast du mit diesem Schweinehund ausgeheckt...?!

Ich stellte mich an den Tisch und schenkte mir ein Glas ein. Ein unsichtbares, enorm schweres Gewicht lastete auf meinen Schultern, mein Atem ging schwer.

– Er war nicht damit einverstanden, daß du hier wohnst. Es sei denn, wir machten uns an die Arbeit. Ganz einfach.

Sie lachte nervös auf, ihre Augen funkelten wie Brillanten.

– Soso, wenn ich recht verstehe, dann muß ich also all diese verfluchten Buden anpinseln, damit er mir erlaubt, hier zu verschimmeln... Mein Gott, das ist ja zum Drüberpinkeln, findste nicht...?

– Irgendwie schon.

Sie goß sich noch ein Glas ein, ich tat es ihr nach. Ich war naßgeschwitzt.

– Anscheinend ist es unvermeidlich, daß man immer wieder auf solche Drecksäcke stößt, fuhr sie fort. Die triffste an jeder Ecke. Aber dann muß man sie runterputzen und gar nicht erst lang mit denen diskutieren. Ich werd verrückt, wenn ich mir vor Augen führe, wie du dich von dem Typ hast reinlegen lassen... Wie konntest du nur auf so etwas eingehen...

– Ich hab versucht, Für und Wider abzuwägen, sagte ich.

– Das durftest du nicht, du hättest ihn einfach zum Teufel jagen sollen, so viel Stolz muß man haben, Mann, Scheiße. Was denkt der sich eigentlich, dieser Kerl, hält der uns für dämlich genug, ihm seine Galoschen zu putzen...?! Ich bin bescheuert, ich hätt ihm die Augen auskratzen sollen!

– Hör mal, wenn ich irgendwelche Buden anstreichen soll, damit ich mit dir zusammenbleiben kann, dann streich ich eben Buden an, und mehr als das. Ist doch ein lächerlicher Aufwand, wenn ich sehe, was ich dadurch gewinne...

– Oh Scheiße...! Vielleicht machst du mal die Augen auf! Du bist völlig bekloppt, also ehrlich! Guck dich doch um, in was für einem Loch wir hier hausen, und dieses Schwein zahlt dir den letzten Hungerlohn dafür, daß du dich hier vergräbst... Guck mal, wie weit du es bis jetzt, wo dein Leben halb vorbei ist, gebracht hast, sag mir, was du gewonnen hast, zeig mir doch eins dieser Wunderdinge, für die du dich so verarschen läßt...?!!

– Schon gut... Uns geht's allen gleich, da ist kein so großer Unterschied.

– Ah, ich bitte dich... Verschone mich mit so einem Blödsinn! Was glaubst du, warum ich mit dir zusammen bin, was bringt das, wenn ich dich nicht bewundern kann, wenn ich nicht stolz auf dich sein kann... Wir verlieren nur unsere Zeit hier, das ist die ideale Umgebung, um vor die Hunde zu gehen!

– Ja, okay, vielleicht schon... Nur, ich seh uns schon, wie wir hier mit leeren Händen in den Taschen abhauen und ein Stückchen weiter die gleiche Scheiße von vorne anfangen... Glaubst du, wir brauchen das Geld nur von der Straße aufzuheben, glaubst du, das lohnt tatsächlich den ganzen Aufwand...?

Wir tranken noch einen Schluck, wir hatten eine Stärkung nötig für die nächsten Entgleisungen.

– Herrgottnochmal, meinte sie, wie kann man nur so leben, keine Hoffnung, kein gar nichts, kein Verlangen nach Neuem... Verdammt, ich kapier das nicht, du bist noch jung, du bist gesund und tust so, als hättest du sie nicht mehr alle!

– Jaja, man kann die Sache aber auch anders sehen, sagte ich. Die Welt ist nichts als ein lächerlicher Jahrmarkt, und wir, wir haben 'ne ruhige Ecke gefunden, weit weg von allen, die einem auf den Geist gehen, wir haben 'ne Terrasse und 'ne Ecke zum Bumsen. Wenn hier einer bekloppt ist, dann bist du das.

Sie sah mich an und schüttelte den Kopf.

– So eine Scheiße, sagte sie. Ich bin schon wieder bei 'nem Idioten gelandet. Ich hätt's mir denken können, irgendwann brennt bei jedem Typen 'ne Sicherung durch.

Ich ging zum Kühlschrank, um Eiswürfel zu holen. Allmählich hatte ich die Nase gestrichen voll von dieser Streiterei, der Verlauf des Tages hatte mir voll und ganz gereicht. Ich legte mich aufs Bett, das Glas auf dem Bauch und einen Arm hinter dem Nacken.

Sie vollführte eine halbe Drehung auf ihrem Stuhl, um mich angucken zu können, und stützte ihr Kinn auf der Rückenlehne ab.

– Was ist eigentlich in dir kaputtgegangen . . .? Was tickt in dir nicht mehr ganz richtig? fragte sie mich.

Ich hob mein Glas, um ihr zuzuprosten, und streifte mir die Latschen ab. Vielleicht war das nicht die feine Art. Ich bekam es sofort zu spüren, ich hatte das Zeichen zum Angriff gegeben. Sie fuhr hoch und stemmte die Hände in die Seiten, ihre Füße stampften Löcher in den Boden.

– Kriegst du hier nicht die Platzangst, brauchst du etwa nicht zu atmen? Ich aber schon! Ich, ich brauche Luft . . .!!

Dabei kreiste ihr Blick wie im Wahn durch das Zimmer, ich spürte, gleich vergreift sie sich an etwas, wahrscheinlich an mir, doch ihr Blick blieb an den Kartons hängen. Ich hatte einen ganzen Stapel davon in einer Ecke des Zimmers irgendwie aufeinandergestellt. Es stimmte, ich hatte nicht gerade viel Platz, aber das störte mich nicht weiter, von Zeit zu Zeit packte ich, was zuviel war, in einen Karton und rührte ihn nicht mehr an.

Sie schrie auf vor Wut, schnappte sich den erstbesten Karton, der ihr in die Finger kam, und hob ihn über ihren Kopf. Er enthielt nichts Wichtiges, ich mischte mich nicht ein. Das Ding segelte zum Fenster raus. Es hörte sich an, als ging etwas zu Bruch. Ehrlich gesagt hatte ich keine Ahnung mehr, was nun genau dadrin war.

Zwei weitere Kartons gingen denselben Weg. Ich trank mein Glas aus. Wenn sie in diesem Tempo weitermachte, würde sie bald müde werden.

– Oh ja . . . sagte sie, ich brauche Luft! Ich muß ATMEN!!!

Im nächsten Moment griff sie sich den Karton, in dem meine Schreibhefte verstaut waren. Ich erhob mich.

– Nein, einen Augenblick, sagte ich. Laß den in Ruhe. Mit den anderen kannst du weitermachen, wenn's dir Spaß macht.

Sie warf eine Strähne zurück, die ihr ins Gesicht fiel. Mit einem Mal schien sie neugierig zu sein, sie war noch völlig außer Atem von ihrer kleinen Aufräumaktion.

– Was ist da drin...?

– Nichts Weltbewegendes. Bloß ein paar Zettel.

– Jetzt geht dir ja mit einem Mal doch was unter die Haut...
Was sind das für Zettel?

Ich sagte gar nichts, ich ging an ihr vorbei und holte mir noch
ein Glas. Langsam aber sicher vernebelte sich mein Verstand.

– Ich hätte Lust, da mal einen Blick reinzuwerfen, meinte sie.
Sie hatte noch nicht ausgesprochen, da hatte sie schon den
Karton über dem Bett auf den Kopf gedreht, und meine Hefte
flatterten umher wie im Schaufenster eines Ramschladens. Das
gefiel mir überhaupt nicht, ich fühlte mich unbehaglich. Ich
trank einen gehörigen Schluck, während sich Betty auf gut
Glück zwei, drei Hefte raussuchte und hastig umblätterte.

– Mann...! Was ist denn das für'n Zeug? fragte sie. Wer hat
das geschrieben, du etwa...?

– Hör mal, das ist alter, uninteressanter Kram. Wir sollten
besser zu was anderem übergehen. Ich pack sie wieder ein...

– DU hast DAS geschrieben?

– Ja, ICH hab DAS geschrieben. Ist 'ne Zeit her.
Die Sache schien sie zu fesseln. Damit war zwar einiges
gewonnen, aber ich hätte doch lieber über was anderes geredet.

– Du willst doch wohl nicht behaupten, du hättest jede Seite
dieser Hefte vollgeschrieben, das kann ich nicht glauben...!!

– Betty, wir sollten den ganzen Firlefanz für heute abend
vergessen und uns in Ruhe aufs Ohr hauen... Ich fühle mich
total groggy und...

– Meine Güte! unterbrach sie mich. Was ist das denn genau?
Ich versteh gar nichts mehr.

– Nichts ist das... Bloß ein paar Sachen, die ich mir notiert
habe, wenn ich mal 'nen Moment frei hatte.
Sie schaute mich mit tellergroßen Augen an, ihr Gesicht war
Leidensmiene und Verklärung zugleich.

– Und worum geht es da?

– Keine Ahnung, um mich... Was mir so durch den Kopf
ging...

– Ja aber... Warum hast du mir nie was davon erzählt?

– Ich hatte die Hefte so gut wie vergessen.

– Na na, versuch nicht, mir 'nen Bären aufzubinden. Sowas kann man doch gar nicht vergessen.

Sie hob die Hefte sorgfältig wieder auf und fuhr dabei mit dem Finger über die Kanten, als sei sie blind. Im Zimmer herrschte eine Totenstille, ich fragte mich, ob wir endlich schlafengehen konnten. Dann legte sie den ganzen Kram auf den Tisch und setzte sich davor.

– Die Nummern da auf den Umschlägen, ist das die Reihenfolge...? fragte sie mich.

– Ja, aber was soll das...? Du willst das doch nicht etwa auf der Stelle lesen?

– Warum nicht...? Haste 'ne bessere Idee...?

Ich hätte mir gern was einfallen lassen, aber ich gab's auf. Ich hatte meinen Teil weg. Ich zog mich wortlos aus und legte mich aufs Bett, während sie sich Heft Nr. 1 vorknöpfte. Ich hatte diese Sachen noch keinem gezeigt, nicht mal mit einem darüber gesprochen. Betty war die erste, die sie zu Gesicht bekam. Sie war nicht irgendwer. Mir war dabei ganz eigenartig zumute. Ich rauchte lange an einer Zigarette und guckte zur Decke, und dann fand ich meine innere Ruhe wieder, bevor ich einschlief. Mit fünfunddreißig hat man allmählich einige Lebenserfahrung. Man weiß es zu schätzen, wenn man tief Luft holen kann.

Als ich mich am nächsten Morgen auf die andere Seite wälzte, sah ich, daß sie nicht neben mir lag. Sie saß am Tisch, hatte den Kopf zwischen den Händen und eins dieser famosen Hefte vor der Nase. Es war schon hell, doch das Licht brannte noch. Das Zimmer war verqualmt. Scheiße, sagte ich mir, da ist sie die ganze Nacht aufgeblieben. Ich zog mich in aller Eile an, ohne den Blick von ihr zu wenden, ich machte voran damit. Ich fragte mich, ob ich den Tag mit einer gekonnten Bemerkung einleiten sollte oder ob es besser war, die Klappe zu halten. Sie achtete nicht im geringsten auf mich, von Zeit zu Zeit blätterte sie eine Seite um und legte danach den Kopf wieder in die Hände. Das machte mich nervös. Ich tigerte ein wenig umher und entschloß mich zu guter Letzt dazu, Kaffee zu kochen. Die Sonne machte sich daran, die Mauern hochzuklettern.

Ich ließ mir Wasser über den Kopf laufen, dann stellte ich den Kaffee und zwei große Tassen auf den Tisch. Eine davon goß ich ihr voll. Ich schob sie zu ihr rüber. Sie griff danach, ohne mich anzugucken, ohne danke zu sagen. Ihre Augen waren verquollen, ihre Haare standen zu Berge. Sie schüttete ihn in sich hinein, bevor ich Zucker dazugeben konnte, und drehte den Kopf zur Seite, um in ihrer Lektüre fortfahren zu können. Ich wartete einen Moment, ob sich noch was tat, vielleicht würde sie doch noch auf mich aufmerksam oder aber vor Erschöpfung vom Stuhl kippen. Dann klopfte ich mir auf die Schenkel und stand auf.

– Also gut..., ich geh dann, sagte ich.

– Hmh...

Ich war sicher, sie hatte nicht mal verstanden, was ich gesagt hatte.

– Und..., gefällt's dir? fragte ich.

Diesmal hatte sie mich nicht gehört. Sie tastete über den Tisch, um ihre Zigaretten zu suchen. Wenigstens, dachte ich, lenkt sie der Kram ein wenig ab, vielleicht kommen die Dinge dann einigermaßen wieder ins Lot. Mehr wollte ich nicht. Ich wollte bloß, daß sie bei mir blieb.

Als ich rausging, machte ich das Licht aus, und obwohl sie mir keinen einzigen Blick geschenkt hatte, trat ich hinaus in den noch jungen Tag. Es herrschte ein prächtiges, gelbes Licht, einige Ecken lagen noch im Schatten, es mußte sehr früh sein, kein Mensch war zu sehen, ich war allein mit meinem leicht verkaterten Kopf.

Ich holte mir einen Eimer voll Farbe aus dem Schuppen. Ich nahm mir einen aus der obersten Reihe, doch das Ding rutschte mir aus der Hand. Ich machte einen Satz nach hinten und stieß mir das Heck vom VW ins Kreuz. Hören und Sehen verging mir. Für das, was ihr der Kerl aus der Autowerkstatt dafür geboten hatte, hätte man sich gerade mal eine Gesichtscreme kaufen können, und so waren wir nicht darauf eingegangen. Jetzt tat's mir leid, denn nun saßen wir auf dem Schrotthaufen und wußten nicht, wohin damit. Fluchend rieb ich mir die Hüfte, da war also noch ein Problem, um das ich mich kümmern durfte. So allmählich wurde das eine ziemlich ansehnliche Liste. Ich schloß die Tür und zog los mit meinem Eimer, ich schnitt Grimassen wie eine Horde Wilder.

Ich nahm Bungalow Nr. 2 aufs Korn und dachte an Betty, wie sie sich am Tisch über meine kleinen Hefte beugte. Das machte mir etwas Mut, ich setzte die Farbrolle leichteren Herzens an.

Ich hatte noch keine fünf Minuten angefangen, als sich die Fensterläden öffneten und die Visage eines Mannes auftauchte. Der Mieter, unrasiert, im Unterhemd, kaum aus den Federn, einer dieser Typen, die für irgendeine Sache Exklusivvertreter in der ganzen Gegend sind, bei ihm ging's um Brillen.

– Was? du bist das...? machte er. Was haste denn hier verloren...?

– Kann man das nicht sehen?

Er nickte und lachte sich krank:

– Muß man sagen, mal was neues, dich malochen zu sehen... Und danach, machste DRINNEN weiter...??

– Tja, Sie können schon anfangen, die Möbel beiseite zu rücken.

Er gähnte lauthals, dann bot er mir einen Kaffee an. Wir quatschten eine Weile über das Wetter und ich ging wieder an die Arbeit. Die Rolle machte bei jeder Drehung einen Heidenlärm, was Leiseres wäre mir lieber gewesen.

Die Zeit verging nur langsam, und es passierte fast nichts Neues, außer daß ich die Leiter einmal rauf- und dann wieder runterkletterte und die Temperatur anstieg. Ich beeilte mich nicht, ich fühlte mich ein wenig dösig und die Helligkeit machte mich halbblind. Das einzige, was mir auf den Wecker ging, war die Farbe, die einem den Arm runterlief, reichlich unangenehm. Ich konnte anstellen, was ich wollte, ich kam nicht drum herum, das kitzelte mich, juckte mich, widerte mich an. Ehrlich gesagt ist die Malerei nicht gerade mein Steckenpferd, überall macht man sich voll, und das geht einem schnell auf die Nerven.

Aber genau so eine Arbeit brauchte ich an diesem Morgen, etwas, bei dem man abschalten konnte. Ich wollte mich ein wenig abschotten. Ich verlangsamte sogar meine Atmung, schloß halb die Augen. Das klappte so gut, daß ich das Geräusch des Motors überhörte. Ich sah nur noch den Lieferwagen vorbeifahren und Betty hinter dem Steuer.

Mir drehte sich ein Messer im Magen. Sie ist fort, sagte ich mir, da haben wir's, sie ist fort, sie verläßt mich ...! Das versetzte mir einen höllischen Stich, ich spürte, wie ich durchdrehte, aber ich fuhr mit meiner Rolle noch zwei, drei Sekunden auf und ab, bis sie nichts mehr hergab. Dann ließ ich alles sausen und trabte zu unserer Bude, ich betete, daß sie nicht einfach so abgehauen war, vor allem nicht mit dem Lieferwagen des Ladens. Hechelnd wie ein wildes Tier stürzte ich nach drinnen, und ich brauchte einen Moment, bis ich sah, daß sie all ihre Sachen dagelassen hatte. Ich mußte mir einen Stuhl nehmen, ich konnte mich nicht mehr auf den Beinen halten. Ich mußte vollkommen übergeschnappt sein, so wie ich reagiert hatte. Ich stand auf, um nochmals ihre Klamotten anzufassen, ihre kurzen Röcke, ihre T-Shirts, ich hätte mich ohrfeigen können. Ich sah auch, daß meine Hefte sorgfältig in einer Kiste verpackt waren. Ich kippte mir ein großes Glas Wasser runter und kehrte zurück an die Arbeit.

Später kam ich nochmal zurück, um einen Happen zu essen, aber sie war noch nicht zurück. Das ist so, dachte ich, wenn sie einkaufen geht, das braucht seine Zeit. Ich machte mir ein paar Eier, aber ich hatte keinen Hunger; ich fand, daß die Bude komisch aussah ohne sie, ich fühlte mich darin nicht wohl. Keine fünf Minuten konnte ich ruhig sitzenbleiben. Ich fing an zu spülen, dann nutzte ich die Zeit, um die Kartons, die sie nach draußen geworfen hatte, wieder hineinzuschaffen, ich versuchte, etwas Ähnliches wie Ordnung zu schaffen. Dennoch, ich spürte, etwas war anders geworden, die Dinge kamen mir weniger vertraut vor und ein seltsamer Geruch lag in der Luft, fast hätte ich geglaubt, bei jemand anderem zu sein. Ein unangenehmes Gefühl. Trotz der Hitze kehrte ich lieber zu meinen Pinseln zurück, ich ging rückwärts hinaus.

Ich konnte mir noch so oft eintrichtern, sie sei nur in die Stadt gefahren, um ein paar Sachen einzukaufen, ich schaffte es nicht, mich von einer gewissen Angst zu befreien, ich war sogar ein wenig nervös. Ich arbeitete mit weitausholenden Bewegungen, kleine Farbspritzer flogen in alle Richtungen. Ich sah aus, als hätte ich mir eine Hautkrankheit zugezogen. Von Zeit zu Zeit kam irgendein Auto die Straße herunter, ich hielt dann ein, um ihm oben von meiner Leiter hinterherzugucken. Über die Dächer hinweg konnte ich die Straße kilometerweit überblicken. Nur ein paar Zweige störten einen dabei. Ich mußte einem so vorkommen wie ein Matrose im Ausguck eines alten, verwunschenen Segelschiffs, das durch die Sargasso-See irrt. Ich verdarb mir die Augen vom vielen Hingucken. Und zum ersten Mal erschien mir die Gegend wie eine wahre Wüste, wie der Eingang zur Hölle, ich verstand jetzt, was sie meinte. Aus dieser Perspektive war das alles nicht sehr lustig. Mein Paradies glich dem Rand eines brachliegenden Geländes, das in der Sonne briet, niemand hätte sich darum gerissen. Natürlich sah ich das so, weil sie nicht da war, aber das ändert nichts daran, daß einem ein Mädchen die Welt vor Augen führen und wie einen Handschuh umstülpen kann, ganz schön ärgerlich.

Als ich den Lieferwagen endlich kommen sah, hängte ich die Rolle an eine Sprosse der Leiter und machte mir eine Zigarette an. Die Landschaft fand ihre beschauliche Ruhe wieder, die Blätter zitterten unmerklich zwischen den Zweigen, ich entspannte mich. Nach und nach nahm alles wieder seinen gewohnten Lauf. Einen Moment lang mußte ich gegen das Verlangen ankämpfen, sie aufzusuchen, und als ich spürte, daß ich kurz davor war zu kapitulieren, versetzte ich der Hütte eine gekonnte Gerade, ich riß mir die ganze Haut meiner Faust am Fensterladen auf, aber es funktionierte, ich blieb auf der Leiter.

Der Brillenvertreter kam raus, um zu sehen, was los war, er hielt ein Sexheft in der Hand, Busen waren zu sehen.

– He... Machst du so einen Radau hier?

– Aber sicher... ich hab 'ne Mücke platt geschlagen!

– Willst du mich verarschen? Es gibt gar keine Mücken zu dieser Tageszeit!

– Kommen Sie doch rauf! Ich seh noch ihre kleinen Füße, die schwimmen in einer Blutlache.

Mit einer müden Armbewegung fuchtelte er durch die Luft. Dann rollte er sein Heftchen zusammen und richtete es wie ein Fernrohr auf mich.

– Alles klar...? Aber sonst geht's dir noch danke da oben...?

– Gerade hatte ich's noch der Pumpe, aber jetzt spür' ich, wie ich im Galopp wieder in Form komme.

– Scheiße, meinte er, ich frag mich, wie man's in so'ner Hitze bloß aushalten kann. Ist ja vielleicht ein beknackter Job...!

Er ging wieder rein mit den nackten Mädchen unter dem Arm, und ich begab mich wieder an die Arbeit, von neuer Energie gepackt. Ich fing wie besessen an zu streichen, ein Lächeln auf den Lippen und die Zähne zusammengebissen.

Ich trennte mich etwas früher als gewöhnlich von der Arbeit, ich hatte es mir zwar gezeigt, aber immer noch kein Grund zu übertreiben. Das lange Warten hatte mich in einen Zustand äußerster Erregung versetzt, und ich hatte alle Mühe, normal zu unserer Bude zu gehen, ich fühlte, wie Blitze meine Arme und Beine durchzuckten, ich war soweit.

Ich hatte die Tür kaum geöffnet, da warf sich Betty mir in die Arme. Das gab mir den Rest. Ich drückte sie, und über ihre Schulter hinweg erblickte ich einen riesigen Blumenstrauß, der mitten auf dem gedeckten Tisch stand. Es roch gut.

– Was ist los? fragte ich. Hab ich Geburtstag?

– Nein, sagte sie. Ein kleines Essen für Verliebte.

Ich küßte ihren Hals, ohne nach dem Grund zu fragen. Ich wollte keine Fragen stellen, es war alles viel zu schön.

– Komm, sagte sie. Setz dich, ich bring dir einen kühlen Wein.

Ich ließ mich sanft führen, ich war noch sprachlos vor Überraschung. Lächelnd blickte ich umher, und der Wein war ein kleines Wunder, ideal zu kosten im Schein der untergehenden Sonne. Die Frauen haben wirklich Geschick darin, einen aus der Hölle in den siebten Himmel zu lupfen, dachte ich, die wissen, wie man's anfangen muß.

Während sie einen Blick auf den Herd warf, bediente ich mich mit einem weiteren Glas. Mit dem Rücken zu mir erzählte sie von ihrer Einkaufstour, sie hockte vor dem Küchenherd, und ihr kurzer, gelber Rock rutschte ihr über die Schenkel hoch und war zum Zerreißen gespannt. Ich hörte sie nicht wirklich. Ich betrachtete einen kleinen Vogel, der auf der Fensterbank gelandet war.

– In zehn Minuten gibt's Essen! rief sie.

Sie kam zurück und setzte sich auf meinen Schoß, wir tranken uns zu. Meine Hand glitt zwischen ihre Beine. Das war das süße Leben. Ich hoffte, sie hatte daran gedacht, Zigarren zu kaufen. Ziemlich schnell machte ich mich aufgeregt an ihrem Slip zu schaffen, aber sie ließ mich einhalten. Mit leuchtenden Augen rückte sie ein wenig von mir ab.

– Meine Güte, sagte sie, laß dich anschauen...

Ich war im siebten Himmel. Ich ließ sie mit beiden Händen über mein Gesicht streicheln, ohne mit der Wimper zu zucken. Das schien ihr zu gefallen. Ich trank den Wein in großen Zügen.

– Oh, jetzt versteh ich, warum du dich hier vergraben hast, plauderte sie. Nur weil du DIESE SACHE schreiben mußtest...!! Ich gab ihr keine Antwort und begnügte mich damit zu lächeln. In Wirklichkeit war es nicht so, wie sie glaubte, ich hatte mich nicht in diesem Kaff eingenistet, um zu schreiben, mir war nicht mal der Gedanke gekommen. Nein, was ich gesucht hatte, das war ein ruhiges, meist sonniges Plätzchen, weit weg von allen Leuten, denn die Welt langweilte mich, ich konnte nichts dafür. Die Idee zu schreiben war viel später gekommen, vielleicht ein Jahr danach; als ob einem so etwas zwangsweise in den Kopf käme nach ein paar Monaten Einsamkeit, wo man den Geschmack der schlaflosen Nächte fast schon vergessen hat und nur noch das Bedürfnis kennt zu leben.

– Weißt du... ich weiß nicht, wie ich's dir sagen soll, fügte sie hinzu. Du ahnst nicht, was das in mir ausgelöst hat. Mein

Gott, nie habe ich Ähnliches gelesen! Ich bin so glücklich, daß du das geschrieben hast, oh, ich bitte dich, küß mich...!

Ich fand zwar, sie übertrieb ein wenig, aber ich ließ mich nicht zweimal bitten. Die Abendtemperatur war angenehm. Ich ließ mich hineingleiten wie in ein heißes Bad mit einem Duft nach Zimt, ich entspannte mich vollkommen. Bis in die Zehenspitzen.

Betty war voller Ausstrahlung, geistreich, begehrenswert, ich hatte das Gefühl, im leeren All ausgestiegen zu sein und schwerelos zu schweben, ich wartete darauf, daß wir wieder an Bord gingen und endlich auf dem Bett landeten. Aber sie, sie interessierte sich für meine Hefte, für MEIN BUCH, und für das Warum und Wie und für dieses und jenes, mir wurde bewußt, daß es mir gelungen war, sie aufzurütteln, ich hatte sie mit der reinen Kraft meines Geistes bezwungen, und dieser Gedanke machte mich ganz vergnügt. Und wär ich ein Genie, ich hätte sie vielleicht mit einem einzigen Blick soweit gebracht.

Ich versuchte, ihren Enthusiasmus ein wenig zu bremsen, aber es war nichts zu machen, sie schenkte mir ihren gerührten Blick und streichelte meine Schriftstellerhände. Ihre Augen strahlten wie die eines kleinen Mädchens, das einen Kieselstein zerbricht und auf einen Diamanten stößt. Man hatte mir einen königlichen Platz an der Tafel reserviert. Der einzige kleine Schatten war, daß ich den Eindruck hatte, sie hielt mich für einen anderen. Aber ich sagte mir, solang es hinhaut, solang bediene ich mich meines Dichterpimmels und der wunderbaren Tiefe meiner Seele. Das Leben ist wie ein Selbstbedienungsrestaurant, man muß sich die Teller greifen, bevor sie einem vor der Nase weggeschnappt werden.

Um elf Uhr begann der Schriftsteller, mit den Flügeln zu schlagen. Zwei kleine Flaschen Wein, und er konnte sich nicht mehr auf dem Stuhl halten. Er begnügte sich damit, das Mädchen lächelnd anzustieren, er verstand nicht mehr, was sie ihm erzählte, und hatte nicht die Kraft, sie zu bitten, es zu wiederholen. Der Wein hatte ihn besoffen gemacht, aber auch die Süßlichkeit hatte ihn besoffen gemacht, das Wohlempfinden hatte ihn besoffen gemacht und vor allem dieses Mädchen mit den langen, schwarzen Haaren, die ihre Brust vor seiner Nase tanzen ließ. Es fehlte nicht viel, und sie hätte ihm das Verlangen eingeflößt, seine Hefte noch einmal zu lesen, sie hatte ihnen eine neue Dimension gegeben. Auf dem Bett vergnügte er sich damit, ihr den Slip mit den Zähnen herunterzuziehen. Sie nahm ihn in ihre Arme und preßte sich an ihn. Noch nie hatte sie sich so an ihn gepreßt, er fand das ganz lustig. Sie klammerte sich an ihn, als hätten sie einen Orkan durchquert, ihre Beine waren auf seinem Rücken verschlungen. Er drang in sie in aller Ruhe und schaute ihr in die Augen, er umfaßte ihren Hintern und knabberte an ihren Brüsten, während die Nacht voranschritt. Sie rauchten Zigaretten. Sie waren schweißbedeckt. Einmal lehnte sich das Mädchen auf den Ellbogen.

– Wenn ich daran denke, daß du hier Bungalows streichst...! sagte sie. Dem Schriftsteller fiel die Antwort leicht, das gehörte zu seinem Job:

– Als ob das nicht scheißegal wäre! sagte er.

– Aber das ist doch nicht dein Platz hier...

– Ach ja...? Und wo ist er dann, mein Platz...?

– In der ersten Reihe, sagte sie.

– Du bist reizend, antwortete er. Aber ich glaube nicht, daß die Welt speziell auf meine Maße zurechtgeschustert ist. Sie setzte sich rittlings auf die Brust des Schriftstellers und nahm seinen Kopf in die Hände.

– Soso, das werden wir ja sehen...! meinte sie.

Er maß ihren Worten keine Bedeutung bei. Er war Schriftsteller, er war kein Hellseher.

5

Am nächsten Tag kreuzte der Besitzer auf, als wir gerade Siesta hielten. Ich stand auf, um ihn an der Tür abzufangen. Er wirkte mies gelaunt, die Hitze hatte ihn auf dem Weg mitgenommen, er war grau im Gesicht. Da Betty noch im Bett war, ließ ich ihn nicht herein, ich schob ihn sogar mit nichtssagender Miene noch ein Stück nach draußen, und vielleicht war es das, was ihn auf die Palme brachte, vielleicht hätte er sich gern noch mal die Augen ausgeguckt.

– Also nein, Sie machen sich wohl über mich lustig...! knurrte er. Morgens um zehn und nachmittags um vier, so ist das also. Nur keine Hemmungen...!

– Oh pardon, sagte ich, aber abends arbeite ich, bis es dunkel wird. Ich versichere Ihnen, das sind einige Stunden Arbeit...

– Ja, wie ich sehe, haben Sie auf alles eine Antwort, na, ist doch so?

– Sie irren sich, sagte ich.

Ich hatte den Satz noch nicht beendet, als Betty auftauchte. Sie hatte sich eins meiner weißen T-Shirts übergezogen, sie zupfte daran, um ihr Hinterteil zu verdecken. Sie warf dem Besitzer einen feindseligen Blick zu.

– Mit welchem Recht sprechen Sie in diesem Ton mit ihm? fragte sie.

– Betty, ich bitte dich..., sagte ich.

– Ist doch wahr, sie ließ sich nicht aufhalten, wofür halten Sie sich...?

Der Kerl sperrte den Mund auf. Er starrte Betty an, hin- und hergerissen zwischen ihrem T-Shirt, unter dem sich ihre Brüste abzeichneten, und den nackten Schenkeln. Die Augen gingen ihm über. Er wischte sich mit dem Taschentuch übers Gesicht.

– Hören Sie, mit Ihnen rede ich nicht, meinte er.

– Ah nein, zum Glück nicht... Aber wissen Sie wenigstens, mit wem Sie reden...?

– Natürlich, ich rede mit meinem Angestellten.

Sie brach in Lachen aus.

– Dein Angestellter...? Armer, alter Knacker! Das ist der größte Schriftsteller seiner Generation, kapiert...?

– Betty, du übertreibst...

– Das will ich gar nicht wissen, gab der Besitzer von sich.

Ich sah wie Betty bleich wurde. In ihrer Wut ließ sie das T-Shirt los, und das Ding sprang zwanzig Zentimeter nach oben. Man konnte ihr Haarbüschel sehen. Der Typ konnte seinen Blick nicht mehr davon lösen. Betty brauchte einige Sekunden, bis sie begriff, was los war.

– Also nein... was glotzste denn da so??!! knurrte sie.

Ihr Gegenüber war wie hypnotisiert, er biß sich auf die Lippen. Betty versetzte ihm einen Stoß, und der Typ ging rückwärts die Stufen der Terrasse hinunter.

– He, haste noch nie in deinem Leben 'ne Frau gesehen...? Kriegste wohl gleich 'nen Schlag...?

Sie verfolgte ihn, den Hintern im Freien, und gab ihm noch einen gehörigen Schubs, der Typ kam ins Stolpern, fast hätte er sich hingelegt, er konnte sich gerade noch auffangen. Er stand kurz vor einem Blutsturz.

– Wenn ich eins nicht ab kann, dann sind das sexuell Besessene! maulte sie hinterher.

Die ganze Szene erschien so unglaublich, Betty so aufregend, daß ich wie angewurzelt mit offenem Mund auf der Terrasse stehenblieb. Der Besitzer war grün vor Wut, aber den blauen Himmel im Rücken trat er den Rückzug an. Ich konnte mir ein Grinsen nicht verkneifen, vor allem in dem Moment, als er der Länge nach hinfiel.

Er stand in aller Eile wieder auf und warf mir einen letzten Blick zu:

– Ich rate Ihnen, schaffen Sie sich dieses Mädchen vom Halse! schrie er.

Aber da Betty drohte, wieder zum Angriff überzugehen, drehte er sich auf dem Absatz um. Er erzeugte kleine weiße Staubwolken, als er sich seinen Anzug abklopfte.

Noch zitternd vor Wut ging Betty ohne ein Wort an mir vorbei in unsere Bude. Es war besser, ihr nicht zu nahe zu kommen, das sah man auf mehrere Kilometer Entfernung, es war besser zu warten, bis sich der Sturm allmählich legte. In diesem Moment wäre ihr auch der Schriftsteller nicht gewachsen gewesen. Die Wände hatten ein weiteres Mal gewackelt, und wir waren wieder in dieser kleinen, stinkigen Gegend. Ich hörte, wie sie gegen die Wände trat. Es war Zeit, wieder an die Arbeit zu gehen.

Während des ganzen Nachmittags blieb ich oben auf meiner Leiter und spionierte ihr dabei nach. Ich brauchte mich bloß auf die Zehenspitzen zu stellen, dann konnte ich über das Dach von Nummer zwei hinwegsehen und bei mir zum Fenster reingukken, ich spielte Kasperletheater, ich war mindestens fünfzig Meter weit weg und fühlte mich in Sicherheit. Ich fragte mich, wie lange ein Mädchen wohl brauchte, um abzukühlen. Ich sah, daß einige meiner Kartons von neuem die Reise durchs Fenster antraten, aber nicht derjenige, in dem meine Hefte lagen, der nicht. Haha, dachte ich, HAHA. Natürlich machte die Arbeit keine Fortschritte, da stand mir nicht der Kopf nach. Ich arbeitete lasch. Der Tag verging, und sie saß am Tisch, die Hände vor der Stirn, und rührte sich nicht. Ich wußte nicht, ob das gut war oder nicht. Ich stellte ihn mir vor, den anderen, den Schwachkopf, er hatte gekriegt, was er verdiente. Und ich, hatte ich, was ich verdiente?

Die Drohung des Besitzers ging mir nicht aus dem Kopf, aber ich stellte mir vor, wie ich diesen Idioten vor Gericht brachte, das richtete meine Moral wieder etwas auf. Ich fühlte mich bloß ein wenig müde, als hätte ich mich erkältet. Außerdem steckten mir einige Kilometer Anstreichen in den Knochen. Ich hatte gerade meinen Eimer aufgebraucht, als ich sah, daß Betty auf die Terrasse trat. Ich bückte mich hinter meinem Dach. Als ich wieder einen Blick riskierte, war sie die Allee raufgegangen und bog gerade um die Ecke.

Ich fragte mich, wo sie hin wollte, ich stellte alle möglichen

Überlegungen an, während ich mein Mauerwerk tünchte, ließ mir alle erdenklichen Kombinationen durch den Kopf gehen. Ich hatte jedoch keine Gelegenheit, mich zu beunruhigen, denn im nächsten Augenblick war sie schon wieder zurück. Ich hatte sie nicht mal kommen sehen. Ich sah ihr zu, wie sie sich am Haus zu schaffen machte, vor den Fenstern hin und her ging. Ich konnte nicht genau erkennen, was sie machte, anscheinend schüttete sie etwas vor sich hin.

Siehste, sagte ich mir, sie ist dabei, irgendein Putzmittel auf den Boden zu schütten. Vielleicht will sie die Bude putzen, um ihre Nerven zu beruhigen. Ich sah schon im voraus, wie sich alles in dem strahlenden Glanz spiegeln würde.

Ich arbeitete noch einen kurzen Moment in aller Seelenruhe. Die Sonne ging unter, als ich meine Pinsel gewissenhaft auswusch. Es war nicht mehr so heiß. Ich trank noch ein Bier mit dem Brillenvertreter bevor ich heimging. Der Himmel war von einem erstaunlichen Rot. Ich zündete mir eine Zigarette an, stieg langsam zu unserer Bude, und guckte meinen Füßen zu. Ungefähr zehn Meter bevor ich da war, hob ich den Kopf. Betty stand vor der Terrasse. Ich blieb stehen. Sie hatte ihre beiden Koffer bei sich, und der Blick, den sie mir zuwarf, war unglaublich stechend. Ich fragte mich auch, was sie mit meiner Gaslampe vorhatte, die in ihrer Hand leuchtete. Das Abendlicht schimmerte in ihren Haaren, sie war von einer geradezu wilden Schönheit. In der Ecke roch es nach Benzin. Ich wußte, gleich würde sie die Lampe in die Hütte schmeißen. Der Gedanke ließ mich eine Zehntelsekunde lang aufjubeln, dann sah ich, wie ihr Arm einen Halbkreis vor dem Himmel beschrieb und die Lampe wie eine Sternschnuppe durch die Luft flog.

Die Baracke machte VVLLLOOOOOOFF!! Es war wie ein Vorgeschmack auf die Hölle. Dann nahm sie ihre Koffer, während die Flammen aus den Fenstern schlugen.

– So, kommst du ...? fragte sie. Wir gehen.

6

Ich wachte mit einem schiefen Gesicht auf wegen der Schlaglöcher auf der Straße, und außerdem war es nicht gerade warm, es zog auf der Ladefläche des Lastwagens und mußte so gegen sechs Uhr am Morgen sein, der Tag hatte kaum angefangen. Betty schlief wie ein Murmeltier. Wir hatten das Pech gehabt, einen Typen erwischt zu haben, der Säcke mit Dünger transportierte, und am frühen Morgen wurde einem übel von dem Geruch, ich spürte, wie sich mir der Magen umdrehte. Die Sitzbank im Führerhaus war mit sperrigen Paketen beladen, deshalb mußten wir hinten mitfahren. Ich nahm mir einen Pullover aus dem Koffer und zog ihn über. Ich deckte auch Betty die Schultern zu. Wir fuhren durch einen Wald, und es war einigermaßen kalt. Die Baumwipfel waren dermaßen hoch, daß mir schwindelig wurde. Der Fahrer klopfte an die Scheibe. Ein junger Typ, der uns an einer Tankstelle aufgelesen hatte, ich hatte ihm ein Bier ausgegeben. Er kam von so einer Landwirtschaftsausstellung, wenn ich ihn richtig verstanden hatte.

Er bot mir Kaffee an, ich hätte ihn knutschen können. Ich nahm die Thermosflasche und bediente mich mit kleinen Schlükken. Anschließend rauchte ich auf einem der Säcke meine erste Zigarette und sah der Straße zu, wie sie vorbeizog. Nach einer Weile konnte ich mir ein Lächeln nicht verkneifen. Das Ganze war, als kriegte ich in meinem Alter wieder Pickel. Schön, das war nicht das Ende; um ehrlich zu sein, ich hatte strenggenommen nicht viel aufgegeben, denn sie hatte es geschafft, ein paar Hemden und meine Hefte in einem der Koffer zu verstauen, – nur, ich fand die ganze Sache ein bißchen lächerlich, fehlte bloß noch die Mütze von Henry Fonda. In weiser Voraussicht hatte sie immerhin auch meine Ersparnisse vor dem Feuer bewahrt, so daß ich mich einigermaßen reich fühlen durfte, mit dem, was wir hatten, konnten wir locker ein bis zwei Monate auskommen, und ich hatte ihr sogar gesagt, komm, Scheiße, wir brauchen nicht wie die Bekloppten über die Straßen zu tingeln, wir können uns die Fahrt leisten, ich hab keine Lust, mich verarschen zu lassen. Aber da war nichts zu machen, sie fand, wir könnten es uns nicht erlauben, zuviel auszugeben, auf keinen Fall, wir fahren per Anhalter, hatte sie angekündigt. Aber in Wirklichkeit, glaub ich, in Wirklichkeit fand sie das toll. Sie wollte schlicht und einfach ein Häuflein Asche hinter sich lassen und wie in der guten, alten Zeit über die Straßen ziehen. Und nach ihr die Sintflut. Ich machte keinen größeren Aufstand, denn sie hing an meinem Arm, und das war das einzige, was zählte. Ich hatte mir den Koffer geschnappt und grinsend den Daumen nach oben gehalten.

Wir waren jetzt zwei Tage unterwegs und voller Staub. Allmählich vermißte ich meine Dusche. Ich gähnte lauthals, und Betty wurde wach. In der nächsten Sekunde warf sie sich in meine Arme und küßte mich ab. Ich hätte mir den Kopf zerbrechen können, mir wäre nicht eingefallen, was mir der liebe Gott sonst noch hätte geben können. Man brauchte sie nur eine Sekunde anzugucken, dann sah man, daß sie glücklich war. Auch wenn mich der Gedanke, die Welt in die Tasche zu stecken, wie sie es nannte, nicht gerade vom Stuhl riß, ich nahm es hin. Übers Land zu trampen, das ist auszuhalten, solange man ein schönes Mädchen an der Seite hat.

Der Typ hielt an, um zu tanken, und wir kauften uns inzwischen ein paar Sandwiches und Bier. Es wurde wieder heiß. Von Zeit zu Zeit sprang die Tachonadel auf 100, aber trotzdem brannte uns die Sonne auf der Haut. Betty fand es phantastisch, den Wind, die Fahrt, die Sonne. Ich nickte und ließ die Bierflasche aufschnappen. Ich konnte mir den Gedanken nicht verkneifen, daß wir längst angekommen wären, wenn sie mich in Ruhe hätte Fahrkarten besorgen lassen, während wir uns hier einen traumhaften Umweg leisteten, und das nur, weil der Typ noch einen Abstecher zu seinem Bruder machen mußte, bevor er in die Stadt fuhr, und wir uns nicht trauten, unseren wundervollen, kleinen Lastwagen im Stich zu lassen. Aber er hatte als einziger angehalten, um uns mitzunehmen, und jetzt, wo wir ihn einmal hatten, ließen wir ihn nicht wieder los, bevor er uns nicht in der Stadt abgesetzt hatte. Außerdem brauchten wir nicht zu hetzen. Wir waren nicht auf der Straße nach El Dorado.

Wir kamen in ein kleines Kaff, und während der junge Typ seinen Bruder aufsuchte, hauten wir uns unter einen Sonnenschirm und bestellten uns was Kaltes zu trinken. Als Betty auf der Toilette war, schlief ich auf meinem Stuhl halb ein. Ich hatte nicht den geringsten Grund, mir Sorgen zu machen, zudem erschien die Welt genauso absurd wie vorher. Die Ecke hier war ruhig, wie ausgestorben.

Nach einiger Zeit konnten wir weiterfahren, doch wir mußten uns bis zum Abend gedulden, bis die Lichter der Stadt im Dunkel auftauchten. Betty stand geradezu Kopf und trampelte vor Ungeduld auf dem Boden.

– Ist dir das klar, sagte sie, das ist mindestens drei Jahre her, daß ich sie zuletzt gesehen habe. Es ist komisch, aber für mich ist sie immer noch meine kleine Schwester, verstehst du...

Der Typ ließ uns an einer Kreuzung raus, und bis Betty und ich endlich ausgestiegen waren und unsere Koffer geholt hatten, hatte sich hinter uns eine Schlange laut hupender Schrottmühlen gebildet, die Fahrer hingen an den Wagentüren. Ich hatte das fast schon vergessen, dieses Ambiente, den Gestank der Auspuffgase, die Lichter, die taghell erleuchteten Bürgersteige und den Lärm der Autos, der einen nicht mehr losläßt. Besonders aufgekratzt war ich nicht.

Eine Zeitlang mußten wir laufen und uns mit unseren Koffern abschleppen. Sie waren nicht allzu schwer, aber immer wieder mußte jemand dagegen stoßen, sperrig wie sie waren. Das einzig Gute an ihnen war, daß man sich auf sie draufsetzen konnte, wenn man Rot hatte. Betty quasselte in einem fort. Sie kam mir vor wie ein Fisch, den man wieder ins Wasser geworfen hatte, und ich wollte ihr den Spaß nicht verderben. Das ganze war ja schließlich nicht unzumutbar, auch wenn einem das ewige Warten vor den Ampeln wie eine Strafe Gottes erschien.

Um diese Zeit war der Teufel los, die Leute hatten Feierabend und waren auf dem Weg nach Hause. Die verfluchten Leuchtreklamen fingen alle auf einmal an zu blinken, ganze Neonkaskaden blendeten einen, und wir mußten mit eingezogenen Schultern da durch. Ich haßte das alles abgrundtief, aber die Anwesenheit Bettys an meiner Seite machte das ganze eigenartig erträglich, ich fand den ganzen Scheiß nicht mal so sehr zum Kotzen. Und trotzdem waren die Visagen der meisten Leute unausstehlich, ich merkte schon, es hatte sich nichts geändert.

Lisa, Bettys Schwester, wohnte in einer ruhigeren Ecke. Ein kleines weißes Häuschen mit einer Etage und einem kleinen Balkon von sechs Quadratmeter, der auf ein brachliegendes Gelände hinausging. Als sie uns aufmachte, hielt sie ein Hühnerbein in der Hand. Ich kriegte Hunger. Die beiden küßten sich überschwenglich, und Betty stellte mich vor. Ich schielte auf ein Stück goldbraun gebratener Haut, das herunterhing. Hallo Lisa, sagte ich. Ein Dobermann sprang aus der Bude und hüpfte durch die Nacht. Das ist Bongo, sagte sie und tätschelte den Kopf des Tieres. Bongo sah mich an, dann sah er auf sein Frauchen und zum guten Schluß bekam *er* die Hühnerkeule. Ich hab schon immer gewußt, daß die Welt nur ein schlechter Witz ist.

Lisa lebte allein mit Bongo in einem wahren Chaos, aber trotzdem war die Bude gemütlich, bunt und voller Kram, der überall rumflog, als hätte man ihn vergessen. Sie trug einen reichlich kurzen Kimono, und ich konnte sehen, daß sie schöne Beine hatte, aber ansonsten war ihr Betty bei weitem überlegen, trotz der fünf bis sechs Jahre, die sie älter war. Ich ließ mich aufs Sofa fallen, während die Mädchen miteinander quatschten und was zu trinken holten und was zu knabbern.

Auch wenn ich nicht so aussah, war ich wohl doch müde, denn das erste Glas Portwein stieg mir zu Kopf. Fast wäre ich auf den Hund getreten, als ich aufstand, um zur Toilette zu gehen, mir war schwindelig. Ich klatschte mir Wasser ins Gesicht. Ich hatte einen Dreitagebart und Ringe um die Augen wegen des Staubs, ich fühlte, wie meine Beine nachgaben. Das Landstraßenidyll, geschaßt von zwei Fingerbreit Portwein.

Ich ging zurück, Bongo verspeiste gerade die letzten Hähnchenreste, und Betty erzählte das Ende unserer Reise. Lisa klatschte in die Hände.

– He, ihr kommt gerade richtig! rief sie. Das Zimmer oben ist seit einer Woche frei...!

Betty schien baff. In Zeitlupe stellte sie ihr Glas ab.

– Was... soll das heißen, da oben ist keiner und du bist bereit, uns das Zimmer zu vermieten...???!!

– Ja sicher! Ich bin doch froh, daß ihr es nehmt und nicht jemand anders...

– Herr im Himmel, ich glaub, ich träume! gab Betty von sich. Das ist ja riesig...!

Dann sprang sie in die Höhe und landete auf den Knien vor meinem Sessel.

– Siehst du, was hab ich dir gesagt, meinte sie, merkst du, was mit uns passiert...? Wie soll man das anders nennen, wir haben einfach Mordsschwein...!

– Was ist denn überhaupt los? fragte ich.

Betty quetschte ihre Brüste gegen meine Knie.

– Was los ist, mein Schatz...? Wir sind noch keine Stunde in dieser Stadt und schon haben wir ein mordsmäßiges Appartement, das fällt einem geradezu in den Schoß.

– Frag mal, ob's ein großes Bett gibt, sagte ich.

Sie kniff mich in den Hintern, dann hoben wir unsere Gläser. Ich sagte keinen Ton, aber ich stimmte ihr zu, daß das für den Anfang nicht übel gelaufen war. Vielleicht stand uns Tür und Tor offen. Langsam fühlte ich mich prächtig.

Die Flasche hielt nicht lange. Nur keine Bange, sagte ich ihnen und ging raus. Ich stolzierte bis zur nächsten Straßenecke, Nase nach oben, Hände in den Taschen. Ein Stück weiter unten hatte ich Geschäfte gesehen.

Ich ging in den Laden, 'n Abend allerseits, sagte ich. Der Verkäufer stand allein hinter seiner Kasse, ein alter Knacker mit Hosenträgern. Ich nahm eine Flasche Champagner, Plätzchen und eine Büchse für den Hund. Der Alte rechnete alles zusammen, ohne mich anzugucken; anscheinend war er völlig weggetreten.

65

– Wissen Sie, sagte ich, wir sind bestimmt dazu berufen, uns wiederzusehen. Ich bin eben in der Gegend hier eingezogen... Die gute Nachricht hinterließ bei ihm keine Wirkung. Gähnend hielt er mir die Rechnung hin. Ich zahlte.

– He, Sie sind vielleicht ein Glückspilz, scherzte ich. Ich werd Ihnen jeden Monat einen Haufen Kohle hierlassen...

Er bedachte mich mit einem gequälten Lächeln, offensichtlich wartete er darauf, daß ich mich verzog. Er hatte eine Leidensmiene, wie die meisten Leute, die einem draußen in die Quere kamen, ich haßte das wie die Pest. Ich zögerte eine Sekunde, dann holte ich mir eine zweite Flasche, spuckte ein paar Münzen aus und ging.

Die Mädchen empfingen mich mit Freudenrufen. Während der Champagner überschäumte, kümmerte ich mich um die Büchse für den Hund. Ein Kilo Pastete, frisch rosa, geléeüberzogen. Ich wußte, es war besser, mit einem Hund von diesem Kaliber auf du und du zu stehen, und ich merkte, daß ich einen Treffer gelandet hatte.

Dann gingen wir uns das Appartement ansehen. Wir gingen zur Treppe, die hoch führte. Lisa brauchte etwas länger, bis sie das Türschloß aufbekam, wir fingen alle an zu lachen.

– Normalerweise, erzählte sie, ist diese Tür immer abgeschlossen, aber jetzt können wir sie ja auflassen... Ach, bin ich froh, manchmal fühle ich mich etwas einsam, wißt ihr...

Das Ganze bestand aus einem Raum, einem Zimmer mit einer Kochnische und dem kleinen Balkon mit, was für ein Paradies, einem Wandschrank, der als Dusche eingerichtet war. Während die Mädchen die Betten machten, trat ich auf den Balkon und stützte mich aufs Geländer. Bongo tat es mir nach. Wenn er sich auf die Hinterbeine stellte, war er fast so groß wie ich. Man blickte auf ein unbewohntes Terrain, umzäunt von einem Bretterverschlag. Dahinter ein paar Häuser, und in der Ferne Hügel, dunkler als die Nacht, und drinnen im Zimmer hörte ich sie lachen und spitze Schreie ausstoßen. Ich rauchte eine Zigarette und ließ das alles auf mich einwirken. Ich zwinkerte Bongo zu.

Später, als wir unter die Bettdecke rutschten, klammerte sich

Betty an mich und schlief fast auf der Stelle ein. Ich musterte die Zimmerdecke. Nach kurzer Zeit hatte ich keine Ahnung mehr, wo ich überhaupt war, aber ich zerbrach mir nicht den Kopf. Ich atmete tief durch. Und je tiefer ich in den Schlaf sank, desto mehr hatte ich das Gefühl, ganz sanft aufzuwachen.

7

Wir haben uns nicht sofort Arbeit gesucht, es gab nichts, was uns drängte. Die meiste Zeit verbrachten wir auf dem Balkon und quatschten mit Lisa und Bongo, wir spielten Karten, lasen Bücher, und am Nachmittag glitten wir einer nach dem anderen in einen Zustand unglaublicher Ausgeglichenheit, ich konnte mich nicht erinnern, etwas Besseres erlebt zu haben. Betty wurde von der Sonne tiefbraun, fast schwarz, Lisa weniger, da sie die Woche über malochte, sie war Kassiererin in einem Kaufhaus. Ab und zu ging ich mit Bongo raus auf das unbewohnte Gelände, die Vögel flogen dann fort. Betty beobachtete uns vom Balkon aus, wir winkten uns zu, bis sie verschwand und ich nur noch das Klappern der Schreibmaschine hörte und das Klingeln, wenn sie am Ende der Zeile angekommen war.

Diese Sache ärgerte mich übrigens ein wenig. Sie hatte sich in den Kopf gesetzt, mein gesamtes Manuskript abzutippen und es dann allen möglichen Verlegern zu schicken. Sie hatte sich die Hacken wundgelaufen, um sich eine Maschine zu besorgen. Dabei hatte ich das nur zum Vergnügen geschrieben, nicht, um mich in einem Raubtierkäfig wiederzufinden, wenigstens glaubte ich das. Betty jedoch bereitete gewissermaßen meinen Auftritt in der Arena vor. Gedankenverloren warf ich Bongo einen Stock zu, aber ich ging nicht soweit, mich elend zu fühlen; außerdem mußte ich ans Abendessen denken, das hatte ich leichtfertig übernommen. Und wenn ein Kerl, der nicht gerade auf den Kopf gefallen ist, den ganzen Tag Zeit hat, ans Abendessen zu denken, dann ist er in der Lage, aus dem Nichts wahre Wunderdinge zu vollbringen. Sogar Bongo machte ich was Besonderes, wir waren richtige Freunde geworden.

Wenn das Essen abends auf dem Herd kochte, ging ich Lisa entgegen; Betty tippte dann weiter im letzten Abendlicht, und zwar mit drei oder vier Fingern. Es blieb uns also immer noch ein bißchen Zeit. Betty machte haufenweise Fehler, und die Korrekturen verdoppelten ihre Arbeit. Ich machte mich deswegen nicht verrückt. Bongo trabte vor mir her, die Leute machten Platz auf der Straße, es war göttlich, jedes Mal bekam ich einen Sitzplatz an der Bushaltestelle. Schon seit langem hatten wir keinen so schönen Herbst mehr gehabt. Danach gingen wir in aller Ruhe zu unserem Haus zurück, Lisa und ich, ich trug ihre Sachen, während Bongo die Wagen anpinkelte. Sie erzählte mir ihr ganzes Leben, ich hatte nichts Großes zu berichten. Ich erfuhr, daß sie sehr früh geheiratet hatte und der Typ nach zwei Jahren abgekratzt war, sie hatte keine genaue Erinnerung mehr daran, sie hatte nur noch Bongo und das Haus und vermietete das Appartement oben, um ihr Monatseinkommen aufzubessern. In dieser Hinsicht hatte ich mich übrigens mit ihr arrangiert. Überall war irgendwas zu reparieren, Wasserrohre zu installieren und Leitungen zu verlegen. Wir hatten das auf drei Monatsmieten veranschlagt und beschlossen, uns so zu einigen. Jeder war zufrieden.

Abends versuchten wir, einen Fernsehfilm mitzukriegen, und zogen uns das Programm bis zum Sendeschluß rein, bis zum letzten Werbespot, wir stupsten uns an, bis endlich einer aufstand, um das Gerät auszuschalten. Man mußte aufpassen, nicht über eine Bierflasche zu stolpern. Wenn es zu sehr zum Kotzen war, schalteten wir aus. Wir holten die Karten oder hingen im Zimmer herum, die Mädchen quatschten, während ich die Knöpfe am Radio auf der Suche nach etwas Erträglichem abklapperte. Von Zeit zu Zeit war ich reif für einen Spaziergang. Ohne ein Wort zog ich mir meine Jacke über, und dann streiften wir durch Straßen und nochmals Straßen, und Bongo lief uns zwischen den Beinen herum. Die Mädchen fanden das toll. Es brachte sie zum Lachen, wenn ich ihnen sagte, daß ich mich wie die Maus in der Falle fühlte, sie glaubten mir nicht. Nichtsdestotrotz gingen wir rechtsrum und rechtsrum und noch einmal rechtsrum oder sogar mal linksrum, und die Fassaden änderten sich keinen Deut, und dann kamen wir todmüde wieder zu Hause an. Das war ideal für die Verdauung, im allgemeinen hatten wir kaum die Tür hinter uns zugeschlagen, da waren wir

schon dabei, den ganzen Inhalt des Kühlschranks auf den Tisch
zu kippen. Wenn Lisa müde war, gingen wir nach oben, aber vor
drei oder vier Uhr morgens legten wir uns nie hin. Ist auch nicht
einfach, sich früh hinzulegen, wenn man erst gegen Mittag wach
geworden ist.

Wenn wir nichts in dieser Richtung taten und sie sich in Form
fühlte, ging Betty zurück an die Maschine. Ich setzte mich auf
den Balkon, Bongos Schnauze quer über meine Knie, und guckte
ihr zu, wie sie stirnrunzelnd meine Aufzeichnungen entzifferte.
Ich fragte mich, wie ich es hingekriegt hatte, so ein Mädchen zu
finden, aber andererseits wußte ich, selbst wenn man mich am
Nordpol begraben hätte, wäre ich ihr eines schönen Tages, über
das Packeis schlendernd und eisigen Wind im Nacken, begegnet.
Ich guckte ihr gerne zu. Fast ließ es mich den ganzen Scheiß
vergessen, den wir hinter uns gelassen hatten. Wenn ich daran
dachte, stellte ich mir vor, eine ganze Armee von Polypen wäre
uns auf den Fersen, dieser brennende Bungalow hing wie ein
Schwert über unseren Köpfen. Zum Glück hatte ich meine
Adresse nicht angegeben, ich sah die Fratzen Henris und der
Mieter immer noch im Schein der Flammen, ich hörte sie immer
noch hinter uns herschreien, während wir uns wie nach einem
verratzten hold-up mit unseren Koffern auf und davon machten.
Wenn ich in der Ferne Polizeisirenen vernahm, trank ich ein
Glas, und fünf Minuten später dachte ich nicht mehr daran. Ich
ging wieder dazu über, diese Frau anzugucken, die nur ein paar
Meter von mir weg saß und die das Wichtigste in meinem Leben
war. In diesen Augenblicken beunruhigte es mich überhaupt
nicht, daß das Wichtigste in meinem Leben eine Frau war, im
Gegenteil, ich war hingerissen, mit der Zeit tendiert alles eher
zur Sorglosigkeit und Schlichtheit. Zuweilen stand ich auf, um
ein wenig mit ihr zu knutschen und zu sehen, wie weit sie war.

– Wie geht's . . .? Gefällt dir das immer noch . . .? fragte ich sie.

– Keine Bange.

– Am Ende wird das nie veröffentlicht.

– Ha ha, machst du dich lustig oder was . . .?

– Könnte jedenfalls passieren.

– Also so was, würdest du mir bitte erklären, wie es dazu kommen sollte...?

– Betty, die Welt ist irreführend.

– Nein, überhaupt nicht. Man muß sie nur zu nehmen wissen.

Das gab mir zu denken. Ich ging wieder auf den Balkon, und sogleich fing die Maschine wieder an zu klappern, Bongo legte sich wieder auf meine Beine, und die Sterne standen am Himmel wie zwitschernde Vögel.

Eines Morgens, ich war gerade wach geworden, faßte ich den Entschluß, mich ernsthaft den sanitären Anlagen zu widmen. Ich küßte Betty auf die Stirn, lieh mir Lisas Wagen und fuhr runter ins Zentrum, um mir dort die nötigen Sachen zu besorgen. Auf der Rückfahrt guckten ein paar Rohre aus dem Wagen heraus. Ich wollte sie gerade abladen, als eine Frau zu mir rüberkam. Sie trug ein kleines Goldkreuz um den Hals.

– Entschuldigen Sie, junger Mann... sind Sie Installateur...?

– Kommt drauf an, sagte ich. Warum?

– Nun ja, es geht um meinen Wasserhahn, junger Mann, um den Wasserhahn in meiner Küche. Seit über einem Monat versuche ich, einen Installateur zu bekommen, aber jeder ist sich zu schade dafür, meinen Wasserhahn zu reparieren... Oh, wenn Sie wüßten, in was für einer Verlegenheit ich bin...

– Jaja, kann ich mir vorstellen.

Sie streichelte ihr Kreuz und schaute zu Boden:

– Und Sie, junger Mann, ...öh, könnten Sie nicht...? Wissen Sie, das ist vielleicht nur eine Sache von einer Minute, im Grunde...

Ich überlegte zwei Sekunden und warf einen Blick auf meine Uhr, als wäre ich völlig überlastet.

– Scheiße, könnte hinhauen... wohnen Sie weit...?

– Neinnein, genau gegenüber.

– Gut, machen wir voran.

Ich ging hinter ihr über die Straße, sie war über sechzig und trug ein Kleid, das ihr bis halb über die Waden ging. Die Wohnung roch nach Ruhestand in gehobener Stellung, in den

Bodenfliesen konnte man sich spiegeln, und kein Lärm war zu hören. Sie führte mich in die Küche und zeigte mit dem Finger auf den Wasserhahn. Ein dünner Strahl klaren Wassers tropfte leise in das Emaillebecken. Ich trat näher ran und drehte das Ding zwei-, dreimal in alle Richtungen. Danach richtete ich mich stöhnend wieder auf.

– Keinen Zweck, sagte ich. Die Stellschraube hat sich in das Ventil gedrückt, und das hat die Dichtung kaputtgekriegt. Das passiert immer wieder.

– Oje. Ist das denn schlimm...?

– Hätte nicht schlimmer kommen können, sagte ich. Muß man alles austauschen.

– Oh mein Gott! Und was wird mich das kosten?

Ich rechnete alles im Kopf durch und nahm das Ergebnis mal zwei.

– Heiliger Jesus! rief sie aus.

– Und dabei berechne ich Ihnen nicht die Fahrtkosten, fügte ich hinzu.

– Und wann könnten Sie mir das machen...?

– Jetzt oder nie. Und ich will keinen Scheck.

Ich kehrte in Windeseile zu uns zurück und nahm mir sämtliches Werkzeug, das ich brauchen konnte. Ich erklärte Betty, was los war. Sie zuckte mit den Schultern und vertiefte sich wieder in meine Hefte. Zwei Sekunden später saß ich in der Kiste. Ich parkte in der zweiten Reihe, kaufte mir meinen Wasserhahn und kreuzte wieder bei der Alten auf.

– Stören Sie mich ja nicht, sagte ich. Ich bin's gewohnt, in Ruhe zu arbeiten. Ich rufe Sie, wenn ich was brauche...

Ich schloß mich in der Küche ein und machte mich an die Arbeit. Eine Stunde später hatte ich die Werkzeuge einsortiert, den letzten Wassertropfen weggewischt und ging ans Kassieren. Schwester Maria Magdalena vom Kind Jesu war im siebten Himmel. Ihre Küche war blitzblank.

– Junger Mann, sagte sie, Sie gehen mir nicht fort, ohne mir Ihre Telefonnummer zu hinterlassen. Hoffentlich nicht, aber vielleicht brauche ich Ihre Dienste noch einmal...

Dann begleitete sie mich bis zur Tür und winkte mir nach, bis ich zu Hause angekommen war. Ich war nicht unzufrieden mit meinem Tagewerk.

Noch am selben Abend, ich stand gerade am Herd und paßte auf was auf, klingelte das Telefon. Betty war dabei, den Tisch zu decken. Lisa nahm ab. Sie hörte einen Moment zu, antwortete zwei, drei Worte, dann deckte sie die Muschel mit der Hand ab und lachte:

– He, ich versteh das nicht, das ist der Lebensmittelhändler von der Ecke. Er bleibt dabei, er will den Installateur sprechen...!

Betty schaute mich finster an.

– Ich glaub, der fragt nach dir, meinte sie. Ist bestimmt wieder was verstopft...!

In der Tat verbreitete sich das Gerücht wie ein Lauffeuer durch das gesamte Viertel. Die Leute mußten in einem fort tratschen und alle Naslang meine Telefonnummer weitergeben. Ich fragte mich, wo eigentlich die echten Installateure rumlungerten, wenn man sich die ganzen Buden ansah, in denen die Pisse überlief und jedes Rohr verstopft war. Erst als ich eines Morgens, ich stand gerade an für zwei Meter Kupferrohr und ein neunziger Winkelstück, mit einem Profi quatschte, erfuhr ich, diese winzigen Lecks, der ganze Kleinkram, das interessierte die überhaupt nicht. Soll ich dir mal was sagen, der Typ senkte dabei seine Stimme, wenn mich einer anruft wegen 'ner undichten Stelle, dann versuch ich erstmal rauszukriegen, ob ich Chancen habe, denen ein Badezimmer anzudrehen. Wenn nicht, mach ich mir gar nicht erst die Mühe.

Ich begriff auf der Stelle, daß ich hier die Gelegenheit beim Schopf packen mußte: die kleinen Aufträge, die im Handumdrehen erledigt waren und bar auf die Hand bezahlt wurden. Innerhalb weniger Tage hatte ich mir sowas wie einen guten Ruf in der Gegend zugelegt. Für die Leute war ich teuer, aber schnell und tüchtig. Ich hatte rasch erfaßt, worin meine Stärke lag, mir war klar geworden, daß jemand, der die Grippe hat, dagegen ankämpfen kann, hingegen einem Typ, dessen Scheißhaus verstopft ist, sozusagen das Wasser bis zum Halse steht. Ich kassierte so viel Knete ab, wie ich nur konnte. Ich nahm die Leute nach Strich und Faden aus.

Vierzehn Tage lang war das die reinste Hetzjagd, dann gab sich das ein wenig, weil ich nicht mehr jedem Job nachlief. Ich sagte alle Aufträge am Vormittag ab. Betty war nicht gerade froh, wenn ich mit einer Mütze auf dem Kopf und meinem Werkzeugkasten unterm Arm loszog, es machte sie nervös. Wir hatten uns deshalb sogar schon mal regelrecht angeschnauzt, eines Abends, als ich total ausgelaugt nach Hause gekommen war.

Ich kam gerade von einer oberbeschissenen Reparatur bei einem Kommißkopf in Uniform, weiße Haare, blaue Augen. Die fünfte Reparatur an diesem Tag, ich war alle. Der Typ hatte mich durch einen langen, dunklen Gang geführt, seine Stiefel machten einen Heidenlärm auf dem Parkett, und ich schlich hinter ihm her mit hängenden Schultern. In der Küche überfiel einen ein penetranter Gestank nach altem Bratfett und angeschmortem Kunststoff, irgendwas Teuflisches, ich mußte an mich halten, um nicht auf der Stelle kehrtzumachen. Aber so ging es mir jedesmal, wenn ich bei einem Kunden eintraf, es gab immer einen bestimmten Moment, in dem man Lust hatte, Hals über Kopf davonzurennen. Ich blieb also da.

Der Typ hatte eine Art Reitpeitsche in der Hand, er zeigte auf den Abfluß, ohne ein Wort zu sagen. Gegen Abend störte es mich allerdings nicht, wenn man nicht mit mir sprach, das war eher erholsam. Ich trat also näher und atmete dabei so wenig wie möglich. Im Spülbecken lagen drei Plastikpuppen, sie waren halb geschmolzen und das gesamte Ding total verstopft, das Ganze schwamm in einer zwei oder drei Zentimeter dicken Ölschicht. Ich öffnete das Schränkchen, das sich unter dem Becken befand, und als ich den Abfalleimer herauszog, konnte ich erkennen, daß das Abflußrohr in voller Länge wie ein Korkenzieher spiralförmig verdreht war und sich an einigen Stellen gar in die Schrankwand gefressen hatte. Ich erhob mich wieder.

– Haben Sie das mit siedendem Öl fabriziert...?

– Hören Sie, ich bin Ihnen keine Rechenschaft schuldig, schnauzte er. Machen Sie sich an die Arbeit und sehen Sie zu, daß Sie schleunigst fertig werden!

– He... regense sich nicht auf. Das stört mich nicht im geringsten, wenn Sie Ihre kleinen Püppchen mit Bratöl übergießen. Da bin ich Schlimmeres gewöhnt. Nur, ich muß wissen, ob noch was anderes als Fett und geschmolzener Kunststoff in den Abfluß gekommen ist. Müßten Sie mir schon sagen.

Nein, gab er mir zur Antwort, indem er hastig den Kopf schüttelte, dann ließ er mich in Ruhe. Ich nahm mir die Zeit, eine Zigarette zu rauchen. Auf den ersten Blick sah die ganze Sache nicht sonderlich kompliziert aus, war bloß ein Rohr auszutauschen, aber leider sind die Dinge nie so einfach, wie man meint. Ich bückte mich ein zweites Mal unter das Becken und stellte fest, daß das famose Rohr noch durch zwei weitere Schränke ging, bevor es im Boden verschwand. Ich sah, daß ich meinen Spaß dabei haben würde, den ganzen Kram dadrin rauszukegeln.

Ich ging zum Wagen zurück, um mir ein Rohrstück zu holen. Ich hatte die gängigsten Größen. Ich hatte die Dinger auf das Dach gelegt und an den jeweiligen Enden an der Stoßstange befestigt. Betty bekam zuviel, wenn sie das sah. Bei einem unserer nächtlichen Ausflüge hatte ich 'nen gehörigen Teil davon auf einer Baustelle abgestaubt, und seitdem erreichten meine Gewinne schwindelerregende Höhen. Ich schnappte mir ein Bier unter der vorderen Sitzbank und trank es in einem Zug aus, bevor ich mich wieder an die Arbeit machte.

Ich brauchte eine Stunde, bis ich das alte Rohr ausgebaut hatte, eine weitere, um das neue einzusetzen, ich wurde halb bekloppt dabei. Auf allen vieren hing ich in den Schränken und stieß mich an allen möglichen Ecken, manchmal mußte ich aufhören und für eine Minute die Augen schließen. Aber ich schaffte es trotzdem. Ich atmete tief durch und hielt mich dann einen Moment am Spülbecken fest, dabei lächelte ich die aufgeschlitzten Puppen an. Komm, Alter, streng dich noch 'n bißchen an, sagte ich mir, und du bist für heut durch, die Mädchen haben bestimmt 'n Glas für dich. Ich schnappte mir das Rohr, sägte gut einen Meter davon ab und verband es mit dem Abfluß.

Ich war gerade dabei, meine Sachen zusammenzupacken, als der Typ in der Khaki-Uniform auftauchte. Er würdigte mich keines Blickes und flitzte schnurstracks unter die Schränke, um die Installation zu überprüfen. Über so Typen kann ich mich nur totlachen. Ich hängte mir den Gurt meines Werkzeugkastens über die Schulter, schnappte mir mein Rohrstück und wartete ab, daß der Typ da unten wieder rauskam.

Er erhob sich in heller Aufregung.

– Also was ist das denn...??? stieß er hervor. WAS SOLL DAS HEISSEN...??!!

Ich fragte mich, ob ihm da unter dem Spülbecken nicht ein Äderchen im Kopf geplatzt war. Ich behielt die Ruhe.

– Stimmt was nicht? fragte ich ihn.

Seine Augen schienen sich durch meine Stirn bohren zu wollen. Offenbar glaubte er sich noch in den Kolonien, er schickte sich an, einen boy zu züchtigen.

– Sie wollen mich wohl verarschen!! Ihre Rohre sind nicht vorschriftsmäßig...!

– Wie bitte?

– Jawohl... Das Rohrstück, das Sie da eingesetzt haben, DAS DA, das ist für Telefonleitungen...!! Da STEHT'S drauf!!

War mir neu. Ich hatte nie darauf geachtet, aber ich ließ mich nicht aus der Fassung bringen.

– Haben Sie mir Angst gemacht! sagte ich. Deswegen brauchen Sie sich doch keine Gedanken zu machen, die sind genauso wie die anderen... Praktisch alle Spülbecken der Stadt sind damit angeschlossen, das erleb ich seit zehn Jahren. Ist schon kein Ramsch.

– Neinneinnein, so geht das nicht! Das ist GEGEN DIE VORSCHRIFTEN!!

– Nein, machense sich keine Sorgen...

– Hüten Sie sich davor, mich reinzulegen. Ich will, daß die Dinge vorschriftsmäßig ausgeführt werden!!

Immer muß einem sowas am Abend passieren, wenn man völlig gerädert ist. Ich raufte mir die Haare.

– Hören Sie, sagte ich, jedem seine Arbeit. Ich frag Sie ja auch nicht, was für 'ne Munition Sie dazu nehmen, einen Hügel leerzufegen. Wenn ich Telefonleitungen verwende, weiß ich, was ich tu.

– Ich will eine ordnungsgemäße Installation, kapiert...?!!

– Ah ja, und die ganzen Sauereien, die Sie im Spülbecken anstellen, sind die vielleicht auch nach den Vorschriften...? Los, kommen Sie, geben Sie mir mein Geld und zerbrechen Sie sich nicht den Kopf, das Ding da hält noch in zwanzig Jahren.

– Da brauchen Sie nicht drauf zu hoffen! Sie kriegen keinen Pfennig, solange Sie das nicht in Ordnung gebracht haben!

Ich sah dem beknackten Alten in die Augen, ich merkte, ich würde nur meine Zeit verschwenden, und verspürte nicht die geringste Lust, mich in irgendwelchen Überstunden aufzureiben, ich wollte bloß zurück in mein kleines Auto, die Scheiben runterdrehen und in aller Ruhe nach Hause fahren und dabei eine rauchen, sonst wollte ich gar nichts. Also bewegte ich mich in Richtung Spüle, holte aus und trat mit voller Wucht gegen das Abflußrohr. Es gelang mir, die Hälfte rauszureißen. Ich ging zurück, um mir die Reaktion des Kerls anzusehen.

– So, meinte ich. Ich glaub, irgend etwas mit dem Spülbecken ist im Eimer. Man sollte einen Installateur rufen.

Der Alte knallte mir seine Peitsche voll ins Gesicht. Ich verspürte ein Brennen wie Feuer, das mir vom Mund bis zum Ohr reichte. Er bekam glänzende Augen. Ich verpaßte ihm einen gehörigen Schlag mit dem Rohr quer über die Stirn. Er wich bis zur Wand zurück und lehnte sich dagegen, mit einer Hand faßte er sich ans Herz. Ich holte ihm nicht seine Pillendose, ich sah zu, daß ich wegkam.

Den ganzen Weg lang brannte mir die Backe. Im Rückspiegel konnte ich einen rotvioletten Streifen sehen, außerdem war mein Mundwinkel angeschwollen, so wirkte ich um so mehr am Ende. Die ganze Sache schien eine Art Prozeß ausgelöst zu haben, der auf meinem Gesicht all die seit Tagen angehäufte Müdigkeit zu

77

Tage treten ließ. Ich bot keinen schönen Anblick. Während eines Verkehrsstaus konnte ich all meine Leidensgenossen betrachten, wir sahen alle gleich aus, hatten all die gleichen Wunden, ungefähr wenigstens. All diese Visagen waren entstellt nach einer Woche unnützer Plackerei, Müdigkeit, Entbehrungen, Wut und Ärger. Jedesmal, wenn die Ampel auf grün sprang, krochen wir drei Meter weiter, ohne einen Ton zu sagen.

Als ich nach Hause kam, bemerkte Betty auf Anhieb meine Schmarre. Meine Backe war leuchtendrot, regelrecht geschwollen war sie. Ich hatte keinen Mumm mehr, irgendeine Geschichte zu erfinden, ich erzählte ihr in allen Einzelheiten, was passiert war. Dazu bediente ich mich mit einem großen Glas, und sie ging sofort zum Angriff über.

– Das haste jetzt davon, daß du den lieben langen Tag den Hanswurst spielst. Das mußte ja so kommen!

– Scheiße, Betty... was erzählste denn da...?

– Tagelang tuste nichts anderes als auf den Knien unter diesen versifften Spülbecken rumzuhängen, neben irgendwelchen Abfällen, oder diese ganze Scheiße rauszupulen, oder ein Bidet ranzuschleppen... Hältste dich für sehr gescheit...?!

– Bah, soll mir scheißegal sein. Spielt doch keine Rolle.

Sie kam auf mich zu, um mich von nahem in Augenschein zu nehmen. Ihre Stimme bekam einen honigsüßen Klang.

– Sag mal... weißt du eigentlich, was ich in diesem Augenblick mache...? Nein... weißt du nicht...? Schön, ich bin dabei, dein Buch abzutippen, seit Tagen bin ich damit zugange, und manchmal, da kann ich nachts nicht schlafen deswegen, wenn's dich interessiert...

Ihre Stimme klang ein wenig bitter. Ich füllte mein Glas nach und nahm mir eine Handvoll Erdnüsse. Sie ließ mich nicht aus den Augen.

– Ich bin überzeugt, daß du ein großer Schriftsteller bist. Bist du dir darüber wenigstens im klaren...?

– Hör mal, fang nicht wieder damit an, ich bin müde. Der große Schriftsteller, der wird uns nicht ernähren. Ich glaub wirklich, du arbeitest zuviel daran, bist ja dabei, den Kopf zu verlieren.

– Meine Güte nochmal. Kapierst du nicht, daß ein Kerl wie du es nicht nötig haben sollte, sich so herabzulassen, kapierst du nicht, daß du kein Recht dazu hast...?

– He, Betty... Biste auf den Kopf gefallen...?

Sie packte mich am Kragen, fast hätte ich meinen Scotch umgekippt.

– Nein, ich nicht, DU! Nichts begreifst du...! Und das macht mich krank, wenn ich sehe, womit du deine Zeit verbringst. Was hast du, warum weigerst du dich, die Augen aufzumachen...?

Ich konnte nicht anders, ich stöhnte auf. Dieser Dreckstag wollte kein Ende nehmen.

– Betty... ich hab wirklich Angst, du hältst mich für jemand anders...

– Nein, Schwachkopf! Ich halte dich für den, der du bist...!! Aber ich hatte keine Ahnung, daß du so beschränkt bist! Mir wäre es lieber, du würdest den ganzen Tag rumbummeln oder in die Gegend gaffen, das fänd ich ganz normal. Stattdessen verblödest du zwischen deinen Waschbecken und hältst dich auch noch für besonders schlau...

– Ich bin damit beschäftigt, eine Art Studie über die zwischenmenschlichen Beziehungen vorzunehmen, sagte ich. Ich versuche, so viel Stoff wie möglich anzusammeln.

– Oh Gott, bleib mir bloß mit deinen dämlichen Bemerkungen vom Leibe! Ich hab dir schon mal gesagt, ich will stolz auf dich sein, ich will dich bewundern, aber man sollte meinen, daß dir das auf die Eier geht, ehrlich, man sollte meinen, du tust das alles mit Absicht, nur um mich anzukotzen...!

– Nein, ich werd niemals auch nur das geringste tun, nur um dich anzukotzen.

– Soso, sollte man aber glauben, ich schwör's dir. Meine Güte, gib dir doch mal Mühe, mich zu verstehen. Wir haben keine Zeit, tausend verschiedene Rollen im Leben zu spielen, und glaub nicht, du kannst dich mit ein paar klugscheißerischen, feigen Tricks aus dem Staube machen. Du solltest das besser ein für alle Mal einsehen. Bist 'n Schriftsteller, und kein Klempner.

– Woran sieht man den Unterschied? fragte ich sie.

Wir guckten uns über den Tisch hinweg an. Sie warf mir einen Blick zu, daß ich glaubte, sie würde mir gleich an die Kehle springen.

– Vielleicht kannst du mir demnächst Arbeit verschaffen, meinte sie. Jaja, ich glaub, ich hab beste Aussichten. Aber zur Zeit können weder du noch ich mehr dafür tun. Ich warne dich bloß, ich laß mir nicht alles bieten, und als erstes mache ich dich darauf aufmerksam, daß ich es zum Kotzen finde, mit einem Typ zusammenzuleben, der abends um sieben Uhr nach Hause kommt und stöhnend seinen Werkzeugkasten auf den Tisch stellt. DA SINKT MEINE MORAL AUF DEN NULL-PUNKT...! Kannste dir vorstellen, wie das ist..., da sitz ich nachmittags völlig weggetreten vor deinem Buch, und dann klingelt das Telefon und ich werd gefragt, wo du steckst, bloß weil irgendein Blödhammel sein Scheißhaus kaputtgekriegt hat, kannste dir vorstellen, daß ich seine Scheiße fast riechen kann...? Kannste dir vorstellen, woran ich denken muß, wenn ich wieder einhänge, und was für eine tolle Figur du ab-gibst...??!!

– Hör mal, findste nicht, du übertreibst...? Zum Glück gibt es sie überhaupt, die Klempner. Und darüberhinaus kann ich nur sagen, daß ich das lieber tu als im Büro zu arbeiten.

– Herr im Himmel! Nichts verstehst du! Merkst du nicht, daß du mir mit der einen Hand den Kopf aus dem Wasser ziehst und ihn mir mit der anderen wieder untertauchst?

Fast hätte ich ihr gesagt, daß das ein schönes Bild des Lebens war, aber ich hielt mich zurück. Ich nickte einfach, ging mir ein Glas Wasser holen und guckte zum Fenster raus. Draußen war es fast dunkel. Der Schriftsteller war nicht gerade brillant, und der Klempner war erledigt.

Nach dieser Diskussion ließ ich es langsamer angehen, ich richtete es zumindest so ein, daß ich nachmittags nicht mehr arbeiten ging, und das Ergebnis ließ nicht auf sich warten. Zwischen Betty und mir herrschte wieder Schönwetter, wir hatten wieder unsere Freude an ruhigen Tagen und zwinkerten uns wieder zu.

Dem Klempner fiel es schwer, in aller Frühe aufzustehen, wenn sich der Schriftsteller um drei Uhr nachts hingelegt hatte. Er mußte vor allen Dingen aufpassen, daß er Betty nicht weckte und Kaffee aufsetzte, ohne auf die Nase zu fallen. Er gähnte, daß er sich fast den Kiefer ausrenkte, erst wenn er seinen Fuß auf die Straße setzte, kam er allmählich zu sich. Der Riemen des Werkzeugkastens schnitt ihm in die Schulter.

Manchmal schlief Betty noch, wenn er zurückkam. Dann sprang er in aller Eile unter die Dusche und wartete darauf, daß sie wach wurde. Er setzte sich neben sie und rauchte eine Zigarette. Er guckte sich den Stapel Blätter an, der nahe der Maschine lag, hörte in die Stille oder spielte mit der Strumpfhose und dem Slip, die zusammengekringelt am Fußende des Bettes lagen. Wenn Betty wach wurde, war der Schriftsteller damit beschäftigt, sein Innenleben zu erforschen, und er hatte dann ein leises, verträumtes Lächeln auf den Lippen. Im allgemeinen bumsten sie erst, danach nahm er ein zweites Frühstück mit ihr ein. Der Schriftsteller hatte ein feines Leben, er fühlte sich bloß ein wenig müde, und wenn der Himmel wolkenlos war, dann gestattete er sich schon mal ganz gern eine kleine Siesta auf dem Balkon und hörte sich dort die Geräusche an, die von der Straße kamen. Der Schriftsteller war o. k. Nie hatte er irgendwelche Probleme mit der Knete. Sein Kopf war eher leer. Von Zeit zu Zeit fragte er sich, wie er es geschafft hatte, ein Buch zu schreiben, das kam ihm ganz weit weg vor, und ob er eines Tages ein neues schreiben würde, das wußte er nun wirklich nicht. Er dachte nicht gern daran. Das eine Mal, als Betty ihm diese Frage gestellt hatte, hatte er undeutlich zu verstehen gegeben, das könnte schon sein, aber den Rest des Tages hatte er sich nicht besonders wohl gefühlt.

Wenn der Klempner am nächsten Morgen aufstand, hatte er einen gehörigen Kater. Er wartete ab, bis ihm die Kundin den Rücken zudrehte, bevor er seinen Kaffee in das Duschbecken erbrach, er bekam dabei eine Gänsehaut. Mitunter haßte er diesen verdammten Schriftsteller.

8

Mir nichts, dir nichts wurden die Abende allmählich kühler, und die ersten Blätter fielen von den Bäumen und sammelten sich in den Rinnsteinen. Betty nahm sich mein letztes Heft vor, während ich weiterhin überall rumbastelte, um uns das Existenzminimum zu sichern. Alles lief gut, außer daß ich jetzt nachts wach wurde und mit offenen Augen und rauchendem Kopf ins Dunkel starrte, ich wälzte mich von einer Seite auf die andere, als hätte ich eine Schlange verschluckt. Ich hatte ein neues Heft und einen Bleistift neben dem Bett deponiert und brauchte bloß den Arm auszustrecken, um sie mir zu schnappen, aber seit Tagen dauerte dieser Zirkus nun – ich konnte mir noch so sehr das Hirn ausquetschen auf der Suche nach einer mickerigen Idee, nichts sprang dabei heraus, rein gar nichts, und jede Nacht hing der Schriftsteller in den Seilen. Er schaffte es nicht, den Ton wiederaufzunehmen, dieser Bekloppte, er schaffte es nicht, wirklich Lust dazu zu haben. Und keine Ahnung, warum.

Ich redete mir ein, das Ganze sei nur eine vorübergehende geistige Verstopfung, und um auf andere Gedanken zu kommen, spielte ich nachmittags ein wenig den Elektriker. Ich verlegte neue Leitungen, installierte Abzweigklemmen und Dimmerschalter, um Atmosphäre zu schaffen. Grelles Licht für den Abend und Schummerlicht zum Bumsen in den späten Stunden. Aber selbst wenn ich daran rumbastelte, blieb meine Stimmung gedrückt, andauernd mußte ich mich hinsetzen, um ein Bier zu kippen. Erst am frühen Abend fühlte ich mich allmählich besser, wurde ich wieder einigermaßen normal. Für Augenblicke war ich dann geradezu fröhlich, der Alkohol munterte mich auf. In solchen Momenten stellte ich mich neben Betty und beugte mich über die Maschine:

– He, Betty... brauchst dir nicht die Augen aus dem Kopf zu gucken, lohnt sich nicht, ich hab auch nix mehr in den

Eiern...!! Ich lachte mich tot über meinen eigenen Quatsch und hämmerte mit der Faust auf den Deckel der armen Schreibmaschine.

– Los, setz dich, sagte sie, und hör mit deinem Blödsinn auf, du redest vielleicht ein dummes Zeug.

Lächelnd ließ ich mich in den Sessel fallen und guckte den Fliegen zu. Wenn's schön war, ließen wir die Balkontür auf, dann pfefferte ich meine leeren Bierflaschen nach draußen. In mir drin immer der gleiche Spruch: »Wo? Wann? Wie...?«, aber niemand stürzte herbei, um sich einer armen Seele zu erbarmen. Dabei brauchte ich herzlich wenig, gerade mal zwei, drei Seiten für den Anfang, danach würde ich es schon schaffen. Ich war mir sicher, ich brauchte nur 'nen Anfang. Da konnte man ja nur lachen, die ganze Angelegenheit war doch zu bescheuert. Betty schüttelte den Kopf und lächelte.

Danach kümmerte ich mich ums Essen, und der vertrackte Mist löste sich in Luft auf. Ich ging mit Bongo einkaufen, an der frischen Luft kam ich wieder zu mir. Und selbst wenn es mir unterlief, daß ich vor mich hin sinnierte, wenn ich Eier in die Pfanne schlug oder ein Pfeffersteak briet, dann scherte ich mich nicht darum, ich wartete auf den Augenblick, wo ich endlich den Mädchen am Tisch Gesellschaft leisten konnte, ich gab mir Mühe, ebenso aufgekratzt zu sein wie sie. Ich guckte ihnen zu, wenn sie miteinander quatschten und ihre Sprüche wie Blitze durchs Zimmer flogen. Im allgemeinen verhedderte ich mich mit den Soßen, sie fanden, ich hätte eine Begabung für Soßen. Als Klempner, hieß es, sei ich auch sehr begabt. Und als Fliegenfikker, hatte ich da auch genug Biß...? Nach all den Jahren ungestörter Ruhe hatte ich ein Recht zu wissen, was auf mich zukam. Es war, als hätte man von mir verlangt, eine alte, unkrautüberwucherte Lok wieder in Gang zu bringen. Eine erschreckende Vorstellung.

Als Betty eines Tages damit fertig war, mein Buch abzutippen, verkrampften sich mir die Eingeweide. Ich bekam wackelige Knie. Als sie mir die frohe Botschaft verkündete, stand ich gerade auf einem Stuhl, um eine Lampe in alle Einzelteile zu zerlegen. Es kam mir vor, als hätte ich einen gewischt bekommen. Ich kletterte langsam runter und hielt mich an der Stuhllehne fest. Meine Begeisterung hielt sich in Grenzen.

– Meine Güte, wurde auch Zeit... Paß auf, ich muß mal eben raus, ich muß mir ein paar Lüsterklemmen kaufen...!

Ich hörte nicht, was sie mir sagte, ich hörte überhaupt nichts mehr. So ruhig, wie ich nur irgend konnte, ging ich zu meiner Jacke. Wie in einem Filmausschnitt: der Held hat 'ne Kugel im Bauch und weigert sich zusammenzuklappen. Ich zog mir die Jacke über und stieg die Treppe herunter, bis zur Haustür konnte ich nicht atmen.

Ich kam auf die Straße und ging los. Ein schwacher Wind war mit Einbruch der Nacht aufgekommen, aber schon nach wenigen Augenblicken war ich naßgeschwitzt und verlangsamte meinen Schritt. Ich bemerkte, daß Bongo hinter mir her lief. Ab und an überholte er mich im Trab, danach wartete er auf mich, keine Ahnung, warum. In der Luft hing ein Hauch von blindem Vertrauen, und das fiel mir auf den Wecker, die Empfindung der Leere ebenso.

Ich ging in eine Kneipe und bestellte mir einen Tequila, der wirkt schneller, und ich hatte was Aufpeitschendes nötig. Ich hab immer schon gedacht, das Ende der schönen Tage kriegt man schwer runter, ich bestellte mir noch einen, danach fühlte ich mich besser. Neben mir stand ein Typ, vollkommen zu, er stierte mich ununterbrochen an und packte sein Glas mit beiden Händen. Als ich merkte, daß er den Mund nicht aufbekam, machte ich ihm Mut:

– Na los, nur zu... was willste mir für 'nen Scheiß erzählen...? fragte ich ihn.

Als ich mich aus der Kneipe losriß, fühlte ich mich rundum besser. Wir waren alle gleich verrückt, einer wie der andere, und das Leben war nur ein Flechtwerk von Absurditäten. Zum Glück blieben einem die angenehmen Augenblicke, jeder weiß, wovon ich rede, und allein dafür lohnte sich das Leben, der Rest hatte nicht die geringste Bedeutung. Im Grunde konnte kommen was wollte, es machte ja doch keinen großen Unterschied, ich war von der Vergänglichkeit aller Dinge überzeugt und hatte eine halbe Flasche Tequila in der Birne und sah Palmen in den Straßen und kreuzte vor dem Wind. Als ich in unserer Bude eintraf, erwartete mich eine Überraschung. Blond, Halbglatze, so um die fünfundvierzig, Bauchansatz. Er saß in meiner Lieblingsecke und Lisa ihm auf dem Schoß.

Natürlich, Lisa war ein ganz normales Mädchen, mit einer Pussy und Brüsten, und es kam vor, daß sie damit was machte. Manchmal blieb sie die Nacht über weg, dann kam sie am frühen Morgen vorbei, um sich umzuziehen und vor der Arbeit noch einen Kaffee zu trinken. Ich begegnete ihr dann in der Küche, ein Mädchen, das die Nacht damit zugebracht hatte zu bumsen, sowas sieht man auf den ersten Blick, und ich freute mich für sie, hoffte, daß sie möglichst viel davon gehabt hatte. Ich liebte diese kurzen Augenblicke stillschweigender Komplizenschaft. Das heiterte meinen Tag auf. Ich wußte, daß ich ein privilegierter Typ war. Manchmal streute mir das Leben eine Handvoll pures Gold in die Augen. Nach solchen Momenten konnte ich alles ertragen, egal was. Wir bildeten ein großartiges Trio, sämtliche Kloaken der Stadt hätte ich reparieren können, solange ich nur um fünf Uhr nachmittags hätte verduften können und die Zeit gehabt hätte, unter die Dusche zu gehen, bevor ich sie beide wieder traf, eine, die einem ein Glas hinhält, und die andere ein paar Oliven.

Im großen und ganzen redete Lisa nicht viel von den Typen, denen sie begegnete, auch nicht von denen, mit denen sie bumste, sie meinte, das sei nicht der Rede wert, und wechselte lachend das Thema. Kannste mir glauben, sagte sie, derjenige, der die Schwelle dieser Tür überschreitet, an dem wird mehr dran sein als an den anderen.

Es haute mich also glatt um, als ich eintrat und der Typ sein Glas hob, um mich zu begrüßen, Krawatte gelockert und die Ärmel hochgekrempelt. Es wurde mir bewußt, daß ich vor jenem seltenen Vogel stand.

Lisa stellte uns mit leuchtenden Augen einander vor, der Typ stürzte nach vorn und packte meine Hand. Er hatte rote Backen und erinnerte mich an ein haarloses Baby mit blauen Augen.

– Haste jetzt tatsächlich gefunden, was du suchtest...? fragte Betty.

– Ja, aber ich mußte erst ein wenig die Runde machen.

Lisa drückte mir ein Glas in die Hand. Der Typ guckte mich an und lächelte. Ich lächelte zurück. In Nullkommanichts war ich Herr der Lage, er hieß Edouard, zog es aber vor, Eddie genannt zu werden, hatte gerade eine Pizzeria im Stadtzentrum eröffnet, schaffte sich alle halbe Jahre einen neuen Schlitten an und lachte, daß die Wände wackelten. Er schwitzte leicht und sah aus, als sei er froh, da zu sein. Nach einer Stunde tat er so, als hingen wir seit zwanzig Jahren zusammen. Er legte mir die Hand auf den Arm, während die Mädchen in der Kochecke quatschten.

– Und du, mein Alter, sieht so aus, als schriebste irgendwelche Dinger...? drückte er sich aus.

– Kommt schon mal vor, sagte ich.

Er zwinkerte mir aus schmiedeeisernen Augenwinkeln zù.

– Und machste Kohle damit...?

– Kommt drauf an, nicht sehr regelmäßig.

– Alle Achtung, meinte er, 'n schlechter Plan is das bestimmt nich. Schreibste in aller Ruhe deine kleine Story, strengst dich nich groß an dabei, und dann kassierste ab...

– Genau.

– Und in welcher Branche biste? wollte er wissen.

– Historischer Roman, sagte ich.

Den ganzen Abend lang fragte ich mich, wie der Verstand eines Mädchens arbeitete, ich hatte das unbestimmte Gefühl, da gab es was, was ich nicht so ganz mitbekam. Dieser Typ da, Eddie, ich hätte gern erfahren, was sie an dem fand, außer daß er soff wie ein Loch, irgendwelche Geschichten erzählte und ununterbrochen lachte. Ich kann all die verblüffenden Dinge, denen ich im Leben begegnet bin, nicht mehr zählen, aber trotzdem halte ich die Augen noch gerne offen, es gibt immer wieder zwei, drei Sachen aufzuschnappen. Vor allem, was Eddie angeht, hat sich rausgestellt, daß mein erster Eindruck nicht gerade der zutreffendste war, in Wirklichkeit ist Eddie ein Engel.

Trotzdem, als wir zum Rosinenkuchen mit Rum übergingen, da galt noch, daß er mich mit Worten vollgelabert hatte. Aber alles in allem war das so unangenehm auch wieder nicht. Eine ohrenbetäubende und ein wenig behämmerte Stimmung, ab und zu, dabei 'ne gute Zigarre, das ist nicht das Ende. Eddie hatte Champagner mitgebracht, er guckte mich an, während er den Korken knallen ließ, und reichte mir ein randvolles Glas.

– He, ich bin wirklich froh, daß wir uns alle vier gut verstehen, ehrlich, ganz im Ernst... meine Güte, los ihr zwei, her mit den Gläsern...!

Am nächsten Morgen, es war Sonntag, kreuzte er mit einem dicken Koffer auf, als wir gerade zu dritt frühstückten. Er zwinkerte mir zu:

– Ich hab 'n paar Sachen mitgebracht. Ich fühl mich ganz gern wie zu Hause...

Er holte zwei oder drei ziemlich kurze Kimonos aus dem Koffer, ebenso ein paar alte Pantoffeln und einige Wäsche zum Wechseln. Dann ging er ins Badezimmer, und dreißig Sekunden später kam er im Kimono wieder raus. Die Mädchen applaudierten. Bongo hob den Kopf, um zu sehen, was los war. Eddie hatte kurze, weiße Beine, unglaublich behaart, er breitete die Arme auseinander, damit man ihn bewundern konnte.

– Müßt ihr euch mit abfinden, lachte er. Das ist die einzige Kleidung, die ich zu Hause ertrage...!

Dann setzte er sich zu uns, bediente sich mit einem Kaffee und fing mit einer neuen Story an. Ich hatte das unbestimmte Gefühl, mich wieder hinlegen zu müssen.

Den frühen Nachmittag verbrachten Betty und ich damit, die Exemplare meines Manuskripts zu verpacken und die Adressen der einzelnen Verlage aus dem Telefonbuch herauszusuchen. Jetzt, wo ich mir einen Grund zurechtgelegt hatte, nahm ich das Ganze mit einer gewissen Gleichgültigkeit hin, ich glaubte sogar, kleine Funken auf meinen Fingerspitzen wahrzunehmen, wenn ich den Namen eines sehr bekannten Verlegers aufschrieb. Ich legte mich mit einer Zigarette zwischen den Lippen ins Bett. Als Betty sich zu mir legte, fühlte ich mich vollkommen wohl.

Ich fühlte mich sogar erleichtert. Und auf eine gewisse Weise vervielfältigt.

Ich fing gerade an, Betty ganz komisch anzugucken und mit ihren Haaren zu spielen, als ich einen Lärm im Treppenhaus vernahm, und im nächsten Augenblick, da trampelte Eddie mir auf der Nase herum und jonglierte dabei mit einer Flasche und ein paar Gläsern.

– He, ihr zwei da, Schluß mit der Andacht. Ich hab euch noch gar nicht das Neueste erzählt, was mir passiert ist...

Meine Güte, Lisa... was ist bloß in dich gefahren? dachte ich. Kurz darauf hatte er es geschafft, uns alle in seinen Schlitten zu verfrachten, und wir machten uns auf zur Rennbahn. Einige Wolken standen am Himmel. Die Mädchen waren ganz schön aufgeregt, das Radio kreischte kilometerlang irgendwelche Reklame, während Eddie in einem fort lachte.

Wir trafen ein, als gerade das dritte Rennen gestartet wurde. Eddie trabte los, um Karten zu kaufen, während ich die Mädchen zur Bar schleppte. Ich fand das alles zum Kotzen, und außerdem war das immer das gleiche Spektakel. Die Leute liefen zu den Schaltern, die Pferde rannten los, die Leute kamen zurück zu den Absperrungen, die Pferde kamen durchs Ziel, und die Leute liefen von neuem zu den Schaltern. Meistens fing Eddie während der Zielgeraden an, in die Luft zu boxen, bekam rote Ohren, doch im nächsten Augenblick raufte er sich die Haare. Er zerknüllte seine Karten und schmiß sie fluchend weg.

– Haste den Sieger nicht? fragte ich ihn.

Als wir abzogen, war der Himmel fast schon rot. Noch bevor wir den Wagen wiederfanden, kam Eddie schon wieder in Form. Er fand sogar einen Weg, kurz zu verschwinden und mit einigen Portionen goldgelber Fritten zurückzukommen.

Am Anfang ging er mir also ein wenig auf den Keks. Aber man brauchte bloß dem, was er von sich gab, nicht allzu viel Beachtung zu schenken, dann war's auszuhalten. Er schlenderte im Haus umher und laberte laut irgendein dummes Zeug, ohne sich an jemand Bestimmten zu wenden. Von Zeit zu Zeit lächelte ich ihm zu... Morgens beeilte er sich nicht allzu sehr, und abends, da kreuzte er gegen Mitternacht oder ein Uhr auf, sobald die Pizzeria geschlossen hatte. Jedesmal brachte er was zu essen und zu trinken mit, wir aßen dann mit ihm. Hinsichtlich der Kohle waren diese Mahlzeiten wie ein kleines Wunder, das uns der Himmel bescherte. Eddie hatte trotz allem ein paar Sachen kapiert. Hin und wieder spielte er darauf an:

– He, ich kann mich nicht mehr erinnern... Was schreibste noch mal für Bücher...?

– Science-fiction.

– Ah ja... Und die läuft, die Chose...? Ist da was dran zu verdienen...?

– Jaja, aber das dauert verdammt lange, bis man seine Prozente kriegt. Und manchmal, da vergessen sie sogar, einem den Scheck zu schicken, aber ich kann nicht klagen...

– Also, ich sag dir das nur, weil in der Zwischenzeit, wenn du nicht klarkommst...

– Ich danke dir, ich komm schon klar. Ich denk zur Zeit über was Neues nach, das verursacht nicht so viel Unkosten.

Oder ein anderes Mal, während eines Ausflugs, die Mädchen spazierten im Wind am Strand entlang, ich sah ihnen zu, Eddie und ich waren in der vollklimatisierten Karre sitzengeblieben:

– Vielleicht sollteste mal das Fach wechseln, meinte er. Gibt doch bestimmt irgend'nen Kram, der besser läuft als anderes...

– Nein, ich glaube, das ist einfach eine Frage der Zeit.

– Scheiße, Moment mal, ich kann mich nicht mehr erinnern...

– Kriminalroman.

– Ah ja... Da gibt's doch bestimmt welche, die Millionen scheffeln...!?

– Na klar, Hunderte von Millionen.

– Vielleicht sogar Milliarden...?

– Jaja, gibt's. Aber zur Zeit bin ich auf meinen neuen Kram fixiert, ich hab keine Zeit, an sowas zu denken...

In Wirklichkeit dachte ich jeden Tag daran. Ich hatte meine gesamten Kröten in der Tasche, bloß ein paar Scheine, und zwei oder drei Aufträge als Vorschuß, es durfte uns nichts passieren

90

oder die Lust überkommen, ein Wochenende wegzufahren. Zum Kotzen, alles was recht war. Es war etwas über eine Woche her, daß Betty mein Manuskript fertiggetippt hatte, und ich sah sie nur noch durch die Bude rotieren, ein-, zweimal am Tag feilte sie sich die Nägel. Wir kannten das ganze Viertel auswendig, trotzdem gingen wir nachmittags ein wenig aus dem Haus, um den Tag abzukürzen, und machten kleine Zickzacktouren mit unserem alten Bongo.

Wir sprachen nicht viel, sie machte den Eindruck, als sei sie ständig am grübeln. Sie vergrub ihre Hände in den Taschen, und wir schlenderten mit hochgeschlagenen Kragen unter einer zaghaften, kraftlosen Sonne, seit einigen Tagen war das Wetter reichlich mies, doch wir bemerkten es nicht, wir waren damit beschäftigt, etwas auszubrüten. Manchmal kamen wir erst bei Einbruch der Nacht zurück, nachdem wir etliche Kilometer hinter uns hatten. Bongo und mir hing die Zunge zum Hals raus, sie hingegen, man brauchte bloß die Augen aufzumachen und ein einziges Mal ihrem Blick zu begegnen, dann sah man es, sie hätte ohne die geringste Schwierigkeit den ganzen Weg noch einmal im Renntempo zurücklegen können. Mich machte das Leben draußen schläfrig. Bei ihr war es umgekehrt. Die Verbindung von Wasser und Feuer, die ideale Kombination, um in Rauch aufzugehen.

Eines schönen Abends fand ich sie, als wir die Treppe hochstiegen, so hinreißend, daß ich ihr auf Höhe der obersten Stufen den Weg versperrte. Ich ließ ihr zwei Finger unter den Rock gleiten und schickte mich an, alles sausen zu lassen, da fragte sie mich geradeheraus:

– Was hältst du von Eddies Vorschlag...?

– Hhhmmmmmm...? machte ich.

– Sag mir, was du WIRKLICH davon hältst...!

Wir hatten unten einige Flaschen Chianti geleert, und von dem Moment an, wo wir auf die Treppe gekommen waren, hatte ich ihre Beine vor Augen, und ihre Beine funkten Nachrichten direkt in mein Großhirn. Wir gingen durch die Tür, ich machte sie zu und drückte Betty gegen die Wand. Mir ging durch den

Kopf, es völlig hemmungslos mit ihr zu treiben, ihr den Slip im eisigen Schein des Mondes zu zerreißen. Ich steckte ihr meine Zunge ins Ohr.

– Ich möchte, daß du mich deine Meinung wissen läßt, sagte sie. Wir sollten uns darüber einig sein.

Ich schob mein Knie zwischen ihre Beine und streichelte ihr über die Hüften, während ich an ihren Brüsten saugte.

– Nicht, eine Sekunde... ich muß wissen... brachte sie hervor.

– Jaja, was sagst du?

– Ich sagte, daß alles in allem Eddies Sache nicht unbedingt die schlechteste Idee wäre, was hältste davon...?

Ich hatte keinen Schimmer, was sie mir erzählte, ich war damit beschäftigt, ihr den Rock über die Hüften zu ziehen, und stellte fest, daß sie keinen Slip, sondern eine Strumpfhose trug. Ich hatte Mühe, an was anderes zu denken.

– Denk an nichts mehr, sagte ich.

Ich verschloß ihr den Schnabel mit einem wilden Kuß, doch direkt danach kam sie darauf zurück:

– Wir könnten das doch machen, solange wir noch keine Antwort wegen deines Buches haben, wir brauchen das doch nicht ewig und drei Tage zu machen...

– Jaja, alles klar..., sagte ich. Warte, komm, wir setzen uns aufs Bett...

Wir kippten aufs Bett. Das raubte mir den Verstand. Ich ließ meine Hände über ihre Nylonstrumpfhose gleiten, ihre Schenkel waren heiß und glatt wie eine V 1.

– Und außerdem könnten wir ein paar Kröten auf die Seite legen, das läßt uns die Zeit, uns darauf einzustellen, und wir könnten uns ein paar neue Klamotten kaufen, wir haben kaum noch was zum Anziehen...

Ich wand mich auf dem Bett, um meine Hose auszuziehen, ich spürte, daß Betty sich mir im Innersten entzog.

– Meinst du...? sagte ich. Meinst du...??

– Da bin ich sicher, meinte sie. Nichts einfacher als das, vor allem mit Pizzas.

Sie zog mich an den Haaren, als ich mich gerade mit einem Blutdruck von 220 in den Adern zu ihrem Bauch vorkämpfen wollte.

– Ich hoffe, du hast Vertrauen zu mir, sagte sie.

– Aber sicher, sagte ich.

Sie drückte meinen Kopf zwischen ihre Beine, und endlich konnte ich mich über Bord schwingen.

9

Ich ließ das Türchen der Durchreiche aufschnappen und hielt meinen Kopf in die Öffnung. Zum tausendsten Mal kam mir der widerwärtige Essensgeruch entgegen, der da drinnen in der Luft hing. Andererseits war es da nicht so laut wie im Saal, es war Freitag abend, das ganze Volk war außer Rand und Band. Wir hatten sogar ein paar Tische zusätzlich in den Ecken aufstellen müssen. Ich guckte Mario an, der am Herd lehnte, das Gesicht leuchtend rot und die Augen zugekniffen.

– Mach mir noch 'ne Funghi und eine normale, verkündete ich.

Nie gab er einem Antwort, aber man konnte sicher sein, daß er alles registriert hatte, so Sachen prägten sich ihm ein. Ich beugte mich ein bißchen weiter vor, um mir eines dieser Mini-Fläschchen aus San Pellegrino zu schnappen, ich leerte es in einem Zug. Seit einiger Zeit tat ich das ganz gerne; wenn Feierabend war, fühlte ich mich richtig angeschickert, ich trank davon im Schnitt so um die dreißig bis vierzig Stück am Abend. Eddie tat so, als sähe er nichts.

Eddie machte die Kasse. Betty und ich kümmerten uns um den Saal. Meines Erachtens hätte man bei diesem Hochbetrieb mindestens zu viert arbeiten müssen, aber es gab nur uns zwei, und so liefen wir die ganze Zeit mit dem Zeug über dem Kopf herum. Gegen elf Uhr war ich mit den Kräften am Ende. Aber der San Pe. war umsonst, und wir wurden relativ gut bezahlt, also sagte ich nichts.

Ich schnappte mir meine dampfenden Pizzen und stürzte mich zu den beiden Blondchen, die sie bestellt hatten. Sie sahen nicht übel aus, aber mir war nicht nach Scherzen zumute, die Arbeit war alles andere als amüsant. Von allen Seiten rief man nach mir. Vor gar nicht so langer Zeit konnte ich noch durch die Nacht lauschen, ich konnte raus auf die Terrasse gehen und die immense Weite um mich spüren. Das erschien mir völlig natürlich. Jetzt mußte ich den Hintern einziehen und zwischen Tellergeklirr und ohrenbetäubendem Stimmenwirrwarr umherkurven.

Betty widerstand dem Schock erheblich besser als ich, sie verstand es glänzend, sich damit abzufinden. Manchmal, wenn wir uns begegneten, zwinkerte sie mir zu, und das gab mir wieder Kraft. Ich versuchte, ihre schweißverklebten Strähnen zu übersehen, ich legte keinen Wert auf den Anblick. Ab und zu machte ich ihr eine Zigarette an, die ich im Aschenbecher auf dem Rand der Durchreiche vor sich hin qualmen ließ, ich hoffte, daß sie die Zeit fand, zwei oder drei Züge zu machen und dabei an mich zu denken. Das war nicht immer der Fall, denke ich mir.

Es waren jetzt ungefähr drei Wochen, die wir da bereits malochten, doch soviel Betrieb hatte es, glaub ich, bisher noch nie gegeben. Wir wußten nicht mehr, wo uns der Kopf stand, und ich, ich war schon 'ne geraume Zeit am Ende, ich hatte kein Gefühl mehr und bekam gerade noch ein Auge auf, wenn's ums Trinkgeld ging. Was mich krank machte, war der Anblick der Leute, die im Eingang standen und warteten. Es ging auf Mitternacht zu, das hieß, die Plackerei war noch längst nicht zu Ende, und der Geruch der Anchovis ekelte einen allmählich an. Ich war gerade dabei, Waffeln in eine Pêche Melba zu pflanzen, als Betty sich mir näherte. Trotz des Tohuwabohus und des ganzen Zirkus um uns herum schaffte sie es, mir zwei Wörter ins Ohr zu flüstern:

– Scheiße, sagte sie. Kümmer du dich um die Nummer fünf, oder ich schmeiß die Alte zum Fenster raus!

– Was hat die denn...?

– Ich glaub, die will Streit mit mir, antwortete sie.

Ich ging also gucken, worum es sich drehte. Sie saßen zu zweit an dem besagten Tisch, ein alter Knacker mit hängenden Schultern und eine Frau so um die Vierzig, aber bereits auf der Kippe und frisch vom Friseur, ein echter Drachen mit einer Möse trocken wie ein Zwieback.

– Ah, da sind Sie ja endlich...! fuhr sie mich an. Also nein, was ist das eine dumme Gans, dieses Mädchen...! Da bestell ich

eine Pizza mit Anchovis, und was bringt sie mir? Eine Pizza mit
Schinken! Räumen Sie mir das auf der Stelle weg...!!
– Mögen Sie keinen Schinken? fragte ich sie.
Sie gab mir keine Antwort, warf mir einen finsteren Blick zu,
machte sich dabei eine Zigarette an und stieß den Rauch durch
die Nase aus. Freundlich lächelnd schnappte ich mir ihren Teller
und ging los in Richtung Küche. Auf dem Weg traf ich Betty, ich
hatte Lust, sie sanft zu drücken und die alte Ziege zu vergessen,
aber ich verschob das auf später.
– Und, haste gesehen, was das für eine ist? fragte sie.
– Voll und ganz.
– Und vorher durfte ich ihr ein neues Gedeck bringen, weil da
ein Tropfen Wasser auf der Gabel war...!
– Das macht sie nur, weil du viel schöner bist, sagte ich.
Ich entlockte ihr ein kurzes Lächeln. Ich ging um sie herum
und trat in die Küche. Mario zog Grimassen und stemmte die
Fäuste in die Seiten, irgendwelcher Essenskram köchelte auf den
Herdplatten und ein schwacher, fettiger Dunst durchzog den
Raum. Jeder noch so kleine Gegenstand sah aus, als wäre er in
einen schwachleuchtenden Nebel gehüllt.
– Kommste 'n bißchen Luft schnappen? fragte er.
– Nur 'ne kleine Reklamation, sagte ich.
Ich ging in die Ecke mit den Abfalleimern, drei enorme
Tonnen, mit Handgriffen, von der widerlichsten Sorte. Ich
beugte mich vor, schnappte mir eine Gabel von einem Stapel
schmutzigen Geschirrs und kratzte den Belag von der Pizza bis
unten hin ab, den Schinken wendete ich. Dann klaubte ich zwei
oder drei Tomaten, die da und dort herumflogen, und machte
mich daran, die Pizza wiederherzustellen. Es fiel mir nicht
schwer, kleine Tomatenstücke zu finden, die lassen die Leute am
häufigsten übrig, aber die vier Anchovis rauszusuchen ging mir
ganz schön auf die Eier, ganz zu schweigen von dem goldgelben
Stück geriebenem Käse, das ich wegen der Zigarettenasche unter
den Wasserhahn halten mußte. Mario guckte mir entgeistert zu,
die ganze Zeit über strich er sich eine Haarsträhne zurück, die
ihm immer wieder in die Stirn fiel.

– Versteh ich nicht ganz, was du dir da zusammen-panschst... brachte er vor.

Ich pappte die ganzen Ingredienzien zusammen und reichte ihm das kleine Wunderwerk.

– Schieb mir das mal 'ne Minute in den Ofen, sagte ich zu ihm.

– Ach du Scheiße...! meinte er und nickte.

Er öffnete die Klappe des Backofens, und blinzelnd warteten wir davor.

– Es gibt Leute, die haben so 'nen Fraß verdient, sagte ich.

– Jaja, haste recht. Sag mal, ich krieg heut abend noch 'nen Herzschlag...

– Ich glaub, wir müssen noch 'n Stündchen durchhalten, Alter.

Ich nahm mir meine Pizza und brachte sie der Ziege. Ich stellte sie übertrieben höflich auf den Tisch. Man hätte schwören können, sie sei neu, ofenfrisch und knusprig und alles. Ich existierte nicht für die gute Frau. Ich wartete, bis der erste Bissen zwischen ihren Zähnen verschwunden war. Ich hatte meine Rache.

Eine Stunde lang mußten wir noch in einem Höllentempo durchhalten, Eddie mußte uns sogar zur Hand gehen. Dann leerte sich der Saal ganz allmählich, und wir konnten aufatmen. Wir hatten Gelegenheit, uns die ERSTE Zigarette des ganzen Abends anzumachen.

– Scheiße... die schmeckt vielleicht gut! meinte Betty.

Sie hatte sich mit dem Rücken an die Wand gelehnt und die Augen geschlossen, sie ließ den Kopf nach vorne baumeln und inhalierte so viel Rauch wie möglich. Wir standen in einer kleinen Nische, vom Saal aus konnte uns niemand sehen. Mit einem Mal wirkte sie völlig geschafft, wenn man müde ist, wird das Leben manchmal trist und schmerzhaft, dem kann man nicht entkommen. In einer Hinsicht war es trotzdem ein schöner Erfolg, stehend am Ende zu sein. Jede Arbeit war für mich eine Gelegenheit, von neuem festzustellen, daß der Mensch mit einer übernatürlichen Widerstandskraft ausgestattet ist, dem

Leben fällt es nicht leicht, ihn umzuwerfen. Ich nahm das Zigarettenende, das Betty mir hinhielt. Das war nicht gut, das war himmlisch.

Nur ein paar Desserts waren noch zu servieren, zwei, drei Kleinigkeiten im Stile Banane flambiert & Co. Dann hätten wir's geschafft und könnten uns auf den Rücksitz fallen lassen, während Eddie fahren würde. Ich sah schon im voraus, wie sie sich ihre Schuhe auszog und den Kopf auf meinen Schoß legte und ich dann mit der Stirn an der Fensterscheibe, ich würde die leergefegten Straßen betrachten und über den ersten Satz meines Romans nachgrübeln.

Unter der Kundschaft, die kein Ende finden konnte, war auch die alte Ziege mit ihrem Knacker. Der Typ hatte nicht viel verschlungen, doch die Frau hatte für zwei gefressen, und auch gepichelt, ihre Augen waren glasig. Sie war bei ihrem dritten Kaffee.

Was danach passierte, war voll und ganz mein Fehler. Der Tag schien abgehakt, und ich ließ in meiner Aufmerksamkeit nach. Ich ließ Betty allein im Saal zu Rande kommen und den Nachzüglern mit dem Putzlappen den Garaus machen. Ich bin das letzte Arschloch. Ich spürte, wie mir der eiskalte Schweiß im Nacken ausbrach, den Bruchteil einer Sekunde, bevor der Sturm losging. Dann ging etwas mit einem Knall in die Brüche.

Als ich mich umdrehte, standen sich Betty und die Alte gegenüber, und der Tisch war umgekippt. Betty war leichenblaß und die andere rot wie Klatschmohn, der unter der Sonne vibrierte.

– Verdammt! stieß die in Rot hervor. Ich will unverzüglich den Inhaber sprechen, ist das klar...?!!

Eddie kam Grimassen schneidend nach vorn, ohne zu wissen, was er denn tun sollte, niemand sonst muckste im Saal, die paar Gäste, die noch da waren, waren zufrieden, daß sie für ihre Kröten was geboten bekamen. Für den Inhaber ist es immer ein schwieriger Moment, wenn einer seiner Angestellten drauf und dran ist, sich mit den Kunden zu prügeln. Eddie fühlte sich ganz und gar nicht wohl in seiner Haut.

– Kommen Sie, immer mit der Ruhe ... Was ist los ...? ächzte er.

Die Alte zitterte vor Wut, sie erstickte fast in ihrer Rage.

– Was los ist? Den ganzen Abend lang werden wir auf eine fürchterliche Art bedient, und zum guten Schluß weigert sich diese kleine Trottelin, mir meinen Mantel zu holen. In was für einer Kaschemme sind wir hier eigentlich gelandet ...?

Ihr Knacker guckte betreten weg. Betty war wie versteinert. Ich warf meinen Lappen auf die Erde und stellte mich dazu. Ich wandte mich an Eddie:

– Geht in Ordnung, meinte ich. Setz das alles auf meine Rechnung, und dann sollen sie sich zum Teufel scheren. Ich erklär's dir später ...

– Ach du liebes bißchen! Ich hab schon viel erlebt, aber so was ...! kreischte die Frau los. Ich möchte mal gerne wissen, wer in diesem miesen Schuppen das Sagen hat!

– Schon gut, was hat er für eine Farbe, Ihr Mantel? fragte ich sie.

– Mischen Sie sich nicht ein! Gehn Sie zurück zu Ihren Putzlappen ...!! schrie sie.

– Sachte ..., sagte ich.

– Das reicht! Gehen Sie mir aus den Augen ...!!

Bei diesen Worten stieß Betty eine Art drohendes Röcheln hervor, beinahe tierisch, ein Schauer lief einem über den Rücken. Ich konnte eben noch wahrnehmen, daß sie eine Gabel ergriff, die auf dem Tisch herumlag, der Saal schien sich zu erleuchten, und dann sprang sie schnell wie der Blitz die Alte an.

Wie wildgeworden stach sie ihr die Gabel in den Arm. Die Alte brüllte wie am Spieß. Betty riß die Gabel wieder raus und stach ein wenig höher noch einmal zu. Die Frau stolperte rückwärts über einen Stuhl und schlug der Länge nach auf den Rücken, ihr Arm war blutverschmiert. Alle anderen waren wie gelähmt, es ging alles viel zu schnell, und die Alte brüllte von neuem los, als sich Betty erneut mit der Gabel voraus auf sie stürzte, sie versuchte, auf dem Rücken liegend davonzukriechen.

Ich fand es in diesem Moment unerträglich heiß. Das weckte

mich vollständig. Ich hatte gerade noch Zeit, Betty mitten um den Körper zu packen, bevor sie völligen Mist baute. Ich riß sie mit voller Kraft zurück, und wir rollten unter einen Tisch. All ihre Muskeln waren so gespannt, daß ich das Gefühl hatte, ich sei mit einer Bronzestatue in den Armen umgekippt. Als sich unsere Blicke kreuzten, sah ich, daß sie mich nicht erkannte, und im gleichen Moment hatte ich die Gabel im Rücken. Der Schmerz fuhr mir bis in den Schädel. Aber ich schaffte es, ihre Hand zu packen und herumzudrehen, bis sie die Gabel losließ. Das glitzernde und blutbefleckte Ding hallte auf den Steinfliesen wie etwas, das vom Himmel gefallen war.

Im gleichen Moment setzten sich die Leute um uns in Bewegung, ich sah hauptsächlich ihre Beine, aber mein Verstand registrierte überhaupt nichts mehr, ich spürte nur noch, wie Betty unter mir zitterte, und das machte mich krank.

– Betty, es ist vorbei... Beruhig dich, es ist vorbei...

Ich preßte ihre Hände flach auf den Boden, und sie schüttelte wimmernd den Kopf. Ich hatte keine Ahnung, was zu tun war, mir war nur klar, ich durfte sie nicht loslassen. Ich fühlte mich unglücklich.

Eddies Kopf erschien unter dem Tisch, ich konnte andere Visagen erkennen, die dahinter drängelten. Ich bekam bald zuviel, daß jeder sie sich angucken konnte, und warf Eddie einen verzweifelten Blick zu.

– Eddie, tu mir einen Gefallen... Schaff die hier raus...!

– Scheiße, was ist passiert? jammerte er.

– Sie muß ihre Ruhe haben... EDDIE, SCHMEISS DAS PACK RAUS, VERDAMMTE SCHEISSE...!!

Er erhob sich, und ich bekam mit, wie er den Leuten zuredete und sie zum Ausgang bugsierte, braver Eddie, wunderbarer Eddie, ich wußte, das war nicht leicht, was ich von ihm verlangte. Die Leute, die benehmen sich immer wie tollwütige Hunde, wenn man ihnen einen Knochen hinwirft. Betty schüttelte den Kopf wie ein Metronom, während ich den schlimmsten Stumpfsinn stammelte, so in der Art: wie geht's dir, mein Schatz, fühlst du dich nicht wohl...?

Ich hörte, wie sich die Tür schloß, dann kam Eddie zurück, um sich zu erkundigen, was es Neues gab. Er kauerte neben dem Tisch, man sah ihm an, daß er die Nase voll hatte.

– Ach du meine Güte, was für eine Scheiße! Was hat sie denn? fragte er.

– Nichts hat sie... sie wird sich schon beruhigen. Ich bleibe hier bei ihr.

– Wir sollten ihr kaltes Wasser ins Gesicht klatschen.

– Ja... Ja, mach ich. Laß mich...

– Soll ich dir nicht helfen...?

– Nein, es geht schon... Wird schon gehen.

– Gut. Naja, ich warte dann im Wagen.

– Nein, nicht nötig. Mach dir keine Sorgen, ich schließe ab. Fahr nach Haus. Verflucht, Eddie, laß mich allein mit ihr...! Er wartete noch einen Moment, dann klopfte er mir auf die Schulter und stand auf.

– Ich geh durch die Küche raus, meinte er. Ich schließ hinter Mario ab.

Bevor er sich auf den Weg machte, schaltete er das gesamte Licht im Saal aus bis auf eine kleine Lampe hinter der Theke. Ich hörte sie in der Küche noch einen Augenblick miteinander reden, dann schloß sich die Tür zum Hof. Die Stille tropfte wie Leim in das Lokal.

Sie schüttelte nicht mehr den Kopf, doch unter mir war ihr Körper hart wie Stein, es war fast zum Fürchten, ich hatte das Gefühl, auf Eisenbahnschienen zu liegen. Ich lockerte ganz langsam meinen Griff, und da sich nichts tat, schob ich mich an ihre Seite, ich bemerkte, daß wir beide naßgeschwitzt waren. Der Fußboden war eiskalt, dreckig, voller Zigarettenkippen, ein einziger Alptraum.

Ich berührte ihre Schulter, ihre wundervolle kleine Schulter, aber das ergab nicht das, was ich wollte. Tatsächlich war das Resultat schrecklich. Die Berührung meiner Hand löste ich weiß nicht was in ihrem Kopf aus. Sie drehte sich wimmernd um, dann brach sie in Tränen aus. Mir war, als hätte man mich mitten unter dem Tisch erdolcht.

Ich drückte mich an ihren Rücken und streichelte sie sanft, aber es war nichts zu machen. Sie lag da wie ein Embryo, ihre Haarpracht in dem ganzen Dreck verteilt und die Fäuste vor dem Mund zusammengeballt. Sie weinte, sie wimmerte. Ihr Bauch zuckte, als hätte sie ein lebendiges Tier verschluckt. Wir blieben eine Weile so liegen im fahlen Licht der Straße, das sich auf dem Boden widerspiegelte, und das ganze Elend der Welt gab sich ein Stelldichein unter unserem Tisch. Ich war wie gerädert, ich hatte die Nase voll davon. Es brachte nichts, ihr zuzureden, ich hatte alles versucht, und meine Stimme hatte keine magische Gewalt. Das war eine bittere Feststellung für den Schriftsteller. Ich wußte nicht einmal, ob ihr bewußt geworden war, daß ich da war.

Als ich spürte, daß ich am Ende war, stand ich auf und schob den Tisch zur Seite. Ich hatte eine elende Mühe, Betty hochzuziehen, es kam mir vor, als wöge sie dreihundert Kilo. Hinter der Theke geriet ich ins Schlingern, ich erzeugte Panik unter den Flaschen, doch das war meine geringste Sorge. Ich lehnte mich mit einer Seite gegen das rostfreie Spülbecken und ließ kaltes Wasser laufen.

Gott möge mir verzeihen, aber ich rollte ihre Haare in meiner Hand zusammen, ich hatte eine Art abgöttischer Verehrung für ihre Haare, und als ich merkte, daß sie sich nicht losmachen konnte, hielt ich ihr den Kopf unter den Wasserhahn.

Ich zählte langsam bis zehn, während sie um sich schlug. Das Wasser spritzte nach oben und unten. Ich fand es zum Kotzen, daß ich sowas tun mußte, aber ich wußte mir keinen anderen Rat, ich wußte sowieso nichts Großes, ich hatte immer noch keinen blassen Schimmer von den Frauen, ich wußte nichts, überhaupt nichts... Ich ließ sie ein wenig nach Atem ringen, dann ließ ich sie los. Sie hustete ein paar Mal anfallartig, bevor sie sich auf mich stürzte.

– Alte Drecksau! kreischte sie. Du alte Drecksau!!

Ich fing mir eine wahnsinnige Ohrfeige. Einer zweiten vom gleichen Kaliber wich ich ebenso aus wie einem Tritt zwischen die Beine. Sie steckte ihre Haare nach hinten und stierte mich an, bevor sie die Theke entlang rutschte und in bitteren Tränen zerfloß. Aber dieses Mal beunruhigte ich mich nicht, ich hatte schon öfters erlebt, wie sich Nervenspannung löst, jetzt hieß es ein wenig warten. Ich nutzte die Ruhepause aus, ein Glas unter die verkehrtherumhängenden Flaschen mit den Spendern zu drücken, zwei-, dreimal funktionierte der Trick, Schnäpschen auf Schnäpschen, ex und hopp, und noch einmal, ex und hopp. Den Kopf im Nacken kippte ich mir das runter, und gleichzeitig lehnte ich mich mit dem Rücken mehr und mehr gegen die Wand, ich schloß die Augen, es reichte mir schon, daß ich ihr Weinen hörte, ich wollte ein wenig verschnaufen.

Ich verschnaufte auch etwa eine Sekunde lang, bis ich mich auf meine Wunde lehnte, und dann fuhr ich in die Höhe. Ich kehrte zurück zu dem Schnäpschenspender und biß die Zähne zusammen. Nachdem ich zwei Gläschen vollgemacht hatte, ließ ich mich neben ihr nieder. Ich legte ihr einen Arm um die Schulter und betrachtete mein Glas, das im Schein der Lampe funkelte, dann kippte ich es runter.

Sie schniefte nur noch heftig durch die Nase, es ging ihr besser. Sie saß auf dem Boden, die Beine angezogen, die Stirn auf den Knien, und ihre Haare verdeckten ihr Gesicht. Ich strich sie ihr zur Seite, um ihr ein Glas anzubieten. Sie schüttelte den Kopf. Ich blieb also auf ihrem armen, verwaisten Glas sitzen und streckte die Beine aus, um mich ein wenig zu erholen. Ich hatte das Stadium der Müdigkeit hinter mir und stattdessen das Gefühl, ganz leicht zu schweben, das war mir lieber als der Zustand eine Stunde vorher, jetzt war ich ausgelaugt, brauchte aber nicht mehr zu leiden. Ich küßte sie sanft auf den Hals. Vorhin, da war sie noch wie eingefroren, jetzt war sie wieder lebendig. Ich stürzte den Inhalt des Gläschens herunter, das mußte begossen werden, das war das Geringste, was man tun konnte.

– Im allgemeinen kippen die Typen auf der anderen Seite der Theke vom Hocker, sagte ich. Ich bin froh, daß ich mich von denen unterscheide.

In dieser Nacht bumste ich Betty mit ungekannter Leidenschaft. Wie durch ein Wunder waren wir auf ein Taxi gestoßen, als wir das Lokal verließen, und auf der ganzen Strecke drückte ich sie fest an mich, ganz fest an mich. Wir waren außenherum gegangen, um Lisa und Eddie nicht über den Weg zu laufen, aber die Bude war düster und still und wir konnten direkt ins Bett schleichen. Wir wechselten kaum zwei, drei Worte, dann preßten wir uns aneinander wie nie zuvor, mehrere Male stieß ich auf den Grund ihrer Vagina.

Bloß, kurz darauf schlief sie ein, und ich war wieder allein im Halbdunkel, sperrte die Augen auf und hatte ganz und gar keine Lust zu schlafen, ich war total erschossen, kriegte aber kein Auge zu. Eine Zeitlang dachte ich darüber nach, was passiert war. Ich kam zu dem Schluß, daß die Alte bekommen hatte, was ihr zustand, der Rest war unwichtig. Betty war schlicht und einfach ein Mädchen, das man besser nicht auf die Palme brachte. Und außerdem, Freitag abends war das immer das gleiche. Tödlich. Ich stand auf, um pissen zu gehen. Als ich die weiße Schüssel sah, kam mir die Kotze hoch. Mein Gott, sagte ich mir, deshalb konnte ich nicht einschlafen. Ich spülte mir den Mund aus und legte mich wieder ins Bett. In weniger als einer Minute glitt ich problemlos in einen Traum. Er spielte im Dschungel. Ich war verloren mitten im Dschungel. Und es regnete, sowas hatte ich noch nie erlebt.

10

Am nächsten Morgen wurde ich relativ früh wach und stand geräuschlos auf, um sie schlafen zu lassen. Ich ging runter. Lisa war schon zur Arbeit, doch Eddie saß noch beim Frühstück, eine Zeitung lag aufgeschlagen vor seiner Nase. Er hatte einen roten Kimono an mit einem weißen Vogel auf jeder Seite, ein beruhigender Anblick.

– Ach du je..., gab er von sich. Du? Hallo.

– Hallo, sagte ich.

Ich setzte mich auf die andere Seite des Tisches und nahm mir eine Tasse Kaffee. Bongo legte mir seinen Kopf auf die Knie.

– Und...? fragte er. Was macht sie, schläft sie...?

– Selbstverständlich, und ob sie schläft. Was denkst denn du...?

Er schnappte sich die Zeitung, faltete sie achtfach und schmiß sie in eine Ecke. Dann beugte er sich ein Stück über den Tisch.

– He, du, kannste mir mal sagen, was mit der gestern los war...? Haste das mitgekriegt...?

– Scheiße, du tust, als könnte dir das nie passieren, daß du in Wut gerätst. Und außerdem, du hast doch gerade dein Schundblatt gelesen, die Welt ist voller Blut, und dann machste aus 'ner Mücke 'nen Elefanten, bloß weil sie so 'ne blöde Ziege angerempelt hat, die ich von Anfang an hätte erwürgen können...!

Er fuhr sich mit der Hand übers Gesicht und setzte wieder ein Lächeln auf, aber ich sah, daß ihn etwas beschäftigte. Ich schlürfte seelenruhig an meinem Kaffee.

– Naja, aber 'nen ganz schönen Bammel hab ich gekriegt, fügte er hinzu.

– Sie war kaputt, mein Gott, was ist denn daran so schwer zu verstehen...?!

– Hör mal, ich hab sie mir angeguckt, wie sie den Tisch umgekippt hat. Ich schwöre dir, du hättest sie sehen müssen, ich hatte vielleicht 'ne Angst...

– Ja sicher, sie ist halt nicht so'n Mädchen, das sich auf den Füßen rumtrampeln läßt. Du weißt genau wie sie ist...

– Wenn ich dir 'nen guten Rat geben darf, spendier ihr 'nen Urlaub, sobald du die Kohle für deine Bücher kriegst...

– Ah, das ist doch nicht wahr...! Hör auf, mir damit auf die Eier zu gehen. Ich hab nicht MEHRERE Bücher geschrieben, ich hab EIN Buch geschrieben, ich hab das ein einziges Mal in meinem Leben gemacht und weiß nicht mal, ob ich fähig bin, von neuem anzufangen. In diesem Moment sitzt vielleicht ein Typ in einem Büro und blättert in meinem Manuskript rum, aber das besagt nicht, daß ich mal veröffentlicht werde. Du siehst also, zur Zeit erwarte ich gar nicht so viel Kohle.

– Scheiße, ich dachte, du...

– Jaja, so ist das aber nicht, es ist eben nicht so, wie du gedacht hast. Das hat sich so ergeben, daß Betty eines Tages zufällig darauf gestoßen ist, und seitdem hat sie sich in den Kopf gesetzt, ich sei ein kleines Genie, und jetzt hat sie sich daran festgebissen. Eddie, guck mich an, seitdem habe ich keine einzige Zeile mehr hingekriegt, keine einzige, verstehst du, Eddie, und weiter haben wir's nicht gebracht. Wir haben's gerade so weit gebracht, daß wir jetzt auf die Reaktionen warten, und ich weiß, daß sie von morgens früh bis abends spät daran denkt. Die ganze Sache macht sie nervös, kapierst du jetzt...?

– Und warum schreibste nicht am Nachmittag. Hast doch genug Zeit...

– Als ob ich nur Zeit bräuchte, du bist lustig.

– Was fehlt'n sonst? Haste hier keine Ruhe...?

– Nein, das ist es nicht, sagte ich.

– Ja was denn...?

– Ah!... Ich weiß es selber nicht. Vielleicht muß ich ja nur warten, daß mich die Muse küßt, woher soll ich das denn wissen?

Es dauerte ein paar Tage, bis die letzten Spuren dieser Geschichte verwischt waren. Jeden Abend erledigte ich soviel Arbeit wie möglich in der Pizzeria, ich nahm mir drei Viertel der Gäste vor und rannte von einer Ecke in die andere. Sobald ich irgendeinen

Idioten oder eine Klugscheißerin eintreffen sah, kümmerte ich mich darum und hielt Betty von ihnen fern. Bei Feierabend war ich meist grau im Gesicht, und Betty sagte zu mir, du bist doch bekloppt, was ist in dich gefahren... Keine einzige Zigarette haste geraucht, und ich steh da und dreh Däumchen!

– Ah, ich hab Lust, mich ein bißchen kaputtzumachen, das ist alles.

– Ich glaub eher, du hast Angst, ich knöpf mir noch 'ne zweite vor...

– Betty, du spinnst... Glaub das nicht.

– Auf jeden Fall bin ich ganz und gar nicht erschossen. Haste keine Lust, zu Fuß nach Hause zu gehen...?

– Aber sicher. Gute Idee!

Wir gaben Eddie ein kurzes Zeichen, und sein schöner, komfortabler Schlitten verschwand langsam in der Nacht, ich hatte das Gefühl, an Halluzinationen zu leiden, meine Beine waren taub. Das war ein verflucht langes Ende bis zu unserer Bude. Ich machte mir Mut, indem ich mir sagte, bis in den Himmel dürfte es noch viel schlimmer sein. Ich steckte die Hände in die Taschen, schlug den Kragen hoch und los ging's, das kleine Genie hatte nur noch Stroh im Kopf und wunde Füße. Trotzdem hielt ich durch. Mir ging bloß nicht aus dem Sinn, worin für sie der große Unterschied zwischen einem Kellner und einem Klempner lag, aber darüber konnte ich ruhig einschlafen. Bei ihr hatte man ständig das Gefühl, alles noch mal von vorn lernen zu dürfen. Aber ich hatte nichts Dringliches zu tun.

Eines Tages wachte ich auf und lag allein im Bett. Mittag war schon vorbei, ich hatte geratzt wie ein Toter. Ich trank einen Kaffee im Stehen neben dem Fenster und guckte auf die Straße. Es war schönes Wetter, das Licht gleißend hell, doch ich konnte die Kälte durch die Glasscheibe spüren. Ich ging auf einen Sprung nach unten, niemand zu sehen außer Bongo, der vor der Tür lag. Ich fragte ihn, wie's ihm so ging, und stieg wieder nach oben. Die Stille in der Bude machte mich verrückt. Ich sprang unter die Dusche. Erst als ich wieder rauskam, bemerkte ich den Umschlag auf dem Tisch.

Er war offen. Der Name des Absenders war aufgedruckt, es war der Name des Verlegers, mit Schnörkeln drumrum. Meiner stand ebenfalls darauf, unten rechts, kleiner, einfach auf der Maschine getippt. Da haben wir's, sagte ich mir, die erste Antwort. Ich nahm das zusammengefaltete Blatt aus dem Umschlag. Die Antwort war nein. »Wir bedauern, nein. Ich finde Ihre Ideen gut«, erklärte der Typ, »doch der Stil ist unerträglich. Sie suchen sich bewußt einen Platz außerhalb der Literatur.« Ich bemühte mich einen Moment lang zu verstehen, was er damit sagen wollte und auch, von welcher Idee er überhaupt sprach. Unmöglich, sich darüber klar zu werden. Ich steckte das Blatt wieder in den Umschlag und beschloß, mich zu rasieren.

Keine Ahnung, wieso erst dann, – aber in dem Moment, in dem ich mich im Spiegel erblickte, da dachte ich plötzlich an Betty. Langsam, aber sicher fühlte ich mich nicht wohl in meiner Haut. Ganz eindeutig war sie es gewesen, die den Brief geöffnet hatte, ich konnte mir nur zu gut vorstellen, wie sie den Umschlag aufgerissen und dabei vor lauter Bangen und Hoffen eine Gänsehaut gekriegt hatte, und dann der Typ, der sein Bedauern ausdrückte, während um sie herum eine Welt zusammenbrach.

– Oh Scheiße! das ist nicht wahr...! sagte ich.

Ich stützte mich auf das Waschbecken und schloß die Augen. Und jetzt, wo ist sie jetzt hin, sag schon, was ist ihr sonst noch durch den Kopf gegangen? Ich sah sie durch die Straßen rennen, das Bild drang mir in den Schädel wie ein Eispickel, sie rempelte andere Leute an und brachte die Bremsen zum Quietschen, wenn sie mitten auf der Straße auftauchte, und sie rannte immer weiter, das Gesicht zur Fratze entstellt, gräßlich. Und ich, ich war der Grund dafür, ich und mein Buch, dieses lächerliche Ding, das meinem Hirn entsprungen war, all die durchwachten, schlaflosen Nächte, nur um den Dolch zu schmieden und zu schärfen, der mir gerade eben in den Bauch gedrungen war. Warum nur war das so...? Warum sind wir immer die Wurzel all unserer Übel? Ich war drauf und dran durchzudrehen, völlig aus dem Gleis zu geraten, ich saß wie auf glühenden Kohlen und war um zehn Jahre gealtert, als sie eintraf. Putzmunter, piekfein, eine Königin mit verfrorener Nasenspitze.

– Huch... sagte sie. Meine Güte, ist das kalt geworden...! Was is'n mit dir los...? Was machste für'n dummes Gesicht...?

– Nein... Ich bin eben erst aufgestanden. Ich hab dich nicht kommen hören.

– Das ist das Alter. Du wirst'n bißchen taub.

– Jaja. Und das Traurige daran ist, das wird mit der Zeit immer schlimmer...

Ich spielte den Ausgebufften, aber ich war ein wenig aus der Fassung. Zu sehr war ich davon überzeugt gewesen, daß sie die Nachricht heulend oder wimmernd aufgenommen hätte, als daß ich jetzt ihre spöttisch-sorglose Miene so einfach schlucken konnte. Auf alle Fälle setzte ich mich auf einen Stuhl, wippte nach hinten und fischte mir ein Bier aus dem Kühlschrank. Konnte ja sein, daß es sich um ein Wunder handelte, warum nicht, vielleicht bestand eine Chance von eins zu einer Milliarde, daß sie das als einen Jux auffaßte, und wir hatten das große Los gezogen... Das Bier hatte auf mich eine Wirkung wie ein ganzes Paket Amphetamine. Ich spürte, wie sich mein Mund auf seltsame Art verkrampfte, halb Lächeln, halb gequältes Lachen.

– Und dein Spaziergang...? fragte ich sie. Erzähl mal, biste schön spazieren gegangen...?

– Herrlich. Ich hab ein, zwei Sprints eingelegt, um warm zu werden. Hier, guck dir mal meine Ohren an, fühl mal, die sind eiskalt!

Es gab noch eine andere Möglichkeit, vielleicht wollte sie sich über mich lustig machen. Aber meine Güte nochmal, sagte ich mir, Scheiße, SCHEISSE, sie hat doch todsicher diesen Brief gelesen, was soll das ganze Theater...?! Worauf wartet sie noch, statt direkt in Tränen auszubrechen und das ganze Mobiliar zum Fenster rauszuschmeißen...? Ich verstand gar nichts mehr.

Ich faßte sie an den Ohren, aber ich wußte selbst nicht, warum. Sie duftete nach Kälte, nach frischer Luft von draußen, und ich saß da und hing an ihren Ohren.

– Na, siehste... Ganz schön kalt, was?

Ich ließ los. Stattdessen faßte ich sie um die Hüften und lehnte meinen Kopf an ihren Bauch. Ein Sonnenstrahl bohrte sich durchs Fenster und landete auf meiner Wange. Sie streichelte mir über den Kopf. Als ich sie auf die Hand küssen wollte, bemerkte ich etwas. Ihre Finger waren zinnoberrot. Das kam mir sonderbar vor, daß ich abrupt zurückfuhr.

– Was soll das denn bedeuten...? meinte ich. Was ist das denn, meine Schöne...?

Schniefend guckte sie zur Decke.

– Och, gar nichts... Farbe ist das, rote Farbe.

Eine ganze Alarmanlage blinkte in meinem Kopf auf. Schallendes Gelächter. Ich hatte das Gefühl, als ginge mir der Verstand durch, aber ich griff nicht nach der Notbremse.

– Wie Farbe...? Haste am frühen Morgen was angestrichen...??

Ein Leuchten trat in ihre Augen, sie erstarrte mit einem schwachen Lächeln.

– Ja, hab ich... ein wenig, stieß sie hervor. Ich hab mir was Bewegung verschafft...!

Halluzinationen schossen mir wie Elektronenblitze durch den Kopf, mein Hals schnürte sich zu.

– Verdammt, Betty... Das haste nicht gemacht...?!

Sie lächelte offen heraus, doch das Ganze hatte einen bitteren Beigeschmack.

– Doch, meinte sie. Aber sicher hab ich das!

Kopfschüttelnd guckte ich auf den Boden, Lichtreflexe tanzten mir vor den Augen.

– Nein, das darf doch nicht wahr sein... sagte ich. Das darf doch nicht wahr sein...!

– Na und, was macht das schon...? Magste kein Rot...?

– Aber was soll das bringen...?

– Keine Ahnung, hab ich nur so gemalt. Das tut mir gut.

Ich stand auf und strich gestikulierend um den Tisch herum.

– Also jedesmal, wenn ein Verleger mein Buch ablehnt, dann bombardierst du ihm die Fassade mit roter Farbe, ist das so...?

– Jaja, könnte sein. Du hättest die Visagen der Kerle in den Büros sehen sollen...!

– Also ehrlich, das ist doch bescheuert...!

Es lief mir kalt den Rücken runter vor Wut und vor Bewunderung. Sie schüttelte ihre Haare und lachte.

– Man muß sich im Leben auch mal was Schönes gönnen. Du weißt gar nicht, wie gut mir das getan hat...!

Sie pellte sich aus ihrer Jacke und aus dem Schal, der wie eine bunte Schlange um ihren Hals gewickelt war.

– Ich hätte gern ein bißchen Kaffee, fügte sie hinzu. Ach du je, ich muß mir die Hände waschen, haste das gesehen...?

Ich ging zum Fenster, vorsichtig schob ich mit einem Finger den Vorhang zur Seite.

– He, sag mal, ist dir keiner hinterhergelaufen...? Biste sicher, daß man dich nicht verfolgt hat...?

– Nein, die waren völlig baff. Keiner von denen hatte Zeit, seinen feisten Hintern aus dem Sessel zu heben.

– Beim nächsten Mal kommt vielleicht 'ne ganze Kompanie Bullen und umstellt uns die Bude. Ich seh's kommen.

– Meine Güte, du denkst immer ans Schlimmste! meinte sie.

– Ja natürlich, ich muß 'n bißchen krank sein. Du bist drauf und dran, die halbe Stadt leuchtend rot anzumalen, und ich darf mich nicht aufregen...!

– Hör zu, stöhnte sie. Ein Minimum an Gerechtigkeit muß sein, findste nicht? Ich laß mich nicht mein ganzes Leben lang verarschen, ohne was dagegen zu tun...!

Am nächsten Tag stand die Sache in der Zeitung, auf der letzten Seite. Die Augenzeugen berichteten, sie hätten »eine Furie, bewaffnet mit zwei Farbbomben« auftauchen sehen, und der Schreiber beendete seinen Artikel mit dem Hinweis, daß sich niemand zu dem Attentat bekannt hatte. Ich riß den Artikel heraus und steckte ihn mir in die Brieftasche, die Zeitung legte ich auf den Stoß zurück, während mir der Verkäufer den Rücken zukehrte, der Rest interessierte mich nicht. Ich kaufte Zigaretten und Kaugummis und ging raus.

Betty wartete gegenüber auf mich, sie saß auf einer Terrasse und trank eine Tasse dampfender Schokolade. Es war schön und kühl, sie hatte die Augen zu in der strahlenden Sonne, die Hände in den Taschen und den Kragen ihrer Jacke hochgeschlagen. Ich schlenderte langsam zu ihr rüber, blieb fast stehen, so schön war sie anzusehen, niemals hätte ich mich daran sattsehen können, und so lächelte ich im Morgenlicht, als wäre ich über ein Bündel Geldscheine gestolpert.

– Laß dir Zeit, sagte ich. Wir bleiben solange du willst.

Sie beugte sich vor, um mich auf den Mund zu küssen, dann nippte sie an ihrer Schokolade. Wir hatten keine Eile, wir hatten uns bloß vorgenommen, ein bißchen die Schaufenster abzuklappern und uns ein paar Klamotten zu kaufen, um den Winter über nicht zu erfrieren. Die Straße war bereits voll von Wölfen, Wildkatzen und Silberfüchsen, ein Zeichen, daß die Temperaturen sanken und sich die Pelzhändler eine goldene Nase stießen.

Eine knappe Stunde lang bummelten wir Arm in Arm umher, ohne zu finden, was wir suchten, allerdings auch ohne zu wissen, was wir eigentlich wollten. Die Verkäuferinnen atmeten auf, wenn sie uns rausgehen sahen, bevor sie sich wieder an die Arbeit machten und die Berge von Klamotten zusammenfalteten, die wir aus den Regalen geholt hatten. Zum guten Schluß stießen wir die Eingangstüren eines Kaufhauses auf, und ich hatte das Gefühl, in einer in der prallen Sonne zurückgelassenen Schachtel mit orientalischen Süßigkeiten zu landen. Ich knirschte mit den Zähnen wegen der Musik, die wie ein süßes Parfüm in der Luft hing, ich hatte nicht die geringste Lust, sowas durch meinen Mund einzuatmen, ich konnte das wirklich nicht aushalten. Doch ich unterdrückte jeden Gedanken daran, begrenzte den Schaden mit zwei Chlorophyllkaugummis und folgte Betty in die Damenabteilung.

Es war nicht viel los, und ich war der einzige Kerl weit und breit. Ich trottete einen Moment um das Wäscheregal herum, guckte mir ein paar Sachen im Licht an und machte mich mit den neuen Verschlußsystemen vertraut. Das Ganze war wie eine kurze Reise im dichten Nebel, wenn man davon absieht, daß die dafür verantwortliche Verkäuferin eher eine Art Höllenhund war, eine Mittfünfzigerin mit Anfällen fliegender Hitze und von Dauerwellen versengter Stirn, der Schlag Frau, der zwei- bis dreimal im Laufe eines kotzlangweiligen Lebens gebumst hat und alles daran tut, es wieder zu vergessen. Jedesmal, wenn ich meine Hand in einen Korb mit Damenunterwäsche steckte oder das Pech hatte, das Gummiband eines Slips flitschen zu lassen, versuchte sie, mich mit Blicken zu durchbohren, aber ich setzte ein Lächeln auf, als sei ich unsterblich. Als sie schließlich zu mir rüber stolzierte, war sie rot wie das Blut Christi:

– Nun, sagen Sie mal, gab sie von sich, was suchen Sie eigentlich...? Kann ich Ihnen vielleicht weiterhelfen...?

– Kommt drauf an, sagte ich. Ich möchte meiner Mutter einen Slip kaufen. Aber so einen, wo man die Haare durch sehen kann.

Sie stieß ein jämmerliches Klagen aus, aber ich konnte die Fortsetzung nicht mehr miterleben, denn just in diesem Augenblick packte mich Betty am Arm.

– Was soll das? fragte sie. Komm lieber mit, ich muß ein paar Sachen anprobieren.

Sie schleppte einen ganzen Stapel Kleidungsstücke in allen Farben mit sich, und während sie auf die Umkleidekabine zuging, warf ich einen Blick auf eins der Preisschildchen, die herunterbaumelten. Als ich den Preis sah, hätte es mich fast der Länge nach hingehauen, wie einen Baum, der vom Blitz getroffen worden ist. Dann fing ich an zu lachen.

– He, haste gesehen? fragte ich sie. Die müssen sich vertan haben. So viel verdient ein Typ gerademal, wenn er vierzehn Tage lang malocht...!

– Kommt drauf an, was für'n Typ, gab sie zur Antwort.

Ich zappelte vor der Kabine, als hätte sie mich unter einer glühenden Sonne ohne Kopfbedeckung und mit gebrochenen Beinen zurückgelassen, ich fühlte mich nicht gerade wohl, vermutlich hatte ich nicht mal genug Kohle in der Tasche, um auch nur die Hälfte von dem zu bezahlen, was sie aufgeladen hatte, das arme Schätzchen, sie hatte keine Ahnung, ich wußte nicht, wie ich sie anders trösten sollte als mit einem dünnen Lächeln. Ich erkannte nur zu gut, daß uns die Welt noch nicht zu Füßen lag. Hinter dem Vorhang hörte ich Betty schnaufen und rascheln.

– Geht's? fragte ich sie. Weißt du, zerbrich dir nicht zu sehr den Kopf... Einem Mädchen wie dir, dem steht alles mögliche...

Mit einem Ruck zog sie den Vorhang auf, und als ich sie sah, blieb mir fast die Luft weg, ich rieb mir die Augen. Sie hatte die ganzen Klamotten auf einmal angezogen, sie sah aus wie eine Frau von zwei Zentnern mit hohlen Wangen und entschlossenem Blick.

– Ach du heiliger Strohsack... nein, entfuhr es mir.

Ich zog das Ding schnell wieder zu und guckte in die Runde, ob man auf uns aufmerksam geworden war. Jetzt atmete ich mit offenem Mund. Der Vorhang ging fast im selben Moment wieder auf.

– Sei nicht dumm, sagte sie. In dreißig Sekunden sind wir draußen.

– Betty, ich bitte dich, ich hab für sowas nichts übrig. Ich bin sicher, wir lassen uns erwischen...!

– Haha, machte sie. Spinnst du...? Wir zwei, uns erwischen lassen...?

Sie warf mir einen fiebrigen Blick zu und faßte mich am Arm.

– So, jetzt gehn wir! fügte sie hinzu. Aber versuch trotz allem, ein etwas sorgloses Gesicht zu machen.

Wir gingen los. Ich hatte das Gefühl, als wateten wir durch ein Reisfeld und lauter Vietcong versteckten sich in den Bäumen, ich war mir ganz sicher, daß man auf uns lauerte, und hatte große Lust, rumzubrüllen, ZEIGT EUCH SCHON, IHR BLÖDEN WICHSER, UND MACHT ES KURZ!!!, ich hatte Mühe, einen Fuß vor den anderen zu setzen, und eine Art Sumpffieber verdrehte mir die Eingeweide. Je näher wir zum Ausgang kamen, um so mehr stieg meine Spannung. Betty hatte rote Ohren, und meine, die rauschten. Ogottogott, noch zwei, drei

Meter, sagte ich mir, dann können wir wieder in die Heimat...!

Das Licht draußen wirkte wie aufgeladen. Ich wurde von einem nervösen Lachen geschüttelt, als Betty zur Tür griff. Alles in allem war das Ganze eher berauschend. Ich war ihr auf den Fersen, bereit, Vollgas zu geben, einen Fuß hatte sie schon auf der Straße, als ich spürte, wie sich eine Hand auf meine Schulter legte. Das wär's, ich sterbe, sowas Bescheuertes, dachte ich, ich sah mein Blut aufspritzen und überall in der Lichtung niedergehen.

– KEINEN SCHRITT WEITER! STEHEN BLEIBEN!! sagte die Hand.

Betty setzte durch die Tür wie ein Düsenflieger.

– Bleib nicht stehen! Schaff ihn dir vom Hals! riet sie mir. Aber ich drehte mich um wie der letzte Idiot, was weiß ich warum. In jedem von uns schlummert die Neigung zum Untergang. Der Typ hatte zwei Arme, zwei Beine und eine Erkennungsmarke, er dachte sich wohl, ich würde Bettys Plan in die Tat umsetzen. Er irrte sich, ich stand vielmehr unter Schock, der Krieg war für mich zu Ende, und mir stand eher der Sinn danach, ihn an die Genfer Konventionen zu erinnern. Was dieses Schwein nicht daran hinderte, mir zuvorzukommen und eine linke Gerade auf mein rechtes Auge zu plazieren.

Mein Kopf explodierte, ich flatterte mit den Armen und fiel nach hinten. Durch den Aufprall sprang die Tür auf, meine Beine verhedderten sich, und ich landete mit dem Rücken auf der Straße. Eine Sekunde lang guckte ich in den Himmel, dann verteilte sich wie eine atomare Wolke das Gesicht des Kerls in meinem Blickfeld. Ich sah nur noch ein Auge, und der Film spulte ab wie im Zeitraffer. Der Typ beugte sich über mich, um mich an der Jacke zu packen.

– Los, aufstehen! sagte er.

Ein paar Personen waren auf dem Bürgersteig stehengeblieben. Die Vorstellung war umsonst. Ich klammerte mich an den Arm des Kerls, als er mich hochhob, und machte mich auf einen ehrenvollen Kampf gefaßt, Marke reintreten und sich wohlfühlen, aber das brauchte ich nicht mehr. Ein dickes Mädchen

tauchte in vollem Karacho hinter ihm auf und stieß ihn mit voller
Wucht um, wo er sich noch über mich beugte. Ich purzelte
wieder auf den Rücken, während der Typ wie Fallobst in die Tür
eines parkenden Autos flog. Ein Sonnenstrahl blendete mich.
Die dicke Tussi reichte mir die Hand.

– Du bist nicht mein Kaliber, sagte ich.

– Darüber reden wir später, antwortete sie. Nichts wie weg
von hier!

Ich stand auf und trabte hinter ihr her. Ihre langen Haare
flatterten im Wind wie eine Piratenflagge.

– He, Betty... bist du das...? fragte ich sie. Bist du das,
Betty...?

Ich nahm mir ein Bier und setzte mich auf einen Stuhl, während
sie nasse Umschläge machte und sich von dem ganzen Zeug
befreite, das sie auf dem Buckel hatte. Mein Auge sah aus wie
eine kränkelnde Seerose. Ich hatte die Schnauze voll von dem
ganzen Scheiß, den sie verzapfte.

– Ich hab die Schnauze voll von dem ganzen Scheiß, den du
verzapfst, sagte ich.

Sie tauchte auf mit einem kalten Umschlag. Sie setzte sich mir
auf den Schoß und legte mir das Ding aufs Auge.

– Ich weiß, weshalb du dich aufregst, meinte sie. Weil du dich
geprügelt hast...

– Du spinnst, ich hab mich nicht geprügelt. Ich hab nur voll
eins in die Fresse gekriegt, jawohl!

– Schon gut, davon geht die Welt nicht unter. Sieht man gar
nicht mal so, weißte... ist nur drumrum 'n bißchen geschwollen...

– Jaja, nur 'n bißchen geschwollen, sagt sie, ist ja kaum rot!

Ich betrachtete sie mit dem Auge, das mir noch zur Verfügung
stand. Sie lächelte, ja genau, sie lächelte, und ich konnte nichts
dagegen tun, die ganze Welt wurde belanglos und sie entschärfte
auch nur den geringsten Vorwurf. Ich konnte der Form halber
ein wenig motzen, doch das Gift war mir schon ins Gehirn
gedrungen, was wog schon diese abgestumpfte, kümmerliche,

mickrige Welt neben ihr, was war denn im Grunde die ganze Mühe wert außer ihren Haaren, ihrer Stimme, ihren Knien, und dieses ganze Zittern, wäre ich überhaupt fähig gewesen, was anderes zu tun, besaß ich nicht endlich was ungeheuer Schönes, Lebendiges...? Nur durch sie hatte ich zuweilen das Gefühl, nicht ganz und gar unnütz zu sein, und zwangsläufig war ich bereit, den hohen Preis dafür zu zahlen. Nicht, daß ich die Welt auf Bettys Maß zurechtgestutzt hatte, ich hatte nur schlicht und einfach nichts mehr damit am Hut. Sie lächelte, und mein Zorn verflog wie ein nasser Fußabdruck unter der glühenden Sonne, jedesmal verblüffte sie mich aufs neue. Ich traute meinen Augen nicht.

Sie zog sich die Sachen an, die sie geklaut hatte, kreiste ein wenig um mich herum und warf sich dabei in Pose.

– Na, was hältste davon...? Wie findste mich...?

Erst trank ich mein Bier aus. Danach gab ich meinen Kommentar ab:

– Ich würd dich gern mit beiden Augen betrachten, brummte ich.

11

Als ich die sechste Absage von einem Verlag erhielt, begriff ich, mein Buch würde nie und nimmer veröffentlicht. Aber Betty kapierte es nicht. Einmal mehr hielt sie sich zwei Tage lang dran, finsteren Blickes mit den Zähnen zu knirschen, und ich konnte ihr sagen, was ich wollte, es führte zu nichts, sie hörte mir nicht mal zu. Jedesmal hatte sie mein Manuskript aufs neue verpackt und es an eine andere Adresse weitergeschickt. Tadellos, sagte ich mir, das ist, als hätten wir uns ein kleines Leidensabonnement zugelegt, so können wir wenigstens das Gift bis zur Neige leeren. Natürlich sagte ich ihr das nicht, und mein toller Roman hatte weiter Blei in den Flügeln. Aber seinetwegen machte ich mir keine Sorgen, ich machte mir Sorgen um Betty. Seit sie darauf verzichtete, all diese Typen mit roter Farbe zu beklecksen, hatte ich Angst, sie würde wieder Feuer spucken.

Eddie gab sich alle Mühe, in solchen Augenblicken wieder Stimmung aufkommen zu lassen. Er schnappte ununterbrochen über und stopfte die ganze Bude mit Blumen voll, dabei warf er mir fortwährend fragende Blicke zu, doch es änderte sich nichts. Ich glaube, wenn ich das Bedürfnis verspürt hätte, einen wahren Freund haben zu müssen, ich glaube, dann hätte ich ihn gewählt, er war vollkommen, aber man kann im Leben nicht alles haben, und ich hatte nichts Besonderes zu geben.

Lisa war ebenfalls ganz toll, sanft und voller Verständnis. Alle gaben wir uns tierische Mühe, sie auf andere Gedanken zu bringen. Es nutzte alles nichts. Jedesmal, wenn wir wieder einmal mein Manuskript in den Briefkasten gezwängt vorfanden, wanderten unsere Blicke zum Himmel, und wir stöhnten auf. Es ging wieder von vorne los.

Zu allem Überfluß herrschte draußen eine Hundskälte, und ein eisiger Wind pfiff durch die Straßen. Weihnachten rückte näher. Eines Morgens wurden wir unter einem Schneesturm wach. Am Abend vorher waren wir noch durch den Dreck gestampft. Manchmal bedrückte mich die Stadt. Meine schönsten Träume spielten in abgelegenen Gegenden, in stillen Einöden mit ungewöhnlichen Farbschattierungen, ich konnte meinen Blick über die gerade Linie des Horizonts schweifen lassen und in aller Ruhe über einen neuen Roman nachdenken oder übers Abendessen oder dem ersten Lockruf eines Nachtvogels lauschen, der in der Abenddämmerung davonflog.

Ich wußte ganz genau, was mit Betty nicht stimmte, sie war wie vernagelt wegen dieses verdammten Romans, er lähmte ihr Arme und Beine. Sie war wie ein wildes Pferd, das sich beim Überqueren eines Hindernisses aus Feuerstein die Fesseln durchtrennt hatte und sich verzweifelt bemühte, auf die Beine zu kommen. Was sie für eine sonnige Prärie gehalten hatte, war in Wirklichkeit nur ein tristes, finsteres Gehege, und Stillstand kannte sie nicht, dafür war sie nicht geschaffen. Und dennoch, sie ließ nicht locker, setzte wütenden Herzens all ihre Kräfte ein, und jeder Tag, der darüber verging, trug Sorge, ihr die Finger zu zerquetschen. Es tat mir weh, das mit anzusehen, bloß, ich konnte nichts dagegen tun; sie verschanzte sich an einem unzugänglichen Ort, wo nichts und niemand sie erreichen konnte. In solchen Momenten konnte ich mir ein Bier schnappen und mir sämtliche Kreuzworträtsel der Woche vorknöpfen, ich konnte sicher sein, sie würde mich nicht stören. Trotzdem blieb ich in ihrer Nähe für den Fall, daß sie mich brauchte. Abwarten, das war das Schlimmste, was ihr passieren konnte. Dieses Buch zu schreiben, war todsicher der größte Mist, den ich je gebaut hatte.

Irgendwie konnte ich mir vorstellen, was in ihr vorging, wenn uns eine dieser famosen Absagen ins Haus schneite, was da alles mitschwang, und da ich sie allmählich kannte, fand ich, sie steckte das gar nicht mal so schlecht weg. Es konnte nicht immer leicht sein, sich einen Arm oder ein Bein ausreißen zu lassen, ohne ein Wort zu sagen. Ich hingegen hatte, was ich wollte, und das ganze Theater ließ mich kalt, das war ein bißchen so, als hätte ich irgendwelche Nachrichten vom Mars erhalten, das hielt mich nicht davon ab zu schlafen, noch davon, morgens neben ihr wach zu werden. Ich sah nicht den Zusammenhang zwischen dem, was ich geschrieben hatte, und dem Buch, daß irgendwelche Typen regelmäßig in den Papierkorb schmissen. Ich fühlte mich ein wenig in der Position von einem, der versucht, einem Haufen frierender Eskimos Badehosen anzudrehen, ohne auch nur ein Wort ihrer Sprache zu kennen.

Die einzige Hoffnung, die ich in der Tat hatte, war, daß Betty das alles eines Tages leid war, daß sie den Schriftsteller zum Teufel schicken würde und alles wieder so sein würde wie am Anfang, wir würden uns wieder Chili in der Sonne reinziehen und frohen Herzens auf die Terrasse steigen und die Intensität der Dinge betrachten. Vielleicht würde wirklich so etwas passieren, vielleicht würde letzten Endes ihre Hoffnung absterben und wie ein vertrockneter Zweig vom Baum fallen, das war nicht ausgeschlossen, nein. Aber einer von diesen Typen, ein bescheuerter Idiot, mußte ja soweit gehen, das Pulverfaß zum Explodieren zu bringen, und wenn ich daran denke, sage ich mir, daß diese miese Null nicht mal ein Zehntel von dem abbekommen hat, was er verdient hatte.

Man hatte also mein Buch zum sechsten Mal abgelehnt, und nach zwei Tagen depressiver Stimmung fand Betty allmählich ihr Lächeln ungefähr wieder. Die Bude blühte langsam wieder auf, der Fallschirm hatte sich geöffnet, und wir sanken friedlich zur Erde zurück. Dieser Ansatz einer Aufheiterung linderte allmählich unsere Leiden, und ich war gerade dabei, einen wahren Unglückskaffee zu kochen, als Betty mit der Post aufkreuzte. Ein Brief. Seit einiger Zeit hing mein Leben nur noch von diesen verfluchten Briefen ab. Ich guckte auf den, den Betty mit offensichtlichem Ekel in der Hand hielt.

– Der Kaffee ist soweit, teilte ich ihr mit. Was gibt's Neues, meine Süße...?

– Nichts Besonderes, sagte sie.

Sie kam zu mir, ohne mich anzugucken, und steckte mir den Scheißkram unter den Pullover. Sie klopfte zwei-, dreimal dadrauf und ging dann zum Fenster, sie lehnte ihre Stirn gegen die Scheibe, ohne ein weiteres Wort. Der Kaffee fing an zu kochen, ich stellte ihn ab. Danach nahm ich mir den Brief. Ein

Blatt mit gedrucktem Briefkopf, Name und Anschrift eines Typen, und folgendes hatte er zu erzählen:

Sehr geehrter Herr,
ich bin nun gut zwanzig Jahre Lektor dieses Hauses. Und seien Sie versichert, viel Gutes und weniger Gutes ist durch meine Hände gegangen. Und doch nichts, was sich vergleichen ließe mit dem, was uns zugehen zu lassen Sie geschmacklos genug waren.
Oft ist es geschehen, daß ich neuen Autoren schrieb, um ihnen die ganze Bewunderung auszudrücken, die ich angesichts ihrer Arbeit empfand. Niemals zuvor hat sich das Umgekehrte ereignet. Doch Sie, mein Herr, Sie überschreiten die Grenze.
Mit abgrundtiefem Abscheu, beschwört doch Ihr Stil in mancherlei Hinsicht für mich die Vorboten des Aussatzes herauf, mit abgrundtiefem Abscheu reiche ich Ihnen diese ekelerregende Pflanze zurück, die Ihnen als Roman erschien.
Bringt auch die Natur zuweilen manche Monströsitäten hervor, so werden Sie doch mit mir übereinstimmen, daß es die Pflicht eines jeden ehrenhaften Menschen ist, solchen Anomalien ein Ende zu bereiten. Nehmen Sie zur Kenntnis, daß ich für Ihre Nichtveröffentlichung Sorge tragen werde. Gleichwohl beklage ich, daß diese Geschmacklosigkeit nicht zu jenem Ort zurückkehren kann, den sie nie hätte verlassen dürfen: ich spreche von der morastigen Zone Ihres Gehirns.

Darunter eine Unterschrift, die fast über das Papier hinausging. Ich knickte das Blatt zusammen und ließ es unter das Spülbecken segeln, als handele es sich um eine Reklame für Billigbutter. Ich kümmerte mich um den Kaffee und beobachtete Betty aus den Augenwinkeln. Sie hatte sich nicht gerührt, sie schien sich dafür zu interessieren, was sich auf der Straße tat.

– Weißt du, sowas gehört dazu, sagte ich. Es besteht immer die Gefahr, daß man auf einen Schwachsinnigen stößt. Kann man nicht vermeiden ...

Mit einer heftigen Bewegung vertrieb sie irgend etwas im Raum.

– Gut, sprechen wir nicht mehr davon, meinte sie. Übrigens, ich hab ganz vergessen, dir zu sagen...

– Ja...?

– Ich hab 'nen Termin beim Frauenarzt.

– He, stimmt was nicht...?

– Ich muß meine Spirale nachgucken lassen. Muß geprüft werden, ob sie nicht ein bißchen verrutscht ist...

– Jaja.

– Willst du nicht mitkommen? Können wir was rumspazieren...

– Aber sicher. Ich werd auf dich warten. Und außerdem, ich finde alte Zeitschriften einfach toll. Hat was Beruhigendes an sich.

Ich dachte mir, diesmal kommen wir gut davon. Ich wurde richtig fidel. Dieser Kretin hatte mir Todesangst eingejagt.

– Um wieviel Uhr gehen wir? fragte ich sie.

– Ich hab grad noch Zeit, mir was Creme auf die Nase zu tun.

Ich übertreibe nicht, wenn ich sage, sie war großartig.

Draußen war ein wenig Sonne, es war trocken und kalt. Ich nutzte das aus, um tief durchzuatmen.

Kurz darauf standen wir vor der Tür des Frauenarztes. Was mich überraschte, das war, daß da kein Schild an der Tür war, aber Betty hatte schon den Finger auf der Klingel, und mein Verstand muß in Zeitlupe funktioniert haben. Ein Typ im Morgenmantel öffnete uns, und dieser Morgenmantel schien geradewegs einer Erzählung aus Tausendundeiner Nacht entsprungen zu sein; der Stoff glänzte wie ein silberner See. Seine Hoheit, der Charmante Prinz, hatte graue Schläfen sowie eine Pfeife aus Elfenbein zwischen den Zähnen. Er runzelte mit der Stirn, als er uns sah. Wenn der Typ Gynäkologe ist, dann bin ich das auserkorene Hätschelkind aller Literaturzeitschriften, dachte ich mir.

– Ja... worum handelt es sich? fragte er.

Betty starrte ihn an, ohne zu antworten.

– Meine Frau hat einen Termin, sagte ich.

– Pardon...?

In diesem Moment zog Betty den Brief aus der Tasche. Sie hielt ihn dem Kerl unter die Nase.

– Haben Sie das geschrieben? fragte sie ihn.

Ich erkannte ihre Stimme nicht wieder, ich dachte, wie ein Vulkan, der anfängt zu grollen. Ihr Gegenüber nahm die Pfeife aus dem Mund und preßte sie an sein Herz.

– Also bitte, was soll das bedeuten..., fragte er.

Ich sagte mir, innerhalb der nächsten Sekunden werd ich schon wach, und beunruhigte mich nicht. Was einen verwunderte, das war, wie real die ganze Szene erschien, der weiträumige und geräuschlose Flur, die Matte unter meinen Füßen, der Typ, der sich leicht auf die Lippen biß, und der Brief, der in Bettys Hand flatterte wie ein unantastbares Irrlicht. Ich war völlig verdattert.

– Ich habe Sie was gefragt. Bettys Stimme bebte. Haben Sie das hier geschrieben, ja oder nein, verdammte Scheiße...?

Der Typ tat so, als müßte er sich den Brief näher angucken, dann kratzte er sich an der Kehle und blickte schnell auf.

– Nun ja... wissen Sie, ich schreibe den ganzen Tag über Briefe, und so wäre es nicht erstaunlich...

Ich merkte, der Typ wollte mit seinen Reden bloß seinen Abgang einleiten, jeder dreijährige Knirps wäre ihm auf die Schliche gekommen. Deutlich wahrnehmbar wich er ins Innere des Appartements zurück und machte sich bereit, durch den Türrahmen zu hüpfen. Ich fragte mich, ob er das schaffen würde, einen besonders gelenkigen Eindruck machte er nicht.

Er schnitt eine klägliche Grimasse, bevor er seinen Abgang inszenierte, und offen gesagt, schlechter konnte man es nicht machen, es sei denn, man wollte ein Ding in Zeitlupe drehen. Betty hatte Zeit en masse, der Tür in aller Seelenruhe einen Stoß mit der Schulter zu versetzen, und der Champion taumelte rückwärts in den Korridor. Er hielt sich den Arm.

– Was ist denn in Sie gefahren...? Sie sind wahnsinnig...!!

Eine große blaue Vase stand auf einer Säule. Betty wirbelte ihre Handtasche herum, und das Ding torkelte ins Leere. Es hörte sich an, als würde feinstes Porzellan zerspringen. Der

Lärm rüttelte mich wach. Bei dem Aufprall war Bettys Tasche aufgegangen, und sämtliches Zeug, das man in der Handtasche eines Mädchens so finden kann, kullerte zwischen den Scherben der Vase.

– Warte, ich helf dir dabei, das aufzuheben, sagte ich zu ihr. Sie war aschfahl im Gesicht. Sie warf mir einen wilden Blick zu.

– SCHEISSE, HALT DU DICH DA RAUS! SAG IHM LIEBER, WAS DU VON SEINEM BRIEF HÄLTST...!!

Der Typ guckte uns völlig verwirrt an. Ich bückte mich, um einen Lippenstift aufzuheben, der vor meinen Füßen glitzerte.

– Ich hab ihm nichts mitzuteilen, sagte ich.

Ich fuhr fort, mit fünfhundert Kilo Gewicht auf den Schultern das Zeug vom Boden einzusammeln.

– Machste dich über mich lustig? fragte sie.

– Nein, aber mir ist es schnuppe, was der denkt. Ich hab andere Sorgen...

Der Typ war unfähig, die Chance beim Schopf zu fassen, die sich ihm in diesem Augenblick bot. Nichts verstand der Kerl, rein gar nichts. Statt in seiner Ecke zu bleiben, die Klappe zu halten und uns unsere Sachen aufheben zu lassen, keine Ahnung, was für ein Hafer ihn gestochen hat, wahrscheinlich hatte er gemerkt, daß ich ihm nicht auf den Pelz rücken würde, und daß mit einem Mal keine Gefahr mehr im Verzug war, muß ihm den Verstand geraubt haben. Jedenfalls kam er auf uns zu.

Ich bin sicher, zu diesem Zeitpunkt hatte Betty ihn total vergessen. Ihre ganze Wut richtete sich jetzt gegen mich. Wir waren vollauf damit beschäftigt, den Teppich durchzukämmen, um das Puzzle wieder zusammenzubekommen, das aus ihrer Tasche gesprudelt war, und ich weiß nicht, wie sie es überhaupt anstellte, denn sie ließ mich nicht aus den Augen, ihr Atem ging schnell, und der Blick, den sie mir zuwarf, war eine leiden-schaftliche und schwermütige Variante über das Thema des Schmerzes. Der Typ kreuzte also hinter ihr auf und verstieg sich zu dieser unsinnigen Bewegung, er tippte ihr auf die Schulter.

– Hören Sie, ich bin dieses marktschreierische Gehabe nicht

gewohnt, deklamierte er. Ich wüßte mich nur einer Waffe zu bedienen, der meines Geistes...

Betty schloß die Augen, ohne sich umzudrehen.

– Rühr mich nicht an! sagte sie.

Doch der Typ berauschte sich an seiner eigenen Kühnheit, eine widerspenstige Strähne fiel ihm in die Stirn, und seine Augen sprühten Funken.

– Ich kann Ihre Umgangsformen nicht akzeptieren, fügte er hinzu. Es ist offenkundig, daß zwischen uns kein Gespräch möglich ist, denn das Wort erfordert ebenso wie die Schrift ein Minimum an Eleganz, welches Ihnen, so scheint es, in besonderem Maße abgeht...

Eine kurze Spanne atemberaubender Stille verstrich nach seinen Worten, die Art vibrierender Zeitspanne, die den Donner vom Blitz trennt – Betty hatte gerade einen Kamm aufgehoben und hielt ihn jetzt in der Hand, ein billiges Ding aus durchsichtigem, rötlichem Kunststoff mit großen Zacken. Sie sprang auf und fuhr herum, und ihr Arm kreiste durch die Luft. Sie riß ihm mit dem Kamm die Backe auf.

Der Typ guckte sie zuerst nur verblüfft an, dann fühlte er an seiner Backe, wo das Blut nur so rauskam. Seine Darbietung war bühnenreif, nur schien er seinen Text vergessen zu haben, er bewegte bloß die Lippen. Allmählich wurde die Sache brenzlig. Betty atmete wie ein Blasebalg, sie ging auf den Typ zu, doch ich streckte den Arm aus und packte sie am Handgelenk. Ich zog daran, als wollte ich einen Baum entwurzeln, ich sah, wie ihre Füße vom Boden abhoben.

– Schluß jetzt, das kommt uns teuer zu stehen, brummte ich.

Sie versuchte, sich loszureißen, doch ich drückte mit aller Kraft zu. Ich entlockte ihr einen kleinen Schrei. Ich muß sagen, ich tat nicht nur als ob. Wenn ich anstelle ihres Armes eine Tube Mayonnaise zerdrückt hätte, wäre die Soße kilometerweit gespritzt. Zähneknirschend schleppte ich sie zur Tür. Bevor wir gingen, warf ich einen letzten Blick auf den Kerl, der in einen Sessel gesunken war und stumpfsinnig dreinschaute. Ich stellte ihn mir dabei vor, wie er meinen Roman las.

Auf der Treppe nahmen wir immer vier Stufen auf einmal, wir purzelten nur so herunter. Auf Höhe der ersten Etage hielt ich ein, damit sie ihr Gleichgewicht wiederfinden konnte, und sie fing an zu schreien.

– MEIN GOTT, ALTE DRECKSAU, WARUM LÄSST DU EIGENTLICH ALLES MIT DIR MACHEN...??!!

Ich blieb stehen. Ich drückte sie gegen das Geländer und guckte ihr scharf in die Augen.

– Dieser Typ hat mir überhaupt nichts getan, sagte ich. Nichts, verstehst du...?

Sie war drauf und dran, vor Wut in Tränen auszubrechen, und ich hatte das Gefühl, meine Kräfte verließen mich, als hätte mich ein vergifteter Pfeil aus einem Blasrohr getroffen.

– VERDAMMTE SCHEISSE NOCHMAL!! MAN SOLL-TE MEINEN, DIR GEHT IM LEBEN NICHTS UNTER DIE HAUT...!!

– Du irrst dich, sagte ich.

– JA WAS DENN...? SAG ES MIR, LOS...!!

Ich drehte den Kopf und guckte weg.

– Soll'n wir hier übernachten...? fragte ich.

12

Zwei Tage später holten die Bullen sie ab. Ich war nicht da, als es passierte, ich war mit Eddie unterwegs. Es war ein Sonntagnachmittag, und wir klapperten die ganze Stadt ab auf der Suche nach ein paar Oliven, die Läden waren so gut wie alle geschlossen, und wir hatten den Tag zuvor erst am Abend gemerkt, daß der Vorrat verbraucht war. Anscheinend war Mario bei der Bestellung ein kleines Versehen unterlaufen, jaja, in der Küche, da taugt er was, aber sonst kannste von ihm auch keine Wunderdinge erwarten, hatte mir Eddie erklärt. Es war windig an jenem Tag, und es waren höchstens drei bis vier Grad, die Temperatur war mit einem Mal gefallen.

Wir hatten es nicht eilig, Eddie fuhr langsam, das Ganze war eher ein gemütlicher Ausflug in einem eisigen Licht, und im Wagen war es angenehm. Ich hatte eigentlich keinen Grund dazu, doch ich fühlte mich wirklich entspannt. Kreuz und quer durch die Stadt zu fahren und hinter einer Handvoll Oliven her zu sein, vielleicht gehörte das zu den großen Augenblicken, und sei es um des Friedens willen, der auf die Seele niederging wie ein leichter Schneefall auf ein Schlachtfeld, übersät mit Leichen.

Schließlich fanden wir, was wir suchten, im chinesischen Viertel, kein Witz das Ganze, und während des Einkaufs genehmigten wir uns schnell ein paar Gläser Saki, so konnten wir wenigstens zum Wagen zurückgehen, ohne uns zu erkälten. Wir diskutierten einigermaßen lautstark über den Rückweg. Eddie hatte rote Ohren, er war gehobener Stimmung.

– Weißt du, mein kleiner Kumpel, 'ne Pizza ohne Oliven, das ist wie 'ne Erdnuß mit nichts drin!

– Jaja, schon gut, guck trotzdem nach vorne, sagte ich.

Wir parkten gegenüber unserer Bude. Ich hatte meinen Fuß noch nicht auf den Bürgersteig gesetzt, da sah ich schon Lisa auf uns zu laufen. Man konnte im wahrsten Sinne des Wortes auf der Stelle erfrieren, und sie hatte nur einen dünnen Pulli an. Sie klammerte sich an mich.

– Oh, ich schwör's dir, ich weiß nicht, was das soll, aber sie haben sie mitgenommen...! flennte sie.

– Was ist los, was erzählst du da...? fragte ich sie.

– Ja... zwei Bullen... Sie sind gekommen und haben sie verhaftet...!

Ich biß mir auf die Lippen. Eddie stierte uns über das Wagendach an, er hatte aufgehört zu feixen. Lisa war total von der Rolle, sie klapperte mit den Zähnen, und es wurde langsam dunkel.

– Komm, sagte ich. Erzähl mir alles drinnen. Du holst dir noch den Tod, wenn du hier stehenbleibst.

Eine Stunde später, nach einer kurzen Diskussion und einigen Telefonanrufen, war ich über alle Seiten des Problems auf dem laufenden. Ich stürzte einen Grog runter und zog mir meine Jacke wieder an.

– Ich geh mit, meinte Eddie.

– Nein, dank dir.

– Na gut, dann nimm wenigstens die Karre...

– Nein, ich glaub, das wird mir gut tun, ein wenig zu laufen. Ist schon nichts, nur keine Bange.

Ich ging also. Es war nicht allzu spät, doch die Nacht brach schon an. Ich schritt schnell aus, die Hände in den Taschen und den Kopf zwischen den Schultern vergraben. Die Straßen waren nur noch eine Aneinanderreihung verdreckter Lampen, aber ich kannte den Weg, ich hatte mal eine Wasserspülung im Gebäude nebenan repariert, und es war gar nicht angenehm gewesen, den Werkzeugkasten über die Schulter gehängt direkt bei den Bullen vorbeizukommen, ich hatte das Gefühl, sie guckten einen an.

Ich hatte den Weg noch nicht zur Hälfte geschafft, da kriegte ich fürchterliche Seitenstiche. Vor Schmerz blinzelte ich mit den Augen, und ich riß den Mund auf, ich dachte, gleich legste dich lang hin. Ich blieb stehen, um ein wenig nach Luft zu schnappen. Wenn das so weitergeht, dann gute Nacht, dachte ich, als ob die ganze Scheiße noch nicht genug wäre. Was mich vor allem beunruhigte, das war die Sache mit der Anzeige, und der Bulle am Telefon hatte mir nicht vorenthalten, sowas sei unangenehm. Den Rest der Strecke legte ich mit brennendem Kopf und zusammengeklappt wie ein Taschenmesser zurück. Ich fragte mich, was das für einen Bullen hieß, unangenehm. Die Passanten und ich, gemeinsam stießen wir unsere weißen Dunstwolken aus, bei allem ein Zeichen, daß wir noch lebten.

Kurz bevor ich ankam, hatte ich das Glück, einen kleinen Laden zu finden, der noch offen war, ich trat ein. Es kam mir zwar ein bißchen bescheuert vor, Orangen zu kaufen, aber ich hatte keine Ahnung, was man einem Mädchen, das sich hinter Gittern befand, kaufte, und es gelang mir auch nicht, mich darauf zu konzentrieren. Andererseits waren in Orangen 'ne Menge Vitamine. Ich entschied mich für zwei Pappkartons Orangensaft. Auf dem Etikett war ein Mädchen, das halbnackt auf einem einsamen Strand mit blauem Wasser herumhüpft, die Typen hatten sich nicht gerade die Birne zerbrochen.

Ich wurde in einen Büroraum geführt, ein Kerl saß da und spielte mit einem Lineal. Ich war nervös. Er zeigte mit dem Lineal auf einen Stuhl, ein Zeichen, Platz zu nehmen. Ein Typ so um die vierzig, mit breiten Schultern und einem halben Lächeln auf den Lippen. Ich fühlte mich verdammt nervös.

– Eh, nun, es ist so..., fing ich an.

– Geben Sie sich keine Mühe, unterbrach er mich. Ich kenn die Geschichte von A bis Z. Ich hab die Anzeige selber aufgenommen, und ich hab mich ein wenig mit Ihrer Freundin unterhalten...

– Ah ja...! meinte ich.

– Ja, fuhr er fort. Unter uns, hübsches Kind, aber etwas nervös...

– Das kommt drauf an, sie ist nicht immer so. Wissen Sie, ich weiß nicht, wie ich's Ihnen sagen soll... aber das kommt einmal im Monat wieder. Das ist für uns schwer zu verstehen, was sie dabei mitmacht. Das dürfte nicht besonders lustig sein.

– Schön und gut, immer noch kein Grund zu übertreiben...

– Nein, das sicher nicht.

Er guckte mich aufmerksam an, dann fing er an zu lächeln. Ich blieb auf der Hut, aber so langsam fühlte ich mich wohler, er sah aus, als wäre er kein übler Typ, vielleicht hatte ich einmal die richtige Nummer gezogen.

– Und ansonsten, Sie schreiben Romane? fragte er mich.

– Ja. Jaja... Das heißt, ich versuche, veröffentlicht zu werden.

Er nickte einige Sekunden lang. Dann legte er sein Lineal auf den Schreibtisch, stand auf und guckte nach, ob niemand hinter der Tür war. Danach schnappte er sich einen Stuhl und stellte ihn vor mich. Er setzte sich rittlings darauf. Er tippte mir auf die Schulter.

– Hören Sie zu, legte er los, ich weiß, wovon ich spreche. In diesen Verlagsschuppen, das sind alles Hohlköpfe...

– Wirklich...?

– Jaja. Einen Moment, bleiben Sie sitzen, ich will Ihnen mal was zeigen...

Er zog einen großen Stoß Blätter aus der Schublade und ließ sie auf den Schreibtisch fallen. Ich hätte gesagt, eineinhalb Kilo so über den Daumen, zusammengehalten von einem Gummi.

– Was ist das Ihrer Meinung nach...? Muß ich Sie drauf bringen...?

– Nein, sagte ich. Das ist ein Manuskript.

Ich glaubte, gleich würde er mich abküssen, aber er begnügte sich damit, mir auf die Schenkel zu klopfen und mich verklärt anzulächeln.

– Schöne Antwort! Sie fangen an, mir zu gefallen, alter Freund...

– Ich bin erfreut, Ihnen zu Diensten zu sein.

Er streichelte über sein Papierbündel und sah mir fest in die Augen.

– Halten Sie sich fest, meinte er. Die haben mir dieses Buch siebenundzwanzigmal abgelehnt!

– Siebenundzwanzigmal?

Jawohl. Und ich kann mir vorstellen, das ist noch nicht das

Ende, die müssen sich abgesprochen haben. Das sind wirklich Wichser.

– Scheiße, siebenundzwanzigmal... Heiliger Strohsack!

– Und dabei bin ich sicher, das ginge weg wie warme Semmeln. Das ist das, was die Leute lesen wollen. Alter Freund, wenn ich daran denke, da stecken zehn Jahre meines Lebens drin, die Ermittlung der letzten zehn Jahre, und ich hab nur die besten aufbewahrt, die allerschönsten, das ist reines Dynamit...! Ich hab vielleicht nicht gerade mit Al Capone oder Pierrot le Fou zu tun gehabt, aber Sie dürfen mir glauben, das geht unter die Haut, verlassen Sie sich drauf...!

– Aber sicher.

– Können Sie mir vielleicht sagen, warum die mein Buch nicht herausgeben wollen, was in deren Rübe vorgeht...? Ich kenne Bullen, die von ihren Memoiren eine Million Exemplare verkauft haben, also, was ist mit einem Mal in die gefahren? Mögen die keine Geschichten von Bullen mehr...?

– Tja, unnütz, sich Gedanken zu machen.

Er nickte langsam. Dann schielte er auf meine Orangensaftpackungen.

– Darf ich...? Haben Sie keine Lust, einen Schluck zu trinken? fragte er.

Meine Stellung war nicht so, als daß ich ihm irgendwas hätte abschlagen dürfen. Ich gab ihm eine Packung und verkniff mir eine Grimasse. Er zog eine Klinge von zwanzig Zentimeter Länge aus der Tasche, um eine Ecke der Packung wegzuschnippen. Eine wahre Rasierklinge, aber ich zuckte nicht mit der Wimper. Dann stellte er zwei Plastikbecher auf den Schreibtisch, und ich sah eine bereits öfters angezapfte Wodkaflasche zum Vorschein kommen. Während er die Becher füllte, fragte ich mich, wo ich war.

– Trinken wir auf unseren Durchbruch! meinte er. Wir lassen uns nicht unterkriegen.

– Klar!

– Also wissen Sie, Ihre Freundin, ich kann ihr nicht recht geben, aber ich gebe ihr auch nicht ganz unrecht. All diese Typen sitzen da seelenruhig und putzen einem ein ganzes Jahr Arbeit in fünf Minuten herunter. Hören Sie, Sie wollen mir doch nicht sagen, die Geschichten von Bullen, die interessieren keinen mehr, so bescheuert kann doch keiner sein...!!

Er füllte die Becher nach. So allmählich ging's mir ganz gut, ich hatte die Sakis und den Grog bereits intus und fühlte mich in diesem Büro in Sicherheit, das lief wirklich wie geschmiert.

– Meine Güte! Als dieser Bekloppte hier anrief und mir die ganze Sache erzählte, wurde mir warm ums Herz. Ach, geschah so einer Fresse nur recht...! Ich hab das auf der Stelle mit 'nem guten Schluck begossen. Endlich!, hab ich mir gesagt, endlich einer, der für alle anderen zahlt...

– Jaja, aber das war doch bloß ein Kratzer... Braucht der doch nicht gleich 'ne Staatsangelegenheit draus zu machen.

– Jaja, ich hätte ihm richtig eins auf die Nase gegeben. Also, wofür halten sich diese Typen eigentlich...?! Na, trinken wir noch ein Tröpfchen...?

Der Wodka bombardierte mir den Schädel wie ein ganzer Haufen glühender Sonnen. Lächelnd hielt ich ihm meinen Becher hin. Manchmal war das Leben schön, voller Überraschungen und ebenso sanft, wie es eine Frau ab und zu sein kann, für so etwas, da muß man sich stets bereithalten. Ich legte eine Hand auf das Manuskript des Kerls und guckte ihm in die Augen. Wir saßen beide im gleichen Boot, wir waren besser dran.

– Hören Sie, sagte ich zu ihm, ich täusche mich da selten, und ich will Ihnen eins sagen, Ihr Buch wird veröffentlicht. Ich spüre es. Ich hoffe, Sie schicken mir ein Exemplar mit Widmung.

– Ist das wahr, glauben Sie...?

– Es gibt Anzeichen, die nicht trügen. Ihr Buch fühlt sich ganz warm an unter meiner Hand. Wie 'ne alte Klapperkiste kurz vorm Abflug.

Der Typ zog eine Grimasse wie ein Marathonläufer, der durchs Ziel kommt. Er fuhr sich mit einer Hand übers Gesicht.

– Ach du Scheiße! meinte er. Ich kann's kaum glauben...!

– Es ist so, sagte ich. Nun gut, was machen wir jetzt mit Betty? Vielleicht nach all dem, Schwamm drüber, oder...?

– Meine Güte, vielleicht komme ich endlich aus diesem bescheuerten Büro raus...?

– Ja, bestimmt. Und jetzt, kann ich sie sehen...?

Ich mußte warten, bis er sich vom Aufruhr seiner Gefühle wieder erholte. Ich warf einen Blick aus dem Fenster, ins Dunkel der Nacht, ich hoffte, die ganze Sache würde bald beendet sein. Mit einer Hand kratzte er sich am Kopf, mit der anderen teilte er auf, was von der Flasche noch übrig blieb, er wartete, bis der letzte Tropfen endgültig gefallen war.

– Wegen Ihrer Freundin, da bin ich trotz allem ein wenig in der Klemme, sagte er mit einer Grimasse. Da ist diese verfluchte Anzeige, verstehen Sie... Da hab ich nicht ganz so freie Hand.

– Scheiße, erinnern Sie sich, sagte ich. Sie hat das für all die armen Schweine wie Sie und mich getan, sie hat sich aufgeopfert, damit es sich diese Schwachköpfe zweimal überlegen, bevor sie ein Buch ins Grab bringen, sie hat für uns gekämpft. Jetzt ist es an uns, etwas für sie zu tun...!

– Mein Gott, ich weiß. Ja, ich weiß es. Aber diese Anzeige, die bringt mich in die Klemme...

Er guckte mir nicht mal mehr in die Augen, er war damit beschäftigt, einen unsichtbaren Flecken auf seiner Hose zu entfernen. Durch den ganzen Wodka, den wir gebechert hatten, war ich ein wenig erhitzt, ich fing an, lauter zu reden, als hätte ich vergessen, daß ich bei einem Bullen war.

– Also was, sagte ich, was macht denn das Gesetz? Soll dieses Arschloch das letzte Wort haben, sollen wir schlicht und einfach weiterschreiben, um das Recht zu haben, ins Gras zu beißen...?

– Sie verstehen mich nicht, es geht um diese Anzeige...

Er sah in der Tat verdrossen aus, aber er blieb weich wie gut verpackter Kautabak.

Ich platzte bald.

– Hören Sie, sagte ich, erzählen Sie mir bloß nicht, da ist

nichts zu machen. Wir sitzen hier immerhin in den Räumlichkeiten der Polizei, da muß man sich doch irgendwie durchwurschteln können, oder etwa nicht...?

– Ja, aber das ist nicht so einfach... So eine Anzeige, die versandet nicht einfach spurlos.

– Schon gut, ich hab verstanden...

– Glauben Sie mir, alter Freund, es tut mir unendlich leid...das heißt, sicher, es gäbe eine Lösung...

Wir guckten uns fest in die Augen. Ich fragte mich, ob ihm das Spaß machte, sich die Wörter einzeln aus der Nase ziehen zu lassen, ob das am Ende eine schlechte Angewohnheit war. Ich wartete, bis er endgültig reif war.

– Ich glaube, jetzt ist der Moment gekommen, wo du auspacken solltest, meinte ich zu ihm.

Er guckte auf seine Schuhe und kreiste dabei mit den Füßen.

– Eigentlich bräuchten wir nicht viel, stöhnte er. Es würde schon reichen, wenn dieser Kerl seine Anzeige zurückzöge...

Für einen kurzen Moment sagte keiner mehr etwas. Dann stand ich auf und griff nach meinem Orangensaft, 100 % Fruchtgehalt.

– Kann ich sie sehen, fragte ich ihn. Ist das möglich...?

– Jaja, das ließe sich machen.

– Ich drücke Ihnen die Daumen für Ihr Buch, sagte ich.

Lediglich eine andere Frau war noch bei ihr, eine Alte, die im Hintergrund auf einer Bank lag. Es gab auch nicht viel Licht, gerade so viel wie nötig. Es war gräßlich. Sie sah nicht nur so aus, als sei sie in guter Verfassung, ich fand, sie war sogar völlig entspannt. Man konnte sich fragen, wer von uns beiden eigentlich hinter Schloß und Riegel war. Ich reichte ihr den Orangensaft mit einem schwachen Lächeln und klammerte mich an die Eisenstäbe.

– Wie geht's? fragte ich sie.

– Ganz gut, und du, was ist denn...? Du machst vielleicht ein Gesicht!

– Scheiße, das Ganze ist meine Schuld... Aber ich hol dich hier schleunigst raus. Kopf hoch, Süße...

Es waren starke Eisenstäbe, keine Chance, sie auseinanderzudrücken nach allem, was ich getrunken hatte, ich hatte keine Kraft mehr. Ihre Haare versuchten, mir etwas mitzuteilen, ich streckte die Hand aus, um sie zu berühren.

– Ich würde mich besser fühlen, wenn ich eine kleine Strähne davon mitnehmen könnte, stammelte ich.

Lachend schüttelte sie sie, das war keine Zelle mehr, in der sie war, das war Ali Babas Räuberhöhle. Ich konnte sie nicht mehr alle auf der Reihe haben, aber ich mag das, sie nicht mehr alle auf der Reihe zu haben, ohne falsche Scham vor einem etwas bescheuerten Bildnis zu zittern, die Hand mit einer Art heiligem Schrecken nach einem Mädchen auszustrecken und mich aus dieser ganzen unsinnigen Scheiße, die um uns ist, mit einem kleinen Feuerstrahl im Bauch herauszuziehen.

Sie übte auf mich in diesem Moment eine solche Wirkung aus, daß ich glaubte, hin und her zu taumeln, ich fing mich gerade noch und lächelte weiter. Hauptsache, daß es sie gibt, sagte ich mir, alles andere existiert nicht.

– He, sag mal... meinte sie. Also ehrlich, du hältst dich ja kaum auf den Beinen...! Komm mal her...

Ich kam nicht her, ich wich sogar ein wenig zurück.

– He, sagte ich, du hast ja keine Ahnung, was ich durchgemacht habe. Keine Sekunde hab ich aufgehört, an dich zu denken.

– Jaja, aber die Hände haste trotzdem nicht in den Schoß gelegt, sollte man meinen. Du hast keine Zeit verloren...!

Ich hatte das Gefühl, auf einem Fließband zu stehen, das mich unwiderstehlich zum Ausgang zog. Die Mauer entlang wich ich zurück, ich mußte um jeden Preis mit einem süßen Bild von ihr hier weggehen, wie einen Talisman wollte ich das forttragen.

– Es wird alles wieder gut, sagte ich. Ich muß gehen, aber ich verspreche dir, daß du hier nicht alt wirst, du weißt, ich kümmere mich um alles. Ich werde alle Probleme aus der Welt schaffen...!

– Jaja, ich seh's schon, wo du dich kaum auf den Beinen halten kannst. Du gibst bestimmt 'ne prächtige Figur ab. He... jetzt verdrück dich doch nicht einfach...!

135

Genau das tat ich. Ich wich noch ein oder zwei Schritte zurück, dann stand ich im Dunkel eines Gangs und konnte sie nicht mehr sehen.

– Vergiß nicht, ich hol dich hier raus, schrie ich. Hab keine Angst...!

Ich hörte ein dumpfes Geräusch, als hätte sie den Eisenstäben einen Tritt verpaßt.

– HAHA! rief sie. GLAUBST DU, SO EINE SACHE KÖNNTE MIR ANGST MACHEN...!??

Ich ging langsam zu unserer Bude zurück. Ich schlich außen herum, um Eddie und Lisa nicht über den Weg zu laufen, und kroch ins Bett, ohne Licht zu machen. Ich hörte sie unten reden. Ich legte mich lang hin und rauchte eine ganze Zigarette. Mein Atem ging flach, und ich ließ ihr Bild vor meinem inneren Auge aufsteigen, so lange und so oft ich das wollte. Danach fühlte ich mich besser, ich klatschte mir ein wenig Wasser ins Gesicht und ging runter.

Ich war noch halb auf der Treppe, da guckten ihre Augen schon zu mir hoch.

– Alles klar, macht euch keine Sorgen, sagte ich. Es ist so gut wie alles geregelt.

– He, wie lang biste denn schon da? fragte Eddie.

– Ich will dir keinen Schreck einjagen, aber ich weiß nur, Mario hat keine einzige Olive mehr. Haste mal auf die Uhr geguckt?

Wir sprangen in seinen Schlitten, und den ganzen Abend lang schuftete ich wie ein Tier, doch meine Gedanken waren woanders. Null Trinkgeld machte ich.

13

Als ich am nächsten Morgen wach wurde, brauchte ich nicht groß nachzudenken. Ich stand wirklich auf, ohne an etwas zu denken, und während der Kaffee kochte, warf ich mich auf den Boden und machte gut und gerne zwanzig Liegestütze, ohne mit der Wimper zu zucken. Normalerweise mache ich sowas nie, aber ich war nicht einmal überrascht, und als ich wieder hochkam, ging ich zum Fenster und guckte direkt auf einen Sonnenstrahl genau gegenüber, das entlockte mir ein Lächeln, ich rieb mir über die Knöchel, und als ich die Flamme abstellen wollte, brach einer der Schalter am Küchenherd ab. Ich fühlte mich in Form, zwar unfähig, einen Gedanken hervorzubringen, dafür jedoch in prächtiger Stimmung und lenkbar wie eine ferngesteuerte Rakete. Ich hatte keine Mühe, das richtig zu finden. Ab und zu ist es trotz allem nicht unangenehm, dieses Gefühl, als hätte sich der Verstand abgeschaltet. Ich guckte mir dabei zu, wie ich mich anzog, ein wenig Ordnung in die Bude brachte und im Handumdrehen das bißchen Geschirr erledigte. Ich rauchte eine Zigarette, bevor ich ging, sozusagen die letzte Zigarette des zum Tode Verurteilten. Nur daß ich nicht der Verurteilte war und ich sie an seiner Stelle rauchte, um Zeit zu gewinnen.

Als er mich durch die Tür fragte, wer ich sei, gab ich zur Antwort, das Fernsehen, es geht um eine Sendung über schöne Literatur. Als er mir aufmachte, bemerkte ich auf der Stelle das dicke Pflaster, das er auf der Backe hatte, und seine Augen weiteten sich, als ich ihm eine Gerade auf den Magen setzte. Er klappte zusammen. Ich trat ein, schloß die Tür hinter mir und versetzte ihm noch eine. Diesmal fiel er auf die Knie, und ich hatte kein Mitleid mit ihm, als ich ihn so sah, die Augen, die ihm aus den Höhlen traten, und der Mund verzerrt durch einen lautlosen Schrei. Ich rollte ihn mit den Füßen ins Wohnzimmer.

Er landete unter einem kleinen, runden Tisch, er versuchte, wieder in die Höhe zu kommen, aber mit zwei Schritten war ich

über ihm. Ich schnappte ihn mir am Kragen seines Morgenmantels und drehte meine Hand nach außen, um ihn halb zu
erdrosseln. Er hustete, spuckte, wurde krebsrot, und ich
schleppte ihn bis zu einem Sessel, wo ich mich hinsetzte. Ich
lockerte ein wenig meinen Griff, damit er nach Luft schnappen
konnte, aber gleichzeitig stieß ich ihm mein Knie knochenhart
vor die Nase, um einen gewissen psychologischen Druck beizubehalten. Ich sprang schleunigst zur Seite, um zu verhindern,
daß er mich von oben bis unten mit Blut vollspritzte.

– Glaubst du, ich mach das, weil du mein Buch runtergemacht
hast? Da biste aber auf'm Holzweg! eröffnete ich ihm.

Er kam langsam wieder zu Atem und verschmierte sich das
Gesicht mit Blut, da er sich andauernd an die Nase faßte. Ich
hielt ihn fest im Griff.

– Wenn du das glaubst, irrst du dich, redete ich weiter. Da irrst
du dich aber ganz schwer, kapiert...?

Ich verpaßte ihm einen Faustschlag oben auf den Schädel, er
fing an zu wimmern.

– Das nehm ich dir nicht übel, denn das, das ist nicht dein
Fehler, das seh ich ein. Ich hab dieses Buch nicht gerade für einen
Typ wie dich geschrieben, das ist 'ne Art Mißverständnis, weißt
du, darüber woll'n wir nicht jammern, du und ich, das lassen
wir, wie's ist, biste einverstanden...?

Er machte ein Zeichen, daß er einverstanden war. Ich
schnappte ihn mir an den Haaren und zog daran. Unsere Blicke
trafen sich.

– Deshalb haste trotzdem Scheiße im Blick, fügte ich hinzu.

Ich gab ihm einen Faustschlag aufs Ohr und packte mir das
Telefon auf die Knie.

– Ich erklär dir die Sache mal eben, sagte ich. Dieses Mädchen,
das ist alles, was für mich zählt in meinem Leben. Du nimmst
jetzt dieses Telefon und ziehst deine verfluchte Anzeige zurück,
bevor ich Dummheiten mache, klar...?

All diese Grobheiten, ausgestoßen in einem Wohnzimmer Stil
Louis XVI, das war wie Konfetti auf einem Sterbebett. Er nickte
unverzüglich mit dem Kopf, eine kleine Blutblase hing an seiner

Lippe. Ich wickelte ihm die Telefonschnur tödlich um den Hals, und dann ließ ich ihn in Ruhe, ich hielt lediglich den Hörer fest, als er seinen Sermon bei den Bullen loswurde.

– Fein, sagte ich. Los, mach schon, das Ganze noch einmal.

– Aber...

– Noch einmal, ich sag's dir.

Er brachte die Zauberformel mit müder Stimme noch einmal hervor, und ich gab ihm ein Zeichen, daß alles klar war, daß er wieder einhängen konnte. Ich richtete mich auf und fragte mich, ob ich ihm nicht noch ein paar Knochen brechen sollte, bevor ich ging, aber ich besann mich eines Besseren, allmählich verlor ich meinen Elan. Ich zog bloß ein klein wenig an der Schnur, um ihm den Adamsapfel einzudrücken.

– Es wäre 'ne ziemliche Dummheit von dir, wenn du keinen Schlußstrich unter die Sache ziehen würdest, sagte ich zu ihm. Es hängt von dir allein ab, ob wir uns eines Tages wieder begegnen müssen... Von uns beiden bin ich derjenige, der nichts zu verlieren hat.

Nickend guckte er mich an und klammerte sich dabei an die Telefonschnur. Das Blut unter seiner Nase trocknete allmählich, das Blut, das ist 'ne Sache, die einen nicht auf Distanz hält. Um ein Haar hätte ich mich gefragt, was ich da tat, aber ich bin an diese abrupten Übergänge gewöhnt, ich gleite von einer Bewußtseinsstufe zur anderen mit der gleichen Leichtigkeit wie ein Blatt, das einen Bach hinunterfließt und nach einem Sturz von zwanzig Metern seine Reise wie selbstverständlich wieder aufnimmt. Daß mir dieser Typ nichts bedeutete, war eine allzu leichtfertige Vorstellung ohne Bezug zur Wirklichkeit.

Ich ging raus, ohne noch ein Wort zu sagen, und machte leise die Tür hinter mir zu. Draußen traf mich der eisige Wind wie ein Peitschenhieb.

Heiligabend machten wir einen ganz schönen Reibach in der Pizzeria, es war ein großer Coup, den wir da landeten. Eddie gingen die Augen über. Wir hatten aber auch ordentlich reingeklotzt, und am Abend vorher, da hatte ich, ohne jemandem etwas zu sagen, doppelt so viel Kisten Champagner kommen lassen wie sonst. Nur eine einzige davon war noch übrig, und die Kohle quoll nur so über. Als der letzte Kunde ging, wurde es fast schon hell, und wir waren völlig erledigt. Lisa hängte sich an meinen Hals –, sie hatte die ganze Nacht mit uns malocht und sich wahrlich gut gehalten; ich packte sie an der Taille und setzte sie auf die Theke.

– Sag mal, was kann ich dir anbieten? fragte ich sie.

– Ich würde gern was ganz Besonderes trinken, antwortete sie.

Betty klappte stöhnend auf einem Stuhl zusammen.

– Ich auch, sagte sie.

Ich ging zu ihr, hob ihr Kinn hoch und knutschte sie theatralisch ab. Ich hörte die anderen hinter mir lachen, aber ich ließ mich nicht stören; und da ich fand, daß das nach so einem Tag noch am besten war, nahm ich mir die Zeit, ihr einen leidenschaftlichen Kuß zu geben. Danach kümmerte ich mich um die Gläser. Mario kam vorbei, um zu sehen, was los war, aber er war zu kaputt, um zu bleiben; er küßte nur kurz die beiden Mädchen und zog wieder ab. Ich hatte großzügig für fünf Leute gerechnet, so daß wir uns plötzlich vier gut gefüllten Gläsern gegenüber sahen, die Nummer war mir gerade erst eingefallen, eine ziemlich starke Nummer.

Eddie haute das überdies sofort um, und außer ihm merkte das jeder. Er fing damit an, uns mit einer Story von der Sonne, die jetzt über dem Schnee aufging, zu nerven; er wollte sich das partout ansehen.

– Was erzählst du uns da für einen Scheiß? fragte ich ihn.

– Mensch Alter, hast du schon mal was Schöneres gesehen...? Was ist denn schon Weihnachten, wenn man kein bißchen Schnee hat?

– Nicht gerade das Gelbe vom Ei.

– He, machen wir doch 'ne Tour mit der Kiste! Verderbt mir bloß nicht den Spaß.

Den Mädchen schien die Sache gar nicht so übel zu gefallen, ich spürte, wie sie weich wurden.

– Scheiße, wißt ihr überhaupt, wie kalt es ist...? He, junger Mann, du bist nicht zufällig auf den Kopf gefallen...?

– Deine Visage will ich sehen, wenn sich der erste Sonnenstrahl über dem Schnee erhebt, ich bin mal gespannt, ob du dann immer noch alles besser weißt...!

– Aber darum geht's doch gar nicht, das mag ja alles sehr schön sein, die Sonne, der Schnee und dieser ganze Krempel, das ist bestimmt ganz toll, aber darum geht's nicht. Ich frage mich ja nur, Eddie, wohin du uns in dem Zustand, in dem du bist, zu fahren gedenkst...?

– Scheiße, meinte er, ich will dir mal was sagen. Ich war noch nie in so einem Zustand, daß ich nicht mehr fahren konnte...

Seine Augen blinkten wie fliegende Untertassen. Das kommt vom Gin, sagte ich mir, ich sah ein, daß mir die Hand etwas locker gesessen hatte beim Gin, ich hatte mich gehen lassen.

– Du wirst uns alle umbringen! sagte ich.

Alle lachten sie, außer mir natürlich. Fünf Minuten später saßen wir im Wagen und warteten darauf, daß Eddie seine Schlüssel wiederfand. Ich stöhnte leise vor mich hin.

– Na und? sagte er. Findste wohl nicht lustig? Ist doch Weihnachten, mach dir keine Sorgen... Läuft gleich alles wie geschmiert. Siehste, da sind sie ja...

Er fuchtelte mit den Schlüsseln unter meiner Nase, und einer blitzte mich kalt und blau an. Armer kleiner blöder Schlüssel, dachte ich mir, du kannst mich mal. Ich räkelte mich in meinem Sitz.

Wir fuhren am frühen Morgen durch die Stadt. Die Straßen waren so gut wie leer, und das war eher angenehm, denn so konnten wir mit geringer Geschwindigkeit mitten auf der Straße fahren und schon von weitem die Ampeln im schwachen Morgennebel ausmachen. Ich fragte mich, wo eigentlich all die Leute geblieben waren, während hinter mir die Mädchen kicherten; vielleicht hatten die Bürgersteige sie in der Nacht aufgefressen. Wir verließen die Stadt und fuhren dem aufleuchtenden Horizont entgegen, bummeln durften wir nicht. Unsere Gesichtszüge waren angespannt, wir waren hundemüde, eine neue Energie

141

schlich sich allerdings heimlich in unsere Schleuder und half uns über den toten Punkt hinweg. Wir hatten dieses eigenartige »Kap des ausgelaugten Mannes« passiert und rauschten an einem 24. Dezember der Sonne entgegen, zogen an unseren Kippen und redeten über alles und nichts, während draußen ein neuer Tag erwachte.

Wir fuhren noch ein Stück weiter, dann fanden wir ein schneebedecktes Terrain ausgerechnet mit ein paar großen Gebäuden im Hintergrund, um nicht zu sagen Fabrikhallen. Wir hatten aber keine Zeit mehr, uns was Besseres zu suchen, denn es drehte sich jetzt nur noch um wenige Minuten, und so stellten wir den Wagen am Straßenrand ab. Der Himmel war klar. Das Ganze machte den Eindruck einer scheußlichen Kälte, so um die 10° minus bei einem eisigen Wind. Wir stiegen trotzdem aus. Wir schlugen uns kräftig auf die Arme.

Im Handumdrehen tropfte mir die Nase und tränten mir die Augen. Die Ränge waren ziemlich teuer an diesem blutleeren frühen Morgen, irgend etwas ließ einem die Haare zu Berge stehen. Nach all der Schinderei, die wir uns aufgehalst hatten, wirkte die Ruhe dieser Gegend irgendwie grotesk, ehrlich. Eddie hatte sich den Hut in die Stirn geschoben und rauchte eine Zigarette; er saß auf der Motorhaube mit dem Gesicht zum rotgefärbten Himmel.

– Ach du Schande, sagte ich. Eddie, pennst du ein...?

– Red keinen Quatsch, sagte er. Du solltest lieber hingucken...

Er zeigte hinter sich, und genau in diesem Moment fegte ein scharfer Sonnenstrahl über das Schneefeld, wir hatten freien Eintritt bei einem gold-blauen Glitterfest, alles andere als weltbewegend. Ich konnte ein Gähnen kaum unterdrücken. Alles hier auf Erden ist lediglich eine Frage der Einstellung, und an diesem Morgen war es mir bestimmt, mit den Zähnen zu klappern und diese kostbaren kleinen Schneeflocken zu zertrampeln; ich hatte wahrlich keine Lust auf tiefere Empfindungen, ich hatte einfach nur noch Lust, mich in eine warme Ecke zu hauen und zuzusehen, wie die Zeit verging, und dabei höchstens ein wenig mit den Augen zu klimpern oder irgend etwas anderes nicht allzu Ermüdendes. Zwei Tage war es her, daß Betty bei den Bullen rausgekommen war, drei Tage, daß ich nicht mehr geschlafen hatte, da hätte schon etwas anderes kommen müssen als ein Sonnenstrahl, um mich aufzuregen; ich hielt mich nur noch aufrecht durch die Erleuchtung des Heiligen Geistes. Eine Nacht lang mit Betty gesprochen, eine Nacht lang den Saal dekoriert, und zur Krönung an diesem unglückseligen Heiligen Abend mit schmerzenden Gliedern zwischen den Tischen hin- und hergerannt, sollte ich etwa anfangen zu lächeln und mir einen eisigen Luftzug in den Mund wehen lassen, auf daß er mir alle Zähne ausreiße?

Ich ging ein vor Kälte, aber wir fuhren noch längst nicht los. Die Mädchen wollten nämlich, das war ihnen mit einem Mal eingefallen, den Vögeln zu futtern geben, so daß wir noch nicht abdüsen konnten. Mir wurde allmählich schlecht, die Sonne ging auf, aber sie wärmte kein bißchen; ich spürte den Tod kommen. Wie durch ein Wunder fanden sie ein altes Paket trockener Plätzchen im Handschuhfach, sie hatten rote Backen und grinsten wie der Weihnachtsmann, und dann schreien wir alle Oh und Ah und zerbröseln die Plätzchen in tausend Krümel und schmeißen ganze Hände voll in die Luft.

Ich setzte mich in den Wagen und ließ die Tür auf, beide Füße nach draußen rauchte ich mir eine seelenlose Zigarette, während es Spatzen, die im Schnee landeten, nur so vom Himmel regnete.

Eddie war wieder bei den Mädchen, und ich sah zu, wie sie Tonnen von Futter auf die Schädel der armen Tiere schmissen; ich stellte mir vor, jeder Krümel sei ein englisches Steak mit Fritten und daß man sie damit gut umbringen konnte; da waren ein paar, die verdrückten fünfzehn bis zwanzig Teller nacheinander und bestellten noch nach.

– Frohe Weihnachten, Jungs…! grölte Eddie. Los, nehmt euch noch was mit, ihr kleinen Racker…!

Einer war dabei, der präsentierte sich um einiges nach den anderen, ich sah ihn schon von weitem, die Füße voraus vollzog er einfach eine Vollbremsung. Er hielt sich ein wenig abseits, ohne sich dafür zu interessieren, was seine Freunde anstellten, und guckte woandershin, während die Steaks in einem fort auf seinen Rücken purzelten. Ich dachte, das ist vielleicht so 'ne Art Dorftrottel, der seine Zeit braucht, bis er kapiert, was los ist.

Stattdessen hüpfte er mit kleinen Sprüngen auf mich zu. Zwanzig Zentimeter vor meinen Füßen blieb er stehen. Einige Sekunden lang guckten wir uns an.

– Na schön, sagte ich. Vielleicht bist du gar nicht so dumm wie du aussiehst.

Mir war, als würde sich zwischen diesem Vogel und mir etwas abspielen; ich beschloß, der Sache nachzugehen. Ich ließ mir von den anderen ein Plätzchen zuwerfen und fing es im Flug auf. Ich fand es weniger kalt als vorher. Das Leben ist voller Kleinigkeiten, die einem das Herz erwärmen, man muß nicht immer nach den Sternen greifen. Ich zerkrümelte das Plätzchen und beugte mich vorsichtig nach vorne. Er kramte unter seinen Flügeln, als hätte er sein Portefeuille verloren. Ich ließ ihm die Krümel direkt vor die Nase fallen und lächelte im voraus, mir wurde klar, daß ich dabei war, ein wahres Wunder zu vollbringen, ich war dabei, einen kleinen Berg von Fraß vor seinen Füßen aufzuschütten. Er guckte mich mit schrägem Kopf an.

– Jaja, sagte ich, träumen tuste ja überhaupt nicht...

Ich weiß nicht, wo der kleine Kretin in diesem Moment seinen Kopf hatte, aber da hatte er diesen ganzen Güterwagen vor sich, und was sah er? Nichts als Feuer, es war kaum zu glauben, ehrlich, ich konnte es nicht fassen; ich fragte mich, was an den Plätzchen dran war. Der kleine Haufen glänzte in der Sonne wie ein vergoldeter Tempel, wie zum Teufel konnte man so etwas übersehen, wenn nicht mit Absicht? Jedenfalls hatte er die Bescherung schlichtweg übersehen und guckte weiterhin weg, dann hüpfte er zu einer Stelle, wo niemand war und nicht das kleinste Stück zu beißen. Wie ein Blinder, der sich geradewegs auf einen Abgrund zubewegt.

Ich stieg aus, ließ mir noch ein Plätzchen rüberwerfen und versuchte, es ihm anzudrehen. Ich hatte Schnee in den Schuhen. Als er stehenblieb, blieb ich auch stehen, und als er wegflog, machte ich halblang und ging zum Wagen zurück, das Gewicht unnützer Gesten lastete auf meinen Schultern. Letzten Endes war ich es, der es dann gegessen hat, dieses Plätzchen, und es schmeckte nicht schlecht, im Gegenteil, ich hätte es gern mal mit Kirschmarmelade probiert, ohne Quatsch...!

Dann fuhren wir wieder nach Hause, und ich habe dort meine Füße in den Radiator gepfercht, während sich Eddie die Champagnerflaschen schnappte und die Mädchen das Zellophantütchen der Jakobsmuscheln platzen ließen.

– Kann ich euch irgendwie helfen? fragte ich.

Nein, sie brauchten mich nicht, es gab nichts Spezielles zu tun. Ich machte es mir so bequem wie möglich, schloß die Augen und klammerte mich an mein Glas. Mir hätte jetzt kein Schwachsinniger ins Ohr flüstern dürfen, daß man nur einmal stirbt, das wäre ihm schlecht bekommen.

Kurz darauf gingen wir zu Tisch. Es war so gegen zehn Uhr, und ich hatte seit dem Abend vorher nichts mehr in den Magen bekommen, aber ich hatte keinen Hunger. Ich setzte vielmehr auf den Champagner, um mich aufzupeitschen, ich wollte mein Glas nicht mehr loslassen, und letztlich hat es mir gar wohl getan, war es richtig, hartnäckig zu sein, ich hatte Anspruch auf eine Belohnung. Ich hob vom Stuhl ab und segelte mitten in die allgemein gute Stimmung, im Vorbeifliegen schnappte ich einige Lacher auf.

– Warum ißt du denn nichts? fragte Eddie. Biste krank...?

– Nein, mach dir keine Sorgen. Ich schone mich für den Baumkuchen...

Er hatte sich eine Serviette um den Hals geknüpft und kniff zufrieden die Augen zusammen. Ich mochte ihn gern. Man stolpert nicht an jeder Straßenecke über einen Typ, der menschlich was taugt, fast ein Wunder ist das. Ich beschloß, mir eine Zigarre anzumachen. Ihre Lippen verzogen sich zu einem Lächeln, aber schließlich muß man wissen, wann man sich eine Zigarre anmacht, denn dann verschwindet das Leben hinter einer blauen Rauchwolke, wenn man sich darauf versteht. Ich schaukelte ruhig auf meinem Stuhl mit der Lässigkeit eines Typs, der zu nichts Lust hat und dessen Ohr dem Knistern der Zigarre lauscht. Das Tageslicht war kraftlos, aber mir ging's gut, nur mein Nacken war etwas steif, was aber gar nichts hieß; und ich sagte ihnen, niemand rührt sich, alles bleibt sitzen, denn ich werde euch jetzt den Baumkuchen holen, und daß mir dabei keiner in die Quere kommt, ich nehme das ganz allein in die Hand.

Ich stand also auf, Richtung Kühlschrank, und wollte gerade den Kuchen rausziehen, als das Telefon klingelte. Eddie nahm ab. Auf dem Kuchen waren kleine Zwerge und ein Weihnachtsbaum, eine ganze Bande, und derjenige, der vorausging, hatte eine Säge in der Hand, und alle gingen zu dem armen Baum, der so hoch war wie drei Äpfel, und hatten offensichtlich die Absicht, ihm einen Festakt zu bereiten. Und danach, was noch? Ich fragte mich, ob der Typ, der das verzapft hatte, ob der sich auch jeden Morgen seinen Baum mit der Säge fällte, oder am Ende mit einem Brotmesser...? Ich gab den Knirpsen einen Klaps, und der letzte stieß ein schreckliches Geheul aus, als er ins Leere kippte, als hätte ich ihm einen Arm ausgerissen. Sein Schrei ging mir durch Mark und Bein.

Ich schaute auf und sah, wie Eddie am Telefon taumelte, mit offenem Mund und verzerrtem Gesicht. Lisa warf ihr Glas um, als sie vom Tisch wegrückte. Ich weiß nicht warum, aber mein erster Gedanke war, er sei von einer Klapperschlange ins Bein gebissen worden; dazu kam, daß der Hörer so komisch am Ende der Schnur hin- und herbaumelte. Aber dieses Bild berührte mich nur kurz, etwa so wie ein Düsenjäger im Tiefflug einen aufschreckt und wie eine Crêpe herumwirbelt, bevor er einen aus der Hängematte schmeißt. Das alles dauerte nicht länger als eine Viertelsekunde, dann fuhr sich Eddie stumpfsinnig mit einer Hand durch die Haare.

– Verdammt, Jungs... wimmerte er. Oh verdammte Scheiße...!

Lisa sprang auf, aber etwas nagelte sie an ihren Platz.

– Aber Eddie, was ist denn los mit dir...? sagte sie. Eddie...

Während ich den Moment kommen sah, wo er mit zerzaustem

Haar zu Boden fallen würde, warf er uns einen pathetischen Blick zu.

– Mann, das kann doch nicht wahr sein, stammelte er. Meine kleine Mutter ... Mann, mir wird schlecht ... meine liebe kleine Mama, mir wird schlecht, was tust du mir an ...???!!

Er riß sich die Serviette vom Hals und zerknüllte sie in der Hand. In seiner Brust stieg etwas hoch wie ein Geysir. Wir warteten ab. Er schüttelte den Kopf hin und her und verzog den Mund.

– ICH MACH KEINEN SCHEISS, SIE IST TOT!!! kreischte er.

Draußen kam ein Typ über den Bürgersteig mit einem Kofferradio, aus dem eine Waschmittelreklame schrie, so eine, die einem die Freude am Leben zurückgibt. Als wieder Ruhe einkehrte, kümmerten wir uns um Eddie, wir richteten ihn auf und setzten ihn auf einen Stuhl, da er nicht mehr auf den Beinen stehen konnte. Die Müdigkeit, der Alkohol und dann noch eine Mutter, die Heiligabend stirbt, das überschritt bei weitem das zulässige Gesamtgewicht.

Er starrte vor sich hin, die Hände auf dem Tisch gefaltet. Niemand fand die nötigen Worte, wir warfen uns Blicke zu, ohne zu wissen, was wir tun sollten, während ihm Lisa kleine Küsse auf den Kopf drückte und eine aufkommende Träne wegküßte. Es führte zu nichts, wenn wir dablieben, Betty und ich, und von einem Bein aufs andere hüpften, ohne ein Wort zu sagen. Ich fühlte mich nicht dazu in der Lage, ihm auf die Schulter zu klopfen und ihn meinen Alten zu nennen; ich habe so eine Leichtigkeit nicht, der Tod, der macht mich immer sprachlos. Ich wollte Betty gerade ein Zeichen geben, daß es besser sei, die beiden allein zu lassen, als Eddie mit einem Ruck aufstand, die Fäuste auf den Tisch gestützt und den Kopf gesenkt.

– Ich muß hin ...! sagte er. Morgen wird sie beerdigt, da muß ich hin ...!

– Ja sicher ... murmelte Lisa. Aber vorher mußt du dich ein wenig ausruhen, so kannst du nicht hinfahren ...

Man brauchte ihn sich nur eine Sekunde anzugucken, um zu

wissen, daß er es keine hundert Meter weit schaffen würde. Lisa hatte recht, was er vor allem nötig hatte, waren ein paar Stunden Schlaf, den brauchten wir alle, jede Mutter hätte das sofort verstanden. Nur, er blieb auf seiner Schiene.

– Ich zieh mich jetzt um... Ich hab gerade noch Zeit, mich umzuziehen...!

Meiner Meinung nach geriet er aus dem Gleis, eine Banane zu schälen wäre über seine Kräfte gegangen. Ich versuchte, ihn wieder auf die richtige Bahn zu bringen.

– Hör mal, Eddie, sei doch vernünftig... Ruh dich ein paar Stunden aus, dann ruf ich dir ein Taxi... Du wirst sehen, es ist besser so.

Er warf mir einen leeren Blick zu und fing an, ungeschickt an den Knöpfen seines Hemdes zu fummeln.

– Was soll ich denn mit 'nem Taxi...?

– Also, ich weiß es ja nicht genau, aber zu Fuß gehen wirst du ja auch nicht wollen... Ich weiß nicht, ist das weit dahin?

– Wenn ich sofort losfahre, kann ich bis heute abend, glaub ich, da sein, meinte er.

Jetzt war es an mir, auf einen Stuhl zusammenzuklappen. Ich rieb mir die Augen und packte ihn am Arm.

– Nein, du machst dich über mich lustig, Eddie, das ist doch ein Witz...!? Wie willst du denn sieben oder acht Stunden nacheinander fahren, wo du nicht mal die Augen aufhalten kannst...? Glaubst du, wir lassen dich so losziehen, du bist doch wohl bescheuert...?!

Er heulte wie ein kleiner Junge, als er sich an mich lehnte, und das ist das Schlimmste, was kommen konnte, ich kenne meine Grenzen. Trotzdem hielt er es für klug, nicht nachzugeben:

– Verstehst du denn nicht...? sagte er mit verzerrtem Gesicht. Das ist doch meine Mutter... Alter, meine Mutter ist tot!!

Ich schaute um mich, auf den Tisch, auf den Boden, in das helle Licht, das durch das Fenster einfiel, und da hielt ich ein. Immer wieder stellt sich für einen kurzen Moment ein hypnotischer Schrecken ein, wenn man merkt, daß man stockbesoffen ist. Ein widerliches Gefühl ist das.

148

14

Ich hielt bei dem ersten Ding an, das am Straßenrand geöffnet hatte. Ich ließ den Wagen vor den Zapfsäulen stehen und stieg aus, ohne ein Wort zu sagen.

Drinnen ließ ich mir drei Kaffee in einer Reihe vor die Nase stellen. Ich verbrannte mir zwar ein wenig die Lippen, aber das machte mir auch nichts mehr, mir tat alles weh, ganz zu schweigen von meinen Augen, die ihr Volumen verdoppelt hatten, die schwächste Glühlampe kam mir vor wie eine Supernova. Neunzig Stunden hatte ich ungefähr nicht mehr geschlafen, und jetzt schiffte ich mich für 'nen kleinen Ausflug von siebenhundert Kilometern ein. War das kein starkes Stück...? Hatte ich nicht das Zeug zu einem der Helden des zwanzigsten Jahrhunderts...? Ja, außer daß ich im richtigen Leben in einer Pizzeria kellnerte und auch nicht durch die Gegend zog wie ein Bote Luzifers, ich fuhr schlicht zum Begräbnis einer Alten. Dieser Tod, der da am Ende der Reise auf mich wartete, das war nicht meiner, nein, die Zeiten hatten sich geändert.

Ich lachte in mich hinein, das war nervlich bedingt, nichts gegen zu machen. Der Typ hinter der Theke warf mir einen unruhigen Blick zu. Um ihn zu beruhigen, nahm ich mir den Salzstreuer und ein hartgekochtes Ei, ich winkte ihm zu, daß alles klar war. Aber sicher war alles klar. Ich machte mir keine Gedanken, was ich tat, als ich das Ei auf die Theke klopfte, ich legte mich zu arg ins Zeug und zerquetschte das Ding zwischen den Fingern. Der Typ fuhr in die Höhe. Ich ließ die Hand mit den klebrigen Eierstücken runterhängen, mit der anderen wischte ich mir die Tränen weg, die mir in den Augen standen, ich konnte mich nicht mehr zusammenreißen. Der Typ kam und wischte die Bescherung wortlos weg.

Als sich Betty auf dem Hocker neben mir niederließ, fing ich gerade an, mich zu beherrschen.

– He, du siehst ja prächtig aus! meinte sie.

– Jaja, ich glaub's dir... Wird schon gehen.

– Eddie ist gerade eingeschlafen. Der Ärmste, er konnte nicht mehr...

Ich fing wieder an zu lachen. Lächelnd guckte sie mich an.

– Also nein... Warum lachst du da...?

– Nur so... Weil ich hundemüde bin.

Sie bestellte sich einen Kaffee. Ich nahm noch einmal drei. Sie machte sich eine Zigarette an.

– Ich find das toll, fuhr sie fort. Mit dir in so einer Umgebung, das ist, als setzten wir Segel...

Ich wußte, was in ihr vorging, aber an so etwas glaubte ich nicht mehr. Ich trank mein Täßchen Kaffee und blinzelte ihr zu. Ich war nicht in der Lage zu widersprechen.

Wir gingen eng umschlungen zum Wagen zurück, wie zwei Sardinen, die sich unter das Packeis verzogen hatten.

Bongo sprang auf uns zu, und fast hätte mich der Scheißköter in den Schnee geschmissen, anscheinend hatte ich stocksteife Beine, mag sein, daß mich ein kurzer Windstoß hätte wegtragen können.

Ich setzte mich wieder ans Steuer. Eddie schlief auf dem Rücksitz, zur Hälfte lag er auf Lisas Schoß. Ich schüttelte den Kopf, bevor ich losfuhr. Wenn ich daran denke, daß dieser Schwachsinnige drauf und dran war, ganz allein in den Wagen zu hüpfen, ich sah's kommen, aber sicher, nichts wie rüber über die weiße Linie, quer rüber, die Schnauze voraus, und dann bye bye my love. Mit einem Mal war ich runter mit den Nerven. Eine ganze Zeitlang biß ich die Zähne zusammen.

Nach einigen Stunden waren alle eingeschlafen. War auch nicht weiter verwunderlich. Das Wetter war ziemlich gut, und je weiter wir nach unten kamen, um so mehr verschwand der Schnee aus der Landschaft, und die Autobahn war wie ausgestorben, ich konnte es mir leisten, alle paar hundert Meter die Fahrspur zu wechseln, um die Monotonie zu durchbrechen, ich versuchte, zwischen den weißen Streifen hindurchzukommen, ohne sie zu berühren, und der Wagen schwang sanft in die Kurve, ich wußte nicht, sollte ich auf die Uhr oder den Kilometerstand gucken, um zu sehen, wie lange wir noch brauchten, ich konnte mich nicht entscheiden. Diese Überlegung wurde beinahe zu einer fixen Idee, dazu war nicht der rechte Moment. Ich stellte das Radio lauter, und ein Typ fing an, mir in aller Ruhe über das Leben Christi zu erzählen, er betonte nachdrücklich, daß Er uns nicht verlassen habe. Ich hoffte, er hatte recht und war nicht auf dem Holzweg, denn der Himmel blieb hoffnungslos leer, es gab nicht das geringste Anzeichen, außerdem hätte ich voll und ganz begriffen, wenn Er uns ein für alle Mal den Rücken gekehrt hätte, jeder hätte das an seiner Stelle getan.

Bei diesem Gedanken lächelte ich dem kleinen glänzenden Punkt meiner Seele zu und verdrückte ein paar Plätzchen, um mir die Zeit zu vertreiben, mit einem Auge beobachtete ich den Drehzahlmesser, um die Nadel dicht vor dem roten Bereich zu halten. Ich wunderte mich, ich war mehr als erstaunt, woher ich die Kraft nahm wachzubleiben. Sicher, irgendwie war mein Körper ganz schön verspannt, mein Nacken steif, taten mir die Kiefer weh und brannten mir die Augenlider, aber trotz allem war ich noch da, die Augen sperrangelweit auf, kletterte Hügel hinauf und stürzte wieder hinunter, während die Zeit verstrich, ich hielt an, um Kaffee zu schlucken, und fuhr wieder an, ohne daß die anderen auch nur ein Auge öffneten, und diese Fahrt war wie eine Miniaturausgabe des Lebens, mit seinen Höhen und Tiefen, und der Landschaft, die wenig abwechslungsreich war, und dem Wind der Einsamkeit, der durch das halb geöffnete Seitenfenster pfiff.

Betty wälzte sich im Schlaf. Ich guckte sie an. Wenigstens fragte ich mich bei ihr nicht, wo ich hinfuhr, noch was ich tat, der Gedanke kam mir nicht einmal, und außerdem war es nicht meine Art, mich zu fragen, warum ich mir keine Fragen stellte. Ich sah sie gern an. Die Sonne ging unter, als ich anhielt, um vollzutanken. Ich leerte den Aschenbecher in eine kleine Papiertüte, die ich in einen Mülleimer warf, während ein Typ die Windschutzscheibe saubermachte, ich fing von neuem an, grundlos zu lachen. Ich räkelte mich in meinem Sitz, um etwas Kleingeld in den Taschen zu finden, und mit Tränen in den

Augen gab ich dem Kerl eine Handvoll. Er bedachte mich mit einer Grimasse. Auf den nächsten zwei, drei Kilometern mußte ich mir die Augen auswischen.

Ich weckte sie, kurz bevor wir ankamen, ich fragte, ob sie gut geschlafen hatten. Es war eine kleine, unbedeutende Stadt, Eindruck eher gemütlich, und wir fuhren langsam durch, Eddie beugte sich über den Vordersitz, um mir den Weg zu zeigen, und die Mädchen betrachteten sich in kleinen Spiegeln.

Es war Nacht, die Straßen waren breit und sauber, und die Häuser hatten fast alle nicht mehr als zwei Etagen, das gab einem das Gefühl, atmen zu können. Eddie gab mir ein Zeichen anzuhalten. Wir befanden uns vor einem Klavierladen. Er berührte mich an der Schulter.

– Sie hat Klaviere verkauft, sagte er.

Ich drehte mich zu ihm um.

– Im Ernst! fügte er hinzu.

Wir gingen direkt hoch. Ich kam als letzter, diese verfluchten Stufen nahmen kein Ende, und von dem Blumenmuster der Tapete konnte einem schwindelig werden. Es hielten sich einige Personen im Wohnzimmer auf, ich konnte nicht besonders viel erkennen, da kaum Licht brannte, gerade mal eine kleine Lampe schien in einer Ecke. Sie standen auf, als sie Eddie sahen, sie ergriffen seine Hände, sie küßten ihn, sie sprachen mit leiser Stimme und warfen uns dabei Blicke über seine Schultern zu, es waren Leute, die anscheinend über einige Erfahrung mit dem Tod verfügten. Eddie stellte uns einander vor, aber ich versuchte erst gar nicht zu verstehen, wer wer war, noch wer ich war, ich begnügte mich damit zu lächeln. Seit dem Moment, wo ich einen Fuß auf den Bürgersteig gesetzt hatte, merkte ich erst so richtig, wie entsetzlich müde ich war, und jetzt hatte ich einen Körper mit einem Gewicht von hundertfünfzig Kilo zu steuern, ich zögerte, einen Arm zu heben, ich glaube, ich hätte angefangen zu heulen.

Als sich die ganze Versammlung zum Schlafzimmer der Toten aufmachte, schleppte ich mich mechanisch hinterher. Ich konnte nichts sehen, denn Eddie stürzte sich hin zu dem Bett, auf dem der Leichnam lag, seine breiten Schultern verdeckten alles bis auf zwei Füße, die unter dem Laken abstanden wie Stalagmiten. Leise fing er wieder an zu weinen, und ganz gegen meinen Willen gähnte ich, ich hatte gerade noch Zeit, die Hand vor den Mund zu halten. Eine alte Frau drehte sich um, ich schloß die Augen.

Zum Glück stand ich hinter den anderen. Ich wich ein paar Schritte bis zum hinteren Ende des Zimmers und lehnte mich mit gesenktem Kopf und verschränkten Armen gegen die Wand. Es fehlte nicht viel, und ich hätte mich beinahe wohl gefühlt, ich brauchte nicht mehr zu kämpfen, um mein Gleichgewicht zu halten, es reichte, wenn ich mein Gewicht ein wenig auf meine Beine verlagerte, dann war die Sache im Lot. Ich vernahm lediglich einige Atemzüge um mich herum, die Stille erschien greifbar nahe.

Ich befand mich an einem Strand, mitten in der Nacht, mit beiden Füßen im Wasser. Ich kniff die Augen im hellen Licht des Mondes zusammen, als plötzlich eine gewaltige schwarze Welle irgendwoher auftauchte, sie reichte bis in den Himmel mit ihrer Schaumkrone, eine Armee hoch aufgerichteter Schlangen. Für einen Moment schien sie zu erstarren, dann brach sie mit einem schrillen Pfeifen über meinem Kopf zusammen. Ich öffnete die Augen, ich war der Länge nach hingefallen und hatte einen Stuhl umgestoßen, mein Ellbogen schmerzte. Die anderen drehten sich stirnrunzelnd nach mir um. Ich warf Eddie einen verzweifelten Blick zu.

– Es tut mir leid, sagte ich. Das wollte ich nicht...

Er bedeutete mir, daß er mich verstand. Ich stand auf und ging raus, ich machte die Tür leise hinter mir zu. Ich stieg runter zum Wagen, um Zigaretten zu holen. Es war draußen nicht besonders kalt, kein Vergleich mit dem, was wir siebenhundert Kilometer weg von hier gewohnt waren. Ich zündete mir eine an und ging ein paar Schritte mit Bongo über die Straße. Es war keine Menschenseele zu sehen, niemand, der mir zugucken konnte, wie ich mit kleinen Schritten über diesen wie ausgestorbenen Bürgersteig trottete, wie eine Oma, die Angst hat, sich den Oberschenkelhals zu brechen.

Ich stieß vor bis zur Straßenecke, dort schnippte ich meine Zigarette durchs Leere bis auf den gegenüberliegenden Bürgersteig und ging wieder zurück. Dieses eine Mal war ich bereit, Betty recht zu geben. Es tat gut, ein wenig die Umgebung zu wechseln. Nur daß ich für meinen Teil die angenehme Seite des Ganzen darin sah, daß wir ein kleines Bündel bitterer Dinge hinter uns ließen, und wenn es nur für ein oder zwei Tage war...

Schlagartig war ich überrascht, so zu denken, ich war richtig überrascht, daß ich ein Gefühl von Bitterkeit empfand, wenn ich einen Blick zurück auf das Leben warf, das wir führten, seitdem Betty den Bungalow in Brand gesteckt hatte. Sicher, wir hatten nicht jeden Tag gelacht, aber die schönen Augenblicke hatten sich auch eingefunden, und was will ein einigermaßen intelligenter Kerl noch mehr? Nein, das lag ganz entschieden an meinem Buch, wenn unser Leben diesen etwas eigenartigen Beigeschmack hatte, wenn der vorherrschende Farbton ganz leicht ins Mauvefarbene changierte. Und wenn es reichte, bloß die Tür hinter sich zuzuschlagen und in einen Wagen zu hüpfen, um wieder bei Null anfangen zu können, war das Leben dann nicht um einiges toller...? Wäre das nicht ein wenig einfacher...? In diesem Augenblick wäre ich fast in Versuchung gekommen, ich stellte mir vor, wie ich Betty an den Schultern packte und ihr sagte, komm, meine Schöne, wir hauen ab und suchen uns was Neues, sprechen wir nicht mehr von den Pizzen, auch nicht mehr von der Stadt, und wir vergessen mein Buch, o.k....?

Es war angenehm, so zu denken, während ich diese breite und ruhige Straße zurückging, und allein für diese paar Bilder lohnte sich schon diese ganze Tour, ich sah das alles so deutlich, daß ich nicht einmal mehr an die Rückfahrt dachte. Hätte ich daran gedacht, wäre ich auf der Stelle erledigt gewesen, doch der Heilige, der die Träumenden beschützt, wachte über mich, ich wurde nicht von trüben Gedanken heimgesucht. Im Gegenteil, Betty und ich ließen uns in der Gegend nieder, und nie wieder hörte man von dieser Sache mit dem Manuskript, jeden Morgen standen wir auf, ohne bange Blicke auf den Briefkasten zu werfen. Schöne und schlechte Augenblicke, und sonst nichts,

nichts, was uns entgleiten konnte, das waren ungefähr die Dinge, die mich lächeln ließen wie ein blutiger Anfänger, ich trat über die Türschwelle und ließ all das auf meiner Zunge ganz langsam zergehen.

Ich kletterte die Treppe wieder hoch, die zur oberen Etage führte, ich fand sie noch steiler als beim ersten Mal und bediente mich, ohne mich lang anhalten zu lassen, des Geländers. Das Wohnzimmer war leer, sie mußten noch bei der Toten sein, eingepfercht in dieses kleine Zimmer, ich hatte keine Lust, sie zu stören. Ich setzte mich. Ich nahm mir ein Glas Wasser, die Karaffe kippte ich bloß, ich hob sie nicht hoch. Mit ein wenig Glück würden sie die ganze Nacht bei ihr wachen und niemand würde sich darüber Gedanken machen, ob ich ein wenig müde war, ich hatte das unbestimmte Gefühl, man hatte mich vergessen. Am anderen Ende des Zimmers hing ein Vorhang. Ich guckte ihn mir mindestens zehn Minuten lang mit zusammengekniffenen Augen an, um ihm sein Geheimnis zu entlocken. Schließlich stand ich auf. Dahinter war eine Treppe, sie führte in den Laden. In dieser Nacht dürfte es mir nicht sehr gut gegangen sein, diese verfluchten Treppen müssen eine krankhafte Anziehungskraft auf mich ausgeübt haben, auf daß ich sie dir raufgehe und wieder runter und keuche wie ein Besessener. Die dort ging ich runter.

Ich kam mitten zwischen den Klavieren raus. Sie glitzerten im Licht der Straße wie schwarze Steine unter einem Wasserfall, aber kein Ton war zu hören, sie waren schweigsam, diese Klaviere. Ich suchte mir eins aufs Geratewohl aus und setzte mich davor, ich klappte es auf. Zum Glück war an der Seite, genau neben den Notenblättern, eine Stelle, wo man seinen Ellbogen abstützen konnte, ich nahm das in Anspruch und konnte mein Kinn in meine Hand legen. Ich sah über die lange Reihe der Tasten hinweg und gähnte ein bißchen.

Ich saß nicht zum ersten Mal an einem Klavier, ich wußte, wie man darauf spielte, und ohne jemals den Gipfel erreicht zu haben, war ich doch in der Lage, mit drei Fingern eine kleine Melodie zu erzeugen, wenn der Rhythmus langsam genug war und das Licht ausreichte. Ich fing mit einem C an. Ich hörte ihm höchst aufmerksam zu und folgte ihm mit den Augen durch den Laden, ohne daß mir die kleinste Schwingung entging. Als wieder Stille einkehrte, fing ich von vorne an. Für meinen Geschmack war dieses Klavier ein verflucht gutes Klavier, es hatte mitbekommen, was für ein Spieler ich war, und trotzdem gab es sich mit Nachdruck hin, opferte es sein Bestes, das machte Spaß, auf ein Klavier zu treffen, das den wahren Weg gefunden hatte.

Ich stimmte ein kleines, sehr einfaches Stück an, das mein Können nicht überstieg und es mir erlaubte, eine relativ bequeme Haltung einzunehmen, träge zur Seite hängend und den Kopf auf dem Arm. Ich spielte langsam, so konzentriert ich nur konnte, und nach und nach hörte ich auf, noch an irgend etwas zu denken, ich starrte bloß noch auf meine Hand und auf die Sehnen, die unter der Haut auf und ab gingen, sobald ich einen Finger bewegte. Ich blieb eine Weile so sitzen, bei meiner kleinen Melodie, die ohne Unterlaß wiederkehrte, es war, als könnte ich mich nicht mehr davon trennen, als gelänge es mir, sie mit jedem Mal ein wenig besser zu spielen, und als hätte dieses kleine Ding die Macht, meiner Seele etwas nahezubringen. Aber ich war in einem solchen Zustand der Erschöpfung, daß ich ein Glühwürmchen für den Abglanz eines göttlichen Lichts gehalten hätte, ich geriet allmählich ins Reich der Halluzinationen. Überdies wurden die Dinge von da an schlimmer.

Ich hatte angefangen, meine köstliche Melodie mitzuträllern, und das verschaffte mir ein maßloses, fast unwirkliches Vergnügen, so sehr, daß es mir vorkam, als vernähme ich dabei immer deutlicher sämtliche Begleitakkorde. Das bereitete mir ein wahres Vergnügen, unter den Lebenden zu sein, das gab mir Kräfte. Ich kam ein wenig in Ekstase, ich hatte vergessen, wo ich war, und verstärkte den Ton, ich sang lauter, mit drei Fingern vollbrachte ich, wozu ein Mensch normalerweise beide Hände brauchte. Das war ganz einfach wunderbar. Mir wurde warm. Niemals in meinem ganzen Leben hatte ich eine ähnliche Sache mit einem Klavier erlebt. Noch nie hatte ich etwas da rausholen können, was damit zu vergleichen war. Als ich hörte, daß auch noch eine Mädchenstimme einsetzte, sagte ich mir, da haben wir's, ein Engel ist auf die Erde herabgestiegen, um dich an den Haaren zu packen.

Ich richtete mich auf, ohne mit meinem Spiel aufzuhören, und erblickte Betty an einem anderen Klavier neben mir. Eine Hand lag zwischen ihren Beinen, mit der anderen schlug sie die Akkorde an. Sie sang gut, sie strahlte. Nie habe ich den Blick vergessen, den sie mir in diesem Moment zuwarf, aber darauf bilde ich mir nichts ein, ich bin eben so, ich habe ein gutes Farbengedächtnis. Wir gaben uns dem minutenlang nach Herzenslust hin, streiften die Glückseligkeit und waren uns des Lärms in keiner Weise bewußt, den wir veranstalteten, aber es durfte keine Grenze für unsere Empfindungen geben, unmöglich. Ich für meinen Teil war völlig ausgeklinkt. Ich dachte, das würde nie enden.

Trotzdem erschien ein Typ oben auf der Treppe, er gestikulierte wild herum. Schließlich hörten wir auf.

– He...! Sind Sie verrückt? rief er.

Wir guckten ihn an, ohne zu wissen, was wir antworten sollten, ich war noch außer Atem.

– Was glauben Sie eigentlich, wo Sie sind...? fügte er hinzu.

Eddie tauchte hinter ihm auf. Er warf uns einen kurzen Blick zu, dann packte er den Typ an der Schulter, um ihn zum Gehen zu veranlassen.

– Laß sie, sagte er. Das macht nichts, laß sie, sie tun nichts Böses. Das sind meine Freunde...

Sie verschwanden hinter dem Vorhang, und die Stille rauschte mir in den Ohren. Ich wandte mich Betty zu, wie man der Sonne wegen über die Straße geht, wenn man sonst mit leeren Händen dasteht.

– Scheiße, warum hast du mir das verheimlicht...? fragte ich sie.

Sie lüftete lachend ihre Haare, sie trug ein Paar verteufelte Ohrringe, zehn Zentimeter lang, sie glänzten wie Neonröhren.

– Du spinnst, ich kann nicht spielen, meinte sie. Ich kenn bloß zwei, drei Sachen...

– Nur zwei, drei Sachen, was...?

– Ja, ich garantier's dir... Das war nicht besonders kompliziert.

– Du machst mir Spaß. Du bist mir vielleicht eine...

Ich legte ihr eine Hand auf den Oberschenkel, ich mußte sie berühren. Wenn ich gekonnt hätte, hätte ich sie gefressen.

– Weißt du, redete ich weiter, ich bin immer hinter den Dingen hergewesen, die meinem Leben einen Sinn geben konnten. Mit dir zu leben ist vielleicht das Wichtigste, was mir je passiert ist.

– Das ist lieb, was du da sagst, aber das kommt daher, daß du müde bist, du hast ein Brett vor dem Kopf...

– Nein, das ist die reine Wahrheit.

Sie setzte sich mir auf den Schoß. Ich umarmte sie, während sie mir ins Ohr sprach.

– Wenn ich dieses Buch geschrieben hätte, murmelte sie, wäre ich nicht damit beschäftigt, mich zu fragen, ob mein Leben einen Sinn hat. Ich bräuchte nicht darüber nachzudenken, was das Wichtigste wäre. Ich, ich bin nichts, aber du, du darfst nicht so reden, du nicht...

Sie beendete ihren Satz mit einem Kuß, den sie mir auf den Hals drückte, ich konnte mich nicht richtig aufregen.

– Du fällst mir auf den Wecker damit, stöhnte ich. Außerdem bringt uns das nur Streiterei.

– Mein Gott! Das ist doch nicht das Problem...!

– Doch, genau das!

– Wofür haste dieses Buch eigentlich geschrieben...? Nur um mich zu nerven...?

– Bestimmt nicht.

– Bedeutet dir das wirklich nichts?

– Doch, ich hab mein Bestes gegeben, als ich es geschrieben habe. Aber ich kann die Leute nicht dazu zwingen, es zu mögen. Alles was ich tun konnte, das war, es zu schreiben, ich kann nichts dafür, wenn das alles ist.

– Und mich hältste wohl für eine Idiotin? Glaubst du, ich fall vor dem erstbesten Buch auf die Knie, glaubst du, das liegt allein daran, daß du das geschrieben hast...

– Ich hoffe, das tust du mir nicht an.

– Manchmal frag ich mich, ob du das nicht mit Absicht machst...

– Was...?

– Es sieht fast so aus, als machte es dir Spaß, den Augenschein zu leugnen. Du bist ein verdammt guter Schriftsteller, und daran änderst du nichts.

– Schön, dann kannst du mir ja sagen, warum ich keine einzige Zeile mehr zustande bringe...

– Aber sicher. Weil du der König aller Bekloppten bist.

Ich drückte mein Gesicht an ihrer Brust platt. Sie spielte in meinen Haaren. Ich hätte es nicht gern gesehen, wenn mir meine künftigen Fans in diesem Moment zugeguckt hätten. Die Zärtlichkeit, die läßt sich unmöglich zeigen, da nimmt man immer ein ganz schönes Risiko auf sich, das ist, als hielte man seine Hand durch die Gitterstäbe eines Raubtierkäfigs.

Das war dermaßen gut, daß ich uns fast zu Boden befördert hätte. Betty hatte keinen BH und mein Hocker keine Rückenlehne, ich schrie erschrocken auf und drückte im letzten Augenblick mein Kreuz ruckartig in die Höhe. Jetzt spürte ich, daß das Ende nahte, daß meine Kräfte davonflogen wie Kirschblüten in einem japanischen Garten. Wie heißt es doch in *Die Kunst des Krieges*: Der Mutige muß seine Grenzen kennen. Ich gähnte in ihren Pulli.

– Du siehst müde aus, meinte sie.

– Nein, es geht schon.

Meine Haare gefielen ihr, sie verstanden sich gut mit ihrer Hand. Mir allerdings gefiel es, das Gewicht ihres Körpers auf meinen Beinen zu spüren, so kam mir das Ganze weniger wie ein Traum vor, das gab mir das Gefühl, daß sie da war und nicht woanders, ich hätte aufstehen können, um sie fortzutragen. Aber ich versuchte nichts, was unmöglich war, ich wäre lieber gestorben als auch nur ein Glied zu rühren. Mein Gesicht verzog sich, während man mir Blei in die Wirbelsäule goß. Hingegen war meine Seele von erstaunlicher Leichtigkeit, unbekümmert und fügsam wie die Feder, die der schwächste

Luftzug oder der allergeringste Atemhauch aufwirbelt. Ich wurde nicht klug daraus.

– Zudem ist oben kein Platz, wo wir uns hinhauen könnten, sagte sie. Ich frag mich, was wir tun sollen...

Dieser Einwurf hätte mich einige Augenblicke zuvor noch vernichtet, doch jetzt war ich bereits auf dem Tiefpunkt. Das Sprechen tat mir weh, das Atmen ebenso, nachzudenken grenzte an ein Wunder, und doch tat ich alles drei.

– Ich setz mich in die Karre, sagte ich.

Zum Glück kam sie mit. Ich war größer als sie, ich konnte ihr leicht meinen Arm um die Schultern legen. Die Ladentür war abgeschlossen, wie ich es befürchtet hatte, und wir mußten diese elenden Treppen rauf und wieder runter. Im Flur hatte ich Todesängste auszustehen, ich glaubte, ich sei von einer Boa constrictor verschlungen worden. Als ich auf dem Rücksitz des Wagens zusammenbrach, klapperte ich fast mit den Zähnen. Betty warf mir einen besorgten Blick zu.

– Geht's dir nicht gut...? Mein Gott, siehst aus, als hättste Fieber...

Ich schwenkte eine steiffingerige Hand wie eine weiße Fahne.

– Nein nein, es geht schon.

In einem letzten lichten Moment zog ich mir eine Decke über die Beine.

– Betty, wo bist du...? Laß mich nicht allein...

– Aber ich bin doch da...! Was ist denn los mit dir? Willst du eine Zigarette?

Mir fielen die Augen zu.

– Alles geht klar, sagte ich.

– He, haste schon die ganzen Sterne gesehen, haste sowas schon mal gesehen...?

– Hhmmmm, sehr schön ist das, murmelte ich.

– He, pennst du ein...?

– Nein, nein, es geht schon.

– Glaubst du, wir bleiben hier die ganze Nacht...?

15

Gegen elf Uhr fanden wir uns zur Beerdigung ein. Die Sonne schien, der Himmel war strahlend blau, seit Monaten hatten wir kein solches Wetter mehr gehabt, es roch gut. Ich hatte gut geschlafen, das ist der Vorteil in den etwas luxuriöseren Wagen, man kann praktischerweise die Beine ausstrecken, und die Sitze sind komfortabel, ich hatte nicht gefroren, ich stand da mit zusammengekniffenen Augen im hellen Licht, während die Kerle, die den Sarg hinabließen, ächzten. Ich dachte an den warmen Sonnenstrahl, der auf mein Gesicht fiel, ich sagte mir, der Mensch ist eins mit dem Universum, ich sagte mir solche Sachen, um mir die Zeit zu vertreiben, ich fragte mich, ob wir essen gehen würden.

Aber niemand schien sich darum zu kümmern. Auf dem Weg zurück zum Haus wurde kein Wort gesprochen, ich trottete hintendrein. Wir mußten uns erst im Kreis drehen oben über den Klavieren, bevor sich endlich jemand dazu entschloß, den Kühlschrank zu öffnen. Bloß, die alte Frau hatte allein gelebt, eine arme Kreatur, die im Sterben lag, und sie hatte den Appetit eines kleinen Vogels gehabt. Wir mußten uns mit einem kleinen Kotelett, einer halben Konservendose Mais, einigen Joghurt natur, die über das Verfallsdatum hinaus waren, und etwas Zwieback begnügen. Eddie fühlte sich besser. Er war äußerst blaß und auf seiner Stirn waren Falten, aber er hatte sein Gleichgewicht wiedergefunden, und einmal, da bat er mich mit ausgeglichener Stimme, ihm das Salz zu reichen, zum Glück haben wir schönes Wetter, hatte er noch gesagt.

Er verbrachte einen Teil des Nachmittags vor einer Schublade voller Fotos, er sortierte ein paar Bilder aus und sprach dabei mit sich selbst. Gähnend guckten wir ihm zu, dann machten wir den Fernseher an, wir standen wer weiß wie oft auf, um auf ein anderes Programm zu schalten, bis die Nacht anbrach. Ich ging mit Betty etwas einkaufen, wir nahmen Bongo mit.

Das Viertel war verblüffend, Bäume auf den Bürgersteigen und kaum Autos auf den Straßen, es kam mir vor, als hätte ich seit ein paar hundert Jahren nicht mehr geatmet, fast lächelte ich im Gehen. Wieder zurück, schob ich ein riesiges Gratin in den Herd. Eddie war frisch rasiert, gewaschen, gekämmt. Danach drei Kilo Käse und ein Apfelkuchen so groß wie der Tisch. Ich räumte ab und kümmerte mich in der Küche um den Abwasch, die Mädchen hatten Lust, einen Western zu gucken, den ich schon hundertmal gesehen hatte, und das Spülen ging mir nicht auf die Eier, ich war wieder in Form.

Ich setzte mich hin und rauchte eine Zigarette, während Bongo die Reste des Gratins auffraß. Ich hörte Schüsse aus dem Nebenzimmer, aber auch das Schweigen auf der Straße, ich fühlte mich fast so gut wie mitten in einer Sommernacht. Dann krempelte ich mir die Ärmel hoch und brachte das Spülbecken zum Schäumen, die Zigarette klemmte ich zwischen die Lippen.

Ich war gerade dabei, einen geblümten Teller zu verwöhnen, als Eddie zu mir trat. Ich zwinkerte ihm zu. Er blieb hinter mir stehen, sein Glas in der Hand, und guckte auf seine Füße. Ich machte mich dran, ein völlig verschmiertes Ding abzukratzen.

– Sag mal... Ich wollt euch beiden einen Vorschlag machen, legte er los.

Mein Körper versteifte sich, ich hielt die Hände im Wasser und starrte auf die Kacheln vor meiner Nase, ich war dabei, mich selbst zu übertreffen.

– Betty und ich, wir bleiben hier und kümmern uns um den Laden, sagte ich klar und deutlich.

– Wie biste dadrauf gekommen...?

– Keine Ahnung.

– Gut... Ich frag Betty mal, was sie davon hält. Wenn nicht, dir paßt es in den Kram...?

– Jaja, mir paßt es in den Kram.

Er nickte und ging zurück ins Wohnzimmer, während ich mich wieder ans Spülen machte. Ich atmete ein paar Mal tief durch, um die Sache wieder in den Griff zu bekommen und das Geschirr ohne allzu viele Scherben zu Ende zu spülen, ich hatte

Mühe, mich auf meine Arbeit zu konzentrieren. Ich neigte eher dazu, stumpfsinnig dem Auf und Ab des Wassers mit den Augen zu folgen und mich in dieses unbeschwerte Bild zu versenken. Von Zeit zu Zeit spülte ich einen Teller. Ich wollte mich nicht an Eddies Vorschlag berauschen, mich nicht von allzu genauen Visionen mitreißen lassen, ich verscheuchte sie aus meinem Kopf. Ich zog es vor, in der Schwebe zu bleiben und mich von einem süßen Gefühl überwältigen zu lassen, ohne an etwas Bestimmtes zu denken. Schade, daß die Filmmusik so beschissen war, ich hatte was Besseres verdient.

Wie erwartet sprang Betty an die Decke. Betty war stets sofort dabei, wenn es was Neues gab. Sie hatte nun mal die fixe Idee, daß uns irgend etwas irgendwo erwartete, und wenn ich den unglücklichen Gedanken hatte, da eine kleine Abschwächung reinzubringen, wenn ich ihr sagte, nicht doch, ETWAS ANDE-RES erwartet uns woanders, dann brach sie vor meiner Nase in Lachen aus, vernichtete mich ihr Blick, was soll die Haarspalte-rei, macht dir das Spaß, fragte sie mich dann, wo ist da der Unterschied...? Ich versuchte erst gar nicht, eine Entgegnung zu finden, im allgemeinen legte ich mich hin, wartete, daß das vorüberging.

Wir verbrachten einen Teil des Abends damit, die Sache auf den Punkt zu bringen, wir bemühten uns, die ganze Angelegenheit so weit wie möglich zu vereinfachen. Aber es war nicht zu übersehen, daß Eddie beschlossen hatte, uns ein Geschenk zu machen, auch wenn er die Dinge anders darstellte.

– Wie dem auch sei, ich hatte nur noch sie, und wie's zur Zeit aussieht, brauchen Lisa und ich nichts. Jetzt wäre nicht der rechte Moment zu verkaufen, und ich werd mir nicht irgendwen in Mamas Haus holen...

Deshalb guckte er uns trotzdem aus den Augenwinkeln an, als wären wir seine Kinder. Ich machte ihm eine Bierflasche nach der anderen auf, während er mir den Klavierhandel erklärte. Alles in allem schien mir das kein großes Kunststück.

– Paß auf, ich mach mir keine Sorgen, verkündete er.

– Ich mir auch nicht.

– Wenn irgendwas ist, du weißt, wo du mich findest...

– Wir kommen schon klar, du kannst dich auf uns verlassen.

– Ja, und fühlt euch hier wie zu Hause.

– Komm vorbei, wann immer du willst, Eddie.

Er nickte, dann nahm er Betty in den Arm.

– Alles klar, ihr zwei... murmelte er. Ich muß sagen, ihr zieht mir 'nen ganz schönen Splitter aus dem Fuß.

Das sprang einem in die Augen. Es folgte ein kurzes Schweigen voller Euphorie, wie eine Lage Buttercreme, die zwischen zwei trockene Plätzchen gleitet.

– Nur um eins wollte ich euch noch bitten, nahm Eddie das Gespräch wieder auf.

– Ja sicher...

– Von Zeit zu Zeit, würde es euch was ausmachen, ihr ein paar Blumen ans Grab zu stellen...?

Sie brachen in der Nacht auf. Während ich ein letztes Bier trank, rotierte Betty mit zusammengekniffenen Augen durchs Wohnzimmer. Sie brachte mich zum Lachen.

– Das Sofa, das sähe ich lieber in der Ecke da, erklärte sie. Was hältste davon...?

– Jaja, warum nicht...

– Gut, versuchen wir's.

Wir waren noch keine fünf Minuten allein in dieser Bude. Ich hatte noch im Ohr, wie Eddie uns viel Glück gewünscht hatte, und die Wagentür war gerade erst zugeknallt. Ich fragte mich, ob das ein Scherz sein sollte.

– Jetzt...? Du willst dir das sofort vorknöpfen...??!!

Sie guckte mich erstaunt an, sie steckte sich eine lange Strähne hinters Ohr.

– Was denn... es ist doch noch früh.

– Nein, aber ich hab mir gedacht, das könnte vielleicht bis morgen warten...

– Ooohh, du bist ein Spielverderber. Dauert doch bloß 'ne Minute...

Das Ding stammte noch aus dem Krieg. Es wog mindestens drei Tonnen. Wir mußten den Teppich aufrollen und das Zimmer Zentimeter für Zentimeter durchqueren, weil die Rollen blockierten und es für so 'ne Arbeit schon spät war. Aber es gibt Dinge, die macht man, ohne sauer zu werden, wenn man mit einem Mädchen zusammenlebt, das jede Mühe wert ist. Das sagte ich mir, als ich den Geschirrschrank verrückte, der seinerseits auch nicht am rechten Platz stand. Ich meckerte der Form halber, aber im Grunde nahm ich mir gern die Zeit. Auch wenn ich mir nichts mehr wünschte, als schlafen zu gehen, so konnte ich doch zwei oder drei Möbelstücke verrücken, wenn sie es wollte, die Wahrheit ist, daß ich ihretwegen Berge versetzt hätte, wenn ich gewußt hätte, wie man das anfängt. Manchmal fragte ich mich, ob ich genug tat, manchmal hatte ich Angst, daß ich da versagte, aber als Typ hat man es nicht immer einfach, einer Sache gewachsen zu sein, man muß zugeben, daß die Mädchen etwas sonderbar sein können und sogar wahre Nervensägen, wenn sie's drauf anlegen. Trotzdem passierte es mir häufiger, daß ich mich fragte, ob ich mir bei ihr genug Mühe gab, das passierte mir vor allem abends, wenn ich mich als erster hinlegte und ihr zusah, wenn sie ihre verschiedenen Cremes von der Ablage im Badezimmer nahm. Jedenfalls, wenn es eine Chance gab, auf der Höhe dieses Lebens zu sein, dann fiel sie einem nicht in den Schoß, gehenlassen durfte man sich nicht.

Wir kamen ganz schön ins Schwitzen, alle beide. Offen gesagt, ich fühlte mich ein bißchen weich in den Knien alles in allem, vielleicht hatte ich meine Kräfte doch noch nicht völlig wiedererlangt. Ich setzte mich auf das Sofa und schaute mich mit zufriedenem Gesicht um.

– Sieht ja doch anders aus, sagte ich.

Sie setzte sich neben mich, zog die Knie an bis zum Kinn und biß sich auf die Lippen.

– Naja, ich weiß nicht... Wir sollten probieren, wie's noch anders aussehen kann.

– Was...? Ich bin im Eimer, sagte ich.

Gähnend nahm sie meine Hand:

– Nein, ich bin doch auch hundemüde. Ich mein ja nur...

Kurz darauf standen wir vor dem Bett. Ich wollte die Decke hochnehmen, aber sie fiel mir in den Arm.

– Nein, das kann ich nicht..., sagte sie.

– Wovon redest du...?

Sie fixierte das Bett mit einem seltsamen Gesichtsausdruck. In der Tat konnte sie zuweilen vollkommen weg sein, ich erkannte sie dann nicht wieder und ihr Verhalten irritierte mich. Aber ich zerbrach mir nicht allzu sehr den Kopf darüber. Die Mädchen hatten mich irgendwie immer irritiert, und ich hatte mich letzten Endes daran gewöhnt. Ich hatte letzten Endes akzeptiert, daß ich sie niemals ganz verstehen würde, nachdem ich zu dieser Ansicht gekommen war, beobachtete ich sie des öfteren, ganz unschuldig, nicht selten verfielen sie dann nach einer Zeit auf irgendeine sonderbare Sache, rätselhaft und überwältigend. Ich war wie jemand, der vor einer eingestürzten Brücke stehenbleibt und gedankenverloren ein paar Steinchen ins Leere schmeißt, bevor er umkehrt.

Natürlich antwortete sie nicht. Man brauchte sich bloß ihr Gesicht anzusehen, um sich zu fragen, wo sie abgeblieben war. Ich hakte nach.

– Was kannst du nicht?

– Da drin schlafen... da kann ich nicht drin schlafen...!!

– Hör mal, auch wenn das nicht besonders lustig ist, hier ist kein anderes Bett in der Bude. Das ist doch lächerlich... Denk mal drüber nach.

Sie schüttelte den Kopf und ging zur Tür zurück.

– Nein, nichts zu machen. Um Gottes willen, besteh nicht drauf...

Lachend setzte ich mich auf die Bettkante, während sie auf dem Absatz kehrtmachte. Ich sah aus dem Fenster und erblickte ein paar Sterne, der Himmel war klar. Ich ging zurück ins Wohnzimmer. Sie war dabei, die Armlehnen des Sofas zu bearbeiten. Für einen Augenblick hörte sie damit auf, um mir zuzulächeln:

– Wir klappen dieses Gerät auseinander, ich bin sicher, da kann man bequem drauf liegen.

Ich sagte gar nichts, ich nahm mir eine der Lehnen vor und schüttelte sie wie einen Zwetschgenbaum, bis ich sie in der Hand hielt. Dieses Sofa war bestimmt seit zwanzig Jahren nicht mehr auseinandergeklappt worden. Da sie keine Anstalten machte, mit ihrer Lehne fertigzuwerden, gab ich ihr einen Klaps.

– Such mal Decken, bat ich sie. Ich kümmere mich hierum.

Diese Armlehne machte mir eine Heidenarbeit, ich mußte ein Stuhlbein als Hebel benutzen, um sie herausspringen zu lassen. Ich hörte, wie Betty knarrende Schranktüren öffnete. Ich hatte keine Ahnung, wie dieses Ding funktionierte. Ich legte mich auf den Boden, um mir die Sache von unten anzugucken. Kreuz und quer waren starke Federn aus scharfem Blech angebracht, insgesamt also ein ziemlich gefährliches Gerät mit einer einigermaßen widerlichen Mechanik, die nur auf den Moment wartet, einem eine Hand abzureißen. Ich entdeckte ein großes Pedal auf der anderen Seite. Ich stand auf, machte Platz rings um das Sofa, klammerte mich an der Rückenlehne fest und rammte meinen Fuß auf das Pedal.

Es tat sich nichts, das Ding bewegte sich um keinen Millimeter. Ich konnte es noch so oft probieren, ganze Salven von Fußtritten loslassen oder mit meinem ganzen Gewicht draufspringen, es gelang mir nicht, dieses vermaledeite Bett hervorzuzaubern, weder das noch sonst was. Ich fing an zu schwitzen, als Betty mit den Decken aufkreuzte.

– Nanu, schaffst du's nicht...? fragte sie.

– Du hast gut reden... Vielleicht hat es dieses Gerät noch nie in seinem ganzen Leben getan. Wenn ich genug Zeit hätte, mich damit zu beschäftigen, ich hab nicht mal Werkzeug, ist doch wahr... Paß auf, das ist doch nur für diese eine Nacht, da sterben wir nicht dran, die ist doch nicht an irgend'nem ansteckenden Zeug gestorben, das glaubste doch selber nicht, was meinste...?

Sie tat so, als hätte sie nicht zugehört, setzte eine Unschuldsmiene auf und deutete mit dem Kinn zur Küche.

– Ich glaub, ich hab unter dem Spülbecken einen Werkzeugkasten gesehn, sagte sie. Jaja, ich glaub schon...

Ich ging zum Tisch, eine Hand in der Hüfte trank ich eine

ganze Flasche Bier aus. Dann zeigte ich mit dem Flaschenhals auf Betty:

– Ist dir klar, was du von mir verlangst...? Weißt du, wie spät es ist...? Du glaubst doch wohl nicht, ich nehm dieses Mistding AUF DER STELLE auseinander...?!

Lächelnd kam sie auf mich zu und drückte mich samt Decken in ihre Arme.

– Ich weiß, daß du müde bist, flüsterte sie. Alles was ich von dir verlange, ist, daß du dich in eine Ecke setzt und mich machen läßt. Ich kümmere mich um den ganzen Kram, einverstanden...?

Sie ließ mir nicht die Zeit, ihr zu erklären, daß es klüger war, für diese Nacht drei Kreuze über dem Sofa zu schlagen, ich blieb angewurzelt mitten im Raum stehen mit einem Bündel Decken unterm Arm, während sie mit den Händen unter das Spülbecken fuhr.

Binnen kurzem mußte ich mich einmischen. Ich stand stöhnend auf, hob den schwarzen Kopf des Hammers vom Boden, der drei Zentimeter an meinem Ohr vorbeigepfiffen war, und nahm Betty den Stiel aus der Hand.

– Schön, laß mich das machen. Dir passiert noch was.

– He, das ist doch nicht meine Schuld, wenn dieses Ding aus dem Leim geht, da kann ich nichts für!

– Nein, hab ich auch nicht gesagt... Aber ich hab keine Lust, mitten in der Nacht ein Krankenhaus zu suchen, in einer Gegend, die ich nicht kenne, ohne Wagen, hundemüde und in totaler Panik, weil einer von uns kurz vorm Verbluten ist. Wäre besser, du gingst ein Stück zur Seite...

Ich fing damit an, den Stellen, die ich für strategisch bedeutsam hielt, ein paar Schläge mit dem Meißel zu verpassen, doch in Wirklichkeit begriff ich die Feinheiten des Mechanismus nicht ganz, einige Federn schienen nicht zu wissen, von wo sie kamen. Betty schlug vor, das Sofa auf den Kopf zu stellen.

– Nein! knurrte ich.

Nichtsdestotrotz widersetzte sich das Ding, und ein feiner Schweiß lief mir den Rücken hinunter. Ich hatte nur noch den einen Wunsch, den ganzen Schuppen kurz und klein zu schlagen, ich hätte die ganze Nacht auf dem Ding rumgehämmert, um es in seine Einzelteile zu zerlegen, aber Betty guckte mir zu, das kam nicht in Frage, ich würde nicht wegen einer Liegecouch aus der Rolle fallen. Nach einer Zeit spürte ich etwas Komisches. Ich stand auf und verzog das Gesicht, ich drehte die Kissen um und sah, was los war.

– Vielleicht sollten wir die Leute nebenan wecken, sagte ich. Ich werd 'n Schweißgerät brauchen ...!

– Ist das so kompliziert ...?

– Nein, das ist überhaupt nicht kompliziert. Die haben dieses Ding einfach auf zwanzig Zentimeter Länge zusammengeschweißt ...

Zum guten Schluß legten wir ein paar Kissen auf den Boden. Wir errichteten uns eine Art Bett, das mich an einen Teller riesiger Ravioli erinnerte, über die man streifenförmig Soße gegeben hatte. Betty sandte verstohlene Blicke aus, um zu sehen, was ich davon hielt. Ich wußte, daß wir hundeelend darauf schlafen würden, aber wenn es ihr Spaß machte, wenn es diesmal richtig war, dann o.k., allmählich fühlte ich mich schon fast wie zu Hause, auch wenn es eher komisch war, sich zu sagen, die erste Nacht verbringen wir damit, auf dem Boden zu schlafen. Das Ganze war total bescheuert, aber es entbehrte nicht einer poetischen Pointe, billig wie ein Sonderangebot im Supermarkt. Auf dem Boden zu campieren, das war wie mit sechzehn, als ich mich auf den Überraschungspartys verspätete und mich glücklich schätzte mit einem einzigen Kissen und einem halben Mädchen. Es war nicht schwer zu erkennen, wie weit ich es seitdem gebracht hatte. Jetzt hatte ich einen ganzen Stapel Kissen und Betty, die sich vor mir auszog. Draußen schlief die Stadt. Ich stellte mich ans Fenster und rauchte eine letzte Zigarette. Einige Wagen fuhren lautlos vorbei. Der Himmel war blitzblank.

– Man sollte meinen, die haben alle ihren Motor einstellen lassen, sagte ich.

– Von wem redest du?

– Ich mag diese Ecke, ich könnte wetten, morgen wird's schön. He, ob du's mir glaubst oder nicht, aber ich bin todmüde.

Am nächsten Morgen wurde ich vor ihr wach. Ich stand auf, ohne Lärm zu machen, und ging Croissants kaufen. Das Wetter war so schön, daß ich meinen Augen nicht traute. Ich tätigte ein paar Einkäufe. Ich kehrte in aller Ruhe mit einer Tüte unter dem Arm zurück, im Vorbeigehen hob ich die Post auf, die unter der Ladentür lag, nichts als Werbung und Preisausschreiben, und während ich mich bückte, sah ich die Staubschicht auf der Glasscheibe, ich merkte sie mir.

Ich ging direkt in die Küche, legte die Sachen auf den Tisch und machte mich an die Arbeit. Die elektrische Kaffeemühle war es, die sie weckte. Sie stellte sich gähnend in den Türrahmen.

– Der Milchverkäufer ist ein Albino, sagte ich.

– Ha was...?

– Kannste dir einen Albino mit weißem Kittel und 'ner Milchflasche in jeder Hand vorstellen?

– Ja, da gefriert einem das Blut in den Adern!

– Genau. So ging's mir auch.

Während das Kaffeewasser kochte, zog ich mich schnell aus, und um anzufangen, rutschten wir die Wand entlang. Dann schlugen wir einen Haken zu den Kissen. In der Zwischenzeit verdampfte das Wasser, auf diese Art brannte unser erster Topf durch. Ich sprang in die Küche und sie Richtung Bad.

Gegen zehn Uhr räumten wir die Tassen ab und wischten die Krümel vom Tisch. Die Bude hatte volle Südlage, wir hatten genug Licht. Ich guckte Betty an und kratzte mich am Kopf:

– So, sagte ich. Womit fangen wir an...?

Am späten Nachmittag konnte ich mich endlich auf einen Stuhl setzen. Ein fürchterlicher Geruch nach Eau de Javel hing in der Bude, er war so dicht, daß es mir gefährlich vorkam, eine Zigarette anzuzünden. Der Tag wich einem milden Abend, das Wetter war den ganzen Tag herrlich gewesen, aber wir hatten die Nase nicht aus der Tür gesteckt, wir hatten den Geruch der Toten bis in den letzten Winkel verfolgt, in die Schränke, an den

Wänden, unter den Fundamenten, mit besonderer Beachtung der Toilettenbrille, nie im Leben hätte ich mir vorgestellt, daß ein solcher Hausputz überhaupt möglich war. Nichts blieb mehr von der alten Frau, kein Haar, kein Härchen, kein Blick, der sich im Vorhang verhedderte, nicht einmal der Schatten eines Atemzugs, wir hatten alles ausgelöscht. Es kam mir vor, als hätten wir sie ein zweites Mal ums Leben gebracht.

Ich hörte Betty im Schlafzimmer herumscheuern. Sie hatte keine Sekunde Pause gemacht, in der einen Hand ein Sandwich, mit der anderen die Fenster geputzt, der Ausdruck auf ihrem Gesicht erinnerte mich an Jane Fonda in *Nur Pferden gibt man den Gnadenschuß*, wenn sie ihren dritten Scheißtag nacheinander hat. Doch sie, Betty meine ich, hatte sie etwa, was sie suchte, oder nicht? Nun, ich war dieser Ansicht. Das Unangenehme war, daß ihr, während sie putzte, die Ideen wasserfallartig durch den Kopf rauschten. Manchmal hörte ich sie vor sich hin reden, und als ob nichts wäre, trat ich näher, um ihr zuzuhören. Es konnte einem kalt den Rücken runterlaufen.

Was mir den Rest gegeben hatte, das war die Matratze, die ich runter auf die Straße gebracht hatte, vor allem auf der Treppe hatte ich ganz schön darüber geflucht. Es hatte einen Moment gedauert, bis ich gemerkt hatte, daß ich an der Deckenlampe hängengeblieben war, in der Zwischenzeit hatte ich mich ganz hübsch abgemüht. Ich hatte die Matratze quer über die Mülltonnen gelegt und war wieder hoch gegangen, um die letzten Dinger abzuwischen und zwei, drei Putzlappen auszuwringen. Als ich mich danach hinsetzte, schämte ich mich ganz und gar nicht, von diesem Tag hatte ich endgültig die Schnauze voll, jawohl, bis obenhin. Nur, Betty bestand darauf, es sofort zu wissen, das konnte nicht warten, was macht das schon, wenn du eben mal anrufst, hatte sie mich gefragt, wozu sollen wir warten, hm...?

Ich nahm mir also das Telefon, die ganze Bude blinkte wie ein funkelnagelneuer Pfennig, und rief Eddie an.

– Hallo! Wir sind's ... Schon lange da?

– Jaja. Alles klar da unten ...?

– Wir sind mitten im Hausputz. Wir haben sogar ein paar Möbel verrückt...

– Gut, bestens. Morgen bring ich euer Zeug auf die Bahn.

– Ich verlaß mich auf dich. Sag mal... Betty und ich, wir haben uns gedacht, ob wir nicht die Küche ein bißchen anstreichen sollten, irgendwann mal...

– Ja sicher...

– Ah... nun gut, machen wir, bestimmt, wir fangen bald an. Ja, das ist 'ne gute Nachricht.

– Das stört mich wirklich nicht.

– Jaja, genau das hab ich mir auch gesagt. Hör mal, wo ich einmal dabei bin, ich wollte mit dir mal über diese komische Tapete im Flur reden, du weißt, dieses geblümte Ding...

– Ja, was ist denn damit...?

– Nichts... Aber sieh mal, wenn wir sie bei Gelegenheit mal austauschten und stattdessen was Lustigeres anbrächten... Was hieltste von was Blauem, oder sagt dir Blau nicht zu...?

– Keine Ahnung... Und du, was meinste...?

– Das wirkt um einiges ruhiger.

– Naja, mach, was du willst, ich hab nichts dagegen.

– Alles klar, Alter, ich werd dir nicht weiter damit auf den Geist gehen... Aber verstehst du, ich wollte erst dein Einverständnis haben, du weißt, wie ich das meine.

– Mach dir keine Sorgen.

– Nein nein.

– Schön...

– Halt, warte, ich hab was vergessen... Ich wollte dich noch fragen...

– Hm?

– Es geht um Betty. Sie will ein, zwei Wände rausreißen...

– ...

– Hörst du...? Du weißt, wie sie sind, wenn sie sich einmal was in den Kopf gesetzt haben..., nun gut, ich kann dir sagen, das sind so kleine Zwischenwände ohne Bedeutung, nicht so'n beträchtlicher Aufwand, wie du dir das jetzt vorstellst. Das ist 'ne Kleinigkeit.

– Jaja, 'ne Kleinigkeit, also 'ne Kleinigkeit ist das nicht... Mauern raushauen, das ist schon was mehr, ihr seid vielleicht Spaßvögel...

– Eddie, paß auf, du kennst mich, ich würde dir damit nicht auf die Eier gehen, wenn es nicht wichtig wäre, aber du weißt doch, wie die Sachen so sind, Eddie, ein Staubkorn kann die Welt zum Einsturz bringen... Stell dir vor, diese Wand sei eine Barriere, die sich zwischen uns und eine sonnenüberflutete Lichtung stellt, findste nicht, das wär 'ne Beleidigung für das Leben, sich von dieser winzigkleinen Barriere aufhalten zu lassen...? Würdste da keinen Schiß kriegen, wenn du am Ziel vorbeiliefst wegen ein paar mickrigen Ziegelsteinen...? Eddie, merkste nicht, daß das Leben voller schrecklicher Symbole ist...?

– Gut, einverstanden. Aber sachte...

– Kannst beruhigt sein, ich bin doch nicht blöd.

Als ich auflegte, schenkte mir Betty ein strahlendes Buddha-Lächeln. Mir schien es, als stände in ihren Augen ein Funkeln, das noch auf die Zeit der Höhlen zurückging, wo der Typ schwitzte und murrte, um seiner im Schatten lächelnden Frau eine Zuflucht zu bauen. Auf eine gewisse Art machte mir der Gedanke Spaß, daß ich einem Trieb folgte, der auf finsterste Urzeiten zurückging. Ich hatte das Gefühl, etwas Richtiges zu tun und zum großen Strom der Menschheit meinen Wassertropfen beizutragen. Ganz zu schweigen davon, daß ein wenig Heimarbeit noch keinen umgebracht hat und es heutzutage schon mit dem Teufel zugehen muß, wenn man in der Abteilung Bohrmaschinen und Elektrosägen nicht über irgendein Sonderangebot stolpert. Dann heißt es, Kopf hoch, dann kann man sich auf Regalhöhe schwingen. Das Geheimnis dabei ist, sich nicht die Schrauben in die Fresse knallen zu lassen.

– Und, biste zufrieden? fragte ich sie.

– Jaja.

– Haste keinen Hunger?

Wir guckten uns beim Essen einen Horrorfilm an, irgendwelche Typen kletterten aus einer Grabstätte und sausten durch die

Nacht, dabei stießen sie schreckerregende Schreie aus. Kurz vor Schluß gähnte ich und schlief sogar für ein paar Sekunden ein, und als ich die Augen wieder aufmachte, dauerte der Alptraum an, sie hatten eine alte Frau in einer verlassenen Straße gefunden und waren dabei, ihr ein Bein abzunagen. Sie hatten goldglänzende Augen und sahen mir zu, wie ich eine Banane schälte. Wir warteten, bis die Drecksäcke allesamt einem Flammenwerfer zum Opfer fielen, dann gingen wir schlafen.

Wir transportierten die Kissen ins Schlafzimmer, und ich hab mir geschworen, das erste, was du morgen tust, das ist, eine Matratze zu kaufen, ich hab's mir auf mein eigenes Haupt geschworen. Schweigend machten wir das Bett, wir waren ausgelaugt, aber nicht das geringste Staubkörnchen flog auf, als wir die Bettdecken wie Fallschirme durchs Zimmer segeln ließen. Wir konnten uns aufs Ohr hauen, ohne daß wir riskierten, eine Mikrobe in den Hals zu bekommen.

Am frühen Morgen hörte ich einen Trommelwirbel an der Haustür. Ich dachte, ich träume, denn das fahle Morgenlicht schwebte noch schüchtern hinter den Vorhängen und das Zifferblatt des Weckers phosphoreszierte noch. Ich war gezwungen aufzustehen, das bereitete mir Bauchschmerzen, aber ich zog mich in aller Eile an und paßte höllisch auf, daß ich Betty nicht weckte. Ich ging runter.

Ich machte die Tür auf. Der frühe Morgen brachte mich zum Zittern. Vor mir stand ein Typ mit einer Mütze, so ein Alter, der sich zwei Tage nicht mehr rasiert hatte und mich lächelnd anguckte.

– He, ich hoffe, ich stör Sie nicht, meinte er. Aber haben Sie die Matratze da auf die Mülltonnen gelegt...?

Hinter ihm erblickte ich den Müllschlucker, der sich hinten am Müllwagen in Zeitlupe drehte, oben drauf ein oranges Warnlicht. Ich beschloß, mich mit dem Typ zu verständigen.

– Aber ja, antwortete ich ihm. Wo brennt's denn...?

– Naja, wir haben mit diesen Dingern nichts zu tun. Da wollen wir nichts mehr von wissen...

– Und was soll ich damit machen ...? In Stücke schneiden und jeden Tag ein Eckchen davon kauen ...?

– Keine Ahnung. Also, die Matratze gehört Ihnen, oder ...?

Die Straße war ansonsten ruhig und leer. Der Tag schien sich zu räkeln wie eine Katze, die von einem Sessel springt, der Alte steckte sich erstmal einen Zigarettenstummel im goldenen Morgenlicht an.

– Ich versteh ja, daß Sie das in die Klemme bringt, fügte er hinzu. Ich kann mich in Sie hineinversetzen, 's gibt nichts, was beschissener ist, als 'ne Matratze loszuwerden ... Aber nach dem, was unserem Bobby passiert ist, nehmen wir die Dinger nicht mehr. Außerdem war das genau die gleiche, grau mit Streifen, ich seh noch, wie Bobby versucht, die Matratze in den Schlucker zu geben, und fünf Minuten später, da reißt's ihm den Arm ab. Sehn Sie jetzt das Problem ...?

Er brachte mich aus der Fassung. Ich bekam die Augen nicht auf vor Müdigkeit. Und überhaupt, wer war Bobby ...? Ich wollte ihn das gerade fragen, als sich der Typ, der hinter dem Steuer des Müllwagens saß, aus der Tür lehnte und anfing, quer über die Straße zu brüllen.

– He, was is'n los ...? Will dich da einer verarschen ...?!

– Das ist er, das ist Bobby, erklärte der Alte.

Bobby rumorte weiter in dem Müllwagen, er hielt den Kopf aus dem Fenster und erzeugte kleine Kondenswolken.

– Will uns dieser Kerl mit seiner verdammten Matratze auf die Eier gehn ...? schrie er.

– Reg dich nicht auf, Bobby, meinte der Alte.

Mir wurde kalt. Ich merkte, daß ich nichts an den Füßen hatte. An einigen Stellen stieg ein leichter Morgennebel auf. Mein Verstand arbeitete in Zeitlupe. Bobby nutzte die Pause, um seine Wagentür zu öffnen und auf die Straße zu springen, dabei wimmerte er. Ich zitterte. Er hatte einen dicken Pullover an und die Ärmel hochgekrempelt, einer seiner Arme sandte Lichtreflexe aus und endete in einer stumpfen Spitze. Es handelte sich um eine dieser billigen Chromprothesen, so ein Ding, das die Krankenversicherung ganz übernimmt, geschnitten war es wie

eine Stoßstange. Ich war völlig verdattert, der Alte besah sich
seine Kippe und verschränkte die Beine.

Bobby kam zu uns rüber, er rollte mit den Augen, sein Mund
war durch eine Grimasse verzerrt. Eine Sekunde lang dachte ich,
ich säße wieder vor dem Fernseher, versunken in eine Szene des
Horrorfilms, nur daß ich jetzt auf Drei-D übergegangen war und
Bobby aussah, als hätte er sie nicht mehr alle auf der Reihe. Zum
Glück blieb er vor der Matratze stehen. Ich konnte ihm bestens
zusehen, es traf sich, daß sich eine Straßenlampe genau über
seinem Kopf befand. Als hätte sie jemand mit Absicht dahinge-
hängt. Die Tränen auf seinen Wangen sahen aus wie eintätowier-
te Blitze. Ich konnte nicht verstehen, was er sagte, aber es schien
mir, als habe er angefangen, mit der Matratze zu sprechen.
Zwischendurch brach er immer wieder in eine Art Quietschen
aus. Der Alte zog ein letztes Mal an seiner Zigarette und stieß den
Rauch bedächtig wieder aus, er guckte in die Luft.

– Dauert nicht mehr lange, erklärte er mir.

Bobbys Schrei durchbohrte mein Trommelfell wie ein Speer.
Ich sah, daß er die Matratze mit seiner richtigen Hand hochhob,
als packte er sie im Genick, und er schaute ihr in die Augen, als
hätte er den Typ vor sich, der ihm sein ganzes Leben verpfuscht
hatte. Dann schlug er seine Faust in die Matratze und die Spitze
kam auf der anderen Seite wieder raus, kleine Stücke Schaum-
stoff rollten über den Bürgersteig. Das orangefarbene Warnlicht
kam mir vor wie eine riesige Spinne, die ihr Netz über uns
ausbreitete.

'Der Alte trat seine Kippe aus, während Bobby heulend seine
Prothese aus der Matratze riß. Der arme Bobby schwankte auf
den Beinen, aber er hielt sich aufrecht. Der Tag brach an. Er stieß
einen erneuten Schrei aus, und diesmal zielte er etwas tiefer, in
Bauchhöhe, und der besagte Arm ging durch wie ein Granat-
splitter. Die Matratze knickte zusammen. Ohne einen Moment
Pause befreite Bobby seinen Arm und zielte auf den Kopf. Das
Gewebe mußte sich vollgesogen haben, es platzte auf und schrie
wie ein abgestochenes Schwein.

Während Bobby in seinem Tobsuchtsanfall die Matratze in

Stücke riß, guckte der Alte woandershin. Der Bürgersteig war verlassen, mit einem Fuß noch im Dunkel der Nacht und mit einem Finger im Licht. Ich hatte das Gefühl, wir warteten auf etwas.

– So, jetzt müßte es gehn, meinte der Alte. Sie könnten mir ein bißchen helfen...

Bobby war total erschöpft, seine Haare klebten auf seiner Stirn, als hätte er seinen Kopf in eine Waschschüssel getunkt. Er ließ sich widerstandslos zum Wagen führen, und wir setzten ihn hinters Steuer. Er bat mich um eine Zigarette, ich hielt ihm das Päckchen hin. Es waren Helle. Mit seinem Kopf eines Schlaf-wandlers nahm er mich auf den Arm:

– He, das sind Zigaretten für Schwule!

– Genau.

Ich merkte, daß er sich nicht mehr erinnern konnte, was passiert war. Um mir selbst sicher zu sein, warf ich einen Blick auf die Matratze, denn solche Typen lassen einen an der Realität zweifeln, und an der hat man schon im Normalfall genug dran zu knabbern, das braucht man nicht zu steigern. Meine Füße waren jetzt völlig erfroren. Der Alte kippte eine Mülltonne in den Müllzerkleinerer, und ich ging wieder rein, um mir ohne ein Geräusch meine Schuhe anzuziehen. Sie schlief noch. Ich hörte, daß sie losfuhren und langsam die Straße hinunter rollten, und fragte mich, warum ich eigentlich meine Schuhe übergezogen hatte, wo es noch keine sieben Uhr war, ich nichts Besonderes zu tun hatte und noch einigermaßen müde war.

16

Gut vierzehn Tage lang arbeiteten wir an der Bude, und Betty verblüffte mich von Mal zu Mal mehr. Ich war sehr froh, daß ich das mit ihr erledigen konnte, vor allem, weil sie sich meinem Rhythmus angepaßt hatte. Sie ließ mich in Ruhe, wenn ich keine Lust hatte zu reden, und machte mit mir Pause, um ein Bier zu zischen, alles sehr angenehm. Sie steckte mir Nägel in den Mund, baute keinen Mist und wußte einen Pinsel eine Zeitlang zu halten, ohne daß ihr die Farbe bis zum Ellbogen hinunterlief. Ich konnte an Dutzenden von Details erkennen, daß sie sich klug anstellte, sie tat wie selbstverständlich die richtigen Handgriffe. Es gibt so Mädchen, bei denen fragt man sich, wieviel Taschentücher sie noch aus ihrem Hut zaubern werden. In so einem Fall mit einem Mädchen zusammenzuarbeiten, ist das Größte überhaupt. Vor allem, wenn man dann noch so gerissen ist, sich eine neue Matratze anzuschaffen aus reinem Latex, fünfunddreißig Zentimeter dick, und man weiß, wie man ein Mädchen mit einem Blick von der Leiter holt.

Da wir notgedrungen immer zu Fuß einkaufen gingen und zudem etwas Kohle übrig hatten, fing ich an, mich nach einem Gebrauchtwagen umzuschauen, gemeinsam mit Betty, die mir über die Schulter guckte, studierte ich die Annoncen. Die großen Schlitten waren zu günstigen Preisen zu haben, da die Leute wegen des Benzinverbrauchs in Panik gerieten. So'n großer Straßenkreuzer ist das letzte Aufflackern einer Zivilisation, und jetzt war der rechte Moment, das auszunutzen. Was macht das schon, fünfundzwanzig oder dreißig Liter auf hundert Kilometern, kann man da noch normal sein, wenn man sich um sowas schert...?

Wir schafften uns einen 280er Mercedes an, so um die fünfzehn Jahre alt, zitronengelb neu lackiert. Ich war nicht gerade wild nach der Farbe, aber ich hatte den Eindruck, sie stand ihm nicht schlecht. Abends, bevor ich schlafenging, betrachtete ich ihn manchmal durchs Fenster, und nicht selten spiegelte sich in ihm der Schein des Mondes, er war bei weitem der herrlichste Schlitten der ganzen Straße. Vorne war zwar ein Kotflügel etwas eingedellt, aber das machte mir nichts, was mich störte, war bloß, daß die Chromblende des Scheinwerfers fehlte, aber ich schaute einfach nicht hin. Von hinten sah der Schlitten wie neu aus, es war wie sonst im Leben auch, alles ist nur Illusion. Morgens guckte ich nach, ob er noch da war, dann, von einem Tag auf den andern, verging mir das, es verging mir an dem Tag, wo ich mich mit Betty stritt, eines Tages, als wir vom Supermarkt zurückfuhren.

Sie war seelenruhig bei Rot durchgedüst, und um ein Haar wären wir platt wie eine Crêpe auf der Strecke geblieben. Ich ließ eine kleine Bemerkung zu diesem Thema fallen:

– Wenn du dich noch ein bißchen anstrengst, dann können wir mit dem Lenker in der Hand nach Hause latschen, findste nicht...?

Wir waren an diesem Tag früh aufgestanden, wir mußten uns den dicksten Brocken vornehmen. Um sieben Uhr morgens verpaßte ich der Wand zwischen Schlafzimmer und Wohnraum den ersten gewaltigen Hammerschlag, und ich kam mit Leichtigkeit durch. Betty hielt sich auf der anderen Seite auf, wir guckten uns durch das Loch an, während der Dreck zu Boden rieselte.

– Haste das gesehn! sagte ich.

– Und ob, weißt du, woran mich das erinnert...?

– Ja, an Stallone in Rocky III.

– Besser. An dich, wie du dein Buch schreibst!

Von Zeit zu Zeit warf sie einem solche Sachen an den Kopf. So langsam gewöhnte ich mich daran. Ich wußte, sie sagte das im Ernst, aber auch in der Absicht, mich ein wenig zu sticheln, um zu sehen, ob mir das was ausmachte. Es machte mir was aus. Wenn ich an diese Sache dachte, dann hatte ich das Gefühl, ich hätte eine Kugel im Rücken, sie wanderte ohne Vorankündigung, und der Schmerz ließ einen aufstöhnen, ich guckte weg. Aber das war nicht das Wichtigste für mich. Das Leben konnte zuweilen einem Wald voller Lianen gleichen, man mußte die eine loslassen, wenn man sich die nächste schnappte, sonst fand man sich mit gebrochenen Beinen auf der Erde wieder. Im Grunde war die Sache verblüffend einfach, selbst ein Kind von vier Jahren hätte das sofort kapiert. Ich entdeckte mit ihr mehr Lebensechtes, als wenn ich mich mit aufgewühltem Kopf vor ein Blatt gesetzt hätte. Alles, was hier unten wirklich die Mühe wert ist, kriegt man schon von selbst mit.

Ich schnippte mit einem Finger einen kleinen Stein weg, der runterzufallen drohte.

– Ich seh keinen Zusammenhang zwischen dem Einreißen einer Mauer und dem Schreiben eines Buches, sagte ich.

– Macht nichts, das überrascht mich nicht, antwortete sie.

Ich machte mich wieder daran, Löcher in die Wand zu hauen. Ich wußte, es verletzte sie, wenn ich ihr solche Sachen zur Antwort gab, ich verdarb ihr den Spaß, aber ich konnte nicht anders, mir war, als redete ich zu mir selbst. Wir brachten einen Teil des Vormittags damit zu, Kartons voll mit Schutt auf dem Bürgersteig zu stapeln, ohne daß sie ein einziges Mal den Mund aufmachte. Ich wollte ihr nicht weiter auf den Geist gehen, ich ließ sogar da und dort ein paar Bemerkungen fallen, ohne auf eine spezielle Antwort zu warten, daß es für einen Januar unglaublich mild sei, daß man nichts mehr sähe, wenn man da einmal mit dem Staubsauger drüberginge, daß sie sich wenigstens Zeit lassen solle, ein Bier zu trinken, daß zum Teufel nochmal die Bude auf diese Art 'ne ganz andere Wirkung bekäme, daß Eddie todsicher aus allen Latschen kippen würde, wenn er vorbeikäme, um sich das anzusehen.

Ich stürzte mich auf die Zubereitung eines Omeletts mit Kartoffeln, um sie aufzuheitern, aber die Sache klappte nicht, die Kartoffeln pappten in der Pfanne fest wie mit Saugnäpfen oder wie anderer schweinischer Kram, der sie auch waren. Ich kenne nichts, was einen mehr deprimiert, als sich an einen Ast zu klammern, der zum guten Schluß abbricht.

Es war schwer, nach sowas wieder wie selbstverständlich an die Arbeit zu gehen, ich spürte, besser war es, ein wenig die

Umgebung zu wechseln. Wir setzten uns in den Wagen, Richtung Supermarkt, ich brauchte Farbe, zudem mußte sie sich noch ein paar Sachen besorgen, ich wußte das. Selten, daß einem Mädchen nicht irgendeine Creme oder Gesichtslotion ausgegangen ist, selten, daß ein Mädchen es ablehnt, mit einkaufen zu gehen. Wenn es gut lief, konnte ich die Wolken mit einem Lippenstift, zwei bis drei Slips oder einer Schachtel Pralinen vertreiben.

Wir fuhren langsam die Hauptstraße hoch, die Seitenfenster halb runtergedreht, und die Mittagssonne war wie Erdnußbutter auf geweihtem Brot. Ich pfiff vor mich hin, als ich den Wagen auf den Parkplatz stellte. Sie hatte immer noch kein Wort gesprochen, aber ich machte mir keine Sorgen, in dreißig Sekunden würde ich sie in die Kosmetikabteilung verfrachten und die Sache wäre gegessen. Da sie die Hände nicht aus den Taschen nahm und den Kopf wegdrehte, war ich es, der sich auf den Einkaufswagen stützen durfte. Nur noch zwanzig Sekunden, sagte ich mir.

Es war nicht viel los. Ich blieb etwas hinter ihr, ich ließ sie machen, sah zu, wie sie Dose um Dose in meinen Einkaufswagen pfefferte. Ich fragte mich, ob ich nicht den Preis an der Kasse drücken konnte, indem ich vorgab, die seien verbeult gewesen, die Dosen. Aber ich sagte ihr nichts, ich hatte noch zwei, drei Trümpfe im Ärmel.

Wir rückten vor zur Schönheitsabteilung. Kein Aufenthalt, direkte Durchfahrt. Ich verstand gar nichts mehr. In den Lautsprechern lief ein Slow-Fox. Vielleicht hatte sie beschlossen, bis Einbruch der Dunkelheit 'ne schiefe Fresse zu ziehen. So jedenfalls blieb mir nicht mehr viel Zeit, ich mußte was unternehmen.

Gleiches Bild vor der Wäscheabteilung, sie verlangsamte nicht einmal ihren Schritt. Auch egal, ich blieb stehen. Ich parkte in zweiter Reihe, wählte auf die Schnelle zwei Slips, zwei von der glänzenden Sorte, und holte sie ein paar Meter weiter wieder ein.

– Guck mal, sagte ich. Ich hab dir Größe 38 geholt. Gut sind die, oder?

Sie ging weiter, ohne sich umzudrehen. Auch gut, ich schnappte mir die Slips und schmiß sie in eine Tiefkühltruhe. Schlimmstenfalls, sagte ich mir, wird es in ein paar Stunden dunkel, und dann ist sie von ihrem Schwur befreit. Ich zog es allmählich in Betracht, daß ich mich bis dahin in Geduld üben mußte. Ich fing an zu schlendern und blieb mit einem seligen Lächeln vor den Farbtöpfen stehen. Während ich die Etiketten studierte, hörte ich hinter mir etwas wie das Flattern eines Vogels, es folgte ein leiser Aufprall. Ich hob den Kopf. Niemand außer Betty und mir war im Gang zu sehen, sie stand ein Stück weiter und guckte sich die Bücher an. Alles schien ruhig. Die Bücher standen in fünf oder sechs Drehsäulen, die wie Indianer auf dem Kriegspfad aufgereiht waren, genau vor den Küchenherden und den Dingsda, den Mikrowellenherden, und wenn auch ein schönes Mädchen in der Nähe war, kein Vogel drängelte vorbei. Dennoch, ich hätte schwören können... Ich hatte meinen Blick kaum auf einen Eimer Acrylfarbe für einen einzigen Anstrich gerichtet, als dieses eigenartige Flattern von vorn anfing. Diesmal waren es zwei, deren Schatten ich wahrnahm, einer folgte dem anderen in was weiß ich für einem Ballett der Lüfte oder gar mysteriösem Liebesprolog, ich hörte, wie sie weiter hinten gegen die Wand prallten.

Ich drehte mich nach Betty um. Sie hatte sich gerade ein Buch genommen, ein ziemlich dickes. Sie blätterte zwei, drei Seiten um, dann holte sie wütend aus. Dieses flog eine kürzere Strecke, es fiel mir fast vor die Füße, kam ins Gleiten und rutschte quer über den Hauptgang. Trotz allem beschloß ich, mich da rauszuhalten, ich hielt den Eimer schräg vor mich und las mir in aller Ruhe die Gebrauchsanweisung durch, während ein ganzer Schwarm Bücher kreuz und quer durch die Luft flog.

Als ich genug davon hatte, richtete ich mich samt Eimer auf und stellte ihn in den Einkaufswagen. Für eine Sekunde trafen sich unsere Blicke. Es war heiß in dem Laden, ich hätte in der nächsten Sekunde gern was getrunken. Sie schüttelte ihre Haare im Kreis, dann knöpfte sie sich die erste Säule vor und stieß mit voller Wucht dagegen. Das Ding fiel mit ohrenbetäubendem

Lärm um. Im Schnelldurchgang machte sie mit den anderen das gleiche und flitzte zum Ausgang. Eine Zeitlang blieb ich auf meinem Platz stehen, unfähig, mich zu rühren. Als ich mich besser fühlte, wendete ich meinen Einkaufswagen und ging mit ihm in entgegengesetzter Richtung los.

Ein Typ in einem weißen Kittel heftete sich an meine Fersen. Er schnitt eine solche Grimasse, daß ich dachte, der Teufel wäre hinter ihm her, sein Gesicht war knallrot, als hätte ihn der Schlag getroffen. Er hielt mich am Arm fest.

– Sagen Sie mal, was ist da passiert, da hinten...?!

Als erstes schüttelte ich seine Hand ab.

– Keine Ahnung, sagte ich. Gucken Sie doch nach...

Er wußte nicht, ob er mich entwischen lassen durfte oder zum Tatort rennen sollte, ich sah ihm an, daß ihm das mordsmäßige Schwierigkeiten bereitete. Er hatte die Augen aufgerissen und biß sich auf die Lippen, unfähig, eine Entscheidung zu fällen, ich wäre nicht überrascht gewesen, wenn er angefangen hätte zu wimmern. Im Laufe eines Lebens geschehen Sachen von solcher Schrecklichkeit, daß ein Mensch schon mal das Recht hat, seine Wut und seine Ohnmacht zum Himmel zu schreien. Er tat mir leid, vielleicht war der arme Kerl hier geboren, vielleicht in diesem Laden aufgewachsen, vielleicht war das sein ganzer Lebensinhalt, war das alles, was er von der Welt kannte. Wenn nichts dazwischenkam, machte er es vielleicht noch zwanzig Jahre.

– Hören Sie, sagte ich zu ihm. Lassen Sie Dampf ab, das ist doch keine Katastrophe. Ich hab alles mitgekriegt, Ihnen ist nichts kaputtgegangen. Das war ein altes Mütterchen, das hat Bücher umgestoßen, aber keins davon ist Ihnen zerrissen. Jaja, die Angst war größer als der Schaden...

Es gelang ihm, ein schwaches Lächeln aufzusetzen.

– Ja...? Ist das wahr...?

Ich zwinkerte ihm zu.

– Mein heiliger Eid. Nix ist passiert!

Ich setzte meinen Weg zur Kasse fort. Ich bezahlte bei einem geschminkten Mädchen, das sich die Nägel machte. Während ich auf das Wechselgeld wartete, lächelte ich ihr zu. Das bedeutete ihr nichts. Ich war der fünftausendste Typ, der sie in dieser Woche anlächelte, ich hatte mein Geld einzustecken und zu verschwinden. Trotzdem, die Sonne war noch da, als ich rausging. Zum Glück, denn wenn ich eins hasse, dann, im gleichen Moment von der ganzen Welt im Stich gelassen zu werden.

Betty wartete auf mich. Sie saß auf der Motorhaube wie in den fünfziger Jahren. Ich weiß nicht mehr, in was für einem Zustand sie waren in diesen Jahren, die Motorhauben, aber es sollte mich nichts überraschen, die Typen waren samt und sonders Knallköpfe, mir persönlich taten sie nicht leid, aber ich, ich hatte kein Interesse daran, daß sie mir das Blech verbeulte, den Wagen konnten wir noch bis ins Jahr 2000 fahren, wenn wir einigermaßen aufpaßten, ich hatte keine Lust, Hosen zu tragen mit Bügelfalten, in denen drei Mann Platz finden konnten, und Hosenträger, die heben mir den Hintern hoch.

– Warteste schon lange? fragte ich sie.

– Nein, ich hab mir den Hintern aufgewärmt.

– Paß bitte auf, daß du mir den Lack nicht verkratzt, wenn du runterkommst. Der Typ von der Werkstatt hat ihn gerade frisch poliert ...

Sie sagte mir, sie wolle fahren. Ich reichte ihr die Schlüssel, und sie sprang ans Steuer, während ich das ganze Zeug in den Kofferraum packte und in der milden Luft anfing zu dösen, das All war durchdrungen von der Unerschütterlichkeit der Dinge und von ihrer Intensität, ich umklammerte ein Paket Spaghetti und hörte, wie der Kram in meiner Hand zerbrach wie Glas, aber ich widerstand der Verlockung, noch nie hat man gehört, daß die Erkenntnis einen auf dem Parkplatz eines Supermarkts überkommt, erst recht nicht mit einem Mädchen dabei, das nervös auf dem Lenkrad trommelt, und siebenundfünfzig Dosen von diesem und jenem, die noch im Einkaufswagen liegen, Biere mit eingerechnet.

Lächelnd setzte ich mich neben sie. Sie ließ den Motor

aufheulen, bevor sie losfuhr. Ich ließ das Seitenfenster runter, machte mir eine Zigarette an, setzte mir die Sonnenbrille auf und beugte mich vor, um Musik zu machen. Wir fuhren auf einer langen, geraden Straße, und die Sonne knallte auf die Windschutzscheibe. Betty war wie eine goldene Statue mit halbgeschlossenen Augen, die Typen blieben auf dem Bürgersteig stehen, um uns mit 40 in der Stunde vorbeifahren zu sehen, aber sie hatten von nichts 'ne Ahnung, sie hatten sich ganz schön verrechnet, die Armen. Ich hielt den Arm ein wenig in den Wind, die Luft war fast lau und die Musik im Radio erträglich. Das war dermaßen selten, daß ich darin ein Zeichen zu erkennen glaubte, ich verstieg mich zu dem Gedanken, der Zeitpunkt sei gekommen, wir würden uns in diesem Wagen wieder aussöhnen und den Rest der Strecke nur noch lachen, denn im ersten Moment, da dachte ich, es seien Vögel, die hinter mir vorbeiflatterten, ich schnappe nicht über.

Ich nahm mir eine ihrer Haarsträhnen von der Rückenlehne des Sitzes, um damit zu spielen.

– Es wäre lächerlich, wenn du den ganzen Tag noch sauer auf mich wärst...

Ich hatte diese Szene schon einmal in einer TV-Serie gesehen, *Invasion von der Wega*, das Mädchen hinter dem Steuer war eines dieser seelenlosen Geschöpfe, völlig unempfindlich für die Hand, die ich ihr reichte, und nicht einer ihrer Gesichtsmuskeln regte sich. Ich wünschte nur, eines Tages käme mal eine, die mir erklärt, warum sie das machen und wie sie mit der verlorenen Zeit zurechtkommen. Man macht es sich etwas einfach, wenn man sich auf eine Hoffnung stützt, die einen auf der Stelle treten läßt, jeder könnte das.

– Na...? bohrte ich nach. Findste nicht...?

Keine Antwort. Ich hatte mich also getäuscht, ich hatte mich von einem Sonnenstrahl und einem Windhauch foppen lassen wie der dümmste Anfänger, meine letzten Worte tropften mir aus dem Mund wie alte, versteinerte Bonbons. Es mußte ungefähr vier Uhr sein, kein Wagen war vor uns. Jetzt fühlte ich mich einigermaßen entnervt, das war wohl verständlich. Nach dem

Theater in dem Supermarkt, war es da zuviel verlangt, mal 'nen Punkt zu machen? Ein gehöriges Stück vor uns kam eine Kreuzung mit einer Ampel, die auf grün zeigte. Die Ampel zeigte schon länger auf grün, eine Ewigkeit würde ich sagen. Als wir über die Kreuzung fuhren, war sie grellrot.

Sie fuhr also bei Rot rüber, ohne mit der Wimper zu zucken. Und in diesem Moment hab ich ihr also gesagt, sie bräuchte sich bloß noch ein bißchen anzustrengen, dann könnten wir nach Hause latschen, und so war das also. Diesmal erwartete ich, daß sie standhaft blieb. Stattdessen stieg sie aus und guckte mich mit der Tür in der Hand an, als hätte ich den ganzen Mist verzapft.

– Ich bin nicht bereit, noch einen Fuß in diesen Wagen zu setzen! meinte sie.

– Toll! sagte ich.

Ich rutschte auf den Fahrersitz, während sie auf den Bürgersteig lief, ich legte den Gang ein und düste los. Ich fuhr die Straße zurück.

Nach einer Weile beschloß ich, daß ich es nicht eilig hatte. Ich machte einen Umweg und fuhr zur Werkstatt. Der Typ saß hinter seinem Schreibtisch, die Beine übereinander, und auch hinter einer Zeitung. Ich kannte ihn, er war der Chef des Schuppens, er war es, der mir den Mercedes verkauft hatte. Es war schön draußen, es roch nach Frühling. Auf dem Schreibtisch lag eine angebrochene Tüte Hustenbonbons von einer Marke, die ich mochte.

– Guten Tag, sagte ich. Wenn Sie 'ne Minute Zeit haben, könnten wir dann mal eben nach dem Öl gucken...?

Ich war dabei, die Balkenüberschriften rückwärts zu entziffern, als sich die Zeitung mit einem Mal verknitterte und an ihrer Stelle sein dicker Kopf auftauchte, sein Kopf war erheblich dicker als das Normalformat, eineinhalbmal so dick, wenn Sie sich das reinziehen können. Ich fragte mich, wo der seine Brillen herbekam.

– Großer Gott... WARUM DENN DAS???!! gab er von sich.

– Naja, wäre schlecht, wenn was fehlte...

– Aber das ist das fünfte Mal, daß Sie innerhalb von ein paar Tagen ankommen, und jedesmal haben wir diesen verflixten Ölstand nachgeguckt und nichts hat gefehlt, oder erzähl ich hier Märchen, kein Tropfen hat gefehlt... Soll das jetzt jeden Tag so gehn, wollen Sie mir weiter auf den Wecker fallen, wo ich Ihnen doch sage, diese Kiste frißt keinen einzigen Tropfen Öl...?

– Schön, es ist das letzte Mal, aber ich will sicher sein, sagte ich.

– Nein, es ist nur... Verstehn Sie, wenn ich einen Wagen dieser Preisklasse verkaufe, dann kann ich mich noch lang nicht auf meinen Lorbeeren ausruhen, ich hab mich auch noch um wichtigere Dinge zu kümmern, können Sie mir folgen...?

Ich warf ihm ein Stück Speck hin:

– Ich werd alle zweieinhalb Tausend 'n Ölwechsel machen lassen, sagte ich.

Er fing an zu stöhnen, dieser Arsch, aber ich konnte auch nichts dafür, wenn die Welt nun mal so war, ein paar Tage lang verlierste keinen Tropfen, und eines schönen Tages überschwemmste den Bürgersteig. Er rief einen Kerl zu sich, der mit einer Gießkanne durch die Gegend lief, einen von der aufgeweckten Sorte.

– He, du... Stell mal die Gießkanne weg und kontrollier mal das Öl in dem Mercedes.

– Ja, alles klar.

– Keine Bange, der Ölstand stimmt, aber der Kunde macht sich Sorgen. Und daß du mir das ja sorgfältig überprüfst, halt das Ding ans Tageslicht und wisch mir das ja ab, dann fängste das gleiche von vorn an und zeigst ihm, daß das genau zwischen den beiden Markierungen liegt. Laß dir das bestätigen, bevor du das Ding wieder an seinen Platz steckst.

– Also, es ist nur, mir wäre wohler, sagte ich. Kann ich mir ein kleines Hustenbonbon nehmen?

Ich ging mit dem Lehrling zum Wagen, um ihm die Motorhaube zu öffnen. Ich zeigte ihm, wo sich der Ölstab befand.

– So'n Wagen wäre für mich ein Traum...! meinte er. Der Chef hat doch keine Ahnung.

– Haste recht, sagte ich. Man sollte keinem über vierzig trauen.

Etwas weiter rauf hielt ich an, um einen Schluck zu trinken. In dem Moment, wo ich zahlen wollte, fiel mir der Zeitungsausschnitt entgegen, in dem von Betty die Rede war, die Sache mit den Farbbomben. Ich bat den Kellner, mir das gleiche nochmal zu bringen. Ein Stück weiter bremste ich vor einem Zeitungskiosk. Ich guckte mir sämtliche Titelblätter einzeln an, am Ende war ich besoffen, als ich wieder rauskam, hatte ich ein Blatt, in dem es ums Kochen ging, und eins, wo es nicht darum ging.

Ich schlug einen Weg ein, auf dem ich mich weiter von unserer Bude entfernte, und landete in einem Viertel, das ich nicht kannte, ich fuhr langsam. Ich war fast am Ende der Stadt, als ich merkte, daß die Sonne unterging. Ich fuhr in aller Ruhe zurück. Als ich auf Höhe der Klaviere abbremste, faßte die Nacht bereits Fuß auf der Erde. Sie brach schnell herein, es war eine seltsame Nacht, eine Nacht, die mir im Gedächtnis bleiben sollte.

Ganz einfach, als ich reinkam, saß sie vorm Fernseher und genehmigte sich mit einer Zigarette in der Hand eine Schüssel Müsli. Es roch nach Tabak. Es roch auch noch nach was anderem, es roch nach Schwefel.

Drei Assistenzpüppchen mit Federn und ein Typ, der irgendeinen leicht exotischen, seichten Mischmasch ins Mikro säuselte, ich fand, das paßte ganz und gar nicht zu der Spannung, die im Zimmer herrschte, ich ging jetzt nicht an einem einsamen Strand in der Karibik spazieren, kilometerweit weißer Sand zu jeder Seite der Hotelterrasse und ein Barkeeper, der mir meinen speziellen Cocktail auf der Basis von Curacao blue mixte, nein, ich war auf der ersten Etage eines Hauses, und das mit einem Mädchen, das glühende Kohlen gefressen hatte, und es war Nacht. Das Theater ging auf der Stelle los. Alles was ich tat, war, in die Küche zu schlendern, und im Vorbeigehen stellte ich den Ton etwas leiser. Ich hatte den Kühlschrank noch nicht geöffnet, da fing der Fernseher an zu dröhnen.

Danach kam das übliche Szenario, aber nichts besonders Originelles, ich hatte Zeit, ein Bier zu trinken und die Flasche in den Abfalleimer zu schmeißen, um den Ton anzugeben. Nur, wer ist verrückt genug zu glauben, man könne mit einem Mädchen zusammenleben und über diese kleinen Zwischenfälle hinweggehen...? Und wer dächte daran, deren Notwendigkeit zu leugnen, na...?

Wir hatten bereits ein beträchtliches Niveau erreicht, mit Augen, die Blitze schleuderten, und einer Küchentür, die aufging und wieder zuschlug, und ich für meinen Teil, ich hätte da aufhören können, die Sachen, die ich ihr an den Kopf warf, wurden immer zurückhaltender, und die Temperatur schien sich zu stabilisieren. Ich wollte mich gern mit einem Unentschieden zufriedengeben, wenn uns nur eine Verlängerung erspart blieb.

Einige ihrer Gesten habe ich nicht immer deuten können. Ich habe sie auch nicht immer verstanden. So daß ich auch nicht immer alles verhindern konnte. Ich hing also in einer Ecke, um Luft zu holen, und wartete auf den rettenden Gongschlag, als sie ihren Blick auf mich heftete und ihre Hand zu einer Faust verschloß. Das überraschte mich, denn wir hatten uns noch nie richtig geprügelt, aber da ich mindestens drei oder vier Meter weit weg war, machte ich mir keine Sorgen, ich steckte in der Haut des Wilden, der sich fragt, wozu der Gegenstand gut sein soll, den der weiße Mann da auf ihn richtet. Diese Faust, die führte sie zunächst zu ihrem Mund, als wollte sie sie küssen, und im nächsten Augenblick stieß sie sie durchs Fenster der Küchentür, und ich dachte im gleichen Moment, die Scheibe hätte einen Schrei ausgestoßen.

Das Blut spritzte auf, dann lief es ihr den Arm hinunter, als hätte sie eine Handvoll Erdbeeren zerquetscht. Tut mir leid, wenn ich das sage, aber mir schrumpften die Eier. Eiskalter Schweiß drückte mir den Schädel zusammen wie ein Knebel. Ich hatte ein Pfeifen in den Ohren, als sie anfing zu lachen, ihr Gesicht war zu einer Fratze entstellt, fast hätte ich sie nicht wiedererkannt, sie kam mir vor wie ein Engel der Finsternis.

Ich fiel über sie her wie ein Engel des Lichts und packte mir ihren verletzten Arm mit einem Abscheu, als griff ich nach einer Klapperschlange. Ihr Lachen gellte mir in den Ohren, und sie schlug mir mit der Faust in den Rücken, aber ich schaffte es, ihre Verletzungen zu untersuchen.

– Verdammt, dummes Stück, du hast Glück gehabt...! sagte ich.

Ich schleppte sie ins Badezimmer und hielt ihren Arm unters Wasser. Jetzt wurde mir allmählich heiß, ich spürte die Schläge, die sie mir verpaßt hatte, und wußte nicht, ob sie weinte oder lachte, in Wirklichkeit führte sie sich hinter mir auf wie eine Wilde. Ich mußte sie mit aller Kraft festhalten, um ihr die Hand zu waschen. In dem Moment, wo ich Verbandszeug nahm, zog sie mich an den Haaren und riß meinen Kopf nach hinten. Ich stieß einen Schrei aus. Ich bin nicht wie gewisse Leute, mir tut es ganz schön weh, wenn man mich an den Haaren zieht, vor allem, wenn man dabei kräftig zu Werke geht. Mir traten fast die Tränen in die Augen. Ich stieß mit dem Ellbogen nach hinten, traf etwas, und sie ließ mich auf der Stelle los.

Als ich mich umdrehte, sah ich, daß sie aus der Nase blutete.

– Ach du Scheiße! Das darf nicht wahr sein...! knurrte ich. Andererseits hatte sie das beruhigt. Ich konnte ihr den Verband einigermaßen in Ruhe anlegen, abgesehen von der Flasche Mercurochrom, die sie mir in einem letzten Anfall umkippte. Ich hatte keine Zeit mehr, meinen Fuß zurückzuziehen. Am Tag zuvor hatte ich meinen Schuhen noch einen Schuß Weiß verpaßt, und jetzt, wo einer davon ins grellste Rot überging, erschien der andere in um so strahlenderem Weiß, der Kontrast war mehr als reizvoll. Sie jammerte vor sich hin. Ich hatte keine Lust, sie zu trösten, eher mußte ich an mich halten, daß ich sie nicht vollkommen durchschüttelte, um sie dazu zu zwingen, sich bei mir zu entschuldigen für das, was sie mit ihrer Hand gemacht hatte. Meinetwegen hätte sie noch tagelang heulen können, wenn das damit ausgestanden gewesen wäre.

Ich wickelte ihr noch eine Lage Verbandszeug um die Hand, und bevor ich sie losließ, gab ich ihr ein Taschentuch für ihre Nase, ohne einen Ton zu sagen. Dann ging ich in die Küche, um die Glasscherben aufzuheben. Um genau zu sein, ich machte mir eine Zigarette an und blieb mitten im Raum stehen, um zu sehen, wie sie auf den Fliesen wie ein Schwarm fliegender Fische glitzerten. Ein kühler Wind zog durch das Fenster, nach kurzer Zeit fing ich an zu zittern. Ich überlegte gerade, wie ich mir das Zeug vom Hals schaffen sollte, ob es sich lohnte, den Staubsauger hervorzukramen, oder ob ich besser mit Schaufel und Handfeger an die Sache rangehen sollte, da hörte ich die Tür unten heftig zuschlagen. Ich ließ das also stehen und liegen, und in der nächsten Sekunde sah die Straße einen Typ auftauchen mit Schaum vor dem Mund und einem roten Schuh am Fuß.

Sie hatte mindestens fünfzig Meter Vorsprung, aber ich stieß ein langgestrecktes Heulen aus, das mich wie ein Turbomotor antrieb, und ich fing an aufzuholen. Ich sah ihren kleinen Hintern in ihren Jeans tanzen, ihre Haare flatterten in der Horizontalen.

Wir durchquerten das Viertel wie zwei Sternschnuppen. Zentimeter um Zentimeter machte ich gut, sie war schwer in Form, bei jeder anderen Gelegenheit hätte ich den Hut vor ihr gezogen, wir schnauften wie zwei Lokomotiven, die Straßen waren so gut wie leergefegt, da und dort kam ein bißchen Nebel auf, durchzogen vom Geruch wilder Kräuter, aber ich war nicht dazu da, die Landschaft zu bewundern, ich war voll in Anspruch genommen von einer irrsinnigen Verfolgungsjagd, hatte eine Wut im Bauch und das rasende Staccato fliehender Schritte wie aus einem Action-Film im Ohr. Ich hatte sie einige Male gerufen, jetzt sparte ich mir meinen Atem lieber auf, ein paar Spätheimkehrer drehten sich nach uns um, und auf dem gegenüberliegenden Bürgersteig riefen zwei Mädchen Betty irgendwelchen Schwachsinn zu, um sie anzufeuern, wir liefen um die Ecke, da hörte ich sie immer noch, mir tat der erste wehrlose Typ leid, der denen in die Quere kommen sollte.

Als ich nur noch drei oder vier Meter hinter ihr war, spürte ich den Wind des Sieges, der mir um die Ohren pfiff, ich sagte mir, häng dich dran, gleich hast du's gepackt, da ist die Ziellinie, komm, altes Haus. In diesem Moment jubilierte ich so sehr, daß ich ein ganzes Bündel Schwingungen ausgesandt haben muß, und sie muß das genau gespürt haben, sie brauchte sich nicht umzudrehen, ich weiß nicht, was sie gemacht hat, jedenfalls hatte ich plötzlich eine Mülltonne zwischen den Beinen, ich flog drüber weg und landete mit einem Salto auf der anderen Seite.

Ich erhob mich wieder, so schnell ich konnte. Sie hatte mir mindestens dreißig Meter abgenommen. Es brannte mir in der Lunge, wenn ich atmete, doch ich nahm das Rennen wieder auf, dafür war ich da, ich mußte unbedingt dieses Mädchen auf die eine oder andere Art einholen. Wenn sie gewußt hätte, wie fest entschlossen ich dazu war, sie hätte laut geschrien, keinen Augenblick hätte sie geglaubt, mich mit einer kleinen, unbedeutenden Mülltonne aufhalten zu können, sie hätte den Dingen ins Auge geschaut.

Mein Knie schmerzte, das hatte ich mir bei dem Sturz geholt, doch sie war langsamer geworden, ich ließ mich nicht abschütteln. In unserem Eifer hatten wir ein ganz schönes Stück zurückgelegt, wir befanden uns auf einem Absperrgebiet des Zolls mit einem Eisenbahngleis, das mitten durch führte. Aber das war keiner dieser schäbigen, rostzerfressenen, unkrautüberwucherten Orte, eingetaucht in das überirdische Licht des Mondscheins, unser Weg führte uns nicht in die wilde Schönheit eines verwahrlosten Geländes. Das war das Gegenteil davon. Die Gebäude wirkten neu, ausnahmslos, und der Boden war ringsum asphaltiert, ich weiß nicht, wer in der Gegend da die Stromrechnungen zahlte, aber das Ganze war taghell erleuchtet.

Betty zweigte ab an der Ecke einer blaurosa Lagerhalle, ein rührendes Rosa, sie lief nicht mehr richtig. Mein Knie war geschwollen wie eine Melone, ich biß die Zähne zusammen und zog das Bein nach, kurzatmig und das Gehirn mit Sauerstoff übersättigt. Was mich beruhigte war, daß sie mit den Kräften am Ende schien, sie war nur noch ein kurzes Stückchen vor mir und das Ende der Lagerhalle war nicht in Sicht, ab und zu lehnte sie sich dagegen oder stieß sich wieder davon ab. Jetzt wurde mir allmählich kalt. All meine Sachen waren schweißgetränkt, ich spürte mit einem Schlag die Winternacht, die mich von Kopf bis Fuß überfiel, ich betrachtete meinen dünnen Pulli, ohne den Versuch zu unternehmen, mich durchzuschütteln.

Als ich den Kopf wieder hob, sah ich, daß sie stehengeblieben war. Ich nutzte das nicht dazu aus, mich auf sie zu werfen, ich ging normal weiter, man könnte sogar sagen ganz langsam. Ich wollte lieber erst ankommen, wenn sie aufgehört hatte zu kotzen. Es gibt nichts Schrecklicheres, als zu kotzen, wenn man außer Atem ist, man erstickt in einem fort. Was mich betraf, meine guten alten Bluejeans waren um das Knie rum dick wie eine Wurst. Allmählich gingen wir ab in den Keller, ins Gruselkabinett, als wären wir zwei fußkranke Horrorgestalten, die gerade aus der letzten Bar rausgeflogen waren. Es war so hell, daß ich dachte, ein Film würde gedreht oder eine Dokumentation über das Leben des Paares. Ich wartete ihren letzten Schluckauf ab, bevor ich mich dazu durchrang, einen Ton hervorzubringen.

– He, hier geht man ein vor Kälte! sagte ich.

All ihre Haare hingen vor ihrem Gesicht, ich konnte sie nicht sehen. Und ich sagte das nicht einfach ins Blaue hinein, ich hatte Mühe, nicht mit den Zähnen zu klappern, ich kam mir vor wie jemand, der unters Eis springt mit einem letzten Blick auf die untergehende Sonne.

Bevor ich völlig blau anlief, packte ich sie am Arm, doch sie stieß mich im gleichen Moment zurück. Bloß, jetzt war's soweit, die ganze Geschichte hatte frühmorgens angefangen, und jetzt waren wir mitten in der Nacht immer noch dran, und es war Winter, und ich hatte das Gefühl, für diesen Tag einen hohen Preis gezahlt zu haben, ich wollte keinen Pfennig mehr dazutun, es gab keine Gefahr, und ich brauchte bestimmt keine Bedenkzeit, sie am Kragen ihrer Jacke zu packen, ihr Arm war noch nicht wieder unten. Ich drückte sie gegen die Mauer der Lagerhalle und zog einen Tropfen hoch, der mir aus der Nase lief.

– Stil zu haben, heißt aufzuhören, bevor's zu viel wird! sagte ich.

Diese Nacht machte mich wahnsinnig. Statt mir zuzuhören, fing sie an zu zappeln, aber ich preßte sie gegen das Wellblech und verlor das Gefühl für meine Kraft. Selbst wenn ich gewollt hätte, ich hätte sie nicht mehr loslassen können. Etwas in ihr muß das mitbekommen haben. Sie fing an zu kreischen und gegen das Blech zu hämmern. Die Halle schallte wie eine Glocke an den Pforten der Hölle. Das machte mich vollends fertig, sie in einem solchen Zustand zu erleben, den Mund verzogen und mich anstarrend, als sei ich ihr absolut fremd. Ich konnte das nicht allzu lange aushalten, weder ihre Wut, noch ihr Schreien, noch die Art, wie sie versuchte, mich so stehenzulassen, ein Mädchen mitten in einer Nervenkrise auf dem Arm, eins mit den Krallen nach außen. Ich ohrfeigte sie, um sie wieder auf den Boden zu bringen, ich liebte das nicht, aber ich ohrfeigte sie aus vollem Arm, als wäre mir auferlegt, den Dämon auszutreiben, ich ohrfeigte sie wie in einem mystischen Rausch.

In diesem Moment tauchte ein Streifenwagen neben mir auf wie eine fliegende Untertasse. Ich ließ Betty los, sie brach zusammen, während die Türen des Wagens aufgingen. Dieser Wagen schleuderte blaue Blitze wie ein Kinderspielzeug. Ich sah einen jungen Bullen eine Rolle rückwärts vollführen, er landete auf beiden Beinen und richtete mit ausgestreckten Armen eine Knarre auf mich. Ein Alter stieg normal auf der anderen Seite aus. Er hatte einen langen Gummiknüppel in der Hand.

– Was ist hier los? fragte er.

Ich hatte eine verdammte Mühe, meinen Speichel zu schlucken.

– Sie hat sich nicht wohlgefühlt, sagte ich. Ich war nicht etwa dabei, sie niederzuschlagen, ich hatte bloß Angst, sie kriegt 'nen Nervenzusammenbruch... Ich weiß, das ist schwer zu glauben...

Der Alte legte mir lächelnd seinen Gummiknüppel auf die Schulter.

– Warum sollte das schwer zu glauben sein...? fragte er.

Ich zog die Nase hoch. Ich drehte mich nach Betty um.

– Es scheint ihr besser zu gehn, ächzte ich. Ich glaub, wir können gehen...

Er ließ den Gummiknüppel auf meine andere Schulter gleiten. Ich ging allmählich ein vor Kälte.

– Ist aber ein komischer Ort für 'nen Nervenzusammenbruch oder...?

– Ich weiß. Das kommt daher, daß wir gelaufen sind...

– Jaja, aber Sie sind noch jung. Das ist gut fürs Herz, zu laufen...

Das Gewicht seines Gummiknüppels ließ mein Schlüsselbein beben. Ich wußte, was kommen würde, aber ich wollte es nicht glauben, ich war in der gleichen Lage wie jemand, der zusieht, wie der Druck seines Kessels gefährlich ansteigt, und hofft, die Hähne würden sich von allein schließen. Ich war gelähmt, durchgefroren, abgestoßen von dem, was kam. Der Alte beugte sich über Betty, ohne den Kontakt mit mir zu verlieren, ich hatte den Eindruck, an das Ende des Gummiknüppels angeschlossen zu sein, er war von meiner Schulter geglitten und klebte mir jetzt am Bauch.

– Und das kleine Fräulein, wie fühlt es sich, das kleine Fräulein...? fragte er.

Sie gab keine Antwort, doch sie schob ihre Haare zur Seite, um ihn ansehen zu können, und ich sah, es ging ihr besser, ich nahm das als kleinen Trost auf, bevor mir der Kessel um die Ohren flog. Ich sog die Süße der Verzweiflung in mich auf. Nach einem solchen Tag war ich außerstande, mir einen Ruck zu geben.

– Ich möchte, daß wir dem ein Ende setzen, murmelte ich. Sie brauchen mich nicht warten zu lassen...

Er erhob sich langsam. Meine Ohren rauschten, so ziemlich alles tat mir weh, die Sekunden dehnten sich wie bei der Kür eines Kaugummiwettbewerbs, als der Alte sich aufrichtete. Er guckte mich an. Dann guckte er den jungen Bullen an, der immer noch in der gleichen Haltung stand, ein Auge zugekniffen, ohne auch nur einen Millimeter zu zucken, die Beine durchgedrückt. Diese Typen mußten Oberschenkel aus Gußeisen haben. Der Alte stöhnte.

– Meine Güte, Richard, ich hab dir doch gesagt, ich mag das nicht, wenn du dieses Ding in meine Richtung hältst. Haste das immer noch nicht kapiert...?

Der andere bewegte seine Lippen:

– Keine Bange, ich ziel nicht auf dich, sondern auf den.

– Jaja, aber man kann nie wissen. Ich hätte gern, daß du das Ding nach unten hältst...

Der junge Bulle schien nicht gerade scharf darauf zu sein, seine Ausrüstung einzupacken.

– Ich hab keine Ruhe bei diesen Bekloppten, meinte er. Haste gesehn, was seine Schuhe für 'ne Farbe haben...? Haste dir das mal angeguckt...?!

Der Alte nickte.

– Jaja, aber erinner dich doch, gestern sind wir auf der Straße einem Kerl mit grünen Haaren begegnet. Da muß man sich mit abfinden, weißt du, die Welt ist heute nun mal so... Mit solchen Kleinigkeiten können wir uns nicht aufhalten.

– Vor allem, wo das bloß ein lächerlicher Zufall ist, setzte ich hinzu.

– Aaahh, da siehst du 's... meinte der Alte.

Der andere senkte widerwillig seine Waffe, er fuhr sich mit einer Hand durch die Haare.

– Eines Tages passiert uns noch irgendein Scheiß, wenn wir nicht aufpassen. Du gibst dir alle Mühe. Haste daran gedacht, den Kerl zu durchsuchen...? Aber nein, natürlich haste nicht daran gedacht...! Alles, was dich interessiert, ist, daß ich meine Knarre wegstecke, stimmt 's...?!

– Hör mal, Richard, nimm 's mir nicht übel...

– Nein, nur nicht... ist doch wahr, Scheiße!! Jedesmal der gleiche Mist...!

Er bückte sich, um wütend seine Mütze aufzuheben, dann stieg er in den Wagen und knallte die Tür zu. Er tat so, als guckte er woandershin, und kaute an einem Daumennagel. Der Alte schien verärgert.

– Meine Güte nochmal! sagte er. Ich weise dich darauf hin, daß ich seit vierzig Jahren im Geschäft bin. Ich kann dir nur sagen, allmählich weiß ich, wann man mißtrauisch sein muß...!

– Schon gut, mach deinen Scheiß allein, ich hab damit nichts am Hut...! Tu so, als wär ich nicht da!

– Jetzt ist es aber gut, guck sie dir doch an...! Das Mädchen kann sich kaum noch auf den Beinen halten, und der Typ, dem schlag ich den Schädel ein, bevor der auch nur eine Bewegung macht...

– Laß mich in Ruhe, du gehst mir auf den Geist!!

– Weißt du, daß du 'nen saumäßigen Charakter hast, du...?!

Der Jüngere beugte sich zur Seite, um das Fenster so schnell wie möglich hochzudrehen. Dann stellte er die Sirene an und verschränkte die Arme. Der Alte wurde bleich. Er stürzte zum Wagen, doch der andere hatte die Türen verriegelt.

– MACH AUF...!! STELL DAS SOFORT AB!! schrie der Alte.

Betty hielt sich die Ohren zu, die Ärmste, sie war gerade erst wieder zu sich gekommen, sie dürfte nichts davon begriffen haben. Dennoch, die Sache war klar wie dicke Tinte, das war eine gewöhnliche Polizeikontrolle. Der Alte beugte sich über die Motorhaube, um durch die Windschutzscheibe zu gucken, die Adern an seinem Hals waren so dick wie Seile.

– RICHARD, ICH SCHERZ NICHT!! ICH GEB DIR ZWEI SEKUNDEN, DANN HAST DU MIR DIESES DING ABGESTELLT, HAST DU VERSTANDEN...??!!

Der Terror dauerte noch ein paar Sekunden, dann drehte Richard das Ding ab. Der Alte kam zu mir zurück und fuhr sich mit der Hand über die Stirn. Er rubbelte an seiner Nasenspitze und guckte in die Nacht. Die Stille war funkelnagelneu.

– FFfff... machte er. Jetzt schicken sie uns voll durchtrainierte Superjungs. Ist ja nicht schlecht, aber ich finde, das rüttelt denen ein wenig an den Nerven...

– Tut mir leid, das ist meine Schuld, sagte ich.

Betty putzte sich hinter mir die Nase. Der Alte zog sich die Hose ein Stück hoch. Ich heftete meinen Blick auf den Sternenhimmel.

– Sind Sie hier auf der Durchreise? fragte er.

– Wir kümmern uns um das Klaviergeschäft, sagte ich. Wir kennen den Eigentümer ganz gut...

– Oh... sprechen Sie etwa von Eddie...?

– Ja, kennen Sie ihn?

Er schenkte mir ein strahlendes Lächeln:

– Ich kenn hier jeden. Ich bin hier seit dem Krieg.
Ich zitterte.
– Ist Ihnen kalt? fragte er.
– Was...? Jaja, ich bin völlig durchfroren.
– Nun, Sie brauchen bloß einzusteigen, alle beide. Wenn Sie wollen, fahr ich Sie zurück.
– Stören wir Sie auch nicht?
– Nein. Wenn sich Leute neben den Lagerhallen rumtreiben, das stört mich. Niemand hat hier was zu suchen, wenn es einmal dunkel ist.
Fünf Minuten später setzten sie uns unten bei uns ab. Der Alte hielt seinen Kopf aus dem Fenster, als wir ausstiegen.
– He, ich hoffe, für heute abend ist das vorbei mit der Streiterei im Hause, oder...?
– Ja, sagte ich.

Ich sah ihnen nach, während Betty die Tür aufmachte und nach oben ging, ich wartete, bis sie am Ende der Straße verschwanden. Wenn ich nicht so erbärmlich gefroren hätte, wäre ich nicht in der Lage gewesen, meine Füße vom Bürgersteig loszureißen, ich hatte in diesem Moment in der Tat einen toten Punkt, so als hätte ich nach einer Gehirnoperation wieder die Augen geöffnet. Aber ich stand in einer Winternacht unter einem klaren Himmel, und der eisige Kosmos hatte die Straße mit seinen zitternden Klauen gepackt und folterte mich. Ich nutzte den Umstand, daß ich ganz allein war, dazu aus, ein wenig zu wimmern, dann machte ich auf dem Absatz kehrt und ging nach oben.

Ich kam die Treppe mehr schlecht als recht hoch mit meinem funkelnden Knie und der Gewißheit, daß ich mir bei der ganzen Geschichte den Tod geholt hatte, aber trotzdem lächelte ich der molligen Wärme des Wohnraums zu, ich hatte das Gefühl, in einen Apfelstrudel einzudringen.

Betty lag auf dem Bett. Sie war vollständig angezogen, sie drehte mir den Rücken zu. Ich setzte mich auf einen Stuhl, ohne mein Knie durchzudrücken, einen Arm ließ ich über die Rückenlehne hängen. Verdammte Scheiße, sagte ich tief in meinem

Inneren, als ich ihr beim Atmen zusah. Das Schweigen war wie ein Glitterregen, der auf ein mit Leim beschmiertes Brot fiel. Wir hatten immer noch kein Wort gewechselt.

Dennoch, das Leben ging weiter, und ich stand auf, ich ging ins Badezimmer und untersuchte mein Bein. Ich streifte meine Hose runter. Mein Knie war dick, fast schillernd, es bot keinen besonders schönen Anblick. Als ich mich wieder aufrichtete, sah ich mich im Spiegel. Das ist der richtige Kopf zu so einem Knie, sagte ich mir, die zwei können sich die Hand reichen, während der eine dir die Tränen in die Augen treibt, kannste bei dem anderen nur noch aufschreien. Das war nur Spaß, aber andererseits wußte ich ganz und gar nicht, was ich da drauftun sollte, auf mein Knie versteht sich, im Arzneischrank sah nichts nach einem Allheilmittel aus. Zum guten Schluß zog ich mir so vorsichtig wie möglich die Hose wieder hoch, schluckte zwei Aspirin und schleppte den kargen Rest des Mercurochroms, zwei Kompressen und Verbandszeug ins Schlafzimmer.

– Ich meine, wir sollten deinen Verband wechseln, sagte ich. Ich blieb stehen wie ein Kellner, der auf die Bestellung wartet. Aber sie rührte sich nicht. Sie befand sich in exakt der gleichen Stellung wie vorhin, sie hatte höchstens die Knie ein wenig zur Brust hin angezogen, vielleicht war auch eine Haarsträhne von ihrer Schulter in das absolute Schweigen gefallen, aber beschworen hätte ich das nicht. Ich hielt mir eine Zeitlang den Nacken, bevor ich gucken ging, was los war, das sah aus, als dächte ich nach, wo ich doch in Wirklichkeit an nichts dachte.

Sie schlief. Ich setzte mich zu ihr.

– Schläfst du?

Ich beugte mich vor, um ihr ihre kleinen Schuhe von den Füßen zu ziehen, Tennisschuhe, ideal für einen Dauerlauf durch die Stadt, und dieses kleine Detail ließ einen über die profunde Logik der Dinge nachdenken, wo sie doch gerade erst gestern auf Pfennigabsätzen durch die Gegend getippelt war und ich sie im Handumdrehen auf der untersten Treppenstufe hätte einholen können. Ich warf die kleinen weißen

Dinger ans Fußende des Bettes, ganz ohne Wut, und zog den Reißverschluß ihrer Jacke auf. Sie schlief immer noch.

Ich holte mir ein Kleenex, um mir die Nase zu putzen, und für alle Fälle lutschte ich ein oder zwei Halstabletten, während ich mir gründlich die Hände wusch. Jetzt ähnelte die Nacht einem Gewitterregen, der gerade über einem Waldbrand heruntergekommen war. Ich konnte ein wenig aufatmen, das warme Wasser über meine Hände laufen lassen und für einige Sekunden die Augen schließen.

Dann ging ich zu ihr zurück, um mich um ihren Verband zu kümmern. Ich war dabei so vorsichtig, als müßte ich einem Vogel den Fuß schienen. Ich wickelte den Verbandsstoff Millimeter um Millimeter ab, und ich weckte sie nicht. Nein, ich habe ihre Hand ganz langsam aufgemacht, habe nachgeguckt, ob Schmutz in die Schnittwunden gekommen war, und sie mit der Mercurochrompipette abgetupft, habe mit größter Sorgfalt einen neuen Verband angelegt, ihn befestigt genau wie es sein muß, ich habe ihre Fingernägel vom Blut gereinigt, das auf ihnen getrocknet war, ich habe alles entfernt, was ich entfernen konnte, ich spürte bereits, ich würde mich in ihre kleinen Narben ein bißchen verlieben.

In der Küche zog ich mir ein großes Glas heißen Rum rein. Es dauerte nicht lang, da fing ich an zu schwitzen, aber irgendwas mußte ich schließlich für meine Gesundheit tun. Ich ließ mir Zeit, ich hob die Glasscherben unter dem Fenster auf, dann ging ich zu ihr zurück. Ich rauchte eine. Ich fragte mich, ob ich mir nicht den schwersten Weg ausgesucht hatte, ob mit einer Frau zusammenzuleben nicht die schrecklichste Erfahrung war, die ein Mann nur machen konnte, ob das hieß, seine Seele dem Teufel zu vermachen oder sich am Ende das dritte Auge auszuhacken. Ich stürzte in Abgründe von Ratlosigkeit bis zu dem Moment, wo sich Betty im Schlaf umdrehte und sich an mich drückte, ein Hauch frischer Luft durchzog meine Seele und befreite sie von ihren dunklen Gedanken wie eine Mentholbombe den Atem von üblem Geruch.

Du müßtest sie richtig hinlegen, sagte ich mir, so liegt sie

bestimmt nicht bequem. Ich schnappte mir eine Zeitschrift vom
Boden und blätterte sie zerstreut durch. Mein Horoskop sagte
voraus, daß mir mit meinen Arbeitskollegen eine schwierige
Woche bevorstand, der Zeitpunkt sei aber günstig für eine Lohn-
erhöhung. Ich hatte längst festgestellt, daß die Welt immer
beschränkter wurde, ich wunderte mich über nichts mehr. Ich
stand auf, um eine Orange zu essen, die so hell strahlte wie ein
Blitz, zudem war sie mit Vitamin C vollgestopft, ich kam zu ihr
zurück wie ein Dilldopp.

Ich befahl meinen Zauberfingern, sie auszuziehen, ich ließ
mich auf ein Riesenmikado ein, bei dem jeder Versuch vom
Wind begleitet wurde, es war zum Kotzen mit ihrem Pullover,
besonders, als ich ihr den Kragen über den Kopf zog, zudem
zuckten in diesem Moment ihre Wimpern, Schweißperlen bildeten sich auf meiner Stirn, es fehlte nicht viel, um ein Haar. Ihr das
T-Shirt auszuziehen, versuchte ich erst gar nicht, auch nicht den
BH, ich hatte keine Lust, mich mit den Trägern anzulegen, ich
hakte ihn bloß auf.

Mit der Hose hatte ich all diese Probleme nicht, und die
Strümpfe gingen von selbst. Ihr den Slip runterzuziehen, war für
mich ein Kinderspiel. Ich hielt ihn mir kurz vor die Nase, bevor
ich ihn fallen ließ, o du geheimnisvolle Blume, du kleines
gestreiftes Ding, deine verwelkten Blütenblätter schließen sich
wieder in der Hand eines Mannes, ich habe sie für den flüchtigen
Zeitraum einer Sekunde gegen meine Wange gepreßt, gegen ein
Uhr in einer Nacht, es tat gut. Nach diesen Empfindungen hatte
ich absolut kein Verlangen danach zu sterben. Ich holte mir die
Flasche mit dem Rum, um meine bronchiale Pneumonie zu
kurieren.

Ich setzte mich auf den Boden und lehnte mich mit dem
Rücken ans Bett. Ich trank einen Schluck für das Bein, das mir
weh tat. Und einen für ihre Hand. Und einen für diese Nacht,
die zu Ende ging. Und einen für die ganze Welt. Ich gab mir
Mühe, niemand zu vergessen. Ich stellte fest, daß ich mit meinem
Kopf gegen ihren Oberschenkel kam, wenn ich ihn zurücklegte.
Ich behielt diese Haltung einen Moment bei, die Augen aufgeris-

sen, mein Körper schwebte durch die intergalaktische Leere wie eine enthauptete Puppe.

Als ich spürte, daß ich in Fahrt kam, hob ich sie in meine Arme. Ich hob sie ziemlich hoch, so daß ich bloß meinen Kopf zu neigen brauchte, um mein Gesicht in ihrem Bauch zu vergraben, ganz langsam durchstrahlte mich die Wärme ihres Körpers. Ich beschloß, es so lang wie möglich auf meinen Beinen auszuhalten, meine Arme waren starr wie Schlüssel, aber für meinen Seelenfrieden war das das beste, was ich finden konnte, also hielt ich durch, ich rieb mein Gesicht auf ihrer weichen Haut und verdrehte mir dabei halb die Nase, ich brummte leise, der Rum trat mir mit dem Schweiß aus dem Rücken, ich war damit beschäftigt, das Gift aus mir herauszupumpen. Fragen stellte ich mir keine.

Nach einer Weile öffnete sie blinzelnd ein Auge, ich zitterte wie Espenlaub, meine Arme waren kurz davor abzubrechen.

– He ... he ... huch, was machst du da ...?

– Ich bring dich grad ins Bett, murmelte ich.

Sie schlief sogleich wieder ein. Ich legte sie aufs Bett und deckte sie zu. Ich fing an, ein bißchen durch die Bude zu schlendern. Jetzt tat es mir leid, daß ich diese Orange gegessen hatte, ich war müde, aber ich spürte, ich würde kein Auge zubekommen. Ich ging unter die Dusche. Auf gut Glück richtete ich einen eisigen Wasserstrahl auf mein Knie. Keine geniale Idee, mir blieb das Herz fast stehen.

Schließlich verzog ich mich in die Küche. Ich verdrückte ein Sandwich mit Schinken, dabei stellte ich mich ans Fenster und betrachtete die Lichter der Häuser und die Lichtreflexe, die aus dem Schatten spritzten wie Torpedos, woraufhin ich ein Bier in einem Zug runterkippte. Der Mercedes stand genau unter dem Fenster. Ich öffnete es einen Spalt und warf ihm eine Bierflasche an den Kopf. Der Lärm machte mir nichts aus. Ich machte das Fenster wieder zu. Letzten Endes war es auch ein wenig die Schuld dieses Wagens, wenn das Pulverfaß explodiert war. Nach dieser Geschichte stellte ich mich übrigens frühmorgens nicht mehr ans Fenster, um zu gucken, ob er noch da war.

17

An dem Tag, an dem ich die Sache in die Hand nahm, verkauften wir unser erstes Klavier. Das fing in aller Herrgottsfrühe mit einer mehr als gründlichen Reinigung der Schaufensterscheibe an, ich ging soweit, mich auf einen Hocker zu stellen und das Zeug, das sich festgesetzt hatte, mit dem Fingernagel abzukratzen. Betty machte sich über mich lustig, während sie auf dem Bürgersteig ihren Kaffee trank, ihre Tasse war ein kleiner, silberner, rauchender Krater. Du wirst schon sehn, was weißt du schon davon, sagte ich zu ihr.

Ich sprang rüber zu Bob in den Laden, dem Albino-Milchmann, Albino, da übertreib ich, aber er war sowas von blond, wie ich es noch nie gesehen hatte. Zwei, drei Frauen standen vor den Regalen, sie zerbrachen sich den Kopf wegen nichts und wieder nichts. Bob stapelte Eier hinter der Kasse.

– Bob, haste 'ne Minute Zeit? fragte ich ihn.

– Aber sicher.

– Bob, könnteste mir was von dem weißen Zeug abgeben, mit dem du draußen KÄSE SPOTTBILLIG auf die Scheibe gemalt hast...?

Ich kam mit einem Töpfchen und einem Pinsel zurück und kletterte auf den Hocker. Über die ganze Länge der Scheibe schrieb ich obenhin: KLAVIERE ZUM EINKAUFSPREIS!!!. Ich trat ein paar Schritte zurück, um die Wirkung zu begutachten. Es war ein schöner Vormittag, der Laden sah aus wie ein Lichtblitz in einem rauschenden Bach. Aus dem Augenwinkel konnte ich bemerken, daß einige Leute, die auf dem Bürgersteig vorbeikamen, ihren Schritt verlangsamten und sich die Sache aus der Nähe ansahen. Verkaufsregel Nummer EINS: auf sich aufmerksam machen. Regel Nummer ZWEI: es laut und deutlich rausposaunen.

Ich stellte mich vor die Scheibe und schrieb darunter: NOCH NIE DAGEWESEN!!!. Betty schien das zu amüsieren. Zum

Glück braucht sie manchmal keinen großen Anstoß, sie bestand darauf, ihren Senf dazuzutun, und malte in Großbuchstaben BIG DISCOUNT quer über die Tür.

– Du bist vielleicht witzig, sagte ich.

Ich trieb mich den ganzen Vormittag mit einem Lappen und einem ganzen Eimer voll Politur im Laden herum und wienerte jedes Klavier von oben bis unten, fast hätte ich sie in die Badewanne gestellt.

Als Betty mich zum Essen rief, war ich fertig damit. Ich ließ meinen Blick durch den Laden schweifen, und alle, wie sie da waren, flimmerten sie im Licht, ich spürte, ich war auf eine gute Equipe gestoßen. Ich sprang auf die Treppe und drehte mich auf halber Höhe um, um ihnen zuzuwinken:

– Ich verlaß mich auf euch, Jungs, sagte ich. Nicht, daß uns dieses Mädchen in die Tasche steckt.

Ich versuchte, weiterhin geheimnisvoll zu lächeln, während ich die Tintenfischringe in pikanter Sauce hinunterschlang. Die Mädchen bringt das um den Verstand.

– Hör mal, das wäre doch wirklich unglaublich, meinte sie. Weshalb ausgerechnet heute...?

– Weshalb? Weil ich beschlossen habe, mich um die Sache zu kümmern, deshalb...!

Sie berührte mein Knie unter dem Tisch.

– Weißt du, ich sag das nicht, um dich zu entmutigen, ich möchte bloß nicht, daß du nachher enttäuscht bist...

– Haha! machte ich.

Als Schriftsteller war ich noch nicht zu Ruhm und Ehre gekommen. Als Klavierverkäufer hatte ich weniger vor, auf die Nase zu fallen. Ich setzte auf die Tatsache, daß einem das Leben nicht jeden Elan bremsen kann.

– Außerdem steht uns das Wasser nicht bis zum Hals, fügte sie hinzu. Wir kommen dicke noch einen Monat aus...

– Ich weiß, aber für mich ist das keine reine Geldfrage. Es geht mir darum, eine Theorie zu überprüfen.

– Mann! Guck doch mal, was der Himmel blau ist. Wir sollten lieber was rausfahren...

– Nein, sagte ich. Weißt du, seit fünf bis sechs Tagen tun wir nichts anderes mehr, allmählich hab ich von dem Wagen einigermaßen die Fresse voll... Heute bleibt der Laden auf, ich rühr mich nicht von der Kasse.

– Schön, wie du willst. Ich weiß nicht, vielleicht geh ich ein bißchen spazieren, ich weiß es noch nicht...

– Ja sicher... Zerbrich dir meinetwegen nicht den Kopf. Die Sonne scheint nur für dich, Schönste.

Sie tat mir Zucker in den Kaffee, rührte ihn mir um, ihre Augen ruhten auf mir. Zuweilen waren sie von unwahrscheinlicher Tiefe. Zuweilen erreichte ich mit ihr die Höhen in weniger als einer Sekunde. Ich kam dort auf Knien an, halb geblendet.

– Gibt's keine Plätzchen mit etwas Rosenblattkonfitüre... fragte ich sie.

Sie lachte:

– Also sowas... Darf ich dich nicht angucken...?

– Doch, aber dann krieg ich Appetit auf Süßes.

Um Punkt zwei Uhr machte ich den Laden auf. Ich warf einen Blick in beide Richtungen der Straße, um Thermometer zu spielen. Die Luft war angenehm, also ich, ich hätte mir genau diesen Moment ausgesucht, wenn ich mir ein Klavier hätte kaufen wollen. Ich ging wieder rein und setzte mich hinten in den Laden, in eine dunkle Ecke, von dort fixierte ich diese verfluchte Tür, bewegungslos und still wie eine ausgehungerte Vogelspinne.

Die Zeit verstrich. Ich kritzelte ein paar Sachen auf das Bestellbuch, dann brach ich den Bleistift in Stücke. Ein paar Mal trat ich auf den Bürgersteig, um zu sehen, ob ich niemanden kommen sah, aber es war wirklich zum Haareraufen. Die Sache wurde langsam kotzlangweilig. Mein Aschenbecher quoll über. Was man so an Zigaretten raucht und was man sich in diesem Leben für nichts und wieder nichts anöden läßt, dachte ich bei mir, das ist reif für 'ne Nummer im Zirkus. Mir paßte das Gefühl ganz und gar nicht, am hellichten Tag vor Langeweile umzukommen. Also ehrlich, hegte man als Klavierhändler trügerische Hoffnungen, wenn man ein einziges verkaufen wollte? War es zuviel verlangt, war es anmaßend, seinen Ramsch loswerden zu wollen? Aber was hieße das anderes, ein Klavierhändler, der keine Klaviere verkauft, als auf die Welt zu pfeifen? Die beklemmende Angst und die Absurdität sind die beiden Zitzen der Welt, sagte ich laut, um mir Witze zu erzählen.

– Was haste gesagt?

Ich drehte mich um. Betty, ich hatte sie nicht kommen hören.

– Ist es soweit? Gehste spazieren...? fragte ich sie.

– Oh, ich will nur kurz 'ne Runde drehen. Es ist noch schön... Sag mal, sprichst du jetzt schon mit dir selbst?

– Nein, ich spinne bloß... Hör mal, könntste mir nicht fünf Minuten auf den Laden aufpassen? Ich geh eben Zigaretten holen, da kann ich was frische Luft schnappen...

– Ja sicher.

So wie die Sache gediehen war, schreckte ich vor einem Schnäpschen nicht zurück, einem doppelten mit zwei Fingerbreit Cola, während die gute Frau in ihrem Wandschrank herumwühlte, um meine Schachtel Helle rauszusuchen. Sie kam mit hochrotem Kopf und verrutschtem Haarknoten wieder hoch. Ich legte ihr einen Geldschein hin.

– Und, wie läuft's mit den Klavieren? fragte sie.

Mir war nicht nach seichtem small talk zumute.

– Nein, das hängt einem zum Hals heraus, sagte ich,

– Oh, wissen Sie, zur Zeit lassen wir alle den Kopf hängen.

– Ach ja? meinte ich.

– Ja, wir machen 'ne verdammt schlimme Zeit mit!

– Ich kauf Ihnen noch ein Stück Kuchen ab. Zum Mitnehmen.

Während sie sich darum kümmerte, steckte ich den Schein wieder ein, den ich auf die Theke gelegt hatte. Sie ringelte Seidenpapier um meinen Kuchen und stellte ihn mir hin.

– Das wär's? fragte sie.

– Ja, vielen Dank.

Es war einen Versuch wert. Manchmal klappte das, ein kostenloses Glücksspiel, das einen wieder in Laune bringen konnte. Die Frau zögerte eine Hundertstelsekunde. Ich strahlte sie an wie ein Engel.

– Geben Sie mir nicht so viele Münzen raus, sagte ich. Meine Frau will von den Löchern in den Hosentaschen nichts mehr hören.

Sie lachte ein wenig nervös auf, bevor sie die Kasse aufzog und das Wechselgeld rausrückte.

– Manchmal weiß ich nicht, wo ich meinen Kopf habe, meinte sie.

– Jaja, das geht uns allen so, beruhigte ich sie.

Ich ging ohne Eile zum Laden zurück, und ein kleines Stück gebackener Apfel hing aus dem Papier wie eine Träne. Ich blieb mitten auf dem Bürgersteig stehen und lutschte es ab, flup. Zum Glück ist das Paradies auf Erden für einen Apfel und ein Ei zu haben, das erlaubt es einem, die Dinge auf ihre wahre Dimension zurechtzustutzen. Und was hat schon menschliche Dimensionen? Bestimmt nicht, sich den Hintern plattzudrücken, um zwei oder drei Klaviere auszuliefern, das war doch wirklich zum Lachen, das konnte einem das Leben nicht vermiesen. Von einem kleinen Stück Apfelkuchen könnte ich nicht so reden, einem Stück so süß wie ein Frühlingsmorgen. Es wurde mir bewußt, daß ich mir die ganze Sache viel zu sehr zu Herzen genommen hatte, die Klaviere waren mir zu Kopf gestiegen. Aber es ist schwierig, der Narrheit zu entwischen, da muß man ständig auf der Hut sein.

Mit solchen Gedanken im Kopf setzte ich meinen Weg fort. Ich schwor mir, ich würde mich nicht davon krank machen lassen, wenn ich heute nichts verkaufen sollte, es sollte mir schnuppe sein. Schlecht wäre es trotzdem nicht, sagte ich mir, als ich die Tür aufstieß. Betty saß hinter der Kasse, sie lächelte und fächerte sich Luft zu mit einem Blatt Papier.

– Probier doch mal diesen Apfelkuchen! sagte ich zu ihr.

Sie lächelte, um zu lächeln, ihr Gesicht strahlte wie der

Cascade-Mann. Man hätte denken könne, ich hätte ihr einen Heiratsantrag gemacht.

– Weißt du, fuhr ich fort, wir sollten uns trotz allem nicht zu viele Illusionen machen. Ich hab gehört, die Geschäfte gehen schlecht zur Zeit, das ist allgemein so. Es sollte mich nicht wundern, wenn ich heute nichts verkaufe, ich bin ein Opfer der Weltwirtschaft.

– Hihi! machte sie.

– Persönlich würde ich nicht soweit gehen, darüber zu lachen. Aber ich seh den Dingen ins Gesicht.

Die Art, wie sie mit diesem Blatt durch die Luft wedelte, irritierte mich, vor allem, es war Winter und trotz des blauen Himmels nicht gerade unerträglich heiß. Ich hatte das Gefühl, die Luft finge an zu pfeifen. Mit einem Mal erstarrte ich, ich verlor sämtliche Farbe, als wäre ich auf einen Nagel getreten.

– Das darf nicht wahr sein! sagte ich.

– Doch.

– Scheiße, das darf nicht wahr sein, ich bin keine zehn Minuten weg gewesen...!

– Oh, das hat mir dicke gereicht... Soll ich dir den Bestellschein zeigen...?

Sie hielt mir dieses Blatt hin, von dem ich meine Augen nicht mehr abwenden konnte. Ich war niedergeschmettert. Ich gab dem Schein einen Schlag mit dem Handrücken.

– Mein Gott, warum hab ICH dieses Ding nicht verkauft...? Kannst du mir das sagen...?

Sie hängte sich bei mir ein und lehnte den Kopf an meine Schulter:

– Oh, aber du hast es doch verkauft, ohne dich hätte das nie geklappt...!

– Jaja, natürlich. Aber dennoch...

Ich guckte in die Runde, ob nicht irgendein böser Geist hinter einem Klavier steckte und kicherte. Einmal mehr stellte ich fest, daß das Leben einen mit allen Mitteln zu erschüttern trachtete, ich sprach ihm meine Hochachtung aus, ich dankte ihm für seinen Eifer bei der Verabreichung von Tiefschlägen. Ich atmete

Bettys Haare ein, ja, auch ich konnte schummeln, so leicht ließ ich mich nicht unterkriegen. Zur Sicherheit biß ich in den Apfelkuchen, und das Wunder geschah, grollend verzog sich der Sturm. Ich befand mich auf einer glatten See.

– Wenn du mich fragst, das müssen wir feiern, sagte ich. Gibt's was, wo du Lust drauf hättest...?

– Ja, ich würd gern chinesisch essen gehn.

– Gehn wir zum Chinesen.

Ich hatte keine Gewissensbisse, den Laden zu schließen. Es war noch etwas früh, aber ich wollte das Glück nicht herausfordern, ein Klavier, da mußte man sich schon glücklich schätzen. Wir trotteten los über den Bürgersteig, Sonnenseite, dabei erzählte sie mir von ihrem Verkauf. Ich tat so, als sei ich interessiert. Im Grunde ärgerte mich die Sache, ich hörte nicht genau hin und dachte lieber an die Krabbenklößchen, die ich verschlingen wollte. Das Mädchen an meiner Seite, das sich so ereiferte, erinnerte mich an einen Schwarm kleiner Leuchtfische.

In dem Moment, wo wir bei Bob vorbeikamen, sprang er aus der Tür, er schien was in der Luft zu suchen.

– Hallo, Bob... sagte ich.

Sein Adamsapfel trat hervor wie ein monströses Gelenk. Man bekam Lust, ihn reinzudrücken.

– Mein Gott! Archie hat sich im Badezimmer eingeschlossen! Er kann nicht mehr raus...! Mein Gott, ist dieser Bengel bescheuert! Ich probier durchs Fenster zu steigen, aber mein Gott... das ist ganz schön hoch!

– Was sagst du, Archie hat sich im Badezimmer eingeschlossen? fragte ich.

– Jaja, seit zehn Minuten spricht Annie mit ihm durch die Tür, aber er gibt keine Antwort, er ist nur noch am flennen. Außerdem hörste die Wasserhähne laufen... Scheiße, da sitzt man in Ruhe vorm Fernsehn, wozu setzt man die Gören nur in die Welt...?

Ich trabte hinter ihm her in den Garten neben dem Haus, während Betty rauf in die Wohnung lief. Eine große Leiter lag

auf dem Rasen, ich faßte mit an, wir hoben sie hoch und stellten
sie gegen die Hauswand. Der Himmel strahlte. Nach einem
kurzen Zögern packte Bob die Streben der Leiter, er kletterte
zwei Sprossen hoch und blieb stehen.

– Nein, ich schwör's dir, ich kann nicht, da werd ich krank
von... quäkte er.

– Was hast du?

– Kannst du nicht wissen... Ich krieg immer diesen verdammten Schwindel, glaub mir, ich kann nichts dafür... Das
ist, als müßte ich aufs Schafott klettern.

Ich war zwar kein überdurchschnittlicher Akrobat, doch die
erste Etage einer Bude, die machte mir nun doch keine Angst.

– Schon gut, komm runter, sagte ich.

Er wischte sich über die Stirn, während ich bis zum Fenster
kletterte. Ich sah Archie und die Wasserhähne, aus denen das
Wasser nur so prasselte. Ich drehte mich zu Bob um:

– Ich seh nur eine Lösung, sagte ich.

Er machte eine schicksalsergebene Handbewegung.

– Jaja, was soll's... Zerdepper sie schon, diese verdammte
Scheibe.

Ich schlug mit dem Ellbogen zu, öffnete das Fenster und
sprang rein in die gute Stube. Ich war mit mir zufrieden, diesem
Scheißtag würde ich es schon noch zeigen. Ich zwinkerte Archie
zu, als ich die Hähne zudrehte, silbrige Rotze hing ihm wie
Sternchen um den Mund.

– Hattu fein gepielt? fragte ich ihn.

Das Waschbecken war verstopft und lief in alle Richtungen
über. Ich brachte das in Ordnung, dann machte ich die Tür auf.
Ich fiel fast über Annie, die das Baby auf den Armen hatte. Nicht
übel, Annie, aber ein etwas zu weicher Mund und ein wildes
Flackern in den Augen, eine von der Sorte, mit der man sich
besser nicht einläßt.

– Salut, sagte ich. Paß auf, da sind Glasscherben.

– Oh, um Himmels willen, Archibald, was ist bloß in dich
gefahren!!

Genau in diesem Moment kam Bob die Treppe rauf, er rang

nach Luft. Er besah sich die Wasserlachen auf dem Boden, dann guckte er mich an:

– Du kannst dir gar nicht vorstellen, was für einen Mist so'n Balg von drei Jahren anstellen kann. Gestern hat er sich beinahe im Kühlschrank eingesperrt!

Das Baby fing an zu plärren, es verzog sein violett schimmerndes kleines Gesicht zu fürchterlichen Fratzen.

– Ach du je, es ist schon soweit... stöhnte Annie.

Sie drehte sich auf dem Absatz um und fing im Laufen an, ihr Kleid aufzuknöpfen.

– Schön, sagte Bob, und wer geht da jetzt mit 'm Schwamm drüber? Ich natürlich...! Den lieben langen Tag tu ich nichts anderes als die Eseleien dieses kleinen Monsters auszubügeln...

Archie guckte auf seine Füße, er machte plitsch platsch im Wasser. Was sein Vater erzählte, war so ungefähr das letzte, was ihn interessierte. Betty nahm ihn an die Hand:

– Komm, wir zwei gehn jetzt ein Buch lesen.

Sie brachte Archie in sein Zimmer. Bob beauftragte mich, Gläser zu holen, er bräuchte noch fünf Minuten. Ich ging in die Küche, wo ich Annie vorfand, sie saß auf einem Stuhl und drückte der Nummer zwei eine Brustwarze in den Mund. Ich lächelte ihr zu, bevor ich mich um die Gläser kümmerte. Ich stellte sie in einer Reihe auf den Tisch. Man hörte Wasserwannen, die entleert wurden. Da ich nichts Besseres zu tun hatte, setzte ich mich an den Tisch. Diese Brust, die ich da vor meiner Nase hatte, war von beeindruckender Größe, ich konnte es mir nicht verkneifen, sie anzusehen.

– Sag mal, scherzte ich, das ist aber kein Pappenstiel...!

Sie biß sich auf die Lippe, bevor sie mir antwortete:

– Oh, und außerdem, ich schwör's dir, du kannst dir gar nicht vorstellen, wie fest die sind... Die tun fast schon weh, weißt du...

Ohne mich aus den Augen zu lassen, brachte sie die andere zum Vorschein, indem sie ihr Kleid zur Seite schob. Ich mußte zugeben, das war was. Ich nickte.

– Faß sie mal an, sagte sie. Du wirst sehen, faß sie an...

Ich überlegte einen Augenblick, dann schnappte ich mir das Ding über den Tisch hinweg. Es war warm und glatt mit blauen Adern, die durchschimmerten, die Art Warenprobe, die man mit Vergnügen in die Hand nimmt. Sie machte die Augen zu. Ich ließ sie los und stand auf, um mir die Goldfische anzugucken.

Die ganze Bude stank nach saurer Milch. Ich wußte nicht, ob das mit dem Milchladen in Zusammenhang stand, der genau unter uns lag, oder ob das auf das Konto des Neugeborenen ging. Das Ganze war ein wenig eklig für einen wie mich, der Milchspeisen nicht ausstehen kann. Während er seinen Rülpser machen durfte, guckte mich der kleine Knirps mit großen Augen an, dann ließ er einen kleinen Schwall weißer Milch auf sein Lätzchen fallen. Ich dacht, ich sterbe. Zum Glück kam Bob in diesem Moment rein und holte eine Flasche aus dem Schrank.

– Du kannst es dir merken, der baut den größten Scheiß immer, wenn ich meinen freien Nachmittag habe, präzisierte er. Ödipus hat nicht nur seine Mutter gebumst, er hat auch seinen Vater erschlagen.

– Bob, wir müssen ihn ins Bett bringen, stöhnte Annie.

– Bob, haste zufällig was zum Knabbern?

Ich war es, der fragte.

– Doch, natürlich... Hol dir, was du willst, unten im Laden.

Annie starrte mich weiter an. Ich schenkte ihr einen Blick, kalt wie ein Grabstein, bevor ich runterging. Ich hasse es, für einen leichtfertigen Typen gehalten zu werden. Ich habe oft gemerkt, daß man im Leben besser fährt, wenn man die Leichtfertigkeit meidet. Der Gedanke, ein Gewissen zu haben und mich darum kümmern zu müssen, hat mich noch nie gestört, das ist sogar die einzige Sache, die mich jemals wirklich interessiert hat.

Unten im Laden wurde es langsam dunkel. Ich brauchte eine Zeit, bis ich die Leckereien in dem Nebel fand. Geröstete Mandeln, die aß ich mit Leidenschaft. Da sie weiter unten lagen, bückte ich mich und fing an, mir einen kleinen Vorrat zusammenzustellen. Ich war wohl geistig ein wenig weggetreten, denn ich hörte sie nicht kommen, ich spürte nur einen leichten Luftzug an meiner Wange. Im nächsten Augenblick packte sie mich am Nacken und drückte mein Gesicht zwischen ihre Beine. Ich ließ die Mandeln fallen, machte mich los, aber hurtig, und stand auf.

Annie schien in eine Art rasende Trance gefallen zu sein, sie zitterte von Kopf bis Fuß und stierte mich mit stechendem Blick an. Bevor ich die Sprache wiederfand, hatte sie schon ihre Brüste aus dem Kleid springen lassen und sich an mich gepreßt.

– Mach voran! stöhnte sie. Mein Gott, mach voran...!!

Sie klemmte ein Knie zwischen meine Beine und fing an, mit ihrem Apparat gegen meinen Oberschenkel zu stoßen. Ich rückte von ihr weg. Sie keuchte, als hätte sie einen Tausendmeterlauf hinter sich. Ihre Brust erschien in dem Halbdunkel noch größer, sie war von einem geradezu obszönen Weiß, und die Warzen deuteten auf mich. Ich hob die Hand.

– Annie... legte ich los.

Doch sie packte sich im Sturzflug gierig mein Handgelenk und drückte meine Hand auf ihre Brüste, dabei rieb sie sich von neuem an mir. Diesmal schmiß ich sie in die Regale.

– Tut mir leid, sagte ich.

Die Wut schwappte aus ihrem Bauch wie ein Torpedo und steckte den Laden in Brand. Ihre Augen wurden goldbraun.

– Was fällt dir ein? Was ist mit Ihnen los? zischte sie.

Ich fragte mich, wieso sie mich mit einem Mal siezte. Das kam so überraschend, daß ich darüber vergaß, ihr zu antworten.

– Was ist mit mir...??!! setzte sie fort. Bin ich dir zu mies gebaut, haste keine Lust auf mich...?

– Es kommt schon mal vor, daß ich meinen Gelüsten nicht nachgebe, sagte ich. Das verschafft mir das Gefühl, ein bißchen frei zu sein.

Sie biß sich auf die Lippen, während sie sich mit der Hand über den Bauch fuhr. Sie fing an, leise zu wimmern, wie ein Kind.

– Das kotzt mich an, jammerte sie.

Während ich mich damit befaßte, die Mandeln aufzuheben, lehnte sie sich mit dem Rücken an das Gestell mit den Konserven und schob ihr Kleid auf der Vorderseite hoch. Ihr kleiner weißer Slip ging mir im Zickzack durch den Kopf wie Mündungsfeuer, es hätte nicht viel gefehlt, und ich hätte meine Hand danach ausgestreckt, fast wäre es mir gelungen, mir einzureden, daß das über meine Kräfte ging. Aber ich sagte mir, du bist ein Wichser, wenn du das machst, wenn du deine Seele wegen eines Bildes in die Knie zwingst. Ich sah mir das Gemälde noch ein letztes Mal an, bevor ich mich durchrang. Der Mensch ist nichtig. Aber es ist das Bewußtsein seiner Nichtigkeit, was aus ihm etwas macht. Diese Gedanken richteten mich gänzlich wieder auf, sie gehörten zu meinem Erste-Hilfe-Kasten. Ich faßte Annie freundlich am Arm.

– Denk nicht mehr daran, sagte ich. Wir sollten besser raufgehen und in Ruhe mit den anderen ein Gläschen trinken. Einverstanden...?

Sie ließ ihr Kleid wieder fallen. Sie senkte den Kopf, als sie sich die obersten Knöpfe zumachte.

– Ich wollte nichts Großes von dir, murmelte sie. Ich wollte bloß wissen, ob ich noch ein bißchen existiere...

– Hör auf, dir den Kopf zu zerbrechen, sagte ich. Das hat jeder mal, das Bedürfnis zu schreien, jeder macht das auf seine Art.

Ich erlaubte mir, ihr mit zwei Fingern über die Wange zu streicheln. Doch die ungeschickten Gesten sind wie glühende Kohlen. Sie warf mir einen verzweifelten Blick zu:

– Seit über einem Monat hat mich Bob nicht mehr angerührt, plärrte sie los. Seitdem ich aus der Klinik zurück bin, o mein Gott, das macht mich verrückt, und du findest das nicht normal, wenn ich da Lust drauf kriege, findest du es etwa normal, wenn ich warte, bis er sich bequemt...??!!

– Keine Ahnung. Das renkt sich bestimmt wieder ein...

Stöhnend raufte sie sich mit einer Hand die Haare.

– Oh ja, aber sicher renkt sich das wieder ein. Ich nehme an, eines schönen Abends, wenn ich bereits schlafe, dann wird er sich dazu entschließen. Das wird bestimmt an einem Abend passieren, wo ich ganz besonders kaputt bin und wie ein nasser Sack im Bett liege. Und dann wird er mir sein Ding von hinten reinstecken, ich seh's schon, und sich den Teufel drum scheren, ob ich wach bin oder nicht...

Am Anfang hat man den Eindruck, es handle sich bloß um einen kleinen Riß, beugt man sich aber nur ein wenig vor, dann stellt man fest, daß man vor einem unergründlichen Schlund steht. Manchmal ist die menschliche Einsamkeit abgrundtief. Deswegen hat man auch die Gänsehaut erfunden, um nicht immer mit den Zähnen klappern zu müssen.

Ich drückte ihr ein Paket Chips in die Hand, und wir gingen wieder rauf. Niemand war in der Küche. Während wir auf die anderen warteten, genehmigten wir uns zwei Gläser. Dabei prostete ich den Fischen zu.

Zum guten Schluß behielten uns Bob und Annie zum Essen da. Sie bestanden darauf, wir guckten uns an, ich sagte zu Betty, das mußt du entscheiden, du wolltest chinesisch essen gehen, und Betty antwortete, schön, mir soll's recht sein.

– Vor allem, wo die Gören im Bett sind, da haben wir unsere Ruhe! fügte Bob hinzu.

Ich ging nochmal runter in den Laden mit Bob, um einzukaufen. Ich fand, das war in der Tat praktisch und erheblich beruhigender im Kriegsfall als die Klaviere. Es gab selbst die kleinen Knoblauchbrote, die man vorzugsweise in den kommenden fünf Jahren verkonsumieren sollte. Die ideale Ergänzung zur Trockenfischsuppe.

– Ich zahl den Wein, sagte ich.

Er tippte den Betrag in die Kasse, ich steckte mein Wechselgeld ein, und wir gingen rauf.

Wir ließen die Frauen das Essen zubereiten, das stank ihnen ein wenig. Wir reichten ihnen ein paar Oliven. Während das Zeug kochte, schleppte mich Bob in sein Zimmer, um mir seine Krimisammlung vorzuführen. Eine ganze Wand nahm die ein. Er stellte sich davor und stemmte die Fäuste in die Seiten.

– Wenn du von denen jeden Tag einen liest, brauchste mindestens fünf Jahre! meinte er.

– Liest du gar nichts anderes?

– Ich hab ein paar Science-fiction-Sachen in den unteren Regalen...

– Weißt du, sagte ich, wir haben uns wirklich wie die letzten Bekloppten zum besten halten lassen. Die haben uns ein paar Krümel vorgeworfen, damit wir nur ja nicht versuchen, an den Kuchen zu kommen. Ich red nicht nur von den Büchern. Die sind fein raus, wir legen ihnen keine Steine in den Weg...

– Was...? Naja, wenn du willst, kann ich dir ein paar davon leihen, aber mach keine Dummheiten, du paßt mir auf die auf, vor allem bei denen mit Einband.

Ich warf einen Blick auf das ungemachte Bett. Im Grunde konnte es gut sein, daß man nur seine Zeit verlor, wenn man versuchte, sich davonzustehlen. Das ganze Elend kam höchstwahrscheinlich daher, daß alles auch niemals ganz verloren war.

– Das riecht gut in der Küche, sagte ich. Wir sollten mal gucken gehen...

– Jaja, aber gib zu, du hast ganz schön Augen gemacht!

Nach dem Essen ließen wir uns zu einem Pokerspiel verführen, wir hatten unsere Gläser mit Wein und jeder seinen eigenen Aschenbecher. Von meinem Platz aus konnte ich durchs Fenster auf den Mond sehen. Das heißt nicht viel, wenn ich das so sage, aber ich war froh, daß er mich gefunden hatte, und wenn man es so weit bringt, sich seinen eigenen Film zu drehen, dann muß man da auch reingehen, alle Großen sind diesen Weg gegangen. Während des Pokerspiels saß ich nicht gerade auf glühenden Kohlen. Wenn ich mich nicht um den Mond kümmerte, guckte ich die anderen an, und das Geheimnis war noch genauso unergründlich, und die Wurzeln verhedderten sich, und die Chancen, jemals eine Ecke des Schleiers zu lüften, schwanden, solange eine kleine, unwichtige Wolke den Mond fast vollständig maskierte. Von A bis Z ließ ich mich in ein Bad süßer Stumpfsinnigkeit gleiten, wie das öfters passiert.

Ich wurde mehr oder weniger durch das Geschrei des Babys geweckt. Bob knallte wütend seine Karten auf den Tisch. Annie stand auf. Ich hatte fast keine Jetons mehr vor mir liegen, ich verstand es nicht. Danach wurde Archie wach und fing seinerseits an zu heulen. Heulen, nein, er kreischte, als seien wir alle taub.

Die Schreihälse auf dem Arm kamen Annie und Bob zurück zu uns in die Küche. Ich gab mir drei Sekunden, um schleunigst abzuhauen.

– Wir lassen euch besser in Ruhe, sagte ich. Laßt nur, schlaft gut, ihr zwei.

Ich schob Betty geschickt vor mir her, wir gingen türmen. Wir waren schon auf den untersten Treppenstufen, da schrie Bob uns nach:

– He, schön, daß ihr mal da wart, ihr zwei!

– Jaja, und danke für alles, Bob.

Die frische Luft draußen tat mir gut. Ich schlug Betty vor, erst noch eine kleine Runde zu drehen. Sie nickte und hängte sich bei mir ein. Es waren schon die ersten kleinen Blätter auf den Zweigen, und sie zitterten im Wind, und man konnte den Duft der jungen Triebe wahrnehmen, der die Straße erfüllte, ein Duft, der immer stärker wurde.

Wir schlenderten die Straße hoch, ohne ein Wort zu sagen. Manchmal kann das Schweigen zwischen zwei Menschen die Reinheit eines Diamanten haben, und so war es jetzt. Mehr kann ich dazu nicht sagen. Natürlich, die Straße ist nicht mehr nur eine Straße, das Licht ist zart wie in einem Traum, die Bürgersteige blitzblank, die Luft kitzelt einem das Gesicht, und man verspürt eine namenlose Freude, und was einen verwundert, das ist die Ruhe, mit der man ihr, den Rücken gegen den Wind gekehrt, eine Zigarette anzündet, ohne sich durch ein leichtes Zittern der Hände zu verraten.

Es war einer jener Spaziergänge, die ein ganzes Leben erfüllen können, die jedes andere Bestreben sinnlos erscheinen lassen. Ein elektrisierender Spaziergang, würde ich sagen, einer, der einen Menschen zu dem Geständnis verleiten kann, er liebe das Leben. Doch ich, ich brauchte keinen solchen Anstoß. Ich hielt die Nase in den Wind, ich fühlte mich großartig. Ich erblickte sogar eine Sternschnuppe, aber ich war nicht imstande, mir etwas zu wünschen, oder doch, meine Güte, oh doch Herr, gib, daß das Paradies dem gewachsen ist, daß es dem ein bißchen ähnelt. Es war gut, sich in Form zu fühlen und gehobener

Stimmung zu sein, ich war wieder wie mit sechzehn, als ich auf dem Weg zu einem Rendezvous vergnügt Konservenbüchsen über die Straße kickte. Mit sechzehn, da dachte ich nicht an den Tod. Ich war ein kleiner Witzbold.

An einer Straßenecke blieben wir vor einer Mülltonne stehen, in der ein Gummibaum steckte. Man hatte ihn weggeworfen, obwohl er noch sehr schön war, voller Blätter, und das einzige, was er hatte, das war Durst, und ich fühlte, wie mich eine Zuneigung für diesen Gummibaum überkam. Er kam mir vor wie eine Kokospalme, die auf einem Archipel voll Dreck mit dem Tode rang.

– Kannst du mir sagen, warum die Leute sowas machen? fragte ich.

– He, guck mal, der kriegt ein Blatt!

– ...und warum mir dieser Gummibaum so ans Herz geht...

– Wir könnten ihn unten zu den Klavieren stellen.

Ich befreite den Unglücklichen und nahm ihn unter den Arm. Wir gingen heim. Die Blätter klapperten wie Amulette. Glänzten wie Glimmerstein. Hüpften wie ein Abend zur Weihnachtszeit. Das war ein dankbarer Gummibaum, ich hatte ihm eine neue Chance gegeben.

Als ich mich aufs Bett fallen ließ, guckte ich lächelnd zur Decke.

– Was für ein wunderbarer Tag! sagte ich.

– Ja.

– Was hältst du davon? Den ersten Tag, den wir offen haben, verkaufen wir gleich ein Klavier. Ist das kein gutes Zeichen...?

– Übertreib mal nicht...

– Ich übertreibe nicht.

– Du tust so, als wäre wer weiß was passiert...

Ich spürte, daß die Straße glitschig wurde. Ich lenkte ein auf eine Nebenstrecke:

– Wie, findest du's nicht schön, ein Klavier zu verkaufen...?

Sie zupfte an den Ärmeln ihres Pullovers und stöhnte leise:

– Doch, sehr schön.

18

– Ja, Eddie, ich weiß, daß ich nicht sehr laut spreche, aber sie ist nicht weit weg, sie steht gerade unter der Dusche...

– Jaja, schön und gut, aber was mach ich jetzt...? Soll ich's dir schicken...?

Ich hielt den Hörer ein Stück weg, um mich zu vergewissern, daß ich auch wirklich ein Plätschern im Badezimmer hörte.

– Nein, tuschelte ich, ich will da auf keinen Fall mehr was von hören. Wenn's dir nicht zuviel wird, Eddie, ich hab die Namen im Adreßbuch angekreuzt, du brauchst es bloß an die nächste Adresse zu schicken...

– Scheiße, da haste doch auch keine Aussichten...

– Kann sein, vielleicht haben die beschlossen zu warten, bis ich fünfzig bin.

– Und mit den Klavieren, wie klappt das...?

– Es geht, gestern morgen ist das dritte weggegangen.

Wir gaben uns Küßchen und hängten ein. Das war trotz allem unglaublich, daß mein Buch an einem Tag wie diesem mal wieder abgelehnt worden war. Ich hatte Schwierigkeiten, dieses düstere Zusammentreffen aus meinem Kopf zu scheuchen, ich mußte ihn erst schütteln. Ein Glück, daß es Frühling wurde und der Himmel wolkenlos war. Ein Glück, daß Betty von nichts was wußte. Ich ging gucken, was sie trieb, es war schon zwanzig vor zehn.

Sie schmierte sich eine weiße Creme auf den Hintern. Ich kannte diese Creme, die brauchte Stunden, bevor sie einzog, das endete immer damit, daß ich mir die Hände waschen mußte, wenn ich mich einmischte. Aber ein Mädchen, das sich beeilen kann, hab ich noch nie erlebt, ich weiß gar nicht, ob es das gibt.

– Hör mal, sagte ich, sieh zu, wo du bleibst, ich jedenfalls fahr in einer Minute.

Sie rieb schneller.

219

– Jaja, schon gut. Aber warum sagst du mir nicht, worum es sich dreht...? Was ist denn mit einem Mal in dich gefahren...?

Ich hätte mir eher beide Beine brechen lassen, als daß mir ein Wort entschlüpft wäre. Ich erzählte ihr den gleichen Firlefanz von vorn.

– Hör zu, stöhnte ich, wir beide, wir leben zusammen, oder, und wir versuchen, alles zu teilen. Also sollte es dir genügen, wenn ich dir sage, ich will dir was zeigen, ein Höllentempo müßtest du vorlegen.

– Jaja, schon gut, ich mach ja schon voran...

– Scheiße, ich wart im Wagen auf dich.

Ich schnappte mir meine Jacke und ging runter. Kaum Wind, kein Wölkchen am Himmel, strahlender Sonnenschein, mein Plan klappte vorzüglich, mit der Präzision einer Atomuhr. Ich hatte kommen sehen, daß sie mal wieder rumtändeln würde, aber das hatte ich einkalkuliert, alles war haarklein ausgetüftelt. Der Kerl hatte mir geschworen, das Ding würde sich mindestens noch zwei Stunden halten, wenn ich es aus dem Kühlschrank nehmen würde. Ich guckte auf die Uhr. Wir hatten noch eine dreiviertel Stunde. Ich hielt die Hand auf die Hupe.

Punkt zehn Uhr sah ich sie auf den Bürgersteig springen, und wir konnten losdüsen. Ich spielte diese Partie großmeisterlich. Am Vorabend hatte ich den Wagen waschen lassen und war mit dem Staubsauger über die Polster gegangen, ich hatte sogar die Aschenbecher geleert. Ich wollte diesen Tag komplett aufbauen, nichts dem Zufall überlassen. Wäre es mir in den Sinn gekommen, die Nacht hereinbrechen zu lassen oder einen gestreiften Himmel hervorzuzaubern, nicht die geringste Schwierigkeit hätte ich dabei gehabt, ich machte, was ich wollte.

Ich setzte mir meine Sonnenbrille auf, um das Leuchten in meinen Augen vor ihr zu verbergen. Wir fuhren aus der Stadt. Die Gegend war ausgedörrt, fast wüstenähnlich, aber ich liebte das, mir gefiel die Farbe der Erde, sie erinnerte mich ein wenig an die Kante, in der wir uns kennengelernt hatten, die Bungalow-episode. Ich hatte den Eindruck, tausend Jahre sei das her.

Ich spürte, daß es sie nicht mehr auf ihrem Platz hielt. Haha, die Ärmste. Sie machte sich eine Zigarette an, halb lächelnd, halb nervös.

– Meine Güte, ist das weit... Was ist das denn...?

– Geduld, sagte ich. Laß mich nur machen...

Sie brauchte eine Zeit, doch schließlich ließ sie sich von der Monotonie der Landschaft einlullen, den Kopf auf der Rückenlehne und zur Seite gedreht. Ich stellte die Musik nicht zu laut, niemand war auf der Strecke, ich fuhr mit 90, 100.

Schließlich nahmen wir einen kleinen Hügel in Angriff, auf dem Bäume standen, und dabei waren Bäume rar in der Gegend, man fragte sich, was die hier wollten. Aber deswegen raufte ich mir nicht die Haare, ich sah bloß einen wunderbaren Ort, es machte mir nichts, daß es so aussah, als tauche er aus dem Nichts auf. In Serpentinen stieg die Straße an. Ich bog rechts ab auf einen kleinen Feldweg. Betty richtete sich in ihrem Sitz auf und bekam große Augen.

– Also ehrlich, was machst du da...? murmelte sie.

Ich lächelte und schwieg. Die letzten hundert Meter holperte die Kiste nur noch, dann blieb ich unter einem Baum stehen. Das Licht war vollkommen. Ich wartete, bis alles wieder still war.

– So, jetzt kannst du aussteigen, sagte ich.

– Ist das der Ort, an dem du mich erwürgen und vergewaltigen wirst?

– Ja, könnte sein.

Sie öffnete die Tür.

– Wenn's dir nichts ausmacht, mir wäre es lieber, du würdest mich zuerst vergewaltigen.

– Naja, ich überleg's mir.

Wir befanden uns am Fuße einer frei stehenden Anhöhe, und der Boden wies verschiedene Farbschattierungen auf, von Hellgelb bis Dunkelrot, die Wirkung war überwältigend. Beim letzten Mal hatte ich mich einfach hingesetzt, um zu staunen. Betty pfiff durch die Zähne.

– He... das ist aber schön hier...!

Ich genoß meinen Triumph. Ich lehnte mich an einen Kotflügel des Mercedes und zwickte mich in die Nasenspitze.

– Komm mal her, sagte ich.

Ich legte ihr den Arm um die Schultern.

– Sag mal, siehst du diesen alten Baum mit dem abgebrochenen Ast, da oben, weiter links?

– Ja, ja.

– Und da rechts, siehst du diesen großen Felsen, der aussieht wie ein Typ, der sich hinkauert?

Ich spürte, daß sie in Aufregung geriet, als hätte ich eine Zündschnur in ihrem Kopf angesteckt.

– Ja, und ob ich den sehe. Aber sicher!

– Und die Hütte in der Mitte, hast du die schon gesehn? Ist die nicht lustig...?

Ich ließ sie in die Luft fliegen wie eine Handvoll Popcorn, rings um sie hatte ich Feuer gelegt. Sie drückte ihre Nägel in meinen Arm und nickte.

– Ich weiß nicht, wo du drauf hinaus willst...

– Ich liebe diese Ecke, sagte ich. Du nicht...?

Sie fuhr sich mit einer Hand durch ihre Haare, und ihre Armreifen klimperten wie Geldstücke, die zu Boden fielen. Ich sah, wie ihre Haare auf ihren Kragen aus goldbrauner Schafswolle zurückfielen. Sie lächelte.

– Doch... Man hat das Gefühl, alles ist an seinem Platz und nichts fehlt. Ich weiß nicht, ob es das war, was du mir zeigen wolltest, aber ich stimme dir zu, das ist ein wunderbarer Ort.

Ich schielte auf meine Uhr. Der Zeitpunkt war gekommen.

– Naja, er gehört dir, sagte ich.

Sie sagte nichts. Ich zog die Papiere aus meiner Tasche und hielt sie ihr hin.

– Grob gesagt reicht dein Gelände von diesem alten Baum bis zu dem Felsen, der einem hingekauerten Kerl gleicht, und geht bis hier unten. Die Tür der Hütte kann man abschließen.

Als es bei ihr Klick machte, stieß sie eine Art vergnügtes Quietschen aus, wenn ich so sagen darf. Sie wollte sich mir in die Arme werfen, doch ich hielt sie mit dem Zeigefinger davon ab.

– Einen Augenblick noch, sagte ich.

Ich ging zum Wagen und machte den Kofferraum auf. Wenn

der Typ mir keinen Scheiß erzählt hatte, war ich in der Zeit. Ich nahm die Himbeereistorte aus der Verpackung und probierte mit dem Finger. Großartig, das Mistding war goldrichtig. Ich trug sie zu Betty. Sie war total rot.

– Herzlichen Glückwunsch zum Geburtstag! sagte ich. Müssen wir sofort essen. Auf deinen dreißigsten.

Ich wartete nicht, bis sie umfiel. Ich stellte die Torte auf die Motorhaube und fing sie mit einem Arm auf.

– So, jetzt komm mal gucken, was im Kofferraum ist, sagte ich.

Ich hatte das alles gestern schon vorbereitet, hatte Großeinkauf gemacht im Supermarkt, es war mir gelungen, ein paar Preisschildchen auf den Luxusartikeln umzuetikettieren.

– Es ist genug da, um drei Tage auszukommen, sagte ich. Wenn du mich bitte einladen würdest...

Sie lehnte sich gegen den Wagen und zog mich an sich. Das dauerte mindestens fünf Minuten, und es hätte noch länger gedauert, wenn ich mich nicht von ihr gelöst hätte, wenn ich nicht helle geblieben wäre:

– Die Himbeereistorte lassen wir aber nicht schmelzen... Wäre doch zu idiotisch...

Wir mußten zweimal hin und her wandern, um den ganzen Kram in die Hütte zu schaffen. Das Gelände war in der Tat steil, und in der Sonne war es bereits ganz schön heiß. Betty turnte kreuz und quer, sammelte jede Menge Steinchen oder führte die Hand über die Augen, um zum Horizont zu gucken, Scheiße, ich kann's nicht fassen, sagte sie immer wieder.

Mir war klar, ich hatte auf die Pauke gehauen. Ich hatte ins Schwarze getroffen. Selbst die Bude gefiel ihr, dabei war das bloß eine mickrige Hütte, doch sie strich mit den Fingern über die Fensterbank, nicht einmal meine Zigarettenasche durfte ich auf den Boden fallenlassen. Gleich, dachte ich, spielen wir Mittagessen in der Puppenstube. Genau das taten wir auch, da stimmte alles, außer daß es immerhin Champagner war, den wir aus den Plastikbechern tranken.

– Wenn ich bedenke... murmelte sie. Wenn ich bedenke, daß ich erst dreißig Jahre alt werden mußte, bis man mir so ein Geschenk macht...!

Ich zwinkerte ihr zu. Ich war mit mir zufrieden. Der Kerl hatte ein Stück Wüste zu einem guten Preis verkauft, und ich hatte einen Zipfel des Paradieses für eine lächerliche Summe erstanden. Es war eine Woche her, daß ich die ganze Sache gestartet hatte, daß ich meinen Plan ausgetüftelt hatte. Bob hatte mich darauf gebracht, eines Morgens, als ich gerade in den Wagen sprang, ich hatte mir einen Ruck gegeben und zu ihm gesagt, Bob, hör mal, am Anfang bin ich von 'ner Grünpflanze ausgegangen, aber jetzt seh ich, daß das viel zu klein für sie ist, ich müßte ihr eher einen Gebirgszug oder einen Meeresarm kaufen, sag mal, kennste nicht was in der Richtung...?

Ich stellte den Champagner wieder in den Eisschrank, und wir gingen eine Runde drehen. Als wir zurückkamen, war er bestens. Während sie die Daunendecke ausbreitete, ging ich zurück zum Wagen, um das Radio und ein ganzes Bündel Zeitschriften zu holen, die ich unter dem Rücksitz verstaut hatte. Man kann der Zivilisation nicht vollständig entrinnen, wenn man einmal angesteckt ist. Ich stopfte mir die Taschen voll mit Zigarettenschachteln und kletterte wieder rauf, einen Grashalm im Mund.

Wir brachten eine Zeit damit zu, uns lachend häuslich einzurichten, dann tranken wir unseren Aperitif draußen auf einem Felsbrocken. Es war ziemlich heiß. Ich kniff die Augen zusammen im Licht der untergehenden Sonne und verschnitt den reinen Geschmack des Bourbon mit einer gehörigen Portion schwarzer Oliven, die ich in Reichweite hatte. Das waren die, die mir am liebsten waren, ein Kern, der sich leicht vom Fleisch löst, und dazu Stille ringsum. Ich drehte mich auf die Seite, und in diesem Moment sah ich, daß lauter Sachen in der Sonne funkelten. Im flachen Licht der Sonne fing die ganze Gegend an zu glitzern wie das Gewand einer Prinzessin. Mein Gott, das kann nicht wahr sein, das ist völlig bekloppt, sagte ich mir und gähnte.

Betty hatte eine klassischere Haltung eingenommen, Marke

Lotus, den Rücken kerzengerade und den Blick nach innen gekehrt. Gleich platzen ihr die Jeans, dachte ich. Ich wußte nicht, ob ich ihr noch eine zweite eingepackt hatte. Wir sahen einem kleinen Vogel zu, der hoch oben am Himmel vorbeiflog. Ich war drauf und dran, mich im Bourbon zu ersäufen. Aber wer wollte mir einen Vorwurf daraus machen, daß ich mich an dem Tag, an dem sie dreißig wurde, ein wenig vollaufen ließ...?

– Das ist lustig, daß man sich sowas kaufen kann, meinte sie. Das kommt einem fast unmöglich vor.

– Die Papiere sind in Ordnung. Mach dir keine Sorgen.

– Nein, ich mein nur, daß man so einen ganzen Ort kaufen kann, mit seiner Erde, seinem Duft, mit den Geräuschen, dem Licht, ich meine das ganze Drumherum.

Ich angelte mir in aller Ruhe einen gebratenen Hähnchenschenkel.

– Ja, aber es ist so, sagte ich. Alles hier gehört dir.

– Willst du damit sagen, dieser Sonnenuntergang, der sich an meine Bäume klammert, der gehört mir...?

– Da gibt es keinen Zweifel.

– Soll das heißen, diese Stille und dieser leise Windhauch, der den Hügel runter weht, gehören mir...?

– Jaja, das ist dir mit den Schlüsseln überreicht worden, sagte ich.

– He, der muß verrückt sein, der Typ, der dir das verkauft hat!

Ich gab keine Antwort. Ich zeichnete mit der Mayonnaise einen weißen Strich auf meinen Hähnchenschenkel. Es gab auch Leute, die hielten es für verrückt, sich so etwas anzuschaffen. Ich biß in den Hähnchenschenkel, und die Welt schien mir auf tragische Weise zweigeteilt.

Nach dem Essen beschloß sie, ein Feuer zu machen. Ich wollte ihr helfen, aber ich mußte feststellen, daß ich nicht mehr in der Lage war, mich zu rühren. Ich entschuldigte mich bei ihr, ich sagte zu ihr, besser, wenn ich nicht zu viele Dummheiten mache, wenn ich in der Dunkelheit stolpere, kannste mich im Tal aufsammeln. Lächelnd erhob sie sich.

– Weißt du, nicht nur Männer können ein Feuer machen...

225

– Nein, aber im allgemeinen sind sie die einzigen, die's wieder ausmachen können.

Es war fast Nacht, ich hatte Mühe, irgend etwas zu erkennen. Ich legte mich lang hin, eine Gesichtshälfte auf dem Fels. Ich hörte Zweige in der Finsternis knacken, das hatte was Beruhigendes an sich. Ich hörte auch die Mücken. Als sie ihr Feuer entzündete, keine Ahnung warum, aber da kam ich wieder zu Kräften. Ich schaffte es, aufzustehen. Mein Mund war trocken.

– Wo gehst du hin? fragte sie.

– Was im Auto, sagte ich.

Meine Augen waren noch auf den Schein des Feuers eingestellt. Ich sah überhaupt nichts, aber ich konnte mich gut erinnern, daß das Gelände schwierig war. Ich erinnerte mich an den Gang des Kriegers und stapfte in das Dunkel, indem ich die Füße möglichst hoch hob. Zwei-, dreimal wäre ich fast hingeflogen, aber alles in allem hielt ich mich gut. Auf halber Höhe blieb ich stehen, um das herrliche Gefühl auszukosten, besoffen zu sein, aber noch stehen zu können. Ich spürte, wie mir der Schweiß den Rücken runter lief. Als ich den Entschluß gefaßt hatte, mich zu erheben, hatte ich mich für verrückt erklärt, ein Teil von mir hatte versucht, mich am Boden festzuhalten, aber ich hatte mich darüber hinweggesetzt. Jetzt war mir klar, wie gut ich getan hatte, es war richtig gewesen, daß ich mich auf meine Beine gestellt hatte. Man braucht es nie zu bedauern, wenn man versucht, sich zu überwinden, das ist immer gut für die Moral.

Ich schniefte leise und nahm meinen kleinen Spaziergang wieder auf, die Hände voraus und leichten Herzens. Ich bin der Ansicht, das war irgendein kleiner, runder Stein, der mich ins Fallen gebracht hat, ich glaube das ganz im Ernst, wie sonst hätte mein Fuß wie ein Pfeil nach vorne schnellen können, warum wäre sonst das Bild eines aufgeschlitzten Sacks Muscheln unwillkürlich vor meinem inneren Auge aufgestiegen? Für einen Moment durchzuckte mich eine entsetzliche Klarheit, bevor ich wieder mit dem Boden in Kontakt kam, und dann rollte ich in einem Stadium der Entrücktheit den Hügel hinunter, der Bewußtlosigkeit nahe.

Die Reise endete genau am Wagen. Mein Kopf stieß gegen einen Reifen. Mir tat zwar nichts weh, aber ich blieb eine Zeit auf dem Rücken liegen und suchte zu verstehen, was passiert war. Mit sechzig Jahren so ein Sturz, da hätte es kein Pardon gegeben, mit fünfunddreißig war das ein Witz. Obwohl es Nacht war, sah ich über meinem Kopf den Türgriff funkeln. Ich griff danach und zog mich hoch. Ich hatte fürchterliche Mühe, mir ins Gedächtnis zu rufen, was ich eigentlich gesucht hatte. Es war, als wäre mir ein Topf Klebstoff im Kopf ausgelaufen. Das hatte was mit den Mücken zu tun, ah ja, ich hatte ein Zeug holen wollen, mit dem man diese Biester erledigen konnte, ich wußte doch, ich hatte an alles gedacht.

Ich nahm die Sprühdose aus dem Handschuhfach. Ich tat so, als sähe ich mich nicht im Rückspiegel, ich ging mir nur mit der Hand durch die Haare. Ich blieb einen Moment sitzen, ließ die Füße nach draußen baumeln und betrachtete das Feuer, das dort oben brannte, und die Hütte, die dahinter vibrierte wie auf dem Dach der Welt. Ich versuchte, nicht daran zu denken, was mir bevorstand.

Zumindest konnte ich mich nicht verlaufen. Ich brauchte bloß auf dieses Licht zuzugehen, wenn man davon absah, daß ich das Gefühl hatte, am Fuße des Himalaya zu stehen.

Am nächsten Tag wachten wir gegen Mittag auf. Ich stand auf, um Kaffee aufzusetzen, und während das Wasser kochte, suchte ich ein paar Aspirin in Bettys Handtasche. Ich stieß auf einige Schachteln mit Medikamenten.

– Wofür sind die gut, diese Schachteln? fragte ich sie.

Sie hob den Kopf und ließ ihn wieder sinken.

– Och, das ist nichts... Wenn ich nicht einschlafen kann...

– Wie bitte, du kannst nicht einschlafen...?

– Das ist nichts, ich sage es dir... Ich nehm die nicht oft.

Es gefiel mir nicht, daß ich diese Schachteln gefunden hatte, aber ich wollte nicht darüber sprechen. Sie war kein kleines Kind mehr, und was ich ihr hätte sagen können, wußte sie selbst. Ich ließ sie einzeln wieder in die Handtasche fallen und nahm mir

zwei Aspirin. Ich suchte etwas Musik im Radio, ohne Verdros-
senheit an den Tag zu legen. Ich hatte einen völlig verschramm-
ten Arm plus eine Beule oben auf dem Schädel, kein Grund,
sich gehen zu lassen.

Am Nachmittag verschaffte sich Betty ein wenig Bewegung,
sie lockerte einen Teil des Erdreichs vor dem Haus. Ich glaube,
sie hatte die Idee, beim nächsten Mal ein paar Sachen einzu-
pflanzen, mit einer alten Eisenstange, die wir auf unserem
Rundgang gefunden hatten, riß sie Unkraut aus dem Boden. Sie
wirbelte tonnenweise Staub auf. Ich rückte ein Stück beiseite
und fing an, in einem Buch zu schmökern. Das Wetter war
schön, ich mußte dagegen ankämpfen, daß ich nicht auf meinem Felsen einschlief, aber heutzutage, da kriegt man in neun
von zehn Fällen ein Scheißbuch in die Finger. Eine Sekunde
lang schämte ich mich, daß ich da rumsaß und nichts tat,
während die ganzen Jungs in einem fort schrieben wie die
Bekloppten. Dieser Gedanke versetzte mir einen Schlag, er
überraschte mich. Ich ging mir ein Bier holen. Im Vorbeigehen
wischte ich Betty die Stirn ab.

– Wie geht's, mein Spatz, kommste klar...? fragte ich sie.

– He, ich will auch eins!

Ich holte zwei Flaschen und konnte mich überzeugen, daß
der Vorrat bedenklich abnahm. Aber das nahm ich nicht allzu
schwer, ich wußte seit langem, daß die Perfektion nicht von
dieser Welt war, alles, was man tun konnte, war, sich am
Riemen zu reißen und auf Ration zu setzen. Man begreift das,
wenn man in den Spiegel guckt.

Ich sagte ihr, auf dich, und wir hielten die Flaschen hoch.
Der Staub hatte sich gelegt. Wir waren jetzt fast ein Jahr lang
zusammen, und gewissermaßen konnte ich jetzt sehen, daß ich
es rechtzeitig verstanden hatte, meine Chance zu ergreifen. Ich
hätte nicht mit leeren Händen fünfunddreißig Jahre alt werden
wollen, um mich dann zu fragen, was überhaupt noch die Mühe
wert war. Das hätte mir nicht gerade Vergnügen bereitet, nein,
es hätte mich todsicher deprimiert. Ich wäre die ganze Nacht
durch die Straßen gestreunt.

– Ich hab 'ne Idee, wie wir nicht zu viele Mülltüten runter-
schleppen müssen, sagte ich.

Ich schmiß die leere Bierflasche den Abhang runter, wir
guckten ihr nach. Sie kullerte fast bis zum Wagen.

– Wie findste das? fragte ich sie.

– Nicht schlecht... Aber nach 'ner Zeit stört das in der
Landschaft.

– Ich merk's mir, mein Schätzchen.

Um mich nützlich zu machen, spülte ich am Mittag, und bevor
die Sonne unterging, kletterten wir auf den Hügel, um uns ein
wenig zu bewegen. Oben wehte ein schwacher Wind.

– Letzte Nacht hab ich geträumt, die würden dein Buch
herausgeben, sagte sie.

– Fang nicht wieder damit an.

Sie nahm meinen Arm, ohne einen Ton zu sagen, und wir
blieben sitzen und inspizierten schweigend die Landschaft,
minutenlang, ein Wagen entfernte sich tief unten auf der Straße,
seine Scheinwerfer waren an, und ich sah ihm nach. Nach einer
Zeit verschwanden die Lichter, wie vom Erdboden verschluckt.
Ich brauchte ein oder zwei Sekunden, bis ich meine Kiefer
auseinanderbekam.

– Wie wär's, gehn wir essen? schlug ich vor.

Auf dem Rückweg sahen wir einen Dachs, der in unseren
Abfällen wühlte. Ich hatte noch nie einen so großen gesehen.
Wir waren wohl noch dreißig Meter von ihm entfernt. Ich
kramte mein Messer hervor.

– Bleib stehn, sagte ich.

– Sei vorsichtig.

Ich hob die Klinge über den Kopf und raste mit einem
langgezogenen Heulen den Abhang runter. Ich versuchte mich
zu erinnern, wie das noch einmal ging, einem Bär den Hals
durchzuschneiden, aber lange bevor ich unten ankam, war der
Dachs schon ins Dunkel der Nacht geflitzt. Überdies hätte mich
das Gegenteil unangenehm überrascht, schlimmstenfalls wäre
ich stehengeblieben, um ihm einen Stein an den Kopf zu
schmeißen und mal zu sehen, wie er darauf reagiert.

Dieser kleine Zwischenfall hatte mir Appetit gemacht, ich hatte einen Bärenhunger. Ich machte Nudeln mit Crème fraîche. Danach stellte ich fest, daß ich von diesem Tag ganz schön erschöpft war. Es gab eigentlich keinen Grund dazu. Aber so unglaublich ist das ja auch wieder nicht, daß sich ein Typ mal grundlos müde fühlt, wenn man sich all die Leute anguckt, die aus dem Fenster springen, und all die, die aus dem einen oder anderen Grund in die Luft geflogen sind. Das ist sogar völlig normal. Ich machte mir deswegen keine Sorgen.

Nach dem Essen rauchte ich eine Zigarette und schlief ein, während Betty anfing, sich die Haare durchzubürsten. Ich hatte wahrlich das Gefühl, nach hinten zu kippen. Ich machte die Augen mitten in der Nacht wieder auf. Der Dachs war am Fenster. Wir guckten uns an. Seine Augen funkelten wie schwarze Perlen. Ich machte meine wieder zu.

Als wir aufwachten, war der Himmel bedeckt, und am Nachmittag wurde das noch schlimmer. Wir sahen dicke Wolken, die einzeln anrückten und sich in allen Himmelsrichtungen niederließen. Wir machten ein schiefes Gesicht, es war unser letzter Tag. Die ganze Gegend schien sich zu ducken. Nichts war mehr zu hören, als hätten sich die Vögel und das ganze Kleinzeug, das im Gras herumflitzte, verdünnisiert. Der Wind hatte zugenommen. Der erste Donner grollte in der Ferne.

Sowie die ersten Tropfen fielen, verdrückten wir uns in die Hütte. Betty machte Tee. Draußen sah ich die Erde dampfen, der Himmel wurde immer schwärzer. Ein schönes Gewitter war das, das Zentrum konnte höchstens einen Kilometer weit weg sein. Wir sahen lange Blitze am Himmel, und Betty bekam ein wenig Schiß.

– Solln wir Scrabble spielen...? schlug ich ihr vor.

– Nein, das gefällt mir nicht.

Jedesmal, wenn ein Donnerschlag krachte, erstarrte sie im gleichen Moment und zog den Kopf zwischen die Schultern. Ganze Wassermassen prasselten auf das Dach. Wir mußten fast brüllen.

– Und wenn's noch so regnet, so schlimm ist das auch nicht,

wenn man 'nen Unterschlupf hat und zudem der Tee dampft, erklärte ich.

– Großer Gott! Sowas nennst du regnen! Das ist die reinste Sintflut...!

In Wirklichkeit wußte sie selbst nicht, wie recht sie hatte. Das Gewitter war bedenklich nahegekommen. In dieser Sekunde wußte ich, daß es hinter uns her war. Es kam direkt auf uns zu. Wir setzten uns in eine Ecke, auf die Daunen. Mein Eindruck war, daß irgendeine Kreatur die Bude aus dem Boden reißen wollte und wie wild dagegenhämmerte. Ab und zu sah man, wie ihr Auge einen Blitz durchs Fenster schleuderte. Betty hatte die Knie an die Brust gezogen und hielt sich die Ohren zu. Tadellos das Ganze.

Ich war gerade dabei, ihr über den Rücken zu streicheln, als mir ein dicker Tropfen auf die Hand fiel. Ich guckte hoch und sah, daß die Decke perlte wie ein Schwamm. Ich guckte genauer hin, auch durch die Wände sickerte Wasser, unter den Fenstern bildeten sich Regenrinnen, Schlamm drang unter der Tür ein. Instinktiv senkte ich den Kopf, mir kam es vor, als sei jede Bewegung überflüssig. Das war nicht der Moment zu denken, der Mensch sei wie Gott. Ich bereute alles, was ich bis dahin darüber gedacht hatte.

Betty fuhr in die Höhe, als sie einen Tropfen auf den Kopf abbekam. Sie guckte entsetzt zur Decke, als hätte sie den Teufel gesehen. Sie zog sich die Decke um die Schultern.

– Oh nein, wimmerte sie. Oh nein... bitte nicht...!

Das Gewitter hatte sich um ein paar hundert Meter verzogen, aber dafür regnete es um so mehr. Es herrschte ein Heidenlärm. Sie fing an zu weinen.

Was das Dach anging, war nichts mehr zu hoffen. Ich hatte die undichten Stellen in aller Schnelle auf über sechzig geschätzt und sah durchaus, was das für ein Ende nehmen mußte, der Fußboden fing an zu schwimmen wie ein See. Ich guckte Betty an und stand auf. Mir war klar, ich würde nur Zeit verschwenden, wenn ich sie trösten wollte, das einzige, was wir noch tun konnten, war, schleunigst die Hütte zu verlassen, egal wie naß wir wurden. Ich packte die wichtigsten Sachen in eine Tasche, machte meine Jacke bis zum Kragen zu und ging zu ihr, um mich um sie zu kümmern. Ohne Zögern zog ich sie hoch, ohne Angst, ihr was zu brechen, ich schnappte mir ihr Kinn und hob ihren Kopf an.

– Ganz bestimmt werden wir ein wenig naß, sagte ich zu ihr, aber daran sterben wir nicht.

Ich warf ihr einen Blick zu, der durch eine Betonwand gegangen wäre.

– Oder...?

Ich zog ihr die Decke über den Kopf und stieß sie zur Tür. Im letzten Moment merkte ich, daß ich fast mein Transistorgerät vergessen hätte. Ich steckte es in eine Plastiktüte aus dem Supermarkt und drückte es durch, bis der Griff herausguckte. Betty hatte sich keinen Millimeter bewegt. Ich öffnete die Tür.

Man konnte den Wagen so gerade eben noch erkennen, ganz unten, hinter der Regenwand. Die Sache schien fast undurchführbar, die Donnerschläge überlappten sich wie Wellen, der Himmel war nicht mehr zu sehen. Der Lärm war ohrenbetäubend. Ich beugte mich zu ihr rüber:

– LAUF AUF DEN WAGEN ZU! schrie ich.

Ich wußte, sie würde nicht gerade wie eine Rakete abgehen. Ich hob sie hoch und stellte sie draußen ab. In der Zeit, in der ich mich rumdrehte, um die Hütte abzuschließen, hatte sie bereits gut ein Viertel des Abstiegs geschafft.

Ich hatte das Gefühl, unter einer Dusche mit zwei voll aufgedrehten Wasserhähnen zu stehen. Ich steckte den Schlüssel in die Hosentasche und atmete tief durch, bevor ich loslief. Ich wollte nicht schon wieder auf dem Rücken runterrutschen, und ungelogen, der Boden war ganz schön glitschig, das Wasser stand zwei Zentimeter hoch.

Da an mir sowieso kein einziges Haar mehr trocken war noch sonst was, was ich am Leib hatte, hütete ich mich, Schnelligkeit und Überstürzung zu verwechseln, und paßte auf, wohin ich meine Beine setzte, als ich in das Bad sprang. Auch wenn mir alle Hunde der Hölle im Nacken kläfften.

Betty hatte einen gehörigen Vorsprung. Ich sah ihre silberne Decke wie Alufolie im Zickzack Richtung Wagen rasen. Noch eine Sekunde, dann ist sie gerettet, sagte ich mir. Genau in diesem Augenblick rutschte ich aus. Aber ich warf meine linke Hand nach hinten und fing mich auf einer Seite auf. Das Schlimmste hatte ich noch nicht hinter mir. Ich faßte mit der rechten Hand zurück und konnte so einen Sturz vermeiden, nur daß das Radio im Halbkreis durch die Luft flog und auf einem Felsen zerschellte.

Es hatte ein großes Loch in der Mitte, und ein paar bunte Kabel guckten raus. Ich schrie, ich brüllte, doch der Donner schluckte meine Stimme. Ich schmiß es weg, so weit ich konnte, und schnitt Grimassen in ohnmächtiger Wut. Alles kotzte mich an. Ich beeilte mich nicht einmal, den Rest der Strecke hinter mich zu bringen. Nichts konnte mich noch treffen.

Ich setzte mich hinters Steuer und schaltete die Scheibenwischer an. Betty schniefte, aber es schien ihr besser zu gehen, sie wischte sich mit einem Handtuch über den Kopf.

– So ein Gewitter hab ich selten erlebt, sagte ich.

Das war die Wahrheit, und dieses Gewitter kam mich besonders teuer zu stehen. Aber ich verlor auch nicht aus den Augen, daß wir mit geringem Schaden davongekommen waren, und ich wußte, was ich damit meinte. Statt einer Antwort starrte sie durch die Scheibe. Ich beugte mich ein wenig vor, um zu sehen, was sich noch ergab. Ganz oben konnte man verschwommen die Hütte erkennen, und Sturzbäche voller Schlamm stürzten zu Tal. Aus und vorbei die schönen Farbschattierungen und der Boden, der wie Diamantensplitter schillerte, aus und vorbei das alles. Das Ganze erinnerte einen eher an eine Kloake, aus der die Scheiße auf breiter Front auslief. Ich sagte nichts mehr, ich fuhr los.

Bei Einbruch der Nacht kamen wir in der Stadt an. Der Regen ließ nach. Vor einer Ampel mußte Betty niesen.

– Warum haben wir nie mal Schwein...? fragte sie.

– Weil wir nun mal Pechvögel sind, sagte ich voller Sarkasmus.

19

Ein paar Tage später nahm ich mir einen Vormittag Zeit und befestigte Teerpappe auf dem Dach. Ich arbeitete in aller Seelenruhe, es war ruhig, dann fuhr ich langsam wieder nach Hause und hörte dabei einen lokalen Sender. Die Stücke rauschten ein wenig.

Als ich eintraf, war Betty gerade dabei, Möbel zu verrücken.

– Weißt du schon das Neueste? fragte sie. Archie ist im Krankenhaus!

Ich warf meine Jacke auf einen Stuhl.

– Scheiße. Was ist passiert?

Ich half ihr, das Sofa zu verschieben.

– Er hat sich einen Topf mit kochender Milch auf die Knie gekippt...!

Wir transportierten den Tisch auf die andere Seite.

– Du warst gerade weg, da hat Bob angerufen, direkt aus dem Krankenhaus. Er möchte, daß wir ihm heut nachmittag den Laden aufmachen.

Wir rollten den Teppich in einer anderen Ecke aus.

– Scheiße, der dreht aber überhaupt nicht durch, meinte ich.

– Ach was, er hat bloß Angst, daß die Frauen auf dem Bürgersteig klebenbleiben und das Ganze in Aufruhr ausartet.

Sie ging ein paar Schritte zurück, um die neue Anordnung zu begutachten.

– Was hältste davon, gefällt's dir so...?

– Ja, sagte ich.

– Ist doch was anderes, oder?

Am Nachmittag bumsten wir ein wenig, danach fühlte ich mich etwas schlapp, ich blieb samt Zigaretten und einem Buch auf dem Bett liegen, während Betty die Fenster putzte. Das Gute am Klavierhandel ist, daß es einem nicht unter den Nägeln brennt. Zwischen zwei Verkäufen hat man die Zeit, den ganzen *Ulysses* zu lesen, ohne Eselsohren in die Seiten machen zu müssen. Trotzdem hatten wir genug, um auszukommen, wir konnten die laufenden Rechnungen bezahlen und den Wagen volltanken, wenn wir Lust dazu hatten. Eddie forderte kein Geld von uns, er wollte bloß, daß wir ihm die Bude auf Vordermann hielten und den Bestand wieder aufstockten, sobald wir eins losgeworden waren. Was wir auch taten. Ich kümmerte mich auch um den Transport, und die Knete dafür wanderte in meine eigene Tasche, ich wollte meine Geschäftsbücher nicht unnötig komplizieren.

Das Stärkste war, daß wir sogar Kohle im voraus hatten, mit der wir praktisch einen Monat hätten auskommen können. In dieser Hinsicht fühlte ich mich vollkommen beruhigt. Keinen Job zu haben und gerade mal so viel in der Tasche, daß man sich noch zwei Mahlzeiten leisten kann, das kannte ich leider nur zu gut. Für einen Monat im voraus Kohle zu haben, das war, als hätte ich mir einen Atomschutzbunker zugelegt. Mehr konnte ich schwerlich erwarten. Ich hatte noch nicht über meine Rente nachgedacht.

Ich machte mich also nicht verrückt. Ich guckte Betty zu, die sich am Fenster die Nägel säuberte und mit einem grellen Rot lackierte, während sich ihr Schatten an der Wand emporrankte. Es war wunderbar. Ich streckte mich auf dem Bett aus.

– Braucht das lange, bis das trocken ist? fragte ich sie.

– Nein, überhaupt nicht, aber an deiner Stelle würde ich mal auf die Uhr gucken...

Ich hatte gerade noch Zeit, in meine Hose zu schlüpfen und ihr einen Kuß auf den Hals zu geben.

– Biste sicher, du kommst allein klar? fragte sie.

– Ganz sicher, sagte ich.

Vier oder fünf Frauen warteten schon auf dem Bürgersteig. Sie spähten durch die Ladentür, um zu sehen, was los war, und redeten laut. Ich schnappte mir den Schlüssel im Garten und stieg in aller Schnelle rauf in die Wohnung. Ich erblickte die kleine Milchlache auf dem Fliesenboden der Küche. Mittendrin lag ein Teddybär. Ich hob ihn auf und legte ihn auf den Tisch. Die Milch war jetzt kalt.

Unten schien Stimmung aufzukommen. Ich ging runter und machte Licht. Sie schüttelten den Kopf, die häßlichste von allen renkte mir ihren Arm entgegen, um mir ihre Uhr zu zeigen. Ich öffnete die Tür.

– Immer mit der Ruhe, sagte ich.

Ich mußte mich in eine Ecke zwängen, um sie reinzulassen. Als die letzte drinnen war, konnte ich hinter der Kasse in Stellung gehen, ich dachte an Archie und an den Teddybär, der auf dem Küchentisch abtropfte und langsam verblutete.

– Könnten Sie mir eine Scheibe Kalbskopfpastete geben?

– Aber sicher, sagte ich.

– Und der Inhaber, kommt der nicht mehr...?

– Er kommt bald wieder.

– HE, SIE WOLLEN DOCH WOHL NICHT DIE PASTETE MIT DEN FINGERN ANFASSEN...??!!

– Ach du je! sagte ich. Entschuldigen Sie.

– Gut, geben Sie mir lieber zwei Scheiben Schinken dafür. Aber von dem runden, denn den eckigen, den will ich nicht.

Ich brachte den Rest des Tages damit zu, irgendwelches Zeug in Scheiben zu schneiden und mit zehn Armen und zehn Beinen und zusammengekniffenen Lippen von einer Ecke des Ladens in die andere zu rennen. Irgendwie konnte ich Bob verstehen. Ich wurde mir darüber klar, daß ich, wenn ich diesen Job immer hätte erledigen müssen, auch nicht mehr in der Lage gewesen wäre, mich einer Frau auch nur zu nähern, ich hätte mich auch vor den Fernseher geknallt. Nun gut, das war übertrieben, aber trotzdem, manchmal führt das Leben einem ein abscheuliches Spektakel vor, und wo man auch hinguckt, nichts als Wut und Wahnsinn. Es war schon reizend, daß man in der sicheren Erwartung von Tod, Alter, Krankheit leben mußte, das hieß, schnurstracks ins Gewitter zu laufen, sich mit jedem Schritt der Nacht zu nähern.

Ich schloß den Laden nach einem letzten Kilo Tomaten, meine Moral war auf dem Nullpunkt. Unversehens reißen einen solche Betrachtungen mit in einen Fall ohne Ende, und das Entsetzen könnte einem glatt den Mut sinken lassen, wenn man sich da keinen Ruck gibt. Ich gab mir einen Ruck und zog mir drei Bananen nacheinander rein. Danach war ich weder Fisch noch Fleisch, ich ging rauf und kippte noch ein Bier obendrauf. Da ich es nicht besonders eilig hatte, wischte ich die Milch vom Boden und wusch den Teddybär. Ich hängte ihn an den Ohren im Badezimmer auf, über der Badewanne. Er hatte ein irgendwie unwirkliches Lächeln, ganz nach dem Geschmack von heute. Ich blieb neben ihm stehen, bis ich mein Bier ausgetrunken hatte. Aber dann verzog ich mich, bevor ich Ohrenschmerzen bekam.

Als ich nach Hause kam, lag Betty mit einem einen Meter hohen Elefanten zu Füßen auf dem Sofa. Er war rot und hatte weiße Ohren und war in eine Klarsichtfolie verpackt. Betty stützte sich auf den Ellbogen.

– Ich hab mir gedacht, er freut sich, wenn wir ihn besuchen. Guck mal, was ich ihm gekauft hab ...

Nach der Plackerei, die ich mir aufgehalst hatte, fand ich die Atmosphäre in der Bude ziemlich angenehm, ich hätte mich gern in sie hineingleiten lassen. Aber jeder Versuch wäre unnütz gewesen mit diesem roten Elefanten mitten im Salon, überallhin hätte mich sein Blick verfolgt.

– Einverstanden, gehn wir ruhig hin, sagte ich.

Zur Belohnung bekam ich ein Augenzwinkern.

– Willst du nicht erst noch was essen ... Haste denn keinen Hunger ...?

– Nein, ich hab kein bißchen Hunger.

Ich ließ Betty fahren. Ich nahm das Tier auf den Schoß. Irgendwie hatte ich einen schalen Geschmack im Mund. Ich sagte mir, wenn wir in einem fort den Kelch der Verzweiflung an die Lippen führen, brauchen wir uns nicht zu wundern, wenn wir einen Kater bekommen. Die Straßenlampen hatten etwas selten Grausames an sich. Wir stellten den Wagen auf dem Parkplatz vor dem Krankenhaus ab und wanderten zum Eingang.

Es passierte genau in dem Augenblick, als wir durch die Tür kamen, keine Ahnung, was mit mir los war. Dabei trat ich nicht zum ersten Mal in ein Krankenhaus, der Geruch war nichts

Neues für mich, auch nicht all diese Leute, die im Schlafanzug rumschlendern, nicht einmal diese seltsame Präsenz des Todes, ja, auch die kannte ich, und nie hatte mir das was ausgemacht, nie. Als meine Ohren plötzlich anfingen zu rauschen, war ich selbst am meisten überrascht. Ich spürte, wie meine Beine steif und weich auf einmal wurden, mir brach der Schweiß aus. Der Elefant purzelte zu Boden.

Ich sah Betty neben mir gestikulieren, sah, wie sie sich zu mir rüber beugte, und ihren Mund, der sich bewegte, aber ich hörte nichts außer dem Blut, das mir durch die Adern zischte. Ich lehnte mich gegen eine Wand. Mir war nicht einfach schlecht, mir war sehr schlecht. Eine eisige Schranke ging mir durch den Schädel, ich konnte das Gleichgewicht nicht mehr halten. Ich rutschte auf den Boden.

Nach einigen Sekunden kam der Ton ganz leise wieder. Schließlich kam alles wieder. Betty wischte mir mit einem Taschentuch übers Gesicht. Ich atmete tief durch. Die Leute kamen und gingen weiter, ohne sich um uns zu kümmern.

– Oh, das darf doch nicht wahr sein, was ist denn mit dir los... Du hast mir vielleicht 'ne Angst eingejagt...!!

– Jaja, irgendwas hab ich wohl nicht gut vertragen, sagte ich. Bestimmt die Bananen.

Während Betty zur Information ging, trat ich auf den Getränkeautomaten zu und schüttete mir dann eine eiskalte Cola rein. Ich verstand überhaupt nichts mehr. Ich hatte keine Ahnung, ob das die Bananen waren oder ein Wink aus dem Jenseits.

Wir gingen rauf in das Zimmer. Es war nicht sehr hell dort. Archie schlief. Bob und Annie saßen jeder auf einer Seite des Bettes. Das Baby schlief auch. Ich stellte den Elefanten in eine Ecke, und Bob stand auf, um mir zu erklären, daß Archie gerade eingeschlafen war und ganz schön hatte leiden müssen, der Arme.

– Es hätte schlimmer kommen können, fügte er hinzu.

Für einen Moment schwiegen wir und guckten Archie an, der sich sanft im Schlaf bewegte, seine Haare klebten an den Schläfen. Er tat mir leid, aber darüberhinaus verspürte ich eine undefinierbare Angst, und die hatte mit ihm nichts zu tun. Ich konnte mich noch so anstrengen, ich wurde das Gefühl nicht los, eine Nachricht erhalten zu haben, die zu entziffern mir nicht gelingen wollte. Das machte mich nervös. Es ist immer unangenehm, wenn einem ohne ersichtlichen Grund schlecht wird. Ich biß mir fast die Zunge ab.

Als ich merkte, daß das nicht besser wurde, gab ich Betty ein Zeichen und fragte Bob, ob wir nicht etwas für sie tun konnten, er solle sich bloß nicht genieren, aber nicht doch, nein, dankte er, und ich wich zur Tür zurück, als ob Schlangen an der Decke hingen, die gleich herunterfallen könnten. Ich hastete durch den Flur, Betty hatte Mühe, mir zu folgen.

– He, ist dir 'ne Laus über die Leber gelaufen? Geh doch nicht so schnell...!

Wir rasten geraden Wegs durch die Halle. Fast hätte ich einen Alten umgestoßen, der mir in seinem Rollstuhl von rechts in die Quere kam. Der Typ drehte sich einmal um seine Achse, doch ich bekam nicht einmal mit, was er erzählte, und im nächsten Moment flitzte ich durch die Tür.

Die frische Nachtluft tat mir gut, ich fühlte mich schlagartig besser. Das Ganze kam mir vor wie ein Besuch in einem Geisterhaus. Betty hielt die Hände in die Seiten und guckte mich von oben herab mit einem besorgten Lächeln an.

– Was ist denn los? fragte sie mich. Was hat dir dieses gottverdammte Krankenhaus getan...?

– Das kommt bestimmt daher, daß ich nichts im Magen habe. Ich hab mich was schwach gefühlt.

... Eben kam es noch von den Bananen.

– Ich weiß es auch nicht. Ich glaub, ich hab Lust, was zu essen. Ja...

Wir stiegen die paar Stufen der Freitreppe hinunter, unten angekommen drehte ich mich um, Betty ging einfach weiter. Ich musterte das Gebäude aufmerksam, doch alles erschien normal, nichts wies darauf hin, daß dieser Kasten irgend etwas Schreckerregendes an sich haben konnte. Alles war vielmehr sauber und hübsch angestrahlt, ringsum Palmen und frisch gestutzte Hekken. Ich verstand wirklich nicht, was in mich gefahren war. Vielleicht hatte ich einfach vergiftete Bananen gegessen, verhexte Bananen, die einem die Angst ohne Grund in den Bauch pflanzten. Nehmen Sie dazu ein verbranntes Kind, das in einem etwas dunklen Raum mit dem Kopf wackelt, dann haben Sie die Antwort auf all Ihre Fragen. Mehr war da nicht dran.

Dennoch, ich müßte lügen, wenn ich behaupten wollte, daß nicht einmal ein kleines Unwohlsein übrigblieb. Aber das war an der Grenze der Wahrnehmbarkeit, damit würde ich nicht auf den Arsch fallen.

Ich kannte ein Ding im Norden der Stadt, in dem ein Steak mit Fritten noch nach was aussah und man soviel Licht haben konnte, wie man wollte. Der Inhaber kannte uns, ich hatte ihm ein Klavier für seine Frau verkauft. Er holte drei Gläser raus, während wir uns hinter die Theke begaben.

– Na, macht sich die Sache? fragte ich ihn.

– Naja, über die Tonleitern werd ich noch zum Neurastheniker, meinte er.

Es war nicht viel los im Saal, nur ein paar Typen, einige Pärchen und ein paar Meckifrisuren um die zwanzig, fünfundzwanzig ohne eine einzige Falte auf der Stirn. Betty war gut gelaunt. Die Qualität der Steaks hätte einen Vegetarier in die Knie gezwungen, und meine Fritten schwammen im Ketchup, was mich den Zwischenfall aus dem Krankenhaus völlig vergessen ließ. Mir war leicht ums Herz. Ich war kurz davor, die ganze Welt zu umarmen. Betty lächelte mich an, und ich lachte über jeden Blödsinn. Zum Schluß bestellten wir zwei riesige Strombolibecher mit Garniture Spéciale. Allein die Sahne dürfte ein halbes Kilo gewogen haben.

Danach machte ich zwei großen Gläsern Wasser den Garaus, und wie auf Bestellung mußte ich zur Toilette rennen. Die Becken an der Wand waren in indischem Rosa. Ich wählte das mittlere. Jedesmal, wenn ich vor einem dieser Geräte stand, mußte ich an diese große Blonde denken, einsneunzig war sie, die ich eines Tages rittlings dadrauf überrascht hatte, sie hatte mich angelächelt und gemeint, machen Sie sich keine Sorgen, Sie kriegen Ihren Apparat gleich wieder. Ich werd dieses Mädchen nie vergessen, das war zu der Zeit, wo viel von der Emanzipation der Frau geredet wurde, ständig hing man uns damit in den Ohren, aber dieses Mädchen, das hat mich am meisten beeindruckt. Da mußte man wirklich zugeben, daß sich was geändert hatte.

Ich dachte also an sie und ließ mit einer Hand die Knöpfe aufspringen, als einer der jungen Typen mit 'nem Mecki auftauchte. Er stellte sich neben mich und starrte den silbernen Knopf an, der die Spülung in Gang setzt.

Bei mir tat sich nichts, aber bei ihm auch nicht. Tödliches Schweigen zwischen uns. Von Zeit zu Zeit warf er mir einen Blick zu, um zu sehen, was ich trieb, und räusperte sich. Er hatte eine weite Hose und ein buntes Hemd an, ich enge Jeans und ein weißes T-Shirt. Er war achtzehn, ich fünfunddreißig. Ich biß die Zähne zusammen und spannte meine Unterleibsmuskulatur an. Ich spürte, daß er das gleiche machte. Ich konzentrierte mich.

Die Stille wurde durchbrochen durch das charakteristische Prasseln, das vor mir hochstieg.

– He, he, machte ich.

– Oh, außerdem mußte ich gar nicht, brummelte er.

Als ich in seinem Alter war, hatte mir Kerouac gesagt, sei verliebt in das Leben. Da war es normal, daß ich schneller pißte. Aber ich wollte nicht auf meinem vernichtenden Sieg rumreiten:

– Ich muß es ausnutzen, sagte ich. Wer weiß, wie lange ich's noch kann...

Er kratzte sich am Kopf. Während ich mir die Hände wusch, schnitt er Grimassen vor dem Spiegel.

– Übrigens, meinte er, ich hab mir gedacht, vielleicht hätte ich was, was dich interessieren könnte...

Ich drehte ihm den Rücken zu, um mir die Hände abzutrocknen, ich riß die vorgeschriebenen zwanzig Zentimeter ab. Ich war gut gelaunt.

– Ah ja...? machte ich.

Er kam näher und faltete unter meiner Nase ein Papierchen auseinander.

– Ist 'n gutes Gramm, murmelte er.

– Gute Qualität?

– Bestimmt, aber mich darfste nich fragen, ich hab's noch nie probiert. Ich mach das, weil ich Urlaub machen will. Ich hab Bock auf Surfen.

Gott, was ist diese Jugend abgedriftet, dachte ich mir. Ganz zu schweigen davon, daß er sich nicht mal die Hände gewaschen hatte. Es waren nicht wenige Kristalle, ich probierte es, ich fragte ihn, wieviel, er sagte es mir. Ich hatte so lange meine Finger davongelassen, daß sich in der Zwischenzeit die Preise verdoppelt hatten, mir blieb der Mund offen stehen.

– Bist du sicher, daß du dich nicht vertust? fragte ich ihn.

– Kannst es nehmen oder seinlassen.

Ich kramte einen Schein aus der Hosentasche.

– Kannste mir dafür was davon geben?

Der Schuft war nicht heiß, ich mußte ihn ein wenig anstacheln.

– Dafür kannste dir 'n Paar Bermudas anschaffen, sagte ich.

Er lachte. Wir schlossen uns in der Herrentoilette ein, und er präparierte mir das Zeug auf dem Deckel der Wasserspülung. Ich putzte mir gründlich die Nase, bevor ich es mir reinzog. Danach fühlte ich mich stark genug, einen neuen Tag anzugehen, und da ich wie elektrisiert war, faßte ich ihn am Arm, bevor wir uns trennten.

– Eins sollteste trotz allem nicht vergessen, sagte ich. Eine Gegend, die nur aus Sand und Wellen besteht, die gibt's nicht. Das Blut fließt in alle Ecken.

Er guckte mich an, als hätte ich ihm die Lösung der Quadratur des Kreises verraten.

– Warum sagste mir das? fragte er.

– War ein Witz, sagte ich. Mit fünfunddreißig, da ist man neugierig, ob die Leute noch lachen können...

Es stimmte zwar, daß ich den Eindruck hatte, die Welt sei von Jahr zu Jahr düsterer geworden, aber diese Feststellung brachte mir nicht viel. Ich hatte beschlossen, mich nicht unterkriegen zu lassen und mein Leben so einzurichten, daß es nicht einem Mülleimer glich. Das war das Beste, was ich gefunden hatte, das war alles, was ich zu bieten hatte. Zudem war das gar nicht so einfach. Ich glaube, mein einziger Stolz in diesem Leben ist, daß ich mich bemühe, ein anständiger Kerl zu bleiben. Mehr darf man nicht von mir verlangen, da hab ich nicht die Kraft zu. Schniefend ging ich zu Betty zurück. Ich drückte sie in meine Arme. Fast hätte ich sie vom Stuhl gekippt. Ein paar Typen guckten uns an.

– He, ich will dich ja nicht ärgern, steckte sie mir leise zu. Aber wir sind nicht allein hier...

– Da scheiß ich drauf, gab ich ihr zur Antwort.

Ich hätte mir einen Hocker schnappen und ihn zusammenbiegen können.

Auf dem Rückweg hatte ich das Gefühl, am Steuer eines Panzerwagens zu sitzen, den nichts auf der Welt hätte aufhalten können. Betty hatte Wein getrunken, die ganze Welt hatte in dieser Nacht Wein getrunken, und ich war der einzige einigermaßen klare Typ, der einzige, der auf seinem Posten geblieben war, der sich ans Steuer klammerte, während all die anderen, verdorben wie sie waren, einen mit der Lichthupe anblinkten. Betty steckte mir eine brennende Zigarette in den Mund.

– Vielleicht würdest du mehr sehen, wenn du dich dazu entschließen könntest, die Scheinwerfer ein bißchen anzumachen...

Bevor ich mich nur umdrehen konnte, hing sie schon über dem Armaturenbrett und schaltete das Abblendlicht ein. Das war besser, aber nicht außergewöhnlich.

– Ob du's mir glaubst oder nicht, sagte ich, aber ich hab gesehn wie am hellichten Tag.

– Jaja, ich zweifle nicht dran.

– Ist doch nicht so, daß wir gleich blind werden, nur weil es Nacht ist, kannste mir folgen...?

– Jaja, ganz und gar.

– Scheiße, ist doch wahr...!

Ich hatte Lust, etwas Außerordentliches zu vollbringen, doch wir befanden uns viel zu schnell wieder in der Stadt, und ich durfte völlig idiotisch in die Straßen einfädeln, Fußgängern ausweichen und wie der letzte Schwanz vor den roten Ampeln halten, während mir Dynamit durch die Adern pulste.

Ich parkte vor unserem Haus. Die Nacht war mild, windstill, lautlos, ganz leicht untermalt vom Schein des Mondes, doch der Gesamteindruck hatte etwas ungeheuer Heftiges an sich, alles war blau bis perlgrau. Ich überquerte die Straße und atmete die frische Luft tief ein, und ich hatte nicht die geringste Lust, schlafen zu gehen. Betty hatte auf dem letzten Teil der Strecke angefangen zu gähnen, ich wollte es nicht wahrhaben.

Als wir raufgingen und ich sah, wie sie sich mit den Armen voraus aufs Bett schmiß, versuchte ich, sie aufzurütteln.

– He... Das kannst du mir nicht antun! grölte ich. Haste keinen Durst, soll ich dir was bringen...?

Für einen klitzekleinen Augenblick mühte sie sich. Sie lächelte, doch gleichzeitig fielen ihr die Augen zu, während ich in der Lage gewesen wäre, die ganze Nacht durchzuquatschen, verdammte Scheiße, SCHEISSE! Ich half ihr beim Ausziehen und erklärte ihr in der Zeit, daß für mich die Dinge von absoluter Klarheit waren. Sie hielt sich die Hand vor den Mund, um mich nicht zu verletzen. Ich gab ihr einen kleinen Klaps auf den Hintern, als sie unter die Decke schlüpfte. Ihre Brustwarzen waren weich wie Kautabak. Und ich brauchte mir gar nicht erst die Mühe zu machen, zwischen ihren Beinen nachzuforschen, denn sie schlief schon.

Ich nahm mir das Radio und machte es mir in der Küche gemütlich mit einem Bier. Ich geriet zwischen die Nachrichten, aber es passierte sowieso nichts Wichtiges. Wir waren alle mehr oder weniger schon tot. Ich drehte den Ton ab, bevor die Sportergebnisse des Tages kam. Es war fast Vollmond, er schien direkt auf den Tisch, so hell, daß ich kein Licht zu machen brauchte. Das war ziemlich beruhigend. Sofort kam mir der Gedanke, mir ein Bad einlaufen zu lassen. Mein Kopf war klar wie ein strahlender Winterhimmel, und ich konnte die Dinge mit meinen Augen anfassen. Ich hätte es gehört, wenn hundert Meter weit weg ein Strohhalm durchgebrochen wäre. Das Bier schlängelte sich durch meine Kehle mit der Gewalt eines Gebirgsbaches, als ich es austrank. Schön, ich mußte zugeben, die Qualität war nicht schlecht, aber an den Preis für ein Gramm nur zu denken, ließ mich schaudern.

Nach einer Stunde hatte ich mich immer noch nicht von meinem Stuhl bewegt, aber ich hing leicht nach vorn über und guckte zwischen meinen Beinen nach, ob, ja oder nein, meine Eier noch dran waren. Ich war dabei, mir das Messer an die Kehle zu setzen. Amüsiert lächelnd und etwas kurzatmig stand ich auf. Ich holte mir, was ich brauchte, und setzte mich wieder an den Tisch.

Kurz darauf hatte ich drei Seiten vollgeschrieben. Ich hörte auf. Ich wollte bloß wissen, ob ich noch in der Lage war, wenigstens eine zu schreiben, eine Seite meine ich, keinen Romanzyklus. Ich rauchte eine Zigarette und musterte die Decke. Ich hatte mich nicht schlecht geschlagen, ganz im Gegenteil, und ich war selbst am meisten erstaunt. Langsam las ich mir die Seiten durch. Ich fiel von einer Überraschung in die andere, ganz entschieden konnte ich mich nicht erinnern, jemals so etwas geschrieben zu haben, höchstens wenn ich auf dem Gipfel meiner Form war. Irgendwie war das beruhigend, das war, als wäre ich nach zwanzig Jahren wieder auf ein Fahrrad geklettert und nicht gleich beim ersten Tritt in die Pedale auf den Boden befördert worden. Das versetzte mir einen leichten Stich. Ich streckte die Hände aus, um zu sehen, ob sie zitterten. Man hätte meinen können, ich wartete darauf, Handschellen angelegt zu bekommen.

Da Ärger und Fragen nicht das waren, wonach ich auf der Welt am meisten strebte, verbrannte ich die kleinen Blätter sorgfältig, aber ohne Bedauern. Etwas, was ich geschrieben habe, vergesse ich nie mehr. Daran erkennt man die Schriftsteller, die's im Ohr haben.

Gegen zwei Uhr miaute ein Kater hinter dem Fenster. Ich ließ ihn rein und spendierte ihm eine Dose Sardinen in Tomatensoße.

Wir waren garantiert die einzigen Personen in der ganzen Straße, die noch auf waren. Es war ein junger Kater. Ich streichelte ihn, und er schnurrte. Dann sprang er auf meine Knie. Ich beschloß, ihn ein wenig verdauen zu lassen und erst dann aufzustehen, ich hatte den Eindruck, die Nacht stünde still. Mit tausend Vorsichtsmaßnahmen lehnte ich mich zurück, um mir mit den Fingerspitzen die Packung Chips zu angeln. Sie war fast noch voll. Ich verstreute einen Teil des Inhalts auf dem Tisch, nur so, zum Zeitvertreib.

Als die Packung alle war, fragte ich mich, ob er sich eigentlich vorstellte, er könne die ganze Nacht auf meinem Schoß zubringen. Ich schüttelte ihn ab. Er rieb sich zwischen meinen Beinen. Ich brachte ihm eine Tasse Milch. Man konnte sagen, was man wollte, zumindest stand dieser Tag unter dem Zeichen der Milch, er war sanft und leidenschaftlich auf einmal, geheimnisvoll, unvorhersehbar und von einem unergründlichen Weiß, mit Bären, Elefanten und Katzen, willste was, hier haste's. Dafür, daß ich Milch verabscheute, war ich bedient, ich hatte keinen Tropfen übrig gelassen. Mit dieser nicht strafbaren Kraft, die einen den Kelch bis zur Neige leeren läßt, muß man rechnen. Ich ließ die Milch langsam rausfließen, als ich dem Kater nachschenkte, ich zuckte mit keiner Wimper. Das schien wie die letzte Prüfung des Tages, und für sowas habe ich eine Art Vorahnung.

Ich setzte den Kater wieder auf die Fensterbank und machte das Fenster hinter ihm wieder zu, während er sich in die Geranien verzog. Ich machte etwas Musik an. Ich gönnte mir noch ein Bier vor dem Schlafengehen. Ich hatte Lust, noch etwas zu tun, aber es gab nichts, was mir wirklich zusagte. Um mich ein wenig zu bewegen, hob ich Bettys Sachen auf und faltete sie gewissenhaft.

Ich leerte die Aschenbecher.

Ich jagte einer Mücke hinterher.

Ich wühlte in den Fernsehkanälen herum, aber nichts, bei dem man es länger als eine Minute aushalten konnte, ohne zwanzigmal zu sterben.

246

Wusch mir den Kopf.

Saß am Fußende des Bettes und las einen Artikel, der an die elementaren Vorsichtsmaßnahmen erinnerte, die im Fall eines nuklearen Angriffs zu treffen sich empfiehlt, vor allem: nicht zu nah am Fenster bleiben.

Ich feilte mir einen Nagel, der eingerissen war, und feilte die anderen gleich mit.

Nach meinen Berechnungen waren noch einhundertsiebenundneunzig Stücke Zucker in der Dose, die auf dem Tisch stand. Ich hatte keine Lust, mich hinzulegen. Die Katze miaute hinter der Fensterscheibe.

Ich stand auf, um einen Blick aufs Thermometer zu werfen, achtzehn Grad. Nicht schlecht.

Ich schnappte mir das I Ging und erwischte die Verfinsterung des Lichts. Auch nicht schlecht. Betty wälzte sich stöhnend herum.

Ich entdeckte, daß auf der Wand an einer Stelle Farbe herunterlief.

Die Zeit verging, ich versank bis auf den Grund und kam wieder hoch mit entflammtem Verstand und brennender Zigarette.

Was den Charme dieser Generation ausmachte, das war die Erfahrung der Einsamkeit und der absoluten Nutzlosigkeit der Dinge. Ein Glück, daß das Leben schön war. Ich legte mich aufs Bett, das Schweigen war wie ein Gehäuse aus Blei. Ich entspannte mich, um diese unsinnige Energie zu lindern, die mich durchdrang wie elektrischer Strom. Ich wandte mich der Ruhe zu und der Schönheit einer frisch gestrichenen Decke. Betty stieß mir ihr Knie in die Hüfte.

Es war nicht ausgeschlossen, daß ich für den nächsten Tag ein Chili zubereitete.

Seit ungefähr dreizehntausend Tagen lebte ich, ich sah weder den Anfang noch das Ende. Ich hoffte, die Teerpappe würde trotz allem noch etwas halten. Die kleine Lampe brachte bloß fünfundzwanzig Watt, aber ich deckte sie mit meinem Hemd ab.

Ich nahm mir ein neues Päckchen Kaugummi aus Bettys Handtasche. Ich nahm mir einen Streifen und faltete ihn zwischen meinen Fingern wie eine Frühlingsrolle. Ich zerbrach mir vergeblich den Kopf, ich verstand nicht, wie die Typen darauf gekommen waren, ELF Streifen in ein Päckchen zu tun. Als ob Mangel daran wäre, die Dinge willkürlich zu komplizieren. Ich schnappte mir mein Kopfkissen und legte mich auf den Bauch. Ich drehte mich und wendete mich. So sehr, daß ich schließlich einschlief, und den elften, sozusagen der Ursprung meiner Leiden, den schubste ich mit der Zunge, und ich verschlang ihn.

20

Seit einigen Tagen waren die Bullen nervös. Von morgens bis abends fuhren sie Streife in der Umgebung, und ihre Autos durchkreuzten die Straßen im Sonnenlicht. Ein Einbruch in die wichtigste Bank einer kleinen Stadt, das wirbelt immer die Scheiße auf. Um einer Kontrolle im Umkreis von zehn Kilometern zu entgehen, hätte man einen Tunnel graben müssen. Ich war mit einer Frau verabredet, die sich fragte, ob ein Flügel durch ihr Fenster gehen würde, und fuhr in aller Ruhe über eine einsame Straße, als mich ein Streifenwagen überholte und der Typ mir ein Zeichen gab anzuhalten. Es war der Jüngere von damals, der mit den kräftigen Schenkeln. Ich hatte nicht viel Zeit, doch ich hielt brav am Straßenrand an. Auf der Böschung fingen die ersten Ginsterzweige an zu blühen. Er war vor mir draußen. Ich konnte in seinen Augen nicht lesen, ob er mich wiedererkannte.

– Salut, mal wieder auf Achse...? witzelte ich.

– Ich hätte gern den Fahrzeugschein gesehen, sagte er.

– Erkennen Sie mich nicht?

Seine Hand blieb ausgestreckt, mit gelangweiltem Gesicht guckte er in die Gegend. Ich kramte die Papiere hervor.

– Meines Erachtens waren die Typen, die den Coup gelandet haben, nicht von hier, fügte ich hinzu. Ich, so wie Sie mich vor sich haben, ich bin mitten in der Arbeit.

Ich hatte das Gefühl, daß ich ihm gründlich auf den Wecker fiel. Er klimperte ein Bebob-Stück auf die Motorhaube. Die Tasche seiner Knarre glänzte im Licht wie ein schwarzer Panther.

– Ich will den Kofferraum sehn, meinte er.

Ich wußte, daß er wußte, daß ich mit seiner verdammten Bank nichts zu tun hatte. Er wußte, daß ich das wußte. Ich gefiel diesem Kerl nicht, das sprang in die Augen, aber weshalb ich ihm nicht gefiel, das war mir schleierhaft. Ich zog die Zündschlüssel ab und ließ sie vor meiner Nase runterhängen. Er riß sie mir geradezu aus den Fingern. Ich spürte, daß ich zu spät kommen würde.

Eine Zeitlang hantierte er am Schloß herum, dann rüttelte er den Griff hin und her. Ich stieg aus und knallte die Tür zu.

– Das reicht, sagte ich. Warten Sie, ich mach es selbst. Das mag einem ja idiotisch vorkommen, aber ich leg keinen Wert darauf, daß der Wagen ramponiert wird. Der gehört zu meiner Arbeitsausrüstung.

Ich machte den Kofferraum auf und trat zur Seite, damit er einen Blick reinwerfen konnte. Bloß eine alte Streichholzschachtel flog ganz hinten herum. Ich ließ mir soviel Zeit wie angebracht, bevor ich den Kofferraum wieder zumachte.

– So kann ich ihn wenigstens ein bißchen auslüften, sagte ich.

Ich stieg wieder ein. Ich wollte gerade die Zündung betätigen, da beugte er sich vor und krallte sich an die Wagentür.

– He... warten Sie mal 'nen Moment! sagte er. Was sagen Sie denn dazu...?!

Ich hielt meinen Kopf nach draußen. Er war dabei, meinen Reifen zu liebkosen.

– Man könnte schlicht und einfach sagen, eine Bananenschale! verkündete er. Den würde ich nicht mal nehmen, um ihn mir als Blumentopf vor die Tür zu stellen...

Ich wurde sogleich umgänglicher, ich spürte die Gefahr.

– Ja, ich weiß, sagte ich. Ich hab das gesehn, als ich heut morgen losgefahren bin, aber ich hab damit gerechnet, mich schnell drum kümmern zu können.

Er erhob sich, ohne mich aus den Augen zu lassen. Ich versuchte, ihm Liebesbotschaften zu übermitteln.

– So kann ich Sie nicht weiterfahren lassen, meinte er. Sie stellen eine öffentliche Gefahr dar.

– Ja, aber ich fahr nicht weit. Ich werd ganz langsam fahren. Den Reifen da, den wechsele ich auf der Stelle, wenn ich zurückfahr, da können Sie ganz beruhigt sein... ich weiß auch nicht, wie das gekommen ist.

Er rückte ein Stück vom Wagen weg und setzte ein gelangweiltes Gesicht auf.

– Na gut... ich würd sagen, Schwamm drüber. Aber den da wechseln Sie mir gegen den Ersatzreifen gleich hier aus...

Ich spürte, wie sich die Härchen auf meinen Armen und meinen Beinen sträubten. Meinen Ersatzreifen konnte man keinem Polizeibeamten zeigen. Der hatte mindestens hundertfünfzigtausend Kilometer auf dem Buckel. Der, den ich ihm wechseln sollte, erschien mir so gut wie neu dagegen. Ich hatte einen Frosch im Hals. Ich hielt ihm meine Zigaretten hin.

– Hrm, hrm... Rauchen Sie?... Sagen Sie, diese Bankgeschichte, die muß Ihnen doch 'ne Heidenarbeit machen... hrm... He, ich möchte nicht mit diesen kleinen Drecksäcken tauschen... hrm...

– Jaja, aber los jetzt, machen Sie mir diesen Reifen runter, ich hab noch was anderes zu tun...

Jetzt, wo die Sache im Eimer war, nahm ich mir eine Zigarette aus dem Päckchen und machte sie mir an, dabei betrachtete ich die Straße, die sich jenseits der Windschutzscheibe dahinzog. Der Typ kniff die Augen zusammen.

– Wollen Sie vielleicht, daß ich Ihnen dabei helfe...? fragte er.

– Nein, stöhnte ich, das lohnt nicht. Wir würden nur unsere Zeit verplempern. Der andere ist auch nicht sehr schön. Ich werd ihn auch austauschen...

Er packte sich meine Tür mit beiden Händen. Eine widerspenstige Strähne hing ihm in die Stirn, aber das kümmerte ihn nicht.

– Normalerweise müßte ich Ihr Fahrzeug stillegen, meinte er. Ich könnte Sie sogar zu Fuß losschicken. Wir fahren jetzt zurück, und Sie, Sie werden mir hübsch vor einer Werkstatt anhalten und mir diesen Reifen wechseln. Ich bleib Ihnen auf der Pelle.

Das hieß also mindestens eine Stunde Verspätung bei meiner Verabredung, und einen Flügel, sowas verkauft man auch nicht alle Tage. Fast hätte ich ihm gesagt, er werde nicht dafür bezahlt, die Leute von der Arbeit abzuhalten. Aber die Sonne schien ihn zu bestrahlen.

– Hören Sie, sagte ich, keine drei Schritte von hier hab ich
'ne Verabredung. Ich fahr hier nicht spazieren, ich will ein
Klavier verkaufen, und Sie wissen, heutzutage kann es sich
kein Unternehmen leisten, auch nur den geringsten Auftrag zu
verpatzen. Zur Zeit steht uns allen das Wasser bis zum
Hals... Ich geb Ihnen mein Wort, daß ich mich um diese
Reifen kümmere, wenn ich zurückfahre. Ich schwöre es
Ihnen.

– Nein. Auf der Stelle! kreischte er.

Ich packte das Lenkrad und mußte an mich halten, es nicht
zwischen meinen Fäusten zu zerquetschen, wo meine Arme
schon steif waren wie Stöcke.

– Na schön, sagte ich, wenn Sie darauf bestehen, mir ein
Bußgeld zu verpassen, dann tun Sie es doch. Dann weiß ich
wenigstens, wofür ich heute arbeiten werde. Sieht so aus, als
hätte ich keine Wahl...

– Von einem Bußgeld war nicht die Rede. Ich habe gesagt,
Sie sollen diesen Reifen wechseln, und zwar SOFORT!

– Ja, das hab ich wohl verstanden. Aber wenn mir dadurch
ein Auftrag flötengeht, ziehe ich das Bußgeld vor.

Etwa zehn Sekunden lang stierte er mich an, ohne einen
Ton zu sagen, dann trat er einen Schritt zurück und zog
langsam seine Waffe. Weit und breit war niemand zu sehen.

– Entweder tun Sie, was ich gesagt hab, knurrte er, oder ich
jag Ihnen für den Anfang 'ne Kugel in diesen verdammten
Reifen...!

Ich zweifelte nicht eine Sekunde daran, daß er zu derartigen
Dingen fähig war, und in der nächsten Minute rauschten zwei
Autos Richtung Stadt. Ich konnte den Vormittag abhaken.

Am Stadtrand war ein Schrottplatz. Ich betätigte den Blin-
ker und fuhr auf den Hof. Ein schwarzer, schmieriger Wach-
hund bellte an einer Kette. Unter einem Schutzdach sortierte
ein Typ Schrauben, er guckte zu uns rüber. Es war einer
dieser schönen, fast warmen Frühlingstage ohne ein Lüftchen,
das sich bewegte. Ringsum stapelten sich verschrottete Wagen.
Ich stieg aus. Der junge Bulle stieg aus. Der Schrotthändler

verpaßte dem Hund einen Tritt und wischte sich die Hände ab.
Er lächelte dem jungen Bullen zu:

– He, Richard...! Was führt dich her? rief er.

– Die Arbeit, Alter, nichts als Arbeit hat man...

– Und mich die Reifen, sagte ich.

Der Typ kratzte sich am Kopf, dann verkündete er, er habe
wohl drei oder vier Mercedes dabei in dem Stapel, doch das
Problem sei, sie zu finden.

– Machen Sie sich keine Sorgen, ich hab ja sonst nichts vor,
lachte ich hämisch.

Sie gingen ein Bier zischen im Schatten des Dachs, während
ich mich zwischen die Wracks verdrückte. Ich war fast schon
eine halbe Stunde im Verzug. Die Schrottwagen fühlten sich heiß
an. Der Feind hatte Gewalt über mich. Ich mußte zwei-, dreimal
auf irgendwelche Motorhauben klettern, ehe ich einen Mercedes
entdecken konnte.

Der linke Vorderreifen war gut, bloß hatte ich den Wagenheber vergessen. Ich mußte noch einmal zurück. Die Luft roch
nach Altöl. Ich nahm mir das Werkzeug aus dem Wagen. Die
beiden saßen jeder auf einer Kiste und quatschten. Ich nutzte das
aus, um meinen Pulli auszuziehen. Ich winkte ihnen zu, als ich
an ihnen vorbeikam.

Es mußte so sein, daß der Mercedes, der mich interessierte,
einen Lieferwagen auf dem Dach hatte. Um das Ganze nicht in
zu düsteren Farben schildern zu wollen, ich hatte meinen Spaß
mit dem Wagenheber, und als ich diesen vermaledeiten Reifen
endlich runter hatte, war ich schweißüberströmt, und mein
T-Shirt hatte die Farbe gewechselt. Die Sonne stand fast senkrecht über mir. Jetzt ging es darum, das gleiche ein Stückchen
weiter noch einmal zu machen. Mir war, als müßte ich so etwas
wie einen Felsbrocken wegrollen.

Die Stimmung unter dem Dach war prächtig, der Bulle
erzählte und der Schrotthändler klatschte sich auf die Schenkel.
Ich angelte mir mit den Fingernägeln eine Zigarette, bevor ich
mich wieder an die Arbeit machte. Die Schrauben hatten sich ein
wenig reingefressen, ich wischte mir mit dem Unterarm über die

Stirn. Ich spitzte die Ohren, ein paar Mal riefen sie mich, ob ich nicht einen mittrinken wolle, aber mein Platz war bei den glühenden Kohlen, und ich hörte sie lachen, als ich das Rad mit ausgestreckten Armen präsentierte.

Schließlich ging ich zu dem Typ und zahlte. Die Kohle verschwand in seiner Hosentasche. Der Bulle glotzte mich zufrieden an. Ich quatschte ihn an:

– Wenn Sie eines Tages mal jemanden brauchen, der Ihnen einen Gefallen tut, nicht daß Sie dann lang zögern...

– Ich sag nicht nein, antwortete er.

Ich ging zurück zum Wagen, ohne ein weiteres Wort zu verlieren. Worte sind wie Platzpatronen. Ich setzte ein Stück vor, dann einen Halbmond zurück, dann setzte ich wieder vor, und insgesamt brauchte ich keine drei Sekunden, um auf die Straße zu gelangen. Aber ich brauchte auch nicht viel länger dazu, mir darüber klar zu werden, daß eine Scheiße die andere nach sich zieht.

Meine Hände waren schwarz, ganz zu schweigen von meinem T-Shirt und der Schmierspur auf meiner Stirn. Ich wußte instinktiv, daß ein Klavierhändler diese Art Details wie die Pest meiden mußte. Ich war eine Stunde im Verzug. Trotzdem, ich mußte erst noch einen Umweg am Haus vorbei machen, es gab keine andere Lösung. Es war so, daß ich mit zwei Kleenex in jeder Hand lenken mußte.

Ich riß mir auf der Treppe mein T-Shirt vom Leib und schoß wie ein Pfeil ins Badezimmer. Betty stand im Slip vor dem Spiegel, sie betrachtete sich im Profil. Sie schreckte hoch.

– Meine Güte, hast du mir 'ne Angst eingejagt...!

– Oweiowei, hast du 'ne Ahnung, wie spät ich dran bin!

In der Zeit, in der ich mir die Hose auszog, faßte ich ihr kurz die Geschichte zusammen, dann sprang ich unter die Dusche. Ich begann damit, daß ich mir das Gröbste mit einem Emaillereiniger abscheuerte, bis der ganze Raum unter Dampf stand. Betty betrachtete sich weiter.

– Sag mal, rief sie, findest du nicht, daß ich ein bißchen dicker geworden bin?

– Du spinnst, in diesem Moment finde ich dich vollkommen.

– Ich hab das Gefühl, ich hab 'nen kleinen Bauch gekriegt...

– Aber nein, wie kommste denn dadrauf...?

Ich steckte meinen Kopf durch den Vorhang.

– He, tuste mir 'n Gefallen? Ruf doch mal die Alte an, sag ihr, ich führ jetzt erst los, erzähl ihr irgend etwas...

Sie preßte sich gegen den Vorhang, ich sprang zurück unter den Wasserstrahl.

– Nein, schnapp nicht über, sagte ich. Ich hab keine Zeit.

Sie streckte mir die Zunge raus, bevor sie durch die Tür ging. Ich seifte mir die Hände zum zwanzigsten Mal ein und hörte, wie sie den Hörer abnahm. Ich sagte mir, daß ich heute, wenn dieser Verkauf nicht klappen sollte, todsicher auf jedem Feld verlieren würde.

Sie legte gerade den Hörer auf, als ich hinter ihr auftauchte, mit nassen Haaren, aber blitzsauber und in einem tadellos weißen T-Shirt. Ich nahm ihre Brüste in die Hand, um mich bei ihr zu entschuldigen, ich küßte sie auf den Hals.

– Und, was hat sie gesagt? fragte ich sie.

– Alles klar, sie erwartet dich.

– Ich bin in einer Stunde zurück, allerhöchstens in zwei... Ich beeil mich.

Sie langte mit den Händen nach hinten, um mich zu umarmen. Sie lachte.

– Gut, daß du noch mal vorbeigekommen bist, murmelte sie, da kann ich dir noch was zeigen. Du warst heut morgen so schnell aus der Tür...

– Hör mir gut zu, ich genehmige dir dreißig Sekunden.

Sie ging raus und kam mit einem kleinen Glasröhrchen in der Hand zurück. Sie setzte eine sorglose Miene auf.

– Mir war nicht wohl bei dem Gedanken, das den ganzen Tag für mich zu behalten... Aber gleich wird's mir besser gehn.

Sie hielt mir das Röhrchen vor die Nase, als enthielte es ein

Mittel gegen den Tod. Ich dachte an eines dieser idiotischen Dinger, die man in den Waschmittelpaketen findet, besonders, weil sie lächelte. Von ihren Augen abgesehen lächelte ihr ganzes Gesicht.

– Laß mich raten, sagte ich. Das ist Staub aus der versunkenen Stadt Atlantis.

– Nein, das ist etwas, um zu sehn, ob man schwanger ist.

Mein Blutdruck sackte schlagartig ab.

– Und was sagt das Ding? sagte ich in einem Atemzug.

– Das sagt ja.

– Also sowas, und diese verdammte Spirale...?

– Naja, es sieht so aus, daß das von Zeit zu Zeit vorkommt.

Ich weiß nicht, wieviel Minuten ich vor ihr von einem Bein aufs andere hüpfte, zumindest so lange, bis mein Denkvermögen wieder einsetzte. Ich fand, es war zu wenig frische Luft im Zimmer, meine Atmung beschleunigte sich. Sie starrte mir in die Augen, das half mir ein wenig. Einzeln bekam ich die Zähne auseinander. Dann, als sie zu lächeln anfing, lächelte ich auch, aber ohne zu wissen, warum überhaupt, denn mein erster Eindruck war der, daß wir den Obersten Mist gebaut hatten. Aber vielleicht hatte sie recht, vielleicht war das die einzige Reaktion, die einem blieb. Das nagelte die alten Dämonen an Ort und Stelle fest. Also lachten wir lauthals, es schmerzte mich fast schon. Aber während wir lachten, hätte man mir eine ganze Wanne voll mit Gift einflößen können. Ich legte ihr die Hände auf die Schultern, ich bewegte ihre Haut mit den Fingern.

– Hör zu, sagte ich. Laß mich erst diese Verabredung hinter mich bringen, dann komm ich zurück und kümmere mich um dich, einverstanden...?

– Jaja, mach nur, ich muß noch 'nen Korb Wäsche erledigen. Ich lauf nicht Gefahr, mich zu langweilen.

Ich sprang also in den Wagen und fuhr raus aus der Stadt. Auf den Bürgersteigen zählte ich fünfundzwanzig Frauen mit einem Kinderwagen. Meine Kehle war wie ausgedörrt, und ich realisierte nicht richtig, was los war, das war etwas, was ich noch nie ernsthaft ins Auge gefaßt hatte. Die Bilder schossen mir durch den Schädel wie Raketen.

Um mich zu beruhigen, konzentrierte ich mich auf den Mercedes. Die Straße war frei. Ich beschleunigte auf 160 vor einem Streifenwagen, ohne daß es mir bewußt wurde. Ein Stück weiter zwang er mich zum Anhalten. Es war schon wieder Richard. Er hatte schöne, gepflegte, regelmäßige Zähne, er zog ein Notizbuch und einen Kuli aus der Tasche.

– Jetzt hab ich's raus, jedesmal wenn ich diesen Schlitten seh, krieg ich Arbeit, knurrte er.

Ich hatte keinen Schimmer, was er von mir wollte, ich wußte nicht einmal, was ich auf dieser Straße suchte. In meiner Ahnungslosigkeit lächelte ich ihn an. Konnte es sein, daß er so schon seit Anbruch des Tages da stand, mitten in der Sonne ...?

– Wenn ich recht verstehe, quatschte er weiter, haben Sie sich wohl gedacht, wenn man einen Reifen wechselt, dann gibt einem das das Recht, wie ein Bekloppter zu rasen ...

Ich rieb mir mit Daumen und Zeigefinger die Augenwinkel. Ich schüttelte schwach den Kopf.

– Meine Güte, ich war ganz woanders ... stöhnte ich.

– Regen Sie sich ab. Wenn ich bei Ihnen nur zwei oder drei Gramm Alkohol im Blut finde, dann bring ich Sie schon wieder auf den Boden der Tatsachen zurück.

– Wenn's nur das wäre, sagte ich. Aber ich hab eben erfahren, daß ich Vater werde ...!

Er schien einen Augenblick zu zögern, dann klappte er sein Notizbuch mit dem Kuli in der Mitte zusammen und steckte es zurück in seine Hemdentasche. Er beugte sich vor.

– Hätten Sie mal 'ne Zigarette? fragte er.

Ich gab ihm eine, und er stützte sich seelenruhig auf die Wagentür und rauchte und erzählte mir von seinem acht Monate alten Sohn, der auf allen vieren durchs Wohnzimmer krabbelte, und von den verschiedenen Sorten Milchpulver und von den tausendundeins kleinen Freuden des Vaterseins und von Gott und der Welt. Ich war drauf und dran einzuschlafen, während er mir einen Vortrag über Schnuller hielt. Als er mir nach einiger

Zeit zuzwinkerte und erklärte, er werde ein Auge zudrücken und ich könne weiterfahren, naja, da fuhr ich eben weiter.

Auf den letzten Kilometern versuchte ich, mich in die Lage einer Frau zu versetzen, und fragte mich, ob ich dann Lust auf ein Kind gehabt hätte, ob ich dann ein tieferes Bedürfnis dazu verspürt hätte. Aber es gelang mir nicht, mich in die Lage einer Frau zu versetzen. Die Adresse war ein schönes Einfamilienhaus. Ich parkte vor dem Eingang und stieg mit meinem Köfferchen in der Hand aus. Es war nichts drin, aber ich hatte festgestellt, daß das den Leuten Vertrauen einflößte, ich hatte bereits einige Verkäufe verpatzt, indem ich mit den Händen in den Taschen angekommen war. Eine etwas überkandidelte Alte erschien auf der Treppe. Ich gab ihr die Hand zur Begrüßung.

– Zu Ihren Diensten, werte Dame...

Ich folgte ihr ins Haus. Andererseits, wenn es das war, was Betty wirklich wollte, dann hatte ich nicht das Recht, ihr das abzuschlagen, vielleicht gehörte das zur Ordnung der Dinge, vielleicht war das nicht das Ende. Außerdem hatte etwas, was gut für Betty war, gute Aussichten, es auch für mich zu werden. Trotz allem fegte der Wind des Schreckens darüber. Eine solche Situation ist immer ein wenig erschreckend. Als wir das Wohnzimmer betraten, warf ich einen Blick auf das Fenster und sah, daß das Klavier problemlos da durch paßte. Ich legte los mit meinem Gesabber.

Bloß, meine Gedanken verhedderten sich, und nach fünf Minuten hatte ich die Situation nicht mehr unter Kontrolle.

– Braucht eine Frau wirklich ein Kind, um sich zu verwirklichen? fragte ich sie.

Ihre Wimpern zuckten ein wenig. Ich leitete auf der Stelle zu den Verkaufsbedingungen über und kam mit den Einzelheiten der Lieferung wieder aufs rechte Gleis zurück. Ich hätte mich gern an einen einsamen Ort begeben, um dort in Ruhe über alles nachdenken zu können. Das Ganze war kein Pappenstiel. Wenn man sich so umschaute, konnte man kein großes Interesse daran haben, daß ein Kind das alles zu sehen bekam. Und das war nur ein Haken von vielen an der ganzen Sache. Die Alte fing an, durch das Zimmer zu kreisen, um den geeigneten Platz zu finden.

– Was meinen Sie, soll ich es nach Süden stellen? fragte sie.

– Das kommt drauf an, ob Sie Bluesmusik spielen wollen, spielte ich den Mann von Welt.

Ich war trotz allem der perfekte Schweinehund. Ich merkte es gar wohl. Aber ist man wirklich ein Schweinehund, nur weil einem der Mut fehlt? Zufällig erspähte ich die Hausbar. Ich warf ihr einen traurigen Blick à la Captain Haddock zu. Scheiße, sagte ich mir, wenn ich bedenke, daß diese verfluchte Spirale im Eimer war und ich überhaupt nichts gemerkt habe. Mich überkam die Angst. War ich bloß ein Werkzeug, gab es am Ende nichts als das Aufblühen einer Frau, während für mich nichts vorgesehen war...? Im Grunde wußte ich nicht, ob es für einen Kerl überhaupt eine Chance gab, dem zu entkommen. Die Krise verflog in dem Moment, wo sie die Gläser auf den Tisch stellte.

– Vorsicht, sagte ich. Ich bin es nicht gewohnt, nachmittags schon zu trinken...

Ich konnte mich nicht zurückhalten, das Glas in einem Zug auszutrinken, ich hatte zu lange drauf warten müssen. Ich sah Betty noch einmal im Slip vor dem Spiegel des Badezimmers. Und ich saß da und zerbrach mir den Kopf, wo man doch nur von mir verlangte, auf der Höhe zu sein. Und ich wußte, daß immer auch etwas Gutes daran war, wenn man sich dazu entschloß, bis zum bitteren Ende zu gehen. Ich nahm mir noch einen Fingerbreit Maraschino.

Auf dem Rückweg versuchte ich, an nichts zu denken. Ich fuhr vorsichtig, stur rechts, das einzige, was mir hätte passieren können, wäre eine Strafe wegen Verkehrsbehinderung gewesen. Aber kein Wagen fuhr auf dieser Strecke, ich war ganz allein und so gut wie losgelöst von dieser Welt, ein Staubkorn auf dem Weg zur unendlichen Winzigkeit.

In der Stadt hielt ich kurz an, um eine Flasche und ein Eis aus Passionsfrüchten zu kaufen. Plus zwei, drei Kassetten, die gerade rausgekommen waren. Man hätte meinen können, ich machte einen Krankenbesuch. So schlimm war's nun auch wieder nicht.

Als ich ankam, war sie quicklebendig. Der Fernseher lief.

– Gleich kommt ein Film mit Stan und Ollie, erklärte sie.

Das war genau das, worauf ich Lust hatte, was Besseres konnte ich mir nicht erträumen. Wir setzten uns mit dem Eis und jeder mit einem Glas auf das Sofa und ließen mit einem Lächeln auf den Lippen den Rest des Nachmittags sanft verstreichen, ohne das Thema anzuschneiden. Sie schien groß in Form, völlig entspannt, als wäre das ein Tag wie jeder andere mit ein paar Süßigkeiten und einem guten Fernsehprogramm. Fast kam es mir so vor, als hätte ich aus einer Mücke einen Elefanten gemacht.

Zunächst war ich ihr dankbar, daß sie nicht davon anfing. Ich fürchtete vor allem, es käme soweit, daß wir auf jede Kleinigkeit eingingen, wo ich doch Zeit brauchte, mich mit dem Gedanken abzufinden. Dann, je weiter der Abend vorrückte, merkte ich, daß ich es war, der es nicht mehr aushielt. Nach dem Abendessen, als sie geistesabwesend noch einen Joghurt natur verzehrte, knackte ich mit allen Fingern.

Als wir im Bett lagen, trat ich entschlossen in den Fettnapf. Ich streichelte ihr sanft über die Oberschenkel.

– Du, sag mal, wie findest du denn das, daß du schwanger bist...?

– Ach du je... kann ich dir so nicht sagen. Um mir ganz sicher zu sein, muß ich mich erst untersuchen lassen...

Sie spreizte die Beine und preßte sich an mich.

– Jaja, aber stell dir vor, du wärst dir ganz sicher, würde dir das gefallen...? hakte ich nach.

Ich spürte ihre Härchen unter meinen Fingern, aber weiter ging ich nicht. Sie mochte sich noch so sanft winden, ich wollte eine präzise Auskunft. Schließlich kapierte sie.

– Naja, lieber würd ich nicht so viel drüber nachdenken, verkündete sie. Doch mein erster Eindruck war, das wäre gar nicht mal so übel...

Mehr wollte ich nicht wissen. Die Sache war klar. Als ich mich auf ihren Bauch sinken ließ, drehte sich mir alles. Beim Bumsen kam mir ihre Spirale vor wie eine klapperige Tür, die im Wind hin und her schwang.

Am nächsten Morgen zog sie los, um sich untersuchen zu lassen. Ich blieb am nächsten Morgen zum ersten Mal in meinem Leben vor einem Fachgeschäft stehen und guckte mir ausführlich die Klamotten an, die im Schaufenster lagen. Sie waren schlimm genug, aber ich dachte mir, früher oder später mußte man auch damit fertigwerden. Ich gab mir einen Ruck, trat ein und kaufte zwei Strampelanzüge. Einen roten und einen schwarzen. Die Verkäuferin garantierte mir, ich würde damit sehr zufrieden sein, sie liefen beim Waschen kein bißchen ein.

Den Rest des Tages brachte ich damit zu, Betty zu beobachten. Sie schwebte zehn Zentimeter über dem Boden. Ich ließ mich klammheimlich vollaufen, während sie damit beschäftigt war, einen Apfelkuchen zu backen. Ich brachte die Mülleimer runter in einer Atmosphäre wie in einer griechischen Tragödie.

Als ich nach draußen kam, hatte der Himmel ein überwältigendes Rot, und die letzten Sonnenstrahlen verbreiteten ein ganz weiches Licht. Meine Arme sahen doppelt so braun aus wie sonst und die Härchen darauf fast blond. Es war die Stunde, wo die Leute beim Abendessen saßen, niemand war auf der Straße, niemand, der das sah. Bis ich kam. Ich hockte mich vor die Scheibe des Ladens und rauchte eine zuckersüße Zigarette. Aus der Ferne waren einige gedämpfte Geräusche zu hören, doch die Straße war ruhig. Ich ließ die Asche genau zwischen meine Füße fallen. Das Leben war nicht von absurder Einfachheit, das Leben war fürchterlich kompliziert. Und anstrengend, manchmal. Ich schnitt eine Grimasse im Licht wie einer, der zwanzig Zentimeter im Hintern stecken hat. Ich guckte, bis mir die Tränen in den Augen standen, dann kam ein Auto vorbei und ich stand auf. Egal, es gab nichts mehr zu sehen. Nichts, nur einen Kerl, der wieder reinging, nachdem er seine elenden Mülltonnen runtergetragen hatte am Ende eines Tages.

Nach ein paar Tagen hatte ich mich damit abgefunden. Mein Verstand hatte seine normale Tätigkeit wieder aufgenommen. Meiner Meinung nach herrschte eine merkwürdige Ruhe in der Bude, eine Stimmung, die ich nicht kannte, aber nicht schlecht. Mein Eindruck war, Betty verschnaufte ein wenig, als wäre sie am Ziel eines Langstreckenlaufs, und es war nicht zu übersehen, daß diese fortwährende Spannung, unter der sie stand, allmählich nachließ.

Das letzte Beispiel lag gerade ein paar Stunden zurück. Ich war dabei, mich um eine Kundin zu kümmern, eine Nervensäge, wie sie im Leben eines Klavierhändlers höchstens ein- oder zweimal vorkommt. Ein Mädchen, noch nicht sehr alt, mit üblem Mundgeruch und um die neunzig Kilo schwer. Sie schlich von einem Klavier zum nächsten, fragte mich dreimal nach dem Preis, guckte woandershin, hob die Klappen hoch, trat die Pedale, und nach einer halben Stunde waren wir genau so weit wie vorher, und der Laden roch nach Schweiß, und ich stellte mir vor, ich würde sie erwürgen. Da ich etwas lauter sprach als gewöhnlich, kam Betty runter, um zu sehen, was los war.

– Was ich nicht so ganz sehe, sagte das Mädchen, das ist der Unterschied zwischen diesem hier und dem da...

– Das eine hat runde Beine, das andere eckige, stöhnte ich. Meine Güte, wir müssen bald zumachen.

– Eigentlich schwanke ich noch zwischen einem Klavier und einem Saxophon, fügte sie hinzu.

– Wenn Sie ein paar Tage warten, dann kriegen wir auch Panflöten, knurrte ich.

Aber sie hörte mich nicht, sie tauchte den Kopf in ein Klavier, um nachzugucken, was es im Bauch hatte. Ich machte Betty ein Zeichen, daß ich die Nase voll hatte.

– Ich hau besser ab, brummte ich. Sag ihr, wir machen zu.

Ohne mich umzudrehen, ging ich rauf in die Wohnung. Ich trank ein großes Glas kaltes Wasser. Schlagartig bekam ich Gewissensbisse. Ich hätte wissen müssen, daß Betty diesen Kotzbrocken innerhalb der nächsten fünf Minuten garantiert durchs Fenster schmeißen würde. Fast wäre ich wieder runtergegangen, aber ich besann mich eines Besseren. Nichts war zu hören, kein Glas, das zersplitterte, nicht einmal ein Schrei. Ich war völlig verdattert. Aber das Unvorstellbare überhaupt, das war, als sie nach einer dreiviertel Stunde lächelnd und mit lockerem Gesicht wieder raufkam.

– Ich find, du warst ganz schön unfreundlich zu diesem Mädchen, meinte sie. Du solltest die Sache etwas ruhiger angehen.

Am Abend hätte ich beim Scrabble das Wort EIERSTÖCKE auf die Felder mit der dreifachen Punktzahl plazieren können, aber ich brachte die Buchstaben durcheinander und tauschte sie aus.

Wenn ich etwas auszuliefern hatte, stand ich im allgemeinen früh auf. Da hatte ich nachmittags Zeit, mich davon zu erholen. Ich hatte mich mit ein paar Typen zusammengetan, die als Möbelpacker für einen Einrichtungsschuppen ein paar Straßen weiter arbeiteten. Die Idee war mir eines Tages gekommen, als ich sah, wie sie im Haus gegenüber einen Küchenschrank anlieferten. Ich rief sie immer am Vorabend an, wir trafen uns dann in aller Frühe an der Straßenecke und luden das Klavier in einen von mir gemieteten Lieferwagen, und sie folgten mir dann in ihrem Möbelwagen. Wir lieferten das Klavier ab, und beim Runtergehen verteilte ich die Scheine. Sie hatten stets das gleiche Lächeln in diesem Moment. Bloß an dem Morgen, wo wir uns um den Flügel kümmern mußten, lief die Sache überhaupt nicht so wie sonst.

Wir hatten uns für sieben Uhr verabredet, ich sah sie langsam um die Ecke biegen und den Bürgersteig entlang auf mich zu kriechen. Sie fuhren überaus langsam, ich fragte mich, was mit denen los war. Als sie endlich auf meiner Höhe ankamen, hielten sie nicht einmal an. Der Fahrer stand aufrecht hinter dem Lenkrad, er winkte mir zu und schnitt Grimassen, während der andere mit einem großen Pappschild wedelte, das er mir durch die Scheibe zeigte. DER BOSS SITZT UNS IM NACKEN! stand drauf. Ich tat so, als müßte ich mir einen Schuh zubinden. Fünf Sekunden später fuhr langsam ein dunkler Schlitten an mir vorbei, und tatsächlich saß der kleine Knacker mit der Brille am Steuer. Mit zusammengepreßten Lippen.

Amüsant fand ich das nun gerade nicht. Ich halte mein Wort, wenn ich ein Datum für die Lieferung eines Klaviers angebe. Ich überlegte in aller Schnelle, dann legte ich einen Sprint zu Bobs Laden ein. Oben brannte Licht. Ich nahm mir ein paar Kieselsteinchen und warf sie gegen die Fenster. Bob tauchte auf.

– Scheiße, sagte ich, hab ich dich geweckt...?

– Eigentlich nicht, meinte er, ich bin schon seit fünf Uhr auf. Ich mußte aufstehen, um jemand in den Schlaf zu wiegen, du weißt schon, wen.

– Bob, hör mal, ich bin in der Klemme. Ich sitz allein auf einem Klavier, kannst du dich nicht für 'ne Zeit frei machen...?

– Mich frei machen, ich weiß nicht. Aber dir helfen, da seh ich kein Problem.

– Klasse. Ich hol dich in einer Stunde ab, Bob.

Ich wußte, zu dritt hätte man das Klavier durch das Fenster bekommen. Der Fahrer allein konnte einen Schrank bis in die sechste Etage tragen. Aber lediglich Bob und ich, das brauchten wir gar nicht erst zu probieren. Ich lief zurück zu dem Lieferwagen und nahm Kurs auf das Büro der Wagenvermietung. Ich stieß auf einen jungen Kerl mit einer gestreiften Krawatte und einer Bügelfalte wie eine Rasierklinge.

– So, sagte ich, ich bring Ihnen Ihren Lieferwagen zurück. Ich brauch was Größeres mit 'ner Hebevorrichtung.

Der Typ faßte das als Witz auf:

– Sie kommen genau richtig. Wir haben einen 25-Tonner, der gerade zurückgekommen ist. Mit einem schwenkbaren Hebearm.

– Das ist genau das, was ich brauche.

– Das Problem ist, man muß damit fahren können, sagte er grinsend.

– Kein Problem, sagte ich. Ich bretter Ihnen mit 'nem Sattelschlepper durch 'ne Haarnadelkurve.

In Wirklichkeit war das ein wahres Drecksding, fürchterlich unhandlich, und es war das erste Mal, daß ich so eine Kiste in die

Finger bekam. Aber ich kam durch die Stadt, ohne Schaden anzurichten, letztlich kein großes Kunststück, man brauchte bloß von dem Prinzip auszugehen, daß die anderen einem im Zweifelsfall schon auswichen. Der Tag hatte Mühe anzubrechen, Wolken ballten sich zusammen. Ich lief rauf zu Bob, ich brachte Croissants mit.

Wir setzten uns an den Küchentisch, und ich trank mit ihnen Kaffee. Draußen war es so dunkel, daß sie Licht brennen hatten. Ein ziemlich grausames Licht. Annie und Bob schienen seit Wochen nicht mehr geschlafen zu haben. Während wir die Croissants runterschluckten, schrie das Baby wie von der Tarantel gestochen, und Archie stieß seine Schale mit Haferflocken quer über den Tisch. Bob erhob sich leicht schwankend.

– Gib mir noch fünf Minuten, ich zieh mich nur eben an, dann sind wir weg, sagte er.

Archie war dabei, sich die Hände in dem kleinen Rinnsal von Milch zu waschen, das vom Tisch lief, und der andere Knirps brüllte weiter. Warum mußte ich Zeuge solch abscheulicher Vorgänge werden? Annie nahm ein Fläschchen aus einem Topf und wir konnten uns einigermaßen verständigen.

– Und, fragte ich, klappt's wieder mit Bob...?

– Oh... man kann sagen, es klappt EIN BISSCHEN, aber das Wahre ist das nicht. Warum, dachtest du an was Bestimmtes...?

– Nein, sagte ich. In diesem Moment denk ich mit aller Kraft an gar nichts.

Ich guckte auf meinen Nachbarn, der kleine Haferflockenplätzchen herstellte, indem er sie zwischen den Händen zusammendrückte.

– Du bist ein komischer Typ, meinte sie.

– Ich hab eher Angst, daß ich keiner bin, leider.

Als wir nach draußen kamen, guckte Bob in den Himmel und verzog das Gesicht.

– Ich weiß, sagte ich. Verlieren wir keine Zeit!

Wir schoben das Klavier auf den Bürgersteig und banden Tragriemen dran fest. Dann fischte ich die Gebrauchsanleitung aus dem Handschuhfach und stellte mich neben den schwenkbaren Hebearm. Es gab 'ne ganze Menge Hebel, die ihn in Gang setzten, ihn nach rechts fuhren, nach links, nach oben, nach unten, ihn verkürzten oder verlängerten und die Winde betätigten. Man brauchte das bloß zu koordinieren. Ich schaltete ihn ein.

Beim ersten Versuch hätte ich Bob, der mir von der anderen Seite lächelnd zuguckte, fast den Kopf abgeschlagen. Die Schalter waren hypersensibel, und ich mußte mich erst zig Minuten einüben, bis ich den Apparat einigermaßen beherrschte. Am schwierigsten war es, Stöße zu vermeiden.

Ich weiß nicht, wie ich es geschafft habe, aber ich habe es auf die Ladefläche bekommen, dieses Klavier. Ich war schweißgebadet. Wir banden es fest, als müßten wir einen Kranken transportieren, und fuhren los.

Ich hätte nicht nervöser sein können, wenn wir Nitroglyzerin transportiert hätten. Ein Gewitter lag in der Luft, und ich konnte es mir nicht leisten, auch nur einen Tropfen Wasser auf einen Bösendorfer kommen zu lassen, das konnte ich einfach nicht machen. Unglückseligerweise schleppte sich der Lkw mit 70 über die Straße, und der Himmel rückte allmählich näher.

– Bob, ich bin drauf und dran, das Handtuch zu schmeißen, sagte ich.

– Ja, ich versteh nicht, warum wir keine Plane drüber gelegt haben.

– Ach nein, haste da etwa eine gesehn? Haste was gesehn, was nur entfernt nach einer Plane aussah? Mein Gott, mach mir mal 'ne Zigarette an.

Er beugte sich vor, um den Zigarettenanzünder reinzudrükken. Er warf einen Blick auf das Armaturenbrett.

– He, wozu sind die gut, die ganzen Knöpfe da...?

– Ba, ich kapier nicht die Hälfte davon.

Ich trat das Gaspedal durch bis zum Boden. Kalter Schweiß lief mir über den Rücken. Noch ein Viertelstündchen, sagte ich mir, so gut wie gar nichts, und wir sind gerettet. Die Warterei zehrte an meinen Nerven. Ich war dabei, mir eine Seite des

Mundes blutig zu beißen, als die erste Regenbö gegen die Windschutzscheibe fegte. Das brachte mich fast um, ich hätte schreien können vor Wut, doch kein Ton entrang sich meiner Kehle.

– Guck mal, ich hab die Scheibenwischer entdeckt, sagteBob.

Als wir ankamen, fuhr ich einmal um die Hütte herum und parkte vor dem Fenster. Ich kurvte im Slalom durch den Garten. Die Alte war im siebten Himmel, mit einem Taschentuch in der Hand turnte sie um den Lkw herum.

– Ich mußte mich persönlich darum kümmern, erklärte ich ihr. All meine Leute haben mich in letzter Minute im Stich gelassen.

– Oh, ich weiß, wie das ist, sagte sie in affektiertem Tonfall. Heutzutage kann man sich auf das Personal leider nicht mehr verlassen...

– Passen Sie auf, setzte ich drauf. Eines schönen Tages werden die uns noch in unserem eigenen Bett erwürgen!

– Hihihi, machte sie.

Ich sprang vom Führerhaus.

– Es geht los! sagte ich.

– Ich werde veranlassen, daß man Ihnen das Fenster öffnet, verkündete sie.

Ab und zu pfiffen naßkalte Windstöße um das Haus. Ich wußte, jede Sekunde war kostbar. Das Klavier glänzte wie ein See. Innerlich stampfte ich mit den Füßen auf. Es war eine Atmosphäre wie in einem Katastrophenfilm, wenn man das Ticken der Bombe nicht mehr hört.

Ich riß das Klavier hoch in die Luft. Es schwankte bedenklich, und der Himmel war drauf und dran zu zerplatzen, ich hielt ihn nur noch zurück mit der Kraft meines Geistes. Als das Fenster aufging, zielte ich sorgfältig und balancierte das Klavier ins Zimmer. Ich hörte Glas zersplittern und bekam im gleichen Moment den ersten Regentropfen auf die Hand. Ich hob ein triumphierendes Gesicht zum Himmel. Regentropfen, einer schöner als der andere, fand ich, jetzt wo das Klavier im

Trockenen war, erleichtert schaltete ich die Hebel ab und ging gucken, was ich zerbrochen hatte.

Ich bat die Kundin, mir die Rechnung des Glasers zukommen zu lassen, und gab Bob ein Zeichen, daß es Zeit war, die Gurte zu lösen. Bob hatte die Knoten gemacht. Ich nahm einen in die Hand, besah ihn mir und hielt ihn Bob unauffällig hin.

– Weißt du, Bob, murmelte ich, einen Knoten wie den hier aufzumachen, da ist jeder Versuch überflüssig, der hält in alle Ewigkeit. Ich kann mir vorstellen, die anderen, die hast du auch so gemacht...

Seine Augen sagten ja. Ich zog mein Western S 522 aus der Tasche und schnitt stöhnend einen Riemen nach dem anderen durch.

– Dich schickt der Teufel, sagte ich.

Aber das Klavier war an seinem Platz und hatte keinen Kratzer abbekommen, ich hatte auch Grund, nicht ganz unzufrieden zu sein. Draußen regnete es in Strömen. Ich verspürte ein fast animalisches Vergnügen, als ich sah, wie der Regen das Land überschwemmte und wütend zerplatzte, während es mir gelungen war, ihm zu entkommen. Ich wartete ab, bis sich die Alte dazu entschloß, ihr Geld zu holen, ehe ich den Job als erledigt betrachtete.

Auf dem Rückweg setzte ich erst Bob zu Hause ab, dann brachte ich den Lkw zurück zur Agentur. Ich fuhr mit dem Bus zurück. Der Regen hatte aufgehört, einige blaue Stellen waren zu sehen. Die Anspannung vom Vormittag hatte mich erschöpft, aber ich kam mit einem Paket Kohle in der Tasche nach Hause, und das kompensierte alles. Um so mehr, als ich einen Sitzplatz hinter dem Fahrer erwischt hatte, genau am Fenster, und mir niemand dabei auf den Wecker fiel, als ich nach draußen guckte, wo die Straßen vorbeihuschten.

Daheim war niemand. Ich konnte mich nicht mehr erinnern, ob mir Betty gesagt hatte, sie würde irgendwohin gehen, der gestrige Tag schien mir Jahrhunderte weit weg. Ich stapfte geradeaus zum Kühlschrank und stellte ein paar Fressalien auf den Tisch. Das Bier und die hartgekochten Eier waren eiskalt, ich sprang erst einmal unter die Dusche, um abzuwarten, daß die Welt wieder menschliche Temperaturen annahm.

Zurück in der Küche, verpaßte ich einem zusammengeknüllten Papier einen Fußtritt. Diese Papiere kamen mir öfter unter als mir lieb war, aber so war das nun mal. Es gibt Dinge, die liegen immer auf dem Boden. Ich hob es auf, faltete es auseinander, setzte mich, las es mir durch. Es war das Ergebnis des Labors. Es war negativ. Jawohl, NEGATIV!!

Ich riß mir den Daumen auf, als ich mein Bier entstöpselte, aber ich merkte es nicht sofort. Ich trank es in einem Zug aus. Irgendwo mußte geschrieben stehen, daß mich jedes Unglück mit der Post ereilen sollte. Irgendwie war das ordinär, entsetzlich banal, das war, als zwinkerte einem die Hölle zu. Es dauerte eine kurze Zeit, ehe ich reagierte und Bettys Abwesenheit wie eine schmerzhafte Last auf meinen Schultern empfand. Wenn ich mich nicht rühre, dann ende ich wie ein zerquetschter Käfer, sagte ich mir. Ich klammerte mich an die Rückenlehne, um mich zu erheben, und mein Daumen blutete nur so. Ich beschloß, ihn unter Wasser zu halten, vielleicht tat mir deshalb alles weh. Ich ging auf das Spülbecken zu, und in diesem Moment erblickte ich einen roten Fleck im Mülleimer. Ich wußte bereits, was das war, trotzdem fischte ich es mit einer Hand heraus. Es gab auch noch einen schwarzen, es waren die Strampelanzüge, und vielleicht liefen sie beim Waschen wirklich nicht ein, ich würde es nie wissen, aber eins war sicher, eine Schere vertrugen sie schlecht. Dieses kleine Detail ließ mich zusammenfahren. Es ließ mich ahnen, wie Betty die Sache aufgenommen hatte. Man hätte denken können, daß mir das Blut lediglich von einer Fingerspitze tropfte, aber in Wirklichkeit bestand ich nur noch aus rohem Fleisch. In Wirklichkeit war die Erde ins Schwanken gekommen.

Ich riß mich zusammen, ich mußte nachdenken. Ich ließ Wasser über meinen Daumen laufen und umwickelte ihn mit einem Heftpflaster. Das Schlimme war, daß ich für zwei litt, es war mir schmerzlich bewußt, was in Betty vorgegangen sein mußte. Eine Hälfte meines Gehirns war wie gelähmt, und meine Eingeweide blubberten. Ich wußte, ich mußte sie suchen, aber für einen Augenblick dachte ich, das ginge über meine Kräfte, fast hätte ich mich aufs Bett gleiten lassen, um abzuwarten, daß ein wilder Blizzard käme, einer, der einen erstarren läßt und einem die Gedanken aus dem Kopf fegt. Ich blieb mitten im Zimmer stehen mit einer Tasche voll Knete und einem verletzten Finger. Dann schloß ich die Tür und ging raus auf die Straße.

Ich suchte sie den ganzen Nachmittag vergebens. Ich fuhr durch sämtliche Straßen der Stadt, mindestens zwei-, dreimal, dabei den Blick auf den Bürgersteig geheftet, lief Mädchen nach, die ihr von weitem ähnlich sahen, bremste ab in der Nähe der Terrassen, durchstöberte die belebten Viertel, kroch durch verlassene Straßen, und ganz allmählich wurde es Abend. Ich ließ den Wagen volltanken. Beim Bezahlen mußte ich das Bündel Scheine hervorkramen. Der Typ hatte eine Esso-Mütze auf mit Ölspuren auf dem Schirm. Er blickte mich mißtrauisch an.

– Ich hab vorhin 'nen Opferstock geplündert, antwortete ich.

Um diese Zeit konnte sie ebensogut fünfhundert Kilometer weit weg sein, und alles, was ich von dieser Spazierfahrt mit nach Hause brachte, waren fürchterliche Kopfschmerzen. Es gab nur noch einen Ort, wo ich sie finden konnte, und das war die Hütte, aber ich konnte mich nicht entscheiden. Ich dachte, wenn du sie da nicht findest, findest du sie nie mehr. Ich zögerte, meine letzte Patrone zu verschießen. Es gab eine Chance von eins zu einer Million, daß sie da war, trotzdem, mir blieb nichts anderes. Ich drehte noch eine Runde unter den Neonlichtern, dann fuhr ich an unserem Haus vorbei, um mir eine Taschenlampe zu holen und eine Jacke überzuziehen.

Oben brannte Licht. Aber wenn ich etwas auf dem Herd vergessen oder die Wasserhähne sperrangelweit aufgedreht hätte, hätte mich das genausowenig überrascht. An dem Punkt, an dem ich angekommen war, hätte ich die Bude auch in Flammen vorfinden können, ich hätte das für einen Zwergenaufstand gehalten. Ich ging rauf.

Sie saß am Küchentisch. Sie war entsetzlich geschminkt, und

ihre Haare waren wahllos abgeschnitten. Wir guckten uns in die Augen. In einer gewissen Weise atmete ich auf, aber in einer anderen erstickte ich oder so was ähnliches. Ich sagte kein Wort, mir fiel nichts mehr ein. Sie hatte den Tisch gedeckt. Sie stand wortlos auf, um mir mein Essen zu bringen. Es waren Fleisch-bällchen in Tomatensoße. Wir saßen uns gegenüber, und sie hatte ihr Gesicht ruiniert, sehr lange konnte ich das nicht mehr aushalten. Wenn ich in diesem Augenblick meinen Mund geöffnet hätte, hätte ich angefangen zu wimmern. Ihre Haare bestanden nur noch aus drei bis vier Zentimeter langen Strähnen, und Lidschatten und Lippenstift verliefen auf ihrem ganzen Gesicht. Sie starrte mich an, und ihr Blick war schlimmer als alles andere. Ich spürte, gleich würde etwas in mir zerreißen.

Ich beugte mich vor, und ohne sie aus den Augen zu lassen, tunkte ich meine Hände in den Teller mit den Fleischbällchen. Sie waren heiß. Ich nahm mir einen ganzen Berg Fleischbällchen, die Tomatensoße lief mir über die Finger, und ich drückte mir das alles ins Gesicht, in die Augen, in die Nase, in die Haare, ich verbrannte mich, doch ich schmierte es mir überallhin, das Zeug lief an mir runter und fiel mir auf die Beine.

Mit dem Handrücken wischte ich mir eine Art Träne aus Tomatensoße ab. Wir hatten immer noch kein Wort gesagt. Einen Moment lang blieben wir so sitzen.

– Verdammtnochmal! sagte ich. Wenn du nicht still hältst, schaff ich's nie . . . !!

Ganz zu schweigen davon, daß das Küchenfenster sperrangelweit aufstand und ich voll in die Sonne guckte. Ihre Haare glänzten so sehr, daß ich Mühe hatte, sie zu erwischen.

– Beug dich mal was nach vorne . . .

Schnipp, schnapp, ich schnitt zwei Strähnen kurz hintereinander auf gleiche Länge. Drei Tage hatte ich gebraucht, Betty so weit zu bringen, sich von mir die Haare schneiden zu lassen. Am Nachmittag wollten Eddie und Lisa eintreffen, das vor allem hatte sie dazu bewegt, endlich nachzugeben. Drei Tage, um über den Berg zu kommen. Nein, nicht ich, sie.

Naja, die kurzen Haare standen ihr nicht schlecht, meiner Brünetten mit den grünen Augen. Zum Glück. Ich faßte die Strähnen mit den Fingern und schnitt sie zurecht, als wären sie Garben von reifem Getreide. Sie sah nicht gerade blendend aus um die Nase, wie denn auch, aber ich war sicher, dem konnte sie mit ein wenig Rouge abhelfen. Also durfte ich den Punsch zubereiten. Ich hatte ihr gesagt, sie solle sich nicht verrückt machen. Leute, die aus der Stadt kommen, sind immer leichenblaß.

Ich behielt recht, vor allem, wo sich Eddie einen neuen Wagen zugelegt hatte. Ein lachsrosa Cabriolet, und sie hatten ganz ordentlich Staub geschluckt, man konnte sie für über sechzig halten. Lisa sprang aus dem Wagen.

– Oh, Schatz, du hast dir die Haare schneiden lassen . . . ? Du siehst wunderbar aus!

In aller Ruhe, ohne das Quatschen einzustellen, machten wir uns über den Punsch her. Ich will mich ja nicht loben, aber das war das reinste Dynamit. Lisa wollte unter die Dusche springen, und die Mädchen verschwanden mit ihren Gläsern im Badezimmer. Eddie schlug mir auf den Oberschenkel:

– He, ich freu mich, dich zu sehn, alter Schweinehund...!
meinte er.

– Ja, sagte ich.

Er guckte zum x-ten Mal in die Runde und fing an zu nicken:

– Alle Achtung, ich zieh meinen Hut vor euch...

Ich machte Bongo eine Büchse auf. Jetzt, wo Eddie und Lisa
da waren, konnte ich die Hände ein wenig in den Schoß legen.
Ich hatte es in der Tat nötig. In diesen drei Tagen hatte ich mich
mehr als einmal gefragt, ob wir darüber hinwegkommen würden, ob es mir gelingen würde, sie aufzurichten, sie ein wenig ins
Licht zurückzuführen. Ich hatte alles versucht, was in meiner
Macht stand, das heißt, alles, was ich im Kopf und im Bauch
hatte. Wie besessen hatte ich gekämpft, ich hatte gesehen, wie
tief sie gestürzt war, so tief, daß man es sich kaum vorstellen
kann. Ich weiß nicht, was für ein Wunder uns heraushalf, noch,
welch märchenhafte Strömung uns ans Ufer spülte. Ich war
kaputt. Eine Büchse zu öffnen schien mir nach diesen Exerzitien
genauso anstrengend wie einen Panzerschrank zu knacken. Zwei
Glas Punsch später ging für mich die Sonne auf. Ich hörte die
Mädchen im Badezimmer lachen, es war zu schön, um wahr zu
sein.

Als das Feuer der Wiedersehensfreude zu Asche wurde,
schritten Eddie und ich zur Tat. Die Mädchen wollten den
Abend lieber zu Hause verbringen, also mußten wir einkaufen
gehen und außerdem bei Bob vorbei, der uns eine Matratze und
eine leichte spanische Wand leihen mußte. Der Punsch war alle
und der Tag fast zu Ende, als wir rausgingen. Es wehte ein milder
Wind. Ich hätte mich beinahe wohl gefühlt, wenn mir nur nicht
ein etwas idiotischer Gedanke durch den Kopf gegangen wäre.
Ich wußte, ich konnte es nicht ändern, das gehörte zu den
kleinen Unterschieden, die zwischen einem Mann und einer
Frau bestehen, trotzdem, ich wurde die Vorstellung nicht los,
daß bei dieser ganzen Geschichte der Schmerz ungleich verteilt
gewesen war. Für mich war die ganze Sache immer etwas
abstrakt geblieben. Ich hatte das Gefühl, ein Pfropfen sei mir im
Hals steckengeblieben und ich könne ihn nicht runterschlucken.

Wir holten also die Matratze und den Wandschirm ab, und auf dem Rückweg rasten wir über den Bürgersteig, fluchend und schnaufend, und die Federn knarrten, und die ganzen Scherereien nur deshalb, weil es nicht in Frage kam, die Mistmatratze über den Bürgersteig zu schleifen, mit ausgestreckten Armen durften wir das Ding tragen. Sehr praktisch das Ganze. Nebenbei, der Wandschirm war federleicht.

Völlig außer Atem kamen wir oben an. Die Mädchen machten sich obendrein über uns lustig. Während ich nach Luft rang, spürte ich erst recht die Wirkung des Alkohols, der mir wie wild in den Kopf schoß. Nicht unangenehm, immerhin war es das erste Mal seit drei Tagen, daß mir mein Körper bewußt wurde. Die Mädchen hatten eine Einkaufsliste aufgestellt, wir rannten gleich los.

In der Stadt erledigten wir das in Nullkommanichts. Der Kofferraum des Kabrios war voll, und zum Schluß düsten wir, jeder ein Tablett mit Kuchen in der Hand, aus einer Konditorei, als ein Typ auf Eddie zuging und ihn in die Arme drückte. Ich kannte ihn flüchtig, er war auch auf der Beerdigung gewesen. Er quetschte mir die Hand, er war klein, schon älter, doch sein Händedruck war nicht von Pappe. Ich hielt mich etwas abseits, um sie in ihrer Unterhaltung nicht zu stören, ich rauchte mir eine und guckte mir den Sternenhimmel an. Ich bekam nur jedes zweite Wort mit von dem, was sie sprachen. Demnach wollte uns der Typ nicht einfach so ziehen lassen, Eddie sollte unbedingt mitkommen und sich seinen neuen Trainingsraum angukken, ganz in der Nähe sei das, wir könnten ihm nicht weismachen, daß wir keine fünf Minuten dafür übrig hätten.

– Was solln wir machen? fragte mich Eddie.

– Da wird nicht lang gefackelt, ihr kommt mit! lachte der Typ.

Wir legten den Kuchen in den Kofferraum. Ich kann nicht anders, erklärte mir Eddie, ich kenn den mindestens zwanzig Jahre, früher hab ich ihm dabei geholfen, jeden Boxkampf hier in der Umgebung zu organisieren, war 'ne schöne Zeit damals, damals hatte er noch keine weißen Haare. Ich sagte, daß ich dafür vollstes Verständnis hätte, und außerdem sei es ja auch noch nicht allzu spät, und langweilen würde mich das überhaupt nicht, nein, wirklich nicht. Wir schlugen den Kofferraum zu und gingen los mit dem Typ, an der Straßenecke bogen wir ab.

Der Saal war klein und roch nach Leder und Schweiß. Zwei Typen trainierten in einem Ring. Man hörte das Geräusch von Boxhandschuhen, die auf die Haut klatschten, und das Prasseln des Wassers in den Duschräumen. Der Alte führte uns hinter eine Art Theke. Er holte drei Limonaden hervor. Seine Augen produzierten Blasen.

– Na Eddie, was sagste dazu...? fragte er.

Eddie schlug ihm in Zeitlupe die Faust leicht an den Kiefer:

– Jaja, ich hab den Eindruck, du weißt, wo's lang geht...

– Der da mit der kurzen grünen Hose, das ist Joe Attila, fuhr der Alte fort. Mein bester Mann, eines Tages kommt der groß raus... Der Junge weiß, was er will, verstehst du, der hat's in sich...

Er täuschte einen Haken auf Eddies Bauch an. Ich verlor allmählich den Gesprächsfaden. Ich nippte an meiner Limonade und guckte Joe Attila zu, der mit seinem Sparringspartner, einem älteren Typ im roten Trainingsanzug, an seiner Technik feilte. Joe Attila drosch auf den Alten ein wie eine Lokomotive, und der Alte versteckte sich hinter seinen Handschuhen und grunzte gut Joe, ja, weiter so, sehr gut, ja Joe, und Joe klebte ihm eine nach der anderen. Ich weiß nicht warum, aber dieses Spektakel hypnotisierte mich, ich war Feuer und Flamme. Ich stellte mich an die Seile. Ich hatte keine Ahnung vom Boxen, hatte in meinem ganzen Leben vielleicht ein oder zwei Kämpfe gesehen, doch die hatten mich alles andere als begeistert, vor allem der eine nicht, wo mir das Blut auf die Knie spritzte. Trotzdem sah ich wie im Rausch zu, wie die Schläge auf den Alten niederprasselten, ich sah bloß noch die Handschuhe aufblitzen und dachte an nichts mehr.

Eddie und sein Kumpan kamen in dem Moment zu mir rüber, wo Joe seine Demonstration abbrach. Ich war schweißgebadet. Ich packte Eddie am Revers seines Sakkos.

– Eddie, guck mich an, da träum ich schon mein ganzes Leben

lang von ...! Einmal in einen Ring steigen, nur eine Minute, und so tun, als prügelte ich mich mit einem Profi ...!

Der ganze Laden fing an zu lachen, und Joe am allerlautesten. Ich ließ nicht locker, ich sagte ihnen, wir sind hier doch unter Freunden, ist doch nur ein Jux, ich möchte nicht sterben, ohne das wenigstens einmal mitgekriegt zu haben. Eddie kratzte sich am Hinterkopf.

– Nein, das darf nicht wahr sein ...! Kein Blödsinn ...?

Ich biß mir auf die Lippe, als ich den Kopf schüttelte. Er drehte sich zu seinem Kumpel um.

– Naja, keine Ahnung, was meinste, läßt sich das regeln ...?

Der Typ drehte sich zu Joe um.

– Und du, Joe, was hältste davon, Junge? Meinste, du schaffst noch 'ne Minute ...?

Joes Lachen erinnerte mich an einen Baumstamm, der einen Hügel hinunterstürzt, aber ich war so überdreht, daß ich diesem Bild keine große Beachtung schenkte. Das Licht im Saal blendete mich ein wenig, ich atmete schneller. Joe klammerte sich an die Seile und zwinkerte mir zu:

– Gut, ich bin dabei, drehn wir 'n Ründchen, nur so aus Jux ...

Genau in diesem Moment überkam mich die nackte Angst, ich glaub, ich hab ganz schön gezittert, aber das Seltsamste war, daß ich mich tatsächlich ausgezogen habe, ich verspürte genau den Antrieb, der einen sonst auf einen Abgrund zugehen läßt. Mein Verstand spielte seine letzten Karten aus, in seiner Verwirrung delirierte er vollends, er versuchte, mich zu knicken, indem er die Sache verzerrte, tu das nicht, sagte er mir, vielleicht erwartet dich in dem Ring da oben der Tod, vielleicht reißt dir Joe den Kopf ab ... Mit Hilfe des Alkohols steigerte ich mich in einen krankhaften Wahn, ein entsetzlicher Kopfsprung in einen dunklen, eiskalten See, es war immer der gleiche, und im Flug suchten mich all meine Ängste heim, die Furcht, die Nacht, der Wahnsinn, der Tod, letztlich der ganze Zirkus, es war einer dieser gräßlichen Momente, die sich von Zeit zu Zeit einstellen. Jedoch war das nichts Neues für mich, und das Gegenmittel hatte ich schließlich gefunden. Ich mußte meinen ganzen Willen aufbieten, um mich zu meinen Schnürriemen zu bücken, und ich trichterte mir ein: Liebe den Tod, liebe den Tod, LIEBE DEN TOD!!!

Bei mir klappte dieser Trick immer. Ich kam zurück an die Oberfläche, die anderen quasselten, ohne sich um meine Probleme zu kümmern. Der rote Trainingsanzug half mir dabei, Sportzeug anzuziehen, ich erkannte mich kaum wieder in den weißen Shorts, und mein Verstand legte die Hände in den Schoß. Ich stieg in den Ring. Joe Attila lächelte mir freundlich zu:

– Kennste dich aus? fragte er.

– Nein, sagte ich, ich hab die Dinger zum erstenmal an.

– Gut, brauchst keine Angst zu haben, ich schlag nicht voll zu. Ist ja nur aus Jux, oder...?

Ich sagte nichts mehr, mich durchlief es heiß und kalt. Wir waren zwar gleich groß, aber das war auch alles, was wir gemeinsam hatten. Ich hatte eine schönere Fresse als er, dafür waren seine Schultern breiter als meine und seine Arme so muskulös wie meine Oberschenkel. Er fing an zu tänzeln.

– Biste soweit? fragte er mich.

Mir war, als würde ich fliegen. Die ganze Wut und die ganze Ohnmacht, die sich während der letzten Tage in mir aufgestaut hatten, konzentrierten sich in meiner Rechten, und mit einem Ächzen schleuderte ich Joe den Schwinger meines Lebens entgegen. Ich traf voll auf seine Fäuste. Er wich zurück, seine Stirn legte sich in Falten.

– Hör mal, nicht so fest, oder...?

Ich hatte garantiert neununddreißig oder vierzig Grad Fieber. Er nahm seine Hüpferei wieder auf, während ich an jedem Fuß einen Amboß hatte. Er täuschte links an und setzte mir eine Rechte ans Kinn, mit der man höchstens eine Fliege aus der Fassung bringen konnte. Ich hörte Lachen hinter mir, und Joe flatterte um mich rum wie ein Schmetterling und streichelte mich mit seinen Fäusten. Irgendwann drehte er sich zu den anderen um, um ihnen zuzuwinken. Ich verpaßte ihm einen Jab quer über den Mund. Ich machte Ernst.

Die Antwort ließ nicht lange auf sich warten. Ich fing eine Rechts-Links-Kombination mit dem Gesicht auf, ich ging zu Boden und rutschte unter die Seile. Eddies Visage tauchte drei Zentimeter neben meiner auf.

– He, biste bekloppt...?! Was fällt dir ein...?

– Kümmer dich nicht drum, sagte ich, sag mal, blute ich...?

Ich hatte kein Gefühl mehr, ich war völlig benebelt, seine und meine Stimme schienen einem Traum zu entstammen. Ich rang nach Luft.

– Mein Gott, sag schon, murmelte ich, blute ich irgendwo...?

– Nein, aber wenn du so weitermachst, wird's nicht mehr lang dauern...! Tu mir einen Gefallen und zieh diese Handschuhe aus...

Ich zog mich an den Seilen hoch. Es war alles bestens, außer daß ich bestimmt bald zweihundert Kilo wog und mein Gesicht brannte. Joe erwartete mich in der Mitte des Rings. Mit seiner Tänzelei wirkte er wie ein Berg, den man nicht treffen konnte. Lächeln tat er auch nicht mehr.

– Ich hab ja nichts gegen 'nen kleinen Jux, aber verarschen laß ich mich nicht, meinte er. Fang sowas nicht noch einmal an.

Ohne Vorwarnung schmiß ich ihm mit voller Wucht meine Faust entgegen. Er wich ihr mühelos aus.

– Hör auf, Kleiner, sagte er.

Ich wollte ihm das gleiche noch einmal verabreichen, aber ich schlug lediglich ein Luftloch. Ich hätte mir gewünscht, er würde mit der Tänzelei aufhören. Ich hatte Mühe, die Arme zu heben, um in Deckung zu bleiben, aber ich sprang auf ihn ein und legte meine letzten Kräfte in eine rechte Gerade, ich war überzeugt, damit hätte man einen Ochsen erschlagen können.

Keine Ahnung, was darauf passierte, ich sah nichts, aber es war mein Kopf, der explodierte, als wäre ich in vollem Lauf in eine Scheibe gerast. Ich schwebte einen Moment in der Luft, bevor ich auf der Matte landete.

Ich fiel nicht in Ohnmacht. Eddies Kopf schwebte neben mir, etwas blaß, etwas besorgt, etwas sauer.

– Eddie, altes Haus... siehst du Blut...?

– Scheiße, antwortete er, man könnte glauben, du hättst 'n Wasserhahn unter der Nase...!

Ich machte die Augen zu, ich konnte aufatmen. Nicht nur, weil ich noch lebte, auch dieser Pfropfen, der mir im Hals steckte, war verschwunden. Es tat gut, ein bißchen liegenzubleiben.

Ich bekam nicht mehr mit, was um mich herum vorging, ich wußte nichts, weder wo noch warum noch wann, ich wollte mir eine Decke über den Kopf ziehen, doch mein Arm bewegte sich nicht. Dann kümmerte sich der Alte im Trainingsanzug um mich, er schüttete mir Wasser ins Gesicht und steckte mir Watte in ein Nasenloch.

– Alles klar, sie ist nicht einmal gebrochen, meinte er. Joe war nicht so gemein, er hätte härter zuschlagen können...!

Eddie schleppte mich unter die Dusche und bedachte mich dabei mit sämtlichen Schimpfwörtern. Das lauwarme Wasser tat mir gut, das eiskalte ließ meinen Kopf ein wenig abschwellen. Ich trocknete mich ab, zog mich um, guckte in den Spiegel, ich sah aus wie mit Kortison aufgepäppelt. Einigermaßen normalen Schrittes trat ich zu den anderen, blau war ich kein bißchen mehr. Joe stand im Anzug herum, die kleine Sporttasche über der Schulter, er lächelte, als er mich kommen sah.

– Na, warf er mir an den Kopf, tut's gut, einen alten Traum in die Tat umzusetzen?

– Und wie, sagte ich. Ich fühl mich erleichtert.

Das Schönste vom Ganzen, das war, als ich endlich im Kabrio saß, das sanft die Hauptstraße entlang fuhr, eine leichte Brise streichelte mir das Gesicht, und die Zigarette zwischen meinen Fingerspitzen war zuckersüß. Eddie guckte mich verstohlen von der Seite an.

– Daß das klar ist, sagte ich. Kein Wort davon zu den Mädchen...

Fast wäre er erstickt, er bog den Rückspiegel zu mir hin.

– Ah ja...? Und was solln wir denen sagen... Daß dich 'ne Mücke gestochen hat...?

– Nein, daß ich mit dem Kopf voraus in ein Schaufenster gerannt bin.

279

Eines Morgens rasselte der Wecker um vier Uhr. Ich stürzte mich auf ihn und stand mucksmäuschenstill auf. Eddie war schon in der Küche, er hatte die Taschen gepackt und trank einen Kaffee. Er zwinkerte mir zu:

– Willste was? Der ist noch heiß...

Ich gähnte. Und ob ich wollte. Draußen war es noch Nacht. Eddie hatte seine Haare naß gemacht und sich gekämmt. Er sah unternehmungslustig aus. Er erhob sich, um seine Tasse zu spülen.

– Bummel nicht so, meinte er. Dauert 'ne gute Stunde, bis wir da sind...

Fünf Minuten später waren wir unten. Es ist nicht immer einfach, zu so einer Uhrzeit aufzustehen, aber man bereut es nicht. Die letzten Stunden der Nacht sind die sonderbarsten überhaupt, und nichts kommt dem Zittern des ersten Tageslichts gleich. Eddie überließ mir das Steuer, und da es nicht regnete, ließen wir das Verdeck unten, ich knöpfte mir nur die Jacke bis zum Kragen zu.

Eddie kannte die Gegend wie seine Westentasche, er zeigte mir den Weg, und die Strecke schien für ihn voller Kindheitserinnerungen zu sein, wir brauchten bloß an einem Wegweiser vorbeizukommen oder ein verschlafenes Nest zu durchfahren, schon reihte sich eine neue Geschichte an die anderen, und alle verstreuten sie sich in der Nacht.

Die Fahrt endete auf einem Feldweg, wir fuhren ihn ganz durch und parkten den Wagen zwischen den Bäumen. Die Nacht zog sich langsam zurück. Wir schnappten uns die Ausrüstung aus dem Kofferraum und folgten einem kleinen Wasserlauf, dessen Strömung ziemlich stark war, man hörte ihn plätschern und glucksen. Eddie ging vor, sprach mit sich selbst, er erinnerte sich an die Zeit, wo er achtzehn war.

Wir gingen bis zu einer stillen Ecke, einem Ort, wo sich der Miniaturbach verbreiterte, mit ein paar kleinen Felsen, die aus dem Wasser ragten, und ringsum waren Bäume, Gras, Blätter, Knospen und Libellen und all so Sachen. Wir ließen uns nieder.

Es war kaum hell, als Eddie in seine Stiefel schlüpfte, seine

Augen glänzten. Es machte Spaß, ihm zuzusehen, ich fühlte mich ruhig und entspannt. Die Nähe des Wassers übt immer so eine Wirkung auf mich aus. Er überprüfte seine Ausrüstung, dann sprang er von Stein zu Stein, als ob er auf dem Wasser wandelte.

– Du sollst sehn, meinte er, das ist kein Kunststück... Guck mir gut zu.

Eigentlich hatte ich ihn nur begleitet, um ihm eine Freude zu machen. Angeln gehen gehörte nicht zu den Dingen, die mich übermäßig begeisterten, ich hatte mir sogar ein Buch mit japanischen Gedichten mitgenommen, für den Fall, daß es mir zu langweilig werden sollte.

– He, wenn du mir nicht zuguckst, wie willste dann überhaupt was kapieren...?

– Nur zu, ich laß dich nicht aus den Augen.

– Jawoll, mein Freund, guck's dir an, kommt alles nur aufs Handgelenk an...!

Er wirbelte die Schnur über seinem Kopf, bevor er sie auswarf, dann flog das Ding durch die Lüfte, während sich die Rolle wie wild abhaspelte. Ich hörte etwas ins Wasser fallen.

– He, haste das gesehn, haste's geschnallt?

– Jaja, sagte ich, aber achte nicht auf mich, ich guck dir noch was zu.

Nach einer Zeit wand sich ein Sonnenstrahl durch die Blätter. Ich packte ohne Eile die Brote aus, um mich nützlich zu machen. Ich wollte es vermeiden, an Ort und Stelle einzuschlafen. Eddie stand mit dem Rücken zu mir, seit beinahe zehn Minuten war er ruhig, er schien völlig vertieft in die Betrachtung seiner Nylonschnur. Er drehte sich auch nicht um, als er plötzlich anfing, mit mir zu reden.

– Ich frag mich, was ihr habt, ihr zwei, teilte er mir mit. Ich frag mich, was da nicht stimmt...

Schinkenbrote. Es gibt nichts Traurigeres als Schinkenbrote, wenn der kleine Fettstreifen elend über den Rand hängt. Ich packte sie wieder ein, außerdem waren sie sowieso etwas weich. Da ich ihm nicht antwortete, fuhr er in seinem Schwung fort:

– Mein Gott, ich will dir ja nicht auf den Wecker fallen, aber haste gesehn, was Betty für'n Gesicht macht...? Sie hat keine Farbe mehr, und drei Viertel der Zeit sitzt sie da und kaut mit leerem Blick auf den Lippen rum... Verdammte Scheiße, nie sagste 'n Ton, woher soll ich denn wissen, ob wir nichts für euch tun können...

Ich sah seiner Schnur zu, die in der schwachen Strömung trieb und sich plötzlich straffte, einige Wassertropfen spritzten hoch.

– Sie hat geglaubt, sie sei schwanger, sagte ich. Aber wir haben uns vertan.

Ein Fisch hing am Angelhaken. Der erste, aber wir gaben keinen Kommentar ab, er starb praktisch unbemerkt. Eddie klemmte sich die Angelrute unter den Arm, während er ihn vom Haken nahm.

– Also nein, ihr seid mir lustig, als ob die Sache jedesmal klappen müßte, beim nächsten Mal läuft's eben besser...

– Nein, es gibt kein nächstes Mal, sagte ich. Sie will nichts mehr davon wissen, und ich bin nicht kräftig genug, um an einer Spirale vorbeizukommen.

Er drehte sich zu mir um, die Sonne in seinen wirren Haaren.

– Weißt du, Eddie, fuhr ich fort, sie ist hinter einer Sache her, die nicht existiert. Sie ist wie ein verwundetes Tier, du siehst es ja, und jedesmal fällt sie ein wenig tiefer. Ich glaub, die Welt ist zu klein für sie, Eddie, ich glaub, da kommen all die Probleme her...

Er warf seine Schnur weiter, als er sie jemals zuvor geworfen hatte, sein Mund war irgendwie verzerrt.

– Trotzdem, da muß doch was zu machen sein... brummte er.

– Ja sicher, sie müßte einsehen, daß das Glück nicht existiert, daß das Paradies nicht existiert, daß es nichts zu gewinnen oder zu verlieren gibt und man im wesentlichen nichts ändern kann. Und wenn du glaubst, die Verzweiflung ist alles, was einem dann bleibt, dann irrst du dich noch einmal, denn auch die Verzweiflung ist eine Illusion. Alles was du machen kannst, das ist, dich abends hinzulegen und morgens aufzustehen, wenn's geht mit einem Lächeln auf den Lippen, und egal, was du denkst, es wird sich nichts ändern, du machst die Dinge nur noch komplizierter.

Er guckte zum Himmel und schüttelte den Kopf:

– Also ehrlich, da frage ich ihn, ob's ein Mittel gibt, sie aus dem Schlamassel rauszuziehen, und alles, was ihm dazu einfällt, ist, daß sie sich am besten 'ne Kugel in den Kopf schießt...!!!

– Nein, überhaupt nicht, ich wollte dir bloß erklären, daß das Leben keine Jahrmarktsbude ist mit 'nem Haufen Glückslose, die man ergattern kann, und daß du, wenn du blöd genug bist zu setzen, schnell dahinterkommst, daß das Rad niemals stehenbleibt. Und in diesem Moment fängst du an zu leiden. Sich im Leben Ziele zu setzen, das heißt, sich in seinen Ketten zu verheddern.

Ein zweiter Fisch kam an Land. Eddie stöhnte auf.

– Als ich noch 'n kleiner Junge war, gab's hier mehr Fische als Wasser, murmelte er.

– Als ich noch 'n kleiner Junge war, da hab ich gedacht, der Weg sei klar und deutlich, sagte ich.

Wie geplant brachen wir gegen Mittag auf. Letzten Endes hatte ich das Angeln gar nicht erst angefangen, im Grunde war es mir doch zu langweilig, und so kamen wir mit drei armseligen Fischen bei Bobs Hütte an. Sie waren im Garten, die drei Mädchen waren dabei, Toasts zu garnieren, und Bob guckte ihnen quatschend zu. Ich sprang über den Zaun.

– Wir haben ein Problem, sagte ich. Wenn kein Wunder geschieht, weiß ich nicht, wie wir dreißig oder vierzig Personen mit drei Fischen ernähren sollen.

– Ach du meine Güte, was ist denn passiert?

– Schwer zu sagen. Vielleicht ein schlechter Jahrgang...

Wenn auch keine Fische mehr in den Flüssen waren, zum Glück gab es noch ein paar Kühe auf den Wiesen, oder auch woanders, ich hab keine Ahnung, es war also noch möglich, Fleischspieße vorzubereiten, und noch zu früh, die Sache zu dramatisieren. Bob und ich kümmerten uns darum.

Wir hatten soviel bescheuerten Kram zu erledigen, daß ich am

Ende gar nicht merkte, wie der Nachmittag vorüberging. Ich hatte Mühe, mich darauf zu konzentrieren, was um mich rum vorging, im Durchschnitt mußte man mir alles zwei- oder dreimal sagen, und am liebsten bestrich ich noch die Dinger mit Butter, da brauchte man sich nicht so am Riemen zu reißen. Nach dem Gespräch, das ich mit Eddie geführt hatte, war ich alles andere als gespannt auf den Abend, der mir bevorstand, und um ehrlich zu sein, je weniger Leute ich zu sehen bekäme, um so besser würde es mir gehen. Aber das Gewicht der Dinge hinderte mich daran, mich zu verziehen. Wenn man die Wahl hat, etwas zu ändern oder es über sich ergehen zu lassen, dann sollte man sich nicht immer auf die erste der beiden Lösungen stürzen, sonst wird die Sache schnell langweilig. Das Wetter war auf eine etwas idiotische Weise schön, die Sonne blendete einen nicht mal. Nur einige Male wurde mir ein wenig heiß, nämlich dann, wenn ich mich neben Betty stellte und ihr über die kurzen Haare strich. Ansonsten stöhnte ich innerlich und warf Bongo Toaststücke zu.

Die Nacht brach an, als das ganze Volk eintrudelte. Ich kannte ein paar Leute vom Sehen, und die, die ich zum erstenmal sah, sahen durch die Bank aus wie die, die ich kannte. Es waren gut und gern sechzig Personen, und Bob sprang von einer Gruppe zur nächsten wie ein fliegender Fisch. Er trat auf mich zu und rieb sich die Hände.

– Mein Gott, ich glaub, die Sache läßt sich gut an, meinte er.

Bevor er wieder abzog, kippte er sich mein Glas runter, ich hatte es noch nicht angerührt. Ich stand ein wenig abseits mit meinem leeren Glas, aber ich unternahm nichts. Ich hatte keinen Durst, ich wollte nichts. Betty schien sich zu amüsieren, und Lisa, Eddie, Bob, Annie und all die anderen, ja, die auch, kurz und gut, ich stand allein in meiner Ecke, versuchte, ein umgängliches Lächeln in meine Mundwinkel zu schmuggeln, ich hatte schon Krämpfe im Mund. Nun gut, ich war vielleicht der einzige Kerl des Abends, der grau im Gesicht war, aber was sah ich denn hinter all diesen Masken, nichts als Verrücktheit, Unruhe, Beklemmung, nichts als Leid und Furcht, Hilflosigkeit, nichts als

Kummer, nichts als Einsamkeit, nichts als Wut und Ohnmacht, Scheiße, gab's da irgend etwas, was einen ein wenig aufmuntern konnte...? Gab's da was zum Lachen, nein? Ich sah ein paar hübsche Mädchen, aber ich fand sie häßlich, und die Typen, die fand ich bescheuert, ich weiß, ich scher die alle über einen Kamm, aber ich hatte keine Lust, ins Detail zu gehen, ich hatte Lust, mich in den Schatten zu verziehen, ich wollte eine triste, eisige Welt sehen, eine Welt ohne Hoffnung, ohne Boden, ohne Licht, so war es nun mal, ich hatte Lust, mich hineinzusteigern, meine Moral war am Boden, manchmal, da will man sehen, daß sich der ganze Zirkus gegenseitig auffrißt, da möchte man sich den Himmel über den Kopf stülpen. Kurz und gut, ich war nun eben in so einer Stimmung und hatte immer noch nichts getrunken.

Da mir auch nicht danach war, auf mich aufmerksam zu machen, fing ich an, hin und her zu laufen, als sei ich ungewöhnlich beschäftigt. Nach einer Zeit klopfte mir Betty auf die Schulter. Ich fuhr hoch.

– Kannste mir mal sagen, was du da anstellst? fragte sie mich. Ich guck dir jetzt schon 'ne Zeitlang zu...

– Ich wollte mal sehn, ob du dich noch für mich interessierst, scherzte ich. Die Mädchen lassen mich ein bißchen im Stich, weil ich 'n blaues Auge hab.

Sie lächelte mich an, ich trampelte gegen die Pforten der Hölle, und sie, sie lächelte mich an. Herr im Himmel, o Herr im Himmel, Allmächtiger Gott, Jesus...!

– Übertreib mal nicht, meinte sie. Das sieht man doch fast gar nicht mehr...

– Nimm mich an der Hand, sagte ich. Führ mich in eine Ecke, wo man mir mein Glas auffüllt...

Ich hatte kaum nachgetankt, da tauchte auch schon Bob zwischen uns auf, er stürzte mein Glas runter und verschleppte Betty, indem er seinen Arm um sie schlang.

– Bob, du bist 'n echter Wichser, sagte ich. Nicht nur, daß...

Aber er war schon wieder unterwegs, und seine Ohren glänzten wie rote Schlußlichter. Ich war also wieder allein.

Dank Betty fühlte ich mich etwas weniger niedergeschlagen, ich leistete mir das schwache Lächeln eines Rekonvaleszenten und drehte mich in der Hoffnung zur Bar um, daß man mir zwar mein Glas vollmachte, aber nicht allzusehr auf den Füßen rumtrampelte. Einfach war das nicht, denn alle, wie sie da waren, redeten sie durcheinander und lauter als ich, und einige reckten sogar ihre Arme über meinen Kopf. Mir blieb nichts anderes übrig, als außen rum zu gehen und mich selbst zu bedienen. Allmählich kam Stimmung in die Bude. Jemand hatte die Musik aufgedreht. Ich schob mir einen Campingstuhl unter einen Baum und setzte mich hin wie ein altes Mütterchen, nur daß ich kein Strickzeug bei mir hatte und noch ein gehöriges Stück vor mir hatte, bevor ich im Brei der Jahre herumpatschen konnte. Trotz allem, ich fühlte, daß meine Seele müde war, mein Stimmungsbarometer mußte auf dem Tiefpunkt sein. Die Leute um mich rum waren aufgekratzt und quatschten ohne Unterlaß, aber es passierte nichts Aufregendes, das Problem dieser Epoche schien darin zu liegen, wie man sich kleidete oder die Haare schneiden ließ, drinnen nach etwas zu fragen, was man nicht im Schaufenster fand, hatte keinen Sinn, o du meine arme Generation, die du noch nichts zur Welt gebracht hast, du kennst weder den Eifer noch die Revolte und verzehrst dich innerlich, ohne einen Ausweg zu finden. Ich beschloß, auf ihr Wohl zu trinken. Ich hatte mein Glas ins Gras gestellt. In dem Moment, wo ich meine Hand danach ausstreckte, latschte Bob dagegen.

– Was machst du denn da? fragte er mich. Kannste schon nicht mehr stehn...?

– Sag mal, Bob, haste nichts gemerkt, jetzt gerade, haste nicht gemerkt, daß dein Fuß irgendwo reingepatscht ist...?

Schwankend trat er einen Schritt zurück, und ich, der ich noch keinen Tropfen Alkohol im Blut hatte, ich überblickte die ganze Wegstrecke, die uns trennte. Es hatte keinen Wert, ihm auch nur irgend etwas zu erklären, es war reine Zeitverschwendung. Ich drückte ihm mein Glas in die Pranken und packte ihn am Arm, um ihn auf den richtigen Kurs zu bringen. Ich gab ihm einen Stoß.

– Geh, ich hasse dich kein bißchen! sagte ich.

Meine Generation war dabei, sich umzubringen, und ich mußte darauf warten, daß mir dieser Blödmann mein Glas wiederbrachte. Ich sagte mir, daß einem ganz entschieden auch nichts erspart blieb. Ein Glück, daß die Nacht mild war und ich keinen schlechten Platz hatte, um an die Spieße zu kommen. Ich fühlte mich etwas besser. Natürlich, Bob war nicht wieder aufgetaucht, aber ich ergatterte mir auch ohne ihn ein Glas. Ich krallte mich daran fest. Ich schlenderte auf die Ecke zu, in der getanzt wurde, und erspähte ein Mädchen, nicht besonders schön, aber eine tolle Figur, das Verrenkungen zu einem Saxophonstück vorführte. Sie trug eine enganliegende Hose und darunter ganz offensichtlich nichts, und das wiederholte sich am Oberkörper, ein T-Shirt und die Brüste direkt dahinter. Man konnte ihr eine Zeitlang beim Tanzen zugucken, ohne daß einem langweilig wurde. Das war ein bißchen so, als hätte sich der Wind gedreht. Ich kniff die Augen zusammen und trank meinen ersten Schluck. Aber ich kam nur zu diesem einen, denn das Saxophon geriet in Fahrt, und das Mädchen reagierte mit einer Vierteldrehung, sie warf ihre Arme und ihre Beine in alle Himmelsrichtungen, und natürlich stand ich nicht fünfzig Meter hinter ihr, nein, natürlich stand ich genau in der Flugbahn ihrer Arme und bekam mein Glas voll in die Fresse, ich spürte, wie es mir gegen die Zähne knallte.

– Kruzifix! knurrte ich.

Das Gesöff lief mir über die Brust und tropfte mir aus den Haaren. Mit der einen Hand hielt ich das leere Glas fest, mit der anderen fuhr ich mir durchs Gesicht. Das Mädchen hielt sich die Finger vor den Mund:

– Ach du je, war ich das...?

– Nein, sagte ich, ich hab mir das Glas ganz allein in die Visage geschmissen, um mich zu ärgern.

Ganz nett war es, dieses Mädchen, es verfrachtete mich in eine Ecke und trabte los, um Servietten zum Abwischen aufzugabeln. Diese letzte kleine Gemeinheit des Schicksals hatte mir von neuem das Genick gebrochen. Gesenkten Hauptes wartete ich auf das

Mädchen, aber auch das Leid eines Mannes hat seine Grenzen, ich empfand fast gar nichts mehr. Niemand achtete auf mich.

Sie kreuzte mit einer geblümten Papierrolle auf, und ich ließ sie machen. Während sie mir die Haare abwischte, stand sie genau vor mir, und ihre Hose bedeckte mein ganzes Gesichtsfeld. Ich hätte schon meine Augen zumachen müssen, um nicht zu sehen, was sie zwischen den Beinen hatte, die Ausbeulungen und die Nähte und der Stoff waren wohl ungefähr einen Millimeter stark, ich dachte dummerweise an eine in der Sonne aufgeplatzte Frucht oder äußerstenfalls an zwei Pampelmusenscheiben, die ich mit dem Finger aufklappen konnte. Der Anblick war berauschend, aber ich verlor nicht den Verstand. Ich biß mir auf die Lippen, und dennoch, ich konnte dieses Ding fast riechen. Nur, ich war nicht völlig bekloppt, ein Mädchen reichte mir vollkommen, und ich fragte mich, wo ich die Kraft hätte hernehmen sollen, wenn ich daran denke, daß es Mädchen zum Bumsen wie Sand am Meer gab. Gib dich damit zufrieden, ihnen beim Tanzen zuzugucken, seufzte ich innerlich, als ich aufstand. Halt dich nicht vor Schaufenstern auf, wo die halbe Welt Schlange steht.

Ich ließ das Mädchen stehen und ging rauf in die Bude. Ich dachte mir, mit ein bißchen Glück fände ich vielleicht 'ne ruhige Ecke, in der ich mein Glas ungestört austrinken könnte. Der Alkohol war nicht die Lösung, nicht mehr und nicht weniger als alles andere auch, aber er erlaubte es einem, ein wenig aufzuatmen, er beugte vor, daß einem nicht alle Sicherungen raussprangen. Und außerdem macht einen das Leben verrückt, nicht der Alkohol. Mamma mia, oben trieb sich ein Volk rum, daß ich fast wieder nach unten gerast wäre, aber wozu...? Eine ganze Horde war es, die da vor dem Fernseher hockte, sie schnauzten sich an, ob sie sich ein Tennisfinale oder die Ankunft der Atlantikalleinüberquerung angucken sollten. In dem Moment, wo sie sich entschlossen abzustimmen, entdeckte ich eine Flasche. Ich trat mit Unschuldsmiene darauf zu, ich guckte weg, als ich sie einsteckte. Das Ergebnis war fünf zu fünf, einige sperrten das Maul auf. Ich bediente mich in einem Augenblick

288

relativer Ruhe. Ein Typ mit einer Locke in den Augen und kurzgeschorenen Seiten stand auf und stolzierte mit einem übertriebenen Lächeln auf mich zu. Ich versteckte mein Glas hinter meinem Rücken. Er legte mir den Arm um die Schultern, als wären wir alte Bekannte, und da ich's nicht so gern hab, wenn man mich anfaßt, versteifte ich mich.

– He, altes Haus, meinte er, wie du siehst, haben wir ein kleines Problem, und ich denke, jeder ist damit einverstanden, daß deine Stimme den Ausschlag gibt...

Ich zog den Kopf ein, um aus seinem Arm zu schlüpfen. Er strich sich seine Locke zurück.

– Na los, altes Haus, wir hören... fügte er hinzu.

Sie hingen samt und sonders an meinen Lippen, als würde ich gleich die nötigen Worte zur Rettung der Menschheit sprechen. Ich hatte nicht das Herz, sie zu sehr auf die Folter zu spannen.

– Ich, ich bin gekommen, um mir den Film mit James Cagney anzugucken, sagte ich.

Ich verdrückte mich mit meinem Glas, ohne ihre Reaktionen abzuwarten. Es hat keinen Sinn, hartnäckig zu sein, wenn man spürt, daß man von allen Seiten auf einmal abgewiesen wird, man muß nach vorne gucken und allein seines Weges ziehen. Ich ging in die Küche. Noch ein ganzer Schwarm, der um den Tisch saß und diskutierte. Betty war dabei. Als sie mich kommen sah, streckte sie den Arm in meine Richtung aus:

– Da ist er! rief sie. So einen nenn ich einen Schriftsteller...! Von denen gibt's heutzutage vielleicht noch 'ne Handvoll...!

Ich war schnell wie ein Blitz, schlau wie ein Fuchs und schlüpfrig wie ein Aal oder Schmierseife.

– Bleibt sitzen, ich bin gleich wieder da...! sagte ich.

Als sie aufstanden, um mir zuzujubeln, drang ich schon in den Garten ein. Ich blieb nicht im Lichtkegel der Fenster, ich verzog mich in den Schatten. Ich hatte neun Zehntel von meinem Glas auf dem Weg verschüttet, mir blieb gerade noch genug, mir die Zungenspitze zu benetzen. Immerhin war es mir gelungen, meinen Dichterarsch zu retten, doch das war auch alles. Ich sagte mir, jetzt ist es soweit, das Handtuch zu werfen. Die Nacht war schon vorgeschritten, und es kam mir vor, als hinge ich in einem Bahnhof mit lauter geschlossenen Schaltern.

Niemand guckte mir nach, ich tastete mich zum Bug des Schiffes, kletterte über die Reling und glitt geräuschlos auf die Planken der Schaluppe. Ich durchtrennte die Leine mit einer Hand. Und bevor sich die Neuigkeit wie ein Lauffeuer in der Bude verbreitete, verschwand ich in der Nacht.

Als ich allein in der Wohnung war, begrüßte ich vor allem die Ruhe. Ich setzte mich in die Küche und blieb im Dunkeln. Lediglich ein bläuliches Licht fiel durchs Fenster ein. Ich öffnete den Kühlschrank mit einem Tritt und kippte mir ein viereckiges Licht auf die Knie. Das amüsierte mich einen Moment, dann bediente ich mich mit einem Bier. Und wenn ich es nicht tue, wer schildert dann die eigenartige Schönheit, die eine Bierflasche für einen Typen hat, der sich gerade fragt, wofür sich überhaupt die Mühe lohnt...? Ich ging erst schlafen, als ich imstande war, auf diese Frage zwei, drei gediegene Antworten zu geben. Als ich den Kühlschrank zumachte, mußte ich niesen.

22

Die kleine Seilbahn machte kri kri kri, als wäre sie am Ende ihrer Kräfte, und die Kabine schaukelte sanft bei jedem Windstoß, wir waren bestimmt zweihundert Meter über der Erde. Außer uns war nur noch ein altes Pärchen da, wir hatten massenhaft Platz, doch Betty drückte sich an mich.

– Ogottogott, ich hab vielleicht 'n Bammel...!! meinte sie.

Ich war auch nicht gerade die Ruhe selbst, aber ich sagte mir, du spinnst, dieses Scheißkabel wird nicht ausgerechnet HEUTE schlapp machen, wo schon Millionen von Typen hiermit gefahren sind und alles glatt gegangen ist, vielleicht gibt es in zehn Jahren seinen Geist auf, oder meinetwegen in fünf Jahren, und selbst wenn es in einer Woche sein sollte, das hieß nicht HIER und JETZT, SOFORT!! Schließlich behielt die Vernunft die Oberhand, ich zwinkerte Betty zu.

– Brauchste nicht, sagte ich. Das ist erheblich weniger gefährlich als Auto fahren...

Der Alte nickte uns lächelnd zu:

– Das stimmt, meinte er. Seit dem Ende des Zweiten Weltkriegs hat es hier keinen Unfall mehr gegeben...

– Eben, antwortete Betty, ich finde, das dauert schon ein wenig zu lange...

– AH, SAG DOCH SOWAS NICHT!! knurrte ich. Warum guckst du dir nicht die Landschaft an wie alle anderen auch...?

Kri kri kri krii...

Ich packte das Röhrchen mit den Vitamin-C-Tabletten aus und gab ihr eine. Sie verzog das Gesicht, aber auf der Schachtel hieß es, acht Tabletten am Tag, ich hatte auf zwölf aufgerundet, das machte eine pro Stunde, und schlecht waren die nicht, die schmeckten nach Orangen, ich ließ nicht locker.

– He, die stehn mir bis oben, meckerte sie, seit zwei Tagen hab ich den Geschmack im Mund!

Ich gab nicht nach, ich steckte ihr eins von den gelben Dingern zwischen die Lippen. Ich hatte vor, sie erst am Abend, wenn wir ins Bett gingen, die letzte Tablette des Röhrchens schlucken zu lassen. Laut Gebrauchsanweisung war das die normale Dosis. Dazu noch ein paar Tage in den Bergen und eine ausgewogene Ernährung, da wollte ich doch mal sehen, ob sie nicht wieder Farbe bekam, ich hatte es Lisa geschworen am Tag ihrer Abreise, genau in dem Moment, wo wir uns umarmten, nachdem sie mir gesagt hatte, paß auf, daß sie nicht krank wird, weißt du, ich mach mir ein bißchen Sorgen um sie.

Krrrr Kriiiiiii... Meiner Meinung nach hatten die das Ding mit Absicht nicht eingefettet. Aber wenn man nur dazu da ist, 'ne Seilbahn rauf zu fahren und wieder runter, und wieder rauf und wieder runter, und wieder und wieder, tagein, tagaus, Jahr für Jahr, dann muß die einem eines Tages auch zum Hals raushängen. Vielleicht machten sich die Typen von der Wartung auch einen Spaß daraus, die Schrauben zu lockern, eine winzige Viertelumdrehung einmal im Monat und eine ganze an den Tagen, an denen das Leben zu mies war... Den Tod zu akzeptieren, das laß ich mir ja noch gefallen, aber man braucht's ja nicht zu übertreiben.

– Man müßte diese Kerle alle vierzehn Tage austauschen, sagte ich. Und einen als permanenten Begleiter in die Kabine stecken.

– Wovon redest du...? fragte sie mich.

– Von den Typen, die die Welt beherrschen.

– Oh, guck mal, die kleinen Schafe da unten...!

– Scheiße, wo...?

– Wie... siehste denn nicht diese winzigen weißen Pünktchen da unten?

– HERR IM HIMMEL!!

Ein Typ erwartete uns oben auf der Bergstation, er hatte eine Mütze auf und eine Zeitung in der Tasche. Er öffnete die Kabinentür. Trotz seiner gutmütigen Miene fand ich, er hatte ein Verbrechergesicht. Eine paar Leute warteten darauf, zu Tal zu fahren, keine Jüngeren voller Unternehmungslust, sie waren um die sechzig, hatten ein Hütchen auf dem Schädel, und große, neue Schlitten warteten unten auf sie. Dadurch wirkte der Ort wie eine verwelkte Blume. Was soll's, wir waren nicht gekommen, um uns zu amüsieren.

Ich warf einen Blick auf den Fahrplan. Der Blechsarg sollte in einer Stunde wieder runterfahren. Hervorragend, genau die Zeit, die wir brauchten, um was frische Luft zu schnappen, bevor wir vor Langeweile eingingen. Ich drehte mich einmal um die eigene Achse, um die Aussicht zu genießen, wunderbar, nichts gegen zu sagen, ich pfiff durch die Zähne. Ich weiß zwar nicht mehr, was an der Ecke Besonderes war, aber eins muß man ihr rückblickend lassen, sie übte keine Anziehungskraft auf die Massen aus. Abgesehen von dem Sadisten, der auf die Seilbahn aufpaßte, gab es bloß die beiden Alten und uns.

Ich stellte die Tasche auf eine Art Betontisch mit Windrose und zog den Reißverschluß auf. Ich rief Betty, damit sie ihren Tomatensaft trank.

– Und du? fragte sie.

– Hör mal, Betty, das ist doch lächerlich...

Sie machte Anstalten, ihr Glas wieder abzusetzen, mir blieb nichts anderes übrig, als mir auch eins einzuschütten. Das kostete mich jedesmal einige Überwindung, ich hatte einen Horror davor, mir kam es vor, als müßte ich eine Schale mit dickflüssigem Blut austrinken. Doch nur unter dieser Bedingung akzeptierte sie ihren Saft, und obwohl das nichts als Erpressung war, hatte ich vorgezogen zu zahlen. Das gehörte zu den tausend kleinen Toden, die einen täglich ereilen.

Zum Glück war das Resultat meinen Anstrengungen angemessen. Sie hatte wieder etwas Farbe bekommen, und ihre Wangen kamen mir auch nicht mehr so hohl vor. Seit drei Tagen war herrliches Wetter, und wir waren zu Fuß durch die Gegend gestreift, hatten die saubere Luft geatmet und täglich zwölf Stunden geschlafen. Allmählich sahen wir Licht am Ende des Tunnels. Ich bin sicher, wenn Lisa sie in diesem Moment hätte sehen können, schön wie der lichte Tag und den Tomatensaft im Sonnenlicht schlürfend, sie hätte an ein Wunder geglaubt. Ich für meinen Teil mußte mich damit begnügen. Ich hatte ein komi-

sches Gefühl, wenn ich sie aufmerksam ansah. Es schien mir, als
wäre etwas Wichtiges verlorengegangen, und gleichzeitig wußte
ich mit absoluter Sicherheit, daß ich es niemals wiederfinden
sollte. Aber ich wußte nicht, was. Ich fragte mich, ob ich
allmählich durchdrehte.

– Menschenskind...! Komm mal schnell her, guck dir das mal
an...!

Sie hing an einem Fernrohr, das auf einen Sockel geschraubt
war, einem von diesen Dingern, in die man Geldstücke mit der
Kadenz eines Maschinengewehrs reinschmeißen mußte. Sie richtete den Apparat auf einen Nachbargipfel. Ich kam her.

– Unglaublich! sagte sie. Ich seh Adler...!! Mein Gott, zwei
Stück, sie sitzen auf dem Rand ihres Horstes!!

– Jaja, der Papa und die Mama.

– Mann, das ist super!

– Wirklich...?

Sie trat zur Seite. Genau in dem Moment, wo ich mich
vorbeugte, stellte der Apparat den Betrieb ein. Man sah bloß
noch schwarz. Wir kramten hastig in unseren Taschen, aber wir
hatten keinen einzigen Pfennig Kleingeld mehr. Ich nahm meine
kleine Nagelfeile. Ich stocherte in dem Schlitz. Nichts. Es war
heiß, ich wurde sauer. Dem Himmel so nahe zu sein und sich von
so einer lausigen Mechanik verarschen zu lassen, ich konnte es
nicht fassen.

Die kleine Alte tippte mir auf die Schulter. Ihr ganzes Gesicht
war verschrumpelt, doch ihre Augen waren noch lebendig, man
konnte sehen, sie hatte sich das Wesentliche bewahrt. Sie hielt
mir ihre offene Hand hin, drei Geldstücke lagen darin.

– Mehr konnte ich nicht finden, sagte sie. Nehmen Sie...

– Ich nehme nicht mehr als eins, antwortete ich ihr. Behalten
Sie doch die anderen für sich.

Ihr Lachen war wie ein Rinnsal klaren Wassers auf grünem
Moos.

– Nein, da hätte ich nichts von, fügte sie hinzu. Meine Augen
sind nicht mehr so gut wie Ihre...

Ich zögerte einen Moment, dann nahm ich die Münzen an. Ich

betrachtete die Adler. Ich erzählte ihr, was ich sah, und ließ Betty wieder an das Ding. Ich sagte mir, sie kann das besser erzählen als ich. Es lag kein Schnee, aber für mich waren Berge gleichbedeutend mit Lawinen, und ich hatte immer ein kleines Fläschchen Rum bei mir. Ich ging zu der Tasche zurück, um ein, zwei Schluck zu trinken. Der Alte saß auf dem Tisch, er putzte über seine Schuhe und lächelte in die Sonne. Kleine, weiße Härchen zitterten auf seinem Nacken. Ich hielt ihm die Flasche hin, aber er lehnte ab. Er zeigte mit der Kinnspitze auf seine Frau:

– Als wir uns kennengelernt haben, hab ich ihr geschworen, keinen Tropfen mehr anzurühren, wenn wir länger als zehn Jahre zusammenbleiben sollten.

– Und ich wette, sie hat sich daran erinnert, sagte ich.

Er nickte.

– Wissen Sie, es mag Ihnen vielleicht ein wenig idiotisch erscheinen, aber ich bin jetzt seit fünfzig Jahren mit dieser Frau zusammen. Und wenn ich die Wahl hätte, ich würde es mit Freuden wieder so machen...

– Nein, ich finde das nicht idiotisch. Ich bin noch ein bißchen von der alten Schule. Ich wollte, ich könnte es genauso machen.

– Ja, es ist selten, daß man allein zurechtkommt...

– Es ist selten, daß man überhaupt zurechtkommt, knirschte ich.

Mit dem, was ich in der Tasche mitgebracht hatte, hätte man eine ganze Familie ernähren können. Und lauter feine Sachen, Marzipan, Süßigkeiten, getrocknete Aprikosen, energiespendende Kekse, kleine Kräcker aus geröstetem Sesam und eine Handvoll Bio-Bananen. Ich packte das ganze Zeug auf den Tisch und lud die Alten dazu ein, sich zu bedienen. Es war schön, das Schweigen durchdringend. Ich guckte den Alten an, der einen kleinen Kräcker kaute. Er stimmte mich optimistisch, vielleicht bin ich in fünfzig Jahren auch noch so, sagte ich mir. Fünfzig ist wohl übertrieben, sagen wir fünfunddreißig. Das schien mir weniger weit weg, als ich wahrhaben wollte.

Wir quatschten in aller Ruhe, während wir auf die Seilbahn

warteten. Das Ding kam quietschend an. Ich beugte mich vor und sah das schwindelerregende Gefälle des Kabels. Ich bereute es sofort. Ich drückte mir einen Finger in die Kehle, um den Angstknoten zu zerstoßen. Zwei Frauen stiegen aus der Kabine, gefolgt von einem ganzen Kinderheim. Eine von ihnen schien vor Schiß gestorben zu sein, ihre Pupillen waren noch geweitet. Als sie an mir vorbeikam, kreuzten sich unsere Blicke.

– Wenn Sie dieses Wunderwerk in einer Stunde nicht wieder aufsteigen sehen, sagte ich zu ihr, dann wissen Sie, daß das heute Ihr Glückstag war und nicht meiner.

In mancher Hinsicht hatte sich die Bergfahrt als Prüfung erwiesen, die Talfahrt hingegen war der reinste Horror. Die Bremsen konnten jeden Augenblick versagen, ich hörte ganz deutlich, daß sie sich widerwillig plagten. Ich war mir todsicher, da oben mußte es schmoren. Bei der Reibung würden die Bremsbacken bald knallrot werden, wenn es nicht schon so weit war. Die Kabine war bestimmt zu schwer. Ich dachte einen Moment daran, alles unnütze Zeug zum Fenster raus zu schmeißen und sogar die Sitze abzuschrauben oder die Verkleidung abzureißen. Nach meinen Schätzungen mußte die Kabine eine Tonne wiegen. Wenn die Bremsen erst einmal versagten, konnte sie eine Spitzengeschwindigkeit von 1500 Kilometern in der Stunde erreichen. Genau hinter der Ziellinie stand ein riesiger Prellbock aus Stahlbeton. Ergebnis, man bräuchte Tage, um unsere Leichen zusammenzupuzzlen.

Ich schielte inzwischen auf die Notbremse wie auf den verbotenen Apfel. Betty kniff mich lachend in den Arm:

– He! Dir geht's wohl zu gut... Läßt du wohl die Finger davon!

– Es ist keine Schande, auf alles gefaßt zu sein, erklärte ich.

Eines Nachts wachte ich im Hotel schlagartig auf, ohne daß es einen Grund gab, ich war eigentlich hundemüde, wir hatten uns tagsüber einen kleinen Fußmarsch von zwanzig Kilometer Länge gegönnt, mit Pausen, um den Tomatensaft runterzukriegen. Es war drei Uhr nachts. Neben mir war das Bett leer, aber ich sah einen Lichtschein, der unter der Badezimmertür durchdrang. Es kommt häufiger vor, daß ein Mädchen am frühen Morgen aufsteht, um pissen zu gehen, ich hatte oft genug Gelegenheit gehabt, das festzustellen, aber um drei Uhr mitten in der Nacht, das war doch relativ selten. Nun gut, was soll's, dachte ich und gähnte. Ich blieb liegen in der Dunkelheit und wartete darauf, daß sie zurückkam oder mich der Schlaf forttrug, aber es tat sich nichts. Ich hörte nichts. Nach einer Zeit rieb ich mir die Augen und stand auf.

Ich stieß die Badezimmertür auf. Sie saß auf dem Rand der Badewanne mit dem Gesicht zur Decke, die Hände im Nacken verschränkt und die Ellbogen nach oben. An der Decke war nichts, aber auch gar nichts interessant, sie war nichts als weiß. Sie guckte mich nicht an. Sie schwankte leicht vor und zurück. Das gefiel mir überhaupt nicht.

– Weißt du, Schönste, wenn wir morgen bis zu diesem berühmten Gletscher vorstoßen wollen, sollten wir besser schlafen gehn ...

Sie drehte mir ihre Augen zu, doch sie sah mich nicht sofort. Ich hatte Zeit, festzustellen, daß meine ganze Schinderei für die Katz war, sie war erschreckend bleich und ihre Lippen grau, ich hatte noch Zeit, mir Bambusspitzen unter die Nägel zu treiben, bevor sie sich mir an den Hals warf.

– Du, das ist doch nicht möglich ...!! stammelte sie. ICH HÖRE STIMMEN ...!!

Ich drückte ihren Kopf an meine Schulter, und während ich sie streichelte, spitzte ich die Ohren. In der Tat, ganz verschwommen war etwas zu hören. Ich atmete auf.

– Ich weiß, was das ist, sagte ich. Das ist ein Radio. Du hast die Nachrichten gehört. In 'nem Hotel gibt's immer einen Bescheuerten, der wissen will, was nachts um drei in der Welt vorgeht ...

Sie brach in Tränen aus. Ich spürte, wie sie sich in meinen Armen versteifte. Nichts auf der Welt hätte mich schlimmer treffen können, nichts tötete mich dermaßen.

– Nein, mein Gott, die sind in meinem Kopf, ich hör's doch ...!! IN MEINEM KOPF ...!!!

Plötzlich herrschte eine eisige Kälte im Raum, völlig anormal.
Ich räusperte mich ziemlich blödsinnig.

– Komm, beruhige dich, murmelte ich. Erzähl mir das mal...
Ich hob sie hoch und trug sie aufs Bett. Ich machte eine
Nachttischlampe an. Sie wälzte sich auf die andere Seite, die
Beine angezogen und die Hand vor dem Mund zu einer Faust
geballt. In aller Eile holte ich ein nasses Tuch, unglaublich
hilfreich, was ich da leistete, und legte es ihr auf die Stirn. Ich
kniete mich neben sie, küßte sie, nahm ihr die Faust von den
Lippen und saugte daran.

– Hörst du sie jetzt noch...?
Sie schüttelte den Kopf.

– Hab keine Angst, alles wird gut... sagte ich.
Aber was wußte ich schon davon, ich armer Irrer, hatte ich
irgendeine Ahnung, konnte ich ihr überhaupt irgend etwas
versprechen...? Waren die in meinem Kopf, diese verfluchten
Stimmen...? Ich biß mir fest auf die Lippen, weggetreten wie
ich war, hätte ich bestimmt angefangen, ihr ein Liedchen
vorzusingen, oder ihr einen Mohnblütentee vorgeschlagen. Also
blieb ich zusammengekrümmt und schweigsam neben ihr liegen,
ungefähr so nützlich wie ein Kühlschrank im hohen Norden,
und kurz nachdem sie eingeschlafen war, machte ich das Licht
aus, und meine Augen waren sperrangelweit auf in der Dunkelheit, und ich war darauf gefaßt, daß eine Horde heulender
Dämonen aus der Finsternis auftauchte. Ich glaube nicht, daß
mir dann noch was eingefallen wäre.

Zwei Tage später fuhren wir zurück, und ich besorgte mir direkt
einen Termin beim Arzt. Ich fühlte mich schlapp und hatte einen
Ausschlag auf der Zunge. Er ließ mich zwischen seinen Beinen
Platz nehmen. Er trug einen Judoanzug, und eine Glühbirne
leuchtete auf seiner Stirn. Ich machte den Mund auf, das Herz
sank mir in die Hose. Er brauchte drei Sekunden.

– Zu hoher Vitaminspiegel! meinte er.
Während er das Rezept ausfüllte, hustete ich taktvoll hinter
vorgehaltener Faust:

– Ach, Doktor, was ich Sie noch fragen wollte ... Da ist noch
was, was mich beunruhigt ...

– Was denn ...?

– Manchmal, da höre ich Stimmen ...

– Halb so schlimm, gab er mir zur Antwort.

– Sind Sie sicher ...?

Er hing über seinen Schreibtisch, um mir das Rezept rüberzu-
reichen. Seine Augen wurden zu schwarzen, verschwindend
kleinen Schlitzen, und etwas wie ein Lächeln verrenkte seine
Lippen.

– Hören Sie zu, junger Mann, sagte er geradezu hämisch. Ob
ich nun Stimmen höre oder vierzig Jahre lang stempeln gehe oder
hinter einer Fahne her marschiere oder die Gesamtaufstellungen
der Börse lese oder mich unter die Höhensonne lege, wo ist denn
da der große Unterschied ...? Nein, glauben Sie mir, Sie brauchen sich nicht zu beunruhigen, wir haben alle unsere kleinen
Probleme ...

Nach ein paar Tagen war der Ausschlag weg. Das Wetter spielte
verrückt. Es war noch längst nicht Sommer, aber die Tage waren
ganz schön heiß, und ein weißes Licht besprenkelte die Straßen
von morgens bis abends. Bei so einem Wetter Klaviere auszuliefern, das hieß, blutige Tränen zu vergießen, doch die Sache war
wieder ins Rollen gekommen. Trotzdem, so allmählich hingen
sie mir zum Hals raus, diese Klaviere, manchmal hatte ich den
Eindruck, ich hätte es mit Särgen zu tun.

Natürlich vermied ich es, derartige Überlegungen laut anzu-
stellen, und wenn doch, gab ich acht, daß Betty nicht in der Nähe
war. Ich hatte kein Interesse, Salz in die Wunden zu streuen,
vielmehr versuchte ich, gegen den Strom zu schwimmen und ihr
dabei den Kopf über Wasser zu halten. Ich nahm all die kleinen
Alltagslasten auf mich und ließ ihr gegenüber kein Wort verlau-
ten. Ich hatte mir ein gewisses Funkeln in den Augen zugelegt für
das Volk, das einem zu sehr auf die Eier ging. Die Leute
verstehen sofort, wenn ein Typ dazu fähig ist, sie umzubringen.

Ich verrichtete um sie herum eine solche Aufräumarbeit, daß

letztlich die Sache gar nicht mal so schlecht lief. Es gefiel mir allerdings überhaupt nicht, wenn sie mit leerem Blick auf einem Stuhl saß und ich sie mehrmals ansprechen oder sogar aufrütteln mußte. Um so weniger, als das einige Probleme mit sich brachte, mal schmorten ein paar Töpfe durch, mal lief die Badewanne über, mal schleuderte die Waschmaschine, ohne daß was drin war. Aber alles in allem war das nicht wild, ich hatte gelernt, daß man nicht nur unter einem wolkenlosen Himmel leben konnte, und war die meiste Zeit über ganz zufrieden. Ich hätte meinen Platz mit niemandem getauscht.

Im Laufe der Zeit war mir bewußt geworden, daß etwas Komisches in mir vorging. Ich war nicht der Schriftsteller ihrer schlaflosen Nächte geworden, ich hatte ihr nicht die Welt zu Füßen gelegt, was ich hätte schaffen können, wäre ich nur ein Riese gewesen, es hatte keinen Zweck, darauf zurückzukommen, aber trotz allem, ich konnte ihr alles geben, was in mir steckte. Und ich wollte ihr alles geben. Nur, das war gar nicht so einfach, jeden Tag sonderte ich mein Honigkügelchen ab und wußte nicht, was ich damit machen sollte. Eins reihte sich ans andere, ich spürte, wie sich etwas wie ein Stein in meinem Bauch aufblähte, ein kleiner Felsbrocken. Ich kam mir vor wie jemand, der allein in der Gegend rumsteht mit einem großen Geschenk in den Händen, mir war, als wäre mir ein überflüssiger Muskel gewachsen oder als landete ich mit einem ganzen Stapel Goldbarren auf dem Mars. Und ich konnte mich noch so mit den Klavieren abrackern, bis mir die Adern platzten, in der Bude malochen und von einer Ecke in die andere tigern, alles, was ich zuwege brachte war, müde zu werden und lahme Arme zu kriegen. Es gelang mir nicht, dieser Kugel reiner Energie, die mir im Bauch steckte, auch nur die Haut anzuritzen, die Müdigkeit meines Körpers schien sie im Gegenteil eher noch zu verstärken. Auch wenn sich Betty ihrer nicht bediente, ich konnte nicht etwas anbrechen, was ich ihr gegeben hatte. Mir dämmerte allmählich, wie es einem General gehen mußte, der einen ganzen Haufen Bomben in der Hand hielt, und der Krieg, der wollte nicht kommen.

Auch mich mußte ich ein bißchen kontrollieren, ich mußte ein wachsames Auge auf mich haben. Diesen kleinen Schatz zu hüten, ging mir an die Nerven. Daher kam es auch, daß ich mich eines Morgens fast mit Bob zerstritten hätte. Ich war vorbeigekommen, um ihm bei der Inventur in seinem Laden zur Hand zu gehen, wir knieten mitten zwischen den Konservendosen, und ich könnte keinem sagen, wie wir dazu kamen, jedenfalls redeten wir über Frauen. Das heißt, in erster Linie redete er, denn das war nicht gerade mein Lieblingsthema, und der Grundtenor war, daß er mit den Frauen nicht so ganz zufrieden war.

– Da brauchste nicht lang zu suchen, seufzte er. Guck dich doch um, meine hat Feuer unterm Arsch und deine ist halbverrückt...

Wie von Sinnen sprang ich ihm an den Hals, ich preßte ihn an die Wand zwischen dem Instantpüree und der Mayonnaise in Tuben. Ich erdrosselte ihn halb.

– Sag nie wieder, daß Betty halbverrückt ist!! knurrte ich.

Als ich ihn losließ, zitterte ich immer noch vor Wut, und er, er hustete. Ich haute ab, ohne einen Ton zu sagen. Zu Hause beruhigte ich mich, es tat mir leid, was passiert war. Betty war gerade in der Küche beschäftigt, ich nutzte die Zeit, das Telefon ans Bett zu verfrachten. Ich setzte mich.

– Bob, sagte ich, ich bin's...

– Haste was vergessen? fragte er. Willste wissen, ob ich noch stehn kann...?

– Ich nehm nicht zurück, was ich gesagt hab, Bob, aber ich weiß nicht, was mit mir los war, ich wollte das nicht... Ich bitte dich, denk nicht mehr dran...

– Ich hab das Gefühl, als hätt ich 'nen Schal aus Feuer um den Hals...

– Ich weiß. Tut mir leid.

– Scheiße, findste nicht, das war was übertrieben...?

– Kommt darauf an, wie man's sieht. Nur aus Liebe oder aus Haß setzt man sich voll ein...

– Ach ja...? Dann erklär mir doch mal, wie du dein Buch geschafft hast...!?

– Naja, ich hab's geliebt, Bob. Ich hab's wirklich GELIEBT!!

Bob zählte zu den paar Privilegierten, die mein Manuskript gelesen hatten. Nach einigem Hin und Her hatte ich nachgegeben. Ich hatte mein einziges Exemplar, das tief unten in einer Tasche vergraben war, hervorgeholt und war klammheimlich rausgegangen, während Betty unter der Dusche trällerte. Ich find das toll, wie du schreibst, hatte er mir erklärt, aber wieso tut sich da nichts...?

– Versteh ich nicht ganz, Bob. Was meinste damit, da tut sich nichts...?

– He! Du weißt genau, was ich meine...

– Nein, aber sag mir mal ehrlich, Bob, wenn du morgens die Zeitung aufmachst, liest dann nicht genug Sachen, in denen sich was tut...?! Hängt dir das nicht langsam zum Hals raus, immer nur Krimis, Comics und Science-Fiction, haste von dem Zeug nicht langsam DIE FRESSE VOLL, willste nicht mal Luft holen, Kerl...?

– Ach was, die anderen Sachen gehn mir auf die Eier. All diese Romane, die seit zehn Jahren rauskommen, da schaff ich keine zwanzig Seiten von...

– Das ist normal. Die meisten Typen, die heutzutage schreiben, haben keine Glaubwürdigkeit mehr. In einem Buch, da muß man Kraft und Selbstvertrauen spüren können. Schreiben, das müßte so sein, als versuchte man, zweihundert Kilo zu reißen. Am besten ist es, wenn die Adern des Typs dabei hervortreten.

Dieses Gespräch lag ungefähr einen Monat zurück, und mir wurde klar, daß ich zu wenig Leser hatte, als daß ich es mir hätte leisten können, auch nur einen einzigen zu erwürgen. Vor allem diesen nicht, den brauchte ich noch, um das Dach fertigzukriegen. Es gab ein paar Dinge, die schaffte ich nicht allein. Die Idee hatte Betty gehabt. Sie in die Tat umzusetzen, dafür war ich da.

Es ging darum, ungefähr sechs Quadratmeter vom Dachstuhl wegzupusten und durch Glas zu ersetzen.

– Meinst du, das ist machbar...? hatte sie mich gefragt.

– Naja, es wäre gelogen, wenn ich das Gegenteil sagte.

– Oh ... ja, aber, warum machen wir's dann nicht ...?

– Paß auf, wenn du mir sagst, daß dir was dran liegt, dann will ich's gern versuchen.

Sie hatte mich in die Arme geschlossen. Danach war ich auf den Dachboden geklettert, um mir aus der Nähe anzugucken, was auf mich zukam. Eine elende Plackerei, das sah ich auf den ersten Blick. Ich war wieder runtergestiegen und hatte sie in meine Arme geschlossen.

– Ich glaub, ich hab Anspruch auf 'ne zweite Runde, sagte ich.

Jetzt war ich mit der Dachdeckerei so gut wie durch. Ich brauchte bloß noch die Abdichtung vorzunehmen und die Scheiben einzusetzen. Bob sollte am Nachmittag vorbeikommen und mir dabei helfen, die Scheiben raufzutragen, aber nach dem kleinen Zwischenfall vom Vormittag hatte ich Angst, er würde es vergessen. Aber ich täuschte mich in ihm.

Es war unerträglich heiß, als wir zu zweit auf dem Dach hockten. Betty brachte uns Bierflaschen. Sie war hellauf begeistert von der Vorstellung, zum erstenmal eine Nacht unter dem Sternenhimmel verbringen zu können, es gab Momente, da lachte sie. Ah, Gott ist mein Zeuge, ich hätte die ganze Bude in Schweizer Käse umgewandelt, wenn sie mich darum gebeten hätte.

Im letzten Licht der untergehenden Sonne packten wir unser Werkzeug zusammen. Betty kletterte mit ein paar Dosen Carlsberg zu uns rauf, und wir blieben noch einen Moment oben, plauderten und kniffen im Licht die Augen zusammen. In der Tat, die Dinge waren von absoluter Klarheit.

Nachdem Bob aufgebrochen war, räumten wir den Speicher auf und starteten eine Säuberungsaktion. Danach schleppten wir die Matratze hoch, plus ein paar Sachen zum Knabbern, Zigaretten und einen Mindestvorrat, der uns vor dem Verdursten retten sollte. Wir legten die Matratze genau unter den verglasten Ausschnitt, und sie ließ sich mit hinter dem Kopf verschränkten Armen nach hinten fallen. Es war Nacht, oben links konnte man bereits zwei Sterne sehen. Eine Woche schuften, aber der Himmel war diesen Preis wert. Ich fragte mich, ob wir erst was essen oder sofort bumsen sollten.

– He, meinst du, wir können den Mond sehen? fragte sie.

Ich fing an, mir die Hose aufzuknöpfen.

– Ich weiß nicht... könnte sein, sagte ich.

Meine Neigungen waren schlichter. Ich brauchte nicht am Himmel zu suchen, was ich in der Hand hatte. Ich war so gut Freund mit ihrem Slip, daß ich ihn streicheln konnte, ohne gebissen zu werden. Ich machte mir keine Sorgen, als ich einen Blick unter ihren Rock warf und sah, daß mir nur noch drei Fingerbreit fehlten.

– Menschenskind, ich seh Sternschnuppen... verkündete sie.

– Ich weiß, daß ich toll bin, sagte ich. Brauchste nicht noch zu steigern.

– Nein, ich meine RICHTIGE!!

Ich begriff sofort, entweder der Himmel oder ich, aber ich machte mich nicht klein, ich beschloß zu kämpfen wie ein tollwütiger Hund. Als erstes stieß ich meinen Kopf zwischen ihre Beine und fraß ihren Slip auf. Wo waren die Probleme, wo war die ganze Scheiße, die sich in letzter Zeit angesammelt hatte...? Wo war das Paradies, wo die Hölle, wo war diese Höllenmaschine hin, die uns zermalmte...? Ich weitete ihre Spalte und steckte mein Gesicht hinein. Bist an einem Strand, Papa, sagte ich mir, bist an einem einsamen Strand, liegst im nassen Sand, und die Wellen kommen und saugen sanft an deinen Lippen, he Papa, ich versteh dich, hast keine Lust aufzustehn...

Als ich mich aufrichtete, glänzte ich wie ein Stern und hatte ein verklebtes Auge.

– Das stört ein wenig, ich seh nicht mehr plastisch, sagte ich.

Sie lächelte. Sie zog mich an sich und fing an, mir das besagte Auge mit der Zungenspitze zu reinigen. Ich nutzte die Gunst des Augenblicks und schlüpfte in sie hinein. Und eine Zeitlang war vom Himmel nicht mehr die Rede, ich spürte bloß, wie über meinem Rücken die Sterne vorbeiglitten.

An diesem Abend war Betty besonders gut aufgelegt, und ich brauchte mich nicht selbst zu übertreffen, um den Vogel abzuschießen. Es war eine wahre Wonne, wie sie sich ins Zeug legte, ich verschleppte sogar ein wenig das Tempo, um die Sache andauern zu lassen, und sie brach vor mir in Schweiß aus. Als ich spürte, daß es gleich kam, dachte ich an die Theorie vom Urknall. Gut zehn Minuten lang blieben wir eng umschlungen liegen, danach nahmen wir uns das Hühnchen vor. Ich hatte auch eine Flasche Wein raufgetragen. Nach dem Essen waren ihre Wangen leicht rosig, und ihre Augen glänzten. Immer seltener erlebte ich sie so ausgeglichen und entspannt und, wie soll ich sagen, beinahe glücklich, ja, das ist's, beinahe glücklich. Prompt vergaß ich, meinen Joghurt zu zuckern.

– Warum bist du eigentlich nicht öfter so...? fragte ich sie.

Ihr Blick nahm einem jede Lust, die Frage noch einmal zu stellen. Wir hatten schon mindestens hundertmal darüber gesprochen, also, warum beließ ich es nicht dabei, warum kam ich ständig wieder darauf zurück...? Glaubte ich noch an die Magie des Worts? Ich konnte mich noch bestens an unser erstes Gespräch darüber erinnern, zweihundert Jahre lag das auf keinen Fall zurück, mir kam es vor, als hätte ich es auswendig gelernt. Meine Güte, hatte sie mir schaudernd erzählt, verstehst du denn nicht, daß sich das Leben gegen mich stellt, daß ich mir bloß etwas wünschen muß, und schon muß ich feststellen, daß ich auf nichts ein Recht habe, daß ich sogar zu mickrig bin, ein Kind zu bekommen...??!

Und im Ernst, als sie das sagte, konnte ich Scharen von Türen sehen, die rings um sie zugingen, mit voller Wucht zuschlugen, und ich konnte nichts mehr tun, um an sie heranzukommen, es hatte keinen Sinn, sich mit beschissenen Gedankengängen aufzuplustern, um ihr zu BEWEISEN, daß sie falsch lag oder daß sich die Sache schon einrenken würde. Es gibt immer einen Schwachsinnigen, der mit einem Glas Wasser antanzt, um einem Verletzten mit Verbrennungen dritten Grades zu helfen. Ich war so einer.

23

Es war ein kleines, neues Gebäude, es lag fast am Stadtrand in einer ziemlich verlassenen Ecke, und ich sah Typen, die hinter den Fenstern des Büros hin und her gingen, im ersten Stock, genau über der Garage. Es war Sommeranfang, um die dreißig Grad im Schatten. Gegen zwei Uhr überquerte ich die Straße und stellte mich neben das Garagentor, ich tat so, als müßte ich mir die Schuhe zubinden.

Ich war da noch keine Minute, als ein Hosenbein vor mir auftauchte. Ich hob vorsichtig den Kopf. Selbst als Mann konnte ich so einen Kerl nicht ab, das typische jähzornige Arschloch, schlaffer Bauch mit lüsternem Blick, ein Typ, wie es ihn fast an jeder Straßenecke gibt.

– Na, machen die Ihnen Schwierigkeiten, die fiesen kleinen Schnürsenkel...? säuselte er.

Ich sprang auf, zog mein Taschenmesser und klappte es direkt vor seiner Nase auseinander, unauffällig, versteht sich.

– Zisch ab, alter Wichser! knurrte ich.

Der Scheißkerl wurde blaß, er machte einen Satz nach hinten und riß die Augen auf. Seine Lippen waren wie Blütenblätter einer verfaulten Blume. Ich tat so, als wolle ich auf ihn losgehen, und er verzog sich im Laufschritt. An der Straßenecke hielt er kurz an, um mich als Hure zu bezeichnen, dann verschwand er.

Ich bückte mich wieder zu meinem Schnürsenkel. Es war zwei Uhr durch, aber ich hatte bemerkt, daß es ihnen auf zehn Minuten nicht ankam. Mir blieb nichts, als mich wohl oder übel zu gedulden und zu hoffen, daß mir nicht wieder einer dieser Triebtäter in die Quere kam. Trotzdem war ich die Ruhe selbst, die Sache erschien zu unwirklich, als daß man sie ganz hätte wahrhaben können. Als der gepanzerte Rolladen hochging, drückte ich mich an die Mauer. Ich hörte den Lieferwagen drinnen anfahren. Ich preßte die Tasche gegen meine Brust und hielt die Luft an. Die Sonne fing an zu vibrieren, niemand war in Sicht, ich biß mir auf die Lippen. Ich hatte einen elenden, fast chemischen Geschmack im Mund.

Der Wagen fuhr langsam raus. Die einzige Gefahr war, daß mich der Fahrer im Rückspiegel entdeckte, ich hatte daran gedacht, aber ich wagte zu hoffen, daß er, wenn er aus einer Garage auf eine Straße kam, NACH VORNE gucken würde. Letzten Endes hatte ich mich darauf verlassen, und als der Lieferwagen draußen war, stürzte ich mich in die Garage. Ich trat zurück in den Schatten, während sich der Rolladen wieder schloß. Ich schluckte meinen Speichel mit der gleichen Leichtigkeit wie Erdnußbutter.

Fünf Minuten blieb ich regungslos stehen, doch nichts geschah. Ich atmete auf. Ich nahm mir meine Brüste, die nach unten gerutscht waren, und rückte sie an die richtige Stelle. Ich mußte einen Puls von über einhundertzehn haben, mit Herzschlägen, die durch das T-Shirt zuckten, und was sonst noch so dazugehört. Das hielt einen warm. Um auf der Straße nicht zu sehr aufzufallen, hatte ich meine Jacke angezogen, ich bekam sie bloß nicht mehr zu. Wegen meiner behaarten Hände hatte ich weiße Handschuhe angezogen, und wegen meiner behaarten Beine hatte ich meine Hose anbehalten. Ich hatte mir eine blonde Kurzhaarperücke ausgesucht, die für meinen Geschmack ein wenig zu modisch war, aber sie hatten nur die oder einen vierzig Zentimeter hohen Haarknoten, erst in einer Woche bekamen sie wieder was Neues rein. Ich setzte mir die dunkle Brille ab und kramte einen kleinen Spiegel aus meiner Handtasche hervor, um mein Make-up zu überprüfen.

Nein, in der Richtung war alles in Ordnung, ich hatte getan, was ich tun konnte. Mich dreimal nacheinander rasiert, Crème und Gesichtspuder dick aufgetragen, und zum Schluß ein ziemlich kräftiges Rot auf die Lippen. Alles in allem fand ich mich gar nicht so übel, heißer Körper und kühler Kopf, genau die Sorte Mädchen, die mich nervös gemacht hätte. Ich setzte mir die Brille wieder auf die Nasenspitze, ich durfte nicht vergessen, daß ich mir die Augen nicht geschminkt hatte. Ich wartete noch einen

Moment, bis ich mich endgültig beruhigt hatte, dann gab ich mir einen Ruck.

Schräg gegenüber stand eine Tür auf, rechteckiges Licht fiel ein, und diese Tür führte zu einem völlig dämlichen Flur. Zu meiner Linken die Ausfahrt, ein Sammelsurium von Gittern und unvorstellbar vielen Riegeln, und zu meiner Rechten eine noch viel dämlichere Treppe, die zu den Büroräumen führte. Ich war verblüfft, wie wunderbar einfach die Sache war, ich faßte es als einen günstigen Wink des Schicksals auf. Ich zog die Barracuda aus meiner Handtasche. Es war eine Attrappe, aber eine perfekte Attrappe, selbst mir machte sie Angst. Ich stieg die Stufen hoch wie ein hungriger Panther.

Auf der ersten Etage erspähte ich meinen Mann. Er saß mit dem Rücken zu mir an einem Schreibtisch, ein junger Typ, ungefähr fünfundzwanzig Jahre alt, Pickel im Nacken, ein Grünschnabel, für den das Leben erst anfing. Er verschlang gerade eines jener Magazine, die das Sexualleben unserer Lieblingsschauspieler schildern. Ich steckte ihm den Lauf der Barracuda gut einen Zentimeter ins rechte Ohr. Das linke drückte sich auf dem Schreibtisch platt. Er warf mir einen entsetzten Blick zu und brüllte wie am Spieß. Ich stieß ihm den Lauf noch ein Stück tiefer ins Ohr und legte einen Finger auf den Mund. Er kapierte, er war gar nicht so schwer von Begriff, wie er aussah. Ohne sein Ohr kalt werden zu lassen, riß ich ihm die Arme auf den Rücken und schnappte mir eine Rolle Klebeband aus der Handtasche. Extra stark, fünf Zentimeter breit, ein Paket, das darin eingewickelt ist, kann einen bekloppt machen. Ich rollte mit den Zähnen ein kleines Stück ab und wickelte ihm gut und gern fünf Meter davon um die Handgelenke. Das dauerte seine Zeit, aber wir hatten noch den ganzen Nachmittag vor uns. Dann nahm ich ihm seine Waffe ab und klebte ihn am Stuhl fest.

– Ich versichere Ihnen, ich werde nichts unternehmen! erklärte er mir. Ich will heil aus dieser Geschichte wieder rauskommen. Seien Sie doch nicht so heftig...

Ich bückte mich, um ihm die Beine zu fesseln. Ich überraschte ihn dabei, wie er nach meiner Brust schielte. Ich stand wieder auf. Als hätte er mich angefaßt, ich mußte an mich halten, ihm keine Ohrfeige zu geben. Und dann, Scheiße, dann klebte ich ihm doch eine. Er stieß einen Schrei aus. Ich legte meinen Finger wieder auf den Mund.

Jetzt hieß es warten. Ein wenig nachdenken und warten. Ich guckte mir das Schaltsystem der Türen an. Alles war haarklein erläutert. Ich setzte mich auf eine Ecke des Schreibtisches, schlug die Beine übereinander und rauchte eine Zigarette. Der Jüngling bedachte mich mit einem Blick aus Samt und Seide.

– Mannometer ... Mannomann! ... Sie ahnen nicht, wie sehr ich Sie bewundere, faselte er. Sowas zu tun, da gehört schon Mumm zu ...

Er täuschte sich. Mit Mut hatte das nichts zu tun. Ich sah, daß Betty Tag für Tag ein wenig tiefer sank, und verglichen damit, was bedeutete es schon, den halben Erdball hochgehen zu lassen oder eine Bank auszurauben. Eigentlich war das keine richtige Bank, sondern ein Laden, der Überwachungsdienste und Geldtransporte übernahm, und jeden Tag holten sie die Tageseinnahmen der Kaufhäuser und eines Autobahnteilstücks ab. Ich war ihnen einen ganzen Tag lang nachgefahren und hatte schnell gemerkt, daß es albern gewesen wäre, irgend etwas während der Geldübergabe zu versuchen. Die Typen waren dermaßen nervös, daß einen ein Niesen in ein Sieb verwandeln konnte. Deshalb hatte ich mich schließlich dafür entschieden, sie in ihren eigenen Räumlichkeiten abzufangen und von einer etwas relaxteren Atmosphäre zu profitieren.

– Wenn Sie einen Kaffee wollen, ich habe eine Thermosflasche in der untersten Schublade, schlug mir mein Verehrer vor.

Seine Blicke verschlangen mich geradezu. Ich zeigte ihm die kalte Schulter und bediente mich, ohne ihn anzusehen.

– Wie heißen Sie? fragte er. Ich möchte mich bloß an Ihren Vornamen erinnern können, ich verspreche Ihnen, kein Mensch erfährt etwas ...

Er regte mich auf, auch wenn sein Verhalten nichts zu wünschen übrigließ. Später konnte er erzählen, was für ein Mordsweib ich war, und ich konnte damit rechnen, daß sich die

Spuren verwischten. Um ihm einen Gefallen zu tun, fummelte ich mir ein wenig an der Brust rum, ich machte solange, bis er die Farbe wechselte.

– Mein Gott, könnten wir nicht das Fenster aufmachen? fragte er.

Von Zeit zu Zeit stand ich auf, um einen Blick nach draußen zu werfen. Die Straße war vollkommen ruhig, ich hatte mir nicht vorgestellt, daß das so einfach ablaufen würde, man hörte sogar die Vögel in den Bäumen zwitschern. Kein einziger Anruf war gekommen, und niemand hatte unten am Eingang geschellt, das Ganze kam mir vor wie ein Gag. Ein-, zweimal mußte ich gähnen. Es war heiß. Seit er gesehen hatte, wie ich mir mit der Zungenspitze über die Lippen gefahren war, war er wie von Sinnen.

– Machen Sie mich los, sagte er. Ich könnte Ihnen behilflich sein, ich könnte sie in Schach halten, diese Mistkerle. Diese Arbeit stößt mich sowieso ab, ich gehe mit Ihnen, wir könnten das ganze Land in die Tasche stecken... Warum sagen Sie nichts, Madame, warum haben Sie kein Vertrauen zu mir...?

Ich fuhr ihm mit der Hand durch die Haare, um ihm den Rest zu geben. Sie waren fettig, zum Glück hatte ich Handschuhe an. Er streckte seinen Hals in meine Richtung aus und fing an zu wimmern.

– Oh, ich bitte Sie, plärrte er, passen Sie genau auf den Größten von den dreien auf, nehmen Sie sich vor dem in acht, der ballert direkt drauflos, das ist schon ein paar Mal vorgekommen, der hat schon Passanten verletzt, dieser Henri, dieser Mistkerl, lassen Sie mich frei, ich werde mich um ihn kümmern, Madame, ich lasse nicht zu, daß er Ihnen ein Haar krümmt...!!

Abgesehen davon, daß ich mich langweilte, fühlte ich mich ausgesprochen ruhig. Außerdem ging mir seit einiger Zeit nichts mehr unter die Haut. Abgesehen von Betty war mir der Rest der Welt scheißegal. Ich war fast schon froh, daß ich etwas Bestimmtes tun konnte, das verschaffte meiner Seele eine Ruhepause. Ganz davon zu schweigen, daß ich mir dachte, wenn die Sache schief läuft, dann kommt das einem richtigen hold-up ziemlich nahe. Um meine Ruhe zu haben, setzte ich mich hinter ihn und spielte mit seiner Waffe. Die da, die war echt, ich konnte nicht sagen warum, aber man spürte es, wenn man sie bloß anfaßte. Ich stellte mir vor, ich würde mir damit eine Kugel in den Mund jagen. Der Gedanke ließ mich lächeln, dazu war ich nun wirklich nicht imstande. Genauso wenig wie zu sagen, warum sich das Leben lohnte, nehmen wir an, daß ich das auch beim Anfassen spürte. Der junge Kerl verrenkte sich den Kopf, als er versuchte, mich anzusehen.

– Warum bleiben Sie hinter mir, sagte er mit weinerlicher Stimme, was habe ich Ihnen getan...? Ich möchte Sie doch bloß sehen...!

Die Toiletten befanden sich am unteren Ende der Treppe. Ich ging runter, um zu pissen, und nutzte den Augenblick, um die Perücke abzunehmen und mir damit etwas Luft zuzufächeln. Ich hatte keinen fest umrissenen Plan aufgestellt, ich schleppte auch keine Stoppuhr und kein Kampfgas mit mir rum. Sache des Feelings, wie man so sagt. In Wirklichkeit schwirrten mir wichtigere Dinge durch den Kopf, ich hatte auch so genug Sorgen, so daß ich es mir ersparte, Kleinigkeiten auszubaldowern. Ich kann ja verstehen, daß man sich gründlich auf einen Banküberfall vorbereitet, wenn einem nur das Geld fehlt, um alle Probleme aus der Welt zu schaffen, aber war das denn bei mir der Fall, hätte denn ein ganzer Berg Knete irgend etwas für mich bewirken können...? Sicher, an dem Punkt, an dem wir angelangt waren, da wollte ich gerne alles versuchen. Selbst wenn es zu nichts führte. Ich war mit ihr zusammen, um alles zu tun, was in meiner Macht stand, schien es mir.

Als ich zurückkam, vergoß er fast Freudentränen:

– Herr im Himmel! sagte er, ich hatte schon Angst, Sie seien gegangen! Ich war krank vor Angst.

Ich drückte einen kleinen Kuß auf meinen Handschuh und hauchte ihn in seine Richtung. Er seufzte und schloß die Augen. Ich warf einen Blick auf die Wanduhr. Es konnte nicht mehr lang dauern, bis die anderen kamen. Ich schnappte mir meinen Romeo an der Rückenlehne, kippte ihn nach hinten und zog den

Stuhl auf zwei Beinen in eine Ecke, in der man ihn nicht sehen konnte, wenn man die Tür öffnete. Er versuchte dabei, mir die Hand zu küssen, aber ich war schneller. Ich nahm mir noch einen Kaffee und machte mich, ohne zu nah ans Fenster zu treten, daran, die Straße zu beobachten.

Es war jetzt fast vierzig Jahre her, daß ein anderer auf der Straße *unterwegs* war, und die Dinge hatten sich seitdem ganz schön geändert. Diese gute alte Straße hatte nichts Aufregendes mehr an sich. So wie mir die Welt heute erschien, zog ich es vor, sie zu durchstreifen statt mich ins Elend zu stürzen. Und dann hat man mit fünfunddreißig auch keine Lust mehr, sich verarschen zu lasen, und das setzt eben ein Minimum an Knete voraus. Die Welt zu durchstreifen, das verursacht wahnsinnige Kosten, all die fernen Lande, die sind so gerade mit Gold aufzuwiegen. Kurz und gut, ich wollte ihr gern vorschlagen aufzubrechen, wenn uns das eine Atempause brachte. Gewissermaßen war ich dabei, die Koffer zu packen.

Die Stimme des Bescheuerten hinter mir schreckte mich auf:

– Wo ich gerade dran denke, ist..., sagte er. Warum nehmen Sie mich nicht als Geisel? Ich könnte Ihnen als Schild dienen...

Das brachte mich darauf, daß ich was vergessen hatte. Ich trat auf ihn zu und machte ihn mundtot, indem ich ihm das Klebeband dreimal um den Kopf wickelte. Ohne Vorankündigung kippte er nach vorn und rieb seinen Kopf an meiner Brust. Ich sprang zurück.

– Großer Gott! sagte er mit den Augen.

Fünf Minuten später trafen die drei anderen ein. Ich behielt den Lieferwagen im Auge, als er die Straße herunterkam. Als er sich vor dem Garagentor meldete, drückte ich den Knopf GAR. AUF, dann zählte ich bis zehn und drückte GAR. ZU. Ich wußte, ich hatte ein zweites Mal gepokert, aber das kratzte mich wenig.

Ich quetschte mich hinter die Tür, und diesmal hatte ich nicht die Barracuda in der Hand, sondern die richtige. Ich hörte, wie unten die Wagentüren ins Schloß knallten und die

Typen anfingen zu quatschen. Ihre Stimmen drangen klar und deutlich zu mir hoch.

– Hör mir gut zu, Alter, sagte einer, wenn dir deine Frau was von Kopfschmerzen vorstöhnt, und das genau an dem Abend, wo du mit ihr bumsen willst, dann brauchste ihr nur zu sagen, daß sie sich nur ja keine Sorgen macht, den Kopf, den würdest du schon in Ruhe lassen!

– Scheiße, du bist mir vielleicht lustig. Glaubst du, das ist so einfach...? Du kennst doch Maria...

– Ach, das geht schon... Die ist auch nicht anders als die anderen. Die haben alle schon mal Kopfschmerzen... Aber wenn du am Ende des Monats deine Kohle auf den Tisch legst, ist dir nicht aufgefallen, daß sie in dem Moment noch nie nach Aspirin gefragt haben...?

Ich hörte, wie sie sich auf die Treppe drängelten.

– Jaja, schön und gut, Henri, trotzdem übertreibst du da...

– Scheiße, mach doch, was du willst. Wenn du so'n Verlangen danach hast, dein ganzes Leben lang auf dem Arsch rumzurutschen für nichts und wieder nichts, da warten die doch nur drauf.

Im Gänsemarsch kamen sie rein, alle drei. Sie trugen kleine Jutesäcke am ausgestreckten Arm. Ich erkannte auf Anhieb den größten von ihnen, den besagten Henri, seine Füße waren nackt in den Sandalen. Wie die zwei anderen der Rente entkommen waren, war mir schleierhaft. Ehe sie auch nur uff machen konnten, trat ich die Tür zu. Sie drehten sich zu mir um. Für eine Tausendstelsekunde trafen sich Henris und mein Blick. Ich ließ ihn gar nicht erst zur Besinnung kommen, ich sah auf seine Füße und jagte ihm eine Kugel in den großen Zeh. Jaulend brach er zusammen. Die anderen zwei ließen ihre Säcke fallen und hoben die Arme. Ich spürte, daß ich Herr der Lage war.

Während Henri sich am Boden wälzte, warf ich ihnen das Klebeband zu und bedeutete ihnen, ihren Kollegen zu fesseln. Lange zu warten brauchte ich nicht. Obwohl er wild um sich schlug, verschnürten sie ihn in drei Sekunden. Sei doch kein Idiot, sagten sie mehrmals zu ihm. Um Zeit zu sparen, gab ich ihnen als nächstes zu verstehen, daß sie sich selbst die Füße fesseln sollten. Als Lagerverwalter hätten die zwei nur Unheil angerichtet, man brauchte ihnen bloß mit irgend etwas zwischen die Augen zu zielen. Ich guckte den Schwächlicheren der beiden an und gab ihm einen kleinen Wink mit meinem weißen Handschuh, das hieß, fessele deinem Kumpel die Hände, alter Trottel. Nachdem er das besorgt hatte, zeigte ich mit dem Finger auf ihn. Er lächelte mir traurig zu:

– Hören Sie, Mademoiselle, das schaffe ich nicht allein.

Ich steckte ihm den Pistolenlauf ins Nasenloch.

– Nein, nein, jammerte er, nein, nein, nein, nein, warten Sie, ich werd's versuchen!!

Er rackerte sich ab, wie er nur konnte, er behalf sich mit der Stirn, mit den Zähnen, mit den Knien, aber er schaffte es. Jetzt, wo sie alle drei verpackt waren, befreite ich sie von ihren Waffen. Als ich mich erhob, warf ich einen Blick auf den verliebten Gockel auf dem Stuhl. Vor lauter Glück hatte er Ringe unter den Augen.

Henri wimmerte und knurrte und fluchte, ein dünner Faden Schleim zog sich von seinem Mund zum Linoleumboden. Da ich meine Ruhe haben wollte, schnappte ich mir das Klebeband und kauerte mich neben ihn hin. Sein Fuß blutete, als würde er pinkeln. Seine Sandale war hinüber. Ich konnte mir nur dazu gratulieren, daß ich eine größere Rolle genommen hatte, mindestens zehn Meter waren noch übrig. Genau das Richtige, wenn man sich nicht in einem Seil verheddern will und nicht weiß, wie man Knoten macht. Er wurde krebsrot, als seine Augen zu mir aufguckten.

– Verdammtes kleines Miststück! sagte er. Eines Tages krieg ich dich, und dann wirste mir als erstes meinen Schwanz blasen!!

Ich schlug ihm sämtliche Vorderzähne aus, als ich ihm den Pistolenlauf vor den Mund rammte. Ich war ein bösartiges verdammtes kleines Miststück. Aber ich tat das auch für alle Mädchen, die Kopfschmerzen hatten, die Marias und wie sie alle hießen, für all meine Leidensgenossinnen, für all die, denen man Gewalt antat, denen es in der Metro dreckig ging, denen ein Schwein wie dieser Henri über den Weg gelaufen war, ich schwöre, hätte ich meine dabei gehabt, ich hätte ihm eine ganze Packung Tampons zu fressen gegeben. Manchmal, wenn ich bestimmte Typen nur sehe, habe ich Lust, allen Frauen der Erde meinen Segen zu erteilen, ich weiß nicht, was mich zurückhält. Er spuckte etwas Blut. In seiner Wut platzten ihm ein paar Äderchen in den Augen. Ich mußte die Waffe von seinem Mund wegnehmen, um ihn zu knebeln. Er hatte Zeit, ein letztes Wort vorzubringen:

– Du hast dein Todesurteil unterzeichnet! knurrte er.

Ich heulte ihm nicht das Büro voll, um endlich Ruhe zu haben, ich verpaßte ihm stattdessen eine kleine Zugabe aufs Auge. Allmählich hatte er einen Kopf wie der *Unsichtbare*, nur noch zerknitterter, noch leuchtender. Die beiden anderen verhielten sich ruhig, ich klebte ihnen nur ein kleines, symbolisches Stück auf ihre Schandmäuler. Ich erhob mich in dem Bewußtsein, daß ich das Schlimmste hinter mir hatte. Bei dieser Vorstellung konnte ich ein Lächeln nicht unterdrücken, aber ich wollte mir nicht widersprechen, ich tat so, als wüßte ich nicht, daß man das Schlimmste immer VOR sich hat.

Auch wenn ich spürte, daß nichts meine Ruhe hätte erschüttern können, ich hatte keineswegs die Absicht, Zeit zu vertändeln. Ich hob die Geldbeutel auf, sprengte die Plomben und kippte den Inhalt auf den Schreibtisch, sechs Geldsäcke voller Scheine und Geldrollen. Ich stopfte die Scheine in meine Tasche, auf das Hartgeld verzichtete ich, ich befürchtete, alles zusammen könnte es was schwer werden. Ich war bereits startklar, als der Knirps anfing zu röcheln, um meine Aufmerksamkeit auf sich zu ziehen. Er zeigte mit dem Kinn auf den in die Wand eingelassenen Panzerschrank. Ein netter Junge, logisch denken konnte er auch, aber ich hatte bereits einen anständigen Batzen Scheine eingesackt, noch hatte ich nicht vor, in Pension zu gehen. Ich gab ihm zu verstehen, daß mir das wirklich reichte. Ich spürte, er war den Tränen nahe, die anderen konnten mich nicht sehen, ich nutzte das aus, um einen Kugelschreiber vom Schreibtisch zu nehmen und zu ihm hinzugehen, ich stellte mich hinter ihn. Ich öffnete ihm eine Hand und schrieb JOSEPHINE auf die Innenfläche. Er schloß die Hand mit einer Behutsamkeit, als hätte er einen Schmetterling mit einem gebrochenen Bein gefangen. Kurz bevor ich durch das Fenster sprang, das nach hinten hinausführte, sah ich eine große, glitzernde Träne, die ihm blitzschnell über die Wange lief.

Der Garten war verwildert. Ich flitzte durch das hohe Gras und machte einen Salto über den Zaun am hinteren Ende. Meine Kehle war trocken, wahrscheinlich weil es mir gelungen war, den ganzen Nachmittag kein einziges Wort zu sprechen. Ich hielt meine Brüste fest, bog nach rechts ab und rannte an zwei, drei Gärten vorbei, ohne auch nur einen Menschen zu sehen, dann überquerte ich ein brachliegendes Gelände, das schlicht und einfach neben dem Bahndamm lag. Ich kletterte in unvermindertem Tempo die Böschung hoch, sprang über die Gleise und raste auf der anderen Seite wieder runter. Jeder Atemzug tat mir weh, zum Glück war es zum Parkplatz des Supermarktes nur noch ein Katzensprung. Was anderes hatte ich nicht gefunden, um meinen Wagen zu verstecken, meinen ZITRONENGEL-BEN Straßenkreuzer.

Niemand achtete auf mich, als ich die Tür aufmachte. Auf dem Parkplatz eines Supermarktes achtet niemals einer auf was, egal was es ist, der Ort macht die Leute stumpfsinnig. Ich war schweißgebadet. Ich legte die Tasche auf den Beifahrersitz, und während ich wieder zu Atem kam, beobachtete ich, was sich um mich herum tat. Nicht weit weg von mir versuchte eine dicke Frau, ein Bügelbrett in einen Fiat 500 zu verfrachten. Wir guckten uns ein paar Sekunden lang an. Ich wartete ab, bis sie, eine Tür offen, losfuhr. Jetzt hatte ich Ruhe. Ich machte das Handschuhfach auf, nahm mir die Kleenextücher und die hyper-allergenische Reinigungsmilch, wie sie angepriesen wurde. Sie war um fünfundzwanzig Prozent verbilligt. Der Rest war nicht gerade umsonst.

Ich faltete ein Kleenex auf meinen Knien auseinander, ohne die Umgebung aus den Augen zu lassen, und tränkte es mit der Milch. Niemand war in der Nähe, ich hielt die Luft an und tauchte mit dem Kopf hinein. Zum ersten Mal an diesem

Nachmittag fühlte ich mich fiebrig. Ich schmiß die schmutzigen Papierchen zum Fenster raus. Die Plastikflasche produzierte obszöne Geräusche und Milchfontänen, ich scheuerte mir über die Haut, als wollte ich sie abrubbeln. Ich riß mir die Brille vom Gesicht, die Perücke vom Kopf, die Handschuhe von den Händen und die falschen Brüste vom Leib und stopfte alles in die Tasche. Ich war völlig außer Atem, als ich den Rückspiegel zu mir rumriß, aber ich hatte nur noch einen kleinen braunen Streifen auf der Stirn, ich wischte ihn mir auf der Stelle ab. Alles, was es noch von Josephine gab, war ein kleiner Fleck auf einem Papiertaschentuch. Ich rollte es zusammen und ließ es mit einem Klaps unter die Vorderräder segeln, als ich Gas gab.

Ich fuhr langsam zu unserer Bude zurück. Ich kam gerade noch rechtzeitig, um den Herd abzustellen, kleine schwarze Bröckchen kringelten sich zischend in einem Topf. Ich riß die Fenster auf und kletterte rauf zum Speicher. Eine Zigarette zwischen den Lippen spielte sie eine Partie Mikado auf der Matratze. Ein goldenes Licht fiel durch das Fenster, kleine Staubteilchen flimmerten. Ich ging zu ihr und warf die Tasche aufs Bett. Sie fuhr in die Höhe.

– Scheiße, jetzt hab ich gewackelt, schimpfte sie.

Ich legte mich neben sie.

– Mein Gott, Schönste, ich bin völlig gerädert, ächzte ich.

Ich streichelte ihr über die Haare. Sie lächelte.

– Und, alles klar mit dem Kunden? fragte sie. Haste keinen Hunger, ich hab dir unten ein paar Ravioli aufgewärmt.

– Nein, schon gut, danke schön, zerbrich dir nicht den Kopf...

Ich trank ein abgestandenes Bier aus, das in der Gegend herumstand. Dann machte ich die Tasche auf.

– Guck mal, was ich auf dem Weg gefunden hab, sagte ich.

Sie drehte sich auf die Seite.

– Ach du je, wo haste denn das ganze Geld her, huch, das ist ja ein ganz schöner Batzen...!

– Jaja, ist nicht gerade wenig...

– Aber was willste damit...?

– Tja... wirste noch sehn.

Sie stieß vor Überraschung einen kleinen Schrei aus, als sie die falschen Brüste in die Finger bekam. Stück für Stück zog sie meine ganze Verkleidung aus der Tasche. Das schien sie weitaus mehr zu interessieren als der ganze Haufen Geld, ihre Augen strahlten, als hätten wir Weihnachtsabend.

– Ooooooh, ooohhh...! Was ist das denn...??!!

Ich hatte mir vorgenommen, mich nicht darüber auszulassen.

– Keine Ahnung, sagte ich.

Sie hob den BH an einem Träger hoch. Die Brüste fingen an zu kreisen in diesem unendlich zarten Licht, das uns umgab. Das Mobile schien sie zu hypnotisieren.

– Mensch, das mußt du unbedingt anziehen!! Das ist ja unglaublich.

Nein, ich hatte nicht vor, schon wieder den Hampelmann zu spielen. Mir hing die ganze Geschichte zum Hals raus.

– Du spinnst, sagte ich.

– Och Mann, komm, mach voran... murrte sie.

Ich zog mein T-Shirt hoch und setzte die Dinger an die richtige Stelle. Betty klatschte mit Händen und Füßen. Ich klimperte mit den Augen und machte Faxen. Es kam, wie's kommen mußte, kurz darauf hatte ich die Perücke und die weißen Handschuhe an, ohne daß ich auch nur die geringste Lust dazu hatte. Aber es war auch ein kleines Wunder, sie so fröhlich zu erleben.

– He, weißt du, was dir fehlt? fragte sie.

– Jaja, 'ne rasierte Pussy, ich hab schon eine bestellt.

– Du mußt dich noch schminken.

– Bitte nicht...! jammerte ich.

Sie sprang auf die Beine. Sie war außer Rand und Band.

– Bleib liegen. Ich hol nur eben mein Schminktäschchen!

– Jaja... stöhnte ich. Aber laß dich auf der Treppe nicht vollaufen, du kleiner Vogel...

Gegen ein Uhr mittags, als ich merkte, daß sie in meinen Armen einschlief, flüsterte ich ihr schnell noch was ins Ohr:

– Übrigens, mir fällt was ein, man weiß ja nie... Wenn dich eines Tages mal jemand fragt, was ich heute gemacht habe, vergiß nicht, wir waren den ganzen Tag zusammen...

– Ja... und ich hab sogar mit 'ner hübschen Blondine gebumst.

– Nein, das brauchste keinem zu sagen. Nein, das auf gar keinen Fall.

Ich wartete, bis sie fest eingeschlafen war, ehe ich aufstand. Ich stellte mich unter die Dusche, schminkte mich ab und ging in die Küche, um einen Happen zu essen. Egal, was kommt, sagte ich mir, der Tag war nicht umsonst. Ich hatte doch das Richtige in meiner Tasche angeschleppt, um sie ein wenig glücklich zu machen und ihr ein Lächeln zu entlocken. Das hatte ich zwar nicht mit der Kohle erreicht, sie hatte sie sozusagen links liegenlassen, aber hatte ich nicht trotzdem, was ich wollte...? Und ob, meine Anstrengungen hatten sich hundertfach gelohnt, und um ein Haar hätte ich in dieser Küche Freudentränen vergossen, keine Sturzbäche, aber zwei, drei kleine, heimliche Tränchen, die ich unter meinem Fuß hätte verstecken können.

Ich sollte einfügen, daß ich sie zwei Tage vorher in einer Ecke des Schlafzimmers aufgefunden hatte, kraftlos, nackt und starr wie ein Stück Holz, und daß das nicht das erste Mal war, und daß sie diese ominösen Stimmen immer noch hörte, und daß in der Bude weiterhin alle möglichen Sachen überliefen und ankokelten, und man kann sich vorstellen, wohin das noch führen konnte, ohne daß ich es groß und breit erklären muß.

Es gelang mir, eine Scheibe Schinken aufzutreiben. Ich rollte sie zusammen wie eine Crêpe und biß hinein. Das Ding schmeckte nach gar nichts. Ich lebte noch. Großartig.

Wo wir nichts zu lachen hatten, das war an einem Sonntag, und dabei war es ein verdammt schöner Tag. Wir waren nicht allzu spät aufgestanden, denn um Punkt neun Uhr hatte ein Typ beharrlich unten gegen die Tür gehämmert. Ich schlüpfte in eine Unterhose und ging gucken. Ein Typ in einem Anzug, sorgfältig gekämmt, und eine schwarze Mappe, sorgfältig blankpoliert. Und ein BREITES LÄCHELN.

– Guten Morgen, Monsieur. Glauben Sie an Gott?

– Nein, sagte ich.

– Tja, ich würde gern mit Ihnen darüber reden...

– Augenblick, sagte ich, das war nur ein Witz... Selbstverständlich glaube ich an Gott!

Breites Lächeln. GANZ BREITES LÄCHELN.

– Mit Recht. Wir geben eine kleine Broschüre heraus...

– Kostet?

– Alles Geld, das wir einnehmen, geht direkt zu Gunsten der...

– Ja sicher! unterbrach ich ihn. Wieviel?

– Monsieur, für den Preis von fünf Packungen Zigaretten...

Ich zog einen Schein aus der Tasche, reichte ihn ihm und machte die Tür zu. Bum bum. Ich machte die Tür wieder auf.

– Sie haben Ihre Broschüre vergessen, meinte er.

– Nein, sagte ich. Ich brauche sie nicht. Ich glaube, ich hab Ihnen gerade einen kleinen Teil des Paradieses abgekauft, oder...?

Als ich die Tür wieder zumachte, stach mir ein Sonnenstrahl voll ins Auge. Wenn er mir in den Mund gefallen wäre, hätte ich gesagt: »Als ich die Tür zumachte, glitt mir ein saures Bonbon zwischen die Lippen.« Bilder von Meer und Wellen drängten sich mir auf. Ich flitzte nach oben und ließ die Decken durchs Zimmer segeln.

– Menschenskind, ich hab Lust, ans Meer zu fahren, stieß ich
hervor. Du auch?

– Das ist zwar etwas weit, aber wenn du willst...

– In zwei Stunden brätst du am Strand.

– Von mir aus kann's losgehen, antwortete sie.

Ich sah sie nackt mitten im Bett stehen, als entspränge sie einer
gerillten Jakobsmuschel, aber ich verschob das auf später. Die
Sonne wartete nicht extra auf uns.

Sehr chic war er, der Badeort, sehr modern, aber genauso viel
Bekloppte wie woanders auch, das ganze Jahr über gab's die, so
daß die Restaurants und Läden auch außerhalb der Saison
geöffnet waren. Wenn man ein Stück Strand haben wollte, das
nicht allzu dreckig war, mußte man zahlen. Wir zahlten. Wir
gingen ins Wasser, gingen noch einmal ins Wasser und dann das
gleiche von vorn, und dann hatten wir Hunger. Wollte man
unter die Dusche, mußte man zahlen. Und wenn man seinen
Wagen auf dem Parkplatz wiederhaben wollte, auch. Und für
dies und für das. Am Ende hatte ich einen ganzen Stoß Münzen
in der Hand, ich hielt mich bereit, die Kohle schneller auszu-
spucken als mein Schatten reagieren konnte. Die ganze Gegend
kam mir vor wie ein riesiges Groschengrab, und etwas, was es
umsonst gab, hatte ich noch nicht gesehen.

Wir aßen auf einer Terrasse, unter einem Sonnenschirm aus
Plastikstroh. Auf dem Bürgersteig gegenüber hielten sich so um
die zwanzig junge Frauen auf, und jede hatte ein Kind von drei
oder vier Jahren an der Hand, die semmelblonde Sorte, wo der
Papi stets geschäftlich unterwegs ist und die noch junge und
schöne Mutti den lieben langen Tag nichts anderes tut, als die
Zeit totzuschlagen, zu Hause oder auch woanders. Der Kellner
hatte uns aufgeklärt, daß die da standen, weil mit den kleinen
Lieblingen eine Sendung aufgenommen werden sollte. In der
Tat, die kleinen Rotznasen konnten einen bestimmt in Tränen
ausbrechen lassen, wenn man mit ihnen einen Werbespot für
eine Versicherungsgruppe über das Thema DENKEN WIR AN
IHRE ZUKUNFT drehte. Ich fand das urkomisch, denn wenn

man sich diese Gören ansah, die Fröhlichkeit und Gesundheit und Geld ausstrahlten, dann brauchte man sich um deren Zukunft gewiß keine großen Sorgen zu machen, naja, in einer gewissen Hinsicht zumindest.

Sie hingen schon gut eine Stunde in der Sonne herum, als wir uns an unsere Pêche Melba machten. Die guten Frauen wurden langsam nervös, und die Lausbuben rannten von einer Ecke in die andere. Alle paar Minuten riefen ihre Mütter nach ihnen, um ihnen die Haare zu ordnen oder unsichtbaren Staub abzuklopfen. Die Sonne verwandelte sich in einen Amphetaminregen, in eine wahnsinnige Dusche, die unter 220 Volt stand.

– Meine Güte, müssen die hinter diesem armseligen Honorar her sein, meinte Betty.

Ich linste über die Sonnenbrille hinweg zu den Frauen und schaufelte weiter die mit buntem Kleinzeug garnierte Sahne.

– Ist nicht nur das Honorar. Die versuchen, ihrer Schönheit ein Denkmal zu setzen.

– Mußte aber ganz schön bekloppt sein, deswegen die Kinder so in der Sonne rumlaufen zu lassen...

Ab und zu blitzte der Schmuck, den die Frauen trugen, im gleißenden Sonnenlicht auf. Man konnte hören, wie sie stöhnten und meckerten, obwohl sie auf der anderen Straßenseite standen und wir nicht unbedingt die Ohren spitzten. Ich guckte weg und konzentrierte mich auf meine Pêche Melba, denn in dieser Welt ist die Verrücktheit praktisch Allgemeingut, es vergeht kein Tag, an dem man den jämmerlichen Anblick, den die Menschheit bietet, nicht mit eigenen Augen mitbekommt, und viel ist dafür nicht vonnöten, jede Kleinigkeit reicht da vollkommen aus, sei es, daß du einem Typ im Laden an der Ecke in die Augen guckst oder mit dem Wagen durch die Gegend fährst oder die Zeitung aufschlägst oder nachmittags bei dem Krach auf der Straße die Augen zumachst oder auf ein Päckchen Kaugummi mit elf Streifen stößt, in Wirklichkeit genügt jede Lappalie, und schon lächelt dir die Fratze dieser Welt zu. Ich scheuchte all diese Frauen aus meinem Gedächtnis, denn ich kannte das alles zur Genüge, weitere Beispiele hatte ich wahrhaftig nicht nötig. Mir stand nicht der Sinn danach zu bummeln, auf keinen Fall, sollten sie doch ruhig weiter auf ihrem Bürgersteig braten und schimpfen, wenn es ihnen Spaß machte, wir hingegen würden zum Strand zurückgehen, nur noch das Meer und der Horizont, und ein riesiger Sonnenschirm und das leise, beruhigende Klirren der Eisstückchen in unseren Gläsern. Ich hakte also diesen ganzen Bürgersteig ab und war nicht mehr auf der Hut, ich erhob mich Richtung Toilette. Kurz darauf sollte ich zu spüren bekommen, daß es ein Fehler ist, seinen Gegner zu unterschätzen. Ja, aber soll man eigentlich seine Augen überall haben?

Ich blieb eine Zeitlang weg, denn man brauchte Kleingeld, wenn man die Klinke drücken wollte, und ich hatte keins mehr, ich mußte zurück zur Kasse, um einen Schein zu wechseln. Zuweilen machte sich die Wasserspülung selbständig, dann wieder mußte ich Geld nachwerfen, kurz und gut, alles in allem war das nicht gerade einfach und kostete Zeit. Als ich an den Tisch zurückkam, war Betty nicht mehr da. Während ich mich setzte, verspürte ich eine leichte Unruhe, mir kam es vor, als sei es mit einem Mal noch heißer geworden. Ich bemerkte, daß sie ihr Dessert nicht aufgegessen hatte, ein großes Stück Vanilleeis löste sich langsam auf. Das Ding hypnotisierte mich.

Ich bekam meine Nase erst wieder hoch, als die Frauen auf der anderen Seite wie wild kreischten. Am Anfang hatte ich darauf gar nicht geachtet. Nichts als ein Schwarm Möwen, der sich unter der Sonne langweilte und grundlos Schreie ausstieß. Dann sah ich, daß sie sich wirklich aufregten und zu mir hin guckten. Eine von ihnen schien es besonders erwischt zu haben.

– Oh Tommy, mein kleiner Tommy!! kreischte sie.

Ich dachte, der kleine Tommy habe einen Hitzschlag erlitten oder sei wie ein Schneeball geschmolzen. Nur verriet mir das auch nicht, wo Betty war.

Ich hätte ihnen beinahe zugerufen, ich sei kein Doktor, als ein gutes Dutzend dieser Frauen über die Straße kam, ich sei kein Doktor und helfen könne ich ihnen auch nicht, aber etwas hielt mich zurück. Sie sprangen über das Mäuerchen, das die Terrasse von der Straße abgrenzte, und keilten mich ein. Ich versuchte, ihnen zuzulächeln. Die Mutter des kleinen Tommy sah aus, als hätte sie sie nicht mehr alle auf der Reihe, sie schielte mich an, als sei ich Quasimodo, und die anderen waren auch nicht viel besser, bedrohliche Schwingungen gingen von ihnen aus. Ich kam nicht mehr dazu, mich zu fragen, was los war. Die gute Frau stürzte sich auf mich und schrie, ich solle ihr ihren Jungen zurückgeben. Ich fiel rückwärts vom Stuhl. Ich verstand überhaupt nichts mehr. Ich schürfte mir den Ellbogen auf und stellte mich wieder auf die Beine. Gedanken gingen mir mit Lichtgeschwindigkeit durch den Kopf, aber es gelang mir nicht, einen einzigen festzuhalten. Die Frau brach in Tränen aus, wenn sie so weiterschrie, landete ich auf dem Scheiterhaufen. Die anderen standen im Halbkreis um mich herum, allesamt waren sie gar nicht so übel, aber ich war bestimmt nicht ihr Typ, erst recht nicht in diesem Moment, und in der nächsten Zehntelsekunde würden sie sich alle zugleich auf mich stürzen, ich wußte es. Ich wußte auch, daß ich dann für die scheußliche Hitze, für die elende Warterei, für die Langeweile und für eine ganze Menge anderer Sachen büßen mußte, für die ich nicht verantwortlich war, und das widerte mich an, ich bekam nicht einmal den Mund auf. Eine von ihnen hatte himmelblau lackierte Fingernägel, das hätte mich auch in einer anderen Situation krank gemacht, auf jeden Fall.

– Das Mädchen, das mit Ihnen hier war ... flötete sie. Ich hab gesehen, wie sie mit dem kleinen Jungen weggegangen ist ...!

– Was für ein Mädchen? fragte ich.

Meine Frage war ihnen kaum ins Ohr gedrungen, da setzte ich über drei Tische auf einmal hinweg und legte einen Sprint ins Restaurant ein. Irgend etwas nagelte diese Horde von Schlampen für einen Moment auf ihrem Platz fest, dann hörte ich sie hinter mir herbrüllen, doch ich hatte genug Zeit, die Toilettentür hinter mir zu schließen. Es war kein Schlüssel da. Ich preßte mich gegen die Tür und warf einen nervösen Blick durch den Raum. Der Kellner hörte gerade auf zu pissen, er nickte mir zu. Ich zog eine Handvoll Scheine aus der Hosentasche, und er hatte nichts dagegen, meinen Platz an der Tür zu übernehmen. Man hörte die

Frauen hämmern und kreischen hinter der dünnen Holzfläche, die mit einigen Lagen Pappkarton beklebt war, auf daß, wenn du da reintrittst, deine Seele das Gefühl habe, durch transparentes Reispapier zu wandeln, also steckte ich dem Kerl noch zwei Scheine in die Tasche. Dann verzog ich mich durchs Fenster.

Ich landete in einem kleinen Hof, der zu den Küchen führte. Abfalleimer quollen über und bildeten so kleine Rinnsale unter der Sonne. Ein Kerl trat aus der Küche und wischte sich den Schweiß ab, der ihm in den Nacken strömte. Allmählich wußte ich, was ich zu tun hatte. Bevor der Typ auch nur den Mund aufmachen konnte, hatte ich auch schon einen Schein hervorgeholt und ihm in die Hemdtasche gestopft. Jetzt war er dran mit Lächeln. Es kam mir vor, als schleppte ich einen Zauberstab mit mir rum, vielleicht konnte ich mit ein wenig Übung auch Tauben gen Himmel fliegen lassen. Vorerst jedoch nahm ich die Hintertür und trat hinaus auf eine kleine Straße.

Überflüssig zu betonen, daß ich Hals über Kopf das Weite suchte, ich lief Straßen rauf und runter, schlug an jeder Kreuzung eine andere Richtung ein, und dann all die Dinge, die man noch schafft, wenn man fünfunddreißig ist und seine Form einigermaßen gehalten hat, zum Beispiel über eine Karre springen, die auf dem Zebrastreifen steht, oder seinen persönlichen Rekord über vierhundert Meter verbessern und sich dabei noch umgucken, was hinter einem passiert. Nach einer Zeit war ich mir sicher, sie abgeschüttelt zu haben. Ich blieb stehen, um wieder zu Atem zu kommen. Da an der Stelle ein Stuhl war, setzte ich mich. Daraufhin spürte ich, daß ein Typ anfing, mir die Stiefel zu wienern. Als ich auf ihn runter guckte, hörte ich, wie er einen Pfiff ausstieß.

– Sieh mal einer an!... sagte er. Das sind ja Tony Lama...!

– Ja, sagte ich. Ich hab meine Tongs im Wagen gelassen.

– Sind die Ihnen nicht zu heiß für diese Jahreszeit?

– Nein, die tragen sich wie Ballettschühchen.

Der Kerl war noch jung, so um die zwanzig, und hatte einen ziemlich intelligenten Blick, er ähnelte einem menschlichen Wesen.

– Du wirst sehen, sagte ich, das ist meist gar nicht so einfach, nicht genauso bekloppt zu sein wie alle anderen. Perfekt kann man nicht sein. Das ist zu anstrengend.

– Jaja, ist mir klar...

– Gut. Aber trotzdem paßt du mir bitte auf, daß du nicht zuviel Schuhcreme auf die kleinen Sterne schmierst, schön sachte...

Während der zwei, drei Minuten, die die Behandlung dauerte, versuchte ich, klarzusehen und in Ruhe über die ganze Sache nachzudenken. Aber ich brauchte bloß an Betty zu denken, sofort speite mir ein wütender Drachen Flammen ins Hirn und machte all meine Anstrengungen zunichte. Alles, was ich noch zuwege brachte, war, wieder aufzustehen. Der Rest würde schon folgen. Ich schlich also, immer im Schatten der Hauswände, zum Strand zurück, nachdem ich dem Jungen einen Schein gegeben hatte. Ein schwacher, heißer Wind war aufgekommen. Als ich auf die breite Straße einbog, die am Meer entlang führte, war ich überzeugt, Watte zu lutschen. Ich entdeckte meinen Wagen, der noch ein gutes Stückchen weiter am Straßenrand stand, und mein erster Gedanke war, mich hinters Steuer zu setzen und die Stadt zu durchkämmen. Dann sagte ich mir, so, hier stehst du, du willst mit einem kleinen Bengel spazierengehen, der zwei Stunden in der Sonne gewesen ist, weil seine Mutter sie nicht mehr alle hat, und dem armen Tommy hängt die Zunge drei Meter weit aus dem Hals raus, also los, was machst du dann...? Wo du nicht zu der Sorte Mädchen gehörst, die sich 'ne dunkle Ecke suchen, um den armen Kerl in Scheiben zu schneiden, bitte sehr, was machst du...?

Ein Eisverkäufer hielt sich ein Stückchen weiter im Schatten eines Baumes auf. Ich spähte einmal in alle Richtungen und ging über die Straße. Als er mich kommen sah, ließ der Typ den Deckel seiner Eistruhe aufspringen.

– Eine Kugel? Zwei Kugeln? Drei Kugeln? fragte er.

– Nein, danke sehr. Sie haben nicht zufällig ein gut aussehendes, dunkelhaariges Mädchen mit einem kleinen Jungen von drei, vier Jahren gesehn?

– Sicher. Aber so gut sah das Mädchen gar nicht aus . . .

Ich habe häufig Typen getroffen, die kein Gespür für Schönheit hatten, und ich hab nie so ganz begriffen, was bei denen nicht ganz richtig tickte. Aber leid getan haben sie mir immer.

– Mein armer Alter, sagte ich. Und haben Sie auch gesehn, in welche Richtung die gegangen sind?

– Sicher.

Ich wartete ein paar Sekunden, dann mußte ich das Bündel Scheine aus der Tasche hervorkramen, um mir Luft zuzufächeln. Über die Gepflogenheiten dieser Gegend konnte ich längst nicht mehr lachen, ich hatte große Lust, ihm das ganze Geldbündel zwischen die Zähne zu stopfen. Eine kleine Dampfwolke stieg aus seiner Eistruhe. Ich reichte ihm zwei Scheine und guckte weg. Ich konnte fühlen, wie mir das Geld aus der Hand glitt.

– Tja, danach sind sie in diesen Spielwarenladen gegangen, da hinten. Der kleine Junge hatte blaue Augen, er war schätzungsweise einen Meter groß, er wollte zwei Kugeln Erdbeereis und hatte ein kleines Medaillon am Hals, das Ganze muß so gegen drei Uhr gewesen sein. Was das Mädchen betrifft . . .

– Es reicht, unterbrach ich ihn. Wenn du noch mehr erzählst, machste noch pleite.

Der Laden erstreckte sich über drei Etagen. Eine kleine, blasse Verkäuferin kam auf mich zu, sie hatte dieses Funkeln in den Augen, das man häufiger bei denen antrifft, die nicht mehr als den Mindestlohn verdienen. Ich hatte keine Mühe, sie abzuwimmeln. Es war nicht viel Betrieb in dem Laden. Ich durchkämmte das Erdgeschoß, dann ging ich hoch auf die erste Etage. Es herrschte absolute Ruhe. Ich spitzte die Ohren. Ich hatte die verdammte Horde, die uns auf den Fersen war, nicht vergessen und wußte, daß sie keine zehn Jahre brauchen konnten, bis sie die ganze Stadt durchsucht hatten. Aber so langsam kannte ich diese Atmosphäre, schon seit einer guten Weile hatte ich bemerkt, daß Betty und ich uns mit Vorliebe darein stürzten. Was soll's, sagte ich mir, wir machen alle mal 'ne schlechte Phase mit. Man muß im Leben nur ein wenig Geduld haben. Ich unternahm einen Rundgang zwischen den Regalen durch, ohne sie zu finden. Erst war ich kühl geblieben, dann lau geworden, jetzt war mir siedend heiß. Ich nahm die letzte Etage in Angriff, als stiege ich auf den Heiligen Berg.

Hinter einer Kasse erblickte ich einen Kerl, er lächelte und hielt einen Arm auf einen Stapel Geschenkpakete. Er hatte das Lächeln eines Geschäftsführers und einen Zweireiher, dazu ein etwas ausuferndes Halstuch, aber er war nicht mehr der Jüngste, unter seinen Augen war die Haut schlaff geworden. Das Halstuch sah aus wie ein kleines Feuerwerk. Als er mich entdeckte, stürzte er mit einer Grimasse oder einem Lächeln, genau kann ich's nicht sagen, auf mich zu, dann mimte er einen Typen, der sich die Hände einseift.

– Entschuldigen Sie vielmals, werter Herr, aber diese Etage ist geschlossen ...

– Sie ist geschlossen ...? fragte ich.

Ich ließ meinen Blick über die ganze Etage gleiten. Niemand schien da zu sein. Das war die Abteilung mit den kompletten Indianer- und Cowboyausrüstungen, den Wasserpistolen, den Pfeilen und Bögen, den Robotern, den Tretautos, kurz und gut, mit allem, was man sich vorstellen konnte, wenn man sich nicht sehr anstrengte. Ich atmete auf, denn ich spürte, daß Betty da war.

– Vielleicht könnten Sie am frühen Abend noch einmal vorbeischauen ...? schlug er vor.

– Hören Sie, ich brauche bloß ein Gewehr mit Laserstrahl, Geschenkpapier ist nicht nötig. Das dauert gerade mal eine Minute ...

– Unmöglich. Wir haben die gesamte Etage an eine Kundin vermietet ...

– BETTY! rief ich.

Der Typ versuchte mich daran zu hindern, an ihm vorbeizugehen, aber ich ging an ihm vorbei. Ich hörte ihn hinter mir trippeln und schimpfen, während ich mich durch die Regale schlängelte, und er konnte mir nicht zu nahe kommen, da die Hitze meines Körpers in alle Richtungen Strahlen schoß. Ich kam ans andere Ende des Ladens, ohne sie gefunden zu haben. Ich blieb abrupt stehen, und der Typ hätte mich fast umgerannt.

– Wo ist sie? fragte ich ihn.

Da er nicht antwortete, begann ich ihn zu würgen.

– Herrgottnochmal! Das ist meine Frau…!! Ich will wissen, wo sie ist!!

Er zeigte auf ein Podest mit einem Indianerdorf.

– Sie sind im Zelt des Großen Häuptlings, aber sie möchte nicht gestört werden, stammelte er.

– Welches ist das?

– Das Sonderangebot da. Ein sehr schöner Artikel…

Ich ließ seinen Blazer los, ich drang in das Camp ein und fiel über das Zelt des Häuptlings her. Ich schlug die Stofftür zur Seite. Betty rauchte das Kalumet des Friedens.

– Komm rein, meinte sie. Setz dich zu uns.

Tommy hatte ein Stirnband mit einer Feder um den Schädel, er machte einen völlig entspannten Eindruck.

– He, Betty, wer ist das? fragte er.

– Das ist der Mann meines Lebens, scherzte sie.

Ich klammerte mich an das Zelt.

– Völlig knitterfrei! sagte der Schwachkopf hinter mir.

Ich schüttelte den Kopf und guckte Betty an.

– Sag mal, weißt du eigentlich, daß seine Mutter ihn überall sucht? Weißt du, daß wir am besten schleunigst das Weite suchen…?

Sie stöhnte auf und machte ein bockiges Gesicht.

– Schön, laß uns noch fünf Minuten, meinte sie.

– Nein, unmöglich, sagte ich in entschiedenem Ton.

Dabei beugte ich mich vor und faßte Tommy unter die Arme. Fast hätte ich mir einen Tomahawkhieb aufs Ohr eingehandelt, ich fing ihn so gerade noch ab.

– Fang bloß nicht an, alles noch schlimmer zu machen, mein kleiner Tommy, sagte ich mit einer Fratze.

Ich wandte mich an den Geschäftsführer des Schuppens. Er stand da wie ein Zinnsoldat.

– Wir lassen ihn hier bei Ihnen, sagte ich. Seine Mutter holt ihn in fünf Minuten ab. Sagen Sie ihr, wir hätten nicht länger warten können.

Man hätte glauben können, ich hätte ihm die Steuerprüfer auf den Hals gejagt.

– Wie bitte...? machte er.

Ich drückte ihm Tommy in die Arme, dann spürte ich Bettys Hand, die mir über die Schulter strich.

– Warte einen Moment, sagte sie. Ich bestehe darauf, daß wir all seine Geschenke bezahlen.

Es ging darum, den schnellsten Weg zu finden, die Klippen zu umschiffen und alle Gefahren einzukalkulieren. Ich zog meine Scheine hervor, ich verspürte einen bedenklichen Fieberanfall, und dann eins von beiden, entweder war ich im Wahn, oder ich hörte ganz richtig lautes Stimmengewirr, das von unten zu uns hochdrang.

– Schön, wieviel macht's? fragte ich.

Der alte Playboy ließ das Kind los, um sich auf seine kleine Kopfrechenübung konzentrieren zu können. Er schloß die Augen. In meinem Alptraum erzitterte die Treppe unter wütendem Getrampel. Tommy nahm sich einen Bogen und Pfeile aus den Regalen. Er guckte Betty an.

– Hier, das will ich auch!

– Halt die Klappe. Bleib ruhig, knurrte ich.

Der Typ bekam die Augen wieder auf. Er lächelte, als erwache er aus einem angenehmen Traum.

– Ich weiß nicht, soll ich den Bogen dazuzählen...?

– Nein, kommt nicht in Frage, sagte ich.

Tommy fing an zu schreien. Ich nahm ihm den Bogen aus der Hand und schmiß ihn so weit, wie ich nur konnte.

– Du kannst mich mal dreimal kreuzweise, sagte ich zu ihm.

In diesem Moment spürte ich unter meinen Füßen, daß selbst der Boden vibrierte. Ich wollte mich gerade zu dem Spielzeughändler umdrehen, um ihn ein wenig zu schütteln und ihm eine Zahl zu entlocken, als ein Geschrei wie ein unheilvoller, glühend heißer Wind über die Etage fegte. Ich sah die Frauen am anderen Ende auftauchen, und natürlich, niemand wird mir glauben, wenn ich sage, daß ihre Augen Blitze schleuderten. Trotzdem, kleine Funken stoben über den Boden oder explodierten in den Regalen. Ich guckte Betty mit einer traurigen Miene an.

– Rette dich, Baby, rette dich, sagte ich.

Ich hoffte, ich könnte sie ein wenig aufhalten, bis Betty den Notausgang erreicht hatte, aber anstatt loszustürzen, fiel ihr nichts Besseres ein als aufzustöhnen, ihre Füße waren wie festgenagelt.

– Nein, das führt zu nichts. Ich bin müde, murmelte sie.

Die Frauen hatten bereits die Hälfte der Etage geschafft, eine schäumende Welle, die durch die Regale strömte. Ich warf mein Geldbündel in die Luft. Der alte Schönling stürzte sich unter die Dusche, die Arme zur Decke gestreckt. In diesem Augenblick gab ich Vollgas, ich handelte in ungeheurem Tempo. Mich auf einem Bein um die eigene Achse zu drehen, Betty in meine Arme zu heben, zum Notausgang zu flitzen und ins Tageslicht zu springen, dafür brauchte ich etwas weniger als vier Sekunden.

Ich guckte nicht hin, ob da irgendwelche Finger zwischen waren, als ich die Eisentür hinter mir zuschlug. Wir befanden uns über einer kleinen Straße, auf einer Metallplattform mit einer Treppe, die zwei Meter über dem Boden aufhörte. Ich setzte Betty ab und stemmte mich erneut gegen eine Tür. Ich stand vor dem gleichen Problem wie vorhin, nur lächelte mir diesmal das Glück zu, denn ich brauchte niemanden, egal wen, dafür zu bezahlen, daß wir uns aus dem Staub machen konnten. Eine alte, abgebrochene Stange des Treppengeländers lehnte an der Wand, ich entdeckte sie genau in dem Moment, wo das Hämmern auf der anderen Seite der Tür begann. Ich würde sagen, das war mindestens ein Engel, der diese prächtige Stange so wunderbar zugeschnitten hatte, daß ich sie wie einen Stützbalken gegen die Tür klemmen konnte und Zeit bekam, mit ein paar gezielten Fußtritten die Türklinke endgültig zu blockieren. Jetzt konnten sie drinnen so viel brüllen, wie sie wollten, mir war's egal. Ich wischte mir über die Stirn, dabei wurde ich des gleißenden Lichts gewahr, das ringsum mit einem leichten Pfeifen flimmerte. Betty räkelte sich mit einem Lächeln. Fast wäre ich übergeschnappt. Ich rannte die Treppe runter bis auf Höhe der nächsten Etage und veranstaltete dabei einen wahren Höllenlärm, dann stieg ich auf Zehenspitzen wieder hoch. Ich konnte feststellen, daß hinter der Tür leichte Ratlosigkeit herrschte. Betty war kurz davor, laut zu lachen. Ich gab ihr ein Zeichen, sie solle die Klappe halten.

– Lauf nicht nach unten, murmelte ich. Komm, wir klettern aufs Dach!

Das Dach war eine große Terrasse, ein mit Sonne gefülltes Schwimmbad. Wir schwangen uns über das Geländer, während unter uns die Tür ein letztes Mal ertönte, ehe wieder Ruhe auf der Etage eintrat. Ich schlich unverzüglich in Richtung der Ecke, die wenigstens ein bißchen Schatten hergab. Als ich mich setzte, baumelten nur noch meine Füße in der Sonne. Ich reichte Betty die Hand, um sie neben mich zu ziehen. Sie wirkte überrascht, hier oben zu sein.

Mein Plan war nicht gerade genial, er war sogar verdammt riskant. Das machte mich nervös. Wenn bloß eine in dem ganzen Haufen ein bißchen Grips hatte, dann hingen wir in einer Sackgasse und konnten uns über Bord kullern lassen. Aber ich hatte keine große Wahl gehabt, mit einem Mädchen, dem seine Haut lieb war, hätte man einen Sprint zum Wagen riskieren können, aber das war nicht der Fall. Mein Mädchen hatte sich Schuhe aus Blei anfertigen lassen. Nach kurzer Zeit stand ich auf und warf mit äußerster Vorsicht einen Blick auf die Hauptstraße. Die ganze Horde galoppierte über den Bürgersteig, und die, die in Führung lagen, hatten bereits die Straßenecke erreicht und bogen ab. Der Himmel war strahlend blau. Das Meer war wie ein grüner Spiegel. Weit und breit war kein Bier in Sicht, und auch sonst nichts, was mich hätte interessieren können. Ich ging rüber ans andere Ende der Terrasse, um zu sehen, was sich auf der Treppenseite tat. Als ich an ihr vorbeikam, nahm ich Betty in die Arme, die Situation war entsprechend.

– Ich will nach Hause, murmelte sie.

– Ja, sagte ich. Noch fünf Minuten.

Ich tauchte auf den Boden, um die Ankunft der Frauen zu beobachten. Für mich hatte ihre Hetzjagd etwas Krankhaftes an sich, es kam mir vor, als wären wir in eine Rassenauseinandersetzung verstrickt. Da es nicht gerade darum ging, sich entdecken zu lassen, legte ich mich platt wie eine Crêpe hinter mein kleines Mauerstück, ich mußte an mich halten, keine Zigarette zu rauchen. Unten hörte ich sie debattieren. Dann ertönte ein Lärm wie von einem Stampede, und ich hatte Gelegenheit, einen Blick zu riskieren. Mit angelegten Ellbogen rasten sie die Straße hinunter, und wer weiß, vielleicht hatten die kleinen Biester Schaum vor dem Mund und jede Menge Beziehungen.

Ich setzte mich wieder zu Betty und dachte mir, daß wir letzten Endes gute Aussichten hatten, noch einmal davonzukommen. Ich nahm ihre Hand, um damit zu spielen. Ich spürte, sie war schlechter Laune. Dabei beruhigte sich die Sonne, sie erholte sich von ihrem hysterischen Anfall, bekämpfte die Schatten nicht mehr so verbissen, sondern ließ sie zur Zeit frei umherschwirren, dabei sank das Licht von Spitzenwerten aufs Mittelmaß, und die Terrasse war eine rechteckige Insel, mit Teerpappe bedeckt, es war fast schön, und ohne Übertreibung, ich hatte schon schlimmere Ecken erlebt, es gab keinen Grund durchzudrehen.

– Guck mal, man kann das Meer sehen... sagte ich.

– Hm...

– GUCK MAL DA HINTEN, DER TYP DA, DER FÄHRT WASSERSKI AUF EINEM BEIN...!!

Sie hob den Kopf nicht hoch. Ich steckte ihr eine brennende Zigarette zwischen die Lippen. Ich zog ein Bein an und fixierte einen Punkt am Horizont, an dem nichts Besonderes dran war, der mir aber gefiel.

– Ich weiß nicht, warum du das getan hast, sagte ich. Ich will es nicht wissen, und ich will nicht darüber reden. Vergessen wir es also.

Sie nickte langsam, ohne mich anzugucken, und ich gab mich mit einer solchen Antwort zufrieden. Ein Wimpernschlag oder ein leichter Händedruck hätten es auch getan. Andere konnten mir erzählen, was sie wollten, so ganz begriff ich sie nie, doch in Bettys Schweigsamkeit konnte ich wandeln, ohne Gefahr zu laufen, mich einen Moment zu verlieren, das war, als spazierte ich über eine Straße und grüßte vertraute, lächelnde Gesichter in einer Umgebung, die ich bestens kannte. Nichts auf der Welt kannte ich besser als Betty, ich kannte sie vielleicht zu achtzig Prozent, so ganz sicher kann man sich da nie sein, aber um diesen Dreh herum mußte es liegen. Ich kannte sie so gut, daß ich mir nicht immer sicher war, ob sie die Lippen bewegte, wenn ich hörte, daß sie mit mir sprach. Man muß zugeben, manchmal tut das Leben alles, um einen zu entzücken, und es weiß genau, wie es einen anpacken muß. Für Typen wie mich braucht es sich nicht in große Ausgaben zu stürzen.

Wir blieben eine Zeitlang so sitzen, ohne einen Ton zu sagen, und seltsamerweise war ich bald in blendender Verfassung, ich fing an, ganz mild zu lächeln, denn ich hätte die Welt mit den Augen auswringen können, ich tat es aber nicht, sondern ließ sie wie ein Bonbon unter der Sonne zergehen, um keine klebrigen Finger zu bekommen. Ich fühlte bloß, daß ich da war, daß es mir gut ging, und zwar ganz schön gut, und zur Not hätte ich nicht gezögert, auch vor Gericht zu erscheinen, das war meine geringste Sorge. Noch nie hatte ich mich auf einer Terrasse so wohl gefühlt wie in diesem Moment, ich wußte, all meine Kräfte waren intakt, und ich fühlte mich auf meinem Stückchen Teerpappe wie ein Pilger, der die Tore Jerusalems durchschreitet. Um ein Haar hätte ich noch ein kleines, zuckersüßes Gedicht von mir gegeben, aber es war nicht der rechte Moment, sich um so ernsthafte Sachen zu kümmern, in erster Linie mußte ich daran denken, uns hier rauszubringen.

– Wie sieht's aus, sagte ich, fühlst du dich in der Lage zu laufen...?

– Ja, antwortete sie.

– Ich mein nicht einfach laufen, ich mein RICHTIG laufen, weißt du, pfeilschnell, ohne sich umzudrehen. Nicht so wie vorhin...

– Ja. Laufen. Ich weiß schon, was das heißt. Ich bin doch nicht blöd.

– Na prima. Wie ich sehe, geht's dir besser. Werden wir ja

gleich sehen, ob du's kannst. Wenn nicht, dann warteste hier auf mich. Ich renn dann zum Wagen und hol dich ab . . .

Sie schnitt mir eine Fratze, bevor sie auf die Beine sprang.

– So 'nen Plan kannste machen, wenn ich achtzig werde.

– Ich glaub, dann schaff ich das nicht mehr, brummte ich.

Ich linste aufmerksam die Straße rauf und runter, bevor ich mich übers Geländer schwang, aber von den Frauen war keine in Sicht. Betty folgte mir, und wir sausten die Treppe runter, als wären wir zwanzig, eine Ewigkeit brauchten wir nicht. Wir hängten uns an die letzte Stufe und sprangen auf den Bürgersteig, dann rasten wir mit einem Affenzahn über die Straße.

Von allen Mädchen, die ich kannte, war Betty bei weitem diejenige, die am schnellsten laufen konnte. An ihrer Seite zu laufen gehörte zu den Dingen, die ich schlicht und einfach bewundernswert fand, nur zog ich dafür ruhigere Gegenden vor, diesmal guckte ich nicht zur Seite, um ihre Brust tanzen zu sehen, ich schielte nicht auf die leichte Röte, die ihr in die Wangen stieg, nein, nichts von alledem, nichts als ein wahnwitziges Vorpreschen ohne jeden Charme in Richtung Wagen.

Wir schlugen die Tür zu. Ich machte den Motor an und fuhr los. In dem Moment, wo ich ausscherte, wäre ich fast in lautes Lachen ausgebrochen, ich spürte, wie es mir aus dem Magen hochstieg. Stattdessen erblickte ich ein Mädchen aus der Horde, das sich zur Seite warf, und im gleichen Augenblick platzte die Windschutzscheibe und hagelte uns auf die Beine. In einem Reflex spuckte ich einen kleinen Glassplitter aus, der mir in den Mund gefallen war, und trat das Gaspedal durch. Fluchend fuhr ich im Zickzack über die Prachtstraße. Irgendwelche Typen hupten mir nach.

– Verdammter Mist! Bück dich! knurrte ich.

– Ist 'n Reifen platt?

– Nein. Aber die müssen 'nen Scharfschützen bei sich haben! Sie bückte sich also und hob etwas vor ihren Füßen auf.

– Du brauchst nicht mehr so zu rasen, meinte sie. Hier, die hat uns bloß 'ne Bierflasche durch die Scheibe geschmissen.

– 'Ne volle? fragte ich.

Ungefähr fünfzig Kilometer lang flatterten unsere Haare im Wind. Uns tränten ein wenig die Augen, aber es war schön, und die Sonne ging sanft unter. Wir quatschten über alles und nichts. Der Typ, der das Auto erfunden hat, muß ein einsames, aufgeklärtes Genie gewesen sein. Betty hatte ihre Füße ins Handschuhfach geklemmt. Wir hielten an einer Werkstatt an, von der SOFORTIGER EINBAU VON WINDSCHUTZ-SCHEIBEN angeboten wurde, und blieben im Wagen sitzen, während die Jungs sich an die Arbeit machten. Vielleicht haben wir sie ein wenig gestört, ich weiß es nicht. Ist mir auch scheißegal.

25

Bald darauf fing ich wieder an zu schreiben. Ich brauchte mich nicht dazu zu zwingen, es kam von ganz allein. Aber ich machte mich klammheimlich an die Sache, denn ich wollte nicht, daß Betty etwas mitbekam, meistens schrieb ich nachts, und wenn ich merkte, daß Betty sich neben mir bewegte, versteckte ich den Kram unter der Matratze. Ich wollte ihr keine falschen Hoffnungen machen, vor allem, wo ich nicht so schrieb wie vor fünfzig Jahren, und das ist, anders als man meinen könnte, eher ein Handicap. Nun ja, ich für meine Person konnte nichts dafür, wenn die Welt anders geworden war, und ich schrieb ja auch nicht so, um die Leute zu ärgern, ganz im Gegenteil, ich war ein empfindlicher Typ, und es waren vielmehr sie, die mich ärgerten.

Im gleichen Maße, in dem der Sommer fortschritt, ging der Klavierverkauf zurück. Ich muß sagen, daß ich mir deswegen nicht die Haare ausraufte. Ich machte den Laden früh zu, und wenn meine Stimmung danach war, konnte ich darüber nachdenken, was ich abends schreiben wollte, oder aber wir gingen spazieren. Wir hatten noch einen ganzen Batzen Kohle, aber da sie sich nichts mehr daraus machte, irgendwohin zu fahren, da sie darauf genauso pfiff wie auf alles andere, naja, da brachte er eben keinen großen Nutzen mehr, außer daß wir damit die laufenden Kosten decken konnten und nicht mehr auf die Klaviere angewiesen waren, um zu leben. Haha, um zu leben! Die Kohle hält nun mal nie, was sie verspricht.

Da ich nicht gerade in Arbeit erstickte, konnte ich es mir leisten, gegen Mitternacht oder ein Uhr mein Heft hervorzuholen und loszulegen, ohne Federn zu lassen. Ich schlief morgens ein bißchen und manchmal auch nachmittags ein paar Stunden, und mein Roman gedieh in aller Ruhe. Ich fühlte mich wie ein Hochspannungsreaktor. Am frühen Morgen vernichtete ich die Spuren vom Vorabend und drückte, eine Zigarette zwischen den Lippen, die einem den Rauch in die Augen trieb, die leeren

Bierflaschen tief in den Abfalleimer. Stets guckte ich mir Betty an, bevor ich schlafen ging, und stellte mir die Frage, ob die paar Seiten, die ich geschafft hatte, ihr gewachsen waren. Ich liebte es, mir diese Frage zu stellen. So war ich verpflichtet, als Schriftsteller meine Ziele ziemlich hoch zu stecken. So lernte ich auch, am Boden zerstört zu sein.

Während dieser ganzen Zeitspanne schien es mir, als arbeitete mein Kopf vierundzwanzig Stunden am Tag. Ich wußte, daß ich schnell schreiben mußte, SEHR SCHNELL, aber es erfordert wahnsinnig viel Zeit, ein Buch zu schreiben, und wenn ich daran dachte, erstickte ich fast vor unbändiger Angst. Ich verfluchte mich, daß ich damit nicht früher angefangen hatte, daß ich so lang gezögert hatte, mir dieses kleine, marineblaue Heft mit den metallenen Spiralen vorzunehmen. Spiralen. Scheiße, ich hätte dich sehn wollen, gab ich mir zur Antwort, glaubst du, das ist so einfach, glaubst du, du brauchst dich bloß an einen Tisch zu setzen, und schon funktioniert das, wo du dich monatelang im Bett herumgewälzt hast mit weit aufgerissenen Augen und ich eine graue, schweigsame Wüste durchquert habe, ohne den geringsten Funken zu erblicken, ich bin durch die Große Wüste des Hageren Mannes gezogen, und glaubst du, das war ein Vergnügen für mich, glaubst du das...?

Nein, es war wahr, ich hatte nicht anders vorgehen können. Aber ich war verrückt genug, mir das Gegenteil einzubilden, und ich nahm es dem Himmel übel, daß er mich nicht früher angestoßen hatte. Ich hatte das unangenehme Gefühl, daß das alles zu spät kam und nur eine zusätzliche Belastung darstellte. Zum Glück hielt ich mich gut, vielleicht hatte ich auch nur eine Chance von eins zu einer Million, doch Nacht für Nacht stapelte ich meine Seiten wie Briketts, versuchte ich etwas zu errichten, um Betty Schutz zu bieten. Gewissermaßen war ich damit beschäftigt, die Fensterläden zu vernageln, während ein Orkan am Horizont stampfend seinen Auftritt ankündigte. Man durfte sich fragen, ob der Schriftsteller, nach seinem schlechten Start, diese ganze Scheiße noch um Haaresbreite schlagen konnte, ob der Kerl groß und stark genug war, den bisherigen Verlauf auf den Kopf zu stellen.

Seit einer Woche herrschte eine unerträgliche Hitze, ich konnte mich nicht erinnern, sowas schon einmal erlebt zu haben, und im Umkreis von Kilometern war kein grüner Grashalm mehr zu finden. Die Stadt döste apathisch vor sich hin, und einige Leute, die nervösesten von allen, warfen schon besorgte Blicke zum Himmel. Es mußte so gegen sieben Uhr abends sein. Die Sonne ging unter, doch die Straßen, Bürgersteige, Dächer und Hauswände blieben glühend heiß, und alle Welt schwitzte. Ich war losgefahren, um alles mögliche einzukaufen. Ich hatte Betty dieses Strafkommando erspart und fuhr nun langsam zurück, den Kofferraum bis obenhin voll und einen Heiligenschein unter dem Arm. Kurz bevor ich ankam, begegnete ich einem Krankenwagen, er befuhr die Straße in entgegengesetzter Richtung, die Sirene voll an, und glänzte wie ein nagelneuer Pfennig.

Ich rutschte auf meinem Sitz ein Stück nach vorn und überholte zwei Autos, die vor mir herbummelten. Mein Atem ging schneller. Als ich den Wagen vor dem Haus abstellte, zitterte ich, als hätte man mir eine Schlinge um den Hals gelegt. Ich könnte nicht genau sagen, wann ich begriff, aber das ist auch belanglos. Ich sprang auf die Treppe, während sich Nadeln in meinem Bauch bewegten. Oben angekommen, stolperte ich über Bob, der auf dem Boden kniete, ich flog über ihn hinweg und riß im Fallen zwei, drei Stühle um. Ich spürte eine lauwarme Flüssigkeit unter meinem Kopf.

– BOB!! brüllte ich.

Er stürzte sich auf mich.

– Geh nicht weiter! sagte er.

Ich warf ihn unter den Tisch. Ich hatte Mühe, ein Wort hervorzubringen. Als ich mich auf die Seite wälzte, sah ich, daß wir eine Wanne umgestoßen hatten. Ich hatte Wasser in den Haaren, Wasser mit etwas Schaum. Ich hatte auch Mühe zu atmen. Wir standen gleichzeitig auf. Meine Augen suchten sie, aber es war niemand im Raum außer Bob, ich wußte nicht, was er hier zu suchen hatte, aber er war da, er verdrehte seine Augen in meine Richtung. Ich zog eine fürchterliche Grimasse.

– Wo ist sie? fragte ich ihn.

– Setz dich, sagte er.

Ich sprang in die Küche. Nichts. Ich drehte mich um. Bob stand im Türrahmen, er streckte mir seine Hand entgegen. Ich rammte ihn mit der Schulter gegen die Wand, wie ein verwundeter Stier, der in eine Gasse ausbricht. Ich hatte ein seltsames Pfeifen in den Ohren. Ich flog buchstäblich auf das Badezimmer zu, ich hatte Mühe, die Bude wiederzuerkennen. Ich packte die Tür und riß sie auf.

Das kleine Zimmer war leer. Die kleine Neonröhre brannte. Das kleine Waschbecken war voller Blut. Dazu lauter Spritzer auf dem Boden. Eine Lanze bohrte sich mir mitten in den Rücken und zwang mich fast in die Knie. Ich bekam keine Luft mehr. In meinem Kopf ertönte ein Geräusch wie von zersplitterndem Glas, etwa wie Kristallglas. Ich mußte all meine Kräfte aufbieten, um diese Tür wieder zu schließen, eine ganze Horde abscheulicher Dämonen zog an ihr auf der anderen Seite.

Bob trat auf mich zu, er rieb sich die Schulter. Es mußte Bob sein. Ich rang dermaßen nach Luft, daß ich nicht sprechen konnte.

– Mein Gott, sagte er, ich wollte alles aufwischen... Aber du hast mir keine Zeit mehr dazu gelassen.

Ich spreizte meine Beine, um mehr Standfestigkeit zu haben. Ich hing in einem Netz von eiskaltem Schweiß. Er legte mir eine Hand auf den Arm, aber ich spürte nichts, ich konnte bloß sehen, daß er es tat.

– Das sieht schlimm aus, aber so schlimm ist es nicht, fügte er hinzu. Ein Glück, daß ich vorbeigekommen bin, ich wollte den Mixer zurückbringen...

Er guckte auf seine Schuhe.

– Ich war dabei, das Blut im Eingang abzuwischen...

In diesem Moment ging mein Arm nach vorn, und wie im Wahn packte ich ihn.

– WAS IST PASSIERT???!! schrie ich ihn an.

– Sie hat sich ein Auge ausgerissen, sagte er. Ja... mit der Hand.

Ich glitt die Tür hinunter und ging in die Knie. Jetzt bekam ich Luft, aber sie war glühend heiß. Er hockte sich vor mich hin.

– Komm, ganz so schlimm ist das nicht, meinte er. Das ist nicht schlimm, ein Auge, sie wird davonkommen. He, hörst du...?

Er holte eine Flasche aus dem Schrank. Er nahm einen tiefen Zug. Ich wollte nicht. Ich stand lieber auf und drückte meine Nase ans Fenster. Ich blieb bewegungslos stehen, während er die Wanne aufhob und sich ins Badezimmer stürzte. Ich hörte, daß er Wasser laufen ließ. Die Straße bewegte sich kein bißchen.

Als er wieder herauskam, fühlte ich mich besser. Ich war unfähig, einen Gedanken zu fassen, aber ich konnte endlich atmen. Ich ging in die Küche, um mir ein Bier zu holen, meine Beine schwankten ein wenig.

– Bob, bring mich ins Krankenhaus. Selbst fahren kann ich nicht, sagte ich.

– Das bringt doch nichts. Du kannst sie ja doch noch nicht sehen. Warte ein wenig.

Ich knallte meine Bierflasche auf den Tisch. Sie platzte.

– BOB, FAHR MICH IN DIESES VERDAMMTE KRANKENHAUS!!

Er seufzte. Ich reichte ihm die Mercedes-Schlüssel, und wir gingen runter. Es war dunkle Nacht.

Auf dem ganzen Weg zum Krankenhaus bekam ich den Mund nicht auf. Bob sprach mit mir, aber ich verstand ihn nicht, ich saß da mit verschränkten Armen und leicht nach vorn gebeugt. Sie lebt, trichterte ich mir ein, das macht alles nichts, sie lebt, und ich spürte, daß sich meine Kinnbacken, die mir die Zähne zusammenpreßten, ganz langsam voneinander lösten und ich endlich meinen Speichel schlucken konnte. Ich glaube, ich bin ein wenig so aufgewacht, als hätte sich der Wagen gerade dreimal überschlagen.

Als wir durch das Portal des Krankenhauses schritten, verstand ich, warum mir schlecht geworden war, als wir Archie besucht hatten, warum ich mich so beklommen gefühlt hatte und was das alles bedeutete. Fast hätte es mich ein zweites Mal zu Boden geworfen, fast wäre ich davongelaufen, als ich den entsetzlichen Hauch auf meinem Gesicht spürte, fast hätte ich den Kopf hängen lassen und meine letzte Kraft verloren. Ich riß mich im letzten Moment zusammen, aber das war nicht mein Verdienst, sie war es, die mir half, sie hätte mich zur Not die Mauern durchdringen lassen, ich brauchte bloß immer wieder ihren Namen wie ein Mantra auszusprechen, und nebenbei sei gesagt, daß man dem Himmel danken sollte, wenn man das erfahren hat, man kann sich in aller Ruhe rühmen, etwas zustandegebracht zu haben. Ich erschauderte also bloß und betrat die Halle, ich betrat den verwunschenen Planeten.

Bob legte mir die Hand auf die Schulter.

– Komm, setz dich, meinte er. Ich geh mich mal erkundigen. Komm schon, setz dich...

Nicht weit von uns stand eine leere Bank. Ich gehorchte. Wenn er mir gesagt hätte, leg dich auf den Boden, ich hätte es getan. Mal entflammte mich der Drang, etwas zu unternehmen, wie ein Büschel vertrocknetes Gras aufflammt, dann wieder strömte die Lähmung durch meine Adern wie eine Handvoll blauer Eiswürfel. Übergangslos glitt ich von einem Zustand in den anderen. Als ich mich setzte, hatte ich gerade meine kalte Periode. Mein Gehirn war nur mehr eine weiche Masse und ohne Leben. Ich lehnte den Kopf an die Wand und wartete. Ich war anscheinend in der Nähe der Küchen, es roch nach Lauchsuppe.

– Alles in Ordnung, erklärte er. Zur Zeit schläft sie.

– Ich will sie sehen.

– Sicher. Ist schon geregelt. Aber du mußt noch zwei oder drei Formulare ausfüllen.

Ich spürte, daß sich mein Körper wieder belebte. Ich stand auf, schob Bob aus dem Weg, und mein Verstand setzte wieder ein.

– Jaja, schon gut, das kann warten! sagte ich. Welche Zimmernummer?

Ich konnte eine Frau in einem kleinen Büro erkennen, die in

meine Richtung guckte und einen Packen Blätter in der Hand hielt. Sie schien fähig, aus ihrem Büro zu hüpfen und jedem über die Etagen nachzurennen.

– Hör mal, stöhnte Bob, du mußt da hingehen. Lohnt sich doch nicht, alles noch komplizierter zu machen, vor allem, wo sie jetzt schläft, fünf Minuten wirste doch wohl warten können und dich um diese Papiere kümmern. Es ist alles in Ordnung, ich sag's dir, kein Grund mehr, sich Sorgen zu machen...

Er hatte recht, aber da war dieses Feuer in mir, das keine Ruhe gab. Die Frau winkte mir mit den Blättern zu, ich solle kommen. Plötzlich hatte ich den Eindruck, das ganze Krankenhaus sei bis oben hin vollgestopft mit eher bornierten und muskulösen Krankenpflegern, gerade war einer vorbeigegangen, ein Rotschopf mit stark behaarten Unterarmen und viereckigem Kiefer. Ich kam mir zwar vor wie eine lebende Fackel, aber man sieht, es nutzte alles nichts, ich mußte mitspielen. Ich ging gucken, was sie von mir wollte. Ich hatte vor der Höllenmaschine kapituliert, ich wollte mich nicht zerquetschen lassen.

Sie brauchte Angaben. Ich setzte mich vor sie hin, die ganze Zeit, die die Unterhaltung dauerte, fragte ich mich, ob das kein Transvestit war.

– Sind Sie der Ehemann?

– Nein, sagte ich.

– Gehören Sie zur Familie?

– Nein, ich bin alles andere.

Sie runzelte die Stirn. Sie hielt sich bestimmt für die Krönung des ganzen Gebäudes, es war nicht ihre Art, ihre Zettel mal eben so auszufüllen. Sie guckte mich an, als sei ich ein ordinäres Stück. Ich zwang mich dazu, den Kopf zu senken, in der Hoffnung, ein paar Sekunden zu gewinnen.

– Ich wohne mit ihr zusammen, fügte ich hinzu. Ich müßte Ihnen die gewünschten Angaben machen können...

Befriedigt fuhr sie sich mit einer rosa Zunge über ihre rot bemalten Lippen.

– Schön, machen wir weiter. Nachname?

Ich gab ihr den Nachnamen an.

– Vorname?

– Betty.

– Elisabeth?

– Nein, Betty.

– Betty, das ist kein Vorname.

Ich ließ die Gelenke meiner Finger möglichst unauffällig knacken und beugte mich vor.

– Soso, und was soll das sonst sein, Ihrer Meinung nach...? 'Ne neue Zahnpasta...?

Ich sah, wie sich in ihren Augen ein Blitz bildete, woraufhin sie mich gut zehn Minuten lang auf meinem Stuhl quälte, ohne daß ich etwas dagegen tun konnte. Hals über Kopf aus ihrem Büro zu rennen, war der letzte Weg, der mich zu Betty führen konnte. Ab einem gewissen Moment antwortete ich ihr mit geschlossenen Augen. Am Ende mußte ich ihr versprechen, mit allen erforderlichen Papieren noch einmal vorbeizuschauen, ich hatte total auf dem Trockenen gelegen bei diesen und jenen Nummern, ganz zu schweigen von bestimmten Lappalien, von deren Existenz ich nicht einmal was wußte, und sie hatte erst ihren Bleistift zwischen den Lippen gedreht und mir dann heimtückisch vorgehalten, he, sagen Sie mal, diese Frau, mit der Sie da zusammenleben, ich merke schon, die kennen Sie nicht besonders...!

Mal ehrlich, Betty, hätte ich deine Blutgruppe wissen müssen, den Namen des Kaffs, in dem du geboren bist, alle Krankheiten, die du als Kind hattest, und den Geburtsnamen deiner Mutter und wie du auf Antibiotika reagierst...? Hatte sie recht, kannte ich dich so schlecht...? Ich stellte mir die Frage zum Spaß. Daraufhin hatte ich mich erhoben und war rückwärts rausgegangen, ich brachte eine Entschuldigung nach der anderen vor wegen all der schikanösen Umstände, die ich ihr womöglich zugemutet hatte. Ich klappte fast zusammen vor lauter Bücklingen. Bevor ich die Tür zumachte, gelang es mir sogar, ihr ein Lächeln zu schenken.

– Und auf welchem Zimmer liegt sie...?

– Erste Etage. Zimmer Nummer sieben.

Bob stand noch in der Halle. Ich dankte ihm, daß er mich gefahren hatte, und schickte ihn mit dem Mercedes wieder nach Hause, ich sagte ihm, ich käme schon zurecht, er brauche sich nicht den Kopf zu zerbrechen. Ich wartete, bis er durch das Portal verschwunden war, dann ging ich Richtung Toilette, um mir etwas kaltes Wasser ins Gesicht zu klatschen. Das tat mir gut. Allmählich gewöhnte ich mich an die Vorstellung, daß sie sich ein Auge ausgerissen hatte. Ich erinnerte mich wieder daran, daß sie zwei hatte. Ich war ein kleiner Acker, der nach einem Unwetter seine Gräser leckt unter einem marineblauen Himmel.

Als ich vor Nummer sieben ankam, trat gerade eine Krankenschwester heraus. Eine Blonde mit einem flachen Hintern und einem freundlichen Lächeln. Sie sah sofort, wer ich war.

– Es ist alles in Ordnung. Sie muß jetzt schlafen, sagte sie.

– Ja, aber ich will sie sehen.

Sie ging ein Stück beiseite, um mich vorbeizulassen. Ich steckte die Hände in die Taschen und guckte, als ich hineinging, auf den Boden, was sich da tat. Ich blieb am Fußende des Bettes stehen. Es brannte lediglich eine kleine Lampe, und Betty hatte einen breiten Verband über dem Auge. Sie schlief. Ich guckte sie drei Sekunden lang an, dann senkte ich meinen Blick wieder. Die Krankenschwester stand noch hinter mir. Da ich nicht wußte, was ich tun sollte, schniefte ich. Danach guckte ich zur Decke.

– Ich würde gern eine Minute mir ihr allein sein, sagte ich.

– Ja, aber nicht mehr...

Ich nickte, ohne mich umzudrehen. Ich hörte die Tür zugehen. Ein paar Blumen standen auf dem Nachttisch, ich ging darauf zu und betätschelte sie ein wenig. Aus dem Augenwinkel sah ich, daß Betty atmete, ja, kein Zweifel. Ich war mir nicht sicher, ob das viel nutzte, aber ich nahm mein Messer und beschnitt die Stengel der Blumen, damit sie möglichst lang hielten. Ich setzte mich auf die Bettkante, stemmte die Ellbogen auf die Knie und stützte den Kopf in die Hände, so daß sich mein Nacken etwas entspannen konnte. Danach fühlte ich mich stark genug, ihr ganz leicht über den Handrücken zu streicheln. Welch Wunder, diese Hand, welch Wunder, ich hoffte inständig, daß sie sich der anderen bedient hatte, um ihren dreckigen Job zu erledigen, ich hatte es noch nicht ganz verdaut.

Ich stand wieder auf, um einen Blick durchs Fenster zu werfen. Es war Nacht, aber es schien alles wie immer zu laufen da draußen. Muß man zugeben, man kann sich drehen und wenden, wie man will, jeder ist mal an der Reihe hier unten. Nehmen Sie den Tag und die Nacht, die Freude und den Schmerz, schütteln Sie das Ganze kräftig durch und trinken Sie jeden Morgen ein volles Glas davon. Nun, sieh an, Sie sind ein Mensch geworden. Freut mich, Sie willkommen heißen zu dürfen, junger Freund. Sie werden sehen, das Leben ist von unvergleichlicher, trauriger Schönheit.

Ich war dabei, einen Schweißtropfen wegzuwischen, der mir über die Wange kullerte, als ich spürte, daß mir ein Finger auf die Schulter tippte.

– Kommen Sie, sie braucht jetzt Ruhe. Sie wird vor morgen Mittag nicht aufwachen, wir haben ihr Beruhigungsmittel verabreicht.

Ich drehte mich zu der Krankenschwester um, die in meinem Rücken sprach. Ich wußte nicht mehr, was ich tagsüber angestellt hatte, aber in diesem Moment war ich total geschafft. Ich gab ihr zu verstehen, daß ich ihr folgen wollte. Mein Gesamteindruck war, daß mein Körper langsam auf einem Lavastrom dahinglitt. Sie schloß hinter uns die Tür, und ich blieb wie angewurzelt im Flur stehen, ohne zu wissen, was für Operationen folgen sollten. Sie faßte mich am Arm und schleppte mich zum Ausgang.

– Morgen können Sie wieder vorbeikommen, sagte sie. He ... passen Sie auf die Stufe auf ...!

Wieder auf der Straße zu sein, vermutlich war es das, was mich weckte. Dabei war die Luft schwül und heiß, eine mustergültige Tropennacht. Bis nach Hause mußten es zwei Kilometer sein. Ich überquerte die Straße, um mir an der Ecke eine Pizza zu kaufen, stand Schlange in einem kleinen Laden für zwei Dosen Bier und legte mir einen Zigarettenvorrat zu. Es war fast schon angenehm, so simple Sachen zu erledigen, ich versuchte, an nichts zu denken. Danach sprang ich auf einen Bus, um nach Hause zu fahren. Die Pizza nahm die Form meiner Knie an.

Zu Hause schaltete ich den Fernseher ein. Ich warf die Pizza auf eine Ecke des Tisches und kippte mir im Stehen ein Bier runter. Ich hatte Lust, mich unter die Dusche zu stellen, aber ich verwarf den Gedanken sofort, es kam nicht in Frage, daß ich auch nur einen Fuß in diese Ecke setzte, auf keinen Fall, nicht jetzt. Ich versuchte mitzubekommen, was auf dem Sender lief. Ein paar scheintote Typen stellten ihr neuestes Buch vor. Ich schnappte mir die Pizza und ließ mich in den Sessel fallen. Ich guckte den Typen ins Weiß ihrer Augen. Sie hingen geziert vor ihrem Orangensaft, und ihre Blicke strotzten vor Selbstzufriedenheit. Die Jungs da waren ganz nach dem Geschmack von heute. Es stimmt, daß jede Epoche die Schriftsteller hat, die sie verdient, und was ich da vor Augen hatte, war erbaulich. Meine Pizza war nicht einmal mehr lauwarm und ziemlich ölig. Vielleicht hatten sie an diesem Abend auch die größten Nullen ausgepackt, damit nicht der leiseste Zweifel blieb. Vielleicht bestand das Thema der Sendung darin: wie erreicht man eine Auflage von dreihunderttausend, wenn man nichts zu sagen hat und keine Seele und kein Talent, wenn man nicht einmal lieben, leiden oder zwei Wörter so nebeneinander stellen kann, daß man nicht unwillkürlich an einen gähnenden Abgrund denkt. Die anderen Programme waren kaum besser. Ich stellte den Ton ab, und nur noch das Bild leistete mir Gesellschaft.

Nach einer Zeit merkte ich, daß mir die Decke über dem Kopf zusammenfiel, ich hatte keine Lust, mich hinzulegen, vor allem nicht hier, nicht mitten in dieser wahnsinnigen Falle. Ich ging mit einer Flasche rüber zu Bob. Annie war dabei, Geschirr zu zerdeppern. Sie erstarrte mit einer Salatschüssel über dem Kopf, als sie mich sah, auf dem Boden lagen jede Menge Scherben. Bob hielt sich in einer Ecke auf.

– Ich komm später noch mal vorbei, sagte ich.

– Nein, nein, sagten sie. Was macht Betty...?

Ich stellte mich mitten in die Scherben, ich stellte die Flasche mitten auf den Tisch.

– Es geht ihr gut, sagte ich, alles halb so schlimm. Aber ich möchte nicht darüber reden. Ich hatte nur keine Lust, allein zu sein...

Annie faßte mich am Arm und ließ mich auf einem Stuhl Platz nehmen. Sie war im Bademantel, das Gesicht noch rosa vor Wut.

– Natürlich, meinte sie. Verstehn wir.

Bob holte Gläser hervor.

– He, stör ich? fragte ich.

– Machst du Witze? meinte er.

Annie setzte sich neben mich, mit einer Hand verscheuchte sie eine Strähne, die ihr ins Gesicht fiel.

– Wo habt ihr die Kinder? fragte ich.

– Bei der Mutter von diesem Mistkerl, antwortete sie.

– Hört mal, sagte ich. Laßt euch nicht stören. Tut so, als sei ich gar nicht da.

Bob füllte die Gläser.

– Ach wo, wir hatten ein bißchen Zoff, nicht so wichtig...

– Natürlich, nicht so wichtig. Dieser Sohn eines Mistkerls betrügt mich, aber das ist nicht so wichtig!!

– Mein Gott, du schnappst über, volles Rohr... meinte Bob.

Er sprang zur Seite, um der Salatschüssel auszuweichen, die an der Wand zerschellte. Danach hoben wir unsere Gläser.

– Prost! sagte ich.

Während wir tranken, herrschte für einen Moment Ruhe, dann ging das Theater von neuem los. Für mich war das Ambiente prächtig. Ich streckte die Beine unter dem Tisch aus und faltete die Hände über dem Bauch. Ehrlich gesagt interessierte ich mich nicht besonders dafür, was los war, ich merkte, daß um mich herum Stimmung war, hörte Schreien und daß irgendwelche Sachen auf dem Boden zu Bruch gingen, doch ich spürte, daß meine Trauer nachließ und wie ein trockenes Plätzchen zerbröckelte. Für dieses eine Mal hätte ich genossen, was ich auf der Welt sonst am meisten verabscheute, einen Cocktail aus Licht, menschlicher Gesellschaft, Hitze und Lärm. Ich machte mich auf meinem Stuhl klein, nachdem ich dafür Sorge getragen hatte, daß mein Glas nicht leer wurde. In allen Ecken des Universums prügeln sich Mann und Frau, sie lieben sich und reiben sich auf, und dann rotzen irgendwelche Typen Romane herunter ohne Liebe, ohne Verrücktheit, ohne Kraft und vor allem ohne jedweden Stil, diese Drecksäcke geben sich alle Mühe, uns unter die Erde zu bringen. So weit war ich mit meinen literarischen Betrachtungen gediehen, als ich durch das Fenster den Mond erblickte. Ein roter, majestätischer Vollmond, und ich mußte von Anfang bis Ende an mein kleines Vögelchen denken, das sich mit einem Mimosenzweig am Auge verletzt hatte, gerade eben noch bekam ich mit, daß eine Serie bunter Schalen durchs Zimmer flog.

In diesem Augenblick empfand ich eine Art inneren Frieden, und ich packte ihn mir. Das war etwas, was man sich nach all den dunklen Stunden leisten konnte, das zauberte ein vergnügtes Lächeln auf meine Lippen. Die Bude kochte. Bob duckte sich vorzüglich, bis zu dem Moment, wo Annie mit einem Mal in jeder Hand ein Geschoß hielt. Sie tat so, als wolle sie mit dem Senfglas nach ihm werfen, aber in Wirklichkeit war es die Zuckerdose, die losging. Ich hatte es geahnt. Bob bekam das Ding an den Schädel und brach zusammen. Ich half ihm, wieder auf die Beine zu kommen.

– So, meinte er. Entschuldige mich bitte, aber ich geh jetzt schlafen.

– Mach dir meinetwegen keine Sorgen, sagte ich. Ich fühl mich schon besser.

Ich brachte ihn auf sein Zimmer, dann ging ich zurück in die Küche und setzte mich wieder hin. Ich guckte Annie an, die angefangen hatte, den Boden zu kehren.

– Schon gut, ich weiß, was du denkst, sagte sie. Aber wenn ich es nicht tu, wer tut es dann...?

Letzten Endes bückte ich mich, um die größeren Teile aufzuheben, und wir wanderten ein paarmal zwischen Küche und Mülleimer hin und her, bevor wir uns eine Zigarette ansteckten. Ich hielt ihr die Flamme direkt unter die Nase.

– Sag mal, Annie, offenbar hab ich nicht den besten Zeitpunkt erwischt, aber ich wollte euch fragen, ob ich bei euch übernachten kann. Ich fühl mich nicht ganz wohl, wenn ich allein in der Bude bin.

Sie stieß einen Rauchpilz aus.

– Scheiße, da brauchste doch nicht groß zu fragen, meinte sie. Und außerdem, Bob und ich lieben uns nicht genug, um uns wirklich zu fegen. Was du eben mitbekommen hast, war nicht sonderlich schlimm…

– Nur für eine Nacht, fügte ich hinzu.

Wir beendeten unseren kleinen Hausputz, indem wir über Sonne und Regen und schönes Wetter quatschten, ich meine über diese fürchterliche Hitze, unter der die Stadt geschmolzen war wie Ahornsirup. Selbst das bißchen Arbeit hatte uns fast ins Schwitzen gebracht. Ich nahm mir einen Stuhl, während sich Annie mit dem Hintern halb auf den Tisch setzte.

– Du kannst Archies Bett nehmen, meinte sie. Aber soll ich dir nicht ein Buch bringen? Haste auf irgend etwas Lust…?

– Nein, ich danke dir, sagte ich.

Sie schob den Bademantel über ihren Schenkeln auseinander. Ich konnte sehen, daß sie darunter nichts anhatte. Vielleicht wartete sie darauf, daß ich eine Bemerkung fallen ließ, aber ich sagte nichts. So daß sie sich wohl eingebildet hat, das sei noch nicht genug, und das Ding ganz zur Seite schlug, dabei spreizte sie ihre Beine und stellte den Fuß auf einen Stuhl. Ihre Spalte war wohlgeformt und ihre Brust leicht über dem Durchschnitt. Ich konnte nicht umhin, dem einen Moment lang meine Hochachtung zu zollen, aber ich war nicht ungeschickt genug, mein Glas umzustoßen, ich trank es aus und ging ins Nebenzimmer. Ich schnappte mir ein paar Zeitschriften und verschwand in einem Sessel.

Ich war gerade dabei, mir einen Artikel über die Entwicklung des Nord-Süd-Konfliktes zu Gemüte zu führen, als sie aufkreuzte. Der Bademantel war wieder zu.

– Ich finde dein Verhalten völlig idiotisch, legte sie los. Was erwartest du von der Sache…? Ich hab den Eindruck, 'nen riesigen Berg Probleme.

– Nein, nicht direkt einen Berg, aber man könnte sagen, einen kleinen Hügel.

– So eine Scheiße, meinte sie. Scheiße. Scheiße.

Ich stand auf, um zu sehen, was am Fenster los war. Nichts als die Nacht und ein Ast mit vor Hitze welken Blättern. Ich schlug mir das Käseblättchen aufs Bein.

– Sag mir bitte, fragte ich sie, was haben wir davon, wenn wir miteinander bumsen? Hast du denn irgendwas Interessantes anzubieten, etwas, was ein wenig über das Normale hinausgeht...?

Ich drehte ihr den Rücken zu. Ich spürte ein leichtes Brennen im Nacken.

– Paß auf, fuhr ich fort, das hat mir noch nie zugesagt, links und rechts bei jeder Gelegenheit zu bumsen, nein, noch nie. Ich weiß wohl, daß alle anderen das tun, aber es ist nie besonders lustig, das gleiche zu tun wie alle anderen. Und mich kotzt das an. Und außerdem tut es einem gut, ein bißchen im Einklang mit seinen Vorstellungen zu leben, sich nicht selbst untreu zu werden, nicht im letzten Moment schwach zu werden unter dem Vorwand, daß das Mädchen einen schönen Hintern hat, oder weil man dir einen irren Scheck anbietet, oder weil der einfachste Weg zum Greifen nah ist. Das tut gut, nicht nachzugeben, das ist gut für die Moral.

Ich drehte mich zu ihr um, um ihr das Große Geheimnis zu verraten:

– Anstelle der Zersplitterung wähle ich die Konzentration, verkündete ich. Ich habe nur ein Leben, und mich interessiert einzig und allein, daß es hell erstrahlt.

Sie zwickte sich in die Nasenspitze, plötzlich wirkte sie abwesend.

– Naja, ist schon gut, seufzte sie. Wenn du noch ein Aspirin brauchst vorm Schlafengehen, im Badezimmer sind ein paar Schachteln. Und wenn du willst, bring ich dir einen Schlafanzug, ich weiß ja nicht, vielleicht schläfst du nicht nackt...

– Nein, nicht nötig. Wie dem auch sei, ich schlafe immer im Slip, und ich lasse meine Hände über der Bettdecke.

– Mein Gott, warum bin ich Henry Miller nie begegnet...?! murmelte sie.

Damit machte sie auf dem Absatz kehrt, und ich war allein. Man braucht nicht sonderlich viel Platz, wenn man allein ist und niemand erwartet, Archies Bett leistete hervorragende Dienste. Die mollig sanfte Kautschukunterlage miaute, als ich mich hinlegte. Ich machte eine kleine Lampe an, die die Form eines Marienkäfers hatte, und horchte in das Schweigen, das sich in der Nacht wie eine unsichtbare und lähmende Crème ausbreitete. Oh ihr Götter...!!

26

Am Anfang hieß es bloß, alles sei in Ordnung und die Verletzung bereite ihnen wirklich kein bißchen Kummer, und wenn ich dann wissen wollte, warum sie die ganze Zeit über schlief, war stets der eine oder die andere zur Stelle, um mir eine Hand auf die Schulter zu legen und zu erklären, daß sie sich auf ihren Job durchaus verstünden.

Ich muß sagen, ich hatte das Gefühl, nicht mehr ich selbst zu sein, sobald ich durch das Portal dieses Horrorkrankenhauses ging. Jedesmal überkam mich eine unbestimmte Angst, sie ging mir durch Mark und Bein, und ich mußte alle Kräfte mobilisieren, um dagegen anzukämpfen. Manchmal faßte mich eine Krankenschwester am Arm, um mich durch einen Flur zu führen, die Krankenpfleger, die machten keinen Finger krumm, als hätten sie geahnt, daß sich zwischen uns ein Gewitter zusammenbraute. Mein Verstand arbeitete im Zeitlupentempo, ich hatte den Eindruck, an einem Dia-Vortrag teilzunehmen, kommentarlose Bilder aufzuschnappen, deren eigentliche Bedeutung mir entging.

Wenn ich in diesem Zustand war, fiel es mir nicht schwer, einen Stuhl an ihr Bett zu rücken und regungslos, wortlos sitzenzubleiben, ohne zu merken, wie die Stunden verstrichen, ohne etwas zu trinken, ohne zu rauchen, ohne zu essen, wie jemand, der im offenen Meer treibt und den toten Mann macht, da ja doch nichts in Sicht ist. Die Schwester, die sich mit dem flachen Hintern abfinden mußte, träufelte Balsam auf meine Wunden.

– Zumindest kommt sie wieder zu Kräften, wenn sie schläft, hatte sie mir erklärt.

Und das prägte ich mir ein. Ich wurde allmählich blöd im Kopf. Und wenn sie dann doch wach wurde, hatte ich kein Verlangen danach, an die Decke zu springen, es bestand in der Tat kein Anlaß. Ich hatte eher das Gefühl, eine stählerne Stange

bohre sich mir in den Bauch, und mußte aufpassen, nicht vom
Stuhl zu purzeln. Ich versuchte, mich in ihr eines Auge zu
versenken, doch ich tauchte jedesmal wieder auf, ohne den
kleinsten Funken gefunden zu haben. Wenn jemand ein Wort
sprach, dann ich, und ihre Hand fiel zurück wie ein Stück Holz,
sie guckte mich an, ohne mich zu sehen, und mein Magen knurrte,
daß es mir fast peinlich war. Und jedesmal, wenn ich zur
Besuchszeit wieder zurückkam, hoffte ich, sie würde mir entge-
genlaufen, aber niemand kam, wieder kein Glück, nichts als die
Große Weiße Wüste. Eine Art schweigsamer Zombie, der sich in
der Wüste im Kreis dreht, so'n Typ war ich geworden.

– Wissen Sie, was uns Kummer macht, das ist ihre geistige
Verfassung! hatte er schließlich rausgerückt, der gute alte
Doktor.

Meines Erachtens hätte er sich besser um meine gekümmert,
dann hätte er sich nämlich das Geld für ein neues Gebiß sparen
können, wie sich bald rausstellen sollte. Ein Glatzkopf mit ein
paar letzten Büscheln an den Seiten, einer, der einen schulter-
klopfend zum Ausgang dirigiert, und dann steht man draußen in
seiner Unwissenheit, mit weichen Knien und dämlichem Gesicht.

Ja, es dauerte in der Tat einige Tage, bis die Fetzen flogen.

Sobald ich wieder im Freien war, fühlte ich mich besser. Ich hatte
überhaupt nicht das Gefühl, daß es Betty war, die ich in diesem
Krankenhaus zurückließ, die Sache wollte mir nicht in den Kopf,
mir kam es vielmehr vor, als sei sie eines Morgens fortgegangen,
ohne mir eine Adresse zu hinterlassen. Ich versuchte, die Bude in
Ordnung zu halten. Zum Glück macht ein Schriftsteller nicht
viel Dreck, ich mußte lediglich ab und zu mit dem Staubsauger
um den Tisch gehen, die Aschenbecher auskippen und die
Bierflaschen wegräumen. Die Hitze hatte schon zwei, drei
Personen in der Stadt das Leben gekostet, sie hatte das Ende der
Schwächsten beschleunigt.

Ich machte den Laden nicht mehr auf. Ich hatte schnell
gemerkt, daß mir nur dann eine Atempause vergönnt war, wenn

354

ich vor meinen Heften saß, und ich verbrachte dort den größten Teil der Zeit. Zwar herrschte in der Bude selbst bei geschlossenen Fensterläden eine Temperatur von fünfunddreißig Grad, doch nur in ihr fühlte ich mich noch lebendig. Ansonsten war ich so abgestumpft, daß ich ebenso gut die Schlafkrankheit hätte haben können. Abgesehen davon, daß ich selbst auf glühenden Kohlen saß, war mir nicht bewußt, daß die Glut schwelte. Es brauchte bloß ein leiser Luftzug zu kommen und sie zu entfachen, schon würden die Flammen auflodern. Nur eine Frage der Zeit, nicht mehr und nicht weniger.

Der Tag hatte schon schlecht begonnen. Ich war dabei, die Küche gründlich auf den Kopf zu stellen, um endlich ein Pfund Kaffee zu finden, und seufzte dabei, daß es einem das Herz brechen konnte, da kreuzte Bob auf.

– Sag mal, meinte er, du weißt, daß dein Auto bei mir vor der Haustür steht?

– Jaja, kann sein, sagte ich.

– Naja, ein paar Leute haben mich schon gefragt, ob da sowas wie 'ne Leiche im Kofferraum liegt...!

In diesem Augenblick fiel mir der ganze Fraß wieder ein, den ich an dem Abend mitgebracht hatte, wo ich Betty auf ihrem Weg ins Krankenhaus entgegengekommen war. An den hatte ich schon eine Weile nicht mehr gedacht, und in der Sonne herrschte im Inneren des Kofferraums eine Temperatur wohl kaum unter fünfzig Grad. Ich dachte, ich hätte schon genug Ärger, aber nein, ich mußte mir unbedingt auch noch so einen Mist aufhalsen, so langsam konnte einem die Galle hochkommen. Ich fragte mich, ob ich mich nicht einfach hinsetzen sollte, um nie mehr aufzustehen. Stattdessen genehmigte ich mir ein großes Glas Wasser und folgte Bob auf die Straße. Als ich die Tür zuschlug, hörte ich das Telefon klingeln. Ich ließ es klingeln.

Wenn ich Betty besuchte, nahm ich nie den Wagen. Ich legte die Strecke zu Fuß zurück, und die Bewegung tat mir gut. Mir kam langsam zu Bewußtsein, daß das Leben weiterging. Die Kleider der Mädchen waren wie ein Regen von Blütenblättern,

und ich zwang mich dazu, sie anzuschauen, sparte jedoch die
Alten und die Häßlichen aus, obwohl mich eigentlich die
Häßlichkeit der Seele am meisten abstößt. Während dieser
Spaziergänge praktizierte ich ausgedehnte Atemübungen. Ich
war meilenweit davon entfernt, an meinen Wagen zu denken.
Und die Dinge, die man vergißt, die können einem das Genick
brechen.

Ehrlich gesagt, der Kofferraum stank fürchterlich. Bob war
neugierig, wie es drinnen aussah, aber ich erklärte ihm, das lohne
sich nicht. Ich wollte es nicht wissen.

– Erklär mir lieber den kürzesten Weg zur Müllkippe, sagte
ich.

Ich kurbelte sämtliche Scheiben runter und fuhr mit meiner
diabolischen Fracht quer durch die Stadt. Stellenweise war die
Teerschicht fast geschmolzen, schwarzglänzende Risse hatten
sich auf der Fahrbahn gebildet. Womöglich war das der Eingang
zur Welt der Finsternis, ich wunderte mich über nichts mehr. Ich
schaltete das Radio ein, um mich nicht in solchen Gedankengängen zu verlieren. OH BABY BLUE HUHU, OH WILDE
BLUHUME, BABY BLUE HU BLUE HUHU, BABY GIB
MIR EINEN KUHUHUSS...!!

Ich parkte mitten auf der Müllhalde. Was man hörte, waren
Fliegen, was man einatmete, stand auf einer Stufe mit einer
Atombombe.

Ich war kaum aus dem Wagen, da schlurfte auch schon der
Pennbruder des Viertels heran, den Stiel einer Spitzhacke auf der
Schulter. Ich brauchte einen Moment, bis ich wußte, wo er
seinen Mund hatte.

– Suchense was...?

– Nein, sagte ich.

Irgendwie war das Weiß in seinen Augen übernatürlich, ein
Weiß wie aus einer Waschmittelreklame.

– Fahrense spazieren?

– Nein, ich bin nur auf einen Sprung hier. Ich hab ein paar
Sachen im Kofferraum, die wegmüssen.

– Ach so, meinte er. Dann hab ich nichts gesagt.

Ich beugte mich vor, um mir den Zündschlüssel zu schnappen.

– Solang du nichts mitnimmst, fügte er hinzu, hab ich nichts gesagt. Letztens, da hab ich mich kaum rumgedreht, da hat mir schon einer den Motor von 'ner Waschmaschine geklaut...!

– Jaja, aber so einer bin ich nicht.

Dann machte ich den Kofferraum auf. Ich hatte den Eindruck, der ganze Fraß war doppelt so groß wie vorher. Das Fleisch schillerte in allen Farben, die Joghurtbecher waren aufgebläht, der Käse zerfloß und von der Butter existierte nur noch das goldfarbene Papier. Alles war irgendwie gegoren, zerplatzt, durchgesickert, und das Ganze bildete einen ziemlich kompakten Block, der sich auf der Bodenmatte festgesetzt hatte.

Ich verzog das Gesicht, der Typ sperrte die Augen auf. Immer die gleiche Geschichte.

– Das ganze Zeug da, das wollense wegwerfen? fragte er.

– Jaja, aber ich kann's Ihnen jetzt nicht erklären, warum. Ich bin nicht auf dem Damm. Ich bin ein Pechvogel.

Er spuckte auf den Boden und kratzte sich am Nacken.

– Das kann jeder halten, wie er will, verkündete er. He, guter Freund, würd's dir was ausmachen, wenn wir den ganzen Kram vorsichtig auf die Erde stellen? Will doch mal drin sehn, ob ich nicht noch was finde...

Wir faßten jeder einen Zipfel der Matte und hoben die ganze Skulptur aus dem Kofferraum. Wir trugen sie ein Stück zur Seite vor eine Säulenreihe von Mülltüten. Blaue und goldbraune Fliegen fielen darüber her, wie Feilspäne über einem Magneten.

Mein Gegenüber guckte mich lächelnd an. Offensichtlich wartete er darauf, daß ich abhaute. An seiner Stelle hätte ich das auch getan. Ohne einen Ton ging ich zum Wagen zurück. Bevor ich losfuhr, warf ich noch einen Blick in den Rückspiegel. Er stand immer noch aufrecht neben meinem kleinen Freßpaket, wie angewurzelt unter der Sonne, keinen Millimeter hatte er sich bewegt, er lächelte. Man hätte meinen können, er posiere für ein Erinnerungsphoto von einem sakralen Picknick. Auf dem Rückweg hielt ich vor einer Kneipe an, ich flößte mir ein Glas Pfefferminztee ein. Das Öl, den Kaffee, den Zucker und eine große Dose Schoko-Streusel, das zumindest konnte er sich unter den Nagel reißen. Und die Rasierklingen mit Schwingkopf. Und das Fliegenpapier und meine kleine Tonne Ariel.

Als ich den Wagen vor dem Haus abstellte, mußte es gegen zwölf Uhr mittags sein. Die Sonne schlug zu wie eine Raubkatze, mit allen Krallen. Das Telefon klingelte.

– Ja, hallo? sagte ich.

Es knackte am anderen Ende der Leitung, ich hörte so gut wie nichts.

– Hören Sie, hängen Sie wieder ein und rufen Sie noch einmal an, brummte ich. Ich versteh Sie nicht!

Ich schmiß meine Schuhe in eine Ecke. Ich kann gerade den Kopf unter die Dusche halten und mir eine Zigarette anmachen, da klimpert es schon wieder.

Der Typ am anderen Ende wirft mir einen Namen an den Kopf und fragt, ob das mein Name sei.

– Ja, sagte ich.

Dann wirft er mir einen anderen Namen an den Kopf und sagt, daß das sein Name sei.

– Jawohl, sagte ich.

– Ich habe Ihr Manuskript vor mir liegen. Ich schicke Ihnen den Vertrag mit der nächsten Post.

Ich quetschte mir eine Hinterbacke an der Tischkante.

– Schön, ich will zwölf Prozent, sagte ich.

– Zehn Prozent.

– Einverstanden.

– Ich hab Ihr Buch bewundert. Es geht bald in Druck.

– Ja, beeilen Sie sich, sagte ich.

– Es freut mich, Sie zu hören. Ich hoffe, wir können uns bald sehen.

– Ja, aber ich befürchte, in den nächsten Tagen habe ich ziemlich viel zu tun ...

– Machen Sie sich keine Sorgen. Es eilt nicht. Wir ersetzen Ihnen all Ihre Ausgaben. Unsere geschäftliche Verbindung läuft ab sofort.

– Sehr gut.

– Gut, ich will Sie nicht weiter stören. Arbeiten Sie zur Zeit an was Neuem...?

– Ja, ich komme voran.

– Bestens. Viel Erfolg.

Er wollte einhängen, aber ich schaffte es, ihn im letzten Moment zurückzuhalten:

– He, sagen Sie, entschuldigen Sie, sagte ich. Wie war noch mal Ihr Name...?

Er wiederholte ihn. Zum Glück, denn über allem anderen war er mir völlig entfallen.

Ich zog ein Paket Würstchen aus dem Gefrierfach, um sie aufzutauen. Ich stellte einen Topf Wasser auf den Herd. Ich setzte mich mit einem Bier hin. Wie erwartet brach ich in das Lachen meines Lebens aus. Es war nervlich bedingt.

Ich kam zu früh im Krankenhaus an, es war noch keine Besuchszeit. Keine Ahnung, ob ich zu früh losgegangen oder ob ich gerannt war, aber eins war sicher, ich konnte nicht warten. Endlich brachte ich ihr, was sie sich so sehr gewünscht hatte. Mußte sie da nicht wieder auf die Beine kommen, mußte sie mir da nicht mit dem einen Auge, das ihr blieb, zuzwinkern...? Ich huschte in den Waschraum, als handele es sich um einen Notfall, von dort aus beobachtete ich den Typ an der Rezeption. Er sah aus, als sei er halb eingeschlafen. Die Treppe war frei, ich schlich hinauf.

Als ich in das Zimmer eindrang, fiel ich fast nach vorn, ich mußte mich an den Bettpfosten festkrallen. Ich wollte nicht glauben, was ich sah, ich dachte nein, schüttelte den Kopf, hoffte, der Alptraum würde vorübergehen. Aber das war nicht der Fall. Betty lag reglos auf dem Bett und guckte zur Decke, und kein Wunder, daß sie sich keinen Millimeter rühren konnte, hatten sie sie doch aufs Bett geschnallt, mit Riemen von mindestens fünf Zentimeter Breite und Aluminiumverschlüssen.

– Betty, was soll das...? murmelte ich.

Ich hatte stets mein Western S 522 dabei, das in jede Hosentasche paßte. Die Vorhänge waren zugezogen, ein zartes Licht durchzog den Raum, nichts war zu hören. Ich brauchte keine drei Versuche, um die Riemen durchzuschneiden, ich ließ es regelmäßig schärfen. Zwei richtige Kumpel, dieses Messer und ich.

Ich packte Betty bei den Schultern. Ich schüttelte sie ein wenig. Nichts. Mir brach der Schweiß aus, aber inzwischen kannte ich das nicht mehr anders, ich hatte praktisch keine Zeit mehr, trocken zu werden. Trotzdem, das war ein übler Schweiß, nicht derselbe wie sonst, eher eiskaltes, durchsichtiges Blut. Ich schob ihr Kopfkissen hoch und richtete sie in ihrem Bett auf. Ich fand sie genauso schön wie immer. Kaum ließ ich sie los, glitt sie zur Seite. Ich hob sie wieder hoch. Ein Teil von mir schrie auf und brach am Fußende des Bettes zusammen. Der andere nahm sie bei der Hand:

– Weißt du, sagte ich, ich gebe zu, es hat ganz schön lang gedauert. Aber jetzt ist es soweit, wir haben's geschafft!

Dummer Hund, jetzt ist nicht gerade der passende Moment zum Rätselraten, dachte ich. Wir wissen ja, daß du 'nen Mordsschiß davor hast, aber du brauchst bloß einen einzigen Satz zu sagen, brauchst nicht mal groß Luft zu holen.

– Betty, mein Buch wird veröffentlicht, sagte ich.

Ich hätte hinzufügen können: SIEHST DU NICHT DEN SILBERNEN STREIFEN AM HORIZONT??!! Ich weiß nicht, wie ich's erklären soll, es war, als wäre sie von einer gläsernen Glocke umgeben, auf der ich bloß meine Fingerabdrücke hinterließ. Nicht die geringste Veränderung entdeckte ich auf ihrem Gesicht. Schwacher Wind, der ich war, suchte ich die Oberfläche eines zugefrorenen Teichs zu kräuseln. Schwacher Wind, nichts bist du.

– Ich spinne nicht. Und außerdem bin ich dabei, ein neues zu schreiben...!

Ich deckte all meine Karten auf. Das Ärgerliche daran war, daß ich allein spielte. Eine Nacht lang kein anständiges Blatt auf die Hand zu kriegen, und dann am Morgen, wenn alle gegangen sind, noch einmal die Karten auszuteilen und mit einem Mal einen Royal Flush in den Fingern zu haben, wer hätte das ausgehalten? Wer hätte da nicht die Brocken zum Fenster rausgeworfen und die Tapete mit einem Küchenmesser zerfetzt?

Mein Gott, sie sah mich nicht, sie verstand mich nicht, sie hörte mich nicht, sie wußte nicht mehr, was es hieß zu reden, zu weinen, zu lächeln, Tobsuchtsanfälle zu bekommen oder die Bettdecke zum Teufel zu jagen und sich dabei mit der Zunge über die Lippen zu fahren. Denn die Bettdecke bewegte sich nicht, nichts bewegte sich, sie gab mir nicht das geringste Zeichen, nicht einmal ein mikroskopisch kleines. Daß mein Buch verlegt wurde, hatte auf sie ungefähr die gleiche Wirkung, als wäre ich mit einer Tüte Fritten aufgekreuzt. Dieses vermaledeite Bouquet, das ich in den Händen gehalten hatte, war nur noch eine Ansammlung verwelkter Blumen mit dem Geruch trockenen Grases. Für den Bruchteil einer Sekunde ahnte ich die Unendlichkeit des Raumes, der uns künftig voneinander trennen würde, und seitdem erzähle ich jedem, der es hören will, daß ich schon einmal gestorben bin, mit fünfunddreißig Jahren, in einem Krankenhauszimmer, an einem Nachmittag im Sommer, und das ist keine Angeberei, ich gehöre zu denen, die die Große Sense in der Luft haben pfeifen hören. Es ließ meine Fingerspitzen gefrieren. Für einen Moment geriet ich in Panik, doch genau in diesem Moment trat eine Krankenschwester ins Zimmer. Ich war zu keiner Bewegung fähig.

Sie trug ein Tablett mit einem Glas Wasser und einer Handvoll Medikamente in allen möglichen Farben. Es war eine andere, nicht die, die ich kannte, eine Dicke mit gelben Haaren. Als sie mich sah, warf sie einen strengen Blick auf ihre Armbanduhr.

– Sagen Sie mal, moserte sie, ich hab nicht den Eindruck, als hätten wir jetzt Besuchszeit…!

Fast gleichzeitig richtete sie ihr Augenmerk auf Betty, und ihre alte, weichliche Kinnlade klappte nach unten.

– Heiliger Strohsack, wer hat die denn losgemacht…?

Mit verzerrtem Gesicht krümmte sie sich zum Ausgang. Bloß, ich setzte ihr nach wie ein Tiger und sperrte mit einer

Hand die Tür zu. Sie stieß einen Schrei aus, ein jämmerliches Quietschen. Ich raffte die Tabletten zusammen, die auf dem Tablett hin und her rollten, und rieb sie ihr unter die Nase.

– Wozu soll diese ganze Scheiße gut sein? fragte ich sie.

Ich erkannte meine Stimme nicht wieder, sie war eine Oktave tiefer als sonst und nur noch ein heiseres Krächzen. Ich mußte an mich halten, der Frau nicht an die Kehle zu springen.

– Ich bin kein Doktor! plärrte sie. Lassen Sie mich raus!!

Ich bohrte meinen Blick mit aller Kraft in ihre Augen. Sie biß sich auf die Lippe.

– Nein. Du bleibst hier bei ihr. Ich haue ab, knurrte ich.

Bevor ich rausging, warf ich noch einen Blick auf Betty. Sie war auf die Seite geglitten.

Ich schoß wie eine Rakete durch den Flur und betrat sein Büro, ohne anzuklopfen. Er saß mit dem Rücken zu mir, er hielt eine Röntgenaufnahme gegen das Licht. Als er die Tür hörte, ließ er seinen Sitz herumfahren. Er zog die Augenbrauen hoch, ich knurrte. Ich trat auf ihn zu und knallte ihm die Medikamente auf den Schreibtisch.

– Was ist das für'n Zeug? fragte ich ihn. Was geben Sie ihr...?

Ich wußte nicht, ob ich wirklich von Kopf bis Fuß zitterte oder nur den widerlichen Eindruck hatte. Er versuchte es auf die hinterlistige Tour. Er nahm sich den großen Brieföffner, der auf dem Schreibtisch herumflog, und mimte einen Typen, der gerne mit etwas in der Hand spielt.

– Ah, junger Mann, meinte er. Ich hab Sie schon gesucht. Setzen Sie sich.

Eine irrsinnige Wut schnürte mir die Kehle zusammen. Dieser Typ war für mich die Ursache allen Unglücks, aller Leiden dieser Welt, ich hatte das Schwein entlarvt und in seiner eigenen Höhle in die Enge getrieben, dieser Typ trachtete danach, einem das Leben zu vermiesen, der war kein normaler Quacksalber, der war der abscheulichste Wichser der Erde. Auf so einen Kerl zu stoßen, das trieb einem gleichzeitig die Tränen in die Augen und das Lachen in den Hals. Aber ich riß mich zusammen, denn ich wollte hören, was er mir zu sagen hatte, außerdem hatte er keine

Chance, sich aus dem Staub zu machen. Ich setzte mich also. Ich hatte Mühe, meine Beine zu knicken. Ich brauchte mir nur die Farbe meiner Hände anzusehen, um zu wissen, daß ich leichenblaß war. Nur, anscheinend sah ich so nicht besonders furchterregend aus. Er versuchte, mir einen Fuß auf den Nacken zu setzen.

– Eins sollten wir klarstellen, sagte er. Sie sind weder ihr Mann noch ein Mitglied der Familie, ich bin also keineswegs verpflichtet, Ihnen irgend etwas mitzuteilen. Wenn ich es trotzdem tue, dann nur aus Gefälligkeit. Sind wir uns in diesem Punkt einig...?

Du bist einen Millimeter vor dem Ziel, mach jetzt nicht schlapp, verordnete ich mir, du erhältst deinen letzten Peitschenhieb. Ich nickte.

– Gut, sehr gut, sagte er.

Er zog eine Schreibtischschublade auf und ließ den Brieföffner lächelnd hineinfallen. Kein Zweifel, entweder hielt sich dieser Schwachkopf für unverwundbar oder aber Gott war mit mir. Er faltete die Hände vor dem Bauch und schüttelte bestimmt zehn Sekunden lang den Kopf, bevor er endlich anfing.

– Ich will Ihnen nicht vorenthalten, daß der Fall äußerst beunruhigend ist. Letzte Nacht mußten wir sie sogar festschnallen. Ein entsetzlicher Anfall... Wahrhaftig.

Ich stellte mir eine Horde von Kerlen vor, die über sie herfielen und sie auf dem Bett festhielten, während andere an den Riemen zurrten. Ich senkte ein wenig den Kopf und klemmte die Hände zwischen die Oberschenkel. Er redete weiter, aber jemand hatte den Ton abgestellt. Ich nutzte das zu der Feststellung, daß unser Sturz immer noch nicht zu Ende war.

– ...und ich könnte mich nicht zu der Behauptung versteigen, daß sie eines Tages wieder bei vollem Verstand sein wird, nein, da braucht man sich keine großen Hoffnungen zu machen.

Diesen Satz jedoch, den bekam ich klar und deutlich mit. Er hatte eine besondere Färbung, goldbraun würde ich sagen. Er wand sich wie eine Klapperschlange. Schließlich glitt er mir unter die Haut.

– Aber wir werden alles Erdenkliche für sie tun, fügte er hinzu. Wie Sie wissen, hat die Chemie erhebliche Fortschritte gemacht, ferner sind auch mit Elektroschocks gute Ergebnisse erzielt worden. Und ignorieren Sie, was man Ihnen darüber erzählen wird, diese Methoden sind absolut gefahrlos.

Ich beugte mich ein Stück vor, um mich mit aller Kraft auf meine Hände zu stützen, ich fixierte einen Punkt auf dem Boden, zwischen meinen Beinen.

– Ich geh sie jetzt holen, sagte ich. Ich geh sie holen und nehm sie mit!

Ich hörte ihn lachen.

– Kommen Sie, junger Mann, seien Sie nicht albern! meinte er. Ich habe den Eindruck, Sie haben mich nicht ganz verstanden. Ich habe Ihnen erklärt, daß dieses Mädchen verrückt ist, mein Lieber. Reif für eine Zwangsjacke.

Ich schnellte hoch wie eine Feder und sprang mit geschlossenen Füßen auf den Schreibtisch. Bevor er auch nur eine Bewegung machen konnte, trat ich ihm voll ins Gesicht. Ich konnte sehen, daß er ein Gebiß trug, denn das Ding flutschte ihm aus dem Mund wie ein fliegender Fisch. Gott sei Dank, dachte ich. Der Typ kippte samt Stuhl um, er spuckte Blut, einen feinen Strahl. Das Geräusch von zersplitterndem Glas kam daher, daß er mit den Füßen in die Vitrine seines Bücherschranks gekommen war. Als er anfing zu schreien, fiel ich über ihn her, ich zog wie ein Bekloppter an seiner Krawatte. Ich hob ihn hoch. Ich verpaßte ihm einen Sutemi oder etwas in der gleichen Art, das heißt, ich ließ mich zurückfallen, balancierte seine achtzig Kilo auf meinem Fuß aus und ließ ihn genau in dem Moment los, wo er seinen Abflug machte. Die Wand wackelte.

Ich stand gerade wieder auf den Beinen, als drei Krankenpfleger im Gänsemarsch reinkamen. Der erste fing sich meinen Ellbogen voll vor die Birne, der zweite schnappte sich meine Beine, der dritte setzte sich auf mich. Er war der dickste von den dreien. Er nahm mir den Atem, er zog mich an den Haaren. Ich quietschte vor Wut. Ich sah, daß der Doktor sich mit Hilfe der Wand aufrappelte. Der erste Krankenpfleger bückte sich, um mir einen Faustschlag aufs Ohr zu verpassen. Mir wurde heiß davon.

– Ich ruf die Bullen! sagte er mit einer Grimasse. Die sollen den einbuchten...!!

Der Doktor setzte sich, ein Taschentuch vor dem Mund, auf einen Stuhl. Unter anderem hatte er einen Schuh verloren.

– Nein, erklärte er, keine Polizei. Das macht einen schlechten Eindruck. Schmeißt ihn raus, und dann soll er nur ja nicht versuchen, noch ein einziges Mal seinen Fuß in dieses Krankenhaus zu setzen...!

Sie zogen mich hoch. Der eine, der die Ruhe der Bullen stören wollte, ohrfeigte mich.

– Haste gehört? fragte er.

Meine Fußspitze entdeckte seine Eier. Ich ließ ihn senkrecht vom Boden abheben, und das erstaunte die anderen. Ich nutzte diesen kleinen Moment allgemeiner Ratlosigkeit, um mich loszureißen. Ich stürzte mich wieder auf den Doktor, ich wollte den Kerl erwürgen, ich wollte ihn vernichten. Er kippte vom Stuhl, und ich mit ihm.

Irgendwelche Typen sprangen auf mich ein, ich hörte Krankenschwestern schreien, und bevor ich ihm nur einen meiner Daumen in die Kehle drücken konnte, wurde ich von einer Unzahl von Händen hochgehoben und aus dem Büro katapultiert. Auf dem Gang bezog ich noch einmal ordentlich Prügel, aber so richtig ernsthaft waren die nicht, sie hatten alle ein wenig Hemmungen und im Grunde auch keine Lust, mich umzubringen, denke ich mir.

Wir durchquerten die große Eingangshalle im Laufschritt, einer der Typen drehte mir den Arm um, ein anderer packte mich an den Haaren und am Ohr gleichzeitig, das tat noch am meisten weh. Dann rissen sie das Portal auf und warfen mich die Treppe runter.

– Laß dich hier bloß nicht mehr blicken, sonst geht's dir dreckig! rief mir einer von ihnen nach.

Diese Wichser, fast hätten sie mich zu Tränen gerührt. Eine

einzige fand sich bereit, auf die Stufen zu fallen. Sie fing an zu zischen wie Salzsäure.

Ich war also gescheitert. Schlimmer noch, ich hatte Hausverbot im Krankenhaus. Ein paar Tage lang ging's mir so dreckig wie noch nie. Es gab keine Möglichkeit, sie zu sehen, und das Bild, das mir von ihr blieb, war unerträglich. Vergeblich rief ich mir alle Zen-Dinger, die ich kannte, ins Gedächtnis zurück, immer wieder übermannte mich die Verzweiflung, und ich litt wie der letzte Bekloppte. In dieser Zeit schrieb ich wahrscheinlich meine allerschönsten Seiten, und obwohl später von einem »Traktat des Anti-Stils« die Rede sein sollte, meine Schuld war es nicht, daß ich gut schrieb und es wußte. Während dieser Phase schrieb ich ein halbes Heft voll.

Ich hätte bestimmt noch mehr schaffen können, aber tagsüber hielt es mich nicht auf meinem Stuhl. Tausende Duschen nahm ich, eine unbestimmbare Menge Bier und Kilometer von Würstchen verdrückte ich, hunderttausendmal lief ich auf dem Teppichboden von einer Ecke in die andere. Wenn ich es nicht mehr aushielt, fuhr ich durch die Gegend, und nicht selten fand ich mich in der Umgebung des Krankenhauses wieder. Ich wußte, ich durfte nicht zu nah herankommen, einmal hatten sie mit einer Bierflasche nach mir geworfen, als ich noch über fünfzig Meter weit weg war. Ja, sie hielten die Augen auf. Ich blieb also auf der anderen Straßenseite und begnügte mich damit, auf ihr Fenster zu gucken. Es kam vor, daß sich ein Vorhang bewegte.

Sobald die Nacht anbrach, ging ich auf einen Schluck rüber zu Bob. Das Tagesende, das lange Gleiten in die Abenddämmerung in der Hitze, das war der scheußlichste Moment. Jedenfalls für einen Typen, dem man sein Mädchen weggenommen hat und der nicht mehr ein noch aus weiß. Meist blieb ich ungefähr eine Stunde bei ihnen. Bob tat so, als sei nichts geschehen, und Annie fand immer Gelegenheit, mir ihre Pussi zu zeigen, das vertrieb mir für einen Augenblick die Zeit. Wenn es endgültig Nacht war, konnte ich heimkehren, ich machte Licht. Ich schrieb überwiegend nachts, und es gab Momente, da fühlte ich mich fast wohl, mir kam es vor, als sei ich noch mit ihr zusammen. Bei Betty hatte ich immer das Gefühl, lebendig zu sein. Nun, wenn ich schrieb, war es fast dasselbe.

Eines Morgens setzte ich mich in den Wagen und fuhr den ganzen Tag ziellos durch die Gegend, einen Arm an der Tür und die Augen ein wenig zusammengekniffen wegen des Winds. Gegen Abend kam ich ans Meer, ich hatte keine Ahnung, wo ich war und was ich während der ganzen Fahrt gesehen hatte, außer den Visagen der Tankwarte. Ich kaufte mir zwei Sandwichs in der einzigen Kneipe weit und breit und ging mit ihnen runter zum Strand.

Niemand war zu sehen. Die Sonne sank unter die Linie des Horizonts. Es war so schön, daß ich ein Gürkchen in den Sand fallen ließ. Das Geräusch der Wellen war seit Millionen von Jahren dasselbe, ich fand das erholsam, ich würde sagen ermutigend, beruhigend, überwältigend. O mein blauer Planet, du mein kleiner blauer Planet, verdammt, Gott segne dich!

Ich blieb eine Zeitlang sitzen, ich versuchte, meine Bekanntschaft mit der Einsamkeit zu erneuern, und dachte über den Schmerz nach. Als ich mich erhob, tat es mir der Mond nach. Ich zog mir meine Latschen aus und fing an, den Strand entlangzuschlendern, ohne daß ich es eigentlich wollte. Der Sand war noch warm, die ideale Temperatur für einen Apfelkuchen.

Plötzlich stand ich vor einem großen Fisch, der auf den Sand geschwemmt worden war. Sein Rumpf war teilweise zerstückelt, aber was von ihm übrig war, reichte aus, um sich eine Vorstellung zu machen, was für ein großartiger Fisch er gewesen sein mußte. Nicht mehr und nicht weniger als ein silberner Blitz mit einem Bauch aus Perlmutt, eine Art umherziehender Diamant. Bloß daß das jetzt Vergangenheit war und die Schönheit einen Schlag vor die Zähne bekommen hatte. Gerade noch ein paar Schuppen, die im Mondlicht zuckten, zwei, drei Funken ohne jede Hoffnung. So zu enden, in irgendeiner Gegend zu verfaulen, wo du doch den Sternen gleich warst, war das nicht das Schlimmste, was dir zustoßen konnte, wärst du nicht lieber im Dunkel versunken, tief unten, nach einem letzten Sprung zur Sonne? Hätte ich die Wahl, ich würde nicht lang zögern.

Ich nutzte es aus, daß mich keiner sehen konnte, und begrub ihn, diesen Fisch. Ich scharrte ein Loch mit den Händen. Ich kam mir ein wenig lächerlich vor. Doch hätte ich's nicht getan, hätte ich mich völlig erbärmlich gefühlt. Dazu war wirklich nicht der Moment.

Ich bin nicht einfach so draufgekommen. Ich grübelte und grübelte und grübelte. Ich drehte mich die ganze Nacht lang im Kreis und versuchte, den Gedanken loszuwerden, und am frühen Morgen wußte ich, daß mir nichts anderes übrig blieb. Gut, sehr gut, sagte ich mir. Es war Sonntag. Aber sonntags war zu viel los, ich verschob es auf den nächsten Tag. So daß ich mich den ganzen Tag nur noch dahinschleppte. Außerdem zogen Gewitter auf. Unmöglich, weiterzuschreiben, ich hatte genug am Hals. Unmöglich, überhaupt etwas zu tun. Das ist der größte Scheiß, so ein Tag.

Am nächsten Tag wachte ich ziemlich spät auf, vielleicht gegen Mittag. Mir nichts dir nichts hatte ich die Bude in einen Saustall verwandelt. Ich fing damit an, alles aufzuräumen, und wo ich einmal dabei war, stürzte ich mich in einen tierischen Hausputz, keine Ahnung, was in mich gefahren war, ich klopfte sogar den Staub aus den Vorhängen. Danach sprang ich unter die Dusche. Ich rasierte mich und machte mir etwas zu essen. Während ich das Geschirr spülte, sah ich weiße Blitze, und der Donner grollte. Aber der Himmel war trocken wie Milchpulver, und die Wolken türmten sich in der glühend heißen Luft.

Den Rest des Nachmittags setzte ich mich vors Fernsehen, eine Karaffe Wasser in der Hand streckte ich auf dem Sofa die Beine aus. Ich entspannte mich. Die Bude war dermaßen sauber, daß es eine Freude war, sich umzugucken. Von Zeit zu Zeit tut es im Leben ganz gut nachzusehen, ob etwas an der richtigen Stelle ist.

Gegen fünf Uhr schminkte ich mich, und eine Stunde später

stolperte ich als Josephine verkleidet auf die Straße. Das Gewitter, das sich seit einem Tag ankündigte, hatte sich immer noch nicht entladen, der Himmel hielt den Atem an. Durch die Sonnenbrille kam er mir noch dunkler vor, quasi apokalyptisch. Ich ging schnell. Die Vorsicht hätte mir geraten, den Wagen zu nehmen, aber ich stellte mich taub und ließ sie hinter mir plärren. Ich hatte mir eine von Bettys Handtaschen genommen, um das Bild abzurunden, und preßte sie an mich. Das hinderte meine Brüste daran zu verrutschen. Ich guckte im Gehen stur auf den Bürgersteig und achtete nicht auf die dummen Bemerkungen, die die geilen Böcke jedem Mädchen an den Kopf werfen, das ihnen ohne Begleitung über den Weg läuft, denn sonst nimmt das kein Ende. Ich versuchte, an nichts zu denken, ich versuchte, in Abrahams Haut zu schlüpfen.

Vor dem Krankenhaus angekommen, drückte ich mich hinter einen Baum und atmete ein paar Mal tief durch, als ob ein heftiger Wind durch die Zweige pfiff. Dann ging ich mit der Handtasche unter dem Arm auf den Eingang zu, ohne Zögern, mit hoch erhobenem Kopf, im Stil der Tussis, die es gewohnt sind, ein Reich zu regieren. Ich verspürte überhaupt nichts, als ich durch die Tür kam, nicht die geringste Andeutung eines Unwohlseins. Zum ersten Mal kein elektrischer Schlag in den Schultern, keine Blutvergiftung, kein Wetterschlag, keine Gliederlähmung. Fast hätte ich mich umgedreht, um zu sehen, was los war. Aber ich war schon auf der Treppe.

Auf der ersten Etage begegnete ich einer Gruppe von Krankenpflegern. Ich hatte mir Mühe gegeben mit meinem Make-up, doch sie schielten nur nach meinen Brüsten. Sie waren zu groß, ich wußte es, und jetzt guckte mir die ganze Bande nach. Damit sie mich in Ruhe ließen, ging ich in das erstbeste Zimmer hinein.

Der Typ im Bett hatte einen Schlauch im Arm und einen in der Nase. Er schien nicht sehr gut dran zu sein. Trotzdem schlug er die Augen auf, als ich reinkam. Während ich darauf wartete, daß die anderen abhauten, guckten wir uns an. Für den Bruchteil einer Sekunde hatte ich Lust, ihn abzuklemmen. Der Typ machte NEIN, NEIN, indem er den Kopf schüttelte, dabei hatte ich noch keine Bewegung angedeutet. Ich ließ es sein. Dann machte ich die Tür einen Spalt auf und überzeugte mich davon, daß die Luft rein war.

Betty. Zimmer Nummer sieben. Betty. Geräuschlos schlüpfte ich ins Zimmer und schloß hinter mir die Tür. Draußen wurde es dunkel, schwer zu sagen, ob das von den Wolken kam oder ob die Nacht hereinbrach. Eine kleine Lampe brannte oberhalb des Bettes, und das konnte einen bereits von Kopf bis Fuß erstarren lassen, so fahl war dieses Licht. Wenn draußen nicht völlige Dunkelheit herrscht, ist eine Nachtlampe wie ein Kind, dem man die Arme amputiert hat. Ich verrammelte die Tür mit einem Stuhl. Ich riß mir die Perücke runter und nahm die Brille ab. Ich setzte mich auf die Bettkante. Sie schlief nicht.

– Willste 'nen Kaugummi? fragte ich.

Vergeblich suchte ich mich zu erinnern, ich wußte nicht mehr, wann ich ihre Stimme zum letztenmal gehört hatte. Auch nicht, welche Worte wir zuletzt gewechselt hatten. Vielleicht etwas in der Richtung:

– He, nichts zu machen, wir haben keinen Zucker mehr!!

– Haste schon in der untersten Schublade geguckt...?

Ich packte meine Tutti-Frutti-Streifen wieder ein, ich wollte auch keinen. Dafür nahm ich mir die Karaffe mit Wasser vom Nachttisch und stürzte die Hälfte hinunter.

– Willste auch was? fragte ich.

Sie war nicht festgeschnallt, die Riemen hingen runter wie Karamelstangen, die man in der Sonne vergessen hatte. Ich tat so, als sei sie nicht fortgegangen, als sei sie noch da. Ich mußte etwas sagen.

– Am schwersten wird es sein, dich anzuziehen, sagte ich. Vor allem, wenn du mir dabei nicht hilfst...

Ich zog mir einen Handschuh aus und ging mit der Hand unter ihr Hemd, um über ihre Brüste zu streicheln. Was ist das Gedächtnis eines Elefanten gegen meins? Ich kannte jeden Quadratmillimeter ihrer Haut, wie ein Puzzle hätte ich sie wieder zusammensetzen können. Ich tastete über ihren Bauch, ihre Arme, ihre Beine und legte zuletzt meine Hand auf ihr Haarbüschel, nichts hatte sich geändert. Ich empfand in diesem Augenblick eine tiefe Freude, ein simples, fast tierisches Vergnügen. Dann zog ich meinen Handschuh wieder an. Sicher, mein Glück wäre tausendmal größer gewesen, wenn sie nur eine noch so kleine Reaktion gezeigt hätte. Aber wo hatte ich das schon einmal gesehen, ein Glück solchen Ausmaßes? In einem Werbespot? Oder tief unten im Sack des Weihnachtsmannes? Auf der obersten Etage des Turms von Babel...?

– So, wir müssen uns beeilen. Fangen wir an.

Ich faßte sie am Kinn und drückte meine Lippen auf ihre. Ihr Mund blieb geschlossen, aber für mich war es dennoch das höchste aller Gefühle. Es gelang mir, auf ihrer Unterlippe etwas Speichel zu ergattern. Langsam verschlang ich ihren Mund. Eine Hand um ihren Nacken drückte ich sie an mich, meine Nase steckte in ihren Haaren. Wenn das so weitergeht, bin ich derjenige, der überschnappt. Dann werde ich es sein, der abstürzt. Ich holte ein kleines Taschentuch hervor, um ihr die Lippen abzuwischen, überall hatte ich sie mit Lippenstift verschmiert.

– Wir haben noch ein ordentliches Stückchen vor uns, sagte ich.

Eine Puppe, folgsam und stumm. Sie hatten sie bis oben hin mit Medikamenten vollgestopft, sie hatten schon mit den ersten Spatenstichen begonnen. Eigentlich hätte ich sie von hinten anfallen und ihnen samt und sonders die Kehle aufschlitzen sollen, diesen Ärzten, Krankenpflegern, Apothekern, diesem ganzen Gesindel. All die nicht zu vergessen, die sie hierher gebracht hatten, und die, die einen auf die Straße setzen, und die, die dafür sorgen, daß man im Dreck rollt, die, die einen verletzen, die, die einen belügen, die, die einen ausnutzen wollen, die, die sich einen runterholen in dem Glauben, man sei einzigartig, die, die vor Bekloppheit leuchten wie Lampions, die, die in ihren eigenen Sauereien ersticken, die, die einem wie ein Klotz am Bein hängen. Und da hätte ich noch längst nicht aufhören können. Schon bald wäre man durch Ströme von Blut gewatet, und am Ende wäre ich auch nicht viel weiter gewesen. Ob's mir nun paßte oder nicht, das Übel war unausrottbar, wie man so sagt, und obwohl ich nicht der Typ bin, der für keine zwei Pfennig Hoffnung hat, sah ich doch ein, daß einem die Welt schon wie eine fürchterliche Scheiße vorkommen kann. Es hängt davon ab, wie man sie betrachtet. Und ich will auf der Stelle tot umfallen, wenn ich es nicht bedaure, sowas zu sagen, aber etwas, was so schwarz und so stinkig war wie dieses kleine Zimmer, wie diese kleine Bettkante, auf der ich in der längsten Minute meines Lebens mit einer Hinterbacke saß, habe ich noch nie gesehen. Oben entlud sich das Gewitter. Ich gab mir einen Ruck.

Die ersten Regentropfen prasselten gegen das Fenster wie Insekten, die gegen eine Windschutzscheibe klatschten. Ich beugte mich vorsichtig über sie und nahm mir einen der Riemen. Ich steckte die Lasche in das Aluminiumding und zog an. Einen für die Beine. Sie rührte sich nicht.

– Geht's? Oder tu ich dir weh? fragte ich.

Draußen kam es zur Sintflut, man hätte denken können, man sei im Inneren der *Nautilus*. Ich nahm mir einen zweiten Riemen und zurrte ihn über ihre Brust, naja, knapp darunter. Ich schlang ihn um ihre Arme und zog ihn ebenfalls zu. Sie guckte zur Decke mit ihrem Auge. Ich tat nichts, was sie interessieren konnte. Der Moment war gekommen, wo ich all meine Kräfte zusammennehmen mußte.

– Ich muß dir was sagen, fing ich an.

Ich schnappte mir hinter ihr ein Kopfkissen, eins mit blauen Streifen. Ich zitterte nicht. Ich konnte alles für sie tun, ohne zu zittern, das wußte ich schon länger. Mir wurde nur ein wenig wärmer, sonst nichts.

– ... wir zwei, wir halten zusammen wie Pech und Schwefel, fuhr ich fort. Und von heut auf morgen wird sich da nichts dran ändern.

Mir hätte auch noch Schlimmeres in dieser Art einfallen können, vielleicht hätte ich auch besser geschwiegen, aber in diesem Moment war mir danach, ihr ein paar unschuldige

Worte zum Geleit zu geben, und ich zerbrach mir dabei nicht den Kopf. Das hätte ihr nicht gefallen. Das ganze wirkte eher wie eine Kritzelei im Sand als wie eine jener Inschriften, die in den Granit gehauen werden. Es war leichter so.

Ich zählte bis siebenhundertundfünfzig und richtete mich wieder auf. Ich zog ihr das Kissen vom Gesicht. Der Regen machte einen Heidenlärm. Ich weiß nicht, wie es kam, aber ich hatte Seitenstiche. Ich guckte sie nicht an. Ich zog die Riemen auf. Ich warf das Kissen auf seinen Platz.

Ich drehte mich zur Wand und dachte, mir würde gleich was passieren, aber es passierte nichts. Es regnete und regnete und das Licht war nicht ausgegangen und die Wände noch an derselben Stelle und ich war da mit meinen weißen Handschuhen und meinen falschen Brüsten und wartete auf eine Nachricht aus dem Jenseits, aber nichts geschah. Sollte ich mit meinen Seitenstichen davonkommen?

Ich setzte die Perücke wieder auf. Bevor ich rausging, warf ich einen letzten Blick auf sie. Ich war auf einen schrecklichen Anblick gefaßt, aber sie sah eher aus, als schliefe sie. Meiner Meinung nach war das ein neuer Trick, den sie erfand, um mir Freude zu machen. Dazu war sie in der Lage. Ihr Mund war halb offen. Auf dem Nachttisch erblickte ich ein Päckchen Kleenextücher. Ich brauchte einen Moment, bis ich begriff, dann standen mir die Tränen in den Augen. Ja, daß sie immer noch über mich wachte, daß sie das Mittel fand, mich auf den rechten Weg zu bringen, wo sie schon nicht mehr zu dieser Welt gehörte, daß sie mir einen letzten Wink gab, das überschwemmte mich wie ein reißender Strom.

Ich lief zu ihrem Bett zurück und küßte sie auf die Haare. Dann nahm ich mir das Päckchen Kleenex und stopfte ihr soviel ich konnte in den Rachen. Ich bekam Krämpfe und hätte fast gekotzt. Es ging vorüber. Ich will stolz auf dich sein, hatte sie gesagt.

Die waren anscheinend alle in der Kantine eingepfercht, als ich rausging. Kein Mensch im Flur und auch in der Halle war nicht viel Betrieb. Ich ließ mich nicht erwischen. Es war tiefe Nacht, und die Dachrinnen liefen auf der ganzen Länge der Fassade über. Es roch nicht gut, es roch nach trockenem Gras, das naß wird. Der Regen war ein illuminiertes Fallgatter, das unter Strom stand. Ich schlug den Kragen hoch, legte mir die Tasche auf den Kopf und stürzte mich hinein.

Ich fing an zu laufen. Ich hatte das Gefühl, jemand sei mit einem Flammenwerfer hinter mir her. Ich mußte die Brille abnehmen, um etwas erkennen zu können, rannte jedoch im gleichen Tempo weiter. Wie nicht anders zu erwarten, war kein Mensch vor der Tür, ich machte mir daher keine Sorgen wegen meines Make-up, ein Glück, daß ich keine Wimperntusche aufgetragen hatte. Bei dem Versuch, mir übers Gesicht zu wischen, hatte ich mir die Finger völlig verklebt, ich mußte ganz schön verschmiert sein. Zum Glück konnte man keine drei Meter weit sehen.

Ich rannte wie ein Irrer, der sich in einem Vorhang aus Perlenschnüren verheddert hat. Ich lief kein bißchen langsamer, wenn ich an eine Kreuzung kam. Tschikitschikitschiktschik machte der Regen, platsch platsch platsch machte ich, badabrum machte der Donner. Der Regen fiel schnurgerade, trotzdem peitschte er mir ins Gesicht. Einige Tropfen gelangten mir auf direktem Weg in den Mund. Die Hälfte der Strecke legte ich in einem wahren Höllentempo zurück. Mein gesamter Körper dampfte, das ist kein Witz, und der Lärm meines Atems drang durch die Straßen und überdeckte alles andere. Als ich unter einer Laterne vorbeikam, löste sich alles in blauem Dunst auf.

An einer Kreuzung stieß ich auf die Scheinwerfer eines Wagens. Er hatte zwar keine Vorfahrt, doch ich ließ ihn vor. Ich riß mir in dem kurzen Moment die Perücke vom Kopf, dann hetzte ich weiter. Dieser ganze Regen hätte nicht ausgereicht, um das Feuer zu löschen, das sich in meiner Lunge entzündete. Ich gab bereits mein Äußerstes, doch ich zwang mich, noch schneller zu laufen. Einige Male schrie ich laut auf, so sehr ging es über meine Kräfte. Und ich lief nicht, weil ich Betty getötet hatte, ich lief, weil ich Lust hatte zu laufen, ich lief, weil mir nichts anderes unter den Nägeln brannte. Andererseits glaube ich, daß das ein ganz natürlicher Reflex war. Ich glaube, daß mir das zustand, oder...?

27

Die Bullen interessierte die ganze Geschichte nicht, ich bekam nicht mal den Schatten von einem von ihnen zu sehen. Denn eine Verrückte, die sich ein Auge ausreißt und sich einige Zeit später das Leben nimmt, indem sie eine ganze Packung Kleenextücher runterschlingt, damit hatten sie offenbar nichts am Hut. Sicher, damals, als ich mir die ganze Kohle unter den Nagel gerissen hatte, da hatten sie ein riesiges Theater veranstaltet, die Zeitungen hatten darüber geschrieben, und einmal mehr waren die Straßensperren in der Gegend in Mode gekommen. Aber sie zu töten, nein, das hätte ich noch fünfhundertmal machen können, ohne daß sie sich in ihren Büros auch nur von ihren Stühlen erhoben hätten.

Nun gut, mir kam das alles wie gerufen. Und zudem, wo hatte man sowas schon mal gehört, eine Liebesgeschichte, die in den Räumlichkeiten der Polizei endet? Eine wahre Liebesgeschichte, die endet niemals. Sowas ist trotz allem nicht so einfach wie all die anderen bescheuerten Märchen. Da muß man schon darauf gefaßt sein, ein wenig höher zu fliegen mit federleichtem Verstand... Wie dem auch sei, niemand kam bei mir vorbei, um zu gucken, ob ich irgendwelchen Dreck am Stecken hatte. Niemand machte mir Scherereien. Ich konnte in Ruhe scheißen gehen.

Dem Schlimmsten ging ich aus dem Weg, indem ich dem Beerdigungsinstitut ein halbes Vermögen zahlte, die Typen in dem Laden hatten zwar fürchterliche Visagen, aber ich konnte nicht klagen, sie regelten alle Einzelheiten mit dem Krankenhaus und alles mögliche sonst, keine Ahnung, ich brauchte fast gar nichts zu tun, und schließlich äscherten sie sie ein. Ihre Asche ist immer noch ganz in meiner Nähe, und ich weiß nicht, was ich damit machen soll, aber das ist eine andere Geschichte.

Sobald ich einen Moment Ruhe hatte, schrieb ich Eddie und Lisa einen langen Brief. Ich teilte ihnen mit, was passiert war, ohne auf die tragende Rolle einzugehen, die ich dabei gespielt hatte. Ich bat sie um Verzeihung, daß ich sie nicht früher benachrichtigt hatte, sie könnten bestimmt verstehen, daß ich das nicht gut hätte ertragen können. Bis bald, ich küsse euch beide, schrieb ich. Alles Liebe. P. S.: Zur Zeit gehe ich nicht ans Telefon. Küsse. Als ich den Brief einwarf, merkte ich, daß sich das Wetter gebessert hatte. Die schwüle, stickige Hitze war vorüber. Es war schön und trocken. Ich ging mit einem Eis in der Hand zurück. Natürlich nur mit einem.

Es mag einem ja idiotisch vorkommen, aber manchmal passierte es mir, daß ich zwei Steaks anbriet. Oder das Wasser in die Wanne ließ. Oder mich mit zwei Tellern in den Händen erwischte, wenn ich den Tisch decken wollte. Oder laut etwas fragte. Und darüberhinaus mit Licht einschlief. All diese Kleinigkeiten waren die Hölle, all diese Dinge, die man nicht loswurde, die wie Nebel, wie ein zerschlissenes Kleid aus Spitze in den Ästen hängenblieben. Wenn mir sowas unterlief, blieb ich wie angewurzelt auf der Stelle stehen, und es dauerte eine Zeit, bis ich es verdaut hatte. Wenn ich zu allem Unglück den Schrank öffnen mußte und ihre Klamotten sah, schnürte sich mir die Kehle zusammen. Jedesmal suchte ich mich zu erinnern, ob gegenüber dem letzten Mal der Schmerz nachgelassen hatte. Schwer zu sagen.

Trotz allem, ich ließ mich nicht hängen. Eines Morgens sprang ich auf die Waage und stellte fest, daß ich lediglich drei Kilo abgenommen hatte. Eine Lappalie war das, nichts weiter. Sich von Zeit zu Zeit mal was gehen zu lassen und dabei auf den Fingernägeln zu kauen, das konnte einen nicht auszehren. Es fehlte nicht viel, und ich hätte sogar freundlich aus der Wäsche geguckt. Es gibt Leute, die gehen fort und nehmen so ziemlich alles mit, bei Betty jedoch war das ganz anders, sie hatte mir alles gelassen, ALLES. So war es auch nicht weiter verwunderlich, daß ich manchmal das Gefühl hatte, sie stehe neben mir. Wenn ein Mädchen heutzutage ein Buch schreibt, dann geht's darin fast die ganze Zeit darum, einen Mann in die Knie zu zwingen. Ein Glück, daß ich da bin, um einen Krieg zu verhindern, ich gröle in alle Ecken, daß die nicht alle so bekloppt sind, daß das eine Mode

377

ist, die wieder vorübergeht. Ich lege Wert darauf, laut und deutlich zu rufen, daß mir dieses Mädchen alles gegeben hat und ich nicht weiß, was ich ohne sie gemacht hätte. Es bricht mir kein Zacken aus der Krone, das zu sagen. Nein, ich will es gern noch einmal sagen, dieses Mädchen hat mir alles gegeben... Das erinnert mich an leises Vogelzwitschern in kindlicher Runde, und schamrot werde ich deshalb nicht. Leider bin ich über das Alter hinaus, wie man so sagt.

Ein paar Tage lang wollte ich keinen Menschen sehen. Ich hatte Bob und Annie die Sache erklärt und sie gebeten, mich nicht zu stören. Bob wollte mit einer Flasche antanzen. Ich mach dir nicht auf, hatte ich ihm geantwortet. Ich hatte beschlossen, möglichst schnell über den Berg zu kommen. Doch dafür brauchte ich meine Ruhe. Das Telefon abgeklemmt und den Fernseher an. Dann, eines Morgens, erhielt ich die Druckfahnen meines Buchs zur Korrektur, das brachte mich auf andere Gedanken. Und dann war das auch ihr Werk, ich zog die Sache in die Länge, und vielleicht kam ich deswegen letztlich wieder auf die Beine, innerlich meine ich. Als ich zu meinen kleinen Heften zurückkehrte und zwei, drei gediegene Sätze husch, husch zu Papier brachte, als ich die eigenartige Schönheit in mich aufnehmen konnte, die in ihnen steckte, als ich erkannte, daß sie wie in der Sonne spielende Kinder waren, begriff ich, daß ich als Schriftsteller zwar schlecht gestartet war, mich ansonsten aber gut aus der Affäre ziehen würde. Es war, als hätte ich es geschafft.

Tatsächlich war ich am nächsten Tag ein anderer Mensch. Das fing damit an, daß ich mich im Bett reckte, und als ich aufstand, merkte ich sofort, daß ich in Form war. Ich guckte mir die Wohnung mit einem gutgelaunten Lächeln an. Ich setzte mich in die Küche, um meinen Kaffee zu trinken, was ich schon seit ewig nicht mehr getan hatte, vorher war das eine Sache, die ich eher im Stehen oder ans Spülbecken gelehnt erledigte. Ich öffnete die Fenster. Ich fühlte mich dermaßen gut, daß ich losging und Croissants kaufte. Obendrein war es ein schöner Tag.

Um Luft zu schnappen, ging ich in die Stadt, einen Happen
essen. Ich trat in ein Selbstbedienungsrestaurant, in dem sich die
Leute übereinander stapelten. Die Buffetmädchen hatten bereits
große Schwitzflecken unter den Armen. Betty und ich, wir
hatten so eine ähnliche Arbeit auch schon gemacht, ich wußte,
was das hieß. Ich setzte mich mit meinem Hühnchen mit Püree
und meinem Apfelkuchen an einen Tisch. Ich vertrieb mir die
Zeit damit, die Leute zu betrachten. Das Leben war eine Art
reißender Wildbach. Ohne Salz in die Wunden streuen zu
wollen, das war genau das Bild, das ich mir von Betty bewahrt
hatte, ein reißender Wildbach. Glitzernd, möchte ich hinzufügen. Hätte ich's mir aussuchen können, ich hätte vorgezogen,
daß sie noch lebte, natürlich, das versteht sich von selbst, aber
ich muß gestehen, in Wirklichkeit war sie nicht weit davon
entfernt. Man konnte sich auch ein bißchen arg anstellen. Ich
dachte, die Sitzplätze, die sollte man denen überlassen, die
wirklich leiden, und stand auf.

Ich machte einen kleinen Rundgang, und als ich nach Hause
kam, stieß ich auf eine hübsche Tussi, die in den Laden schaute.
Sie deckte die Lichtreflexe mit beiden Händen ab, und blonde
Härchen glänzten auf ihren Armen. Ich steckte die Schlüssel ins
Schloß. Sie richtete sich auf.

– Oh, ich dachte, es sei geschlossen, meinte sie.

– Nein, sagte ich, warum sollte geschlossen sein...? Ich paß
bloß nicht immer auf die Zeit auf.

Sie guckte mich an und lachte. Ich kam mir ein wenig bekloppt
vor, weil ich das vergessen hatte, ich wußte nicht mehr, wie das
war.

– Naja, das muß Ihnen aber Probleme bereiten, scherzte sie.

– Jaja, aber ich werd dem abhelfen, ich hab einige Lösungen
ins Auge gefaßt. Wollten Sie sich was anschauen...?

– Schon, aber ich hab nicht mehr viel Zeit... Ich komm
demnächst nochmal vorbei.

– Wie Sie möchten. Ich bin wochentags immer erreichbar.

Wohlgemerkt, ich hab dieses Mädchen nie wieder gesehen, ich
wollte nur sagen, wie toll mir an diesem Tag alles erschien. Es

war der Tag, an dem ich das Telefon wieder anklemmte. Der Tag, an dem ich lächelnd meine Nase zwischen ihre T-Shirts steckte. Der Tag, an dem mir ein Päckchen Kleenex unter die Augen kommen konnte, ohne daß ich anfing zu zittern. Es war der Tag, an dem ich begriff, daß die Lektion nie aufhört und die Treppen kein Ende haben. Hast du etwa geglaubt, das sei anders, fragte ich mich, während ich eine Melone in Scheiben schnitt, kurz bevor ich mich ins Bett legte. Mir war, als hörte ich hinter mir ein kurzes Lachen. Es kam aus der Richtung der Melonenkerne.

Mein Buch kam ungefähr einen Monat nach Bettys Tod raus. Das mindeste, was man von meinem Partner sagen konnte, war, daß er ein fixer Typ war. Aber zu jener Zeit war er noch ein kleiner Verleger, und ich mußte einen Moment erwischt haben, wo er nichts anderes zu tun hatte. Kurz und gut, eines Morgens saß ich da und hatte mein Buch auf den Knien, und ich guckte es mir von vorn und hinten an, schlug es auf, um an dem Papier zu schnüffeln, und klatschte mir auf die Schenkel.

– Oh Baby, guck mal, was wir hier endlich haben, murmelte ich.

Bob beschloß, das müsse gefeiert werden, und wir machten uns mit Annie auf die Beine, während die Großmutter auf die Gören aufpaßte. Am frühen Morgen brachten sie mich nach Hause. Wir waren uns nicht klar, ob du geweint oder gelacht hast, erklärten sie mir später. Und woher soll ich das wissen, hatte ich ihnen geantwortet. Im Leben kann man nicht immer genau wissen, ob man an einer Beerdigung oder einer Geburt teilnimmt. Und das gilt für die Schriftsteller genauso wie für alle anderen, man darf nicht glauben, die hätten ein besonders entwickeltes Gehirn. Auch ich, trotz allem, was aus mir geworden ist, bin in der gleichen Lage wie jeder x-Beliebige, und es passiert mir häufiger als mir lieb ist, daß ich überhaupts nichts raffe. Es muß so etwas wie einen Heiligen Christophorus geben für die Schriftsteller, die an Gehirnerweichung leiden.

Letztlich hielt das alles einen Typ in einem Provinzblatt nicht davon ab zu schreiben, ich hätte Talent. Mein Verleger ließ mir den Artikel zukommen. Die anderen schicke ich Ihnen nicht, fügte er hinzu. Sie sind schlecht. In einer Ecke gefeiert, in allen anderen ausgepfiffen. Zudem rückte der Sommer langsam näher, ich hatte meinen Rhythmus gefunden und kam gut voran. Den Laden ließ ich auf. Ich hatte oben eine Glocke angebracht, die mir ankündigte, wenn jemand die Tür aufmachte. Allzu oft wurde ich nicht gestört. Letzten Endes hatte ich darauf verzichtet umzuziehen, auch wenn ich es mehr als einmal ins Auge gefaßt hatte. Später vielleicht, sagte ich mir, vielleicht im Laufe des Winters, wenn mein Buch fertig ist. Fürs erste zog ich es vor, meine Zelte nicht abzubrechen. Tagsüber herrschte in der Bude ein großartiges Licht, große helle Flecken und schattige Zonen, wie man es sich nur wünschen konnte. In dieser Umgebung hätte mehr als einer gern geschuftet. Das war für einen Schriftsteller der Rolls Royce unter allen Umgebungen.

Wenn es Abend wurde, ging ich ein wenig spazieren, und wenn mir danach zumute war, setzte ich mich auf eine Terrasse und blickte untätig ins Leere, ich atmete die frische Luft, hörte den Leuten zu, wenn sie miteinander quatschten, und nippte an meinem Glas, fünfzigmal trank ich den letzten Tropfen, bevor ich mich dazu entschließen konnte, nach Hause zu gehen. Nichts drängte mich. Nichts hielt mich wirklich zurück.

Seitdem ich das Telefon wieder angeschlossen hatte, rief Eddie regelmäßig an:

– Verdammte Scheiße, wir stecken bis zum Hals in Arbeit. Wir können nicht runterkommen...

Das sagte er jedesmal. Dann nahm Lisa den Apparat und küßte mich durchs Telefon.

– Ich geb dir 'nen Kuß, sagte sie.

– Ja, Lisa, jaja, ich dir auch...

– Sorge weiter für sie, fügte sie dann hinzu. Du darfst sie nie vergessen...!

– Nein, keine Bange.

Sie übergab wieder an Eddie.

– He, ich bin's. He, du weißt, wenn irgendwas ist, wir kommen sofort... Mann, das weißt du doch... Du weißt doch, du bist nicht allein, das weißt du doch wohl, oder?

– Aber nein, ja doch, ich weiß es.

– Vielleicht in vierzehn Tagen, vielleicht können wir dich dann mal besuchen...

– Ja, Eddie, ich würde mich freuen.

– Naja... Bis dahin geb ich dir 'nen Kuß.

– Alles klar, Alter, ich dir auch.

– Lisa winkt mir, sie gibt dir auch einen.

– Ja, gib du ihr einen für mich.

– Und du sagst es mir, was...? Biste sicher, du kommst klar...?

– Jaja, die schlimmste Zeit ist vorüber.

– Naja, wir zwei, wir denken oft an dich. Auf alle Fälle, ich ruf dich wieder an...

– Ja, ich verlaß mich auf dich, Eddie.

Gespräche dieser Art stimmten mich melancholisch, mir kam es vor, als erhielte ich eine Postkarte vom anderen Ende der Welt, auf der jemand hintendrauf ICH LIEBE DICH geschrieben hatte, verstehen Sie den Haken an der Sache? Wenn im Fernsehen kein zu großer Mist lief, naja, dann brauchte ich mich bloß davor zu setzen, eine Schachtel mit orientalischen Süßigkeiten auf dem Schoß. Und wenn ich mich schlafen legte, war es ein wenig schlimmer als sonst. Du darfst sie nie vergessen, hatte sie gesagt. Biste sicher, du kommst klar? hatte er gefragt. Die schlimmste Zeit ist vorüber, hatte ich geantwortet. Durch solche Worte wurde aus einem großen Bett ein Doppelbett, und ich lag darauf wie auf einem Acker mit glühenden Kohlen. Später haben mich viele Leute gefragt, wie ich mich damals verhalten habe, wenn mich die Lust zu bumsen überkam, und ich habe ihnen gesagt, macht euch keine Sorgen, ihr seid nett, aber warum sollte ich euch von meinen kleinen Unannehmlichkeiten erzählen, gibt's nichts anderes, was euch interessiert? Die Leute wollen gern wissen, was die so machen, die bekannten Typen, sonst können sie nicht einschlafen. Verrückt ist das.

Nun ja, das alles nur, um zu zeigen, daß ich wieder ein normales Leben führte, das Standardmodell mit Höhen und Tiefen, und es gab in mir den, der an den Himmel glaubte, und den, der nicht daran glaubte. Ich schrieb, ich bezahlte die Rechnungen, die mir ins Haus flatterten, ich wechselte einmal in der Woche die Bettwäsche, ich drehte mich im Kreis, ich ging spazieren, ich ging mit Bob einen trinken, ich schielte auf Annies Apparat, ich informierte mich über meine Verkaufszahlen, ich ließ regelmäßig den Wagen abschmieren, ich gab meinen Bewunderern keine Antwort, den anderen auch nicht, und nutzte die schönen Momente dazu aus, in aller Ruhe an sie zu denken, und nicht selten kam es vor, daß sie in meinen Armen lag. Zumindest kann man sagen, daß ich nicht im geringsten daran dachte, mir könnte was passieren. Vor allem nicht so eine Sache. Dennoch, wundern sollte man sich nie, wenn man zur Kasse gebeten wird, man sollte sich nie einbilden, man habe alles bezahlt.

Es war ein Tag wie alle anderen auch, nur daß ich mir die Mühe gemacht hatte, ein anständige Portion Chili zuzubereiten. Am Nachmittag war ich mehrmals aufgestanden, um es abzuschmecken. Ich hatte Grund zu lächeln, denn ich hatte mein Händchen nicht verloren. Ich guckte nach, ob im Topf auch nichts anpappte. Wenn ich schrieb und die Sache gut lief, war ich immer gut aufgelegt. Und meine Güte, mit einem Chili in Aussicht, da war ich geradezu im siebten Himmel. Bei einem Chili hörte ich sie hinter mir lachen.

Als ich sah, daß die Nacht anbrach, machte ich das Heft zu. Ich stand auf und bediente mich mit zwei Fingerbreit Gin und der dazugehörigen Menge Eiswürfel. Dann deckte ich den Tisch, ohne mein Glas loszulassen. Es waren noch einige leuchtendrote Stellen am Himmel, aber mich interessierte bloß die Farbe meines Chili, und die war umwerfend.

Ich bediente mich mit einem randvollen Teller. Es war noch etwas zu heiß. Ich machte es mir also in aller Ruhe mit meinem Glas gemütlich und legte ein wenig Musik auf, und zwar nicht irgend etwas, ich hörte mir *This Must Be the Place* an, das ich

über alles liebte, ich machte sozusagen die Augen zu und ließ es
mir gut gehen. Ich versuchte, meine Eiswürfel wie kleine
Glocken erklingen zu lassen.

Ich war dermaßen darin vertieft, daß ich sie nicht kommen
hörte. Ich war relaxed bis zum Gehtnichtmehr, in der ganzen
Bude roch es nach dem Chili. Der Schlag, den ich auf den Arm
bekam, der lähmte ihn mir. Vor Schmerz kippte ich vom Stuhl.
Ich wollte mich noch am Tisch festhalten, aber es gelang mir
lediglich, meinen Teller halb mitzureißen, und ich rutschte
trotzdem auf den Fliesenboden. Ich dachte, man hätte mir einen
Schlag mit einer Brechstange verpaßt. Ich brüllte. Ein Tritt vor
den Bauch verschlug mir den Atem. Mit Schaum vor dem Mund
rollte ich auf den Rücken, und trotz des Nebels sah ich sie. Sie
waren zu zweit, ein Dicker und ein Kleiner. Ich erkannte sie
nicht sofort, denn sie hatten ihre Uniformen nicht an, und die
ganze Geschichte war mir völlig entfallen.

– Wenn du noch einmal brüllst, schneid ich dich direkt in
Stücke! meinte der Dicke.

Ich rang nach Luft, mir war, als hätte man mich mit Benzin
übergossen. Der Dicke nahm seine Vorderzähne raus, er hielt sie
in der Hand fest.

– Ficher feift du, fer ich bin, lifpelte er.

Ich schrumpfte leicht zusammen auf den Fliesen. Das, das
durfte nicht wahr sein, oh nein, was für ein Horror! Der Dicke
war niemand anders als Henri, der Typ, dem ich einen Zeh in die
Luft gejagt hatte, und der andere war mein Liebhaber, der
Grünschnabel, der sich in mich verknallt hatte und mit mir hatte
abhauen wollen. Eine Sekunde lang sah ich mich wieder mit
meiner Tasche voller Geld über die Felder türmen, nur daß das
jetzt in der Abenddämmerung war und man die Felder für einen
zugefrorenen See gehalten hätte. Henri stieß eine Art Quietschen aus, als er seine Zähne wieder einsetzte, dann fiel er über
mich her, und sein Gesicht war krebsrot, und ich bekam seinen
Fuß in die Fresse. Zwanzig Jahre vorher, als die Kerle noch
schwere Schuhe trugen, wäre ich bestimmt im Krankenhaus
aufgewacht. Heute sah man sie in Tennisschuhen und Hosen wie

Elefantenbeine rumlaufen. Seine waren weiß mit einem grünen Streifen und Gummisohlen, im Supermarkt hatte ich die gleichen im Angebot gesehen, sie waren weniger wert als ein Pfund Zucker. Er ritzte mir lediglich einen Mundwinkel auf. Er schien ziemlich erregt.

– Scheiße, mein Gott, fehlte noch, daß ich mich aufrege, sagte er mit einer Grimasse. Ich wollte mir doch Zeit lassen!

Er schnappte sich die Weinflasche vom Tisch und wandte sich dem Frischling zu, der mich starr anguckte.

– Komm her, trinken wir erst mal 'nen Schluck. Steh nicht da rum wie ein Ölgötze, ich hab dir doch gesagt, das war keine Frau.

Während sie sich bedienten, richtete ich mich ein bißchen auf. Allmählich bekam ich zwar wieder Luft, aber ich konnte meinen Arm immer noch nicht bewegen, und Blut tropfte mir auf mein sauberes T-Shirt. Henri trank sein Glas aus und lächelte mich aus einem Augenwinkel an.

– Freut mich, daß du wieder zu Kräften kommst, sagte er. Da können wir uns gleich ein wenig unterhalten.

In diesem Moment entdeckte ich das Ding, das in seinem Gürtel steckte, und mit einem Mal sah ich nichts anderes mehr. Vor allem mit dem Schalldämpfer war das eine stattliche Waffe. Ich war mir sicher, daß er mir damit auf den Arm geschlagen hatte. Ich bekam praktisch einen Schluckauf. Ich verschluckte einen klebrigen Frosch. Ich wünschte mir, unsichtbar zu werden. Der junge Typ sah aus, als sei er vom Blitz getroffen worden, er schaffte es kaum, sich mit seinem Glas die Lippen naßzumachen. Henri bediente sich erneut. Seine Haut leuchtete wie die eines Typen, der sich drei Merguezbrote und ein halbes Dutzend Flaschen Bier reingezogen hat in einer stickigen und elektrisch geladenen Nacht. Er baute sich vor mir auf.

– Na, biste wohl was verdattert, mich zu sehn? fragte er. Ist das nicht 'ne feine Überraschung...?

Ich zog es vor, mir den Boden anzugucken, doch er packte mich an den Haaren.

– Erinner dich, ich hab dir gesagt, du unterzeichnest dein

Todesurteil. Haste gedacht, das war ein Scherz…? Ich scherze nie.

Er knallte meinen Kopf gegen die Wand. Ich wurde halb blöd davon.

– Sicher, fuhr er fort, du wirst denken, ich hab lang gebraucht, dich wiederzufinden, aber ich hatte noch andere Sachen zu tun, ich hab mich nur am Wochenende drum gekümmert.

Er drehte sich, um sein Glas vollzugießen. Wo er einmal dabei war, tunkte er einen Finger in das Chili.

– Hmm…! Köstlich, meinte er.

Der andere hatte sich immer noch keinen Millimeter bewegt. Ihm fiel bloß ein, mich in einem fort anzustarren. Henri schüttelte ihn ein wenig.

– He, was treibst du da? Worauf wartest du noch, bis du endlich mal die Bude hier durchstöberst?

Er fühlte sich nicht wohl in seiner Haut. Er stellte sein halbvolles Glas auf den Tisch und wandte sich an Henri:

– O mein Gott… biste wirklich sicher, daß er es ist…?

Henri kniff leicht die Augen zusammen.

– Hör mal, du tust jetzt, was ich dir sage. Geh mir nicht auf die Eier…! Verstanden, Kleiner?

Der Kleine nickte und ging stöhnend aus der Küche. Er war nicht der einzige, der Lust hatte zu stöhnen. Henri rückte einen Stuhl vor mich. Er setzte sich. Das mußte eine fixe Idee von ihm sein, die Leute an den Haaren zu ziehen. Er hatte mir gegenüber keine Hemmungen, man hätte meinen können, er wolle sie mir ausreißen. Ich wäre nicht überrascht gewesen, wenn die Hälfte in seiner Hand geblieben wäre. Er beugte sich über mich. Das Haus roch nicht mehr nach dem Chili, es roch nach Fleischbrühe vom Vormittag.

– He, haste nicht gemerkt, daß ich ein wenig hinke, haste nicht hingeguckt…? Das kommt daher, daß mir mein großer Zeh fehlt, da verlier ich das Gleichgewicht.

Er knallte mir seinen Ellbogen vor die Nase. Ich blutete aus der Nase. Das kam noch dazu, zu meinem Arm, den ich nicht mehr bewegen konnte, zu meiner aufgeplatzten Lippe, zu der dicken Beule, die mir am Hinterkopf brannte, und er schien noch keine Lust zu haben, sich aufs Ohr zu hauen. Ich wischte mir das Blut ab, das mir übers Kinn lief. Er ließ mir keine Zeit, mich zu erholen. Ich hatte noch nichts Schlimmes abgekriegt, aber mir tat alles gleichzeitig weh. Als hätte man mich in ein etwas zu heißes Bad gestoßen. Ich schaffte es nicht, die Situation kühl zu analysieren. Meine Gedanken verhedderten sich. Ich kam zu nichts.

– Warte, du sollst es wissen, fuhr er fort. Ich werd dir erklären, wie ich drauf gekommen bin. Du hattest kein Glück, daß du auf mich gestoßen bist, zehn Jahre lang war ich Bulle.

Er ließ meine Haare los, um sich eine Zigarette anzumachen. Die drückt er mir gleich ins Ohr, dachte ich. Er machte ein Gesicht, als hätte er im Lotto gewonnen, er guckte ein wenig in die Luft.

– Zunächst, sagte er, hab ich mich gefragt, warum du hinten ausgestiegen bist, und dann war auch kein Wagen zu hören, jaja, das ließ mir keine Ruhe. Ich sagte mir, dieses Miststück war nicht zu Fuß, die muß ihre Karre verdammt weit weg geparkt haben, und es gab auch einen Grund dafür, sie wollte nicht, daß die Kiste entdeckt wurde. Verstehste ein wenig die subtilen Schlußfolgerungen dieses Kerls hier?

Ich nickte, ich wollte ihm nicht mißfallen, ich wollte, daß er die Sache mit der Zigarette da vergaß. Es tat mir bitter leid, daß ich ihm dieses Ding am Fuß verpaßt hatte. Es tat mir leid, daß mir das alles an einem Abend passierte, an dem ich mich über ein Chili hermachen wollte, an einem Abend, an dem mir das Leben fast sanft erschien. Und der Kerl sah mir nicht so aus, als könnte ich ihn darum bitten, mich meinen Roman zu Ende schreiben zu lassen.

– Ich bin also ein bißchen hintenrum geschlendert, redete er weiter, und ganz in Gedanken bin ich auf den Bahndamm geklettert. Und was sehe ich da, mein kleiner Racker, was sehe ich da...? DEN PARKPLATZ DES SUPERMARKTS! Jaja, ganz richtig, und eins will ich dir sagen, das muß man dir lassen, das war nicht schlecht gemacht. Auf dem ganzen Weg zum

Parkplatz hab ich den Hut vor dir gezogen. Mein Fuß tat mir weh, davon will ich nicht reden, aber die Sache mit dem Parkplatz, alle Achtung!

Er schmiß seine Zigarette zum Fenster raus, dann beugte er sich wieder über mich und setzte eine abscheuliche, perverse Grimasse auf. Ich hatte es nicht verdient, daß mein Tod so ein häßliches Gesicht haben sollte. Ich war ein Schriftsteller, der der Schönheit zugetan war. Henri schüttelte langsam den Kopf.

– Ich kann dir gar nicht sagen, was das für mich bedeutete, als ich deine kleinen Papiertaschentücher fand. Die sahen aus wie ein kleiner, leuchtender Stapel, man hätte denken können, die riefen mich. Ich hob sie auf, aber ich hatte schon alles kapiert. Ich sagte mir, für 'ne Tussi hast du bestimmt ein hübsches Paar Eier.

Ich wünschte mir, er spräche über was anderes und finge nicht mit einem Mal an, von meinen Eiern zu reden, denn man kann nie wissen, was so einem Kerl durch den Kopf geht. Ich hörte, wie der andere die Schubladen im Haus auf den Kopf stellte. Es hatte einige Zeit gedauert, mir wieder ein Stück Leben aufzubauen, und jetzt schneiten mir diese beiden Typen ins Haus, damit ich nur ja nicht vergaß, wie zerbrechlich die Dinge sind. Warum, sah ich etwa so aus, als hätte ich das vergessen?

Henri wischte sich die Stirn ab, ohne mich aus den Augen zu lassen. Seine Stirn fing fast sogleich wieder an zu leuchten, ein Quarzfeld im Mondschein.

– Und weißt du, was ich danach gemacht hab? Nun, einmal mehr Pech für dich, denn der Leiter des Supermarkts ist ein Vetter von meiner Frau, und ich weiß, wie man den nehmen muß, den Kerl, der kann mir nichts abschlagen. Also hab ich mir die Adressen sämtlicher Leute notiert, die an diesem Nachmittag einen Scheck ausgestellt hatten, und ich hab sie alle der Reihe nach abgeklappert und gefragt, ob sie nicht irgendwas Komisches auf dem Parkplatz gesehen hatten. Alter Wichser, da hätte ich dich erneut verlieren können. In diesem Moment waren unsere Chancen gleich, he... ich war aufgeregt wie kein zweiter...!

Er drehte sich um, um sich die Weinflasche vom Tisch zu

holen. Ich weiß nicht, wieviel ich für ein großes Glas Wasser und eine Handvoll Schlaftabletten gegeben hätte. Es interessierte mich nicht sonderlich, wie er mich gefunden hatte, ich bin kein großer Freund von Detektivgeschichten. Aber was konnte ich anders machen als zuhören? Ich atmete durch den Mund, denn meine Nase war total voller Blut. Er machte dem letzten Tropfen Wein den Garaus, dann stand er auf und stützte sich mit einer Hand auf meine Haare.

– Komm mal schön ein Stück rüber, meinte er. Ich erkenn dich ja gar nicht!

Er zog mich zum Tisch und zwang mich auf einen Stuhl, genau unter der Lampe. Ich ließ drei Tropfen Blut auf meinen Chili-Teller fallen. Er ging um den Tisch herum, um sich mir gegenüber aufzubauen, und zog dort seine Waffe. Er richtete sie auf meinen Kopf, indem er beide Ellbogen auf den Tisch stützte. Seine Finger umspannten den Kolben. Außer den beiden Zeigefingern, die quetschten sich von beiden Seiten um den Abzug. Viel Platz hatten sie nicht, keiner von ihnen hätte mal niesen dürfen. Jede Sekunde, die verstrich, war die reinste Wonne, noch unter den Lebenden zu sein. Und er, er lächelte.

– Also, um dir meine Geschichte zu Ende zu erzählen, setzte er fort, ich bin auf eine Frau gestoßen, die einen Scheck für ein Bügelbrett ausgestellt hatte, und sie sagte mir: »Aber ja, Monsieur, ich hab so 'ne Art Blondine gesehn, die längere Zeit in einem zitronengelben Auto gesessen hat, und das war ganz bestimmt ein Mercedes mit 'nem Nummernschild aus dieser Gegend, und außerdem hatte sie 'ne Sonnenbrille auf!« He, was soll ich dir noch sagen, das war an einem Sonntag, und ich hab ganz fest an dich gedacht, ich hab mich fast bei dir bedankt. Ich geb zu, da hast du mir die Sache leicht gemacht. Einen Schlitten, wie du einen hast, den gibt's hier in der Ecke nicht alle paar Meter, nein, da gibt's nur einen von!

Völlig lächerlich fuhr ich in die Höhe, was ich in die Kategorie Fußtritt gegen die Große Chinesische Mauer einordnen würde. Ich wollte das Unschuldslamm markieren, ich schüttelte den Kopf.

– Ich versteh nichts von Ihrer ganzen Geschichte, ließ ich mich hören. Dieser Schlitten, der ist mir schon mindestens zwanzigmal geklaut worden...

Henri fing an zu lachen. Er schnappte mich am T-Shirt und zog mich über den Tisch. Ich spürte, wie sich die Spitze des Schalldämpfers in meine Kehle bohrte. Er machte mit mir, was er wollte. Vielleicht hätte es etwas geändert, wenn ich versucht hätte, mich zu wehren, keine Ahnung. Er war älter als ich und allmählich ein wenig besoffen, vielleicht hätte ich in einem anständigen Wutanfall die Situation auf den Kopf stellen können, unmöglich war das nicht. Aber ich spürte, daß es nicht kam. Der Motor sprang nicht an. Ich geriet nicht richtig in Wut, ich schaffte es nicht. Ich war so müde wie noch nie zuvor. Ich hätte mich gern an den Straßenrand gesetzt. Als Licht hätte es eine kleine, untergehende, gerade mal lauwarme Sonne schon getan. Ansonsten zwei, drei Grashalme und damit basta.

Henri wollte mir gerade was sagen, doch genau in diesem Moment kam der andere wieder rein. Henri stieß mich so heftig auf meinen Stuhl zurück, daß ich nach hinten überkippte und auf die Fliesen flog. Ich war völlig unbeholfen mit meinem abgestorbenen Arm, ich schlug ziemlich hart auf, als wäre ich bei meinem fünfzehnten Versuch. Ich beschloß, nicht mehr aufzustehen. Nirgendwo stand geschrieben, daß ich aufstehen und leichten Herzens ins Leiden stolzieren sollte. Ich rührte mich also nicht, ich zog nicht einmal mein Bein zurück, das noch nach oben zeigte. Ich war mit dem Absatz an einem Stuhlbein hängengeblieben.

Ich fragte mich, ob die Lampe oben an der Decke nicht am Ende eine 200-Watt-Birne hatte. Ich fragte mich, ob ich deshalb so mit den Augen klimperte, oder ob das an der Umhängetasche lag, die der junge Typ in der Hand hielt. Er war relativ blaß, er hob sie langsam hoch, und drei Tonnen wog die nun gerade nicht, aber es dauerte eine gewisse Zeit, ehe er sich dazu entschloß, sie auf einer Ecke des Tisches abzusetzen.

– Das hier hab ich gefunden, murmelte er.

Für einen kurzen Moment machte er mir direkt Kummer, er

sah aus, als glaubte er an nichts mehr. Er sah unglücklich aus. Henri versuchte nicht, ihn zu trösten. Er schnappte sich die Tasche mit den Geldscheinen, er riß sie weit auf.

– Ah... guck dir das an! meinte er.

Er stürzte sich darauf. Ich hörte, daß er ein paar Scheine zerknitterte. Aber was er hervorkramte, waren meine falschen Brüste und meine Perücke. Er ließ sie im Licht kreisen wie ein Diamantencollier.

– Ogottogott! flötete er.

Ich kann selbst nicht sagen, weshalb ich diese Dinger aufbewahrte, auch nicht, weshalb ich sie wieder in die Tasche gesteckt hatte. Ich hoffe, ich bin nicht der einzige, der Dinge tut, die er nicht begreift. Außerdem kommt es vor, daß sich die Dinge selbst organisieren und einen nur dazu ausnutzen, um ans Ziel zu kommen, und einen schwindlig machen und einen an der Hand ziehen und Gott weiß was sonst. Hätte ich im Fliesenboden der Küche versinken können, ich hätte es getan.

– Das ist Josephine, seufzte der Unglückliche.

– Verdammt, du sagst es! knurrte Henri.

Plötzlich wechselte die Küche die Farbe. Alles wurde ganz weiß. Es dröhnte wie verrückt in meinen Ohren, doch bevor ich mein Bein zurückziehen konnte, zielte Henri schon auf meinen großen Zeh und drückte ab. Der Schmerz zog mir bis in die Schulter, das Blut sprudelte aus meinem Leinenschuh wie ein vergifteter Brunnen. Seltsamerweise konnte ich in diesem Moment meinen Arm wieder bewegen. Ich nahm meinen Fuß in beide Hände und drückte mir die Stirn auf dem Boden platt. Henri stürzte sich auf mich und drehte mich um. Er atmete heftig, Schweiß tropfte ihm von den Wimpern und zerplatzte auf meinem Gesicht. Seine Augen waren zwei junge Aasgeier mit offenem Schnabel. Er hatte mich am T-Shirt gepackt.

– Komm mal her, meine Hübsche, komm schon, mein kleiner Backfisch...! Wir zwei sind noch nicht fertig!

Er zog mich in die Höhe und warf mich auf einen Stuhl. Er

lächelte und schnitt Fratzen in einem, es sah aus, als ginge es ihm
ganz schön gut. Er fuhr sich kurz mit der Zunge über die Lippen,
bevor er sich an den jungen Kerl wandte:

– So, jetzt werden wir mit ihm 'ne kleine Reise machen. Such
mir mal was, um ihn festzubinden...

Der andere steckte die Hände in die Gesäßtaschen und zog ein
Gesicht wie ein geprügelter Hund.

– Hör mal, Henri, das reicht jetzt aber wirklich. Wir sollten
die Bullen rufen und sonst nichts...

Henri veranstaltete einen obszönen Lärm mit seinem Mund.
Ich guckte mir den Vesuvausbruch an meiner Fußspitze an.

– Armer Junge, meinte er, du bist wirklich ein kleiner Idiot,
du kennst mich aber schlecht...

– Aber Henri...

– Verflucht, hör mir gut zu, du wolltest mitkommen, also tust
du auch, was ich dir sage. Ich übergeb den doch nicht den Bullen,
damit er nach drei Monaten wieder freikommt, du hast vielleicht
Nerven...!! Mein Gott, nicht nach allem, was der mir angetan
hat, oh mein Gott, du spinnst wohl!!

– Jaja, Henri, aber wir haben nicht das Recht, sowas zu
tun...

Henri geriet in einen wahnsinnigen Wutanfall, ich dachte,
gleich drischt er auf ihn ein. Sie schnauzten sich an, aber ich
bekam nicht ganz mit, was sie sich erzählten, denn ich hatte
gerade einen kleinen Lavastrom bemerkt, der auf der Westflanke
meines Schuhs zu Tal floß. Ich konnte mit meiner Hand nicht
näher als einen Meter rankommen, so sehr brannte das. Als ich
den Kopf hob, keine Ahnung, was er vorhatte, war Henri
jedenfalls dabei, mir die falschen Brüste anzulegen. Er regte sich
ein wenig über den Verschluß auf. Der andere stand vor mir. Wir
guckten uns in die Augen. Ich funkte ihm eine lautlose Botschaft
zu. Tu was für mich, bedeutete ich ihm, ich bin ein *poète maudit*.
Henri stülpte mir die Perücke über den Kopf.

– So, erkennst du sie jetzt endlich...?! grölte er. Haste das
kleine Nüttchen schon mal gesehn...?! Und bei so einer fängste
an zu zittern, bei so einem Nüttchen...?!

Der andere biß sich auf die Lippe. Und ich blieb sitzen, ohne mich zu rühren, und definitiv gab es nichts, was mich in Wut bringen konnte, und ich fragte mich, ob das eines Tages zurückkommen würde. In diesem Moment schritt ich geradeaus durch die Wellen und stürzte mich ins Meer. Henri glich einer in Flammen geratenen Ölquelle. Die Wut ließ ihn gelbrot anlaufen. Er packte meinen einzigen Hoffnungsschimmer am Nacken und steckte seinen Kopf zwischen meine Brüste. Er fing an, uns alle beide zu schütteln.

– Verdammte Scheiße!! schrie er. Willst du DAS...?!! Geht dir das durch den Kopf, verdammter Blödmann...??!!!

Der junge Kerl versuchte sich loszumachen. Seine Haare rochen nach einem billigen Parfüm. Man hörte ihn mit erstickter Stimme jaulen und quietschen. Ich hatte Angst, er würde mir auf meinem verletzten Fuß rumtrampeln. Henri riß ihn zurück und knallte ihn gegen den Tisch. Fast wäre ihm der Teller mit dem Chili auf den Kopf gefallen. Der kleine Junge weinte fast, er hatte rote Flecken auf dem Gesicht. Henri stemmte die Fäuste in die Seiten, sein Gesicht strahlte auf erschreckende Art und sein Geruch drang durch das Zimmer.

– So, du verfluchtes Arschloch...! meinte er. Wirst du mir jetzt wohl diese Kordel suchen...?

Henri hob den Arm vor die Augen. Aber eine Kugel, die geht einem wie nichts durch den Arm, und wenn dahinter nichts ist als ein offenes Fenster, dann saust sie über die Dächer der Häuser und verschwindet in der Nacht, sie sucht den Friedhof der Kugeln. Henri glitt zu Boden. Der andere legte die Waffe wieder auf den Tisch und klappte auf einem Stuhl zusammen. Eine so bläuliche Stille wie die, die uns in diesem Moment auf den Schultern lastete, habe ich nie wieder auch nur ansatzweise erlebt.

Er lehnte mit einem Ellbogen auf dem Tisch, er guckte zu Boden. Ich nahm die Perücke vom Kopf und schleuderte sie in eine Ecke. Dann ließ ich den Verschluß des BH aufspringen, er fiel mir in den Schoß. Ich war erschöpft. Ich mußte innehalten, um ein wenig zu verschnaufen. Die Küche war ein durchsichtiger Klumpen Harz, der wie ein Propeller endlos durch die Luft wirbelte. Ich wußte nicht, daß ich das Leben dermaßen liebte, trotzdem, daran dachte ich, als ich mit den Fingerspitzen sanft über meine aufgeplatzte Lippe streichelte. Das tat mir ein bißchen weh. Man muß es wirklich lieben, um weiter mitten durch dieses ganze Leid marschieren zu können, um den Mut zu haben, eine kraftlose Hand nach ein paar Arnica 5 CH-Pastillen auszustrecken.

Ein Röhrchen davon lag auf dem Kühlschrank. Ich paßte auf, daß immer ein paar Arnica in meiner Reichweite waren, das beweist, daß ich etwas Lebenserfahrung hatte. Ich steckte mir drei von den kleinen weißen Dingern unter die Zunge.

– Du auch? fragte ich ihn.

Er schüttelte den Kopf, ohne mich anzusehen. Ich wußte, woran er dachte. Ich ließ ihn in Ruhe. Ich holte tief Luft und beugte mich über meinen Springbrunnen. Alles in allem kam es mir vor, als hätte ich mein Bein in einem Lagerfeuer vergessen, in der Glut, frühmorgens. Ich nahm die Leinensohle in die Hand und verschob sie so vorsichtig, als entkleidete ich eine schlafende Libelle. Ich konnte feststellen, daß ein Wunder geschehen war, jedenfalls nenne ich das so, wenn einem eine Kugel zwischen zwei Zehen hindurchgeht, ich nenne sowas ein Rendezvous mit dem Himmel, nur ein kleiner Hautfetzen war aufgerissen. Ich stand auf, ich schritt ohne die geringste Empfindung über Henris Körper hinweg und genehmigte mir ein großes Glas Wasser.

– Ich helf dir, ihn runterzutragen, sagte ich. Bring ihn soweit weg, wie du kannst...

Er rührte sich nicht. Ich stellte mich hinter ihn und half ihm aufzustehen. Er war nicht tapfer. Er klammerte sich an den Tisch, ohne einen Ton zu sagen.

– Am besten vergessen wir alle beide diese ganze Sache, schlug ich vor.

Ich griff mit beiden Händen in die Tasche und stopfte ihm das Hemd bis oben hin mit Geldscheinen voll. Er hatte bloß zwei, drei Haare auf der Brust. Wenn's hoch kam. Er zeigte keine Reaktion.

– Versuch dein Glück, ich hoffe, du weißt wie, sagte ich. Pack es an den Hammelbeinen.

Wir schleppten ihn raus. Man hätte meinen können, wir schleppten einen Wal die Treppe runter. Niemand draußen, ein Minimum an Mondschein, schwachwindig, mild. Ihre Kiste stand genau vor der Tür. Wir versenkten Henri im Kofferraum. Ich lief so schnell ich konnte wieder nach oben, schnappte mir die Knarre mit dem unteren Teil meines T-Shirts vom Tisch und humpelte wieder runter. Er saß bereits hinter dem Steuer. Ich klopfte gegen das Seitenfenster.

– Dreh die Scheibe runter, sagte ich.

Ich reichte ihm schleunigst die Waffe.

– Wenn du fertig bist, vergräbste das am Nordpol, sagte ich. Er nickte, die Augen starr nach vorne gerichtet.

– Fahr nicht wie ein Bekloppter, fügte ich hinzu. Nicht, daß jemand auf dich aufmerksam wird.

– Ja, murmelte er.

Schniefend legte ich beide Hände auf das Wagendach, ich guckte die Straße hoch.

– Denk daran, was Kerouac gesagt hat. Ich holte tief Luft. Das Kleinod, das wahre Zentrum, das ist das Auge im Inneren des Auges.

Ich versetzte der Karrosserie einen leichten Schlag, als er losfuhr. Ich ging wieder rauf in meine Wohnung.

Ich behandelte mich, brachte ein wenig Ordnung in die Bude, nur das Nötigste. Tatsächlich war ich nahe dran, mir einzubilden, es sei nichts geschehen. Ich gab das Chili wieder in einen Topf, auf kleiner Flamme. Ich legte die Musik wieder auf. Der Kater kam zum Fenster rein, und die Nacht war ruhig.

– Ich hab Licht gesehn, meinte er, warste dabei, was zu schreiben...?

– Nein, sagte ich. Ich hab nachgedacht.

25 Jahre Diogenes Taschenbuch

*25 Bücher aus 25 Jahren
in einmaligen Auflagen zum einmaligen Preis*

»Eines der künstlerisch erlesen gestalteten Diogenes Taschenbücher in der Hand zu halten bereitet nachgerade sinnlichen Kitzel. Bei Diogenes widerfährt dem Käufer und Leser etwas Ungewöhnliches: Vertrauen. Er kann sicher sein, daß ihm ausnahmslos hochkarätige Literatur offeriert wird.«
taschenbuch magazin

● **Eric Ambler**
Die Maske des Dimitrios
Roman. Aus dem Englischen von
Mary Brand und Walter Hertenstein

● **Alfred Andersch**
Die Rote
Roman

● **Ray Bradbury**
Fahrenheit 451
Roman. Aus dem Amerikanischen
von Fritz Güttinger

● **Anton Čechov**
*Die Dame mit dem
Hündchen*
und andere Erzählungen. Ausgewählt
von Franz Sutter. Aus dem Russischen von Ada Knipper, Herta von
Schulz und Gerhard Dick

● **Andrea De Carlo**
*Vögel in Käfigen und
Volieren*
Roman. Aus dem Italienischen von
Burkhart Kroeber

● **Philippe Dijan**
Betty Blue
37,2° am Morgen. Roman. Aus dem
Französischen von Michael Mosblech

● **Doris Dörrie**
»Was wollen Sie von mir?«
Erzählungen

● **Friedrich Dürrenmatt**
Die Panne
und andere Erzählungen

● **William Faulkner**
Griff in den Staub
Roman. Aus dem Amerikanischen
von Harry Kahn

● **F. Scott Fitzgerald**
Der große Gatsby
Roman. Aus dem Amerikanischen
von Walter Schürenberg

● **Erich Hackl**
Auroras Anlaß
Erzählung

● **Patricia Highsmith**
Der süße Wahn
Roman. Aus dem Amerikanischen
von Christian Spiel

● **John Irving**
Das Hotel New Hampshire
Roman. Aus dem Amerikanischen
von Hans Hermann

● **D.H. Lawrence**
Ein moderner Liebhaber
und andere Erzählungen. Ausgewählt,
aus dem Englischen und mit einem
Nachwort von Elisabeth Schnack

● **W. Somerset Maugham**
Der Menschen Hörigkeit
Roman. Aus dem Englischen von
Mimi Zoff und Susanne Feigl

● **Carson McCullers**
*Das Herz ist ein einsamer
Jäger*
Roman. Aus dem Amerikanischen
von Susanna Rademacher

● **Ian McEwan**
Der Zementgarten
Roman.

● **Brian Moore**
Die Frau des Arztes
Roman. Aus dem Englischen von Jür-
gen Abel

● **Frank O'Connor**
Und freitags Fisch
Erzählungen. Aus dem Englischen
von Elisabeth Schnack

● **George Orwell**
Mein Katalonien
Bericht aus dem Spanischen Bürger-
krieg. Aus dem Englischen von Wolf-
gang Rieger

● **Georges Simenon**
*Die Fantome des
Hutmachers*
Roman. Aus dem Französischen von
Eugen Helmlé

● **Muriel Spark**
Memento Mori
Roman. Aus dem Englischen von
Peter Naujack

● **Patrick Süskind**
Der Kontrabaß

● **Andrzej Szczypiorski**
*Die schöne Frau
Seidenman*
Roman. Aus dem Polnischen von
Klaus Staemmler

● **Urs Widmer**
Liebesnacht
Erzählung

Philippe Djian
im Diogenes Verlag

»Djians Sprache und Rhythmus verschlagen einem den Atem und ziehen einen in die Geschichten, als wäre Literatur nicht Folge, sondern Strudel.«
Göttinger Woche

»Djian schreibt glasklar und in einem Tempo, dem ältere Herren wie Grass und Walser schon längst durch Herzinfarkt erlegen wären.« *Plärrer, Nürnberg*

Philippe Djian, geboren 1949, lebt in Bordeaux und Lausanne. Pierre Le Pape über Djians Stil: »Die Puristen mögen getrost grinsen; morgen werden die Schulkinder, sofern sie dann noch lesen, bei Djian lernen, was viele der besten jungen Autoren längst von ihm erhalten haben: eine Lektion in Stilkunde.«

Betty Blue
37,2° am Morgen
Roman. Aus dem Französischen
von Michael Mosblech

Erogene Zone
Roman. Deutsch von Michael Mosblech

Verraten und verkauft
Roman. Deutsch von Michael Mosblech

Blau wie die Hölle
Roman. Deutsch von Michael Mosblech

Rückgrat
Roman. Deutsch von Michael Mosblech

Krokodile
Sechs Geschichten
Deutsch von Michael Mosblech

Pas de deux
Roman. Deutsch von Michael Mosblech

Matador
Roman. Deutsch von Ulrich Hartmann

Jakob Arjouni
im Diogenes Verlag

»Ein großer, phantastischer Schriftsteller, der genau
und planvoll und lesbar schreibt.«
Maxim Biller / Tempo, Hamburg

»Seine Virtuosität, sein Humor, sein Gespür für Spannung sind ein Lichtblick in der Literatur jenseits des
Rheins, die seit langem in den eisigen Sphären von Peter Handke gefangen ist.« *Actuel, Paris*

»Seine Texte haben Qualität. Sie sind ambitioniert,
unaufdringlich-provokativ, höchst politisch.«
Barbara Müller-Vahl / Bonner General Anzeiger

»Arjouni weiß als Dramatiker genauso wie als Krimi-
autor, wie er Spannung erzielt, ohne platt zu wirken.«
Christian Peiseler / Rheinische Post, Düsseldorf

Magic Hoffmann
Ein Roman

Edelmanns Tochter
Theaterstück

Die Kayankaya-Romane:

Happy birthday, Türke!
Ein Kayankaya-Roman

Mehr Bier
Ein Kayankaya-Roman

Ein Mann, ein Mord
Ein Kayankaya-Roman

Viktorija Tokarjewa
im Diogenes Verlag

Viktorija Tokarjewa, 1937 in Leningrad geboren, studierte nach kurzer Zeit als Musikpädagogin an der Moskauer Filmhochschule das Drehbuchfach. 15 Filme sind nach ihren Drehbüchern entstanden. 1964 veröffentlichte sie ihre erste Erzählung und widmete sich ab da ganz der Literatur. Sie lebt heute in Moskau.

»Ihre Geschichten sind seit jeher von großer Anmut, allesamt Kunst-Stückchen, die einem die Vorstellung von Leichthändigkeit suggerieren. Nicht jedoch von Leichtgewichtigkeit. Wenn sie uns ein Schmunzeln entlocken, dann liegt das daran, daß Viktorija Tokarjewa über einen ausgeprägten Humor verfügt und diese Gabe durchweg einsetzt. Es ist kein Humor der satirischen Art, eher eine sanfte Ironie, gewürzt mit einer Prise Traurigkeit und einem vollen Maß an mitmenschlichem Erbarmen.«
Frankfurter Allgemeine Zeitung

»Viktorija Tokarjewa erzählt ihre Liebesgeschichten mit einem solchen Witz und einer solchen Lebendigkeit, daß ich ganz entzückt davon bin.«
Elke Heidenreich

Zickzack der Liebe
Erzählungen. Aus dem Russischen von Monika Tantzscher

Mara
Erzählung
Deutsch von Angelika Schneider

Happy-End
Erzählung
Deutsch von Angelika Schneider

Lebenskünstler
und andere Erzählungen. Deutsch von Ingrid Gloede

Sag ich's oder sag ich's nicht?
Erzählungen. Deutsch von Angelika Schneider, Monika Tantzscher und Elsbeth Wolffheim

Sentimentale Reise
Erzählungen. Deutsch von Angelika Schneider

Die Diva
Zehn Geschichten über die Liebe. Deutsch von Angelika Schneider, Monika Tantzscher und Susanne Veselov